BASTEI
LÜBBE

FRAUEN

Heidi Hassenmüller

Zuckerpüppchen und die Zeit danach

BASTEI LÜBBE

BASTEI-LÜBBE-TASCHENBUCH
Band 16131

1.–2. Auflage 1995
3. Auflage 1996
4. Auflage 1998

Die Originalausgabe erschien unter dem Titel:
ZUCKERPÜPPCHEN – WAS DANACH GESCHAH

Lizenzausgabe: Gustav Lübber Verlag GmbH, Bergisch Gladbach
Printed in Germany
Einbandgestaltung: Manfred Peters
Titelzeichnung: Sebastian Linnerz
Satz: hanseatenSatz-bremen, Bremen
Druck und Bindung: Ebner Ulm
ISBN 3-404-16131-9

»Ich trinke auf meine geliebte Gaby. Es soll ihr an nichts fehlen. Und auf ihre beiden Kinder, für die ich immer gut sorgen will.«

Gaby holte tief Luft. Nein, es waren nur beinahe dieselben Worte, die Hubert gebrauchte. Er meinte sie ehrlich. Hubert würde ihr und ihren Kindern nie ein Haar krümmen. Jetzt bekommen Manfred und Natalie einen Stiefvater, etwas, das sie vor zehn Jahren für unmöglich gehalten hatte. Aber Hubert interessiert sich nicht für kleine Mädchen. Da kam kein Glitzern in seine Augen, wenn Natalie, ihre zwölfjährige Tochter, ihm einen Gutenachtkuß gab. Wäßrige Gieraugen gehörten einer fernen Vergangenheit an. Einer Vergangenheit, von der niemand etwas wußte. Sie hatte keine Vergangenheit. Auch die letzten zwölf Jahre würde sie vergessen. Eine Jugendsünde. Mit achtzehn hatte sie nicht gewußt, wie ein Mann sein mußte. Nur wie er nicht sein durfte. Wie er auf keinen Fall sein durfte. Kein ganzer Kerl durfte er sein. Keiner, der die Hacken zusammenknallte und jedem Rock hinterhersah. Lieb mußte er sein, nur lieb. Lieb war Robbie gewesen, lieb und zart. »Mit dir will ich alt werden«, hatte er ihr versprochen und ihr sanfte Liebeslieder ins Ohr gesungen. »Komm doch, süße Kleine, sei die Meine, sag nicht nein.« Irgendwann einmal hatte sie ja gesagt. Robbie war lieb und zärtlich. Es tat beinahe nicht weh. Und es war auch schnell wieder vorbei. Nichts, worüber sie sich Gedanken machen mußte. Er streichelte auch hinterher noch ihre Wangen, küßte ihre Tränen fort. »Wie schön du bist«, flüsterte er. »Ich will dir nie weh tun.« Er hielt sein Versprechen, bis er anfing zu trinken. Die Umschulung vom Bundeswehrsoldaten zum Elektroingenieur fiel ihm schwerer, als er erwartet hatte. Das Hotelzimmer in der fremden Stadt war kalt und einsam. Wenn er Gaby und die Kinder zum Wochenende besuchte, duftete er nach Old Spice und Pfefferminz. Seine Hände faßten fester zu. Sie zögerte das Zubettgehen hinaus, brauchte immer länger, um sich zu duschen, einzucremen, die Haare zu bürsten. Sie ertappte sich dabei, daß sie versank in ihrem Spiegelbild, eine fremde,junge Frau. Eine glatte, hohe Stirn, kräftige dunkle Augenbrauen, braungrüne Augen. Irgendwann, in einem früheren Leben, hatte einmal jemand gesagt: »Deine Augen sind wie dunkle Bergseen, in denen sich die Unendlichkeit spiegelt.« Sie wußte nicht mehr, wie er hieß. Warum mußte sie jetzt daran denken? Dunkle Bergseen waren tief und unergründlich. Auf ihrem Boden konnte sich alles verbergen. Kalt war es dort, niemand durfte je daran rühren. – Vielleicht hätte sie Robbie nicht verlassen, wenn er nur sie geschlagen hätte. Er meinte es nicht böse; sie konnte ihn so unendlich reizen, wenn sie beziehungsvoll auf die Teetasse sah, die dreiviertel mit Whisky gefüllt war. Und warum konnte sie nicht begreifen, daß er sich in der Kneipe wohler fühlte als zu Hause, wo die eigene Frau den Kopf zur Seite wandte, anstatt ihm einen Willkommenskuß zu geben? Und dann die Kinder. Seine eigene Tochter, die mit zehn Jahren sein Blut zum Kochen brachte. Ein impertinentes kleines Ding, sagte Robbie. Es ist doch nicht normal, daß sie immer und immer wieder »warum?« fragt.

Als er das erstemal seinen Gürtel aus der Hose zog und schrie: »Dir treib' ich das aus, mein Fräulein!« und Natalie, bleich vor Schrecken, schützend die Arme vor ihr Gesicht hob, da begann sich alles um Gaby herum zu drehen, ein großer Strudel erfaßte sie und zog sie in die Tiefe. Sie hörte das Aufklatschen des ersten Schlages, warf sich dazwischen und schrie: »Nein, nein, aufhören, aufhören!«

Als sie später aus ihrer Bewußtlosigkeit erwachte, beugte sich eine Nachbarin über sie. »Es ist gut«, sagte sie. »Er ist fort. Haben Sie keine Angst.« »Aber es ist doch Heiligabend«, sagte ihr Sohn Manfred und sah zu der geschlossenen Tür.

Als Robbie sie um Verzeihung bat, schüttelte sie den Kopf. »Ich werde nicht mit dir nach Frankfurt gehen. Ich kann dir nicht folgen, solange du trinkst. Ich verlasse dich nicht. Aber geh um Gottes willen in Behandlung, tue etwas.« Er lachte. Wenn er lachte, hatte er zwei kleine Grübchen. »Du kannst doch gar nicht ohne mich sein, Mausi. Und ein richtiger Mann, der kann schon mal über die Stränge schlagen.« Ein richtiger Mann. Schlagen. Nein, sie würde sich nie wieder schlagen lassen. Und nicht ihre Kinder.

»Schick ihn weg«, hatte sie einmal ihre eigene Mutter gebeten. »Bitte, schick ihn weit weg.« Wie damals tanzten kleine Schneeflocken vorbei und hüllten graue Dächer und schmutzige Straßen in weiße Laken ein. Ihre Mutter war schwach gewesen, sie hatte ihren Mann nie weggeschickt. Mit fünfzig hatte das Geschwür von Angst und Kummer sie aufgefressen. Gaby wollte sich nicht auffressen lassen. Sie wollte stark sein für ihre Kinder. Drei Monate später war sie geschieden.

Woher nahm sie den Mut, so schnell wieder zu heiraten? Hubert war der Mann ihrer Träume. Von genau diesem Mann hatte sie geträumt, damals, Abend für Abend am Anlegesteg Altona. Wenn nur eine rostige Kette sie von dem dunklen, nassen Element trennte. Wenn sie zu den Sternen hochsah und wußte, daß jeder Stern eine Hoffnung war. So ein Stern war Hubert. Gaby sah ihn von der Seite an, seine klassische Nase, leicht gebogen, die dunklen Locken, deren erste graue Fäden ihr Vertrauen einflößten. Er war stark, erwachsen, er wußte, was er wollte. »Ich will dich«, hatte er gesagt. »Dich und deine Kinder. Und am liebsten noch ein halbes Dutzend Kinder mit dir.« Endlich würde sie ein Zuhause haben. Nie wieder Angst haben.

Seine Stimme klang eindringlich: »Du mußt verstehen, Gaby, das ist wirklich eine einmalige Gelegenheit. Ich komme eigentlich überhaupt nicht in Betracht für das Haus. Nur weil ich mit Sipkema so gut kann, hat er mich oben auf die Liste der Wohnungssuchenden gesetzt.« Sipkema war sein Personalchef.

Natürlich begriff Gaby, daß sie es seiner gehobenen Position und seinem Einfluß zu verdanken hatten, wenn sie sozusagen von einem Tag auf den anderen ein Reihenhaus in Arnheim mieten konnten, keine fünf Autominuten von Huberts Firma entfernt. Aber so Hals über Kopf in ein anderes Land ziehen? Sie konnte kein Wort Holländisch. Und was würden Natalie und Manfred zu einer Umschulung in holländische Schulen sagen? »Wir fragen die Kinder«, wischte Hubert ihre Bedenken fort. Er zog sie an sich. »Stell dir doch vor, Liebling, wie schön es sein wird. So dicht bei mir, jeden Mittag kann ich nach Hause zum Essen kommen, und du wirst alle meine holländischen Freunde kennenlernen.« Ursprünglich hatten sie an eine Wohnung in der deutschen Grenzstadt Kleve gedacht. Natalie würde dort ohne Schwierigkeiten auf das Gymnasium überwechseln, und Manfred könnte seine Volksschule mit vertrautem Lehrstoff abschließen.

Doch die Kinder waren begeistert. Holland, ein anderes Land, das roch nach Abenteuer, Abwechslung, und es war auch weit fort von Düsseldorf, den Erinnerungen an Ehestreitereien, Schlägen. »Ich bringe euch das Holländisch schon bei«, versprach Hubert und strich Manfred über den blonden Schopf, »jeden Tag zehn neue Worte, und in einem halben Jahr redet ihr munter darauf los.«

Gaby mußte später oft an seine optimistischen Worte denken. Natalie mit ihrer angeborenen Sprachbegabung schaffte die Umschulung ohne Probleme, aber Manfred wurde stets aggressiver. Wenn er von den Kindern ausgelacht und verspottet wurde, verzichtete er auf gute Argumente und schlug darauf los. Das verstand jeder, dann war er vielleicht der *»Mof«* – das holländische Schimpfwort für einen Deutschen – aber zumindest ein *Mof*, den man respektierte.

Am selben Abend noch unterzeichnete Hubert den Mietvertrag, und vier Wochen später zog Gaby mit den Kindern in die neue Heimat.

Jetzt wird alles gut, dachte sie. Ich habe noch einmal eine Chance. Hubert liebt mich, auf ihn kann ich mich verlassen, er wird mir nicht weh tun. »Ich werde immer für dich da sein, mein Liebling«, sagte er. »Du bist meine Traumfrau. Ich lasse dich nie wieder los.« Das wollte sie, jemand, der sie festhielt, an dem sie sich festhalten konnte. Sie hatte die eine Hand gefunden, die sie seit ihrer Kindheit suchte. Die Hand, die ihr den Weg zeigte.

»Unsere Kinder gehen zusammen zur Schule«, sagte Dagmar. »Ich bin die Mutter von Winfried – Winnie«, fügte sie erklärend hinzu. »Von Winnie, ein reizender Junge, so wohlerzogen.« Gaby lächelte Dagmar ein wenig verlegen an. »Ich bin so froh, Sie kennenzulernen.« Sie zögerte einen Moment, da sie befürchtete, sich eine Blöße zu geben. »Wissen Sie, mein Holländisch ist noch miserabel, da ist eine deutsche Nachbarin ein Geschenk des Himmels.« Dagmar sah sich anerkennend im Wohnzimmer um. »Hübsch haben Sie es. Sie werden sich bestimmt bald eingewöhnen. Außerdem habe ich noch eine deutsche Bekannte. Wenn Sie wollen, gehen wir nächste

Woche zusammen zu ihr zum Kaffee. Sie hat sich schon nach dem ›deutschen Zuwachs‹ erkundigt.«

Beim Essen hätte Gaby gern die Neuigkeiten erzählt, eine deutsche Nachbarin und Aussicht auf eine weitere deutsche Bekannte, aber sie schwieg. Hubert hatte gleich zu Beginn eine neue Regel eingeführt. »Wegen der Kinder«, sagte er, »auf diese Art lernen sie die Sprache am besten. Bei Tisch wird nur holländisch gesprochen.« Das hieß natürlich auch, daß eine richtige Unterhaltung nicht möglich war. Hubert mußte jedes zweite Wort übersetzen, verbesserte die Aussprache, lobte die Kinder, wenn sie vom Vortage noch etwas behalten hatten. »Du mußt dich trauen, Gaby«, ermunterte er sie. »Am schwierigsten sind die Kehllaute. Ch, ch«, er faßte mit Daumen und Zeigefinger an seine Kehle, »hier tief unten mußt du das sprechen. Sag mal Scheveningen, daran haben die Holländer im Krieg die deutschen Spione erkannt. Wer nicht Scheveningen sagen konnte, war entlarvt.« – »Ja, Mammi, sag mal Scheveningen.« Natalie sprach das Wort tadellos aus. Auch Manfred legte seine Gabel hin und sah sie erwartungsvoll an. »Ch, ch«, sagte Hubert, und es klang wie ein heiseres Krächzen. Gabys Kehle wurde eng, sie glaubte, nicht einmal mehr ihren eigenen Speichel schlucken zu können.

»Schluck es, schluck es«, hatte Pappi gesagt.

Sie verbarg ihr Gesicht in den Händen. »Mir ist nicht gut«, murmelte sie schwach, »ich glaube, ich bekomme Kopfschmerzen.« – »Mammi ist entlarvt, Mammi ist entlarvt«, rief Natalie. »Also, Kinder«, Hubert rettete die Situation, »wir räumen den Tisch ab, und Mammi legt sich ein wenig hin. Scheveningen läuft uns ja nicht weg.«

Als die Kinder später im Bett lagen, schmiegte sie sich an Hubert. Er strich ihr mit einer Hand über den Kopf, während er weiter die Zeitung las. »Auch eine gute Übung, jeden Tag die Zeitung lesen. Zuerst verstehst du nur die Überschriften, aber langsam wird es immer mehr. So habe ich es auch gemacht.«

»Aber du hattest schon jahrelang in Deutschland Holländisch studiert und anschließend hier noch einen Intensivkursus von der Firma besucht«, erinnerte ihn Gaby.

Und damit er nicht denken sollte, sie würde seine Ratschläge in den Wind schlagen, fuhr sie schnell fort: »Kann ich nicht auch einen Kursus besuchen? Ich meine an einer Volkshochschule, damit ich eine Basis habe?« Sie fühlte sich so unendlich dumm, wenn Hubert sie wie ein kleines Kind bei jedem Wort korrigierte und über ihre Aussprache lachte. »Ach, Kleines«, er zog sie an sich und küßte ihre Nasenspitze, »das hast du doch nicht nötig. Du wohnst doch jetzt hier. Eine Sprache lernt man im Land am schnellsten, und einen geduldigeren Lehrer als mich gibt es nicht.« Sie mußte ihm zustimmen. Abend für Abend saß er mit den Kindern über ihren Schularbeiten und erklärte ihnen, was sie tagsüber während des Unterrichts nicht begriffen hatten. Nie erhob er seine Stimme, nie war ihm anzumerken, wann es ihm zuviel wurde. Ich habe es richtig gemacht, dachte Gaby dann, er ist ein wunderbarer Vater, geduldig und hilfsbereit. Es war nur, daß die Kinder tagsüber in der Schule stundenlang Holländisch hörten, während sie allein zu Hause war. Zum Einkaufen ging sie in Selbstbedienungsläden. Stundenlang hatte sie gestern den Satz für die Fleischtheke geübt: »Mag ik alstublieft iets van deze worst?« (Darf ich bitte etwas von dieser Wurst haben?) Beim Tischdecken hatte Hubert am Vorabend gesagt: »Die abgepackte Wurst ist diese Woche teurer als die frische. Ich finde auch, frisch schmeckt sie besser. Denkst du daran, morgen frische Wurst mitzubringen?«

Als sie den Satz dann endlich ohne zu stottern am Wurststand herausgebracht hatte, legte das Mädchen mit dem koketten blauen Hütchen das Messer aus der Hand.

»Was sagten Sie? Ich kann Sie nicht verstehen?« Ihr Deutsch war entschieden besser, als Gabys Holländisch. Hinter sich hörte sie zwei Frauen kichern.

»Also abgemacht, ja. Jeden Tag zehn Worte wie die Kinder und versuchen, die holländische Zeitung zu lesen. Die Überschriften sind ja erst einmal genug für dich. Dann wird es schon langsam.« Als er ihr enttäuschtes Gesicht sah, fügte er noch liebevoll hinzu: »Von der Firma bringe ich dir dann noch die Frankfurter Allgemeine mit. Damit du auf dem laufenden bleibst.«

Wie sehr sie ihn liebte! Oft sah sie ihn verstohlen von der Seite an, fragte sich, warum ein Mann wie er eine Frau wie sie geheiratet hatte – ein Mann wie er, aus gutem Hause – »meine Mutter legt großen Wert darauf, daß unser Blut einen leichten Blaustich hat, kannst du dir vorstellen, wie unwichtig ich das finde?« –,intelligent und gebildet, nicht umsonst gehörte er zum höheren Personal in seiner Firma, so unwahrscheinlich gutaussehend, gepflegt und dabei auch noch immer lieb und verständnisvoll. »Ich liebe dich, mein Liebling, ich liebe dich, wie nie eine Frau zuvor.« – »Was liebst du an mir?« bohrte sie weiter. »Habe ich irgend etwas Besonderes?« Seine schmalen Hände griffen zärtlich in ihre langen Haare. »Die liebe ich. Du hast wunderschöne Haare. Du darfst sie nie abschneiden lassen.« – »Ich kann doch nicht noch als Oma mit Haaren bis zu den Hüften herumlaufen«, protestierte sie schwach. »Ich warne dich«, scherzte er, »wenn du die Haare abschneidest, liebe ich dich nicht mehr.«

Es war wunderbar mit ihm, alles, jede Minute des Tages, die sie in seiner Gegenwart verbringen durfte. Wie er ihr den Wein bei Tisch einschenkte, wie er ihr umsichtig in der Küche zur Hand ging, wie er ihr in den Mantel half, wie er auf der Straße den Arm um ihre Schultern legte, sie fühlte sich so unendlich geborgen. Und nachts entdeckte sie, daß seine Liebe ihren Körper verwandelte. Es war, als brächte er endlich die Saiten zum erklingen, die bisher nur schrille Dissonanzen hervorgebracht hatten. Sie lernte sich zu entspannen, zu vertrauen und zu genießen. Manchmal glaubte sie, daß es solche Gefühle gar nicht geben konnte. Dann bedeckte sie sein Gesicht, seinen Hals, seinen Köper mit unzähligen kleinen Küssen. »Wie kann es nur so schön sein«, murmelte sie erstickt an seinem Herzen. »Das ist doch nicht das, was man Sex nennt. Das ist so anders, so vollständig, ohne Makel.« – »Mein Liebes«, er streichelte über ihren warmen Rücken. »Du bist wunderbar. Und darum ist es so wunderbar. Ich habe das noch mit keiner Frau so erlebt. Ich will alles nur noch mit dir erleben. Mein ganzes Leben lang.«

Gab es so ein Glück? Dafür hatte es sich gelohnt zu kämpfen, zu überleben. In all den dunklen Stunden in ihrem früheren Leben hatte sie gehofft, davon geträumt, daß jemand so etwas zu ihr sagen würde. Jemand, der sie liebte und beschützte und dem sie vertrauen konnte. Ohne Vertrauen konnte es keine Liebe geben, dann war die Liebe wie ein Haus ohne Dach, ein Haus, in dem es nie warm wurde.

»Wärme mich«, hatte ihre Mutter vor ihrem Tod gemurmelt. »Ich habe es so kalt. Ich habe es immer so kalt gehabt.« Den Blick schon in eine ungewisse Ferne gerichtet, forderte sie dann das Versprechen von ihr. »Kümmere dich um Pappi. Er wird ja auch anders. Er wird alt. Und kümmere dich um deinen Bruder.« Sie hatte es ihr versprochen. Und es eines Tages nicht mehr halten können

Jetzt war das alles nicht mehr wichtig. Nur die Gegenwart zählte noch. Seine Liebe, seine sie umhüllende Fürsorge, seine Geduld. Die Carpenters sangen: »On the top of the world«, und sie freute sich darauf, wenn sie von dem siebten Himmel wieder herabsteigen würde und mit ihm den Alltag erleben durfte.

Der Absturz kam jäh und unerwartet. Später, den Rest

ihres Lebens, würde Gaby sagen, daß sie zwei Monate, zwanzig Tage und zehn Stunden geglaubt hatte, glücklich zu sein.

»Unser erstes gemeinsames Weihnachtsfest in unserem Heim«, hatte sie am Morgen desselben Tages gesagt. »Ich weiß nicht, wie ich all das in mich aufnehmen kann. Soviel Glück!«

Unter dem Tannenbaum hatte die Bluse gelegen, die ihr beim gemeinsamen Bummel durch die festlich beleuchteten Straßen zu teuer erschienen war. Natalie saß schon den ganzen Tag zufrieden im Sessel und las »Das verlorene Mädchen« von Lawrence, und Manfred baute mit dem Fischer-Price-Kasten elektronische Meisterwerke.

Mit hochrotem Gesicht begoß Gaby in der Küche die Weihnachtsgans und rührte den Rotkohl um. »Meine Mutter fügt dem Kohl immer etwas Gänseschmalz hinzu«, sagte Hubert und strich eine Haarsträhne aus ihrem Gesicht. »Du hast doch auch Äpfel mitgekocht?« Gaby nickte und versuchte das Zittern ihrer Hände zu unterdrücken. Sie hatte noch ein besonderes Geschenk für ihn. Seine Freude über den Sammelband von Wilhelm Busch war groß gewesen. Das andere war etwas für heute abend, wenn die Gäste wieder gegangen waren. Ehemalige Nachbarn hatte er zu ihrem ersten Weihnachtsessen eingeladen. »Ich habe den beiden, besonders aber Patty, viel zu danken. In der Zeit nach meiner Scheidung konnte ich immer bei Piet und Patty anklopfen. Du hast doch nichts dagegen, wenn ich ihnen zeige, wie festlich man in Deutschland Weihnachten feiert? Da kannst du dich so richtig in der Küche ausleben.«

Gaby wünschte, daß Mutti sie so hätte sehen können. Wie sie die frische Champignonsuppe mit Sahne abschmeckte, den Aal auf kleinen Toastschnitten anrichtete, garniert mit einigen Blättern frischem Eichblattsalat, Kartoffelbrei stampfte, Rotkohl mit Äpfeln kochte und natürlich, wie sie die wunderbar duftende Gans alle Viertelstunde mit hellem Bier begoß.

Sie erinnerte sich daran, daß sie Mutti, als sich der Kontakt nach ihrem dramatischen Abgang von zu Hause langsam wiederbelebte, in den Keller ihrer ersten Wohnung geführt hatte. Reihen voll Eingemachtes standen da, in Reih und Glied, erfolgreiche Zeugen einer Küchenschlacht. »Auch Mixed Pickles, die ißt du doch so gerne!« Mutti hatte mit ungläubigem Gesicht ein Glas in die Hand genommen. »Hast du die eingelegt?« Gaby hatte genickt. »Ich koche auch alles Gemüse ein. Robbie meint, das ist viel gesünder.« Das war gelogen, denn es war Robbie vollkommen egal, woher das Gemüse kam, solange die Fleischportion seinen Wünschen entsprach. Aber eine gute Hausfrau war doch besorgt, daß gesundes Essen auf den Tisch kam! Und selbst Eingekochtes, das zeigte, daß sie eine gute Hausfrau war! Gut und pflichtbewußt.

Hubert wußte das zu würdigen. Gutes Essen war für ihn sehr wichtig. Jedes Essen wurde zum Festmahl mit ihm. »Weißt du, ich bin das von zu Hause so gewöhnt. Essen hat in erster Linie etwas mit Kultur zu tun. Und meine Mutter ist eine hervorragende Köchin.« So brannte auch jetzt immer eine Kerze in dem glänzend geputzten alten Messingleuchter – ein Erbstück aus seinem elterlichen Haus – die Serviette aus feinem Leinen mußte genau neben der silbernen Gabel liegen. Das Glas für den Kornbranntwein mußte beschlagen, wenn der Schnaps richtig gekühlt war. Man aß langsam und mit Genuß. »Mindestens dreißigmal kauen«, ermahnte er die Kinder, »dann hat der Magen ein leichtes Spiel.«

Das Weihnachtsessen war gelungen. Es schmeckte allen ausgezeichnet, und es durfte sogar bei Tisch deutsch gesprochen werden. »Vorzüglich, die Gans, so knusprig, wie bekommst du das nur hin?« Patty zupfte anmutig etwas

Haut mit ihren lackierten Fingernägeln von einem Gänseflügel. »Ich bin noch nie eine gute Köchin gewesen.« – »Du hast halt andere Qualitäten«, brummte Piet und hob sein Glas. »Darf ich auf die Hausfrau trinken?« Ich hätte meine Nägel noch lackieren sollen, dachte Gaby und erwiderte lächelnd den Toast.

Später, als die Kinder im Bett lagen, legte sich auch Piet etwas hin. »Zuviel Gänsebraten«, sagte er. »Ein Viertelstündchen auf eurem Gästebett wird mir guttun.« – »Ich räume die Küche schon auf«, Gaby schob Hubert zur Tür hinaus. »Kümmere du dich um Patty. Sie kann doch nicht alleine im Wohnzimmer sitzen.« Sie war froh, ein wenig alleine in der Küche zu sein. Die aufkommende Übelkeit beim Anblick all der fettigen Überreste bekämpfte sie mit einem tiefen Atemzug. Eine starke Seifenlauge und ran an den Feind, ermunterte sie sich selbst. Sauber mußte alles sein, appetitlich und frisch. In einer halben Stunde war alles fertig. Zufrieden trocknete sie ihre Hände ab. Jetzt noch die Abfälle zur Mülltonne nach hinten in den Garten bringen, und dann konnte sie mit den anderen ein Glas Martini trinken. So, wie Hubert ihn immer servierte, mit zwei Stückchen Eis und einer Scheibe Zitrone. Als sie von dem Ascheimer zurück aufs Haus zulief, sah sie ins Wohnzimmer. Die Gardinen zum Garten waren nicht zugezogen. Patty lag auf der Couch. Ihr enger Rock war bis zur Hüfte hochgeschoben. Hubert lag schräg auf ihr, eine Hand auf ihrem halb entblößten Rücken, die andere unter ihrem Rock. Die elektrischen Weihnachtskerzen flackerten.

Irgendwie hatte sie es fertiggebracht, ins Wohnzimmer zu gehen. »Mir ist nicht gut«, hatte sie zu Hubert gesagt und Patty nicht angesehen. »Ich möchte, daß sie geht. Sag Piet bitte Bescheid.« Und mit einem Blick zu dem dunklen Gartenfenster: »Zieh das nächstemal die Gardinen zu. Die

Nachbarn hätten euch sehen können.« Sie ging zurück in die Küche, ihre Beine schienen in hölzerne Stelzen verwandelt zu sein. Leise schloß sie die Tür hinter sich.

Später lag er vor ihr auf den Knien, umschlang mit beiden Händen ihre Beine. »Ich weiß nicht, was über mich gekommen ist. Du mußt mir das glauben. Der Alkohol, die animierende Stimmung, sie provozierte mich.« Seine Stimme klang erstickt, sie befürchtete, daß er weinte. Gaby klammerte sich am Küchentisch fest. Ich muß das durchstehen, dachte sie. An kleine weiße Schäfchen denken, die über grüne Wiesen springen, goldene Glöckchen bimmelten um ihre Hälse und seidige Felle schimmerten in der Sonne. Ganz intensiv mußte sie daran denken, so wie früher, dann konnte ihr nichts wirklich geschehen. Dann war sie weit fort. Fort aus dieser sauberen kleinen Küche, fort aus diesem fremden Land, fort von diesem Mann, der vor ihr auf den Knien lag. »Ich beschwöre dich, Gaby, Gabylein, du mußt mir das verzeihen! Ich liebe nur dich, ich begehre nur dich. Nur mit dir will ich das alles erleben. Es ist so wunderbar mit dir.«

Er stand langsam auf, klopfte seine Knie ab, wollte sie an sich ziehen. Sie spreizte ihre Finger wie ein Gitter vor sich. »Faß mich um Gottes willen nicht an.« Er trat einen Schritt zurück. »Du weißt doch, was du mir bedeutest«, hörte sie ihn fortfahren. »Hätte ich dich sonst geheiratet, dir und deinen Kindern hier ein neues Zuhause gegeben? Ich will doch alles für dich tun, das weißt du doch! Ich bin ein Esel.« Er lachte unsicher auf. »Ein übermütiger Esel, der sich aufs Eis gewagt hat. Aber wir beide wissen doch, daß so etwas nicht wirklich etwas mit uns zu tun hat. Zwischen uns, mein Kleines, das ist doch etwas ganz anderes.« Mir wird übel, dachte Gaby, ich muß mich erbrechen. Sie schaffte gerade noch die wenigen Schritte zur Toilette, sank vor dem WC-Becken in die Knie und würgte und spuckte und weinte. Hubert war ihr gefolgt. »Mein armer

Liebling«, er strich ihr die feuchten Haare aus der Stirn. »Du mußt dich nicht so aufregen. Es bedeutet nichts. Nichts.«

Dann stützte er sie und führte sie zu der Couch ins Wohnzimmer. Sie fühlte sich schwach und elend. Ihr Widerstand war ausgespuckt. So war es, alle taten es. Natürlich liebte er sie. Auch Pappi hatte sie geliebt. Aber Hubert hatte versprochen, ihr nie weh zu tun. »Ich schwöre dir, ich tue es nie wieder«, hörte sie ihn an ihrem Ohr murmeln. »Ich war ein Narr, ich will dich nie verlieren.« Ich muß es vergessen, dachte sie. Dies ist nur ein kurzer, böser Alptraum. Wenn sie wach wurde, war sie wieder glücklich. Glücklich mit Hubert. Zwei Monate und zwanzig Tage trug sie seinen Namen. Liebe, Treue und Achtung sind die Grundpfeiler einer jeden Ehe, hörte sie den Standesbeamten sagen. Auf denen baut man eine Ehe auf. Dies eben war nicht geschehen, ein Ausrutscher. Er war ihr Mann, ihr wunderbarer, lieber, zärtlicher Mann. »Ich bekomme ein Kind«, sagte sie. Die elektrischen Weihnachtskerzen flackerten.

Ganz still wurde sie in der großen dunklen Eingangshalle des alten Herrenhauses. Ernst blickende Patrizier sahen aus breiten Goldrahmen mißbilligend auf den Eindringling herab. Feine Speerspitzen an den Wänden schienen nur darauf zu warten, sie zu durchbohren. »Mein Urgroßvater war Konsul in Afrika«, erklärte ihr Hubert. »Paß auf, der Elefantenfuß stammt noch aus der Zeit.« Entsetzt wich Gaby einen Schritt zurück und stieß dabei gegen einen breiten Schrank. »Vorsicht, unser japanischer Schrank, angeblich ein kaiserliches Geschenk an einen Großonkel. Aber komm jetzt, meine Mutter erwartet dich.«

Später, viel später, fragte Gaby sich oft, warum es ihr nicht gelungen war, die Liebe oder zumindest die Achtung dieser Frau zu gewinnen. Warum sie ihr selbst in den dunkelsten Tagen nicht einen Finger reichte.

Die erste Begrüßung war wohlwollend, beinahe freundlich. »Wie jung Sie aussehen. Gar nicht wie eine geschiedene Frau mit zwei Kindern.« Ein liebevoller Blick zu ihrem Sohn. »Er hat mich richtig neugierig auf Sie gemacht. Ihr habt in der Zwischenzeit sogar schon geheiratet?« – »Ohne großes Brimborium«, sagte Hubert. »Wir wissen ja, was wir aneinander haben.« – »Ihre Eltern leben nicht mehr?« – »Mein Vater ist im Krieg gefallen«, antwortete Gaby wahrheitsgemäß. Es tat ihr noch immer gut, das zu sagen. Ihr Vater war tot, er hatte mit all dem Unaussprechlichen in ihrer Kindheit nichts zu tun. »Und meine Mutter ist vor fünf Jahren gestorben. Krebs«, fügte sie nach einem Moment hinzu.

Sie erinnerte sich an den trüben Apriltag der Beerdigung, als wäre er gestern gewesen. Vor ihr lief Pappi. Wie er da mit seinem Sohn Mark lief, der ihn schon um Kopfeslänge überragte, sah er in seinem zerknitterten Regenmantel fast bemitleidenswert aus. »Er wird alt«, hörte sie Mutti wieder sagen. »Kümmere dich um ihn.« Und sie hatte es ihr versprochen. Vielleicht hatte er sich in den letzten Jahren wirklich geändert? Vielleicht begriff er sogar, was er ihr angetan hatte? Als Muttis Sarg langsam in die Grube glitt, war sie zusammengebrochen. Ich habe nie mit dir darüber reden können. Ich habe dir nie sagen können, daß ich dir nicht wehtun wollte. Du hast mir nie gesagt, was du wußtest. Die nie gestellten Fragen schnürten ihr die Kehle zu. Die Endgültigkeit ihres Todes hatte ihr beinahe den Atem genommen.

»Gaby«, Huberts Stimme rief sie zurück in die Gegenwart. »Mutter sagt etwas zu dir.« – »Wenn du willst, Kind, kannst du mich Mutter nennen, jetzt, da ihr nun einmal verheiratet seid.«

Mutter. Sie bekam noch einmal eine Mutter. Eine vornehme, liebe Frau, die sie als Schwiegertochter akzeptierte, jemand, dem sie vielleicht einmal ihr Herz aus schütten konnte. Jemand, der sah, daß sie alles tun würde, um ihrem Sohn eine gute Frau zu sein, eine liebevolle Mutter für sein Kind. »Ich danke dir«, sagte sie, und ihre Stimme klang rauh. »Ich danke dir so sehr. Ich werde alles tun, um deinen Sohn glücklich zu machen.«

Wenn die Kinder in der Schule waren, das Essen für mittags vorbereitet, setzte sie sich in ihren Volkswagen und fuhr hinauf zur Postbank, dem hügeligen Naturschutzgebiet vor Arnheim. Sie parkte den Wagen hinter der Wegbiegung und lief mit großen Schritten in den Wald. Hier gab es keinen Anlegesteg wie in Altona, von dem aus sie stundenlang ins Wasser sehen konnte. Aber das war auch nicht mehr nötig: Sie war glücklich, sie wollte glücklich bleiben, wollte Hubert glücklich machen um jeden Preis. Um jeden Preis? »Liebe ist geben und nehmen«, flüsterte Hubert ihr Nacht für Nacht zu. Er stützte sich ab, sah auf sie herab: »Gebe ich dir genug?« Gaby konnte dann nur nicken. Er hatte ihr alles gegeben. Er hatte ihr beigebracht, daß ihr Körper liebenswert war. Er konnte sie vor Glück erzittern lassen. Er zeigte ihr, was ein Mann auch sein konnte. Sein Körper erschreckte sie nicht mehr. Nie roch er nach Schweiß, in allen Hautfalten duftete er nach Paco Rabanne, selbst in der Ekstase blieb er ein Gentleman. »Dir will ich alles sagen«, murmelte er an ihrem Ohr, »wovon ich träume . . .« Er hielt eine Sekunde inne. »Und warum ich Patty begehre.« Er streichelte ihre kleine Brust. Gaby wagte nicht mehr zu atmen, versteifte. »Patty?« hatte sie geflüstert. Er hatte sie an sich gezogen. »Kleines, das ist doch normal. Jeder Mann begehrt andere Frauen. Ich bin nur ehrlicher. Das hat nichts mit Liebe zu tun, nur mit Begierde.« Die Dunkelheit im Schlafzimmer ängstigte sie. Vom Gang her drang kein Lichtschimmer herein. Wenn sie jetzt aufstünde, würde sie den Weg nicht finden. Früher hatte sie auch nicht im Dunklen schlafen wollen. Da waren unheimliche Dinge geschehen, da rissen Finger an ihrem Fleisch, da waren beängstigende Körperteile.

»Es ist ein Zeichen meiner Liebe, Kleines«, fuhr Hubert fort, »wenn ich dir meine Träume erzähle. Ich möchte mit Patty schlafen. Sie reizt mich unsagbar. Ihr üppiger Busen, die Art, wie sie mich provozierend ansieht . . .« – »Hör auf, hör auf.« Sie weinte. Er beugte sich wieder über sie und küßte ihre Tränen weg. »Ich werde nichts tun ohne deine Zustimmung, nichts, ich schwöre es dir.«

Der kalte Februarwind trieb ihr die Tränen in die Augen. Sie wußte sowenig. Was war Liebe? Einmal hatte jemand zu ihr gesagt: Wenn man jemand liebt, dann achtet man ihn und seine Gefühle. Hubert achtete ihre Gefühle. Er würde nichts gegen ihren Willen tun. Aber er sagte auch: Liebe ist geben und nehmen. *Er* hatte ihr soviel gegeben, ein neues Zuhause, ein schönes Heim, Sicherheit. Was konnte *sie* ihm geben? »Beweis mir deine Liebe«, flüsterte er Nacht für Nacht.

Die Einladung zu Pattys Geburtstag kam unerwartet. »Sie hat am gleichen Tag wie ich Geburtstag, am dreizehnten März.« Hubert reichte ihr die Einladung. »Ein romantisches Essen zu viert«, stand da. »Bringt ihr gute Laune mit?« – »Eigentlich wollte ich unsere neuen Nachbarn einladen«, murmelte Gaby. Sie entdeckte einige Flecken auf der rostfrei-glänzenden Anrichte und begann sie zu schrubben. Ein Paar Tropfen Meister Propper und reiben, nicht zuviel Druck, einfach reiben, kreisrunde Bewegungen, aber reiben, dann verschwinden die Flecken wie von selbst. Dann spiegelte sich ihr Gesicht wieder in der Fläche unter ihr, glänzend und strahlend. »Aber doch nicht an meinem Geburtstag. Die Nachbarn laufen uns nicht weg.« Er nahm ihr nachdrücklich den Putzlappen aus der

Hand. »Ich habe noch gar keinen Kuß bekommen.« Gaby schloß die Augen, um die Wärme hinter ihren Augenlidern zurückzuhalten. Wie schnell sie in letzter Zeit heulte! Und dann diese Kopfschmerzen! Das ganze letzte Wochenende hatte sie mit ihren Kopfschmerzen verdorben. Als sie immer wieder erbrechend vor der Toilettenschüssel hockte, hatte Hubert sogar ihren Hausarzt angerufen. »Migräne«, sagte er. »Ihre Frau hat einen schweren Anfall von Migräne.« Und zu Gaby: »Hatten Sie früher schon derartige Beschwerden?« Gaby lag unbeweglich im verdunkelten Schlafzimmer und versuchte, den Kopf zu schütteln. Gepeinigt verzog sie den Mund. »Nein«, flüsterte sie. »Erst seitdem ich schwanger bin.« Davon war sie überzeugt, die Schwangerschaft verursachte diese beinahe nicht zu ertragenden Schmerzen. »Ich kann Ihnen deswegen auch nur ein leichteres Schmerzmittel spritzen.« Der Arzt zog die Spritze auf, und Gaby wandte den Kopf zur Seite. Es hämmerte und dröhnte in ihrem Kopf, jeder Pulsschlag wurde von scharfen Klingen zerschnitten. Liebe ist geben und nehmen. Sie liebte ihn so sehr. Er mußte ihr glauben, daß sie ihn liebte. Ihre Kinder liebte sie. Für die Kinder tat sie auch alles. Für das Kind in ihrem Leib ertrug sie die Kopfschmerzen. Was ertrug sie für Hubert? Mußte sie ihm nicht einen Beweis ihrer Liebe geben? Danach würde er nie mehr an ihr zweifeln. Sie brauchte keine Angst mehr zu haben.

Patty hatte untertrieben. Sie war auch eine gute Köchin. Zartgelbe Muscheln in feinem Paniermehl in Fett gebacken, frisches Stockbrot mit verschiedenen Dipsaucen bildeten den gelungenen Auftakt des romantischen Essens zu viert. »Das muß doch gefeiert werden«, Piet legte den Arm um Gabys steife Schultern, »zwei so liebe Geburtstagskinder. Nicht wahr, wir wünschen den beiden doch nur das Beste?« Hubert nahm beim Essen ihre Hand in seine und küßte zart ihre Fingerspitzen. »Dies ist ein ganz besonderer Geburtstag für mich.« Gaby lächelte, entzog ihm die Hand, um nach ihrem Weinglas zu greifen. Es war schon wieder leer. »Keine Sorge, ich bin schon da.« Piet schenkte ihr nach, und sie nahm einen zu großen Schluck. Aber langsam fühlte sie die Wirkung des Weines. Ihre Glieder wurden schwerer und ihre Gedanken leichter. Sie machte schon wieder ein Drama um nichts. »Du tust so schwierig«, pflegte Hubert zu sagen, wenn sie ihm ihre zweifelnden Gedanken – worüber auch immer – mitteilte. »Die meisten Dinge regeln sich von selbst. Sich vorher Sorgen zu machen, hat keinen Sinn, na, und wenn es einmal geschehen ist, ist es doch zu spät.« Sie mußte die Dinge einfach geschehen lassen. Es war ihr deutlich, was hier heute geschehen sollte.

Beim Tanzen drückte Hubert sie an sich. »Ich möchte immer an deine Liebe glauben«, raunte er ihr zu. Gaby löste sich etwas aus seiner Umklammerung. »Willst du das wirklich? Ich meine, willst du partout mit Patty ins Bett?« Vielleicht sagte er jetzt, im letzten Moment: Nein, mein Kleines, ich wollte dich nur auf die Probe stellen. Das sind alles nur Träume. Meine Liebe zu dir, das ist die Wirklichkeit. Aber er lächelte sie an. »Ja«, sagte er ohne Umschweife und sah zur Tür, die Piet gerade für Patty aufhielt. Sie brachte den Kaffee. Gaby nahm seine Hand in ihre, beinahe wie zu einem offiziellen Händedruck. »Gut«, sagte sie, »dann ist das mein Geburtstagsgeschenk. Schlafe mit ihr. Und zweifle bitte nie wieder an meiner Liebe.« – »Ich wußte ja, daß du mich verstehst«, raunte er ihr zu, bevor er zu Patty ging und ihr den Kaffee abnahm.

»Wenn du es nicht ertragen kannst«, hatte er sie getröstet, als sie von Pattys Geburtstag zurückgefahren waren, »tue ich es nicht mehr. Es war ganz alleine deine Entscheidung. Ich kann dir sagen, es war viel weniger aufregend, als ich gedachte hatte.« – »Ist es damit vorbei?« hatte sie ihn bebend gefragt. – »Natürlich, Kleines, nur du bist wirklich wichtig für mich. Wenn du nicht willst, sehen wir die beiden nie wieder.«

Gaby hatte versucht, sich zu entspannen. Es war ja jetzt vorbei. Aber immer wieder sah sie Hubert und Patty aus dem Schlafzimmer nach unten kommen. Sie hatten ihr ›Geburtstagsgeschenk‹ ausgepackt. Patty hatte rosige Wangen und roch nach ihm. Er hatte sich ein neues Glas Wein eingeschenkt. »Jetzt wäre noch etwas zu essen recht«, hatte er augenzwinkernd zu Gaby gesagt. Sie hatte sich übergeben müssen.

Sie dachte an das letzte Geschäftsessen. »Schloß Hartenstein hat eine jahrhundertealte Tradition, es ist mit Abstand das beste Restaurant in der Umgebung«, hatte Hubert ihr auf der Hinfahrt erklärt. »Heute abend wirst du die wichtigsten Männer unserer Firma kennenlernen. Und natürlich ihre Frauen. Die Frauen sind oft noch wichtiger«, hatte er ein wenig spöttisch lächelnd hinzugefügt. »Sie bestimmen, wer dazu gehört oder nicht.« – »Dazu gehört?« Gaby suchte in ihrer Handtasche nach einer Magentablette. Der Martini, den sie vor dem Wegfahren noch mit Hubert getrunken hatte, war ihr schlecht bekommen. Sodbrennen. Sodbrennen und Kopfschmerzen. Hoffentlich nicht wieder Migräne. Vielleicht ist es besser, wenn ich gleich ein Zäpfchen nehme. Sie mußte fit sein. Hubert mußte stolz auf sie sein können. Das hatte er ihr beim Martini gesagt. Ich will stolz auf dich sein. Meine junge, hübsche Frau. Der kleine Bauch steht dir gut. Macht dich so sexy. Sie sah das Flackern in seinen Augen. Er begehrte sie. Sie mehr als jede andere. Und er begriff sie.

»Du fühlst dich doch hoffentlich gut?« Hubert sah sie besorgt von der Seite an. »So ein Geschäftsessen ist sehr wichtig. Früher hat man sogar die Frauen vor der Beförderung des Mannes zum ›Probeessen‹ eingeladen. Die Zeiten sind natürlich längst vorbei. Aber unterschätzen darf man die Repräsentationspflichten nicht.« Er tätschelte zärtlich ihren Arm. »Das kommt davon, wenn man einen wichtigen Mann heiratet.« In ihrem Kopf begann es zu hämmern. Sie kontrollierte ihr Aussehen im Autospiegel. Man sah ihr die Kopfschmerzen noch nicht an. Nur was man sah, das zählte. Die Schwangerschaft stand ihr gut. Sie hatte etwas vollere Wangen bekommen. Auch einen volleren Busen. Eine richtige kleine Frau, hatte Hubert letzte Nacht gesagt. Alles war gut.

Sie kamen etwas zu spät. Gaby wäre gern etwas früher gegangen, aber Hubert hatte gesagt, er wolle noch gemütlich einen Martini mit ihr trinken. Er war so lieb zu ihr.

Ein schwarzgekleideter Oberkellner, mit gestärkter Hemdbrust und ein wenig Pomade im Haar, nahm ihr den Mantel ab. Ihre Knie zitterten. Sie fröstelte. Die jahrhundertealte Eichentür hielt Hubert vor ihr auf. »Auf in die Höhle des Löwen«, flüsterte er ihr zu. Der runde, festlich gedeckte Tisch schien unendlich weit entfernt. Sie sah alle Gesichter sich ihr zuwenden. Die Unterhaltung verstummte. Die dicken Bohlen unter ihren Füßen knarrten. Sie fühlte sich auf einmal schrecklich plump mit ihrem Fünf-Monate-Bauch, dem zu weiten Hängerkleid und der üppigen Lockenpracht. »Da kommt mir keine Schere dran«, hatte Hubert gestern noch gescherzt. »Du kannst doch nicht an meinem Liebsten herumschnippeln lassen.« Gaby sah zu den wichtigen Frauen der wichtigen Männer. In Sekundenschnelle, wie mit dem Zeitraffer, nahm sie die Bilder in sich auf. Schlank, gepflegt, vornehm, aus jeder parfümierten Pore atmete ihre gute Erziehung, die ordentliche Kinderstube, dies Mit-sich-und-der-Welt-eins-Sein. Sie standen alle so hoch über ihr. Der Tisch schien sich immer weiter zu entfernen, schwebte empor, die dikken Bohlen wölbten sich wie gefräßige Krokodile unter ihr, schnappten nach ihren Füßen. Sie zitterte am ganzen

Körper, ihre Beine knickten unter ihr weg, hilflos streckte sie die Hand nach Hubert. »Mir wird schlecht. Ich kann nicht . . .« Sie brach ab, klammerte sich an seinen starken Arm. »Ist ja gut.« Er legte einen Arm fest um ihre Schultern, mit dem anderen führte er sie zu dem freien Platz. Als sie saß, schloß sie gequält einen Augenblick die Augen. Es war mucksmäuschenstill am Tisch. »Tut mir leid«, hörte sie Hubert sagen. »Gaby ist nicht ganz wohl. Ich glaube, der Kreislauf.« Ein begreifendes Gemurmel. Natürlich, der Kreislauf. So etwas konnte schon einmal geschehen. »Außerdem ist sie schwanger. Wir bekommen ein Kind.« Glückwünsche von allen Seiten. Ein Kind, wie wunderbar.

Elf war sie, als ihr Halbbruder Mark geboren wurde. In der Nacht vor seiner Geburt hatte Pappi bei ihr gelegen. Angst hatte sie gehabt vor dem Fremden und Harten an ihrem Oberschenkel. Mein Gott, *sie* war nie ein Kind gewesen.

»Ist mir bei meinem ersten auch öfter passiert«, hörte sie eine dieser wunderbaren Frauen sagen. »Schwindelanfälle und Sodbrennen. Ach ja, man muß als Frau schon etwas dafür übrig haben.«

Gaby sah sie dankbar an. Sie hatte dieselben Beschwerden. Schwindelanfall und Sodbrennen. Es war beinahe, als wenn sie so wäre wie andere Frauen.

Langsam entspannte sie sich. Man sah ihr nichts an. Sie war schwanger. Schwanger sein war normal. War wunderbar. Man mußte schon etwas übrig haben für ein Kind.

Das weitere Geschäftsessen war gut verlaufen. Das hatte Hubert auch gesagt. Er war auch nicht böse gewesen wegen ihres Schwächeanfalls. »Schließlich hast du ja mich zum Festhalten.«

Aber gestern war es ihr wieder passiert. Und da war er

nicht dagewesen. Sie hatte nur schnell ein Päckchen Kaffee und ein paar Kekse aus dem Supermarkt holen wollen. An der Kasse mußte sie warten. Stehen. Die Kassiererin sah sie gleichgültig an. Oder doch nicht? Die dachte doch hoffentlich nicht, daß sie den Kaffee stehlen wollte, weil sie keinen Korb genommen hatte? Demonstrativ hielt sie den Kaffee sichtbar vor sich. So etwas konnte man schon von ihr denken. Es wurde ja so viel gestohlen. Ihre Beine begannen zu zittern. Sie konnte sich nirgendwo festhalten. Doch, da, der Süßwarenständer bei der Kasse. Er schwankte unter ihrem krampfhaften Griff. Sie fühlte kleine Schweißperlen auf ihrer Oberlippe. »Ist Ihnen nicht gut?« – »Nein, ja, es ist nichts, nichts!« Endlich, sie war an der Reihe. Den Kaffee aufs Band legen, die Kekse daneben. Sie wollte nichts stehlen. Sie war nicht schlecht. Mit staksigen Beinen ging sie zum Ausgang, fühlte Blicke in ihrem Nacken, endlich, frische Luft, nur weg. Nie wieder ohne Einkaufswagen, schwor sie sich. An einem Einkaufswagen konnte man sich prima festhalten. So ein Schwindelanfall konnte schon einmal vorkommen. Sie war ja schwanger. Das erklärte alles.

Jeden Donnerstag erledigte sie nun zusammen mit Dagmar die wöchentlichen Einkäufe. Ein vertrautes Ritual. Am Einkaufswagen konnte sie sich gut festhalten. Niemand merkte dann, wenn sie zitterte. Hinterher fuhren sie zu Ursel zum Kaffee. Ursel war Dagmars andere deutsche Bekannte, die sich schon auf den deutschen Zuwachs in der Nachbarschaft gefreut hatte. Vom ersten Augenblick an fühlte Gaby sich zu ihr hingezogen. Sie war nicht so hübsch wie ihre einzige Kinderfreundin Elli, die sie damals mit ihrem glucksenden Lachen, den dunklen Kräusellocken und den dunklen Kohlenaugen bezaubert hatte. Sie hatte Elli geliebt. Aber dann hatte Elli sie verachtet, hatte gesagt, ich dachte, du seist meine

Freundin, so eine wie du. Das war, nachdem Pappi auch etwas mit ihr getan hatte. Und Elli die Wahrheit ahnte.

Ursel würde so etwas nie zu ihr sagen. Vielleicht nicht einmal, wenn sie etwas wüßte. Sie war so geradlinig, so durch und durch sauber, immer freundlich und lieb. »Ist doch kein Wunder, wenn du zitterst«, sagte sie, als Gaby ihr Andeutungen über ihre Schwäche machte, und bestrich ein frisches Brötchen mit Butter. »Wer geht auch einkaufen, ohne zu frühstücken? Komm, iß und ruhe dich aus.« Fürsorglich schob sie sie zu einem Lehnstuhl. »Setze dich hier an den Kamin, lege die Füße hoch. Das wird dir gut tun.« Gaby kuschelte sich dankbar in den Lehnstuhl und sah Ursel hinterher, die frisch gebrühten Kaffee aus der Küche holte. Ursel war nicht hübsch. Dünne, blonde Haare im praktischen Herrenschnitt, ein breitkantiges Gesicht, eine zu große Nase. Aber strahlend blaue Augen. Helle, klare Augen. Keine dunklen Bergseen. Solche Augen verbargen nichts. In ihrer Gegenwart entspannte Gaby sich. Ihre mütterliche Fürsorge hüllte sie in einen warmen Mantel von Geborgenheit ein. Sie hatte herrliche Backrezepte. »Ursels Apfelkuchen« notierte Gaby zärtlich auf dem handgeschriebenen Rezept. Einfach und doch köstlich, ideal, wenn Huberts drei Kinder aus seiner ersten Ehe kamen. Alle vierzehn Tage kamen sie, erst zum Kaffee, bitte mit selbstgebackenem Kuchen, und anschließend zum warmen Abendessen. Da war es schon gut, wenn man Freundinnen hatte, die so perfekte Hausfrauen waren. Sie mußte noch so viel lernen, um allen Ansprüchen gerecht zu werden. »Liebe geht durch den Magen«, sagte Ursel und lächelte gleichzeitig ein wenig spöttisch, denn natürlich waren andere Dinge auch wichtig. Aber das wußte Gaby ja . . .

Morgen kommen die Kinder, hieß von Anfang an so etwas wie: Morgen kommen die Kinder, und nichts anderes ist wichtig. Gaby wußte noch nicht, daß die vierzehntägige

Besuchsregelung seiner Kinder aus erster Ehe dreizehn Jahre lang Gültigkeit haben sollte. Was für andere Probleme auch in ihrem Leben eine Rolle spielten, Krankheit, Tod, die Kinder kamen, daran war nicht zu rütteln. Ein ungeschriebenes Gesetz, Diskussion geschlossen.

Die zwei Jungen glichen ihrer blonden, holländischen Mutter, die kleine Xenia mit ihren langen, pechschwarzen Haaren und den dunklen Jettaugen kam Gaby vor wie eine verirrte Prinzessin aus Tausendundeiner Nacht. Hubert nickte, als sie das feststellte, und das erste Mal sah Gaby Haß auf seinem schönen Gesicht. Nicht auf seine geschiedene Frau, sondern auf seinen ehemaligen Freund, den dunkelhäutigen Marokkaner. Der sei ihr Vater, gestand er ihr, aber er habe Xenia von Anfang an als seine Tochter gesehen. Und von ihm wird sie auch nicht erfahren, wer ihr Erzeuger ist. Gaby hatte Mühe, alles so schnell zu begreifen. Eins seiner Kinder war nicht sein eigenes. Das Kind von seinem Freund. Wie schrecklich mußte das für ihn gewesen sein. Sie hätte ihn gerne getröstet, aber in seiner Haltung warnte sie etwas, ihm jetzt zu nahe zu kommen. Und Xenia? Was war mit dem Kind? »Soll das heißen, daß ihr dem Kind nicht sagen wollt, daß es nicht deine leibliche Tochter ist?« Sie mußte das einfach fragen. Hubert sah sie starr an. »Ich habe Charlott mein Ehrenwort gegeben. Sie als Mutter hat allein das Recht, Xenia zu sagen, was damals geschehen ist. Und das gilt auch für dich.« Gaby begehrte auf. Warum sie sich an ein Versprechen halten sollte, deren Sinn sie nicht einsehen konnte. Im Gegenteil, warum erklärte er seinen Kindern nicht, daß das anhaltende Verhältnis mit Abdulh seine Ehe zerstört hatte? Dann hätten seine Kinder vielleicht etwas mehr Verständnis für seine Scheidung! Vielleicht würden die Kinder sie dann auch leichter als neue Frau ihres Vaters akzeptieren können? Die Kinder kamen zwar regelmäßig alle vierzehn Tage, aber sie fühlte eine deutliche

Mauer um die drei herum, die sie nur schwer durchbrechen konnte. Während des Essens erzählten die Jungen mit Vorliebe, was ihre Mutter gesagt und getan hatte. Wie gut sie dieses oder jenes Essen zubereitet hatte. Wie sie früher – weißt du noch, Pappa, als du noch zu Hause warst – viel gelacht hatten. Daß das nicht den Tatsachen entsprach, sollte Gaby erst vierzehn Jahre später hören, als sein ältester Sohn wegen starker psychischer Störungen in einer Anstalt war. »Die einzige Erinnerung an meinen Vater«, sagte er dann mit versteinertem Gesicht, »ist die, daß er in seinem Arbeitszimmer saß, während meine Mutter mit Abdulh im Wohnzimmer lachte. Da war es warm und gemütlich, zu meinem Vater konnte ich nicht durchdringen.«

»Vielleicht wäre Xenia auch weniger eifersüchtig auf mich. Ein Kind mit sechs Jahren begreift viel mehr, als man denkt, wenn man sich die Mühe macht, es ihm auch zu erklären. So glaubt sie doch, du hast sie im Stich gelassen. Vielleicht sogar meinetwegen. Kein Wunder, wenn sie mich ablehnt.« – »Das bildest du dir nur ein. Natürlich ist sie eifersüchtig. Welches kleine Mädchen ist nicht eifersüchtig auf seinen Pappa?«

Gaby schauderte. Eifersüchtig auf Pappi? Wenn du mich noch einmal betrügst, bringe ich mich um, hatte Mutti gesagt. War das betrügen, was Pappi mit ihr tat, hatte sich das Kind Gaby gefragt. Sie wußte es eigentlich noch immer nicht. Oder war sie betrogen worden von Mutti?

»Ich erwarte von dir, daß du mit mir an einem Strick ziehst«, sagte Hubert bestimmt, und Gaby versuchte das Zittern ihrer Hände zu unterdrücken.

»Ich finde es nicht richtig, wenn Kinder mit Lügen aufwachsen«, verteidigte sie mühsam ihren Standpunkt. »Kinder fühlen doch, daß etwas nicht stimmt.«

Sie hatte es gefühlt. Wenn zu der Angst, mit der sie gelebt hatte, die Ahnung kam, daß Pappi wieder etwas im Schilde führte. Wenn sie aus der Schule kam und seinen Schatten im Toreingang verschwinden sah, wenn sie glaubte, ihn unter der Laterne bei Anne zu sehen, wenn sie eine spähende Grimasse am Fenster der Turnhalle entdeckte. Es war dieses Ahnen gewesen, dieses Riechen der Gefahr, totes Fleisch. Unfähig wegzulaufen, hatte es sie gelähmt wie das Kaninchen vor der Schlange. Sie wollte nicht mehr untätig zusehen.

»Kinder fühlen, wenn etwas nicht stimmt«, wiederholte sie. »Warum fragt Xenia immer wieder, wem sie ähnlich sieht? Und ihre Brüder, die sich immer wieder nach der angeblichen dunkelhäutigen Tante in deiner Verwandtschaft erkundigen?«

»Ich glaube, du hast mich nicht gut verstanden. Ich habe mein Wort an Charlott gegeben. Es ist alleine ihre Entscheidung, ob und wann sie dem Kind etwas sagt. Richte dich bitte danach.«

Er stand am Fenster und sah auf sie herab. Sie schlug ihre Beine übereinander, umschloß sie fest mit ihren gefalteten Händen und sah zu ihm hoch. Eine grelle Frühlingssonne setzte helle Lichter in sein Haar, umgab seinen Kopf mit einer unwirklichen Aureole. Er hatte sein Wort gegeben. Natürlich, sein Wort an jemand geben war wichtig. Ganz bestimmt für Hubert. Er hatte einen so feinen Charakter. Er haßte Lügen, wahrscheinlich fiel es ihm schwer genug, sich schützend vor seine erste Frau zu stellen. Das zeigte doch nur, wie selbstlos er war. Und jetzt machte sie ihm das Leben auch noch schwer. Hatte er nicht recht, wenn er vermutete, daß sie selbst auch eifersüchtig war? Daß sie nicht großmütig darüber hinwegsehen konnte, wenn Xenia die Mensch-ärger-dich-nicht-Steine durcheinander warf? »Wenn Gaby mitspielt, spiele ich nicht«, hatte sie dabei gesagt. Und war es nicht wirklich ein Versehen gewesen, daß sie Gabys Pudel gerade an der Kreuzung von der Leine ließ, obwohl sie Xenia ausdrücklich gesagt hatte, daß der Hund ganz bestimmt nicht frei herumlaufen durfte? Glücklicherweise streifte der Radfahrer Blacky nur an seiner hinteren Pfote, und nach zwei Wochen war die Verletzung nicht mehr zu sehen.

Sie mußte lernen, großmütiger zu sein. Über den Dingen zu stehen.

Es schien, als wenn jedesmal, wenn sie schwanger war, es einen Jahrhundertsommer gab. Den ganzen Juni über lachte die Sonne, und Gaby genoß zusammen mit Natalie, Manfred und Hubert die Freuden dieses ersten warmen Sommers. Stundenlange Spaziergänge im Wald, Huberts Arm um ihre Schulter, während die Kinder vor ihnen her liefen, inniges Schweigen. Könnte ich diese Momente doch festhalten, dachte sie oft, sie bewahren und wie Manfred seine kleinen Schätze in einem Schuhkarton verstekken, und mich je nach Bedarf wieder in sie vertiefen. Sie hatte noch kein größeres Glücksgefühl gekannt als dieses, wenn sie Huberts Hand fest auf ihrem Arm fühlte, er sie lachend festhielt, wenn sie über eine Baumwurzel stolperte. »Paß auf, nicht schon wieder ein Schnaderhüpferl!« Bei jedem Blaubeerenbusch konnte er stehenbleiben, gebückt die kleinen Früchte in seine Hand sammeln. »Mund auf!« Mit einem kräftigen Schwung ergoß sich die süße Ernte in ihren Mund. Manchmal hatte er Manfred in seinem kleinen Rucksack ein paar Butterbrote eingepackt, die sie dann im Schatten eines hohen Nadelbaums aßen.

Sie fühlte, wie ihr Kind sich bewegte und nahm Huberts Hand, die er wie ein Versprechen auf ihren Bauch legte. »Noch zwei Monate«, sagte sie und war eigentlich ein wenig traurig. Es war trotz aller kleiner Beschwerden eine wunderbare Schwangerschaft, sie hatte sich so nützlich und irgendwie bedeutungsvoll gefunden. Morgen reisten sie zu seiner Mutter, bei der sie die nächsten drei Wochen verbringen wollten. »Dann haben die Kinder doch auch richtig Ferien, und du brauchst dich nicht mehr mit dem Haushalt zu bemühen«, hatte Hubert gesagt. Wie immer dachte er in erster Linie an sie und die Kinder.

Die Fahrt wurde zur Strapaze. Wegen eines Unfalls kamen sie in einen Stau, und Gaby glaubte, durch die aufs Autodach brennende Sonne zu vergehen. Sie sah, daß Hubert sie immer wieder besorgt von der Seite ansah. Und obwohl wahre Schweißbäche ihren Hals hinunterliefen, war sie glücklich. Dieser wunderbare Mann, ihr Mann, war um sie besorgt, liebte sie, tat alles, um ihr die letzte Zeit der Schwangerschaft einfacher zu machen.

Sie dachte an Muttis letzte Schwangerschaft. Als sie Mark bekam. Kein Mann hatte sich liebevoll um sie gekümmert. Wie blaß sie damals im Krankenhaus gelegen hatte. Gaby hatte sie besucht. »Geht es dir gut?« hatte sie ängstlich gefragt und Muttis Hand gestreichelt. »Natürlich. Mach dir keine Gedanken«, hatte Mutti gesagt. »Sei ein folgsames Mädchen, und hilf Pappi.« Sie war folgsam gewesen ...

Als sie endlich in Heidelberg ankamen, drehte sich alles um Gaby. Ihre Zunge lag pelzig in ihrem Mund, und ihre Augen brannten. Fürsorglich stützte Hubert sie und führte sie in die schattige Küche. »Da bist du ja endlich, mein Guter. Ich habe mir schon Sorgen gemacht. Hättet ihr nicht anrufen können, du weißt doch, wie ich mich aufrege, wenn ihr später kommt?« – »Ein Stau, Mutter!« – »Ist ja gut, macht nichts. Hauptsache, du bist da.« Sie begrüßte Gaby und die Kinder. »Eure Bettwäsche habe ich auf den Biedermeier-Stuhl gelegt. Beziehen könnt ihr sie doch selber?« – »Natürlich können wir«, versicherte Gaby schwach und konnte an nichts anderes mehr denken als an kühles Wasser über ihren heißen, verschwitzten Körper. »Darf ich duschen?« fragte sie und setzte gleichzeitig entschuldigend hinzu: »Ich schwitze sonst nie, aber jetzt, du verstehst, mein Zustand.« »Dabei sieht man gar nicht so viel«, sagte Mutter. »Natürlich kannst du duschen. Die Dusche für die Studenten ist im Keller.« Mutter vermietete einige Zimmer ihres alten Hauses an Studenten. »Die sind zum Wochenende fort, und man weiß zumindest, daß man es nicht mit irgendwelchem Pöbel zu tun hat«, sagte sie.

Die Studentendusche im Keller hatte nicht genug Wasserdruck. Schon eine halbe Stunde stand Gaby unter der schwach tröpfelnden Dusche und versuchte vergebens, das Haarshampoo auszuspülen. Kurz entschlossen zog sie ihren Bademantel an und ging wieder nach oben in die Küche. »Vorsicht, du tropfst«, sagte Mutter. »Das ist mehr, als die Dusche tut«, versuchte Gaby zu scherzen. »Habt ihr nicht noch eine andere Dusche? Die im Keller gibt den Geist auf.« »Meine Studenten duschen dort immer«, beharrte Mutter. »Vielleicht nicht bei vierzig Grad, wenn die Quelle am versiegen ist.« Mutters ganzer Stolz war die eigene Wasserquelle, die schon seit eh und je die mehr oder weniger blaublütigen Besitzer des Hauses mit klarem Wasser versorgte. »Vielleicht kann Gaby in deinem Badezimmer duschen?« schlug Hubert vor. »Du hast dort ja einen großen Wasserspeicher stehen.« – »Mein Badezimmer?« Gaby fühlte, Hubert hatte etwas absolut Unmögliches gesagt. »Mein Badezimmer, mein Guter, das ist nur für meine Familie. Wenn deine Frau nicht im Keller duschen kann, hier auf dem Herd steht ein Kessel voll Wasser. Wir haben uns früher auch im Handstein gewaschen.«

Zusammen mit dem warmen Wasser, das Hubert ihr schweigend über die Haare goß, fühlte sie ihre Tränen in den Ausguß rinnen. Und zusammen mit mit ihnen spülte sie auch die Hoffnung fort dazuzugehören. Hubert hatte mit keinem Wort seiner Mutter widersprochen. Gehörte sie als seine Frau nicht auch mit zu ihrer Familie? Sie hatte so sehr gehofft, einmal im Leben dazuzugehören. So wie andere Kinder zu einer Mutter und zu einem Vater gehörten.

Für Mutti war sie, nachdem Pappi bei ihnen lebte, immer mehr eine Fremde geworden. Oft glaubte sie ihre Feindschaft zu spüren. Sie hatte sie nie mehr gestreichelt, sie nie mehr in den Arm genommen. Als sie als Sechsjährige zu Mutti gesagt hatte: »Ich finde Pappi gar nicht mehr lieb!« Da hatte Mutti ganz erstaunt eine Augenbraue hochgezogen und gemeint: »Das ist ja etwas ganz Neues. Wenn er jemand anbetet, dann doch sein Zuckerpüppchen. Für dich würde er alles tun.« Das Kind Gaby hatte nichts mehr gesagt. Was wußte Mutti damals? Ahnte sie nicht, was sich da in ihrer Wohnung abspielte? Warum hatte sie nie gefragt: »Warum findest du Pappi nicht mehr lieb?« Um Himmels willen, warum hatte sie nie gefragt: »Warum?«

Wieso fragte Hubert seine Mutter nicht: »Warum läßt du meine Frau nicht in dein Badezimmer? Sie gehört jetzt zu uns.« Warum mußte sie mit ihrem dicken Bauch zusammengekauert vor dem Handstein hocken, den Kopf tief über den Ausguß gebeugt? Sie roch die Fäulnis, die aus dem alten Abflußrohr hochstieg, und ihr wurde übel. Konnte sie es einer Frau wie seiner Mutter übelnehmen? Wie schlank und kühl sie in der Küche gestanden hatte. Wahrscheinlich mußte sie nicht daran denken, jemanden wie sie in ihr Badezimmer zu lassen. Nicht nur weil sie verschwitzt und plump aussah, wahrscheinlich ahnte sie, daß bei ihr viele Dinge nicht abzuspülen waren. Viele unaussprechliche Dinge.

Eine Frau wie sie hatte vielleicht keine Ahnung, wie tief man hinabsteigen konnte, aber sie fühlte es. So wie die Bäuerin, bei der das Kind Gaby zur Sommerfrische gewesen war, gesagt hatte: »Ein eigenartiges Kind. Habt ihr ihre Augen gesehen? Das sind doch keine Kinderaugen.« So hatte Huberts Mutter ihr es angesehen. Ihr Schmutz konnte nicht weggespült werden. So eine ließ man nicht in sein Badezimmer.

»Hexenschuß«, hatte der Doktor gesagt, »wahrscheinlich haben Sie eine verkehrte Bewegung gemacht. Ein paar Tage Ruhe, und der Schaden ist behoben.«

Es war nach dem Haarewaschen passiert. Gaby stand vor dem mannshohen Spiegel mit dem breiten handgeschnitzten Rahmen und hob die Hand, um ihre Haare auszubürsten, als ihr ein messerscharfer Schmerz durch den Rücken fuhr und sie sich nicht mehr rühren konnte. Seitlings war sie auf das Bett gesunken und hatte gewartet, bis Hubert irgendwann einmal nach ihr sehen würde. Er hatte dann den Arzt gerufen.

Drei Tage lag sie jetzt schon so, beinahe bewegungsunfähig, und lauschte nach den Geräuschen aus dem Haus, die wie durch Watte gedämpft zu ihr heraufdrangen. Heute abend war ein gemütliches Grillessen. Durch die offenstehenden Fenster stieg der Duft frisch gebratenen Fleisches verlockend in ihre Nase. Hin und wieder hörte sie jemand lachen. Sie glaubte Cornelias Stimme zu erkennen, Huberts Schwester, die im neunten Monat schwanger war. »Mein armes Mädchen«, hatte Huberts Mutter gesagt, »das letztemal hat sie auch so leiden müssen. Sie ist so sensibel, meine kleine Conny, den Belastungen einer Geburt eigentlich nicht gewachsen.« Hubert hatte seiner Mutter die Hand getätschelt. »Ein guter Stall hat auch kräftige Stuten. Mach dir man keine Sorgen.« Gaby hatte dabei gesessen und sich wie in einem luftleeren Raum gefühlt. Sie bekam doch auch ein Kind. Warum sagte nie jemand etwas darüber? Die letzten Tage hatte sie ziehende Schmerzen im Unterleib. »Das ist normal«, hatte Hubert sie beruhigt. »Du weißt doch, daß ein Kind sich nach dem siebten Monat senkt?«

Sie sah zur Zimmerdecke, die mit reichem Stuck verziert war. Genau über ihr entdeckte sie ein Spinnennetz. Eine fingernageldicke Spinne seilte sich langsam auf sie herab. Fasziniert beobachtete Gaby, wie aus dem Spinnenleib ein silbrigglänzender Faden wuchs, mit dem die Spinne weiter und weiter auf sie herabkam. Sie erinnerte sich an eine Geschichte, in der Riesenspinnen ihre Opfer mit ihren Netzen erstickten. Diese Spinne war zu klein, um sie zu ersticken. Sie würde nur über ihr Gesicht krabbeln und ein Netz vor ihrem Mund weben. Dann würde niemand sie schreien hören. Und sie würde dann doch ersticken. An all den ungeschrienen Schreien und den ungesprochenen Worten würde sie ersticken.

Als Hubert ihr später eine Karbonade und Kartoffelsalat brachte, war ihr Gesicht naß. Mit einer Handbewegung hatte er die Spinne vor ihrem Gesicht weggefegt. »Warum rufst du mich nicht?« sagte er unwillig. »Wenn du Schmerzen hast, mußt du rufen.« – »Ich habe keine Schmerzen«, log sie.

Es war herrlich im Wasser. Ihre Schwerkraft schien aufgehoben, wenn sie mit kräftigen Zügen das Wasser durchteilte, sich leicht wie einer der silbrigglänzenden Fische fühlte, die unter ihr erschreckt wegglitten. Cornelia hatte vor den Toren Heidelbergs ein Grundstück mit privatem Badestrand an einem Baggersee. »Da sind wir ganz für uns«, hatte sie Hubert eingeladen. »Vielleicht habt ihr Lust zu kommen?« Die Kinder waren begeistert, und Gaby hatte dankbar von der Einladung Gebrauch gemacht. Sie konnte sich wieder bewegen, und ihr Körper verlangte nach frischer Luft und Bewegung. »Ob Schwimmen das Rechte ist?« Hubert hatte bedenklich geschaut. »Schließlich sind nur noch sechs Wochen bis zu deiner Entbindung.« Gaby genoß seine Besorgnis, aber setzte bittend ihren Willen durch. »Im Wasser fühle ich mich in meinem Element. Komm, sag nicht nein.« – »Gut«, Hubert gab sich geschlagen. »Aber nur, wenn ich neben dir schwimme und wir nicht zu weit ins Tiefe gehen.« Das begrenzte zwar das Gefühl, frei und ungebunden zu schwimmen, aber sie begriff, daß aus seinen Worten nur seine Besorgnis sprach. Und es war herrlich, daß er um sie besorgt war.

Als Kind war fast nie jemand um sie besorgt gewesen. Mutti jedenfalls nicht. Obwohl sie es gesagt hatte. Als sie kaputtgeschlagen und mißbraucht an Pappis Arm in die Wohnung strauchelte, hatte sie sie angeschrien: »Wo hast du dich herumgetrieben? Kannst du dich nicht entschuldigen? Sorgen haben wir uns gemacht, Sorgen. Und wie du aussiehst! So kannst du doch nicht ins Bett!« Pappi hatte Mutti beruhigt. Irgendein Nervenfieber hätte sie. Und morgen würde der Arzt kommen. Es wäre schon nicht so schlimm. Hatte er Mutti damit beruhigen können?

Hubert machte sich wirkliche Sorgen um sie. Er führte sie vorsichtig über die spitzen Steine am Strand, nahm ihre Hand, als sie ins Wasser wateten, und schwamm dann dicht neben ihr. Gaby schloß die Augen und ließ sich im Wasser treiben. Wie leicht sie war, kein Bauch, der ihre Bewegungen schwerfälliger machte, keine Kurzatmigkeit, die sie beim Laufen hinderte, leicht wie eine Vogelfeder, die von der Luft getragen wurde und sich in einem unbekannten Rhythmus wiegte. Das warme Wasser streichelte und liebkoste ihre Haut und nahm alles Harte und Schmerzende mit sich fort. Wie neugeboren fühlte sie sich, rein und unschuldig. Sie hatte noch einmal eine Chance bekommen. Mit Robbie hatte sie sie nicht genutzt. Sie hatte ihn vielleicht nicht genug geliebt. Wenn sie ihn mehr geliebt hätte, hätte er nicht zur Flasche gegriffen. Aber jetzt war da Hubert. Hubert war stark und gut. Er trank nur soviel, wie er vertragen konnte. Er wußte immer, was er wollte. Und er wußte, was gut für sie war. Er wollte nur ihr Bestes.

Sie blinzelte gegen das Sonnenlicht, um ihn sehen zu

können. »Wir müssen zurück, Kleines, du wirst mir sonst zu kalt.« Ihr war nicht kalt. Am liebsten hätte sie die Augen geschlossen und sich in die Tiefe gleiten lassen. Wie eine Meerjungfrau, die in dieser grünen Welt unter ihr zu Hause war.

Am Strand nahm er wieder ihren Arm, wollte sie zu der Decke führen, die er fürsorglich für sie ausgebreitet hatte. Manfred und Natalie spielten weiter weg mit einem Ball. Die Wehe kam unerwartet, wie eine Explosion in ihrem Unterleib, ihre Beine knickten unter ihr zusammen, und sie sank tonlos in die Knie. Als sie wieder durchatmen konnte, sah sie Huberts erschrecktes Gesicht wie durch einen Nebel. »Das Kind«, flüsterte sie. »Bring mich ins Krankenhaus. Unser Kind kommt.«

Drei Tage lang hatten die Arzte in der Universitätsklinik versucht, die Wehen zurückzuhalten. Gaby lag am Tropf und durfte sich nicht rühren. Gleichzeitig wurde untersucht, ob die Lungen des Kindes reif waren oder ob andere erschwerende Faktoren einer Geburt im Wege standen. »Wahrscheinlich ist Ihnen bei der Berechnung der letzten Periode ein Fehler unterlaufen«, sagte der Oberarzt bei der letzten Visite. »Wir glauben jedenfalls, daß sie im achten Monat schwanger sind. Alle Befunde sind sehr zufriedenstellend. Das Kind ist reif, wie wir sagen. Morgen früh bringen wir sie in den Kreißsaal. Dann kann es losgehen.«

Am Abend vorher saß Hubert an ihrem Bett. »Morgen haben wir unser erstes Kind«, Gaby vermied seinen Blick. »Wenn nur alles gutgeht.« Und hoffentlich wird es ein Junge, dachte sie. Sie wollte einen Jungen, so wie Hubert, mit den dunklen Locken, mit den blauen Augen, lieb und doch selbstbewußt im Wesen. Für einen Jungen war alles einfacher.

Ihre kleine Tochter hatte sie vor Pappi nicht schützen

können. Zumindest einmal nicht. Das war, als Mutti schon tot war und sie ihn und Mark eingeladen hatte. »Ich kümmere mich um ihn«, hatte sie Mutti versprochen. Vielleicht hat er sich wirklich geändert, hatte sie gedacht, als sie sah, wie er mit Natalie und Manfred friedlich Halma spielte. Ihnen Geschichten vorlas. Ihnen bei den Schulaufgaben half. Keine Gieraugen. Abends hatte er mit Robbie getrunken. Die Cognacflasche war beinahe leer, als sie nach dem Abwaschen das Geschirr in den Schrank räumte. Sie ging ins Kinderzimmer, um das Licht auszuknipsen. Manfred schlief schon, Natalie sah sie mit großen Augen an. »Ist etwas?« hatte sie gefragt. Einen Augenblick hatte Natalie herumgedruckst. »Du sagst immer, ich soll dir alles sagen«, begann sie dann unsicher. »Ja«, sagte Gaby und spürte die Gefahr. »Bitte, du sollst mir immer alles sagen.« – »Der Opa«, Natalie sah sie zweifelnd an. »Vielleicht hat er sich auch nur vertan. Aber er ist so komisch. Er hat mir zweimal in die Pyjamahose gegriffen. Du weißt schon, zwischen die Beine.« Gaby fühlte, wie eine Riesenhand ihren Magen zusammendrückte und ihr Mund trocken wurde. Sie beugte sich über ihr Kind, nahm es schützend in ihre Arme. »Er hat sich bestimmt vertan. Auf jeden Fall wird er es nie wieder tun.« Sie wunderte sich über ihre ruhige Stimme. »Gut, daß du es mir gesagt hast.«

Natalie kuschelte sich unter ihre Bettdecke. »Ich dacht' ja auch nur, komisch tut der Opa.« – »Ja, sehr komisch. Schlaf jetzt, mein Mädchen!« Im Gang hatte sie sich gegen die kühle Wand gelehnt. Er hatte es gewagt, ihre Tochter zu betatschen, in ihrem Haus. Er würde nie anders werden. Rache, schrie es in ihr, Rache. Oh Gott, ich will ihn leiden sehen, ich will über ihm stehen und meine Verachtung in sein Gesicht spucken. Hatte er geglaubt, *sie* würde wegsehen? So wie Mutti? Später, in der Küche, strich sie immer wieder mit den Fingern über die blitzende Klinge des Brotmessers. So ein Messer hatte sie schon einmal schützend vor sich gehalten. »Krieg«, hatte das Kind Gaby gesagt und »nie wieder«. Zacken hatte die Klinge. Solinger Stahl, hundert Jahre alte Tradition. Was sollte aus ihren Kindern werden? Ein Vater, der trinkt, die Mutter eine Mörderin? Im Wohnzimmer waren Robbie und Pappi auf der Couch eingeschlafen. Sie räumte die Gläser weg, wischte den Tisch ab, vermied jeden Blick auf die schlafenden Gesichter, hatte Angst vor der letzten Schranke, die dann fallen würde. Im Morgengrauen hatte sie an Pappi den Brief geschrieben. Daß sie ihn nie mehr sehen wollte. Daß er nie mehr in ihr Haus kommen dürfte. Daß sie ihm nie verzeihen würde, was er ihr angetan hatte. Und jetzt das mit Natalie. Sie fühle sich nicht mehr an das Versprechen gebunden, das sie Mutti gegeben hatte. »Eines Tages«, schloß sie, »eines Tages kommt Gerechtigkeit.«

Nein, sie wollte kein Mädchen. Sie hatte Natalie vor Robbies Schlägen schützen können. Aber da war manches, wovor sie sie nicht schützen konnte. Für einen Jungen war vieles einfacher.

»Mir ist es gleich«, sagte Hubert, als könne er ihre Gedanken lesen. »Hauptsache, es ist gesund. Aber natürlich ist es gesund. Wir Gerkens sind alle gesund.«

Während der Entbindung sah es für eine bange halbe Stunde so aus, als würde er nicht recht behalten. Aber dann wäre es nicht die Schuld der Gerkens gewesen.

Die Wehen kamen mit voller Kraft, Schlag auf Schlag, Hubert hielt ihre Hand fest, versuchte ihr bei den Atemübungen zu helfen. Gaby hechelte, versuchte sich zu entspannen, sich dem Schmerz nicht entgegenzustellen. »Erst drei Zentimeter«, stellte die Hebamme nach der letzten Untersuchung fest. »Ich rufe den Arzt, das Kind liegt doch schon bereit.« Gaby klammerte sich an Hubert, kniff fester in seine Hand. »Ich kann nicht mehr«, stöhnte sie zwischen zwei Wehen. »Wie lange geht es schon?« Er sah auf die große Normaluhr über der Tür. »Vier Stunden«, sagte er. »Sei ruhig, gleich kommt der Arzt.« Die nächste Wehe kam und trug sie auf einen neuen Schmerzgipfel. Der Wehenschreiber zeichnete ihre Pein auf; wenn der Höhepunkt erreicht war, drückte Hubert ihre Hand: »Jetzt sackt es ab!« Sie hatte schon zwei Kinder geboren, problemlos, ohne viel Schmerzen, sie begriff nicht, warum sie sich jetzt schon Stunden quälen mußte. Der Professor kam, flankiert vom Oberarzt und der Hebamme. Die Untersuchung war kurz. Als der Schmerz sackte, beugte der Professor sich tief über sie. »Haben Sie irgendwann eine Operation gehabt? Ihr Muttermund hat deutliche Narbenbildung. Darum weitet er sich nicht mit den Wehen!« Eine Operation? Ja, da war eine Operation gewesen. »Wenn ich Sie nicht operiere, können Sie in einem Jahr tot sein«, hatte der Arzt damals brutal zu ihr gesagt. »Ohne Operation kann ich nicht beurteilen, ob das Geschwür bösartig ist.« Sie hatte ein Geschwür, wie Mutti. Aber sie war erst fünfundzwanzig. Nein, sie wollte nicht sterben.

Da waren noch so viele unerledigte Dinge . . .

Sie war operiert worden, es war nicht bösartig gewesen, sie hatte es vergessen.

»Sie hätten es vor der Entbindung sagen müssen«, der Professor schüttelte unwillig seinen Kopf. »Ich hätte dann einen Kaiserschnitt vorgeschlagen.« Eine neue Schmerzwelle trug sie fort. »Und jetzt?« flüsterte sie heiser, als sie wieder sprechen konnte. »Ich werde Ihnen Lachgas geben. Und mit den nächsten Wehen den Muttermund gewaltsam weiten. Für einen Kaiserschnitt ist es zu spät.«

Gierig sog Gaby an der Maske, die ihr die Schwester aufsetzte. Sie wollte den Schmerz nicht mehr fühlen, dies war nicht mehr zu ertragen. Sie sah Huberts Gesicht verschwinden, sie schwebte weg, der Schmerz verblaßte.

Danach war es dann schnell gegangen. Der Muttermund war geweitet, die Preßwehen setzten sich durch, sie konnte wieder mithelfen. Um ein Uhr wurde Daniel geboren, fünf Pfund schwer, mitgenommen von einer schweren Geburt, aber gesund und ohne Makel. Hubert beugte sich über sie und über ihr Kind. Sie sah, daß er weinte. Sie fühlte auch ihr Gesicht naß werden. Unser Sohn, sie hatte von Hubert einen Sohn. Ich danke dir, lieber Gott, daß ich das erleben darf. Jetzt ist alles gut. Er weint mit mir. Er fühlt wie ich, wir gehören zusammen. Alles andere ist unwichtig, nur wir zählen.

Daniel war ein pflegeleichtes Kind. Falls der Geburtsvorgang traumatische Erinnerungen verursacht hatte, dann waren die nicht spürbar. Er weinte fast nie. Oft lag er wach in seinem Himmelbett und spielte versonnen mit seinen Fingern. Nach sechs Wochen erkannte er sie und begrüßte sie mit einem Lächeln, das ihr jedesmal ein wehes Glücksgefühl gab. Dann nahm sie ihn hoch, drückte ihn an sich und vergrub ihre Nase in den Hautfalten am Nacken. Er dankte ihr mit einem wohligen, kleinen Grunzer, versuchte eine ihrer dunklen Locken zu packen. Es gab kein größeres Glück als ein Kind. Sie erinnerte sich, daß sie nach Natalies Geburt drei Tage lang nicht schlafen konnte, ohne daß sie müde wurde. Es war eine Art Rausch gewesen: Sie hatte ein Kind, dieses kleine Wesen neben ihrem Bett war von ihr. Dieses komplette Wunderwerk mit zehn Fingern und zehn Zehen, einem rosigen, runden Leib, zwei dunklen Augen, einer kleinen Stupsnase und mit dem warmen, atmenden Mund, war in ihr gewachsen. Es war das erstemal in ihrem Leben, daß sie in ihrem Frau-Sein ein Vorrecht gesehen hatte. Was Männer auch alles konnten, wie stark und mächtig sie auch waren, ein Kind konnten sie nicht gebären. Dieses Glücksgefühl, Leben zu schenken, konnten sie nicht nachvollziehen. Schon darum sollte man sie eigentlich bedauern.

Bei Manfreds Geburt hatte sie genau die gleichen Empfindungen gehabt. Vermengt mit der leisen Verwunderung, daß aus ihrem Schoß so schöne und gesunde Kinder kommen konnten. Und jetzt Daniel. Wenn sie sah, wie Hubert ihn behutsam gegen sich angedrückt trug, ihm nach dem Fläschchen den Rücken klopfte, für ihn unaussprechliche kleine Koseworte erfand, konnte sie ohne Angst durchatmen. Das war eine Zuneigung, so unverfälscht, hier war keine andere Deutung möglich.

Anders war es, wenn er von der Firma anrief: »Kleines, ich muß wegen einiger dringender Anrufe aus Südamerika noch im Büro bleiben. Du weißt, der Zeitunterschied von sechs Stunden.« Sie hatte sich nichts dabei gedacht. Natürlich mußte er in der Firma erreichbar sein. Ein Mann in seiner Position konnte nicht um fünf Uhr von seinem Schreibtisch aufstehen und sagen: »Das war's für heute.« Aber dann war da der Abend, an dem Natalie Elternabend hatte. Sie wollte ihn anrufen, ob er um acht Uhr zu Hause sei. Sie hörte sein Telefon klingeln, aber er nahm nicht auf. Sie war allein zur Schule gegangen, hatte mit zittrigen Knien einen Platz im Klassenzimmer gesucht und versucht, sich auf die Ausführungen des Klassenlehrers zu konzentrieren. Rauchen in den Pausenhallen sollte verboten werden; Jugendliche, die unbedingt eine Zigarette anstecken wollten, müßten dafür nach draußen gehen. Die Lehrer müssen ein besseres Vorbild sein, wandte eine Mutter ein. Es ist doch unmöglich, daß da jemand vor der Klasse eine Pfeife im Mund hat. Gelächter. Jeder, außer Gaby, schien zu wissen, wer gemeint war. Sie bewunderte die Frauen, die so unbefangen ihre Fragen stellten, denen es nichts auszumachen schien, daß die anderen sie ansahen. Sie hatte auch Fragen. Warum nach dem Geschichtsunterricht – durchgenommen wurde der Zweite Weltkrieg – Natalies Schultasche mit Hakenkreuzen beschmiert war? Ob man einen Unterschied machte zwischen der zweiten Generation nach dem Krieg und ihren Großvätern? Ob man Hitlers Machtübernahme historisch begründet erklärte und abwich von dem hier gängigen Klischee, daß alle Deutschen Ja-Sager waren, eine starke Hand brauchten, Disziplin und Gehorsam über alles stellten? Aber wenn sie etwas fragen wollte, würden alle sie ansehen. An ihrem Akzent würden sie hören, daß sie auch eine dieser Deutschen war. Bestimmt würde ihre Stimme zittern. Vielleicht dachte man dann, daß ihre Eltern auch zu den Mitläufern zählten, vielleicht sogar zu den Mittätern. Sie schwieg. Sie dachte an Hubert. Sie hatten Patty und Piet nicht wieder eingeladen. Selbst hatten sie sich auch nicht mehr gemeldet. Aber jetzt begann es, daß Hubert später nach Hause kam. Abends noch einmal wieder zu einer Besprechung mußte. Wie gründlich er sich vor so einer geschäftlichen Verabredung duschte, reichlich sein Paco Rabanne über sich ausgoß, leise singend vor dem Spiegel seine Seidenkrawatte zum Knoten band. Wenn er zurückkam, wartete sie auf ihn. Stundenlang hatte sie mit blinden Augen vor dem Fernseher gesessen und versucht, an alle seine lieben Worte zu denken. Sie sah ihn forschend an. Er roch fremd. Aber er strich ihr zärtlich über die Haare. »Wie schön, daß du noch wach bist. Ich habe den ganzen Abend nur daran gedacht, daß ich mit dir schlafen will. Komm, ich habe großes Verlangen nach dir.« Und sie hatte gedacht . . .! Wie konnte sie nur! Sie hatte einfach zu wenig Vertrauen. Auch nur daran zu denken, daß er sie hintergehen würde. Er sagte doch immer wieder, daß er alles nur mit ihr erleben wolle. Er hatte es ihr auf den Knien geschworen. Nur Träume hatte er noch, Phantasien. Die erzählte er ihr. Das verstörte sie, sie wußte sie nicht einzuschätzen, aber Phantasien waren doch nur Hirngespinste, etwas, das jeder hatte? Sie selbst auch. Wenn er sie liebte, wünschte sie, daß es nie enden möge. Immer wieder dieses totale Glücksgefühl spüren, das ihren Körper erbeben ließ. »Ich wünsche dir die Erfüllung all deiner Wünsche«, raunte er an ihrem Ohr.

»Schande«, rief die Menschenmauer um sie herum. »Schande.« Verzweifelt bäumte Gaby sich auf, riß an ihren Ketten. »Wir wollen ihre Hände«, forderten die Menschen auf der Tribüne. »Wir wollen ihre Füße«, schrien Menschen hinter ihr. Kraftlos sank sie auf die steinerne Pritsche zurück. Habt Mitleid, wollte sie rufen, so habt doch Mitleid, aber ihr Mund war zugeklebt. Sie sah zu der hochgewölbten Stuckdecke über sich, an der hervorquellende Augen jede ihrer zuckenden Bewegungen verfolgten. Mit gespreizten Beinen und weit auseinandergereckten Armen lag sie festgekettet auf der kalten Bank. Ein gesichtsloser Mann kam auf sie zu, in der Hand ein Beil. »Nein«, wimmerte sie tonlos, »nein!« Voller Panik warf sie ihren Kopf hin und her. Der Mann hob das Beil. Die Schneide blinkte. »Nein«, schrie sie gellend, »nein, nein!« Sie fuhr hoch, sie konnte sich bewegen, »nein, nein, nein!« Ihr Schrei nahm kein Ende. »Gaby«, jemand rüttelte an ihrer Schulter. »Gaby, so hör doch, du hast geträumt.« Jemand knipste das Licht an. Sie fuhr zusammen, blinzelte in die helle Deckenleuchte, legte ihre Hand vor ihre nassen Augen. »Meine Hände«, weinte sie, »sie wollten mir meine Hände abschlagen. Meine Füße.« – »Gaby, du hast geträumt!« Hubert rüttelte noch immer an ihrer Schulter. »So werde doch wach.« Sie sah ihn an. Hubert, ja, Hubert lag neben ihr. In ihrem Bett. Sie war nicht gefesselt. Niemand wollte ihr etwas tun. Sie vergrub ihr Gesicht in ihren Händen, um die schrecklichen Bilder zu verdrängen. Es war nur ein Traum. Aber ihre Hand- und Fußgelenke schmerzten noch von den Ketten. In ihrem Kopf dröhnte noch der Ruf des Pöbels. »Schande, Schande!«

»Bist du jetzt wach? Du hast geträumt. Träume sind Schäume.« Sie atmete tief durch. Ja, sie war wach. Nur ein Traum. Langsam sank sie auf ihr Kissen zurück, die Augen weit offen. »Du solltest abends nicht fernsehen«, sagte Hubert. »Dann geht nachts deine Phantasie nicht mit dir durch. Kann ich das Licht ausmachen?« – »Ja«, sagte sie und starrte weiter zur Decke. Nach einem Augenblick der Dunkelheit konnten ihre Augen langsam wieder Konturen erkennen. Ein voller Mond sandte einen milchigen Lichtschein durch die geschlossenen Gardinen. Nur nicht einschlafen. Diese Träume! Es war die Hölle. Alles war so echt, der Schmerz, die Angst, die Menschen. Früher hatte sie nie Alpträume gehabt. Nicht mehr, seit sie von zu Hause fort war. Robbie hatte sie oft gefragt: »Was hast du geträumt, Mausi?« – »Nichts«, hatte sie dann gesagt, »ich träume nicht.« Sie wollte auch nicht träumen. In ihren Träumen war sie immer hilflos gewesen. Sie wollte nicht hilflos sein. Wenn man hilflos war, war man dem anderen ausgeliefert, dann konnte man sich nicht wehren.

Bei Robbie hatte sie sich wehren können. Sie stritten oft. Wutentbrannt standen sie sich gegenüber, zwei junge Kampfhähne, die ihre Krallen schleifen wollten. Hinterher mußten sie beide lachen. Es bedeutete nicht viel. Sie stritten sich, sie fielen sich in die Arme, er küßte sie. »Wenn du wütend bist, werden deine Augen ganz schwarz«, hatte er sie geneckt. »Schwarz wie die Nacht.« Dann schliefen sie miteinander. Sie hatte nie Angst gehabt. So war es gewesen, bevor er zu trinken begann.

Mit Hubert hatte sie sich noch nie gestritten. Hin und wieder sah sie eine Unmutsfalte auf seiner Stirn. Wenn sie Natalie anfuhr, weil die ihr zum x-ten Mal eine freche Antwort gab. Wenn sie bei Manfred ihre Stimme erhob, weil er wieder viel zu spät nach Hause kam. »Wer schreit, hat immer unrecht«, sagte er und heftete den japanischen Spruch in der Küche an die Wand. »Ich verabscheue keifende Frauen.« Sie auch. Widerlich, diese Weiber, die sich nicht zu beherrschen wußten. So wollte sie nicht sein. Aber manchmal glaubte sie, explodieren zu müssen. Sie war leider nicht so wie er. Immer konnte er sich beherrschen. Nie war er ungeduldig. Morgens stand er schon gutgelaunt auf. »Hast du gut geschlafen, Kleines?«

»Nein«, murmelte sie. »Ich glaube, ich bekomme Migräne.« – »Oh«, bedauerte er sie und stand gleich darauf singend unter der Dusche. Sie zog die Decke über ihr Gesicht. Wieder Migräne. Das erste Zäpfchen begann zu wirken. Der schneidende Schmerz über dem linken Auge wurde erträglicher. Heute kommen die Kinder, dachte sie. Das bedeutete, den ganzen Tag schlagende Türen, Springen auf der Treppe, Gelächter, Streitereien der Kinder untereinander. »Könnten wir nicht«, bat Gaby, »ich meine, können die Kinder nicht vielleicht morgen kommen?« – »Nein«, sagte er. »Die Kinder kommen. So ist die Absprache. Aber wenn du nicht kochen kannst, hole ich etwas vom Chinesen.«

»Ein Mann in meiner Position«, sagte Hubert, und es klang, als doziere er vor einem vollen Plenarsaal, »hat natürlich seine Verpflichtungen. Die Geschäftsreisen sind ein wichtiger Bestandteil. Wenn ich ehrlich bin, nicht gerade der unangenehmste.« Er sah sie lächelnd an und rieb mit dem Handrücken seine Nasenspitze. »Ich weiß, daß es nicht einfach für dich ist, Kleines. Aber drei Wochen vergehen schnell. Und ich rufe dich jeden Tag an. Gegen Abend, wenn ich drüben noch von der Firmenleitung Gebrauch machen kann.« Sie nickte. Bloß nicht heulen, dachte sie. Ist doch lächerlich, wenn sie wie ein kleines Schulmädchen heulend in der Tür stünde. Aber sie hatte Angst. Wie sollte sie bloß drei Wochen lang alles allein regeln? Hubert kümmerte sich um alles. Als letzte Woche ein Elektriker kommen mußte, hatte er einen Mann an der Hand, der unter Tarif arbeitete. »Du kannst doch nicht einfach irgend jemanden anrufen«, hatte er sie sanft gerügt. »Für diese Dinge habe ich meine besonderen Beziehungen.« Als Daniel vor drei Wochen deutliche Verdauungsbeschwerden vom Übergang auf festere Nahrung hatte und sie schon nach dem Telefonhörer griff, um ihren Hausarzt anzurufen, hatte Hubert den Kopf geschüttelt. »Nicht jetzt, Kleines. Dr. van der Vaart hat morgen früh telefonische Sprechstunde. Dann kann ich ihn gleich noch wegen meines Heuschnupfens etwas fragen.« Als sie Natalie beim Überhören ihres Französischs auf Aussprachefehler hinwies, hatte die nur schnippisch den Kopf in den Nacken geworfen: »Meinst du tatsächlich, daß du das weißt? Ich werde heute abend Hubert fragen.« Wenn sie Manfred ermahnte, nach der Schule seine Schularbeiten zu machen, zuckte der die Schultern. »Ich habe mit Hubert abgesprochen, daß ich sie abends mit ihm mache. Jetzt gehe ich spielen.« Wie sollte sie drei Wochen ohne ihn alles schaffen?

In ihrer Ehe mit Robbie hatte sie es geschafft. Sie hatte gearbeitet, den Haushalt nebenbei erledigt, die Schularbeiten der Kinder beaufsichtigt. Robbie hatte von Anfang an alles ihr überlassen. Auch Geldangelegenheiten. »Mir rinnt das Geld durch die Finger«, hatte er gesagt. »Wenn nicht überall der Kuckuck kleben soll, nimmst du besser das Finanzielle in die Hände.« Es hatte ihr Spaß gemacht. Mit seinem und ihrem Einkommen hatten sie sich gemeinsam kleine Wünsche erfüllen können. Einen Kinobesuch, ein Rumpsteak in dem gemütlichen Restaurant an der Ekke, ein Bananasplit bei Giovanni.

Natürlich erledigte jetzt Hubert die Finanzen. Schließlich war er Volkswirt. Über sein Gehalt sprach er nicht. Sie bekam Haushaltsgeld. »Es ist vielleicht sinnvoll«, hatte er ihr vorgeschlagen, »daß du ein Haushaltsbuch führst. Wir sind schon ein wenig knapp dran. Du weißt, die Unterhaltszählungen an Charlott und meine drei Kinder. Und leider bezahlt Robbie nicht für Natalie und Manfred . . .« Er seufzte kurz und strich ihr dann über den Arm. »Ich bin überzeugt, daß du gut haushalten kannst. Aber so ein Büchlein ist eine gute Kontrolle. Für dich selbst. Denke bitte nicht, daß ich dich gängeln will.«

Wenn ihr bei der täglichen Abrechnung dann allerdings wieder ein paar Gulden fehlten, half er ihrer Erinnerung auf die Sprünge. »Hast du nicht noch etwas für dich gekauft? Eine Strumpfhose, den neuen Lippenstift auf dem Toilettentisch, etwas zum Naschen?« Wenn ihr gar nichts einfiel, schrieb sie Defizit, drei Gulden und fünfundvierzig Cent Defizit. »Du hast das Kaliber zum Topmanager«, neckte Hubert sie. »Die jonglieren auch immer mit ihren Fehlbeträgen.«

Sie sah zu dem gepackten Samsonite-Koffer im Gang, der prall gefüllten Aktentasche mit seinen Initialen. Wenn ihm etwas passieren würde, ein Flugzeugabsturz, ein Überfall in Medellin, ein Autounglück in Bogotá, sie könnte nicht weiterleben ohne ihn. Ohne ihn war sie nichts.

Als sie bei Ursel vor dem Kamin saß und in die lodernden Flammen sah, ließ sie ihren Tränen freien Lauf. »Ich vermisse ihn so schrecklich. Seine Fürsorge, seine Aufmerksamkeit, seine Zärtlichkeit. Auf alles weiß er eine Antwort, für alles hat er einen Rat. Nachts kann ich nicht schlafen, sehe ich ihm die schrecklichsten Dinge zustoßen. Ohne ihn bin ich wie amputiert.« Ursel sagte nicht viel, aber was sollte sie auch sagen? Daß ihr jemand zuhörte, war genug. Niemand konnte richtig begreifen, was er ihr bedeutete. Er war ihr Leben.

Warum reagierte Hubert jetzt so heftig? Erst nachdem Dagmar es ihm gesagt hatte, reagierte er so. Warum nahm er sie nicht einfach in die Arme und sagte, daß ihr nichts geschehen könnte, wenn er bei ihr sei und daß das nur der geschmacklose Streich irgend eines Verrückten sei? »Ich schalte die Polizei ein«, sagte er. »Dies geht entschieden zu weit.« Gaby wollte keine Polizei einschalten.

Sie wollte niemandem erzählen, was der Unbekannte am Telefon alles zu ihr gesagt hatte. Vielleicht würden sie ihr auch nicht glauben? Hubert hatte sie auch erst ungläubig angesehen, als sie ihm zögernd von den Anrufen berichtet hatte. »Ein Sexbesessener vielleicht, aber das hört von alleine wieder auf«, hatte er gemeint. Es hatte nicht aufgehört. Zu Anfang war es nur dies Stöhnen gewesen, und wenn sie zwei-, dreimal ihren Namen und »bitte melden Sie sich doch« ins Telefon gerufen hatte, sein widerliches Gestammel: »jetzt, oh ja jetzt, es kommt mir. Gut, ja, mach weiter so!« Sie hatte den Telefonhörer auf die Gabel fallengelassen, als würde er glühend heiß werden. Warum rief dieser Mann gerade sie an? Kannte er sie? Glaubte er, daß sie für so etwas zu haben wäre? Doch der Unbekannte steigerte sich. Bevor sie noch den Telefonhörer hinwerfen konnte, erzählte er ihr mit gejagter, heiserer Stimme, was er mit ihr anstellen wollte. Wie oft. Und wie. Und wo. Versteinert hörte sie die krankhaften Phantasien der gesichtslosen Stimme und fühlte den Schmutz wie einen zähen Sirup durchs Telefon tröpfeln. »Warum legst du nicht gleich wieder auf?« Hubert hatte sie stirnrunzelnd angesehen. »Du reizt ihn doch nur mit deiner erschreckten Reaktion, davon bekommt er den Kick.« Ich bin schuld, dröhnte es in ihrem Kopf. Für jeden Täter sein passendes Opfer. »Außerdem«, Hubert zögerte einen Augenblick, »warum ruft er nie an, wenn ich zu Hause bin?« Das hatte sie sich auch schon gefragt. Es geschah immer über Tag. Oder wenn Hubert abends zu einem Geschäftsessen war. Aber auch nie in der Mittagspause, wenn sein Wagen vor der Tür stand. Vielleicht war es das. Jemand aus der Nachbarschaft. Jemand, der sah, wenn sie allein war. Jemand, der einen Haß auf Deutsche hatte. Nicht jeder hier war froh mit dem deutschen Zuwachs. Als sie vor einer Woche morgens zum Auto ging, war sie entsetzt zurückgewichen. Jemand hatte ihre Autotür mit Kot bestrichen.

Und in die stinkende Masse mit einem Stock »Mof« geschrieben. »Kindereien«, hatte Hubert gesagt. »Irgendein Halbstarker. Ich wohne schon seit fünf Jahren hier, und mich hat noch nie jemand beschimpft.« Mich wohl, hatte Gaby gedacht, als sie mit angehaltenem Atem und brennenden Augen die Tür abwusch. Ich bin es gewohnt, beschimpft zu werden. Manchmal schweigend, wie Mutti es getan hatte. Oder deutlich, wie ihre Jugendfreundin Elli. So eine wie du, hatte sie gesagt. Oder Horst, ihre Jugendliebe. Ihn hatte Pappi gewarnt vor dem Umgang mit ihr. Sie wäre nichts für einen anständigen jungen Mann. Eine Herumtreiberin sei sie. Eine, die auch schon von zu Hause weggelaufen war. »Ich Narr«, hatte Horst gesagt, bevor er ging. Sah man ihr an, daß sie anders war? Selbst in ihren Träumen beschimpfte man sie. Wurde sie verfolgt. Konnte man sie denn nicht in Ruhe lassen?

Als Dagmar sie Donnerstag morgen zum Einkaufen abholte, schrillte das Telefon wieder. Gaby blieb erstarrt stehen. Vielleicht konnte sie es jetzt Hubert beweisen. Sie fühlte seine Zweifel. Hätte er sie nicht sonst auch schon längst in die Arme genommen, sie getröstet? »Nimm du bitte den Hörer auf«, flüsterte sie Dagmar zu, als könne der Fremde mithören. Dagmar nickte. Gaby hatte ihr von den Anrufen erzählt. »Hallo«, sagte sie, und gleich darauf sah Gaby ihr Gesicht erstarren, eine dunkle Röte kroch vom Hals bis zu ihrem Haaransatz. Wortlos legte sie nach einigen Sekunden den Hörer auf die Gabel. »So ein Schwein«, sagte sie. »Ich wußte nicht, daß jemand so etwas aussprechen kann.« Mittags hatte Dagmar es Hubert erzählt. »Also, die Ausdrücke kann ich nicht wiederholen, aber er droht auch. Er droht, das alles wirklich zu tun.«

»Jetzt langt es«, sagte Hubert, als wäre es erst jetzt zur Tatsache geworden. »Ich schalte die Polizei ein.«

Zwei Kriminalbeamte kamen am nächsten Abend. Zögernd erzählte Gaby von den Anrufen. Und was er sagte.

Die holländischen Obszönitäten gingen ihr beinahe nicht über die Lippen. »Er droht«, schloß sie leise. »Er sagt, er kommt. Und dann will er das alles tun. Und ich könnte nicht weglaufen.« Mit unbewegtem Gesicht hatten die beiden Männer ihren Bericht angehört. Hubert saß ihr gegenüber im Sessel und betrachtete seine Schuhspitzen. Warum sitzt er nicht neben mir? Warum hält er nicht meine Hand? Sie ballte die Faust und grub die Nägel in ihre Haut. Ganz tief, dann hörte das Zittern auf. »Eine Fangschaltung«, schlug der jüngere Beamte vor. »Dann können wir alle eingehenden und von hier geführten Telefongespräche kontrollieren. Dann wissen wir bald, wer dahinter steckt.« – »Dann hören Sie alle Gespräche mit?« wollte Hubert wissen. Er hatte eine steile Falte zwischen den Augenbrauen. Der ältere Beamte nickte. »Das ist der Nachteil. Aber Sie können auch nur so tun als ob.« Er wandte sich direkt an Gaby. »Wenn Sie den Hörer abnehmen, sagen Sie laut und deutlich, daß alle Gespräche aufgenommen werden. Daß Sie die Polizei eingeschaltet haben. Nicht mehr. Ganz ohne Emotionen. Das schreckt ihn vielleicht ab.«

Langsam bürstete Gaby ihr Haar. Sie hatte schönes Haar. Hubert liebte es. Wenn sie im Bett lagen, breitete er es oft wie einen Fächer über ihr Kissen aus und vergrub sein Gesicht darin. »Wie gut du duftest«, murmelte er dann. In solchen Momenten war er ihr nah. Ihr war es dann, als ob mit dem Öffnen ihres Körpers auch von ihm mehr als seine Begierde zu ihr floß. »Nur weil wir uns lieben, ist es so«, bestätigte er ihr. Wenn er gleich nach seinem Höhepunkt neben ihr einschlief, lag sie noch lange wach. Sie hörte seinen regelmäßigen Atem, fühlte seine Wärme und fragte sich, warum sie sich doch so einsam fühlte. Waren seine Phantasien nur Wunschträume, oder wollte er sie eines Tages doch in die Wirklichkeit umsetzen? Im Bett ging sie auf seine bizarren Vorstellungen ein, weil er sie bedrängte. »Sag es, sag es, sag mir, was ich hören will.« Es erregte ihn, aber sie begann zu frieren. Tagsüber traute sie sich nicht, mit ihm darüber zu reden. Sie konnte doch unmöglich mit diesem Mann, der mit blütenweißem Oberhemd und dezent gemusterter Krawatte dasaß, die schwülen Frivolitäten ihres Schlafzimmers besprechen. Aber die Vorstellung, ihn mit anderen Frauen teilen zu müssen, dabei zuzusehen, selbst auch ... allein der Gedanke daran machte sie schon elend.

Ich schreibe ihm, dachte sie, ich schreibe ihm einen Brief. Dann kann ich ihm erklären, daß ich nichts gegen seine Träume habe, seine Phantastereien nicht verurteile. Aber es mußten Träume bleiben. Sie konnte ihre Intimität nicht teilen. Ihr wurde schlecht bei dem Gedanken, daß er eine andere Frau streichelte, sie wollte von keinem anderen Mann berührt werden. Erleichtert legte sie die Haarbürste auf den Toilettentisch. Daß sie nicht eher daran gedacht hatte. Wenn er lesen würde, wie sehr sie ihn liebte, würde er auch glücklich sein. Sie hatte es ihm doch bewiesen. Zu seinem Geburtstag. Und er hatte gesagt, daß es ihre Entscheidung war. Immer sein würde. Vielleicht würde er sie aber auch lachend in die Arme nehmen. »Du hast mich vollkommen verkehrt verstanden, Kleines. Ich will keine andere Frau.« Ja, vielleicht würde er das sagen. Aber manchmal konnte er schreckliche Dinge sagen. Nachdem die obszönen Telefonate aufgehört hatten – Gaby hatte nur einmal mit der Polizei gedroht, und der Anrufer war aus dem Feld geschlagen – hatte Hubert sie während einer Umarmung gefragt: »Hat es dich nicht doch erregt, fandest du es nicht auch ein wenig spannend, was er wollte?« Sie hatte ihn empört weggestoßen. »Wie kannst du das sagen? Wie kannst du nur?« Er hatte leise gelacht. »Stell dich nicht an. Es ist doch nur eine Frage. Viele Frauen finden im Bett Dinge spannend, die sie bei

Tageslicht erröten lassen.« – »Ich nicht«, hatte sie gesagt und ihm den Rücken zugedreht. Aber er kannte sie zu gut. Er wußte, wie er sie wieder erwärmen konnte. »Ich will alles mit dir erleben«, stöhnte er an ihrem Ohr. »Nur mit dir. Es gibt so vieles . . .«

Ich schreibe ihm, dachte Gaby, dann ist alles deutlich. Dann hat er es schwarz auf weiß.

»Es liegt nur an dir, wie es zwischen uns wird«, hatte Pappi einmal zu ihr gesagt. Auch da war es ihre Entscheidung gewesen. Sie hätte mehr kämpfen müssen, sich totschlagen lassen müssen. Dann wäre ihr alles Weitere erspart geblieben. Eine Märtyrerin für ihre Unschuld. Was für eine Unschuld? Mit sechs Jahren war sie unschuldig gewesen. Unschuldig! Wenn man nicht mehr unschuldig ist, ist man dann schuldig? Wurde sie mit sechs Jahren schon schuldig? Sie hatte doch gesagt: »Das darf man nicht! Hör auf, das ist eine doofe Geschichte.« Er hatte nicht aufgehört. Wer hört schon auf ein Kind? Wer gibt ihm Antwort? Alle schweigen. Das Schweigen ist der Nährboden der Gewalt. Gestern hatte sie einen Artikel in der Zeitung gelesen. Da hatte ein Kind nicht geschwiegen. Es war zum Jugendamt gegangen. Es hatte gesagt, was der Vater tat. Jeden Freitag, wenn er getrunken hatte. »Er schlägt mich noch tot«, hatte das Mädchen gesagt. »Ich habe Angst.« Man hatte es beruhigt. Man würde sich darum kümmern. Man hatte Notizen gemacht. Zwei Wochen später war das Kind tot. Niemand hatte sich gekümmert. Polizei und Staatsanwaltschaft wußten von nichts. »Eine Informationspflicht gegenüber Polizei und Staatsanwaltschaft besteht nicht«, hatte der Sprecher des Jugendamtes gesagt. Doch die Notizen des Kindes hatte er. Gut bewahrt in der Schublade.

Hubert hatte ihren Brief gelesen. Er brachte ihr einen großen Strauß dunkelroter Rosen. »Für meine einzige Geliebte«, stand auf dem beigefügten Kärtchen. Er nahm sie in seine Arme. »Du machst dir viel zuviel Gedanken, Kleines. Du mußt dir nicht immer deinen hübschen Kopf zergrübeln. Wir lieben uns. Nur das ist wichtig. Verstehst du das?« Nur die Liebe war wichtig, sagte er. Und das Vertrauen, dachte sie. Und die Hoffnung. Sie wollte ihm vertrauen. Trotz Patty. Trotz seiner Besprechungen und Geschäftsessen. Trotz dieses Geruches ... Ihre Phantasie spielte ihr einen Streich. Jeder konnte einmal einen Fehler begehen. Auch Hubert. Es war gar nicht so aufregend gewesen, hatte er ihr doch gesagt. Er hatte bestimmt begriffen, daß die Kluft zwischen Phantasie und Wirklichkeit besser nicht überbrückt werden sollte. Er wußte, daß sie es nicht ertrug. Jetzt hatte er es schwarz auf weiß. Das konnte er nicht wegwischen und unter den Tisch kehren. Sie hatte deutlich ihre Meinung gesagt. Und sie war kein Kind mehr. Ihre Stimme hatte Gewicht.

Sie schnupperte an den Rosen. Sie hatten keinen Duft. Vorsichtig rieb sie mit Daumen und Zeigefinger über eines der sammetweichen Blütenblätter. Die Blüten waren echt, sie gaben ein wenig Farbe ab. Sie hatten nur keinen Duft.

Jeden Abend gingen sie zusammen mit Blacky um den Block. »Den kleinen oder den großen?« fragte Hubert an der ersten Ecke. »Den großen«, sagte Gaby meistens. Das bedeutete, daß sie eine Viertelstunde seinen Arm um ihre Schultern spürte, eng umschlungen ihre Hand auf seiner Taille ruhte. Er paßte seinen Schritt dem ihren an, manchmal hauchte er einen Kuß auf ihre Schläfe. Der Hund lief vor ihnen, sie blieben stehen, wenn er bei jedem Baum sein Bein hob, sie zogen ihn an den Rand des Bürgersteigs, wenn er seinen Haufen machte. Während sie dem Hund folgten, erzählte Hubert von seinem neuen Chef. »Der vierte in sieben Jahren. Ich bin mal gespannt, was der für Neuerungen einführt. Na ja, neue Besen kehren gut. Bloß gut, daß ich im Laufe der Jahre gelernt habe, daß die Dinge doch oft anders kommen, als man denkt.« – »Privat auch? Ich meine, haben sich da die Dinge auch anders entwickelt, als du dachtest?« Vielleicht war er enttäuscht von ihr, vielleicht hatte er andere Vorstellungen von ihrer Großzügigkeit gehabt? Vielleicht hätte er lieber so eine moderne Frau, für die eine offene Ehe und Toleranz in jeder Beziehung nicht nur ein papierner Tiger war. Er verstärkte den Druck seiner Hand um ihre Schulter. »Nein, ganz bestimmt nicht, Kleines. Ich bin sehr glücklich mit dir. Ich will keine andere Frau. Du bist die ideale Frau für mich.« Die ideale Frau, nein, das war sie bestimmt nicht. Dann würde er nicht in ihren Armen von anderen Frauen träumen. Sich nicht vorstellen, während er sie liebte, daß es Patty, Ursel, Dagmar oder wer sonst noch aus ihrem Bekanntenkreis war. Aber vielleicht begriff sie das auch nur nicht. Vielleicht waren andere Männer genauso? Vielleicht war Hubert nur ehrlicher. Das sagte er jedenfalls immer. »Ich spreche aus, was andere denken. Ein Beweis meiner Liebe zu dir.« Beweis meiner Liebe. Warum fühlte sie sich gerade dann so ungeliebt?

Seit ihrer Jugend hatte sie das Gefühl, in einer Beweisaufnahme zu sitzen. Sie mußte beweisen, daß sie nicht schlecht war. Sie mußte beweisen, daß sie etwas taugte. Daß sie eine gute Mutter war. Eine gute Hausfrau. All den Augen, die sie verfolgten, bis hinein in ihre Träume. Ihm mußte sie beweisen, daß sie eine gute Geliebte war. Aber was war sie wirklich? Oft hatte sie das Gefühl, sich selbst zuzusehen, verwundert, wie einer Fremden, die von einer Rolle in die andere schlüpfte. War sie das, die im Kreise ihrer Freundinnen lautstark erklärte, daß sie sich noch nie im Leben so wohl und glücklich gefühlt hatte? »Bitte, Jean, schenk du den Kaffee ein«, bat sie ihre holländische Nachbarin, damit das Zittern ihrer Hände nicht so sichtbar war, »in der Zwischenzeit teile ich den Kuchen aus.« – »Ein neues Rezept?« fragte Ursel. »Von meiner Schwiegermutter. Hubert ißt den Hefekranz besonders gern. Erinnert ihn so an zu Hause.«

Ihre Freundinnen sahen sich beziehungsvoll an. »Noch immer wie zwei Turteltauben. Kannst du mir sagen, wie du das machst? Einen Mann so um den Finger zu wickeln? Hubert tut doch wirklich alles für dich!« Ein wenig Neid klang aus Ingrids Stimme. »So einen Mann, immer hilfsbereit, aufmerksam, so lieb, du hast schon das große Los gezogen.« War sie das, die ein wenig errötete und aus voller Brust sagte: »Ja, ich habe das große Los gezogen. Einen Mann wie Hubert gibt es nicht ein zweites Mal.«

Als sie Mutti gesagt hatte, daß sie Pappi gar nicht mehr lieb fände, hatte die erstaunt eine Augenbraue hochgezogen und gemeint, daß das ja etwas ganz Neues sei, und daß er sein Zuckerpüppchen doch anbete und für sie alles täte.

Hubert tat auch alles für sie. Auf dem Markt kaufte er mittags noch schnell frisches Gemüse. »Darauf habe ich mal wieder richtig Appetit. Frisches Lauchgemüse in einer feinen Sahnesoße. Meine Mutter kann das hervorragend zubereiten. Vielleicht rufst du sie wegen des Rezeptes an?« Er zeigte ihr, wie man die Kacheln im Badezimmer besonders blank reiben konnte. »Ein paar Tropfen Essig im Spülwasser, und sie blitzen wie neu.« – »Baumwollsocken darf man nie in der Waschmaschine waschen«, lernte sie von ihm. »Das feine Gummi bricht viel zu schnell. Du bist doch so lieb und wäschst meine Socken mit der Hand?« Natürlich war sie so lieb. Wenn die handgewaschenen Socken hinterher an der Leine baumelten, ausgerichtet wie blaue, braune, graue und rote Zinnsoldaten, alle Hacken nach rechts, eine Wäscheklammer beim großen Zeh, sah es aus, als wäre sie eine gute Hausfrau. War sie das, die dankbar war, weil sie ihm die Socken waschen durfte?

Wenn sie sich krampfhaft an Huberts Arm festhielt, denn ohne ihn konnte sie bei keinem Empfang mehr stehen; viel zu schnell das Glas mit Martini leerte; strahlend versicherte, wie glücklich sie sei; geschmeichelt lächelte, als Huberts Chef ihr versicherte, daß sie mit jedem Tag hübscher werde und – ja, ja – die Liebe ihr gut zu Gesicht stehe, fragte sie sich: »Bin *ich* das?« Sie sah gut aus, ihre Haut war glatt und weich, sie war wieder schlank wie vor ihrer Entbindung, ihre Haare glänzten.

»Man sieht nichts mehr von deinem Sturz«, hatte Horst damals vor vielen Jahren am Anlegesteg zu dem Kind Gaby gesagt. Ihre Rippen hatten noch geschmerzt, und ihr Bauch hatte ihr wehgetan, aber sie hatte gelächelt und gesagt, daß alles gut sei. Es zählte nur, was man sah.

Sie sah zu Hubert, der ohne jede Erregung alles aus Natalies Kleiderschrank räumte, einen großen Berg von ihren Kleidern machte. »Sie muß einfach etwas mehr Ordnung lernen. Du wäschst und bügelst, und sie wirft alles in die nächste Ecke. Ordnung ist das halbe Leben.«

Sie hielt den Atem an, wenn Manfred ihn anschrie: »Ich denke nicht daran, das noch einmal abzuschreiben. Wenn du meine Schrift nicht lesen kannst, kauf dir eine Brille.« Jetzt wird er wütend, dachte sie, und wie frech Manfred doch geworden ist und wie ungerecht gegenüber Hubert, der ihm noch immer bei seinen Schularbeiten half. Aber Hubert blieb ruhig, erhob nicht einmal seine Stimme. »Wie du meinst. Bleib dann bitte heute abend auf deinem Zimmer.«

Ihr wurde weich ums Herz, wenn sie sah, wie fürsorglich er Daniel fütterte, wie er ihn badete, ihn eincremte, wie Daniel bei ihm in der Armbeuge einschlief, den Mund leicht geöffnet, eine Hand noch um Huberts Finger geklammert. »Komm, bring mir einen Genever«, flüsterte Hubert ihr zu. »Ich will noch einen Moment hier sitzen bleiben.« Sie brachte ihm den Schnaps, setzte sich dazu.

Sie führte ihm das Glas an die Lippen, nahm dann selbst auch einen Schluck. Sie lehnte ihren Kopf an seine Schulter, sah auf ihr schlafendes Kind in seinem Arm. Wie geborgen und friedlich es da lag. Welch ein Glück, so einen Vater zu haben! Einen Vater, der um das Wohl und Wehe besorgt ist, der eine innige Verbindung zu seinem Kind hat. Ich wollte, ich wäre seine Tochter, dachte sie. Er würde mich lieben und beschützen, für mich da sein. Alles für mich tun. Aber dann würde er keine Grenzen überschreiten.

Ein wunderbarer Vater, dachte sie . . .

Tante Inge hielt sie mit gestreckten Armen von sich. »Laß dich ansehen, Gaby, wie du ausschaust. Das letztemal habe ich dich auf der Beerdigung deiner Mutter gesehen. Das ist«, sie zog ihre Augenbrauen zusammen und legte den Kopf ein wenig schief, »ja, das ist schon wieder sieben Jahre her. Gut schaust du aus, wirklich. Damals warst du ja nur ein Häufchen Elend.« Gaby lächelte schwach. »Ja, das ist schon wieder sieben Jahre her. Darf ich dir Hubert vorstellen. Seit zwei Jahren mein Mann.«

Mein Mann. Wieso ihr Mann? Gleich protestiert er, dachte sie. Was erzählst du denn da? Ich bin nicht dein Mann, das hast du nur geträumt. Sie sah auf den schmalen Goldring, den er ihr unter dem wohlwollenden Blick des Standesbeamten auf den Finger geschoben hatte. Und doch hatte er ja gesagt. Ihre Hand genommen, als der Standesbeamte von guten und schlechten Tagen gesprochen hatte und der Treue und der Achtung, die man füreinander hegen sollte. Warum fühlte sie sich dann nicht verheiratet? Sie hatte gehofft, daß mit dem Status Verheiratet-Sein so etwas wie Ruhe in ihr Leben kommen würde. Daß der Krampf in ihrer Brust abnehmen würde. Daß die Angst verschwinden würde.

»Nein wirklich, die Ehe bekommt dir gut.« Tante Inge

schob sie zu einem Stuhl. »Kommt, setzt euch. Ich bin so froh, daß ihr uns endlich einmal besucht. Auf dem Weg nach Hamburg ist das ja wirklich kein großer Umweg.« Das hatte Gaby auch zu Hubert gesagt. »Vielleicht können wir auf dem Rückweg von Achims Geburtstag einen kleinen Abstecher nach Ibbenbüren machen? Da wohnt eine Tante von mir. Die Schwester meines Vaters. Ich meine, meines leiblichen Vaters.« – »Ja, gerne«, hatte Hubert wie immer zuvorkommend gesagt. Er fragte nie weiter nach ihrer Familie. Mit Achim, ihrem einzigen Bruder, hatte er einen freundschaftlichen Kontakt. Den hatten sie jetzt gerade bei Achims Geburtstag erneuert.

Daß sie keinen Kontakt mehr zu Pappi hatte, akzeptierte er, ohne nachzufragen. Ihren Standardsatz: »Meine Jugend kann ich vergessen. Ich bin mißhandelt und mißbraucht worden«, nahm er zur Kenntnis. Nicht mehr und nicht weniger. Und sie wußte nicht, ob sie darüber froh sein sollte.

Sie hätte gerne Verwandtschaft gehabt. Aber Mutti hatte nach der Heirat mit Pappi mit fast allen gebrochen. Oder man hatte mit ihr gebrochen, Gaby wußte es nicht. Zu Muttis Beerdigung waren damals Tante Inge und ihr Mann Werner gekommen. »Ich habe dich früher auf meinen Knien geschaukelt«, sagte Onkel Werner. »Gott, warst du ein süßes Kind.« Gaby hatte sich abwenden müssen. Da war jemand, der sie ein süßes Kind nannte. Jemand, der sie aus der Zeit vor Pappi kannte. Jemand, der Mutti kannte. Vielleicht war das der entscheidende Grund gewesen, daß sie Inge und Werner besuchte. Sie wollte mehr von Mutti wissen. Wie war sie vor Pappi gewesen? Warum hatte sie ausgerechnet diesen Mann geheiratet?

»Wir haben es alle nicht begriffen«, sagte Tante Inge. »Deine Mutter war eine schöne Frau. Und so fröhlich. Sie hätte andere haben können. Ich jedenfalls habe sofort gewußt, daß dieser verkrachte Zahnarzt aus der Tschechoslowakei kein Mann für sie war.« Sie hatte es gewußt, dachte Gaby. Nichts hatte sie gewußt. Er war ihnen allen zum Schicksal geworden. »Mutti hat immer gesagt«, erinnerte sich Gaby, »daß mein Vater ihn zu uns geschickt hat. Wenn du nach dem Krieg nicht weißt wohin, in Hamburg ist immer Platz für dich, hätte er ihm versprochen. Er hat es so gewollt, hatte Mutti dann leise gesagt. Vielleicht hat er geahnt, daß er nicht mehr aus dem Krieg zurückkommen würde. Schließlich waren die beiden Kriegskameraden.«

»Blödsinn.« Tante Inge schüttelte den Kopf. »Mein Bruder Ferdinand war ein feiner Kerl. Ehrlich und aufrecht. Der hätte sich nie mit so einem wie dem Anton richtig angefreundet. Vielleicht, daß er einmal gesagt hat, du kannst ja mal bei uns reinschauen, nach dem Krieg. Wie man das so sagt an der Front. Und der feine Herr hat die Gelegenheit beim Schopfe gegriffen. In die Tschechoslowakei wollte er nicht zurück. Und da dachte er wahrscheinlich, beim Ferdi könne er schon für kurze Zeit unterschlüpfen. Das war ja so ein gutmütiger Mensch. Na ja, und als er dann hörte, daß der gefallen sei, und daß da eine Witwe allein war, da hat er sich in das gemachte Bett gelegt.«

Gaby zuckte zusammen. Das hatte Achim auch gesagt. Vor beinahe dreißig Jahren. »Der weiß doch sonst nicht wohin. Hier legt er sich ins gemachte Bett.«

»Du meinst, mein Vater war nicht sein Freund?« Gaby hörte selbst, daß ihre Stimme belegt klang. Wenn das wahr war! Dann hatte Vater zumindest keine Schuld daran, daß Pappi sich bei ihnen eingenistet hatte. Daß er Mutti so unglücklich gemacht hatte. An all dem Unaussprechlichen.

»Ganz bestimmt nicht. Moment mal«, Tante Inge schlug sich mit der Hand vor die Stirn. »Ich habe noch etwas für dich.« Sie ging zu der Kommode in der Ecke und zog eine der großen Schubladen auf. Sie kramte darin herum und holte schließlich aus der hinteren Ecke einen vergilbten Schuhkarton hervor. »Hierin müßte es sein.« Sie nahm zwei in Seidenpapier gewickelte Päckchen hoch. »Ja, hier ist es.« Sie reichte Gaby einen Umschlag. »Mach auf, Kind. Der Umschlag wartet seit über dreißig Jahren auf dich.« Gaby sah sie erstaunt an. »Für mich? Ich begreife nicht . . .« Zögernd öffnete sie den Umschlag. Ein Foto fiel heraus. Es war ihr Vater. Er sah sehr jung aus und ein wenig linkisch in der zu großen Uniform und dem kurzen Haarschnitt. Sie drehte das Foto um. Sie las die zwei Sätze. Sie schienen kein Ende zu nehmen. Dann legte sie das Foto zurück in den Umschlag und schob ihn zur Seite.

»Ein schönes Foto?« fragte Hubert. »Nein«, sagte Gaby. »Wie ein Pennäler in der verkehrten Kluft.« Sie stützte die Arme auf den Tisch und verbarg ihren Kopf in ihren Händen. Warum hatte er nicht Wort gehalten? Warum war gerade er nicht aus dem Krieg zurückgekommen? Sie hätte gerne geweint. Tante Inge strich ihr über die Haare. »Er hat dich sehr geliebt, Kind.« Ja, das stand auf dem Foto. »Für meine geliebte Tochter Gaby. Die ich nach dem Krieg ganz fest in die Arme nehme . . .«

Wenn Jean von der Arbeit kam, ging Gaby oft mit Daniel zu ihr. Ihre Gespräche, während Jean dabei war, das Essen zuzubereiten, machten sie seltsam ruhig. Sie fühlte sich bei Jean nicht gefordert, kein Konkurrenzdenken kam in ihr auf. Anders als bei Dagmar und Ursel hatte sie bei der etwas älteren Holländerin nicht das Gefühl, sich ständig beweisen zu müssen.

Jean war Krankenschwester und arbeitete im Diakonissenkrankenhaus. Eine gute Hausfrau war sie nicht. Jedenfalls sagte sie das von sich selbst. »Der Haushalt und der ganze Kram kann mir gestohlen bleiben. Auf der Station, wenn ich von Zimmer zu Zimmer gehe, hier einen Verband erneuere, dort eine Spritze gebe oder auch nur ein Kissen aufschüttele, da habe ich das Gefühl, gebraucht zu werden.« Gaby beneidete sie. Es mußte ein wunderbares Gefühl sein, wenn man gebraucht wurde. Sie glaubte nicht, daß irgend jemand sie wirklich brauchte. Natalie und Manfred nicht. Natalie suchte Tag für Tag die Konfrontation mit ihr. »Du legst viel zuviel Wert auf Äußerlichkeiten«, hatte sie gestern ihre Mutter angeschrien. »Aber das ist wahrscheinlich auch das einzige, was du hast: ein hübsches Gesicht. Steckt da eigentlich auch noch etwas dahinter?« Gaby hatte ihr erstarrt hinterhergesehen. Beim Knall der zufallenden Tür war sie zusammengefahren. Ahnte ihre Tochter, daß die glatte Maske Abgründe verbarg? Die unangenehme Szene schien aus einem Nichts geboren. »Die Jeans kannst du wirklich nicht mehr anziehen«, hatte sie zu Natalie gesagt. »Sie sind dir entschieden zu klein.« Im letzten Jahr war Natalie bestimmt zehn Kilo schwerer geworden. »Babyspeck«, sagte Hubert. »Wenn der erste Freund auf der Bildfläche erscheint, wird sie schon auf ihre Linie achten.«

Gaby befürchtete, daß mehr dahinter steckte, aber sie schwieg. Hubert war der einzige, der gut mit Natalie auskam. Wahrscheinlich begriff er als Mann mehr von einer heranwachsenden Frau. Sie selbst konnte sich doch nicht mit ihrer Tochter vergleichen! In ihrem Alter hatte der Krieg mit Pappi begonnen. »Nie wieder«, hatte sie gesagt. Und: »Ich hasse dich.« Die Luft zu Hause war durchtränkt gewesen von Haß, Angst, Wut und Nicht-Begreifen. Nie wieder, hatte sie gesagt – aber sie hatte ihm nicht immer entkommen können . . .

Mit Manfred verstand sie sich besser. Zumindest, wenn sie ihn in Ruhe ließ. Er war ganz einfach frech. »Ich laß mir nichts mehr gefallen«, schnaubte er und rieb mit der einen Hand die geröteten Knöchel seiner anderen Hand. »Wenn die Käseköpfe hier meinen, sie können ›Mof‹ hinter mir herrufen, haben sie sich geschnitten. Die werden schon begreifen, daß mit mir nicht gut Kirschen essen ist.«

»Laß ihn doch«, sagte Hubert. »Ein richtiger Junge muß sich durchsetzen können. Das habe ich als Kind auch lernen müssen.«

»Ein richtiger Junge muß Mumm in den Knochen haben«, hatte Pappi gesagt und Achim mit der schweren Kohlenschütte die Treppen rauf und runter gescheucht.

Aber Hubert war anders. Er war ein normaler Junge in einem normalen Elternhaus gewesen. Er wußte, wie Jungens waren.

Ja, wer brauchte sie? Wer würde sie vermissen?

Daniel würde sie vermissen. Aber er war so klein. Er würde sich schnell an jemand anderen gewöhnen.

Und Hubert? Er sagte, daß er sie liebe. Und daß er sie brauche. Aber er war soweit weg von ihr. Obwohl er ihr gegenüber am Tisch saß, neben ihr im Bett lag, fühlte sie sich meilenweit von ihm entfernt. Sie konnte es nicht erklären, aber oft glaubte sie, daß er in einer anderen Welt lebte. In einer Traumwelt, die nur aus Sex und Fleisch bestand. Wenn er in ihren Armen von anderen Frauen träumte, was bedeutete sie dann für ihn? In einer guten Partnerschaft, dachte sie, müßten doch beide wirklich am Wohl und Wehe des anderen interessiert sein und darin Kraft investieren. Aber er fragte nie nach. Wenn sie sagte, sie habe nicht gut geschlafen, fragte er nie: »Warum nicht?« Wenn sie sagte, daß im Supermarkt die Wände auf sie zukamen, sagte er: »Warum wartest du nicht auf mich?« Aber sie konnte doch nicht alles nur noch an seiner Hand erledigen? Es war schon schlimm genug, daß sie in kein Restaurant, zu keinem Fest mehr ohne seinen starken Arm gehen konnte. Aber auch dann, wenn er ihr Zittern spürte, einen schnellen Blick auf ihr verkrampftes Gesicht warf, fragte er nie: »Warum?«

»Männer«, sagte Jean, »Männer kommen von einem anderen Stern. Im besten Falle versuchen sie zu begreifen, was in uns vorgeht, fühlen können sie es nicht.«

Wenn es abends fünf Uhr wurde, freute Gaby sich schon auf die ruhige Plauderstunde mit Jean. Hubert kam doch meistens spät von der Firma, ihr eigenes Essen war fertig, der Fußboden blinkte, was sollte sie zu Hause? Während Jean Kartoffeln schälte, Gemüse putzte und das Fleisch anbriet, lauschte sie ihren Berichten aus dem Krankenhaus, die sie mehr oder weniger komisch wiedergab. »Kannst du dir vorstellen, daß wir bei den Frischoperierten einen Mann haben, Mitte vierzig schätze ich, der zwei Frauen hat? Eine gesetzliche, bei der er zum Wochenende lebt, und eine illegale, die während der Woche sein Bett wärmt. Der Gute ist Vertreter. Das Problem ist jetzt nur für ihn, daß die beiden Frauen sich nicht im Krankenhaus über den Weg laufen. ›Mittags ist keine Besuchsstunde‹, hat er zu seiner Freundin gesagt. ›Abends regt mich Besuch zu sehr auf‹, bekam seine Frau zu hören. Bei jedem Besuch schwitzt er Blut und Wasser, daß sich eine der beiden nicht an seine Wünsche hält und plötzlich in der Tür steht. Wir nehmen sogar an, daß wegen dieser Spannung sein Fieber nicht sinkt.«

»Warum haben Männer nicht genug an einer Frau?« Gaby sah zu Daniel, der andächtig an einer Mohrrübe knabberte. Seine Zähne gruben sich in die Wurzel, und wie ein kleines Kaninchen schabte er Lage für Lage ab. »Angst«, sagte Jean und warf eine geschälte Kartoffel in hohem Bogen in den mit Wasser gefüllten Topf, weil Daniel dann vor Freude laut auflachte. »Ich glaube, daß Männer ganz einfach Angst vor Frauen haben. Wenn sie sich einer Frau ausliefern, ihr mehr Zugang zu sich gestatten, könnte diese Frau es mißbrauchen. Sie pochen auf ihre Macht, weil sie alleine ohnmächtig sind.«

Gaby zog zweifelnd die Schultern hoch. Hubert kam ihr alles andere als ohnmächtig vor. Über alles hatte er eine deutliche Meinung; wenn sie etwas gegen seine Vorstellung tun wollte, konnte er auf eine unnachahmliche Art und Weise seine Augenbrauen runzeln. Man mußte schon sehr standhaft sein, um dann mit ihm noch in Diskussion zu treten. Gaby war nicht standhaft. Sie wollte auch keinen Streit mehr. Die Szenen mit Robbie schmeckten noch immer bitter, und die Zänkereien aus der Anfangszeit ihrer ersten Ehe erschienen ihr unreif und kindisch. Wenn Hubert sie stirnrunzelnd ansah oder ungeduldig aufseufzte, hatte sie das Gefühl, daß ihr der Boden unter den Füßen weggezogen wurde. Wie konnte sie sich mit ihm streiten?

»Glaubst du, daß Hans dir treu ist?« Gaby putzte Daniels Hände trocken, der die geschälten Kartoffeln aus dem Topf grapschte und sie dann wieder hineinplumpsen ließ. »Mein Mann ist mit seiner Arbeit und seinen Hobbys verheiratet«, lachte Jean. »Da hat er keine Zeit für andere Frauen. Eigentlich nicht einmal für mich. Ich würde verrückt werden, wenn ich nur zu Hause sein müßte. Die Wände würden auf mich herabstürzen.«

Vielleicht ist es das, dachte Gaby. Seit ihrem Auszug von zu Hause hatte sie immer gearbeitet. Erst hier in Holland war sie nur noch Hausfrau. Die drei Kinder, der Haushalt und die vielen Repräsentationspflichten ließen ihr nicht viel Zeit, um an etwas anderes als an Essen, Kochen und Putzen zu denken. Abgesehen davon, wenn Hubert da war, dann mußte sie auch noch lächeln und lieb sein. Liebsein als Lebensaufgabe.

Jean sah sie prüfend an. »Bei euch ist doch alles in Ordnung?« Sie war die einzige von ihren Freundinnen, die nicht gleich vor Entzücken die Augen verdrehte, wenn Huberts Name fiel. »Mir ist er zu perfekt«, hatte sie einmal gesagt. »Immer lächeln, immer freundlich, das kann doch nicht normal sein.« Als Gaby erschrocken die Luft angehalten hatte, hatte sie begütigend ihren Arm getätschelt. »Schau doch nicht wie ein erschrecktes Häschen. Ich muß doch nicht mit ihm leben. Das bist du doch. Aber wenn einmal etwas ist, auf mich kannst du immer rechnen.«

Jean hatte nicht geahnt, wie nötig ihre Hilfe für Gaby noch sein würde.

Dieses Bild würde sie ihr ganzes Leben nicht mehr vergessen. Sie konnte es immer wieder vor ihrem inneren Auge abrufen, und immer wieder spürte sie die warme Spätsommersonne auf ihrer Haut, Huberts Arm um ihre Schultern, ihre bloßen Füße im feinen Sand. Vor ihnen spielte Daniel mit einer kleinen Schaufel, ein tiefblauer Himmel reichte bis weit in die Unendlichkeit. »Liebes«, sagte Hubert, und er verstärkte den Druck seiner Hand, »ich möchte gerne noch ein Kind von dir.« Gaby schloß die Augen und legte den Kopf ein wenig in den Nacken, damit die Sonne auch ihr Gesicht liebkosen konnte. Sie lauschte seinen Worten nach. »Ich möchte gerne noch ein Kind von dir.« Er wollte sich noch mit einem weiteren Kind an sie binden. Von ihr wollte er noch ein weiteres Kind. *Dies* war die Wirklichkeit. »Ich liebe dich«, sagte er leise. Oh Gott, lieber Gott, ich danke dir. Sie schlang beide Arme um seinen Hals, mit einer Heftigkeit, daß er beinahe sein Gleichgewicht verlor und sich im Sand abstützen mußte. »Hubert, ich bin so glücklich.« Sie warf sich an ihn und öffnete ihre Augen weit. Dieses Bild vollkommenen Glückes wollte sie in sich aufnehmen. Hubert dicht neben ihr, Daniel, der sich mit strahlendem Lächeln zu ihnen umdrehte, »Mammi lieb, Pappi lieb«, sagte und dann zufrieden mit sich und seiner kleinen Welt weiter im Sand buddelte.

Später wollte sie mit Hubert über ihre Zweifel reden. Ein zweites Kind? Sie war sechsunddreißig Jahre alt. Sie mußten schon für sechs Kinder finanziell sorgen und für drei mit allem Drum und Dran. Sie brauchte kein weiteres Kind. Sie hatte Daniel von ihm. Ihr war das genug. Sie brauchte Hubert, so, wie er jetzt war, lieb und zärtlich. Keine nächtlichen Schatten trübten ihr Glück.

Der letzte Urlaub war eine Kette ungetrübter Erinnerungen. Lange Spaziergänge Hand in Hand, Schwimmen im glasklaren Wasser, ausgedehnte Mahlzeiten unter freiem Himmel mit viel Wein und einschmeichelnder Geigenmusik.

Sie hatte auch Huberts Vater in Österreich kennengelernt. »Jahrelang hatte ich keinen Kontakt mit ihm«, erklärte ihr Hubert. »Er hat meine Mutter und uns vier Kinder wegen irgendeiner Frau im Stich gelassen. Ich war damals achtzehn Jahre alt, mein jüngster Bruder gerade vier. All die Jahre stand ich mit meinem Vater nur in schriftlicher Verbindung. Ich möchte ihn gerne einmal wiedersehen. Er wohnt nur drei Kilometer entfernt vom Wörthersee.«

»Und die andere Frau?« – »Er hat sie geheiratet. Kannst du dir das vorstellen? Irgendeine ganz und gar gewöhnliche Person hat er meiner Mutter vorgezogen.« Gaby wußte nichts zu sagen. Sie schwiegen eine ganze Weile. »Vielleicht«, fuhr er zögernd fort, »wenn meine Mutter ihn nicht zu einer Entscheidung gedrängt hätte ..., vielleicht wäre er dann wieder zur Vernunft gekommen.«

»Du meinst«, hatte sie sich vergewissert, »daß er dann gewußt hätte, wohin er gehört?« Sie wußte selbst nicht, warum ihr das so wichtig war. Sein Vater hatte sich Mitte Vierzig in eine andere Frau verliebt und war mit ihr auf und davon gegangen. Huberts Mutter hatte ihn vor die

Entscheidung gestellt: entweder die andere oder ich. Er hatte die andere gewählt.

Hatte er wie Hubert versucht, seine Phantasien in die Wirklichkeit umzusetzen? Mußte man als Frau dann Geduld haben, bis der Mann wieder zur Vernunft kam? Es wäre schrecklich, wenn Hubert so etwas tun würde. Aber sie würde ihn nicht zwingen, sich zu entscheiden. »Ich werde euch nie im Stich lassen«, hatte Hubert in ihre Gedanken hinein gesagt und seinen Finger energisch auf die Klingel an der Tür des österreichischen Fachwerkhauses gedrückt.

Huberts Vater wirkte noch immer wie ein General ohne Uniform, sein Haar war exakt gescheitelt, die Haltung untadelig, seine Worte bestimmt und eindringlich. Und doch hatte er einen altmodischen Charme, die unverbindliche Liebenswürdigkeit, die auch Hubert großzügig austeilte. »Eine reizende kleine Frau«, sagte er und sah ihr beim Handkuß tief in die Augen. »Ich hoffe, mein Sohn, du vernachlässigst sie nicht.« Gaby dachte an Huberts Mutter und hoffte, daß ihr Mann keinen Anstoß an den Worten seines Vaters nehmen würde. Aber er nickte nur: »Sie ist ein Juwel.« Sie saßen mit den Kindern, Huberts Vater und Helen, seiner zweiten Frau, im Garten und tranken Kaffee und genossen die selbstgebackenen Obsttorten. »Ein wenig Butter auf den Boden verreiben, dann nässen die Früchte nicht durch«, erklärte Gaby ihr Schwiegervater. »Ich backe sehr gerne. Besonders, wenn liebe Gäste kommen.« Später zeigte ihr Helen das Haus. »Wir haben auch zwei extra Besucherzimmer. Ihr seid immer willkommen.« Gaby sah zu den Fotos an der Wand. »Sehr künstlerisch, nicht wahr?« Helen strich ihre Bluse glatt. »Ich war früher Aktmodell.« – »Sehr künstlerisch«, bestätigte Gaby ihr und hoffte, daß ihre Gastgeberin nicht die Röte auf ihren Wangen sah.

»Ein Unterschied wie Tag und Nacht«, bestätigte sie

Hubert auf dem Weg zu ihrem Hotel. »Ich habe noch keine verschiedeneren Frauen kennengelernt, als deine Mutter und die zweite Frau deines Vaters.« – »Ja, unbegreiflich dieser Mann.« Hubert hatte sie fest an sich gedrückt.

Das Operationshemd ging bis über den Nabel. Niemand hatte sich die Mühe gemacht, ihr ein Laken zu geben, um ihre Blöße zu bedecken. Gaby lag in einem Vorraum zu den Operationssälen und sah zur Decke. Blütenweiß getüncht war die Decke. In der Mitte hing eine weiße Neonröhre, die ein bläulich grelles Licht verbreitete. Ihr war kalt. Die Kälte kam von ganz innen und breitete sich in Wellen über ihren Körper aus. Sie begann zu zittern. Erst nur wenig, aber dann mehr und mehr, so daß ihre Zähne aufeinanderschlugen. Wie lange lag sie schon hier? Fünf Minuten, eine halbe Stunde, Stunden? Sie wußte es nicht. Jeder Begriff von Zeit schien erstickt in Angst und Kälte. Ein Krankenpfleger kam herein, sah sie uninteressiert an, sein Blick glitt über ihre rasierte Scham, grußlos ging er in den angrenzenden Warteraum. Die Liege unter ihr ächzte. Ihr Zittern schüttelte sie. Sie existierte nicht mehr. Nur noch Schlachtvieh, das ausgenommen werden mußte.

Ein Embryo von vier Monaten hat Arme und Beine, Fingerchen und Zehen. Und sie hatte gespürt, wie sein Herz klopfte. Jetzt klopfte es nicht mehr. Sie hatte Blutungen bekommen. »Nichts mehr zu machen«, hatte ihr Hausarzt gesagt. »Wir können auf einen spontanen Abgang warten oder Sie kürettieren. Eine Ausschabung vornehmen«, erklärte er ihr, da er glaubte, sie habe den Fachausdruck nicht richtig verstanden. »Eine Ausschabung, ja.« Sie wollte nicht mit einem toten Kind im Leib herumlaufen. Ekelhaft war ihr der Gedanke, als greife die Fäulnis des Kindes auf sie über. Ihr Kind, ihr Baby war in ihr. Tot. Hubert hatte sie ins Krankenhaus gefahren, sie in ihrem Zimmer abgeliefert wie einen Sack schmutziger Wäsche. Er wußte nichts zu sagen. Warum war er nicht bei ihr geblieben? Warum lag sie hier allein, beinahe nackt, erstarrt vor Angst und Kälte. Wieder ging die Tür vom Warteraum auf, zwei Schwestern kamen herein. Lachten. »Hier liegt noch jemand. Es ist schon zwei Uhr. Hast du schon Kaffee gehabt?« Die Tür glitt geräuschlos hinter ihnen ins Schloß. Gleich schreie ich, dachte sie. Ich schreie und schreie und höre nie wieder auf zu schreien. Aber ihre Zunge lag dick und trocken in ihrem Mund, erstickte jeden Schrei im Keim. »Keine große Sache«, hatte Huberts Mutter gesagt, die die Weihnachtsfeiertage bei ihnen verbringen wollte. »In zwei, drei Tagen bist du wieder auf den Beinen.« Gaby hatte die Augen geschlossen und nicht geantwortet. Begriff denn keiner, daß ihr Kind gestorben war? Ihr Kind, das sie nie in den Armen gehalten hatte. Vielleicht wollte es nicht geboren werden. Jedes Kind sucht sich seine Mutter aus, hatte sie gelesen. Vielleicht hatte dieses Kind gerade noch rechtzeitig seinen Irrtum bemerkt. Es hatte sie nicht gewollt.

»So, jetzt sind wir an der Reihe. Eine Spritze und eins, zwei, drei ist der Schaden behoben.« Eine Schwester, vermummt in grünem Kittel und grünem Häubchen, schob sie in den Operationssaal. Für einen kurzen Augenblick öffnete Gaby die Augen, nahm in Sekundenschnelle die grellen, runden Operationslampen wahr, weitere Gestalten mit grünen Kappen und weißem Mundschutz, Tische mit blitzenden Instrumenten. Fort, dachte sie, nur fort. Fort zu grünen Wiesen und saftigen Weiden. Da, sie hörte die Glöckchen der Schafe. Sie warteten wieder auf sie, kamen auf sie zugesprungen. Da bist du ja, blökte eins und rieb den weichen Kopf gegen ihren Arm. Es ist lange her, daß du hier warst. Ja, sagte Gaby. Früher war sie oft hier gewesen. Immer, wenn Pappi, lieb zu ihr war. Sie kraulte das Tier hinter den Ohren, vergrub ihr Gesicht in dem Fell. »Zählen Sie jetzt«, sagte eine Stimme aus einer anderen Welt. »Zählen Sie bitte.« Schafe und Lämmer, dachte Gaby. Opferlämmer. »Eins, zwei, drei . . .«

Sie wurde wach durch Gelächter, jemand stieß gegen ihr Bett. Am Nachbarbett sah sie fremde Gesichter, Blumen, ein Sektkorken knallte. »Was für ein wunderschönes Baby«, sagte eine helle Frauenstimme. »Prost. Nein, die junge Mutter darf nichts! Aber wir stoßen auf den Prachtkerl an.«

Ja, richtig, sie lag im Krankenhaus. Kein Prachtkerl für sie. Nur Frieren. Einsamkeit. Eine Spritze und eins, zwei, drei, der Schaden ist behoben. Sie drehte den Kopf zu der Uhr über der Tür. Sieben Uhr abends. Besuchsstunde.

»Kommt da niemand?« hörte sie die helle Stimme fragen. »Psst. Ich glaube ein Abortus.« – »Also wirklich. So eine sollte man nicht zu dir legen.« Besorgnis schwang in der Stimme. »Das schlägt dir vielleicht auf die Milch.«

Sie stellte sich schlafend. Wäre am liebsten unter die Bettdecke gekrochen. Gaby, Tauchstation, hatte vor einer Ewigkeit eine Frau gerufen, wenn die Arztvisite begann. Und sie hatte sich in ihre kleine, weiße Höhle zurückgezogen, um nichts von den Ärzten zu sehen. Und nichts von den alten Frauen mit ihren runzligen Bäuchen und den schrecklichen Wunden.

»Siehst du, sie schläft noch«, hörte sie auf einmal jemand an ihrem Bett sagen. Sie schlug die Augen auf. Hubert stand da und neben ihm seine Mutter. »Ich sagte doch zu dir, mein Guter, alles, was sie jetzt braucht, ist Schlaf.« – »Kleines«, sagte Hubert und beugte sich zu ihr herab, um sie zu küssen. Sie drehte den Kopf zur Seite, schloß die Augen. Schlafen, ja. Nur noch schlafen. Und nie wieder wach werden zu müssen.

Hubert hatte den Frühstückstisch üppig gedeckt. Er liebte es, ausgiebig zu frühstücken. Wurst, Käse, verschiedene Sorten Marmelade, frische Kräuter. »Deine Frau hat es gut«, bemerkte Huberts Mutter. »Welcher Mann macht schon so ein Frühstück für seine Familie?« – »Hubert macht immer das Frühstück«, sagte Natalie und schnitt sich eine dicke Scheibe Käse ab. »Wirklich?« sagte Huberts Mutter. Gaby wunderte sich, wie sie es fertigbrachte, in dem einen Wort so viel Mißbilligung und Verwunderung über diese schockierende Tatsache zu legen. Hubert hatte es selbst angeboten, weil es ihr morgens nicht gut ging. Erbrechen, Schwindelanfälle.

»Ja«, bestätigte Gaby. »Sieht alles sehr appetitlich aus.« Auch jetzt war ihr übel. Am liebsten wäre sie noch im Bett geblieben, aber allein im Schlafzimmer fühlte sie sich von allem ausgeschlossen. Stundenlang lag sie da und starrte zur Decke. In der Ferne hörte sie Stimmen, Gelächter, Türen schlagen. Huberts Kinder waren da gewesen. Sie gehörte nicht dazu. Sie hatte noch nie dazugehört. Auch früher bei Mutti nicht. Im Laufe der Jahre hatte sie immer deutlicher ihre Abneigung gefühlt. Oder war es schon Haß? Sie hatte sie nie in den Arm genommen. Nur abends hatte sie ihr die Wange zum Gutenachtkuß gereicht. Gaby liebte die weiche Haut mit dem zarten Flaum, den feinen Geruch, der von ihr ausging. Manchmal, wenn sie alleine war, hatte sie ihr Gesicht in Muttis Seidenschal vergraben. Der roch wie sie und war weich und sanft. Beinahe so, als wenn sie sie streichelte.

»Du mußt essen«, sagte Hubert, »damit du wieder zu Kräften kommst.« – »Ja«, sagte Gaby, »natürlich.« Nur mit Mühe konnte sie den Widerwillen gegen all die Münder um sie herum unterdrücken. Da wurde abgebissen, gekaut, zermahlen, geschluckt.

»Köstlich, der Schinken, mein Guter.« – »Darf ich noch etwas von der Wurst?« – »Mammi, machst du mir ein Brot mit Honig?« – »Natalie, gib Omi den Käse!« – »Manfred, die Schokoladencreme bitte!«

Essen, essen, essen. Gaby bestrich Daniels Scheibe Brot mit Honig und schnitt sie in kleine Stückchen. »Hier, mein Schätzchen.« Er lachte sie strahlend an. »Mammi lieb!« Sie fühlte, wie eine warme Welle über sie schwappte und beugte sich zu ihm. »Daniel ist auch lieb«, flüsterte sie und küßte ihn auf seine Stupsnase. Er gluckste fröhlich und griff mit seinen Fingern in ihr langes Haar.

»Das Kind hat klebrige Finger«, sagte Huberts Mutter. »Du mußt selbst essen«, sagte Hubert zu ihr.

»Ich fühle mich nicht gut«, sagte Gaby, ohne aufzusehen. Sie steckte Daniel ein weiteres Stückchen Brot in den weit geöffneten Mund. Mein Spätzchen, dachte sie und küßte ihn auf die mit Honig verschmierten Lippen.

»Marie, unser Mädchen, hatte früher auch öfter Fehlgeburten«, sagte Huberts Mutter. »Den nächsten Tag stand sie schon wieder in der Küche.«

»Möchtest du noch Kaffee?« fragte Hubert. Gaby nickte. Erleichtert schenkte er ihr ein.

»Möchtest du einen Saft?« hatte Mutti sie vor Ewigkeiten gefragt, als sie kaputtgeschlagen im Bett gelegen hatte. »Ja«, hatte das Kind Gaby gesagt. Dann hatte Mutti Pappi mit dem Saft zu ihr geschickt. »Unsere Abmachung gilt?« Sie hatte beim Klang seiner Stimme zu zittern begonnen. »Zweimal wöchentlich?« – »Ja«, hatte das Kind gesagt. »Zweimal wöchentlich.«

»Mammi aua?« fragte Daniel. »Das geht vorbei«, sagte Huberts Mutter und legte sorgfältig ihre verschiedenen Pillen der Größe nach in eine Reihe. »Ist es nicht schlimm, mein Guter, daß deine Mutter so viele Pillen schlucken muß?« – »Aber es geht dir doch gut damit?« Hubert holte ein Glas Wasser für sie. »Der Arzt sagt, mit den Pillen kannst du uralt werden.« – »Ach ja, der Arzt . . .« Sie lächelte schwach. Dann schien sie sich einen Ruck zu geben. »Auf jeden Fall genieße ich es, hier bei dir zu sein, mein Guter.«

Warum sagt sie nie ›euch‹, dachte Gaby. Es ist doch auch mein Haus. Ich wohne hier auch. Für meine Kinder ist es ihr Zuhause. »Mutter meint es nicht so«, hatte Hubert ihr erklärt. »Ich bin für sie die ganze Familie. Da gehört ihr automatisch dazu.« Aber sie bestand doch auch für sich selbst? Oder existierte sie nur als Huberts Frau? Als Mutter von seinem Kind? Würde sie wie eine Seifenblase zerplatzen, wenn sie weder das eine noch das andere war? Hatte sie dann keine Daseinsberechtigung mehr?

Warum hatte sie bei Robbie nicht an sich gezweifelt? Damals hatte sie auch all die anderen Gedanken nicht gehabt. Die Schublade der Erinnerungen war zugeblieben. Warum, um Himmels willen sprang sie jetzt immer und immer wieder auf? Warum quollen die Gedanken an Vergangenes wie glibberige Schlangen aus der Lade und schlängelten sich durch das feinmaschige Netz ihres Bewußtseins? Ich will es nicht, ich will es nicht. Das alles ist vorbei. Nur das Heute zählt.

Das Heute bestand aus einem lieben Mann und drei Kindern. Zugegeben, sie hatten ein paar Probleme mit Natalie und Manfred. Aber war das nicht normal bei zwei pubertierenden Teenagern? Huberts Mutter reiste morgen wieder ab. Dann würde es wieder ruhiger werden. Es war doch auch normal, daß sie gerne bei ihrem Sohn war und das deutlich zeigte. Wer war sie selbst schon? Eine Schwiegertochter, um die sie nicht gebeten hatte. Von der sie vielleicht ahnte, das sie viel zu verbergen hatte. Ich muß mir nur Mühe geben, dachte Gaby. Dann wird schon alles werden. Liebe fällt einem nicht in den Schoß. Und Achtung und Anerkennung schon gar nicht. Hubert wollte ein Kind von ihr. Er bewies ihr tagtäglich seine Liebe und

Achtung. »Wir versuchen es so schnell wie möglich aufs neue«, hatte er ihr gestern im Bett versprochen. »Ich kann nicht«, hatte sie gesagt. »Ich habe Angst.« – »Du brauchst doch keine Angst zu haben. Du hast doch mich. Komm, sei lieb zu mir.«

Sie lief und lief, die Häuser links und rechts neben ihr schienen in den Himmel zu wachsen, nahmen ihr jede Sicht auf ein Stückchen Blau. Mauern, wohin sie sah: nur Mauern. Hinter sich hörte sie Schritte. *Er* war wieder da. *Er* verfolgte sie. Sie rannte, die Straßen wurden stets schmaler, die Mauern höher und höher. Nirgends ein Ausgang, ein Weg ins Freie. *Er* kam dichter und dichter heran. Ihr Atem ging stoßweise, ihre Seite schmerzte. *Er* war hinter ihr. Sie wagte sich nicht umzusehen, fort, nur fort, sie stolperte, fiel hin. Er stand über ihr. Wie groß er war. Er reichte bis in den Himmel. »Nein«, wimmerte sie, »bitte nicht, tue es nicht.« Er beugte sich zu ihr hinunter, ganz langsam. Dann schrie sie gellend auf, schrie und schrie. »Gaby, du träumst schon wieder. Gaby, so werde doch wach.« Sie wimmerte. »Nein, bitte tue es nicht, bitte!« Jemand schüttelte sie. »Wach werden, werde endlich wach.« Sie sah in das Gesicht über sich. Es war Huberts Gesicht. Sie schloß die Augen. Dieser Traum, er kam immer wieder. Jemand verfolgte sie, erreichte sie, sie fiel, aber dann, der Mann in ihrem Traum – er hatte kein Gesicht. Nichts. Zögernd öffnete sie die Augen. Huberts Gesicht über ihr. »Du hast nur geträumt. Alles ist gut.« Alles ist gut.

Gestern waren sie zusammen im Theater gewesen. Behutsam hatte er sie zu ihrem Platz geführt. Die vielen Menschen um sie herum, die Blicke, sie hatte fast nicht laufen können. Als sie saß, wurde es besser. Die Panik ebbte ab. Es gab »Das Tagebuch der Anne Frank«. Wieder spürte sie die gleiche Verbundenheit mit der Hauptdarstellerin, die sie auch als junges Mädchen bei der Erstaufführung gehabt hatte. Nirgends hingehen zu können, Tag für Tag Angst zu haben und doch zu leben. Es irgendwie fertigbringen, auf ein »Später« zu hoffen. Für Anne Frank hatte es kein »Später« gegeben. Aber ihr Tod hatte einen Sinn gehabt. Millionen Menschen in aller Welt haben durch ihr Tagebuch von den Leiden und Hoffnungen eines Mädchens gelesen. Begriffen durch ihre einfachen Aufzeichnungen vielleicht, was es bedeutete, gefangenzusitzen. Ausgeliefert zu sein.

»Du bist blaß«, hatte Hubert nach der Vorstellung zu ihr gesagt. »Du mußt dir das nicht so zu Herzen nehmen. Es ist doch lange her.« Ja, es war lange her. Anne Frank war lange tot. Aber der Antisemitismus lebte. Und nicht nur deswegen saßen Menschen gefangen. Wurden Kinder gequält. Mißhandelt. In der Zeitung hatte sie einen Fall von Kindesmißhandlung gelesen. Ein zweijähriges Mädchen starb an den Folgen einer Vergewaltigung. So alt wie ihr kleiner Daniel. Was waren das für Menschen, die so etwas tun konnten?

Sie hatte versucht, mit Hubert darüber zu reden. Er hatte sich nur geschüttelt wie ein Hund, der den Dreck von seinem Fell schüttelt. »Hör bloß mit solchen Horrormeldungen auf. Das sind doch Irre, die so etwas tun. Mit so etwas mußt du dich nicht befassen. Du bist schon nervös genug.« Nervös galt für alles. Für ihre schlechten Träume. Für das Zittern ihrer Hände. Für das Nicht-allein-Stehen-Können.

»Zumindest hat Anne Franks Tod einen Sinn gehabt«, hatte sie nach der Theatervorstellung im Auto zu Hubert gesagt. »Und damit auch ihr Leben.« – »Jedes Leben hat einen Sinn«, hatte er achselzuckend geantwortet. Sie hatte nichts mehr gesagt und nach draußen gesehen. Dunkel war es, die Nacht lag rabenschwarz auf den Feldern und Wiesen.

Welchen Sinn hat Hitlers Leben gehabt? Tod und Verwüstung. Ein Mann als Schlüsselfigur für Machtmißbrauch im äußersten Sinn. Verbrannte Erde, wo sein Name gefallen war.

Welchen Sinn hat Pappis Leben? Und er lebte noch immer!

Sie hatte als Kind auch begonnen, ein Tagebuch zu schreiben. Ein kleines Schloß hing daran mit einem feinen Schlüssel. Ich kann nicht mehr, hatte sie geschrieben. Ich kann nicht mehr, und ich will nicht mehr. Warum ist da niemand, der mir hilft? Am nächsten Tag lag das Buch auf ihrem Bett. Das Schloß war herausgebrochen, die Seiten herausgerissen.

In der Küche hatte er sie am Arm gepackt. »Tue das nie wieder«, hatte er leise gesagt. »So etwas aufzuschreiben. Was du kannst und was du tust, das bestimme ich. Begriffen? Mutti war böse geworden, daß das schöne Tagebuch mit dem feinen Goldrand später kaputt im Ascheimer lag. Du mußt alles kaputtmachen. Wie kannst du nur?« – »Ja, wie kann ich nur«, hatte das Kind Gaby gesagt.

Die Kinder sangen »Hoch soll sie leben«. Natalie hatte Daniel auf dem Arm, der ihr lachend die Arme entgegenhielt. »Mammi lieb!« Sie küßte erst ihn, dann die beiden Großen. »Wie hübsch ihr alles verziert habt.«

Muttertag.

Hubert hatte einen großen Strauß roter Rosen mitten auf den Tisch gestellt. »Für die beste und liebste Mutter!« – »Ich habe dir einen Kuchen gebacken«, sagte Manfred. »Ich habe dir ein Gedicht geschrieben«, sagte Natalie. Die schlichten Zeilen rührten sie an. Fand Natalie sie als Mutter doch nicht total gescheitert? Wußte sie, wie sehr sie sie liebte und wie sehr sie sich Sorgen über ihr unmäßiges Essen machte? Warum war Natalie nicht glücklich? Sie hatte eine Mutter, die alles für sie tat. Jeden Tag stellte Gaby sich hin und kochte auf ihren Wunsch die neuesten

Diätrezepte für sie. Wunderte sich, daß Natalie trotzdem molliger und molliger wurde. Glücklich war sie, wenn sie ein hübsches Stück zum Anziehen für ihre Tochter gefunden hatte. »Danke«, sagte Natalie und legte es uninteressiert zur Seite. Sie nahm sich die Zeit, um mit ihr über ihre Probleme zu reden. Alles konnte ihre Tochter mit ihr besprechen. Warum fühlte sie, daß es doch nicht gut war? Warum war Natalie so feindlich? »Ganz natürlich in der Pubertät«, sagte Hubert. »Kinder setzen sich gegen ihre Eltern ab.« Er hatte gut reden. Ihn schien nichts wirklich zu berühren. Waren die Kinder freundlich und gut aufgelegt, prima, waren sie es nicht, zog er sich achselzuckend in sein Arbeitszimmer zurück. Sie hungerte nach der Liebe und Anerkennung ihrer Kinder. Manfred war trotz aller Frechheit anhänglich. War stolz auf seine junge Mutter. »Pim glaubt nicht, daß du meine Mutter bist«, hatte er noch gestern abend erzählt. »Du siehst ja jünger aus als meine Schwester, hat er gesagt.«

»Der hat doch Tomaten auf den Augen!« Erbost war Natalie nach oben gelaufen. »Nicht sehr taktisch.« Hubert hatte den Kopf geschüttelt. Vorwurfsvoll sah Gaby Manfred an. »So etwas mußt du nicht sagen. Sie bekommt ja noch Komplexe.« – »Wenn sie dann weniger frißt«, sagte ihr Bruder ungerührt. »Ist doch nicht zum Ansehen, was sie alles in sich hineinschaufelt. Erst ißt sie deine Diät, und wenn du dich umdrehst, plündert sie den Kühlschrank.«

Gaby ging hinter Natalie her, klopfte vergebens an ihre abgeschlossene Zimmertür. »Laßt mich bloß alle in Ruhe.«

Sie begriff ihre Tochter nicht. Wenn sich je jemand so um sie bemüht hätte! »Geh doch einmal zum Arzt«, hatte sie ihr vor einigen Tagen vorgeschlagen. »Da muß doch etwas dahinterstecken, daß du so einen Hunger hast. Vielleicht arbeiten deine Drüsen nicht richtig, oder sonst ist irgend etwas nicht in Ordnung.« – »Kümmere dich um deinen eigenen Kram.« Bissig hatte Natalie sie gemustert. »Du wirst doch auch wieder rundlich.«

Sie war blutrot geworden. Es stimmte. Sie war wieder schwanger. Zu früh, befürchtete sie. »Wird schon werden«, meinte Hubert. »Ich kann mir vorstellen«, hatte sie sich beinahe bei Natalie entschuldigt, »daß du es nicht schön findest, daß ich noch ein Kind bekomme, aber wir . . .«

Sie kam nicht dazu, ihren Satz zu vollenden. »Du meinst Hubert. Hubert will doch unbedingt eine Großfamilie, nicht wahr? Und du spielst die Bruthenne.« Darauf hatte Gaby nichts geantwortet. Sie wußte nicht, wie man sich als normales Mädchen in der Pubertät fühlte. Sie war in ihrer eigenen Pubertät zu sehr damit beschäftigt gewesen, zu überleben. Aber vielleicht fühlte Natalie sich auch einsam. Trotz ihrer stets gegenwärtigen Liebe und Fürsorge. Vielleicht mußte sie sich wirklich so gegen sie absetzen. »Wenn du weißt«, hatte sie schließlich doch gesagt, »daß ich dich über alles liebe. Und daß ich immer für dich da bin.« Dann war sie zu Daniel gegangen, den sie in seinem Bettchen rumoren hörte. Sein Mittagsschlaf war vorbei. Während sie ihn windelte und die Gelegenheit benutzte, sein rundes Bäuchlein zu küssen, dachte sie, was sie dafür gegeben hätte, wenn sie diese Worte einmal von Mutti gehört hätte. Und wenn sie es schon nicht hätte sagen können . . . Wenn es Gaby doch hin und wieder einmal gefühlt hätte! Ja, sie erinnerte sich. Sie war noch klein gewesen, jünger als sechs Jahre . . . Sie lief auf einer Steinmauer, und Mutti hielt sie an der Hand, führte sie. Am Ende der Mauer hielt Mutti die Arme auf, und sie sprang hinein. Voll Vertrauen und Glück. Von dem gefährlichen Balanceakt auf den Steinen wieder zurück auf dem Boden. Und sich dann an Mutti schmiegen. »Großes Mädchen«, hatte Mutti gelacht und ihre Hand beim Weiterlaufen festgehalten. Später hatte sie ihr nie wieder die Hand gehalten. Sie hatte sie abstürzen lassen.

Sie fühlte, daß Natalie ihr auch ganz nahe stand. Daß sie nur jetzt, in dieser Zeit ihrer eigenen Entwicklung, Abstand zu ihr brauchte. Eines Tages würde sie sie ins Vertrauen ziehen. Wenn ihre Tochter selbst so weit war.

»Vielen Dank«, sagte Hubert, »du hast wieder ausgezeichnet gekocht. Sehr lieb von dir.« Sie sah ihn groß an. Wie er sich bedankte. Als wenn ihm jemand im Wartezimmer einen Stuhl anbot. Vielen Dank. Sehr lieb von dir. Sehr freundlich von Ihnen. Machen Sie sich weiter keine Mühe. Bis hierhin und nicht weiter. Mit rasenden Kopfschmerzen war sie heute morgen aufgestanden. Die Kinder kommen! Also wieder großer Koch- und Backtag. Ein Zäpfchen genommen. Sie war im vierten Monat. Ein Zäpfchen wird doch dem Baby nicht schaden? Nicht wieder den ganzen Tag im Schlafzimmer liegen. Gegen angehen, wie Hubert es nannte. Also, um acht Uhr in der Küche stehen und den Hefeteig für die Pizza kneten. Die Zwiebeln für den Belag brennen in den Augen. Wie warm Tränen sind. Sie kommen von ganz tief innen, wo es noch warm und lebendig ist. Tomaten pellen, Speck anbraten. Eier für den Sandkuchen schlagen. Obst schälen für den Obstsalat. Butter schaumig rühren, vermengen mit Mehl, Eier darunterziehen, Kuchen in den Ofen. Pizzateig ausrollen, Belag darauf verteilen. Aufräumen, putzen, Tisch decken, Kinder begrüßen, Kuchen essen, aufräumen, Kopfschmerzen, noch ein Zäpfchen, Fernsehen, Pizza essen.

Sie räumte den Geschirrspüler ein. »Komm, laß mich das machen.« Hubert schob sie zur Seite. Wortlos nahm er die Tassen von der linken Seite und stellte sie auf die rechte Seite. Zwei Teller kamen von der oberen auf die untere Schiene, um die Schale herum machte er mehr Platz. Die Weingläser klemmte er fest. Als er ihren Blick bemerkte, runzelte er unwillig seine Augenbrauen. »So wie du das

Geschirr hineingestellt hast, beschädigst du bestimmt noch einmal etwas.« – »Meinst du?« – »Du solltest froh sein, daß ich dir helfe.« – »Ich bin dir sehr dankbar.« – »Ich begreife nicht, daß du so gereizt bist.« – »Ich bin nicht gereizt. Ich habe Kopfschmerzen.« »Darum helfe ich dir ja beim Geschirr-Einräumen.« – »Du hilfst mir nicht. Du veränderst das, was ich schon getan habe.« – »Wenn ich sehe, daß du es nicht richtig machst.« – »Wer bestimmt, was richtig ist?« – »Sei nicht kindisch. Der Geschirrspüler ist doch unwichtig.« – »Drum. Warum läßt du ihn mich nicht allein einräumen?« – »Prima. Wenn du meinst. Helfe ich dir eben nicht mehr.« Er ging ins Wohnzimmer, vergrub sich hinter der Zeitung. Der Fernseher plärrte. Die Kinder saßen gebannt davor. »Ich lege mich hin«, sagte Gaby zu all den Rücken. »Tue das«, sagte die Zeitung und knisterte.

Der Korken knallte, der Sekt schäumte aus der Flasche hoch. »Schnell, die Gläser!« Jean lachte. »Natürlich wieder gekleckert.« Mit dem Pulloverärmel wischte sie den Tisch trocken. »Also Prost. Trinken wir auf mein zukünftiges Patenkind.« – »Und auf meins.« Ursel hob ihr Glas. »So ein Patenkind wie meinen Daniel müßt ihr erst einmal zustande bringen.« Dagmar strich Daniel über die Haare. Prompt drehte der Kleine sich um. »Tante Dagmar lieb.« Die Frauen lachten. Wenn jemand Gabys Jüngsten auf den Arm nahm, ihn streichelte, ihn fütterte oder ihn auch nicht besonders beachtete, für Daniel war jedermann lieb. »Ganz der Vater«, sagte Dagmar. »Das wird noch ein richtiger Herzensbrecher.« – »Ja, du hast schon Glück gehabt.« Ursel seufzte ein wenig. »Hubert liest dir wirklich jeden Wunsch von den Augen ab. Zeig doch noch einmal den schönen Ring, den er dir geschenkt hat. Weil du schwanger bist.« Gaby spreizte den Ringfinger und streifte den Goldring vom Finger. Ja, das war sehr aufmerksam von Hubert gewesen. Er hatte den Ring letzte Woche aus Kolumbien mitgebracht. »Für unser Baby«, hatte er gesagt. Das ungute Gefühl, das sie dabei beschlich, hatte sie mit freudigen »Ahhs« und »Ohhs« zu übertönen versucht. »Ein echter Smaragd«, bestätigte sie Dagmar. »Von einem solchen Mann kann man nur träumen.«

»Wenn das dann man kein Alptraum wird.« Jean schüttelte energisch ihre kürzen braunen Haare nach hinten. »Nobody is perfect. Er wird auch seine Fehler haben, nicht wahr, Gaby?« Gaby fühlte die Röte bis unter ihre Haarwurzeln kriechen. »Nein, nein, ich kann nicht klagen. Er liest mir wirklich jeden Wunsch von den Augen ab. Hab' noch einmal Glück gehabt.«

Das sagte sie öfter in der letzten Zeit. Sie hatte noch einmal Glück gehabt. Noch einmal eine Chance. Ihre erste Ehe war gescheitert. Mit zwei heranwachsenden Kindern hatte sie allein dagestanden. Bis Hubert kam. Und dieser besondere Mann war jetzt mit ihr verheiratet. Und sie trug das zweite Kind von ihm. Nein, das dritte. Das zweite hatte sie verloren. Aber jetzt würde alles gut gehen. »Ich kann nicht klagen«, wiederholte sie und machte sich ganz gerade.

»Mein Pappi würde das nie tun«, hatte sie bei der Befragung auf der Volksschule gesagt. Damals, als er mit Elli etwas getan hatte. Warum hatte sie das gesagt? Um ihn zu schützen. Um Mutti zu schützen. Und um sich selbst zu schützen. Sie hatte doch schuld. Sie tat es auch. Sie war befragt worden. In der Schule, später bei der Polizei. Warum hatte man nie *ihn* befragt? Weil man die Antwort fürchtete?

»Ich kann eigentlich auch nicht klagen«, sagte Ursel. »Was will man mehr als einen Mann, der fleißig, ehrlich und treu ist?«

»So verwöhnt zu werden wie Gaby ist natürlich auch nicht schlecht.« Dagmar gab Gaby den Ring zurück. »Ein prächtiger Stein. Der hat schon eine Kleinigkeit gekostet.«

Alles im Leben hat seinen Preis, dachte Gaby und wußte nicht, warum sie das dachte. Der Ring war wirklich sehr schön. Gestern war Edwin, ein Geschäftsfreund, bei ihnen zu Besuch gewesen. Er hatte Hubert auf der letzten Geschäftsreise begleitet. »Ich habe übrigens noch ein paar Fotos von der Reise«, sagte er. Zusammen mit Hubert bewunderte sie die Aufnahmen. Hubert im Botanischen Garten von Medellin, Hubert im Zentrum der Stadt vor einem typischen Souvenirladen, Hubert am Swimmingpool unter einer Palme mit einem Getränk in der Hand. Dann fiel ein Foto zu Boden, das Edwin unter den Stapel gelegt hatte. Gaby hob es auf. Auch darauf war Hubert. Er saß auf dem Boden unter einem riesigen Baum und hielt mit beiden Armen eine junge Frau umschlungen. Japanerin, mal etwas ganz anderes, dachte Gaby, und fragte sich, warum sie nicht als erstes, ›oh Gott‹ oder, ›oh weh‹ dachte. Oder fühlte. Sie fühlte gar nichts. Schweigend gab sie das Bild an Edwin zurück. »Ach das, auch gut geworden, nicht wahr? Hat aber nichts zu bedeuten. War ein Jux, verstehst du. Ich habe von mir mit der Kleinen auch so ein Foto. Moment,ja, wo habe ich es doch?« Edwin blätterte die Fotos durch. »Nein, ich kann es jetzt nicht finden. Aber du weißt ja, wie Männer sind. Man trinkt einen, und dann kommt da so eine süße Puppe, na ja, und man macht einen Flachs. Wie wäre es mit einem Foto? Wir beiden Hübschen auf der Platte, das wäre doch etwas.« Gaby sah zu Hubert. Edwins Redeschwall brach ab. »Was schaust du mich so an? Du hast doch von Edwin gehört, wie es war? Du willst doch aus einem albernen Foto kein Drama machen?« – »Natürlich nicht. Ich mache noch ein paar Häppchen zurecht.« Sie ging in die Küche und holte die Packung mit den kleinen Toasts heraus. Frisches Tatar hatte sie gekauft und Krabben und eine feine Pastete und ein Stückchen

Bauernkäse. Sorgsam bestrich sie die Häppchen mit dem Tatar und legte einen Zwiebelring darauf. Auf die Krabben setzte sie ein kleines Mayonnaiseröschen. Die Scheibchen mit der Pastete verzierte sie mit einer halben Olive. Nun noch den Bauernkäse in mundgerechte Stückchen. Hübsch, sehr appetitlich alles auf der Silberplatte angerichtet. Hatte sie von Huberts Mutter bekommen. »Mein Großer ist das so gewöhnt, Gaby. Das Auge will ja schließlich auch etwas.« Sie wusch ihre Hände und malte in dem kleinen Spiegel neben der Tür noch einmal ihren Mund rot nach. Blutrot wie eine Wunde. Alles hat seinen Preis. Ein Ring mit einem Smaragd war auch ein Preis.

Hatte Pappi ebenfalls immer gesagt. Er hatte es sogar noch deutlicher gesagt. »Alle Frauen sind käuflich. Jede hat ihren Preis.« Dann hatte er Gaby lächelnd angesehen. »Oder bist du anderer Meinung?« Gaby stand an der Tür und fühlte ihre Beine wieder steif wie Stelzen werden. So, wie sie sich angefühlt hatten, nachdem er ihr die zwanzig Mark für die Turnschuhe gegeben hatte. Ihr Preis für ›ein wenig lieb sein‹, wie Pappi es damals genannt hatte. »Du antwortest ja nicht?« hatte er gehöhnt. »Hast du deine Zunge verschluckt?« Ihre Blicke kreuzten sich. Letzte Woche. Sie mußte hundert Mark für die Klassenreise haben. »Tja«, Pappi hatte bedenklich seine Brieftasche gezückt, »ein ordentlicher Happen. Dafür ist aber etwas Besonderes fällig.« In dem Moment war Mutti ins Zimmer gekommen. Er hatte ihr den blauen Schein gegeben. »Gutes Benehmen vorausgesetzt«, hatte er nur noch gesagt. »Bedanke dich bei Pappi«, hatte Mutti gesagt und Gaby die hundert Mark weitergereicht. »Danke, Pappi«, hatte sie gesagt. In der Nacht holte er sich sein besonderes Dankeschön. »Mach den Mund auf«, hatte er heiser an ihrem Ohr geflüstert und sich dann vor sie hingestellt. Bevor sie wußte, was ihr geschah, preßte er sein ekliges Ding zwischen ihre Lippen, drückte es in ihren Mund. Sie begann zu würgen, Tränen schossen in ihre Augen. Es ging ganz schnell. Er schob es zwei- oder dreimal hin und her. Ich ersticke, dachte sie, oh Gott, ich bekomme keine Luft mehr. »Schluck es«, sagte er und riß an ihren Haaren. »Schluck es.« Und als er gleich darauf seine Kleider ordnete, hatte er gesagt: »Alles hat seinen Preis.« Sie hatte Pappi angesehen. Wie er da jetzt in seinem Lehnstuhl saß und seine Fingergelenke knacken ließ. Er verhöhnte sie. Glaubte, sie sei käuflich. Nie, hatte sie gedacht, nie kannst du mich kaufen. Meine Gedanken, meine Wünsche und meine Träume sind von mir. Du benutzt die Hülle. Und eines Tages bezahlst *du* die Rechnung.

Gaby ging zurück ins Wohnzimmer. Das kostbare alte Tablett zitterte in ihren Händen. »So sag mir doch, wenn du mich brauchst.« Hubert sprang auf und nahm ihr das Tablett ab. »Komm, setz dich, Gaby.« Er bot Edwin von den Häppchen an. »Hat sie das nicht lecker gemacht?« Er lächelte Gaby zu. Sie umschlang ihre zittrigen Beine mit beiden Händen. »Du mußt dich wirklich schonen«, sagte er liebevoll. »Schließlich wollen wir nicht, daß dem Baby etwas passiert.«

Sein schmales Gesicht mit der aristokratischen Nase war dicht vor ihr. Er duftete nach Paco Rabanne. »Es geht dir doch gut, mein Kleines? Du zitterst ja!« Er legte seine Hand über ihre fest ineinanderverschlungenen Hände. »Und eiskalt bist du auch. Ich bringe dir eine Wärmflasche.« Sie wollte sagen, nicht nötig und: mach dir keine Mühe, aber sie sagte nichts. Edwin war seit einer halben Stunde fort, sie hatte die Küche aufgeräumt und war nach oben gegangen. Das Zittern, das den ganzen Abend in ihr gelauert hatte, blähte sich auf und gewann die Oberhand. Sie legte sich ins Bett und zog die Decke bis an ihre Nasenspitze. Ihre Zähne schlugen aufeinander, und das Zittern schüttelte sie. »Du wirst doch nicht krank?« Hubert legte die Wärmflasche an ihre Füße. »Wie kann man es im Juni so kalt haben? Du hättest vielleicht doch einen Schnaps trinken sollen!« Er zog sich aus, sah auf sie herab. »Ich wärme dich gleich.«

Sie dachte daran, wie sie als Kind weggelaufen war. Nach Brasilien hatte sie fahren wollen, als blinder Passagier. Brasilien hatte gut geklungen, war weit weg. Es war ihr nicht gelungen. Die Polizei hatte sie nach Hause zurückgebracht. In den sicheren Hafen des Elternhauses. »Begreifst du, daß es keinen Sinn hat wegzulaufen?« hatte der Beamte sie gefragt. Sie hatte es begriffen.

Sie wußte auch jetzt, daß es keinen Sinn hatte wegzulaufen. Wovor wollte sie auch weglaufen? Vor diesem lieben Mann, der sie umsorgte und verwöhnte, der ihr gerade noch eine Wärmflasche ans Bett gebracht hatte, damit ihr nicht kalt wurde? Wie weit hätte sie laufen müssen, um die Angst hinter sich zu lassen? Folgte sie ihr nicht auf Schritt und Tritt wie ihr Schatten? Konnte *sie* überhaupt ohne Angst leben? Vielleicht, wenn das Kind da war. Wenn Hubert ein normaler Familienvater werden würde. Aber was war normal? Vielleicht war es in allen Familien so, daß die Männer im Bett lauthals von anderen Frauen träumten, sich wünschten, mit dieser und jener zu schlafen. Was wußte sie, was normal war?

Robbie war anders gewesen. Solange er nicht trank, war sie für ihn genug gewesen. Das hatte er jedenfalls immer wieder gesagt. Falls er Träume gehabt hatte, so behielt er die für sich.

War es nicht so, daß die Träume einem selbst gehören sollten? Mußte man alles mit dem anderen teilen? Wenn es den anderen in Angst und Schrecken versetzte, war es dann nicht besser, stumm zu träumen?

Ausgesprochene Träume waren halbe Wirklichkeiten. Und waren Träume nicht gerade darum so reizvoll, weil die Phantasie ihnen keine Grenzen setzte?

Sie wußte von sich selber, daß ihre Träume für sie lebensnotwendig waren. Sie hatte sich schon als Kind wegträumen können. So realistisch, daß alles, was mit ihrem Körper geschah, nicht mehr zählte. Leicht und unbekümmert sprang sie mit den Schafen und Lämmern über grüne Wiesen, während ihrem Leib Gewalt angetan wurde.

Wurden Huberts Träume nicht zur Obsession, weil er sie wieder und wieder äußerte? Wo war bei ihm die Grenze zur Wirklichkeit? Überschritt er sie nicht, wenn er sich mit einer blutjungen Japanerin eng umschlungen fotografieren ließ? Dachte er nicht in einem solchen Moment auch an all die lustvollen Dinge, die er Gaby ins Ohr stöhnte? Dachte er nur daran, oder tat er es dann auch? Was hielt ihn zurück? Es war, als holte er sich ihre Absolution vor der Tat.

»Vielleicht«, sagte ihr Frauenarzt und sah Gaby ernst an, »vielleicht können wir das Kind noch retten. Wir werden Sie im Krankenhaus aufnehmen lassen, und Sie dürfen sich nicht bewegen. Absolute Ruhe, kein Streß, keine Aufregungen, nichts. Bei anderen drohenden Fehlgeburten ist das oft das letzte Mittel, um den Abbruch zu vermeiden.« Gaby griff nach Huberts Hand. Sie fühlte sich selbst so kalt werden, als glitte mit dem Leben des Kindes auch ihr eigenes Leben aus ihr. »Natürlich«, sagte sie mit flacher Stimme, »natürlich tue ich alles, um unser Baby zu retten. Aber woran liegt es?« Und obwohl sie ihre Stimme nicht erhob, hatte sie selbst das Gefühl, als ob es in ihr schrie: Bin ich schuld? Tue ich irgend etwas verkehrt? Warum kann ich kein Kind mehr austragen?

»Du mutest dir auch immer zu viel zu«, sagte Hubert. »Es wird dir guttun, ruhig zu liegen und dich verwöhnen zu lassen.«

Der Arzt runzelte beinahe unmerklich seine Augenbrauen. »Während einer gesunden Schwangerschaft darf eine Frau sich normal bewegen und arbeiten. Nur körperliche und seelische Exzesse gefährden die werdende Mutter. Und ich gehe nicht davon aus, daß Sie leichtsinnig mit ihren Kräften umgehen.« Das war keine Frage, sondern eher wie zur Beruhigung zu Gaby gesagt. »Natürlich nicht«, beeilte sie sich trotzdem zu versichern. »Ich war regelmäßig zur Kontrolle, ich trage nichts Schweres, ich esse gut.« Sie atmete tief durch. »Und trotzdem dann heute morgen die Blutungen.« Sie hatte ihre Hand aus Huberts Hand zurückgezogen und sie in ihrem Schoß um ihre andere Hand gefaltet. Ob beten helfen würde? Wie oft hatte sie Gott schon um Hilfe angerufen, und hatte er ihr je geholfen? Lieber Gott, heilige Mutter Gottes, hatte sie in größter Not zum Himmel gerufen, aber hatte Pappi sie deswegen nicht mit brutaler Kraft vergewaltigt? Lag Gott etwas am Wohl und Wehe der Millionen Erdenbürger? War es nicht paradox zu glauben, daß er gerade ihre Not lindern würde? Es gab soviel Elend auf der Welt, wieso sollte er gerade ihr helfen? War nicht sowieso alles vorbestimmt? Kismet, wie die Mohammedaner sagen, das zugeteilte Schicksal gottergeben hinzunehmen. Dann war alles, was ihr bisher im Leben geschehen war, von vornherein vorbestimmt gewesen? Welchen Sinn hatte es, so zu leiden? Was hatte sie getan, um immer wieder die dunklen Seiten des Lebens zu erfahren? Wenn es sich sowieso nicht ändern ließ, war das einzige, worum sie beten konnte, daß Gott oder die Göttliche Macht – oder wer auch immer – ihr Kraft geben sollte. Genug Kraft, um das alles zu ertragen. Sie hatte einmal gelesen, daß niemand mehr Leid erfährt, als er ertragen kann. War ihre Leidensgrenze nicht langsam erreicht?

Sie wußte nicht, daß sie erst elf Jahre später sagen sollte: Ich will nicht mehr. Jetzt ist es genug.

»Gaby«, Hubert faßte sie sanft am Arm, »Dr. Wierda sagt, daß ich dich zur Station bringen soll.« Fürsorglich reichte er ihr seinen Arm. »Mach dir keine Gedanken, es wird schon alles werden.«

»Ich komme später noch zu Ihnen«, beruhigte sie ihr Arzt. »Dann besprechen wir alles Weitere.«

»Ja«, sagte Gaby, »ja, natürlich.«

Wie eine Marionette folgte sie Hubert am Arm zu dem Fahrstuhl. Sie schloß die Augen und lehnte sich an die matt schimmernde Wand der Kabine. »Du mußt positiv denken«, ermahnte Hubert sie, während der Lift geräuschlos in den dritten Stock glitt, »du mußt nur daran glauben, daß alles gutgeht.« Daran glauben? Nein, sie glaubte nicht daran, daß sie das Baby noch retten konnte. Sie tat es, weil man es von ihr erwartete. Weil sie als Mutter doch um das Leben ihres Kindes kämpfen mußte. Aber sie fühlte, daß das Kind es aufgegeben hatte. Doch wie sollte sie das ausdrücken? Daß sie glaubte, daß das Kind nicht leben wollte? Vielleicht, weil es sie auch nicht als Mutter wollte? Oder weil es kein Leben wollte, das von Schmerz und Elend gezeichnet war? Weil es nicht genug Kraft hatte?

Wenn ich als Fötus gewußt hätte, wie mein Leben aussehen würde, hätte ich dann geboren werden wollen? Um der Momente willen, in denen ich glücklich war? Sie sah Hubert an. Wie sehr sie ihn liebte. »Ja«, sagte sie. »Ich glaube, daß alles gutgeht. Ich will daran glauben, daß alles gutgeht.« Und in Gedanken fügte sie hinzu: Was auch immer das bedeuten mag. Daß letzten Endes alles gutgeht. Daß ich die Kraft habe, alles zu einem guten Ende zu bringen.

Jean beugte sich über sie. Warum weint sie? dachte Gaby verschwommen. Als Krankenschwester wird sie doch schon öfter Frischoperierte gesehen haben. Sie versuchte zu lächeln. Nicht so schlimm, wollte sie sagen, aber ihre Kehle war rauh und trocken, und sie brachte nur ein

Krächzen hervor. »Psst, ganz ruhig«, sagte Jean und strich ihr über die Stirn. »Jetzt ist ja alles gut.« Alles gut. Sie hatte wieder ihr Baby verloren. Es hatte keine Chance mehr gehabt. »Hubert?« flüsterte sie. »Ich habe ihn auf den Gang geschickt. Soll ich ihn rufen?« Sie nickte, befeuchtete nervös ihre Lippen.

Hubert sah blaß aus. Unsicher sah er erst zu Jean, bevor er an Gabys Bett trat und vorsichtig ihre Hand nahm. »Schöne Geschichten machst du«, sagte er, und sie sah, daß er bewegt war. »Wir haben uns solche Sorgen gemacht.« – »Sorry«, flüsterte Gaby und fragte sich, warum er sich auf einmal solche Sorgen gemacht hatte. Vor dem Eingriff hatte er ihr noch versichert, daß eine Ausschabung weniger gefährlich als eine Blinddarmoperation sei. Damit hatte er bestimmt recht.

Erst bei der Entlassung aus dem Krankenhaus hörte Gaby, daß sie nach dem Eingriff einen Kreislaufkollaps bekommen hatte. Wenn Jean nicht zufällig im richtigen Moment nach ihr gesehen hätte, wäre es vielleicht zu spät für sie gewesen. »Du hattest fast keinen Puls mehr. Ich habe mich furchtbar erschrocken. Ganz weiß und still lagst du da. So, als wolltest du dich klammheimlich auf und davon machen.« – »Keine schlechte Idee«, murmelte Gaby halblaut. »Was sagst du da?« Jean sah sie aufmerksam an. »Du wirst doch nicht depressiv, weil es wieder schiefgegangen ist? Da sind doch noch andere Dinge auf der Welt, als Kinder zu kriegen. Und ihr habt doch schon Daniel zusammen.« – »Es ist wegen Hubert.« Gaby war furchtbar müde. Sie mußte Eisenpräparate schlucken, und trotzdem kostete sie jede Handbewegung unsagbar viel Mühe. »Er will partout noch ein Kind.«

Sie sah hinaus in den Garten. Daniel und Manfred rollten sich auf dem Rasen wie zwei junge Hunde hin und her. Natalie saß mit angezogenen Knien im Schatten der

Scheune und las in einem Buch. »Du kannst mir glauben, mir langen meine drei. Aber wenn er doch so gerne noch eins möchte? Ich kann doch nicht, nein sagen!« – »Und wieso nicht?« Jean sah sie kopfschüttelnd an. »Tut mir leid, Gaby, aber du selbst zählst doch auch noch! Was du willst und vielleicht auch, was du kannst. Weißt du das überhaupt?« Gaby dachte über Jeans letzten Satz nach. Wußte sie, was sie wollte? Sie wollte Hubert glücklich machen. Er wollte gerne noch ein Kind, also wollte sie auch eins. Sie mußte einfach noch ein Kind bekommen. Sonst war Hubert vielleicht enttäuscht von ihr. Und was würde er tun, wenn er von ihr enttäuscht war? Daran durfte sie nicht denken ... Ob sie es konnte? Ach, man kann viel, wenn man will – und muß.

Dr. Wierda hatte Hubert die Anschrift des berühmtesten Frauenarztes der Niederlande gegeben. Den Frauenarzt der holländischen Prinzessinnen. »Wenn Ihnen einer helfen kann, dann Professor de Ruiter. Er hat gerade über Grund und Ursachen von Fehlgeburten ein Buch veröffentlicht. Er ist die Kapazität in den Niederlanden.«

»Darüber zerbrechen wir uns dann nach den Ferien den Kopf«, hatte Hubert ihre Bedenken weggewischt. »Jetzt werden wir uns erst einmal ordentlich erholen. Vier Wochen in der Provence werden uns wieder auf Vordermann bringen.« – »Ja«, sagte Gaby dankbar. »Du hast ja recht. Jetzt fahren wir erst einmal in Urlaub.« Manche Menschen verunglückten auf dem Weg in die Ferien. Oder ertranken. Oder es geschah sonst etwas. Warum sollte sie sich den Kopf zerbrechen. Hubert wußte schon, was gut für sie war.

Seit Jahren hatte Gaby nicht mehr von ihrer Mutter geträumt, wieso jetzt?

Mutti lag im Krankenhaus. Sie war Mitte Sechzig, so alt, wie sie heute sein würde, wenn sie nicht schon vor beinahe fünfzehn Jahren gestorben wäre. Gaby besuchte sie und war erschrocken über ihre Zerbrechlichkeit. Dünne, weiße Haare, müde Augen, eine faltige Haut. Sie wußte, sie hatte noch einmal die Chance, mit ihr zu reden. Ganz vorsichtig nahm sie Muttis altes Gesicht in ihre Hände. »Du mußt mir endlich zuhören«, sagte sie eindringlich, »einmal im Leben mußt du mir zuhören: Dein Mann hat mich hunderte Male vergewaltigt.« Mutti versuchte, den Kopf zur Seite zu drehen, aber Gaby hielt ihn fest. »Du darfst nicht wieder wegsehen. Bitte, sieh mich an.« Doch Mutti schloß die Augen. »Bitte«, sagte sie, »du mußt es glauben. Alle wissen es. Nur meine beiden Jüngsten nicht. Die sind noch zu klein.« Gaby fühlte, wie Mutti unter ihren Händen Kraft sammelte und sich gerade machte. »Nein«, sagte sie, und etwas Schreckliches geschah, es war nicht ihre Stimme, es war die Gabys, »mein Mann würde so etwas nie tun. Er ist ein guter Mann. Er liebt mich. Er würde mir nie Gewalt antun.«

Gaby wurde wach von ihrer Stimme. »Nie«, flüsterte sie, »nie.« Sie fühlte den Schweiß auf ihrer Stirn, ihre klammen Hände. Sie knipste das Licht an, nahm die vertrauten Dinge um sich herum auf. Es war ein Traum. Hubert drehte sich unwillig um, zog die Decke über sein Gesicht. Ein Traum. Mutti war schon lange tot.

Sie stand auf, ging nach unten in die Küche, um sich ein Glas Milch zu wärmen. Warum verschmolzen sie im Traum zu einer Person? Hubert ähnelte in nichts Pappi. Gewalt verabscheute er. Er konnte keiner Fliege etwas zuleide tun. Und wieso hatte sie, Gaby, gesagt: Alle wissen es, nur meine beiden Jüngsten nicht? Niemand wußte es. Und wieso ihre beiden Jüngsten? Würde sie doch noch ein Kind bekommen? Gab es Träume, die in die Zukunft sahen? Mit langsamen Schlucken trank sie die warme Milch.

Warum maß sie diesem Traum Bedeutung zu? »Träume sind Schäume«, sagte Hubert, wenn sie wieder schreiend aus einem ihrer Angstträume in die Höhe fuhr.

Niemand hatte je versucht, ihr Hände und Füße abzuhacken, niemand verfolgte sie im wirklichen Leben. Und ihre Mutter und sie waren zwei grundverschiedene Personen. Sie hatte sich von Robbie getrennt, als er Natalie zu schlagen begann. Sie hatte ihr Kind beruhigt, ihm sofort geglaubt, als Pappi sich auch ihm genähert hatte. Sie würde immer für ihre Kinder dasein.

Auch im Urlaub hatte sie Nacht für Nacht geträumt. Sie gebar das Kind, das sie verloren hatte. Im Traum überrollten sie die Wehen, sie stöhnte, keuchte und preßte. Und dann war es da. Ein kleiner Junge. Sie bog sich nach vorn, um ihn in ihre Arme zu nehmen. Doch er wich zurück, lächelte, wurde kleiner und kleiner, verschwand. Ganz ruhig und friedlich. Und sie begriff, daß dieses Kind noch nicht hatte geboren werden wollen.

Was aber wollte ihr der Traum von Mutti sagen? Sie hatte ihr nie zugehört. Sie würde ihr auch nie zuhören können. Und ob sie es gewußt hatte? Hätte sie ihr dann das Versprechen abgenommen, sich um Pappi zu kümmern? Hätte sie sie dann unter Druck gesetzt, Pappi als Patenonkel von Manfred zu benennen? Wenn sie gewußt hätte, was geschehen war, hätte sie das doch nicht von ihr verlangt.

Gaby stand auf. Sie blickte in den dunklen Garten hinaus. Sie wußte, daß die Terrasse eingesäumt war von blühenden Fuchsien, Geranien und Petunien. Aber sie sah nichts. Ein paar dunkle Schatten, das war alles, was sie erkennen konnte.

Professor de Ruiter kam um seinen Schreibtisch herum und nahm Gabys kalte Hand in seine. »Ich verspreche Ihnen, daß Sie Ihr folgendes Kind nicht verlieren. Ich bin, sagen wir einmal, zu achtundneunzig Prozent sicher, daß Sie Schwangerschaftsdiabetes haben.«

Hinter Gaby lagen drei Wochen mit verschiedenen Tests, ein stationärer Aufenthalt im Krankenhaus von drei Tagen, Blutuntersuchungen und immer wieder andere Tests in Ruhe und unter Belastung.

»Das heißt«, fuhr der grauhaarige Arzt fort, »daß Sie schon vor der Befruchtung Insulin spritzen und eine strenge Diät einhalten müssen. Ich bin überzeugt, daß Sie ihre letzten zwei Kinder wegen akutem Schwangerschaftszukker verloren haben.«

Gaby sah in das zerfurchte Gesicht des Professors. Seine hellblauen Augen sahen voller Güte auf sie herab. Er drückte ihre Hand und legte sie behutsam wieder in ihren Schoß zurück. »Wenn Sie wirklich noch ein Kind haben möchten, ich werde es Ihnen in Ihre Arme legen.«

Nur mühsam konnte Gaby ihre Rührung unterdrücken. Wenn jemand auf diese Art und Weise, väterlich gütig, mit ihr sprach, war es, als rüttele jemand an den Toren, hinter denen so viele unerwiderte Gefühle verborgen lagen. Das war es auch, was sie an Hubert so liebte. Wenn er den Arm um ihre Schultern legte, ihr in den Mantel half, ihr den Stuhl zurechtrückte, eine Wolldecke über sie legte, wenn sie auf der Couch lag, ja, sogar, wenn er ihr bei Tisch die Schüssel mit den Kartoffeln oder dem Gemüse reichte, sie fühlte sich geborgen, umsorgt. Endlich war da jemand, der sich um sie kümmerte, der lieb und geduldig war. Das andere an ihm, das Beängstigende, das schob sie zur Seite. Wo Licht ist, ist auch Schatten. Im Schatten wurde ihr kalt. Sie wollte sich in seiner Wärme und Aufmerksamkeit räkeln, darauf vertrauen, daß das der wahre Hubert war.

Hubert lächelte ihr aufmunternd zu. Er saß in dem Korbsessel unter dem Fenster und hatte dem Professor aufmerksam zugehört. »Das sind gute Neuigkeiten, nicht wahr, Kleines?« Sie zog fröstelnd die Schultern hoch.

Doch, es waren gute Neuigkeiten. Dieser erfahrene Arzt versicherte ihr, daß es an einem körperlichen Gebrechen lag, daß sie ihre beiden Babys nicht hatte austragen können. Er versicherte ihr mit achtundneunzigprozentiger Sicherheit, daß eine folgende Schwangerschaft gut ablaufen würde. Sie würde noch einmal ein Kind bekommen. Sie mußte viel dafür tun. Jeden Tag Insulin spritzen. Im Krankenhaus hatte sie gelernt, wie man sich selber eine Spritze gab. Die freundliche Schwester Margot hatte gelacht. »Nein, nein, Frau Gerken, Sie müssen schon hinsehen, sonst können Sie die Spritze nicht richtig ansetzen. Sehen Sie, so: Das Fleisch des Oberschenkels zwischen zwei Finger packen, die Nadel schräg halten und dann mit einem festen, ruhigen Ruck zustechen. Beinahe wie von selbst gleitet die Nadel ins Fleisch.« Gaby hatte nur mit Mühe ein Schütteln unterdrücken können. Sie konnte seit ihrer Kindheit kein Blut sehen. Blut, das bedeutete Gewalt, Angst, Tod. Wenn sie bisher eine Spritze bekam, hatte sie den Kopf abgewandt. Als wenn der Schmerz geringer ist, wenn man den Einstich nicht sieht. »Nicht so unsicher«, ermahnte Schwester Margot sie freundlich, »geben Sie sich einen Ruck. Trauen Sie sich zu, daß Sie es können.« Gaby hatte trocken geschluckt und auf das gespannte Fleisch zwischen Daumen und Zeigefinger gesehen. Die Poren wurden glatt gezogen und kleine blonde Härchen richteten sich auf. Die hauchdünne Nadel lag mit der Öffnung nach oben auf ihrer Haut. Sie faßte die Spritze fester und drückte die Nadel in ihr Fleisch. Wie weich es ist, war ihr erster Eindruck, weich und nachgiebig. Es tat gar nicht weh. Langsam schob sie den Kolben der Spritze nach unten, so daß die Flüssigkeit austreten konnte. Dann zog sie die Nadel wieder zurück. »Gut gemacht«, lobte Schwester Margot. »Sie sehen, man kann alles, wenn man nur will.«

Ja, sie wollte dieses Kind bekommen. Hubert wollte

dieses Kind. Wenn ein Mann ein Kind von einer Frau wollte, liebte er sie. Er hatte sie zur Mutter seines Kindes ausgewählt. Er wußte, wie schwer es für sie war, noch einmal schwanger zu werden. Er wußte, wie sehr sie unter den beiden Fehlgeburten gelitten hatte.

Wenn er sie in der Nacht umarmte, fühlte sie, daß er sie liebte. »Mehr als alles auf der Welt«, sagte er. »Ich liebe dich mehr als alles auf der Welt. Ich brauche dich. Ich will noch ein Kind von dir.« Gaby war glücklich. Er brauchte sie. Er hatte sie genauso nötig wie sie ihn. Mit diesem Kind würde alles gut werden. Sie konnte ihm noch einmal beweisen, daß sie alles für ihn tun wollte. Auch noch einmal ein Kind zu bekommen.

Jeden Morgen, noch bevor sie einen Fuß aus dem Bett gesetzt hatte, mußte sie eine Tasse Tee mit einem Löffel Zucker trinken und eine Schnitte Brot mit dünn Butter essen. Für Gaby, die morgens eine ganze Zeit nötig hatte, um richtig wach zu werden, eine Qual. »Versuche es doch zu genießen«, sagte Ursel. »Ich habe von meinem Mann noch nie Frühstück ans Bett gebracht bekommen.« »Es ist für mich weniger ein Frühstück als Medizin. Ich finde es schrecklich, daß ich, noch bevor ich meine Zähne geputzt und geduscht habe, essen und trinken muß. Und kaum habe ich das hinter mir, muß ich mich auf die Bettkante setzen, die Spritze aufziehen und hinein damit.« – »Du weißt ja, wofür du es tust.« Ursel lächelte ihr liebevoll zu. »Ich habe dir von der Konditorei Albers ein Stück Diabetiker-Torte mitgebracht. Du sagst doch, daß du jetzt immer so einen Gieper auf etwas Süßes hast.« – »Als wenn verbotene Früchte süßer schmeckten«, seufzte Gaby. »Alles, was ich nicht darf, erscheint mir jetzt so verlockend.« – »Eine strenge Diät ist ja auch kein Pappenstiel. Du darfst ja nicht nur wenig Zucker essen, sondern auch das ganze salzarme Zeug«, Ursel schüttelte sich. »Ich weiß nicht, ob ich das könnte.« Sie schenkte ihr eine Tasse Pfefferminztee ein. »Hier, dein Kuchen. Laß ihn dir gut schmecken.« – »Du bist ein Schatz«, sagte Gaby, und genau das fühlte sie auch. Unter all ihren Freundinnen war Ursel ein fester Fels in der Brandung. Immer ruhig, ausgeglichen und dabei liebevoll und bereit zuzuhören. Nicht, daß Gaby ihr intime Dinge anvertrauen konnte. Da war vieles, über daß sie mit niemandem reden konnte. Aber wenn sie je mit jemand über etwas mehr als über oberflächliche Dinge sprechen wollte, dann waren es Ursel und Jean. Wo Jean resolut und betont burschikos reagierte, ließ Ursel ihr Gefühl sprechen. Von ihr ging soviel Wärme aus, daß Gaby sich wie ein Kind in den breiten Stuhl kuschelte und sich von ihr verwöhnen ließ. Für eine Stunde war alles Unsichere und Undeutliche aus ihrem Leben verschwunden. Sie saß bei Ursel, trank Pfefferminztee, schob genußvoll ein Stückchen Torte nach dem anderen in den Mund und erzählte von Natalie, die die ganze Nacht mit einer Kerze unter der Bettdecke gelesen hatte. »Ein großes Loch in der Bettdecke, weil die Kerze umfiel.« Von Manfred, der in der Schule schon wieder einen Tadel bekommen hatte. »Er hat die Französischlehrerin eine blöde Ziege genannt.« Von Daniel, der zweimal in der Woche in den Kindergarten ging und es genoß, mit anderen kleinen Kindern zu spielen. »Nur beim ersten Mal hat er ein paar Tränen vergossen. Jetzt strampelt er vor Vergnügen, wenn ich mit dem Auto vor dem Kindergarten halte.« – »Mit Daniel habt ihr wirklich Glück gehabt«, bestätigte ihr Ursel. Sie wußte, wovon sie redete, da sie selbst Mutter von vier Kindern war. »Ich bin einmal gespannt, wie dies ›Zuckerbaby‹«, sie strich Gaby über den Bauch, »wird. Ich freue mich schon darauf, es in den Armen zu halten. Mein Patenkind!«

Gaby hatte es Hubert vorgeschlagen. »Ich möchte, daß Ursel und Jean als Patinnen für unser Baby benannt werden. Ist dir das recht?« »Natürlich, Kleines«, hatte Hubert gesagt und sie an sich gezogen. »Die beiden scheinen mir bestens geeignet. Ich freue mich, daß du so guten Kontakt hier in Holland gefunden hast.« Gaby schloß die Augen in seiner sicheren Umarmung. »Ich hätte nie gedacht, daß ich so glücklich sein kann. Du, die Kinder und dann meine Freundinnen. Besonders Ursel, sie ist nur drei Jahre älter als ich, aber sie ist mir wie eine mütterliche Freundin.« – »Ja, eine besondere Frau«, murmelte Hubert. »Sie meint auch, daß ich mir nicht soviel Sorgen wegen der Schwangerschaftspunktion machen soll. Schließlich wird der Eingriff in einer Universitätsklinik ausgeführt.« – »Sag ich doch«, antwortete Hubert abwesend.

Als sie am nächsten Morgen nach Rotterdam ins Krankenhaus fuhren, hatte Gaby trotzdem einen dicken Kloß im Hals. Hubert tätschelte im Auto ihr Knie. »Nun mach dir bloß keine Gedanken. Es wird schon alles gutgehen.« Gaby legte schützend die Hand auf ihren Bauch. Seit zwei Wochen spürte sie das Kind. Es strampelte kräftig. Ein gutes Zeichen. Sechzehn Wochen war ihr Baby. Erst nach der sechzehnten Woche konnte eine Schwangerschaftspunktion durchgeführt werden. »Ist vielleicht besser«, hatte Professor de Ruiter gesagt. »Damit wir ganz sicher sind, daß unser ›Zuckerbaby‹ kein anderes Handikap hat. Wenn wir das entnommene Fruchtwasser untersuchen, können wir feststellen, ob das Kind mongoloid ist oder einen offenen Rücken hat. Schließlich sind Sie mit achtunddreißig Jahren etwas mehr gefährdet, ein behindertes Kind zu bekommen.« Als Gaby ihn erschrocken ansah, hatte er beruhigend gelächelt. »Etwas mehr, sagte ich. Nicht viel. Deswegen diese Funktion. Damit wir uns die restlichen fünf Monate darüber keine Sorgen zu machen brauchen.«

Nachdem in der Erasmus-Klinik ihre Personalien verglichen waren – Gaby war als Privatpatientin angemeldet – wurde sie zusammen mit Hubert ins Behandlungszimmer geführt. »Legen Sie sich bitte auf das Bett«, bat die Schwester sie freundlich. »Ihren Schlüpfer können Sie anbehalten.« Fürsorglich deckte sie sie mit frisch duftenden Bettlaken zu, nur ihr Bauch blieb frei. Sie rieb ihn mit einem Desinfektionsmittel ab. Zwei Arzte kamen herein und begrüßten Hubert und sie mit Handschlag. »Wir führen diese Untersuchung pro Tag -zigmal durch«, sagte Dr. Lehnart. »Sie brauchen sich also keine Gedanken zu machen. Wir verstehen unser Handwerk.« – »Die Gefahr einer Fehlgeburt durch den Eingriff ist nicht gegeben?« wollte Hubert wissen. »Minimal«, sagte Dr. Heeschen und schaltete den Bildschirm ein. Verbunden mit den Elektronen, konnte Gaby auf dem Monitor in ihren Bauch sehen. Es kam ihr vor wie ein Wunder. Bei ihren ersten beiden Schwangerschaften hatte es diese Untersuchungsmethoden noch nicht gegeben, und auch bei Daniel war keine Ultraschall-Untersuchung gemacht worden.

Im ersten Moment konnte sie nicht viel erkennen. Nur hin- und herwogende Felder. »Hier ist Ihre Gebärmutter«, erklärte ihr Dr. Heeschen. »Sieht gut aus. Und hier«, er wies mit einem Bleistift auf den Bildschirm, »hier haben wir den Kopf Ihres Babys, hier die Füßchen.« Gaby stützte sich ein wenig ab, um besser sehen zu können. Ihre Hand suchte die von Hubert. Ihr Baby. Friedlich schwamm es in dem Fruchtwasser. »Sieht aus, als nuckelt es«, flüsterte sie. »Tut es, ja, es nuckelt.« Dr. Lehnart holte eine Kanüle mit einer langen Nadel. Gaby sank zurück und schloß die Augen. »Das Kind liegt sehr günstig. Und Sie haben viel Fruchtwasser. Wir brauchen nur wenig für unsere Untersuchung. Ihre Bauchdecke betäuben wir. Trotzdem werden Sie den Einstich spüren, weil wir nur die Haut betäuben. Aber Sie werden nicht viel mehr als den Druck fühlen.« Wenn das alles ist, dachte Gaby. Hauptsache, dem Baby geschieht nichts. Es war schon ein richtiges kleines Menschlein. Es nuckelte. Sie hätte ihm gerne übers Köpfchen gestreichelt. Sie sah zu Hubert. Er drückte ihre Hand. »Man kann jetzt auf dem Monitor sehen, wie die Nadel ins Fruchtwasser kommt«, erklärte er ihr. »Das Kind ist weit von der Nadel entfernt.« Sie atmete tief durch. Die Schwester lächelte ihr beruhigend zu und tupfte ihre Stirn ab. »Gleich ist es vorbei«, sagte sie. Gaby fühlte einen wehen Schmerz, als die Kanüle aus ihrem Bauch gezogen wurde. Dr. Heeschen deckte ein Tuch über die entnommenen Fruchtwasserproben. »Sie bleiben jetzt noch eine halbe Stunde ruhig liegen, und dann fahren Sie wieder nach Hause. Das Ergebnis hören Sie in circa drei Wochen. Wir wünschen Ihnen alles Gute.«

»Ich verstehe nicht, wie sie uns solche Sorgen machen kann.« Gaby lief wie eine Gefangene im Zimmer auf und ab. Das Kind in ihr strampelte unwillig. »Sie kann doch nicht einfach die ganze Nacht wegbleiben.« – »Vielleicht ist sie verliebt.« Gaby blieb stehen, stützte sich an einem Stuhl ab, während sie die andere Hand beruhigend auf ihren Bauch legte. Sie wußte seit zwei Tagen, daß der Fruchtwassertest negativ war. Negativ bedeutete in diesem Falle: ohne Befund. Alles war gut. Sie brauchte sich keine Sorgen zu machen, daß ihr Kind behindert sein würde. Noch vier Monate, dann konnte sie es in den Armen halten. »Nein, bestimmt nicht«, antworte sie Hubert. »Ich wäre froh, wenn es das wäre. Sie ist unglücklich. Ihre Eßprobleme, ihre Gereiztheit, sie weiß sich mit irgend etwas keinen Rat.« Und in Gedanken fügte sie hinzu: Und ich bin ihr Blitzableiter. Wie weh tat es ihr, daß ausgerechnet ihre Tochter ihr das Vertrauen entzogen hatte. Sie war so stolz darauf gewesen, daß sie ihr als kleines Mädchen alles erzählt hatte. Auch das mit Opa . . .

Ihre Tochter hatte Vertrauen zu ihr gehabt. Sie wußte, daß sie ihr alles sagen konnte. Wann war das verlorengegangen? Als sie vor fünf Jahren das erstemal ihre Tage bekommen hatte, war Natalie darauf vorbereitet gewesen. Zusammen mit Natalie hatte sie Monatsbinden in einer Apotheke gekauft. Sie hinterher zu einem Stück Schwarzwälder Kirschtorte und einer heißen Schokolade mit Schlagsahne eingeladen. Unbekümmert hatte Natalie damals noch essen können. Und genauso unbekümmert hatte sie von Raimond erzählt, der sie zum nächsten Klassenfest eingeladen hatte. »Ich weiß nicht, ob ich ihn nett finde«, hatte sie nachdenklich gesagt und ein Schlagsahneflöckchen von ihrer Oberlippe geleckt. »Auf jeden Fall kann ich mich gut mit ihm unterhalten. Und das ist doch auch wichtig?« Gaby hatte es ihr bestätigt. Natürlich sei das wichtig. Sehr sogar. Und sie würde es schon merken, wenn sie ihn auf einmal nett fände. Oder jemand anderen. Und sie solle die Zeit genießen.

Gaby dachte an ihre erste Liebe zurück. An Horst. »Deine offensichtliche Unschuld liebe ich«, hatte er ihr ins Ohr geflüstert. Ihr war ganz kalt geworden. Sie hatte ihm nichts von Pappi erzählen können. Pappi hatte dann selbst etwas erzählt – Horsts Mutter. Daß Gaby der letzte Dreck sei und ein anständiger Junge nicht mit ihr umgehen sollte. Das hatte Horst dann auch begriffen.

»Denke immer daran«, sagte sie aus ihren Gedanken heraus, »daß du das tust, was du möchtest. Nicht, weil jemand anders es von dir erwartet. Nur dein Wunsch zählt.« Sie zögerte einen Augenblick. Natalie war erst dreizehn, aber sie sagte es dann doch. »Wenn du jemals die Pille haben möchtest, ich gehe mit dir zum Arzt.« Blutrot war das Kind geworden, und etwas von Unsinn und noch viel Zeit haben hatte es gemurmelt. »Ich meine ja auch nur«, hatte Gaby damals gesagt. »Du sollst nicht in Schwierigkeiten geraten, nur weil du nicht weißt, was du tun mußt.«

War sie jetzt in Schwierigkeiten? Sie wurde im Sommer achtzehn. Einen festen Freund hatte sie nicht, davon war Gaby überzeugt. In erster Linie war die Schule für sie wichtig. Ihr Ehrgeiz war es, einen überdurchschnittlichen Notenschnitt zu erreichen. Eine Zwei in Griechisch ließ sie in Tränen ausbrechen. »Aber eine Zwei ist doch ausgezeichnet«, beruhigte Gaby ihre Tochter. »Eine Zwei ist gut und nicht ausgezeichnet. Das ist es ja gerade.« Sie hatte ihre Mutter bissig angesehen. »Ich will kein Durchschnitt sein. Ich will anders sein als ihr.« Auch das war normal, fand Gaby. Kinder mußten sich freimachen von den Eltern. Und bei Natalie war es in erster Linie ein Freimachen von ihr.

Blieb sie deswegen die ganze Nacht weg? Hatte sie das schon öfter getan? Nicht ganz zufällig war Gaby noch in Natalies Zimmer im zweiten Stock gegangen. Sie hatte ihr im Kaufhof ein T-Shirt gekauft und gehofft, daß sie sich darüber freuen würde. Ihr Zimmer war leer, ihr Bett unberührt. Dabei hatte sie sich vor einer halben Stunde mit einem gemurmelten: »Ich habe Kopfschmerzen«, nach oben zurückgezogen. Erst hatte Gaby gedacht, daß sie nur hinausgegangen war, um frische Luft zu schnappen. Wegen der Kopfschmerzen. Aber es wurde später und später. Um drei Uhr hatte sie es nicht mehr aushalten können. Sie weckte Hubert. »Ich mache mir schreckliche Sorgen«, gestand sie ihm. »Sie wird doch nicht irgendeine Dummheit begehen? Ich bin überzeugt, daß Natalie nicht glücklich ist.« – »In ihrem Alter ist man nie glücklich.« Hubert hatte seinen Bademantel übergezogen und schenkte sich einen Genever ein. »Wahrscheinlich ist sie zu einer Freundin gefahren und wollte uns nur nicht beunruhigen.«

Wie ruhig er alles aufnahm. Da war ihre Tochter nachts verschwunden, und er verzog keine Miene. Gaby wußte nicht, ob sie ihn bewundern sollte. Natürlich hatte er recht, wenn er sagte, daß sie mit ihrer Aufregung auch nichts änderte. Aber begriff er denn nicht, was einem Mädchen alles passieren konnte?

»Weißt du, was dir hätte geschehen können, allein, ohne den Schutz deiner Eltern?« hatte der Polizist die dreizehnjährige Gaby gefragt, als sie nach ihrem fehlgeschlagenen Ausreißversuch auf der Polizeiwache verhört wurde. Ja, Gaby hatte es gewußt. Sie wußte auch, was sie zu Hause erwartete

Aber was wußte Natalie? Wußte sie, wie gefährlich es für ein Mädchen nachts auf den Straßen war? Hatte sie als Mutter sie deutlich genug auf die Gefahren hingewiesen? Sie versuchte Natalie so gleichberechtigt wie möglich zu erziehen, aber die Umwelt setzte der freien Entfaltung Grenzen.

Als Frau fand sie es unberechtigt und lächerlich, daß ein Mädchen sich nicht so kleiden sollte, wie es selbst das schön fand. Warum sollte ein Mädchen nicht in knallengen Jeans herumlaufen? Warum sollte es nicht in einem flotten Mini seine hübschen Beine zeigen? Weil es aufreizend und provozierend auf Männer wirken konnte? Weil man damit »etwas« herausforderte? Als Frau hielt Gaby das für großen Unsinn. Kein Mann hatte das Recht, ein Mädchen anzumachen, nur weil es sich so kleidete, wie es ihm selbst gefiel. Aber als Mutter war sie schon froh, wenn Natalie sich an die Spielregeln hielt. Über die Kleidung ihrer Tochter brauchte sie sich keine Sorgen zu machen, wohl aber über ihre Blauäugigkeit, was die Gefahr um sie herum anging. »Ich will nicht, daß ihr mich von der Party abholt. Ich bin doch kein kleines Kind mehr«, hatte sie letztens gemeutert. »Gerade darum«, hatte Gaby darauf bestanden. »Ich möchte nicht, daß du nachts allein auf dem Fahrrad fährst. Nicht am Stadtpark entlang. Du weißt doch, daß da im Frühjahr ein Mädchen überfallen wurde?« Natalie hatte seufzend ihre Augen verdreht. »Den Täter haben sie gefaßt. Du tust ja gerade so, als wenn man als Frau dauernd auf der Hut sein muß.«

Gaby hatte ihre Tochter betroffen angesehen. War das wahr? Erzog sie Natalie so, daß sie kein Vertrauen zu

Männern haben konnte? Sie wollte doch nur nicht, daß ihrem Kind etwas von dem geschah, das sie erlebt hatte. Nicht mit Gewalt. Mein Gott, wenn sie doch nur mit ihr darüber reden könnte! Wie schlimm das war. Und daß sie vorsichtig sein mußte. »Mütter sind doch alle gleich«, hatte Natalie gesagt. Der Satz hatte sie wieder ein wenig beruhigt. Vielleicht waren andere Mütter ebenfalls besorgt. Auch wenn sie nicht die gleichen Erfahrungen wie sie gemacht hatten. Sie hatte das Gefühl, als schipperte sie andauernd zwischen Überbesorgtheit und Großzügigkeit hin und her. Das Kind sollte tun und lassen können, wozu es Lust hatte. Aber geschehen sollte ihm nichts. Nichts gegen seinen Willen.

»Na also«, riß Hubert sie aus ihren Gedanken. »Da kommt die verlorene Tochter ja wieder.« Er wies zur Gartentür. Natalie blieb einen Moment erstarrt stehen, als sie Licht im Wohnzimmer brennen sah, dann gab sie sich einen Ruck. Sie blinzelte, als sie in die Küche kam. »Bloß keine Predigt«, ging sie sofort zum Angriff über. »Ich weiß, daß es nachts um vier Uhr ist. Man wird ja wohl noch einmal allein spazierengehen dürfen?« Gaby sah sie an. Es war ihr nichts passiert. Ihre Kleider waren in Ordnung, ihr Haar nicht zerrauft, keine Spuren, die ihre – Gabys – Angst nährten.

»Mein Gott, wie siehst du denn aus«, hatte Mutti die dreizehnjährige Gaby angeschrien. »Deine Beine, alles voll Blut! Kommst hier herein wie abgestochen und sagst kein Wort.« Pappi hatte für sie geredet. Sie sei nicht in Ordnung. Das sei irgendein Nervenfieber. Und sie solle das Kind in Ruhe lassen. Das hatte Mutti getan.

Nein, sie wollte ihre Tochter nicht in Ruhe lassen. Natalie mußte wissen, daß sie immer für sie da war. Auch wenn es sie nervte. Irgendwann einmal würde sie sich daran erinnern. Und das sagte sie auch. Ganz ruhig. »Wenn du Probleme hast: Ich bin immer für dich da.« –

»Du nervst«, sagte Natalie und schmiß die Tür hinter sich zu.

Mit unterdrückten Tränen sah Gaby auf den Bildschirm. Das winzigkleine Schimpansenbaby klammerte sich verzweifelt an den Fuß der Mutter, aber die Mutter schob es mit einer brüsken Bewegung fort. Das Tier fiel auf den Rücken, strampelte mühsam mit den Beinen in der Luft und kroch wieder zu der Mutter. Mit abgewandtem Kopf schubste die Mutter es unwillig fort. Der Vorgang wiederholte sich wieder und wieder. Der Kommentar zu diesem wissenschaftlichen Film war nüchtern und sachlich. »Diese Schimpansenmutter hat als Kind keine Zuneigung erfahren. Sie ist von einer sogenannten Flaschenmutter großgezogen worden. Jetzt, da sie selbst Mutter geworden ist, kann sie für ihr Kind auch keine Zuneigung empfinden. Es ist anscheinend so, daß man Verhaltensmuster in früher Jugend lernen muß, um sie selber später weitergeben zu können. Dies gilt in der Tierwelt genauso wie bei den Menschen.«

Gaby sah in die bläulich lodernden Kaminflammen. Es war Ende Mai, aber für die Jahreszeit noch kühl. Hubert war zu einer Besprechung. In den letzten Wochen häuften die sich wieder ... Natalie war bei einer Freundin, Manfred hatte vor einer halben Stunde aus Giethorn angerufen. Die Klassenreise war super, und er amüsierte sich prächtig. Daniel schlief in seinem Bettchen, festgeklammert an seine Lieblingsstoffente.

Hatte der Sprecher recht? War das wirklich so? Waren all die Kinder, die in ihrer Jugend zuwenig oder keine Liebe erfahren hatten, dazu verdammt, als Väter und Mütter zu scheitern? In früher Jugend, hatte der Kommentator gesagt. Was war in diesem Zusammenhang »frühe Jugend«? Die ersten zwei oder drei Jahre? Waren sechs Jahre lang genug, um liebesfähig zu werden? Sie fühlte sich so innig mit ihren Kindern verbunden, sie würde alles für sie tun und war gleichzeitig doch bereit, sie freizulassen und auch den Kindern Grenzen zu setzen. War das nicht Liebe? Mußte man denn durch eine kaputte Jugend als unfähig abgestempelt werden, den eigenen Kindern eine schöne Kindheit zu verschaffen? »Die wichtigsten Grundlagen, um zufrieden und ausgeglichen aufzuwachsen, sind Wärme, Geborgenheit und das absolute Gefühl der Sicherheit«, hatte der Sprecher hinzugefügt, und die Kamera glitt noch einmal zu dem sterbenden Schimpansenbaby. Was für grausame Tierversuche! Gaby schüttelte sich. Sie dachte an ihre Arbeit beim Kinderschutzbund zurück. In ihrer Ehe mit Robbie hatte sie sich nach einigen Jahren dafür eingesetzt und ehrenamtlich mit einer hauptangestellten Kollegin Familien besucht, die in Schwierigkeiten waren. Oft handelte es sich um vorübergehende Probleme, Arbeitslosigkeit, Krankheit, die dann auf dem Rücken der Kinder ausgetragen wurden. Manchmal war deutlich, daß dem Kind nur geholfen werden konnte, wenn es nicht mehr bei den Eltern wohnte. Und dann hoffen, daß das Kind bei Pflegeeltern oder in einem guten Heim noch genug an Zuneigung erfahren würde.

Sie konnte sich an ihre ersten sechs Jahre nur schwach erinnern. Da waren in erster Linie die Bombennächte. Sie hatte mit Mutti und Achim im Luftschutzkeller gesessen. Achim hatte ihr Geschichten vorgelesen, und sie hatte sich an Mutti geschmiegt. Mutti roch immer so gut. Wenn Bomben einschlugen, hatte sie ihren Kopf in Muttis Schoß vergraben, und Mutti hatte sie gestreichelt. »Ist ja gut, mein Mäuschen.« Gaby hatte Angst gehabt, aber alle um sie herum hatten auch Angst. Und wenn die Sirenen die Entwarnung gaben, hatte man tief durchgeatmet und war wieder nach draußen ins Helle gegangen. An Vati hatte sie wenig Erinnerungen. »Mein Hummelchen«, hatte er sie genannt und sie in die Luft geworfen. Das war aufregend und ein ganz klein bißchen gefährlich gewesen. Aber er hatte sie immer wieder aufgefangen und sie an sich gedrückt. Sein Bart hatte gekratzt. Er roch nach Tabak und Schweiß, und er war groß und stark. Sie glaubte sich daran zu erinnern, daß sie sich an seinem Bein festklammerte, während Mutti ihn küßte und weinte. Sie wußte nicht warum, aber sie begann auch zu weinen. Vati hatte sie auf den Arm genommen, ihr Gesicht zwischen Muttis und seinem Gesicht. »Ich komme ja wieder«, hatte er gemurmelt. »Ganz bestimmt, ich komme ja wieder.« Er war nicht wiedergekommen. Aber er hatte sie geliebt. Er hatte sie nicht mit Absicht im Stich gelassen. Und Mutti hatte sie damals auch geliebt. Sie an sich gedrückt und sie gestreichelt. »Wir werden auf ihn warten, nicht wahr, mein Mäuschen?« Das hatte sie nicht getan. Als sie hörte, daß er gefallen war, hatte sie geschrien und geschrien. Und zwei Jahre später hatte sie Pappi geheiratet. Vielleicht, weil er ein Kriegskamerad von Vati war? Bis dahin, dachte Gaby und trocknete ihre Tränen ab, bis dahin habe ich gelacht und geweint wie andere Kinder. Bis dahin wurde ich geliebt.

»Ja, danke«, sagte Gaby und sah auf die kleinen Sprechlöcher des Telefonhörers in ihrer Hand, in denen ihre Stimme wegsackte wie in einen dunklen Schacht. »Ich habe meinen Mann dann wohl verkehrt verstanden. Vielen Dank, Nicky.« Nicky war Huberts Sekretärin und eine Seele von einer Frau. Ende Vierzig, rund und mollig und von naiver Aufrichtigkeit. »Hubert ist heute mittag schon weggegangen. Er hatte noch etwas zu erledigen.« Er hatte noch etwas zu erledigen. Zu ihr hatte er heute morgen gesagt, daß es abends wahrscheinlich etwas später werden würde, weil er mit Geschäftsbesuch zu Mittag essen mußte und keine Ahnung hätte, wie lange sich die Besprechungen am Nachmittag hinziehen würden. Sie hatte ihn nicht kontrollieren wollen, aber ihr war nicht gut,

Wellen von Übelkeit überspülten sie. Sie brauchte noch Insulin-Ampullen aus der Apotheke. Außerdem fühlte sie einen bohrenden Schmerz im Kiefer. Sie hatte Hubert fragen wollen, ob er das Insulin und einige Schmerztabletten auf dem Rückweg von der Firma mitbringen konnte. Kleine Schweißperlen bildeten sich auf ihrer Stirn und auf ihrer Oberlippe. Ich muß selber in die Apotheke fahren und die Medikamente holen. Allein der Gedanke daran ließ sie zittern. Sie wäre am liebsten auf der Couch sitzen geblieben, eng in die Ecke gedrückt, klein zusammengerollt, so daß sie sich selbst trösten konnte. Die beiden Großen waren noch in der Schule. Daniel war bei Ursel. Sie war ganz verrückt auf kleine Kinder und hatte ihn heute morgen zum Spielen abgeholt. »Dann kannst du dich auch etwas ausruhen. Siehst nicht so blühend aus, wie sich das für eine werdende Mutter gehört. Und ich kann mich schon auf mein Patenbaby einstimmen. Nicht wahr, Daniel, du hilfst mir beim Kuchenbacken.« Daniel lachte und rollte gleich seine Pulloverärmel auf. »Ich knete«, sagte er. »Schau mal meine Muskeln.« Er spannte seinen molligen Kinderarm. Bewundernd hatten die beiden Frauen seine Muskeln angesehen, und Gaby hatte ihm einen Kuß darauf gegeben. »Dann wachsen sie noch besser«, hatte sie gesagt und ihm viel Spaß beim Kuchenbacken gewünscht. Daniel hatte immer Spaß. Ob er still mit seinen Lego-Steinchen spielte oder mit Manfred im Garten tobte, ob Natalie ihm eine Geschichte erzählte oder Hubert ihn auf den Schultern reiten ließ, er war immer mit Eifer und Andacht bei der Sache. An der Tür hatte er sich noch einmal umgedreht. »Du bist auch nicht allein, Mammi. Das Baby ist doch bei dir.« Er warf ihr ein Kußhändchen zu. Nein, sie war nicht allein. Ihr Baby bewegte sich. Sie war trotz der strengen Diät zwölf Pfund schwerer geworden. Dabei war sie erst im siebten Monat. Insulin, dachte sie, ich muß zur Apotheke und das Insulin holen. In der Eingangstür blieb sie einen

Moment stehen. Wie weit das Auto weg war. Ein langer Weg bis zum Parkplatz. Die Pflastersteine schienen ein wenig hochzukommen, neigten sich ihr entgegen. Sie holte tief Luft und schluckte. Wenn ich im Auto bin, habe ich das Schlimmste schon geschafft. Dann konnte sie sich wieder hinsetzen und die Tür hinter sich zumachen. Ihr Auto war auch ein kleines Haus. Es hatte einen festen Boden, ein Dach und Türen, die sie hinter sich schließen konnte. Ihre Knie zitterten, und sie lehnte sich gegen den Türpfosten. Wenn jemand von den Nachbarn sie so stehen sah, dachten sie bestimmt, sie sei nicht ganz richtig im Kopf. Zitternd in der Tür zu stehen und zum Auto zu starren. Ich will, dachte sie, ich will und muß ins Auto. Ich will nicht von ihm abhängig sein. Nicht auf ihn warten müssen, daß er mir das Insulin holt. Ich kann es alleine. Ich muß es alleine können. Sie drückte den Autoschlüssel so fest in ihre Hand, daß es schmerzte. Das half. Sie zog die Tür hinter sich zu und wankte zum Auto. Ich falle, dachte sie, oh Gott, ich falle auf die Straße. Noch zwei, drei Schritte – sie lehnte sich beinahe bewußtlos vor Angst gegen ihr Auto. Ihre Hand suchte den Türgriff. Geschafft. Sie ließ sich auf das Polster gleiten und schloß die Augen. Ihr Herz raste. Ob ihr Baby darunter litt? Hatte es jetzt auch Angst? Ist alles gut, mein Spätzchen, murmelte sie. Deine Mutter hat manchmal einen Tick. Hat Angst, alleine zu laufen. Du brauchst keine Angst zu haben. Ich werde immer für dich da sein. Ich werde dir immer eine Hand geben, wenn du sie brauchst. Ich möchte eine Hand haben, nur eine einzige Hand, die mich führt und mir den Weg zeigt, hatte die zwölfjährige Gaby gedacht. Sie hatte sich damals ins Gras gelegt und wäre am liebsten nie wieder aufgestanden. Eins wollte sie werden mit den summenden Insekten und dem kribbelnden Getier unter ihr. Schlafen und nie wieder aufwachen. Nie wieder Angst haben. Sie hatte noch immer Angst. Aber ihre Kinder sollten wissen, daß sie immer für sie da war. Daß für sie immer ihre Hand da war.

Wie sie die Apotheke erreichte, wußte sie anschließend nicht mehr. Nur, daß sie es geschafft hatte.

»Wir müssen den Kiefer öffnen«, sagte der Kieferchirurg und richtete sich auf. »Nur dann können wir die Wurzel und den Eiterherd darum herum vollständig entfernen.« – »Wie steht es mit der Narkose?« Gaby konnte vor Schmerzen kaum sprechen. »Ich bin im siebten Monat.« Dr. Schwenkert sah auf ihren dicken Bauch. Mißbilligend, wie Gaby glaubte festzustellen, aber einige schneidende Stiche in ihrem Kiefer ließen sie stöhnend die Augen schließen und in den Behandlungsstuhl zurücksinken. »Ein Problem, ja«, hörte sie Dr. Schwenkert von weit weg sagen. »Ich werde Ihren behandelnden Arzt anrufen. Mal sehen, was der Kollege akzeptabel findet.« Professor de Ruiter fand nur eine leichte, örtliche Betäubung zulässig. »Das Wohlsein des Kindes hat Vorrang. Das ist auch bestimmt im Sinne der Mutter.« Gaby nickte nur. Natürlich. Das Wohlsein des Kindes hat Vorrang. Vor einigen Tagen hatte sie »Vom Winde verweht« zum x-ten Male im Fernsehen gesehen. Die ungestüme Südstaatendramatik fesselte sie noch immer. »Für wen würdest du dich entscheiden«, hatte sie Hubert während der Geburtswehen der schönen Vivian gefragt, »für die Mutter oder das Kind? Ich meine als Ehemann oder als Vater.« Hubert hatte den Wirtschaftsteil seiner Zeitung kurz sinken lassen. »Frauen kommen und gehen«, hatte er scherzend gesagt, »aber Kinder, die sind ein Teil von dir.« Als er ihr betroffenes Gesicht sah, schüttelte er den Kopf. »Du wirst doch wohl wissen, wie ich das meine. Dafür kennst du mich doch gut genug.« Nein, sie kannte ihn nicht gut genug. Sie wußte nicht, wie er sich entscheiden würde. Tatsächlich hatte sie das Gefühl, so auswechselbar wie eins seiner Oberhemden zu sein.

Eine neue Schmerzwelle raste durch ihren Kopf. Sie klammerte sich an den Lehnen des Stuhles fest, so daß sich ihre Fingerknöchel weiß und gespannt unter ihrer Haut abzeichneten. Hubert wartete im Wartezimmer auf sie. »Wird schon werden«, hatte er sie getröstet. »Hier in der Kieferklinik bist du in den besten Händen.« Sie hatte nicht geantwortet. Er hatte gut reden. Ihr tröstend über den Kopf zu streichen und zu sagen, es wird schon werden. Nichts schien ihm wirklich etwas auszumachen. Während sie im Auto vor Schmerzen nicht wußte, wie sie sitzen sollte, erklärte er ihr ausführlich, warum Nicky ihr am Tag zuvor eine verkehrte Auskunft gegeben hatte. »Wir gingen auswärts essen. Schließlich muß man den Leuten aus Übersee etwas bieten. Kantinenessen kommt für die Kolumbianer nicht in Frage. Gleichzeitig wollte ich noch etwas in der Stadt besorgen. Dafür habe ich ja kaum noch Zeit. Wie lange ich schon nicht mehr in einer Bücherei war . . .« Du liest ja außer deiner Zeitung und deinen Perry-Rhodan-Heftchen auch nichts, wollte Gaby antworten, aber sie schwieg. Es klang, als mache er sie persönlich dafür verantwortlich. Doch die durch ihren Kopf hämmernden Schmerzen schlugen jeden normalen Gedanken tot.

»Ich spritze Ihnen eine leichte Betäubung«, sagte die Assistentin. Nach einigen Minuten fühlte Gaby, daß die Schmerzgipfel etwas weniger spitz, etwas weniger hoch wurden. Aber als Dr. Schwenkert die Wurzel herausschälte, schoß ihr das Wasser in die Augen. »Wir müssen den Kiefer noch saubermachen«, erklärte er ihr, nachdem er das letzte Wurzelstückchen mit der Pinzette zu fassen bekommen hatte. Ich kann nicht mehr, dröhnte es in ihrem Kopf. Ich kann nicht mehr. Sie bäumte sich im Behandlungsstuhl auf. Die schneidenden Schmerzen ergriffen auch ihren Bauch. Sie fühlte Tränen ihren Hals hinunterrinnen. »Wir sind gleich fertig«, beruhigte sie der Arzt. »Sie dürfen mir glauben, so arbeite ich auch nicht gerne.« Irgendwann wird man ohnmächtig, schoß es Gaby durch den Kopf. Wenn man wirklich nicht mehr kann, wenn die Schmerzen unerträglich werden. War es ihrem Körper nie zuviel? War er gewöhnt, Schmerzen hinzunehmen? Sie fühlte erneut einen ziehenden Schmerz im Leib, langsam anschwellend. »Geht es jetzt wieder?« hörte sie die Stimme des Kieferchirurgen durch eine Nebelwand fragen. Gaby legte die Arme schützend über ihren Bauch. »Ich glaube, ich bekomme Wehen«, flüsterte sie.

Nach der Behandlung in der Kieferchirurgie fuhr Hubert sie nach Hause. »Vielleicht ist das nur die Aufregung gewesen«, hatte er sie beruhigt. »Du legst dich hin und ruhst dich aus. Und wenn die Kinder heute mittag kommen, hole ich Essen vom Chinesen.« Ach ja, die Kinder kommen. In ihrem Kopf hämmerte es, ihr Kiefer glühte, sie hatte Wehen, aber die Kinder kommen. Ein ruhiges Plätzchen, dachte sie, was würde ich geben für ein ruhiges Plätzchen. Sie konnte verstehen, warum sich verwundete Tiere ins Dickicht des Urwaldes zurückziehen. Schmerzen, das ist so etwas Intimes, sie wollte sie am liebsten alleine mit sich und ihrem Körper besiegen.

Im Laufe des Nachmittags, während sie Huberts Kinder und Daniel durch das Haus toben hörte, ließen die Wehen langsam nach. Das hatte der Notarzt der Universitätsklinik ihr am Telefon auch schon gesagt. »Die Wehen sind wahrscheinlich durch die Schmerzen der Kieferbehandlung in Gang gekommen. Aber wenn alles in Ordnung ist, klingen sie innerhalb der nächsten zwölf

Stunden wieder ab. Anderenfalls möchte ich Sie morgen früh hier im Krankenhaus sehen.«

Abends spielte sie mit Hubert noch eine Partie Scrabble und fühlte sich seltsam ruhig und schwebend. Die Schmerzen in ihrem Kiefer klangen ab, ihr Baby bewegte sich normal, und sie war allein mit ihrem Mann. Eine Stunde, vielleicht auch eineinhalb Stunden, beschäftigte er sich während des Spiels nur mit ihr. »Hast du schon ganz ordentlich gelernt«, sagte er, als sie mit »sexy« auf den doppelten Wortwert kam. »Das bringt Punkte.« Er gewann dann doch, und sie fühlte sich entspannt und glücklich. »Wie hübsch du aussiehst«, sagte Hubert, »jetzt, wo die Schmerzen nachlassen, hast du ein ganz weiches Gesicht. Wie ein kleines Mädchen. Gehst du schon nach oben?« Er zog sie an sich, und sie fühlte seinen Körper. »Ich will dich haben. Ich komme gleich.«

Als sie am nächsten Morgen aufstand, sprang ihre Fruchtblase. Gaby wußte erst gar nicht, wie ihr geschah. Sie stand im Badezimmer und sah auf die Lache, die sich zwischen ihren Füßen bildete. Sie wusch sich vorsichtig und zog sich an. »Wir müssen ins Krankenhaus«, sagte sie zu Hubert, der im Wohnzimmer eine Tasse Tee trank. »Ich glaube, die Fruchtblase ist gesprungen.« Der Schreck in Huberts Gesicht tat ihr gut. Ließ ihn doch nicht alles kalt. »Und Wehen?« fragte er. Sie zog die Schultern hoch. »Nur so ein Ziehen im Bauch, ein eigenartiges Gefühl.«

Im Krankenhaus beruhigte man sie. Die Untersuchung bestätigte ihren Verdacht. Ja, die Fruchtblase war gesprungen, aber das hieß nicht unbedingt, daß das Kind auch jetzt geboren werden mußte. »Sie müssen wohl hier bei uns bleiben. Aber vielleicht können wir die Entbindung noch etwas hinausziehen. Sie sind im siebten Monat. Jeder Tag mehr, den das Kind in ihnen bleiben kann, ist ein Gewinn.« Gaby war ganz ruhig und zufrieden. Ein Zimmer im Krankenhaus für sie allein. Sie brauchte und durfte nichts anderes tun, als im Bett zu liegen und es sich gutgehen zu lassen. Niemand, der etwas von ihr wollte. Niemand, der etwas von ihr erwartete. Sie mußte nur stilliegen und ihr Kind bei sich behalten.

Nachdem auch die leichten Wehen wieder abklangen, fuhr Hubert nach Hause. »Ich komme morgen wieder«, beruhigte er sie. »Einer muß sich schließlich zu Hause um alles kümmern. – Bleib noch«, bat sie ihn. »Ich weiß nicht warum, aber ich habe Angst.« – »Angst ist nicht gut für unser Kind«, sagte er. »Du weißt doch, daß du hier in guten Händen bist.« Sie war immer in guten Händen. Ja, natürlich war sie in der Universitätsklinik bei Professor de Ruiter auch in guten Händen. Aber sie wollte ihn. Sie wollte seine Hand um ihre Hand. Einfach nur so dasitzen und seine Wärme fühlen. »Ja«, sagte sie, »natürlich, einer muß sich zu Hause um alles kümmern.«

Kurz darauf wurde sie von der Aufnahme und dem Kontrollzimmer auf ihre Station gefahren. Sie sah sich beinahe zufrieden um. Ein schönes Zimmer. Zartgelbe Gardinen wehrten vor dem Fenster die Sonnenstrahlen ab. Auf dem Nachttisch stand ein Strauß Blumen. »Hat Ihr Mann schon für Sie abgeben lassen. Was für ein gutaussehender, was für ein aufmerksamer Mann«, schwärmte die Schwester und schüttelte ihr Kissen auf.

»Ja, das ist er«, sagte Gaby und sah auf die gelben Gerberas, die ihr zuzulächeln schienen. »Sehr aufmerksam und sehr lieb.« Sie bekam jeden Freitag einen Strauß Blumen. Zu Anfang hatte er ihn ihr mit einem lieben Wort überreicht. Für meine Allerliebste. Oder: weil wir uns lieben. Oder: Ich habe den ganzen Tag nach dir verlangt. Jetzt legte er die Blumen vor ihr auf den Tisch und lächelte. »Für mich«, konnte sie manchmal nicht nachlassen zu fragen. »Natürlich«, sagte er dann. »Für wen sonst?«

»Wenn Sie etwas wollen«, sagte die Schwester, »bitte

drücken Sie nur auf den Knopf. Es kommt dann sofort jemand von uns.«

Gaby schloß die Augen. Sie war so unsagbar müde. Die letzte Nacht hatte sie auch kaum geschlafen. Hubert war unersättlich gewesen. Sein Verlangen hatte ihr geschmeichelt, aber sie hatte es nicht erwidern können. Er hatte ihr auch nicht weh getan, sie hatte es ganz einfach geschehen lassen. Sie glaubte zu wissen, daß Sex dem Kind nicht schadete, aber sie selbst war zu ausgehöhlt von den überstandenen Schmerzen, um noch etwas anderes als Ruhe zu wollen. Doch so etwas konnte sie ihm nicht sagen. Sie hatte es einmal getan. Es war, als fiele ein eiserner Vorhang vor seinem Gesicht herab. »Wenn du meinst«, hatte er gesagt und sie nicht mehr beachtet. Nicht böswillig, wie sie fühlte, sie bestand einfach nicht mehr für ihn. Jetzt kann ich endlich schlafen, dachte sie, schlafen, schlafen.

Sie wurde wach, weil ihr kalt war. Sie zog die Decke über sich und versuchte das Zittern zu unterdrücken. Aber sie war eiskalt, und ihre Zähne schlugen aufeinander. Sie drückte die Klingel. Beinahe sofort darauf kam eine Schwester herein. »Mir ist so kalt«, klagte Gaby, »haben Sie noch eine Decke?« Die wenigen Worte strengten sie an. Die Schwester kam ans Bett und legte eine Hand auf ihre Stirn. »Mein Gott, Sie glühen ja.« Sie lief hinaus und kam mit einem jungen Arzt wieder zurück. In der Hand ein Fieberthermometer. Während die Schwester ihr das Thermometer unter die Zunge steckte, fühlte der Arzt ihren Puls. »Benachrichtigen Sie sofort Professor de Ruiter«, beauftragte er die Schwester. »Das gefällt mir gar nicht.« – »Vierzig komma fünf«, hörte Gaby jemand sagen. Panik kam in ihr auf. Was war denn jetzt schon wieder los? »Bleiben Sie ganz ruhig«, sagte die Schwester. Als sie die Stimme von Professor de Ruiter hörte, schlug sie die Augen wieder auf. »Eine Überraschung nach der anderen«, sagte er und strich ihr über ihre kalten Hände. »Unser Zuckerbaby ist recht eigenwillig. Jetzt müssen wir es holen. Sie haben eine Bauchfellentzündung.« Er wandte sich an seinen Assistenten: »In einer Stunde zum Kaiserschnitt.« Und noch einmal zu ihr. »Keine Angst, ein Siebenmonatsbaby hat alle Chancen. Sie wissen doch, daß Sie sich auf mich verlassen können.« Gaby vertraute ihm, aber sie konnte die Angstjetzt nicht mehr unterdrücken. Ein Kaiserschnitt! Und wo war Hubert? »Ihr Mann wird jeden Moment hier sein«, beruhigte sie die Schwester aufs neue. »Er kommt direkt zum OP.«

Und so war es dann auch. Zehn Minuten bevor sie in den Operationssaal gefahren wurde, kam Hubert an. Sein Lächeln fror auf seinem Gesicht fest, als er sie sah. »Gabylein, mein Gott, ich will dich nicht verlieren. Es wird schon alles gut werden.« – »Ja«, flüsterte sie. Ihre Lippen waren vom Fieber dick angeschwollen. Er befeuchtete sie mit einem nassen Wattestäbchen, das ihm die Schwester reichte. »Ich lasse Sie eben allein.« Sie zog die Tür hinter sich zu. »Ein Kaiserschnitt ist nichts Besonderes«, sagte Hubert. »Nicht mehr heutzutage.« Sie öffnete ihre Augen. Wie blaß er ist. Er macht sich Sorgen. Um mich. Vielleicht mehr um sein Kind, aber auch um mich. »Ich liebe dich, Gaby. Nur dich allein.« Sie glaubte es ihm. In diesem Moment meinte er, was er sagte. »Ich bin glücklich«, murmelte sie. »Wenn du nur da bist.«

Wie schön es ist, dachte sie, mein Gott, wie makellos schön. Gaby richtete sich im Bett auf. Die Schwester schob sie noch etwas dichter an den Brutkasten. »Ein Kind wie gemalt«, sagte die Schwester. »Kaiserschnittbabys sind oft hübscher anzusehen als normal geborene, aber dieses ist beinahe wie unecht.«

»Darf ich es einmal anfassen«, bat Gaby. Sie wollte fühlen, daß es echt war, warm und lebendig. Eine andere Schwester kam hinzu. »Natürlich, wir öffnen den Brutkasten, dann können Sie es anfassen. Und wenn alles gut bleibt, dürfen Sie es morgen auch einmal auf den Arm nehmen.« Diskret zogen sich die beiden Krankenschwestern in die andere Ecke des Zimmers zurück, machten sich an dem Instrumentenschrank zu schaffen, während Gaby das erstemal vorsichtig das kleine Händchen ihres Sohnes umschloß. »Hallo«, flüsterte sie, »ich bin deine Mutter«. Sie sah in das kleine, regelmäßige Gesicht. Seine langen Wimpern lagen wie Schatten auf den glatten Wangen. Die dunklen Haare umschlossen den Kopf wie eine Fellkappe. Eine hauchfeine Sonde führte ihm durch die Nase extra Sauerstoff zu. Sein rosiger Mund zuckte hin und wieder, als träume er und als wolle er die vielen unbekannten Dinge bei Namen nennen. »Mein kleiner Sohn.« Gaby strich ihm mit dem Zeigefinger über sein dünnes Bäuchlein. »Jetzt bist du doch da. Sieh nur zu, daß du gut trinkst, damit ich dich ganz schnell mit nach Hause nehmen kann.«

Sie durfte nicht stillen. »Die vielen Medikamente, die wir Ihnen geben mußten und wegen der Bauchfellentzündung noch geben müssen, gehen auch in die Muttermilch«, hatte Professor de Ruiter ihr erklärt. »Ich halte es für besser, wenn Sie nicht zu stillen beginnen. Auch im Hinblick auf einen eventuellen längeren Krankenhausaufenthalt ihres Sohnes.« – »Länger?« hatte Gaby gefragt und nach Huberts Hand gegriffen. »Der Kleine ist in einer prima Verfassung«, hatte der Arzt sie beruhigt. »Sogar für ein Siebenmonatskind in einer erstaunlich guten Verfassung. Aber wir müssen doch die ersten zwei Wochen abwarten, ob alles stabil bleibt. Sicher ist jedenfalls, daß die Lungen reif sind und er bei allen ersten Untersuchungen gut abgeschnitten hat.« Das war der Moment, als Gaby anfing zu weinen. Sie hatte es geschafft. Sie hatte Hubert noch einmal ein gesundes Kind geboren. Hubert tätschelte ihre Hand. »Siehst du wohl, alle Sorgen umsonst. Jetzt ist das kleine Mätzchen da.« – »Vorübergehend hatten wir schon Grund, uns Sorgen zu machen.« Professor de Ruiter lächelte und strich Gaby über die Haare. »Aber ich hatte doch versprochen, Ihnen ein gesundes Kind in die Arme zu legen. Und ich halte mich gerne an meine Versprechen.«

»Ich verstehe nicht«, sagte Huberts Mutter, »daß ihr mit den Kindern nach Italien fahren wollt. Ein Baby von drei Monaten an der Riviera! Ihr könnt doch auch hier im Haus bleiben. Hier habt ihr alles, was ihr wollt.« Hubert zog beinahe seufzend die Schultern hoch. »Natürlich, Mutter. Aber Gaby ist nach dem Kaiserschnitt immer noch nicht ganz auf dem Damm. Ihr Arzt hat ausdrücklich gesagt, daß ihr der milde Herbst im Süden wahrscheinlich helfen würde.« Der gute Professor de Ruiter, dachte Gaby und schmuste mit Alex. Seine Haut war glatt und rosig, und die ersten kleinen Fettpölsterchen im Nacken zeigten, daß die sieben Flaschenmahlzeiten am Tag ihm langsam, aber sicher zu seinem normalen Gewicht verhalfen. Ganz anders als Daniel war er ein unruhiges, lebhaftes Kind und verlangte schreiend die Aufmerksamkeit seiner Umgebung. Keine Nacht konnte Gaby durchschlafen, und am Tag schien es, als bestünde ihr Rhythmus nur aus Windelwechseln und Flaschengeben. Dazwischen mußte Daniel zum Kindergarten, das Haus geputzt, die Wäsche gebügelt und jeden Tag ein leckeres Essen auf den Tisch gebracht werden. Natalie und Manfred wollten nach der Schule über ihre Probleme reden können, oder wenn sie das nicht konnten oder wollten, mußte sie zumindest da sein. Sogar bei Natalie spürte sie in der letzten Zeit, daß bei ihr die Spannung, die zwischen ihnen herrschte, etwas nachließ, wenn beide schweigend zusammen eine Tasse Tee tranken. »Fahrt ihr nur in Urlaub«, hatte sie gesagt, »ich bin mit achtzehn Jahren ja wohl in der Lage, allein mit Manfred im Haus zu bleiben. Vielleicht kann Birgit hier einmal schlafen?« fügte sie noch zögernd hinzu. Gaby sah, daß sich bei den letzten Worten eine fleckige Röte auf dem Hals ihrer Tochter ausbreitete. Sie schluckte die Spannung hinunter. »Natürlich kann Birgit hier schlafen. Ich bin froh, wenn du nicht alleine bist.« – »Hauptsache, Manfred hält sich da raus. Wir legen keinen Wert auf seine Gesellschaft.« Das Verhältnis zwischen den Geschwistern war nicht gut. Natalie stampfte Manfred verbal in Grund und Boden, und Manfred versuchte, sich mit purer Gewalt an seiner zwei Jahre älteren Schwester zu rächen. Gaby, der jede Art von Gewalt ein Greuel war, wußte manchmal nicht, wie sie die Streithähne auseinander bekommen sollte. Warum sind die beiden Großen so aggressiv, fragte sie sich oft. Haben sie doch das Gefühl, zu kurz zu kommen? Sind es die Erinnerungen an ihren Vater? Oder sind da aggressive Erbanlagen vorhanden? Auf jeden Fall machte es ihnen beiden nichts aus, daß Gaby und Hubert mit Daniel und dem Baby vierzehn Tage in Urlaub fahren wollten. »Haben wir auch Ruhe vor dem kleinen Schreihals«, hatte Manfred gesagt und Alex im Vorbeigehen einen zärtlichen Nasenstüber gegeben.

Wie schwierig das Verhältnis zwischen Natalie und Manfred auch war, die beiden Kleinen wurden zärtlich von ihnen geliebt. Sie erinnerte sich an ihr eigenes Entzücken, als sie das erstemal die kleinen Fingerchen ihres Brüderchens Mark umschlossen hatte. Jetzt habe ich jemand zum Liebhaben, hatte das Kind Gaby gedacht und ihr Gesicht an seinem Hals vergraben. Vielleicht ging es ihren beiden großen Kindern ähnlich? All die Zärtlichkeit, die in ihnen war und die sie nicht zeigen konnten, bekamen Daniel und Alex zu spüren. Und auch der unruhige kleine

Quäker Alex ließ es sich wohlig gefallen, wenn er morgens ins Bett zu Natalie oder Manfred gelegt wurde und eine ausgiebige Spiel- und Schmusepartie begann. »Auf dem Weg nach La Gueglia übernachten wir einmal bei meiner Mutter«, hatte Hubert beschlossen. »Sie hat den kleinen Alex ja auch noch nicht gesehen.« – »Ja, natürlich«, sagte Gaby. Cornelia hatte in der Zwischenzeit auch wieder ein Baby bekommen. Ein kleines Mädchen. Huberts Mutter war sofort zu ihrer Tochter gefahren. »Sie macht sich solche Sorgen«, erzählte Hubert ihr beim Mittagessen. »Die kleine Dagmar hat eine Darmabweichung und muß operiert werden.« – »Ja, furchtbar«, sagte Gaby. Allein der Gedanke, wenn ihr Alex operiert werden müßte! Andererseits war es großartig, was für schwierige Operationen heutzutage durchgeführt werden konnten. »Deswegen hat Mutter sich auch noch nicht weiter um Alex kümmern können«, hatte Hubert seine Mutter entschuldigt. »Du weißt ja, wie es sie trifft, wenn etwas mit ihrer Tochter ist.« Gaby nickte. Für ihre Schwiegermutter zählten nur ihre eigenen Kinder, das hatte sie inzwischen schon begriffen. War vielleicht auch natürlich. Obwohl das bei Robbies Mutter anders gewesen war. Sie hatte noch immer einen herzlichen Kontakt zu ihr. Wenn ich mir viel Mühe gebe, dachte Gaby, wird das auf die Dauer auch mit Huberts Mutter kommen. Alles braucht seine Zeit. Trotzdem war sie froh, daß sie ihren Urlaub nicht bei ihr im Hause verbrachten. Sie wollte endlich einmal mit Hubert allein sein. Nur Hubert, die beiden Kinder und sie. Immer und überall waren andere um sie herum, ihre Kinder, seine Kinder, Freunde, Bekannte und in letzter Zeit immer mehr Geschäftsfreunde, für die sie sozusagen im Handumdrehen ein Fünf-Gänge-Menü auf den Tisch bringen sollte. »Du machst das schon«, sagte Hubert und schenkte dann schon einmal den Genever ein. »Ich weiß doch, daß du zaubern kannst.« Gaby freute sich einerseits über sein

Vertrauen, andererseits zitterte sie immer mehr. So sehr, daß Professor de Ruiter sie bei der letzten Kontrolluntersuchung gewarnt hatte. »Zwei Fehlgeburten und ein Kaiserschnitt in zwei Jahren sind kein Pappenstiel. Denken Sie jetzt einmal an Urlaub. Am besten im Süden!« Und Hubert hatte genickt. »Ein Urlaub im Süden, jetzt im Herbst, ja, das ist bestimmt eine gute Idee.«

Das kleine Hotel lag direkt am Strand. Die Fassade mit den vielen Schnörkeln, weiß verputzt, gab dem Haus etwas Romantisch-Kitschiges. Wie frisch aus der Zuckerbäckerei, dachte Gaby, während sie auf den Eingang zugingen. Sie fühlte ein wohliges Schaudern, als Hubert den Arm um sie schlang. Er nahm Daniel an die andere Hand, und sie trug den kleinen Alex in einem Brustsack. Eine glückliche Familie, mein großer, starker Mann, der seinen Arm um mich legt, mich liebt und beschützt, und unsere beiden Söhne, die wir lieben und beschützen werden, so weit wir es können. Und jetzt zwei Wochen nichts anderes als Sonne, Sand, das Meer und wir!

Gleich den ersten Abend hatten sie Anschluß in der Hotelbar. Gaby fühlte sich zwischen all den Senioren-Urlaubern wie ein junger Springinsfeld. »So siehst du auch aus«, neckte Hubert sie. »Kein Mensch würde auf die Idee kommen, daß du schon Ende Dreißig bist.« Die drei Damen, die sich zu ihnen an den Tisch setzten, waren, wie Hubert später selbst etwas spottend sagte, gut konservierte Fünfzigerinnen. Und wenn Gaby auch lieber mit Hubert allein geblieben wäre, genoß sie doch die angeregte Unterhaltung. Besonders Marie-Luise konnte farbenprächtig von ihrem Chef erzählen, der ein Architektur-Büro in der Schweiz hatte. Ihr Schweizerdeutsch klang sehr charmant, und Gaby atmete irgendwie erleichtert auf, als die aufgeschlossene Frau auch ganz unkompliziert von ihrer langjährigen Beziehung zu ihrem Chef sprach. »Nur

Urlaub zusammen, das ist halt nicht drin. Schließlich ist der Gute verheiratet. Aber wir drei amüsieren uns auch ganz prächtig, nicht wahr?« Roswitha und Tony nickten, und man prostete sich lachend zu. Auf jeden Fall war sie mit jemandem liiert, dachte Gaby, und es ist nicht meine Sache, wenn ihr Freund verheiratet ist.

Nachts liebte Hubert sie leidenschaftlich und flüsterte ihr seine Wünsche ins Ohr. »Jetzt, wo wir keine Kinder mehr wollen, stehen uns Tür und Tor zu unseren Träumen offen«, beschwor er sie. »Alles, alles will ich mit dir erleben.« Er hatte zuviel getrunken, und es dauerte lange, bis er zufriedengestellt war. Gaby hörte vor ihrem Fenster das Meer rauschen, das unablässig, Welle um Welle, sich gegen die gelben Steine ergoß, sich wieder zurückzog, um mit erneuter Kraft die Steine zu überspülen, auszuwaschen, nach seiner Kraft zu formen. Als Hubert endlich befriedigt war und erschöpft zur Seite rollte, blieb Gaby noch lange wach. Die Kraft und die lautstark anwesende Gewalt des Meeres ängstigten sie. Ich muß noch einmal mit Hubert reden, dachte sie. Ich will von ihm hören, daß dies nur Träume sind, die ihn erregen, die aber nichts mit der Wirklichkeit zu tun haben. Oder ihm schreiben. Ihm noch einmal schreiben, daß sie nur ihn wollte. Nur ihn liebte.

Am nächsten Morgen, als sie übernächtigt und unausgeschlafen Alex sein Fläschchen gab, lag das Meer vor ihrem Fenster glatt und unbeweglich, und die Steine glänzten im Sonnenlicht. »Ich gehe schon schwimmen«, verkündete Hubert und schlug sich sein Badehandtuch um die Schultern. Sie unterdrückte den Wunsch, mit ihm mitzugehen. Er durfte sich nicht von ihr eingeengt fühlen. »Viel Spaß«, lachte sie ihm etwas gezwungen zu, »ich bade in der Zwischenzeit den Kleinen.« – »Paß gut auf unser Mätzchen auf,« sagte Hubert und küßte sie zärtlich auf die Stirn. Sie sah ihm vom Fenster zu, wie er mit kräftigen

Stößen hinausschwamm. Später entdeckte sie einen orangefarbenen Tupfer neben ihm ... »Mein kleines Mätzchen«, sie drückte Alex fest an sich. Das Kind lächelte sie an und griff in ihre Haare. »Darf ich zum Lift?« fragte Daniel. Er hatte mit seinen vier Jahren zum erstenmal einen Fahrstuhl entdeckt und war am Vorabend schon mit Begeisterung einige Male auf und ab gefahren. »Geh nur«, Gaby strich das Laken in Alex' Reisewiege glatt. »Aber auf keinen Fall das Hotel verlassen.« »Tue ich nicht. Nur mit dem Lift fahren.« Was für ein Kind, dachte Gaby oft. Quengeln oder nörgeln schien bei ihm nicht vorzukommen. Er war immer zufrieden mit dem, was man ihm zugestand. Ob er wohl gemault hätte, wenn sie ihm das Liftfahren verboten hätte? Der kleine Alex meldete sich zu Wort, er war schläfrig nach dem Fläschchen und wollte in sein Bettchen.

Hubert kam zurück. Seine dunklen Locken lagen eng an den Kopf geklebt und einige Wassertropfen hatten dem Handtuch widerstanden. Gaby küßte sie weg. Sie schmeckten salzig. Meerestränen. »Einen Riesenhunger habe ich«, Hubert schob sie sanft zur Seite. »Du wirst doch nicht schon wieder Lust haben?«

Marie-Luise machte sich in den nächsten zwei Wochen beinahe unentbehrlich. Sie paßte auf Daniel und Alex auf, wenn Gaby und Hubert ins Meer hinausschwammen. Sie fütterte Alex, wenn er im Schatten des Sonnenschirmes ein wenig unruhig wurde. Sie zeigte Gaby, in welchem Geschäft sie die handgeflochtenen Sandalen gekauft hatte und daß die Seidentücher bei Renardo nur die Hälfte kosteten als in den großen Geschäften um den Marktplatz. Sie wußte, wo die Lasagne einfach unübertrefflich schmeckte und wo es noch Wein direkt aus dem Faß gab. Ihre beiden Freundinnen Tony und Roswitha gingen immer öfter alleine aus, weil Marie-Luise sich zur Betreuerin der Kinder aufwarf oder die eine oder andere glänzende

Idee hatte, wie man den Abend zu dritt verbringen konnte. Als Gaby vorsichtig zu Hubert sagte, daß sie auch einmal mit ihm alleine sein wollte, schüttelte er irritiert den Kopf: »Es scheint beinahe, als wenn du mich immer für dich haben willst. Sie ist doch eine reizende Frau. Sie hilft dir doch auch mit den Kindern. Aber wenn du meinst, du brauchst es ihr nur zu sagen. Sie wird sich nicht aufdrängen wollen.« Als wenn Marie-Luise ihre Gedanken lesen konnte, bot sie ihr am selben Abend beim Essen an, auf die Kinder aufzupassen, damit Gaby und Hubert alleine ausgehen konnten. »Ihr seid ja so verliebt«, sagte sie, »da müssen doch nicht immer dritte dabei sein.« Für den Bruchteil einer Sekunde sah Hubert Marie-Luise an, Gaby fing den Blick auf und schluckte. »Ja«, sagte sie tapfer. »Das ist sehr nett von dir. Wir freuen uns auf einen Abend zu zweit.« Falls Hubert sich dann abends auch freute, konnte er es gut verbergen. Er sah nachdenklich in sein Glas, und auf alle Fragen Gabys antwortete er nur mit einem kurzen »ja« oder »wie du meinst« oder »was du nicht sagst.« Gaby trank ein zweites Glas Chianti und fragte dann: »Willst du lieber zum Hotel zurück? Ich meine, langweilst du dich mit mir?« – »Typisch«, sagte Hubert und sah sie unter seinen leicht gerunzelten Augenbrauen kühl an. »Da bist du mit mir alleine in einem wunderschönen Restaurant. Deine Kinder werden von einer Freundin betreut, und du bist doch nicht zufrieden. Ich soll den Clown spielen.« Gaby sah ihn entsetzt an. Sie begriff nicht, wie er so reagieren konnte. Alles, was sie wollte, war ein gemütlicher Abend zu zweit, fühlen, was sie einander bedeuteten. Mühsam unterdrückte sie die aufsteigenden Tränen. Hubert rückte das Windlicht dichter zu seinem Platz und zog einen Packen Ansichtskarten heraus. Ohne weitere Worte begann er eine Karte nach der anderen zu schreiben. »Sei so lieb«, sagte er freundlich, »setze hier doch deinen Namen drunter. Und vielleicht noch einen kurzen Gruß.« Gaby hatte große Lust, ihm die Karten an den Kopf zu werfen, aber sie nahm mit bebenden Fingern die erste Karte. Sie war an seine Mutter gerichtet. »Wir genießen die milde Herbstsonne, Hotel und Essen sind ausgezeichnet, und wir erholen uns prächtig. Gaby und den Kindern geht es gut. In Liebe, dein Hubert.« Ja, das war nicht gelogen. Die milde Herbstsonne tat ihnen gut, das Hotel und das Essen waren ausgezeichnet, und sie hatten sich hervorragend erholt. Warum fror sie dann jetzt so stark, daß ihre Zähne aufeinanderschlugen, und wieso wurde ihr so übel, daß sie glaubte, sich übergeben zu müssen? Wie eine Puppe schrieb sie auf den ihr zugeschobenen Karten ihren Namen oder viele liebe Grüße. Nach einer Weile flaute die Übelkeit ab, und sie konnte wieder durchatmen. »So«, Hubert ordnete zufrieden die Postkarten zu einem handlichen kleinen Stapel. »Habe ich das doch auch erledigt. Möchtest du noch einen Wein?« Sie schüttelte wortlos ihren Kopf. »Ich wohl. Oder vielmehr einen Whisky. Einen rauchig-zarten Whisky, bevor wir ins Bett gehen, nicht wahr, Kleines?« Sie probierte ein zustimmendes Lächeln. Er sollte nicht denken, daß sie maulte. Sie mußte dankbar sein. Er war mit ihr und den Kindern in Urlaub gefahren. Weil es ihr nicht so gut ging. Und dann saß sie mit ihm abends in einem wunderschönen Restaurant und beklagte sich. Worüber eigentlich? Daß er sich mit ihr langweilte? Das war dann doch ihre Sache. Sie hatte ihm eben nichts zu bieten. Letzten Endes gab es an jeder Ecke interessantere Frauen. Kein Wunder, daß er gerne mit Marie-Luise zusammen war. Die hatte zumindest etwas zu erzählen. Ins Bett wollte er mit ihr, seiner Frau. Da gefiel sie ihm. Oder zumindest ihr Körper gefiel ihm. Inspirierte ihn zu seinen Träumereien. Sie schloß die Augen. In ihrem Kopf hämmerte es. Als sie Hubert wieder ansah, war er gleich dreifach da. Dreimal dieser schmale, wohlfrisierte Kopf. Seine leicht gebogene Nase.

Die hellblauen Augen, die sie prüfend musterten. Der schmale Mund, der sie anlächelte. Alles dreifach. Und dann drehten sich die Köpfe, einer verschwand hinter dem anderen, bis sie zu einer Person zusammenschmolzen. »Ist dir nicht gut?« fragte Hubert und trank sein Glas leer. »Mir geht es ausgezeichnet«, antwortete Gaby. »Sozusagen ganz und gar ausgezeichnet.«

Sie lag im verdunkelten Zimmer, die Augen geschlossen, und versuchte sich zu entspannen. Ganz allmählich begannen die Zäpfchen zu wirken. Die rasenden Stiche im Kopf verwandelten sich in einen dumpfen Druck, ihr rebellierender Magen sank in sich zusammen, in ihren tauben Fingern begann das Blut wieder prickelnd zu fließen.

Sie hörte Alex in seinem Bettchen kleine Grunzgeräusche machen und fühlte eine jähe, panische Angst in sich aufsteigen. Wie hatte sie dieses Kind gebären können? Was für eine Zukunft hatte es? Konnte sie dem Kind ein glückliches Elternhaus bieten? Einen verantwortungsvollen Vater, eine liebevolle Mutter? Natürlich gab es keine Garantie, aber hätte sie es nicht besser wissen müssen? Sie wußte doch, was es für Kinder bedeutete, mit Angst groß zu werden. »Wie lebte man ohne Angst?« hatte sie sich als Kind gefragt. Sie wollte ihren Kindern so gern diese Angst ersparen. Diese Angst vor dem Unsicheren, dem Unbestimmten. Die Angst, die das Denken verengt, die keinen Platz läßt für unbeschwertes Genießen, Lebensfreude. Kinder brauchen Sicherheit, Vertrauen, eine stabile Basis, von der aus sie langsam flügge werden können. Konnte sie ihren Kindern diese Basis bieten?

Als sie gestern von ihrem Abend zu zweit ins Hotel zurückgekommen waren und Gaby sich schon ausgezogen hatte, zog Hubert auf einmal seine Sportjacke wieder an. »Ich gehe noch etwas spazieren!« – »Spazieren?« fragte Gaby. »Jetzt, um zwei Uhr?« – »Gibt es eine Uhrzeit, zu der man nicht spazierengehen darf?« – »Nein, natürlich nicht, ich meine ja auch nur . . .« Sie sagte nicht, daß sie meinte, daß sie doch gerade erst zurückgekommen waren, und warum er nicht mit ihr noch einen Spaziergang gemacht hatte; ob es überhaupt ein Spaziergang war, den er machen wollte. Sie sagte nur noch: »Also, bis dann!« Und hoffte, daß bis dann bald sein würde, daß er tatsächlich nur das Bedürfnis fühlte, allein zu sein, alleine spazierenzugehen. Daran war nichts Schlimmes, nichts Beängstigendes. Aber da lag etwas in seinen Augen, die ihrem Blick auswichen, und dann die Art, wie er entschlossen seine Hose über die Taille zog, als befürchte er, sie würde herabrutschen, ihn entblößen. Sie hatte sich dann stundenlang hin- und hergeworfen, ihre Befürchtungen, ihre Ängste erdrückten sie. Was ist das für ein Spaziergang, der Stunden dauert? Hatte er eine Verabredung? Konnte ihm etwas passiert sein? Was trieb ihn weg von ihr? Was ging in diesem Mann vor? Als er dann endlich in der Morgendämmerung zurück in ihr Zimmer kam, auf Zehenspitzen, um sie nicht zu wecken, stellte sie sich schlafend, zog sich das Laken über den Kopf. Doch der fremde Geruch von Rauch und Parfüm und wer weiß was, drang durch die Fasern hindurch, legte sich wie eine Klammer um ihren Hals. Sie versuchte ganz flach zu atmen, nur durch den Mund, und spürte das monotone Hämmern in ihrem Kopf. Sie war der Migräne beinahe dankbar, brauchte sie sich doch nicht am nächsten Morgen mit ihm auseinanderzusetzen, ihn nicht anzusehen.

Als er aufstand, gutgelaunt und leise singend, bat sie ihn mit erstickter Stimme: »Kümmere dich bitte um die Kinder. Ich habe Migräne.« – »Natürlich, Kleines. Wie schade, gerade heute. Wir wollten doch zusammen mit Marie-Luise etwas rausfahren!« Marie-Luise! »Fahr nur«, murmelte sie und meinte, fahr zur Hölle oder auch sonstwohin, aber laß mich in Ruhe, ich verrecke vor Schmerzen, ich will nichts mehr, nicht fahren, nicht laufen, nichts, nur Ruhe, endlich Ruhe. Als er mit Daniel dann das Zimmer verließ, nachdem Alex versorgt war, atmete sie auf. Daniel hatte ihr noch zwei Küßchen auf die Wange gehaucht. »Ganz vorsichtig, Mammi, dann bist du heute abend wieder besser.« Sie hatte ihm zugeblinzelt, den Mund zu einem schiefen Lächeln verzogen. »Sicher, mein Schätzchen.« Sie stopfte sich voll mit Zäpfchen und wartete darauf, daß die Schmerzen erträglich wurden. Später fiel sie in einen unruhigen Halbschlaf, aus dem ihre Alpträume sie ein paarmal aufstöhnend wach werden ließen. Sie hörte Hubert nach Alex schauen und stellte sich schlafend. »Na, mein kleines Mätzchen, willst du auch nach draußen?« Sie sah, wie er das Kind fürsorglich aus dem Bettchen holte, an sich drückte und ihm den Rükken streichelte. Er lachte, als der Kleine ein Bäuerchen ließ. »Gut so, kleiner Mann, und jetzt hinaus in die große, weite Welt.« Ihm leise Koseworte zuflüsternd, verließ er mit Alex das Zimmer. Wie lieb er mit den Kindern war, wie umsichtig und zärtlich. Hatte ihre Phantasie ihr wieder einen Streich gespielt? War sie krank, litt sie an Verfolgungswahn?

»Du bist ja hysterisch«, hatte Mutti sie manchmal angefaucht, wenn das Kind Gaby wegen einer Kleinigkeit auf einmal anfing zu weinen. Weil sie nicht zum Tischtennis durfte. »Pappi sagte, du warst schon wieder frech zu ihm. Aber ein Grund, um so zu heulen, ist das ja nicht.« Wenn ihre Hände so zitterten, daß ihr eine Tasse herunterfiel. Wenn sie nachts zitternd in der Küche saß, weil sie selbst mit Licht die Fratzen ihrer Angstträume nicht vertreiben konnte. Wenn sie aufschrie, weil Mutti leise hinter ihr die Tür öffnete. »Du bist ja hysterisch.«

Wurde sie jetzt, als erwachsene Frau, wirklich hysterisch? Was war es, was sie nicht fassen und begreifen konnte, aber doch glaubte zu fühlen, zu sehen, zu riechen? Konnte sie sich denn auf ihre fünf Sinne nicht mehr verlassen?

Abends war sie wieder in diesem schwebenden Glückszustand, den die vielen Medikamente und die abklingende Migräne verursachten. Sie duschte, zog sich sorgfältig an und ging hinunter zum Essen. »Wie schön, mein Kleines, daß du wieder da bist. Wir haben uns solche Sorgen gemacht.« – »Ich habe mich ein wenig um die Kinder gekümmert«, sagte Marie-Luise. »Gott sei Dank, geht es dir wieder besser?« – »Wegen meiner Küßchen«, sagte Daniel. »Hab' ich doch gesagt.« Er kroch auf ihren Schoß und schmiegte sich an sie. »Darf ich dir eine Brühe bestellen?« Hubert winkte dem Ober. »Du mußt unbedingt etwas essen.« – »Ich habe dir das eine Tuch von Renardo noch besorgen können. Du weißt schon, das er im Schaufenster hatte und eigentlich noch nicht verkaufen wollte.« Marie-Luise zog ein zartgrünes Seidentuch aus der Tasche und legte es vor ihr auf den Tisch. »Es paßt wunderbar zu deinem braunen Teint.« Wie eine warme Dusche genoß Gaby die Liebe und Aufmerksamkeit um sie herum. Sie war doch wirklich verrückt, sich immer wieder diese absurden Ideen durch den Kopf gehen zu lassen. Hubert liebte sie, ihre Kinder hingen zärtlich an ihr, und selbst Marie-Luise, eine flüchtige Urlaubsbekanntschaft, zeigte ihr, daß sie mit ihr fühlte. Bloß gut, daß niemand ihre Gedanken kannte. Entsetzt würde man sich von ihr abwenden. »Ihr seid so lieb.« Gaby sah Hubert dankbar an. »Ich hab' das eigentlich gar nicht verdient.«

Ursels Apfelkuchen prunkte mit glasig schimmerndem Aprikosengelee mitten auf dem Tisch, Dagmars Nußschnittchen zergingen auf der Zunge, Gabys Quarktorte wurde gelobt. Alle Freundinnen saßen gemütlich zusammen, und ihre Urlaubsfotos gingen von Hand zu Hand.

»Was für ein romantisches Hotel!« – »Also süß, wie Alex sich hier an Hubert anschmiegt!« – »Und Daniel, wie groß er aussieht in dem Boot.« – »Wirklich ein hübsches Paar seid ihr.« Ursel reichte die Fotos weiter. »Wer ist denn die Frau, die immer wieder auf den Fotos zu sehen ist?« Ingrid zog ein wenig die Augenbrauen zusammen. »Die ist ja unwahrscheinlich stark zurechtgemacht. Ich meine, in dem Alter.« – »Eine Urlaubsbekanntschaft. Wirklich, ganz nett.« Gaby wunderte sich, wie leicht ihr das von den Lippen ging, wie etwas ganz und gar Unwichtiges, nichts, worüber sie nächtelang wach gelegen und sich den Kopf zerbrochen hatte. Vielleicht lag es an dem Glas Wein, das sie noch schnell getrunken hatte, bevor ihr Besuch kam. Oder an der Beruhigungstablette, die sie davor mit einem Schluck Martini hinuntergespült hatte. Oder an beidem. »Du hast dich anscheinend ganz gut erholt?« Jean sah sie prüfend an. »Auf jeden Fall zitterst du nicht mehr so.« – »Mir geht es prima«, strahlte Gaby überzeugt und zeigte stolz die weißgoldene Brosche mit dem kleinen Rubin, die Hubert ihr als Reiseandenken geschenkt hatte. »Na, dann bin ich ja beruhigt.« Seltsamerweise hatte Gaby das Gefühl, als wenn Jean ihr nicht hundertprozentig glaubte. Jean hatte Hubert schon immer mit einiger Reserve behandelt, aber in den letzten Monaten wurde diese mehr denn je spürbar. Hin und wieder war Gaby direkt froh, daß Jean umgezogen war und Hubert dadurch weniger mit ihr konfrontiert wurde. Er hatte es doch wirklich nicht verdient, so abweisend behandelt zu werden. – Als Gaby zehn Jahre später die wahre Ursache von Jeans Haltung zu hören bekam, war das wie ein Puzzlestück, das das Bild abrundete.

»Das nächste Fest ist Alex' Taufe«, verkündete Gaby und fügte mit nur mühsam unterdrücktem Stolz hinzu: »Professor de Ruiter kommt auch. Er sagt, er fühlt sich beinahe ein wenig wie ein Vater von unserem Kind.«

»Du meinst, *der* Professor de Ruiter, der Arzt des Königshauses?« Dagmar kannte sich mit bekannten Namen gut aus. »Das ist ja unglaublich. Daß der Mann Zeit hat.«

Gaby genoß die allgemeine Überraschung und das Ansehen, das durch den bekannten Arzt auch auf sie fiel.

Sie wußte im Innern ganz genau, daß Professor de Ruiter ein herzensguter und lieber Mann war, den sie auch eingeladen hätte, wenn er ein unbekannter Hausarzt gewesen wäre. Aber sein Ansehen und seine gesellschaftliche Position waren unbestritten, und sie sonnte sich nur zu gerne in der allgemeinen Bewunderung. Wenn so ein Mann zu ihnen kam, auf ihre Einladung hin, dann war sie doch auch jemand. Sonst würde er doch nicht zu ihnen kommen. Vielleicht fand er sie sogar ein wenig sympathisch. Sie selbst war ihm von Herzen dankbar. Er hatte sein Wort gehalten und ihr ihren Sohn in die Arme gelegt. So, wie er es versprochen hatte. Damit war das Kapitel Kinderkriegen für sie abgeschlossen. Auch Hubert hatte begriffen, daß sie keine weiteren Risiken auf sich nehmen durfte. Das hatte Professor de Ruiter ihm nahegelegt. »Wenn Sie ihre Frau nicht verlieren wollen, lassen Sie es bei diesem Kind. Freuen Sie sich über Ihre zwei gesunden Söhne.«

»Ja, wenn wir uns eher kennengelernt hätten, wenn du noch etwas jünger wärst . . .«, hatte Hubert geseufzt als sie alleine waren. »Mit dir hätte ich gerne ein halbes Dutzend gehabt.« Gaby hatte sich an ihn geschmiegt. Wenn er so etwas sagte, fühlte sie sich so sicher wie in Abrahams Schoß. Ein Mann wollte nur von der Frau, die er liebte, viele Kinder. Ein schöneres Kompliment konnte er ihr doch gar nicht machen. »Wir haben ja schon zusammen sieben«, murmelte sie, »deine Kinder, meine Kinder, unsere Kinder. Bis die alle groß sind . . .«

Die Taufe war dann ein festlicher Tag, der durch nichts getrübt wurde. Sie hatte von Huberts Mutter einen antiken goldenen Anhänger mit einer Koralle geschenkt bekommen. »Ich muß mich wirklich über deinen Mut wundern«, sagte diese dabei, und es klang etwas wie Anerkennung in ihrer Stimme durch. »Ich weiß nicht, ob ich in deiner Situation noch einmal schwanger geworden wäre.« Gaby wußte nicht genau, wie ihre Situation war, ob Huberts Mutter etwas anderes meinte, als einfach die Tatsache, daß sie ihrem Sohn unter schwierigen Umständen noch einmal ein Kind geschenkt hatte.

Ursel und Hans, Jeans Mann, hielten Alex über das Taufbecken, und Gaby fühlte Huberts Arm um ihre Schultern. Sie lehnte sich dankbar an ihn und war erleichtert, daß sie ihr Baby nicht vor aller Augen solange festhalten mußte. Sie hatte eine Beruhigungstablette mehr eingenommen, aber das Zittern im Stehen war nicht zu unterdrücken. Sie konnte ganz einfach nicht alleine stehen. Eine Tatsache, mit der sie sich wahrscheinlich abfinden mußte.

Beim festlichen Diner ging es ihr gut, sie saß neben Hubert und Professor de Ruiter und fühlte sich geborgen und sicher. Ihr Blick ging von einem Gesicht zum anderen und blieb bei Ursel hängen. Wie hübsch sie aussieht, dachte sie überrascht, es scheint, als wenn sie von innen heraus leuchtet.

Dabei war es noch keine zwei Wochen her, daß Ursel reichlich deprimiert unerwartet bei ihr zu Hause aufgekreuzt war. »Ich hab' manchmal Lust, den ganzen Kram hinzuwerfen«, sagte sie und ließ sich mutlos auf die Couch fallen. »Für meinen Mann bin ich nicht mehr als ein Möbelstück geworden. Ich gehöre dazu, nicht mehr und nicht weniger.«

Gaby hatte versucht, die Freundin so gut wie möglich zu trösten. Sie war überzeugt, daß Gerd, Ursels Mann, keine andere Frau im Kopf hatte. Das war doch schon etwas. Wahrscheinlich mußte er nur auf seine eigene Frau wieder aufmerksam gemacht werden. Ursel war eine ausgezeichnete Hausfrau und liebe Mutter, aber sie tat für sich selbst sehr wenig. Gaby hatte sie gemustert. Die weite Bundfaltenhose betonte Ursels breite Hüften, der farblose Pulli war von guter Qualität, aber so unvorteilhaft wie nur möglich zu ihrem blassen Teint und ihren dünnen, hellblonden Haaren. »Wie wäre es denn«, schlug Gaby zögernd vor, »wenn wir beiden Hübschen jetzt in die Stadt fahren und uns selbst ein wenig verwöhnen? Für dich vielleicht eine schöne Bluse oder ein modernes T-Shirt? Das wäre doch ein Muntermacher? Ich habe selbst auch Lust, mir etwas zu gönnen.« Ursel war sofort einverstanden gewesen, und Arm in Arm liefen sie kurz darauf durch die gemütlichen Einkaufsstraßen Arnheims. Arm in Arm war ein sicheres Gefühl für Gaby, die in Kaufhäusern die Neigung wegzulaufen oft nur mit Mühe unterdrücken konnte. Aber mit Ursel dabei, fühlte sie sich stärker als allein. Daß sie sie jetzt beraten, die ältere Freundin selbst ein wenig aufmöbeln konnte, tat ihr doppelt gut. Ursel brauchte sie auch, sie konnte ihr mit Rat und Tat zur Seite stehen.

»Du mußt etwas mehr Mut zur Farbe haben«, Gaby griff zu einer leuchtend hellblauen Bluse. »Die würde dir gut stehen. Genau der Farbton deiner Augen.« Übermütig geworden blieb Ursel noch vor einem Kosmetikstand stehen. »Findest du es albern, wenn ich mich auch ein wenig zurechtmachen würde? Ich meine, ich habe es noch nie getan!« – »Ich helfe dir«, sagte Gaby spontan. »Du kannst wirklich etwas mehr aus dir machen. Dein Gerd wird Augen machen!« Ursel hatte ihr einen kurzen Blick zugeworfen, und eine leichte Röte färbte ihre Wangen. »Ja«, hatte sie gemurmelt, »vielleicht.«

Wie zwei übermütige Teenager hatten sie sich dann beide noch kichernd etwas gewagte Dessous vorgehalten, anprobiert und mit einem Blick auf die Preisschilder seufzend einen neuen Scheck ausgeschrieben. »Das Auge will auch etwas«, sagte Gaby und wußte, daß das für Hubert ganz bestimmt zutraf. Er betrachtete sie ausgiebig und hatte eine Vorliebe für aparte Wäsche. Wenn er diesen Blick nicht auch gegenüber anderen Frauen gehabt hätte, wäre es Gaby lieber gewesen.

»Du siehst Frauen oft mit einem Blick an, als wolltest du sie ausziehen«, hatte Gaby ihm gegenüber einmal geklagt. Aber wie immer, wenn sie so etwas sagte, das wie ein Vorwurf klang, war er ungeduldig geworden. Sie sei eifersüchtig, sie bilde sich dauernd Dinge ein, sie würde ihre eigene Unsicherheit auf ihn abwälzen. Gaby konnte nicht umhin, ihm im stillen recht zu geben. Wie oft hatte ihre Phantasie ihr nicht schon einen Streich gespielt! Und natürlich war sie unsicher! Wie sollte jemand wie sie auch sicher sein? Auf jeden Fall wollte sie seiner Neigung nach hübschen und gepflegten Dingen entgegenkommen. Ihr selbst gefiel es auch, sich wie ein Geschenk in Seide und Spitzen zu hüllen. Ein Geschenk, das er dann auspacken durfte. Sein Geburtstagsgeschenk war ein anderes gewesen. Aber das war vorbei. Das hatte er selbst gesagt.

Gaby sah über die brennenden Kerzen des Festessens noch einmal zu Ursel, die sich gerade zurücklehnte und herzlich lachte. Es war bestimmt nicht nur das vorteilhafte Make-up und der Lippenstift, die ihrem Gesicht so viel mehr Ausdruck gaben. Ihr Gesicht lebte mehr, auch ihre Haltung schien weicher und anschmiegsamer. Dann waren unsere Einkäufe ja eine gute Investition, dachte Gaby. Wenn es immer so einfach wäre, eine Ehe wieder ein bißchen auf Vordermann zu bringen!

»Nein«, sagte Gaby, und sie setzte sich gerade, »nein, das ganz bestimmt nicht.« Und etwas leiser fügte sie hinzu: »Wie kannst du nur so etwas vorschlagen! Sie ist meine beste Freundin.« – »Ich dachte ja nur«, sagte Hubert, und auf seinem Gesicht machte sich wieder dieser Ausdruck breit von: »Es interessiert mich alles nicht besonders«, und: »Ich weiß gar nicht, was du schon wieder hast.« Nicht nachgeben, dachte Gaby, ich darf ihm nicht nachgeben. Dies kann ich bestimmt nicht. Nicht mit Ursel und ihrem Mann.

Sie hatten zu dritt einen netten Abend verlebt: Ursel, Hubert und sie. Gerd war auf Geschäftsreise, und Gaby hatte Ursel angeboten, mitzukommen, als Ursel beim gemeinsamen Kaffee geklagt hatte, daß ihr vor Einsamkeit die Wände über dem Kopf zusammenfallen würden ...

Hubert hatte nichts dagegen gehabt. Sie waren zusammen essen gegangen und hatten dann noch eine Bar besucht. Gaby hatte Hubert ermuntert, mit Ursel zu tanzen. Sie selbst wurde immer wieder von einem jüngeren Mann zum Tanz aufgefordert. »Der alte Knacker an deinem Tisch – ist das dein Mann?« hatte der Jüngling gefragt. Irgendwie belustigte Gaby seine Frage. »Nein«, hatte sie gelacht, »das ist mein Chef.«

»Na, dann ist ja alles in Butter.« Der Fremde drückte sie fester an sich. »Der hat nämlich was mit deiner Kollegin.« – »Oh, ja?« Verwundert hatte Gaby sich nach Hubert und Ursel umgedreht. Die beiden tanzten jetzt auch. Hubert fing ihren Blick auf und hauchte ihr über Ursels Schulter einen Kuß zu. Die hatten etwas miteinander! Manche Männer dachten auch nur das eine, wenn sie einen Mann und eine Frau zusammen sahen. Man wird doch noch einmal fröhlich miteinander sein dürfen, ohne daß da etwas dahinter steckte!

Aber anscheinend hatte der Mann in der Bar doch einen Blick für die Spannung gehabt, die von Hubert ausging.

Auf jeden Fall hatte Hubert Gaby zu Hause gefragt, ob sie noch einen Martini wolle, mit zwei Stückchen Eis und einer Scheibe Zitrone. »Natürlich, gerne«, hatte Gaby gesagt. Sie war auch irgendwie aufgekratzt und freute sich, daß Hubert noch nicht gleich ins Bett fallen wollte. Und dann hatte er es gesagt. Er fühle sich von Ursel sexuell angezogen. Ihre spröde Art reize ihn unwahrscheinlich. Und er wolle mit ihr schlafen. Und als Gaby ihn erstarrt angesehen hatte, kam er mit seinem Vorschlag heraus: »Wir könnten doch die Partner austauschen, du mit Gerd, ich mit Ursel. Dann kommt keiner zu kurz, und wir wissen alle vier, woran wir sind.«

»Nein«, hatte Gaby gesagt. »Nein, das ganz bestimmt nicht.« Und weil danach eine lange Stille folgte, die sich ihr wie eine giftige Wolke um den Kopf legte, fragte sie nach einer Weile: »Hast du mit Ursel darüber gesprochen? Ich meine, ist sie vielleicht einverstanden damit?« Hubert sah sie ungeduldig an. »Natürlich nicht. Ich habe dir doch gesagt, daß ich nichts ohne deine Zustimmung tue. So etwas müßte doch auch von dir aus kommen. Ich kann das doch nicht vorschlagen.«

Ich vielleicht? dachte Gaby. Für Gerd fühlte sie nichts, aber auch wirklich nichts. Ein netter Kerl, aber doch nicht für sie. Sie liebte ihren eigenen Mann. Sie wollte mit niemand anders ins Bett. Wenn sie nur daran dachte, bekam sie schon eine Gänsehaut. Hubert war der erste Mann, mit dem sie Sex als angenehm empfunden hatte. Warum nur wollte er das wieder kaputtmachen?

Später, im Bett, tröstete er sie. Sie habe ihn verkehrt verstanden. Es sei nur so eine Idee gewesen. Sie wußte doch, daß er so seine Phantasien hatte. Und er hatte sie eben ausgesprochen. Ursel mußte wunderbar im Bett sein. Und mit seinem Vorschlag hatte er ihr, Gaby, nur zeigen wollen, wie sehr er sie liebe. Für ihn gäbe es keine Eifersucht. Er liebe sie so sehr, daß er ihr alles gönne. Alles, was sie nur wolle. »Aber ich will nur dich«, hatte Gaby erstickt geflüstert. »Nur dich. Begreife das doch endlich.« – »Ist ja gut, Kleines«, hatte Hubert gemurmelt. »Du weißt doch, daß ich dich liebe.«

Nein, Hubert hatte ganz bestimmt nicht mit Ursel über Partnertausch gesprochen. Gaby hatte, von Zweifeln zerfressen, zwei Tage später Ursel besucht, spontan, wie sie es öfter tat, aber diesmal mit dem Zweck, mit ihr über ihre Ängste zu reden. Doch das gab sie nach der zweiten Tasse Kaffee wieder auf. Es war viel zu absurd! Hier saß Ursel, bieder, unattraktiv und so erfrischend naiv. Sie wurde sich nie für so etwas hergeben. Natürlich hatte sie den Abend animierend mit Hubert getanzt. Aber das war doch noch kein Zeichen, daß sie mit ihm ins Bett gehen würde? Sie selbst hatte doch auch mit diesem jungen Mann getanzt, gelacht und seinen Arm um ihre Taille geduldet? Deswegen war sie doch nicht bereit, sich auf weitere Intimitäten mit ihm einzulassen! Als wenn Ursel ihre Gedanken ahnte, begann sie ausführlich über ihren eigenen Mann zu sprechen. Daß sie ein Gespräch gehabt hätten und daß er begreife, daß er sich etwas mehr Zeit für sie nehmen müßte. Und daß sie sich eigentlich wirklich nicht beklagen könne, er sei treu und ehrlich und sie wüßte, was sie an ihm habe.

Das alles klang in Gabys Ohren trocken, ein wenig fad, ganz bestimmt nicht erfüllt von Leidenschaft. Sie fragte sich im stillen, wieso Hubert meinte, daß Ursel wunderbar im Bett sein mußte. Sie war für Gaby die typische Mutter und Hausfrau, die alles Sexuelle mit in Kauf nahm, sich aber nicht dafür begeistern konnte. Und Gaby begriff sie nur zu gut. Wenn sie selbst nicht das unwahrscheinliche Glück gehabt hätte, Hubert kennenzulernen, wäre es für sie auch nur etwas gewesen, das man geschehen ließe, nichts, das man als Frau auch will und das man genießen kann. Galt es nicht lange Zeit als anstößig, wenn eine Frau während der sexuellen Gemeinschaft Lust empfand? Eine anständige Frau ließ es geschehen, es war unumgänglich, um Kinder zu gebären, aber die Lust holte sich der Mann bei Dirnen und anderen »schlechten« Frauen. Und gab es nicht auch in unserem Jahrhundert noch afrikanische Stämme, die den Frauen die Klitoris beschnitten, damit jede Lust im Keim erstickt wurde? Frauen als totaler Besitz des Mannes, die eine lustvolle Frau als Bedrohung ihrer eigenen Männlichkeit sahen?

»Sag, daß du es schön findest«, hatte Pappi gekeucht, als er mit brutaler Gewalt in sie eindrang. Ob er je gedacht hatte, daß sie es schön finden konnte? Was für Vorstellungen hatten Männer, wenn sie glaubten, daß Angst und Gewalt Lust hervorrufen würden?

Hubert hatte auch seine Phantasien. Aber die hatten nichts mit Gewalt zu tun. Und er betonte immer wieder, daß er nichts tun würde ohne ihre Zustimmung. Seine Wünsche machten ihr auch angst, aber sie mußte versuchen, sie tatsächlich als Beweis seiner Liebe zu sehen.

Daß er sie liebte, bewies er ihr einige Tage später eindeutig. Zumindest war es für Gaby in diesem Moment ein eindeutiger Liebesbeweis. »Ich will mit dir reden«, hatte er nach dem Abendbrot gesagt, sie am Arm genommen, auf die Couch gedrückt, ihr einen Martini eingeschenkt und für sich selbst einen Genever. Gabys Herz machte gleich ein paar ängstliche Sprünge. Was geschieht jetzt? Was will er von mir? Was soll ich tun? Als er mit seinem Vorhaben herausrückte, schämte sie sich. Sie war doch unverbesserlich. Immer wieder ihr Argwohn. Nichts sollte sie tun. Nichts Schlimmes geschah. Im Gegenteil.

»Hier gegenüber, das Haus von Janssens, wird zum Kauf angeboten. Ich habe das heute in der Firma gehört. Wie findest du es, wenn ich dieses Haus für uns kaufe?«

»Ein Haus kaufen? Für uns?« Gaby sah ihn groß an. »Können wir uns das denn erlauben?« Sie wußte nicht, was Hubert verdiente. Sie bekam ihr Haushaltsgeld. Das war zwar im Laufe der letzten sechs Jahre glücklicherweise erhöht worden, weil Hubert verschiedene Gehaltserhöhungen bekommen hatte, aber wie hoch sein monatliches Einkommen wirklich war, blieb im dunkeln. Wenn sie ihn vorsichtig danach fragte, lachte er vage. »Wenn ich das wüßte, wäre ich schon einen Schritt weiter. Du müßtest unterscheiden zwischen dem, was auf meiner Gehaltsabrechnung steht, und dem, was ich wirklich bekomme.« Bevor Gaby ihren Unmut (sie wußte von ihrer kaufmännischen Ausbildung als Reedereikaufmann natürlich den Unterschied zwischen Brutto- und Nettoeinkommen) deutlich ausdrücken konnte, fuhr er schon fort, daß das bei ihm nicht so einfach sei; er müsse schließlich viel Unterhalt an Charlott und die Kinder zählen, und der Unterhalt an die Kinder müsse versteuert werden, der an die frühere Ehefrau nicht – also was letzten Endes für ihn unter dem Strich übrigbleiben würde, das sei eine Frage von guten Steuererklärungen und verschiedenen anderen, nicht ganz deutlichen Faktoren.

Gaby hatte diesen Bandwurm von Erklärungen akzeptiert. Auch aus dem Gefühl heraus, daß er, ohne viel zu murren, für Natalie und Manfred sorgte. Sie bekam, wie Hubert hin und wieder richtig feststellte, leider keinen Unterhalt von Robbie. Der war auch nicht in der Lage dazu, weil er als Alkoholiker selbst sozusagen in der Gosse lag und von der Hand in den Mund lebte. Eine Tatsache, die Gaby bedrückte. Hätte sie doch länger bei ihm bleiben müssen? Wäre er mit ihr zusammen auch so schnell abgerutscht? War es richtig gewesen, in erster Linie das Wohl ihrer Kinder und ihr eigenes im Auge zu haben? Konnte man ihr vorwerfen, daß sie Gewalt nicht mehr hatte ertragen können? Nicht für sich selbst und nicht für ihre kleine Tochter? Oder noch schlimmer: Mußte sie es sich vorwerfen?

Sie hatte geglaubt, das Richtige zu tun. Er mußte selbst vom Alkohol wegwollen. Ihre eigenen Versuche, ihn zu bewegen, in eine Therapie zu gehen oder sich einer Selbsthilfegruppe anzuschließen, hatten bei ihm nur Aggressionen ausgelöst. »Ich kann jederzeit aufhören«, hatte er gesagt und sich demonstrativ einen neuen Whisky eingeschenkt. »Mir schmeckt es, nicht mehr und nicht weniger.« Für Gaby schien damit der Weg mit ihm vorprogrammiert. Ein Weg, der sie zusammen mit ihm an den Abgrund geführt hätte. Deswegen hatte sie sich so schnell von ihm scheiden lassen. Sie wollte nicht abstürzen. – Um so dankbarer war sie Hubert. Er sorgte gut für ihre Kinder. Sie konnten weiter die Oberschule besuchen. Natalie hatte gerade mit Glanz und Glorie ihr Abitur gemacht. Und jetzt sollte sie Jura in Leiden studieren.

»Das ist auch der Grund, daß wir uns ein Haus kaufen können«, erklärte Hubert ihr. »Entweder muß ich für Natalie einen hohen Beitrag zum Studium bezahlen, oder wir bezahlen die Hypothek für unser Haus. Weil ich für sie Kindergeld bekomme, werde ich als ihr Ernährer gesehen. Und nur, wenn ich selbst hohe Verpflichtungen habe, brauche ich nicht für ihre Ausbildung aufzukommen.«

»Und wie kann sie dann studieren?« Gaby wußte, wie wichtig für Natalie ihre zukünftige Ausbildung war. Engagiert und ehrgeizig wollte sie sich als Rechtsanwältin für sozial Schwächere einsetzen. Ihre Mutter zweifelte nicht einen Moment daran, daß sie ihr Ziel erreichen würde. »Sie bekommt ein Stipendium. Das ist eindeutig. Später, wenn sie selbst genug verdient, muß sie es dann zurückzahlen.« Das erschien Gaby recht und billig. Hubert hatte selbst auch sein Studium mit einem Stipendium finanziert. Weil sein Vater seine Mutter verlassen hatte. Ab einem gewissen Alter hatte man auch selbst Verpflichtungen zu übernehmen.

Ein eigenes Haus! Hubert verpflichtete sich mit einer Hypothekschuld für dreißig Jahre. Dreißig Jahre! Ihre Zukunft an seiner Seite war gesichert. Er liebte und sorgte für sie und die Kinder. Er bot ihnen ein eigenes Heim, etwas, das ihnen gehörte. Wie hatte sie nur an ihm zweifeln können?!

»Findest du es nicht schrecklich, daß deine Tochter aus dem Haus ist?« Huberts Mutter sah Gaby prüfend an. »Mir hat es beinahe das Herz gebrochen, als Cornelia mich verließ.«

»Cornelia hat geheiratet, Mutter«, warf Hubert ein.

»Ja, geheiratet. Sag' ich ja. Es war ein schlimmer Schlag für mich. Erst Hubert, viel zu früh natürlich, und man hat ja gesehen, was es brachte: geschieden. Dann Berthold, na ja, der mußte heiraten, sonst wäre das nie etwas mit Laura geworden. Ich glaube, es war auch schon aus zwischen den beiden, aber ja, ein Kind ... Und dann meine kleine Cornelia ... Man hat es nicht einfach als Mutter. Erst zieht man die Kinder groß, und dann lassen sie einen im Stich.«

Sie schwiegen alle drei. Huberts Mutter, weil sie ihr Schicksal beklagte, daß ihre Kinder nicht lebenslang an ihrer Seite blieben. Hubert, weil er über das Thema keine Diskussion wollte. Und Gaby aus Angst.

Sie hätte gerne gesagt, daß sie es normal fand, daß erwachsene Kinder aus dem Hause gingen. Um zu heiraten, um zu studieren oder auch nur, um sich abzunabeln. Aber sie schwieg. Huberts Mutter hatte eine unnachahmliche Art und Weise sie anzusehen, wenn sie eine andere Meinung als sie äußerte. So etwa wie: »Wie kannst du nur«, oder: »Na ja, ich habe ja schon immer gewußt ...«, oder: »Ich glaube, ich höre nicht richtig.« Das letztere sagte sie auch hin und wieder. Ganz subtil. »Du meinst doch sicher dies und das, drückst dich nur ein wenig ungeschickt aus?« Wenn Gaby einen guten Tag, die Beruhigungstabletten ihre Wirkung getan und ein oder zwei Glas Wein ihrer Angst einen Mantel übergelegt hatten, bestand sie auf ihrer Meinung. Aber meistens gab sie auf, wechselte nach einem undeutlichen: »Das kann schon sein« oder: »Wenn du meinst«, das Thema.

Sollte sie jetzt sagen, daß sie aufgeatmet hatte, als Natalie das Haus verlassen hatte? Sie fühlte, daß es für ihre Tochter und für sie selbst das beste war. Natalie war nach Leiden gezogen. Die Universität dort hatte einen ausgezeichneten Namen. Natalie hatte sich für das Jurastudium eingeschrieben. Der Umzug aus dem Elternhaus war mit Huberts und Gabys Hilfe reibungslos verlaufen. Natalies neues Zimmer in dem zweihundert Jahre alten Fachwerkhaus war klein und dunkel. Doch für Natalie war es das Wartezimmer zum Paradies. Weg von der einengenden Bürgerlichkeit in Arnheim, weg von Birgit, mit der sie einen für Gaby unbegreiflichen Kleinkrieg führte, hin zu Freiheit, Glück, Selbständigkeit. Nein, Gaby glaubte an ihre Tochter und daran, daß sie ihren Weg machen würde. Aber um das zu können, mußte sie auf eigenen Füßen stehen.

Und Natalie wußte, daß sie jederzeit nach Hause kommen konnte. Daß ihre Mutter immer für sie da sein würde. Aber sie mußte lernen, wie es ist, wenn man für alle Entscheidungen selbst die Verantwortung übernehmen mußte. Sie brauchte nichts mehr zu tun, um zu zeigen, daß sie anders als ihre Mutter war. Sie brauchte keine Kraftproben mehr, um zu zeigen, wer die Stärkere war. Sie war stark genug, um allein zu sein. Denn sie war nicht einsam.

Mit Schaudern dachte Gaby an ihren eigenen dramatischen Abgang von zu Hause. Nur mit Drohungen war es ihrem Hausarzt gelungen, Muttis Unterschrift zur Volljährigkeit zu bekommen. »Wenn Sie nicht unterschreiben«, hatte Dr. Rehbein gedroht, »sorge ich dafür, daß Ihr Mann ins Gefängnis kommt. Nicht nur wegen Mißhandlung.« – »Sie lügt, alles, was Gaby sagt, ist gelogen«, hatte Mutti hilflos und verzweifelt gesagt und ganz leise: »Wie soll ich denn weiterleben, wenn ich das glauben würde, was Sie sagen? Dann könnte ich mich ja gleich aufhängen.« Dr. Rehbein hatte Mutti den Füllfederhalter in die Hand gegeben. »Es dreht sich nicht darum, wie Sie weiterleben, es dreht sich darum, daß Gaby weiterlebt.«

Gaby hatte weitergelebt. Wie in Trance, die ersten Wochen nach ihrer Entlassung aus dem Krankenhaus. Norbert hatte ihr ein Untermieterzimmer am Dammtor besorgt. Ganz still hatte Gaby in der Tür gestanden. Eine Tür, die sie hinter sich abschließen konnte. Es war ein großes Zimmer mit breitem Fenster. Vor dem Fenster stand eine ausladende Kastanie mit rotblühenden Kerzen. An der gegenüberliegenden Wand stand ein Bett mit einem Nachtkasten, daneben ein alter Mahagonikleiderschrank. »Den Schreibtisch, kleines Fräulein, den dürfen Sie nicht verschieben. Den hat mein Seliger schon vors Fenster gestellt. Und dann hat er auf den schönen Baum gesehen. Ach ja . . .« Ein tiefer Seufzer folgte dem abgebrochenen Satz der Wirtin, die sich an Gaby vorbei ins Zimmer geschoben hatte. »Und Herrenbesuch ist natürlich nicht gestattet.« Ihre Augen suchten Norbert, der hinter Gaby im Flur stand. »Dies ist ein anständiges Haus.« – »Natürlich.« Gaby lächelte schwach. Die Naht über dem rechten Auge schmerzte noch ein wenig. Aber man sah ihr nichts mehr an. »Ich will auch keinen Herrenbesuch. Wenn mein Freund mich abholt, wartet er unten im Flur auf mich. Nicht wahr, Norbert?« Norbert hatte nur genickt. Er ging noch immer gebückt unter Schuldgefühlen, daß er Gaby nicht rechtzeitig zu Hilfe hatte kommen können. Als er sie so zusammengeschlagen gesehen hatte, hatte er geweint. »Ich bringe das Schwein um.« Gaby hatte nach seiner Hand getastet. Sie wußte, Norbert konnte keiner Fliege etwas zu leide tun. Er haßte Gewalt.

Umbringen brachte nichts. Es würde Mutti auch umbringen. Nein, eines Tages werde ich mich an ihm rächen, hatte Gaby gedacht. Eines Tages, wenn ich keine Rücksicht mehr zu nehmen brauche. Sie hatte damals schnell eine Arbeitsstelle gefunden. Ihre Abschlußprüfung vor der Handelskammer hatte sie mit »gut« bestanden. Sie verdiente genug, um ein Zimmer bezahlen zu können und um zu essen und zu trinken. Ich bin frei, dachte sie. Doch bald hatte sie gemerkt, daß Pappi nicht so einfach aufgab. »Da hat sich ein älterer Mann nach Ihnen erkundigt«, erzählte ihr abends die Wirtin. »Wann Sie zu Hause sind und wo Sie arbeiten. Ein Onkel von Ihnen, sagte er. Und er käme wieder.« Gaby war es eiskalt geworden. Pappi. Er hatte ihre Spur aufgenommen. Wenn sie bei Mutti anrief, legte die immer gleich wieder auf. »Du bist für mich gestorben«, hatte Mutti bei ihrem ersten Anruf gesagt. »Nie werde ich dir das verzeihen.« Gaby versuchte, nicht mehr daran zu denken. Nicht an Mutti, nicht an ihren kleinen Bruder Mark und vor allem nicht an Pappi. Doch Pappi brachte sich selbst immer wieder in Erinnerung. Er rief sie in der Firma an. Tagein, tagaus. »Hallo«, sagte er mit sanfter Stimme. »Kannst du überhaupt ohne mich leben?« Oder: »Du weißt doch, daß ich immer bekomme, was ich will.« Wenn sie zu ihrer Arbeitsstelle ging, sah sie sich scheu um. Sie erwartete jederzeit, daß er hinter einem Baum auftauchen würde, ihr den Weg versperren wollte. Wenn sie abends mit Norbert spazierenging, glaubte sie manchmal, seinen Schatten zu sehen. Ich will fort aus Hamburg, dachte sie. Ich will ohne Angst leben.

Kurz darauf lernte sie Robbie kennen. Die Uniform stand ihm gut. »Ich werde demnächst nach Aurich versetzt«, sagte er. »Zur Raketenabwehr.«

Norbert zog sich zurück. Verletzt. »Du mußt selbst wissen, was du tust«, sagte er und fügte dann noch hinzu: »Glaubst du mir, wenn ich sage, daß ich mit dir glücklich war?« Gaby wußte, daß das stimmte. Sie hatten in schwerer Zeit einander beigestanden. Gute Kameraden. In ihm hatte sie den ersten Mann kennengelernt, den sie nicht fürchtete. Sie war die Stärkere gewesen. Mit Robbie war alles anders. Er hatte wunderschöne blaue Augen und war Hals über Kopf in sie verliebt. Er sang ihr Liebeslieder ins Ohr. »Sei die meine, süße Kleine.« Sie heiratete ihn und ging mit ihm nach Aurich. Fort aus Hamburg. Fort von all den Erinnerungen.

Wie gut Natalie es hat. Gaby war froh, daß ihre Tochter in Frieden aus dem Hause gegangen war. Ohne traumatische Erfahrungen. Das, was sie mitmachte, war der Kampf, erwachsen zu werden. Eines Tages würde ihn ihre Tochter gewinnen. Und sie würde ihre Tochter nicht verlieren.

Als Hubert ins Zimmer trat und sich auf die Couch setzte, wußte Gaby, daß etwas Schlimmes passiert war.

Das neue Haus schien ihnen kein Glück zu bringen. Sie hatten gerade den Umzug hinter sich, als Daniel ins Krankenhaus mußte. Sein Harnleiter arbeitete nicht gut; und er mußte schmerzhafte Untersuchungen und einen Eingriff über sich ergehen lassen. Der kleine Alex blieb tagsüber bei Ursel, so daß Gaby Daniel den ganzen Tag lang im Krankenhaus Gesellschaft leisten konnte. Das Krankenhaus war personalmäßig total unterbesetzt, und Gaby war ihrer Freundin von Herzen dankbar, daß sie sich ihres Patenkindes annahm. »Für mich die reinste Wonne«, hatte Ursel gesagt. »Endlich habe ich wieder jemand zum Schmusen.« Ursel war auch ganz deutlich Alex' Lieblingstante. Wenn er sie sah, strampelte er erst vor Vergnügen, um dann wieselschnell auf sie zu zu krabbeln. »Kussi, Kussi«, sagte er und spitzte sein Mündchen. »Also, wer dir widerstehen kann, der muß noch geboren werden.« Ursel drückte ihn liebevoll an sich und ließ sich von Alex mit vielen kleinen Küßchen bedecken.

Nachdem Daniel wieder zu Hause war, klagte Hubert

über eine Halsentzündung. Mit Tabletten und einem handgestrickten Schal im Koffer flog er doch nach Südamerika. »Das warme Klima dort wird mich schnell wieder auf die Beine bringen.« Er rief Gaby jeden Tag an. »Ich vermisse dich unsagbar, mein Kleines. Ich weiß gar nicht, wie ich ohne dich je leben konnte.« Gaby schlief wieder etwas besser. Als er zurückkam, sah er blaß und abgespannt aus. »Ich habe das erste Mal in meinem Leben die Höhe in Quito nicht gut vertragen können. Ich hatte Atemnot, und mir war nicht gut.« Gaby war besorgt, gleichzeitig fühlte sie, daß sie gebraucht wurde. Er ließ sich nur zu gerne von ihr verwöhnen. Doch sogar seine Lieblingsgerichte schob er nach einigen Bissen zur Seite. »Nichts schmeckt mir richtig«, klagte er. Auch sein Appetit auf Sex war entschieden vermindert. Gaby liebte ihn über alles. »Bitte, geh endlich zum Arzt«, drängte sie, als er nach einigen Wochen noch immer müde und abgespannt war.

Und wie er jetzt auf der Couch saß, blaß vor sich hinstarrend, ahnte sie, daß es mehr sein mußte als eine verschleppte Grippe. »Ich muß morgen ins Krankenhaus«, begann er. »Meine Herzklappe ist entzündet. Sie werden versuchen, mit viel Penicillin und absoluter Ruhe die Entzündung in den Griff zu bekommen.«

Er mußte ins Krankenhaus. Er war krank, und er hatte sie nötig. Sie würde alles für ihn tun. »Mach dir keine Sorgen«, sie schlang beide Arme um seinen Hals. »Ich weiß, daß du wieder gesund wirst. Wir werden dich jeden Tag besuchen.«

Und das tat sie auch. Sieben Wochen lang ging sie jeden Mittag mit den beiden Kleinen ins Krankenhaus. Alex krabbelte vergnügt auf Huberts Bett herum. Er hatte bald heraus, daß in der Nachttischschublade stets etwas Leckeres war. Daniel, selbst noch unter dem Eindruck seines Krankenhausaufenthaltes, war zurückhaltender. Aber da ihr Vater keine Schmerzen hatte, waren die Besuche für die Kinder bald eine willkommene tägliche Abwechslung.

Hubert war ein anspruchsvoller, schwieriger Patient. Nicht so sehr, was seine medizinische, sondern was seine persönliche Versorgung anging. Das Krankenhausessen war ihm zu wenig abwechslungsreich, und niemand war bereit, ihm seine Sonderwünsche zu erfüllen. Dankbar nahm Gaby die Rolle auf sich. Frische Butter, feine Leberpastetchen und zart geräucherter Schinken bereicherten Tag für Tag seinen Speiseplan. Es wurde so etwas wie ein Sport für sie, ihn abends, wenn sie ihn ohne die Kinder besuchte, mit stets anderen Leckereien zu überraschen. »Probier doch einmal diesen zarten Lachs«, oder: »Wie schmeckt dir der Bauernkäse? War bei van Maanen im Angebot.« Abends kamen auch andere Freunde und Kollegen, so daß Gaby oft ein wenig abseits saß. Aber sie war zufrieden. Sie gehörte zu ihm. Sie besuchte ihn zweimal täglich und tat für ihn, was sie konnte. Man fragte sie, wie sie das alles nur alleine schaffte, zweimal täglich ins Krankenhaus und die Kinder und der Haushalt. Aber Gaby fühlte sich besser als seit langem und lächelte nur. »Das ist doch selbstverständlich«, sagte sie. »Dafür ist man doch auch verheiratet. Daß man sich in schwierigen Zeiten auf den anderen verlassen kann.« Sie wollte ihm jeden Wunsch von den Augen ablesen. Hubert sollte sehen, daß sie bereit war, viel für ihn zu tun. Wenn er mittags klagte, daß er Appetit auf etwas Süßes hatte, brachte sie ihm abends sein Lieblingseis vom Italiener. Wenn er nach etwas Pikantem verlangte, waren vielleicht kleine Heringshäppchen das Richtige. Und immer hatte er Rosen von ihr. Dunkelrote, samtige Rosen. »Willst du Hubert nicht besuchen?« fragte sie Ursel. Die errötete und strich sich verlegen eine dünne Haarsträhne aus dem Gesicht. »Ich bin allergisch gegen Krankenhäuser«, erklärte die Freundin.

»Und Besuchsstunden bringen mich zur Verzweiflung. Ich besuche ihn mal außerhalb der Besuchszeit.« Gaby fühlte einen leisen Stich. Sie war dann nicht dabei. Aber machte das etwas aus? Hubert würde sich bestimmt freuen, wenn Ursel so hereingeschneit kam. Und es ging doch um Hubert. »Ja, tu das«, sagte sie. »Hubert sagt sowieso, daß die Tage schrecklich lang sind.«

Jean ging wohl abends mit ihr ins Krankenhaus. Sie hatte ihm selbstgebackene Brötchen mitgebracht und erzählte leicht ironisch eine Episode von ihrer neuen Arbeit als Krankenschwester in einer Schule mit körperlich schwachen Kindern. »Nicht die Kinder sind das Problem«, schloß sie, »sondern die Eltern. Wie die mit der Krankheit ihrer Kinder umgehen ... Das sieht man deutlich, wie überbesorgte Mütter ihren asthmatischen Kindern die Luft zum Atmen nehmen. Oder die anspruchsvollen Väter, die glauben, mit ›Nicht-Anstellen‹ und offenem Fenster sei das Problem schon halb im Griff. Wie viele Eltern ihre Kinder krank machen! Warum werden Eltern nicht auf ihre Tauglichkeit, ihre Verantwortlichkeit hin geprüft, bevor sie Kinder bekommen dürfen?« Täuschte Gaby sich oder warf sie Hubert bei ihren letzten Worten einen schnellen Blick zu? »Ja, unvorstellbar«, bestätigte er ruhig ihre Anklage, »wie manche Eltern sich aufführen.«

Gaby erinnerte sich, daß sie, als sie Hubert das allererste Mal gesehen und er sie mit diesem leicht herausfordernden Siegerlächeln gewonnen hatte, dachte, daß er älter sei. Anfang Vierzig, hatte sie geschätzt. Die leicht grauen Schläfen, die weltmännische Haltung, das wirkte so überwältigend erwachsen auf sie. »Ist es schlimm«, hatte er sie später geneckt, »daß ich erst vierunddreißig bin?« Gaby hatte natürlich energisch verneint. Mit einem jüngeren Hubert hatte sie die Möglichkeit, länger zusammenzuleben. Und doch. In ihrer Vorstellung war ein etwas älterer Mann abgeklärter, ruhiger, über alle Jugendsünden hinausgewachsen. Aber Hubert war jung und doch so vertrauenswürdig. Jemand, dem man sich in die Arme werfen konnte und der einem nicht weh tat. Der ehrlich und behutsam mit einem umging. Wie ein Vater. So ein Vater, wie sie ihn nur die ersten sechs Jahre gehabt hatte. Ein Vater, der einen nie fallen ließ. Der einen liebte und einem nicht wehtat. So war Hubert. »Ich begreife nicht, wie ein Mann die Hand gegen seine Frau erheben kann«, hatte er gesagt, als sie ihm von Robbie erzählte. »Ich werde dir nie ein Haar krümmen.«

Weiterer Besuch kam. Ein Mädchen brachte ein Blumenarrangement. »Mit den besten Wünschen von den Frauen aus der Telefonzentrale.« Hubert lächelte geschmeichelt. »Man hat mich noch nicht vergessen.« – »Wie könnte man auch?« In Jeans Augen blitzte ein wenig Spott auf.

»Ich glaube, wir gehen jetzt«, sagte Gaby und beugte sich über Hubert. »Bis morgen mittag, mein Schatz. Ich backe morgen früh Zwiebelkuchen. Ich bringe dir dann ein Stück mit. Noch ganz warm.«

Auf dem Weg nach Hause, die beiden Freundinnen waren das kleine Stück von Gabys Haus bis zum Krankenhaus zu Fuß gegangen, atmete Gaby tief durch. »Ich habe überhaupt noch nicht bemerkt, daß Frühling ist. Wie warm die Luft abends noch ist.« Sie sah zu einem blühenden Rotdornbaum. »Der blüht ja schon!«

Wie oft hatte sie als Kind am Fenster gestanden und in den blühenden Rotdornbaum geschaut, der genau vor ihrem Wohnzimmerfenster stand. Jeden Frühling wieder stand er da mit seinen unzähligen kleinen roten Blüten. Wie wunderschön er ist, hatte das Kind gedacht. Überdeckt mit Tausenden von Blutstropfen. Einmal im Jahr zeigt er für kurze Zeit, was in ihm steckt. Den Rest des Jahres steht er da mit staubig grünen Blättern, und niemand kann vermuten, welche Kraft und Leidenschaft in ihm brodelt. Warten, dachte das Kind, ich muß warten und Geduld haben. Jeder neue Frühling ist ein Jahr weiter. Ein Jahr näher hin zur Freiheit. Eines Tages ist das alles hier vorbei. Dann erst beginnt mein Leben. Dann kann ich zeigen, was in mir steckt.

Gaby blieb unter dem Rotdornbaum stehen und sah in das Blütenmeer über sich. Die jungen Blätter waren noch saftig grün. Unter ihren Füßen vermoderten die Blätter des letzten Jahres. Auch aus ihnen sog der Baum neue Kraft. Aus dem Vergangenen wuchs das Neue. Das hieß aber auch, daß alles Neue das Alte in sich trug. Gab es kein Entrinnen?

»Du siehst müde aus«, sagte Jean und nahm sie am Arm. »Komm, ich habe Appetit auf eine Tasse Kaffee. Und für uns beide habe ich auch noch selbstgebackene Brötchen in meiner Tasche.«

»Warum, um Himmels willen, gehst du zweimal am Tag ins Krankenhaus? Du machst dich kaputt!« sagte Jean etwas später zu Gaby, als die das Brötchen ohne Appetit zur Seite schob.

»Ich kann ihn doch nicht im Stich lassen. Er braucht mich.« Sie nahm einen Schluck von dem heißen Kaffee. »Und ich brauche ihn.« Vielleicht ist das viel mehr der Grund, dachte sie, ich brauche *ihn* so sehr. Dazu kam das Gefühl, endlich etwas für ihn tun zu können. Ich will mich unentbehrlich machen, er soll nicht ohne mich leben können.

»Er hält Hof, da im Krankenhaus. Wie ein Pascha läßt er sich von dir bedienen. Du springst, wenn er nur mit dem kleinen Finger zuckt. Hast du denn nie das Gefühl, daß du deine eigenen Grenzen überschreitest?« Jean schüttelte den Kopf. »Ich habe bei dir, Gaby, oft das Gefühl, daß du alleine nicht mehr existierst. Du wirst von ihm aufgesogen, ausgesogen.«

Sie begreift nichts, dachte Gaby. Aber wie soll sie es

auch begreifen? Ohne ihn *bin* ich nichts. *Ich* kann ohne ihn nicht leben. Und wenn er mich aufsaugt, dann sind wir eins. Unwiderruflich verbunden miteinander.

Wochenende. Früher, dachte Gaby und wußte eigentlich nicht genau, welche Zeit war früher. Die ersten drei Monate ihrer Ehe? Oder auch noch danach, als sie Daniel erwartete? Oder die Zeit, in der sie vergeblich versuchte, ein Kind auszutragen, oder die Monate, in denen sie Alex trug? Früher waren die Sonntage etwas Gemeinsames, etwas, das Hubert und ihr gehörte. Jetzt saß er oft stundenlang in seinem Arbeitszimmer, sah unwillig auf, wenn sie ihn zum Kaffee nach unten rief. Nur einen Moment, dann war da wieder das freundliche, unverbindliche Lächeln. »Natürlich, Gaby, ich komme sofort.« Es war in diesen Monaten, nach seinem ersten Krankenhausaufenthalt, daß sie sich zum ersten Mal mit Händen und Füßen gegen etwas wehrte, was sie im nachhinein von sich selbst nicht mehr begreifen konnte.

»Ich will nicht«, sagte sie und spannte von ihrem großen Zeh bis hinauf zu ihren Haarwurzeln alle Nerven und Muskeln an, »ich will nicht, daß deine Kinder sonntags kommen. Alle vierzehn Tage sonnabends, prima, meinetwegen auch freitags, aber sonntags nicht. Ich will«, sie wunderte sich im stillen, wie deutlich sie »ich will« sagte, »ich will einen Tag nur für uns haben.« Und dann, beinahe flehentlich, etwas leiser: »Begreifst du das denn nicht?«

Nein, Hubert begriff es nicht. »Du bist lächerlich«, sagte er kühl, und es klang wie von der Spitze eines Eisberges herab. »Was macht es aus, ob sie sonnabends oder sonntags kommen? Ein Tag ist doch so gut, wie der andere!«

Doch Gaby beharrte starrköpfig und uneinsichtig auf ihrer Meinung. »Wenn du sie am Sonntag zu Besuch haben willst, bitte sehr. Aber dann koche ich nicht, dann gehe ich den ganzen Tag weg.« Sie wußte gar nicht, wohin sie gehen sollte. Vielleicht zu Jean oder in die Stadt. Aber das war auch nicht so wichtig. Sie wollte dieses kleine Stück Freiheit für sich selbst verteidigen. Sonntags nicht. Einen Tag in der Woche für sich und Hubert haben.

Es half nicht viel. Er ging zwar notgedrungen auf ihre Forderung ein, aber er zog sich von ihr zurück. Sie konnte es nicht in Worte fassen, was sie fühlte, aber obwohl er ihr beim Sonntagskaffee gegenübersaß, keinen Meter von ihr entfernt, war er für sie so unerreichbar, als läge der Ozean zwischen ihnen.

Das Telefon klingelte. »Kommt ihr zum Kaffee?« Ursels Stimme klang fröhlich und aufgeweckt. »Mein Apfelkuchen ist gleich fertig, und ich brühe gerade Kaffee!«

»Ursel fragt, ob wir zum Kaffee kommen?« Sie drehte sich nach Hubert um, der am Eßtisch eine Taschenlampe in ihre Bestandteile zerlegte, um herauszufinden, warum die Batterien nicht funktionierten. »Hast du Lust?« – »Ja«, er lächelte, zupfte mit seiner typischen Bewegung an seiner Nasenspitze. »Wenn du willst?«

Da war es wieder. Wenn *du* willst! »Ich fragte dich, ob *du* Lust hast?« – »Ich sagte doch, ja, wenn du willst.« Bereitwillig schob er die Zeitung mit den Schräubchen und Spiralen zur Seite. »Das kann ich heute abend auch noch tun.« Daniel und Alex waren begeistert. Ursels Apfelkuchen und heiße Schokolade lockten. Außerdem spielten sie gerne mit Elke, der jüngsten Tochter Ursels. Besonders Alex, der Schmusepeter vom Dienst, hatte in dem vierzehnjährigen Teenager noch ein weiteres williges Opfer gefunden. Stundenlang konnte sie mit ihm über den Boden kriechen, ihm beim Zusammensetzen von Puzzles helfen oder seine Zeichnungen begutachten, mit denen er überall Bewunderung heischte. »Du bist mit deinen zweieinhalb Jahren schon ein richtiger kleiner Künstler«, Ursel drückte ihn an sich. »Ich habe noch nie so ein schönes

Pferd gesehen.« – »Hund«, protestierte Alex. »Ist Blacky. Blacky ist lieb.« Der Hund hörte seinen Namen und kam schwanzwedelnd auf den auf dem Boden sitzenden Alex zu und schnupperte an der Zeichnung. Ursel kraulte ihn hinter dem Ohr. »Ja, du bist auch lieb. Alle seid ihr lieb.« Sie warf Hubert einen schnellen Blick zu. Sie ist wirklich hübscher geworden, konstatierte Gaby. Sie hat so einen weichen Zug um den Mund bekommen. Und all die Wärme und Zärtlichkeit, die sie in sich hat, strahlt jetzt deutlich aus ihren Augen. Sie sah zu Hubert. Wohlgefällig betrachtete er die Idylle zu seinen Füßen. Er hält Hof wie ein Pascha, schossen ihr Jeans Worte durch den Kopf. Aber da war noch etwas anderes in seinen Augen. Etwas, das sie nicht erklären konnte. Als er Gabys Blick fühlte, wandte er sich ab und zündete sich umständlich eine Zigarre an. Ganz langsam drehte er sich dann wieder zu ihr und nickte ihr zu. So, wie man einem Kind beruhigend zunickt. Alles ist gut, mach dir keine Gedanken. Als Ursel den Tisch abräumte, stand Gaby auf, um ihr zu helfen. Die Tassen zitterten so in ihrer Hand, daß sie sie gerade noch heil wieder auf den Tisch zurücksetzen konnte. »Laß man, ich helfe Ursel.« Hubert nahm ihr das Geschirr ab und trug es hinter Ursel her in die Küche. Gerd blätterte in einer Computerzeitschrift, sah auf und lächelte ihr zu. »Der stets eilfertige Hubert. Von dem könnte ich noch etwas lernen.« – »Ich weiß nicht«, sagte Gaby und sah zu der geschlossenen Küchentür. Sie schlug die Beine übereinander und verschränkte die Arme. Wenn sie die Nägel in ihre Hand grub, blieben da für einige Sekunden kleine, helle Einkerbungen. Kleine Narben, die mit jedem weiteren Herzschlag weniger sichtbar wurden. Hubert kam zurück, in seiner Hand die Sherryflasche, einen Martini für Gaby. »Ursel hat leider keine Zitrone im Haus«, entschuldigte er sich. »Ich hoffe, du trinkst ihn diesmal so.« – »Natürlich«, sagte Gaby. »Das ist doch nicht so wichtig.«

Das Geschäftsessen war gut gelungen. »Vielen Dank«, sagte Hubert zu ihr in der Küche, »das hast du wirklich mal wieder ausgezeichnet gemacht.« Gaby lächelte müde. Wie er sich bedankte! Gerade durch die offiziellen Worte schuf er einen Riesenabstand zwischen ihnen. Sie hatte versucht, es ihm zu erklären. »Nimm mich doch einfach in die Arme, und sag irgend etwas Liebes. Ich bin doch keine Haushälterin, bei der du dich so förmlich bedanken mußt.«

»Ich weiß nicht, was du willst«, hatte Hubert geantwortet und seine Augenbrauen wieder auf die unnachahmliche Art und Weise gerunzelt. »Einerseits beklagst du dich, daß ich zuwenig sage, was ich denke. Und wenn ich dir sage, daß du etwas gut gemacht hast und mich auch noch dafür bedanke, dann ist es auch nicht richtig.« Er seufzte auf und glättete mit dem Mittelfinger seine Stirnfalte: »Du kannst wirklich so unwahrscheinlich schwierig tun.«

›Schwierigtun‹ wurde von nun an sein geflügeltes Wort für sie. »Gott, was tust du schwierig«, drückte bis zum Schluß alles aus, was er auf Gabys Versuche und Bestrebungen, die Mauer zu ihm zu durchbrechen, antwortete. »Mach's doch nicht so schwierig«, wehrte er sie ab, wenn sie ihm die jahrhundertealte Frage stellte: »Sag mir doch einmal, was du denkst.« Er schirmte sich ab, war unvermindert freundlich und liebenswürdig mit einer Tiefkühltemperatur, daß Gaby fror. Eiskalte Füße und Hände hatte sie, wenn sie ihm gegenüber auf der Couch saß und er seiner südamerikanischen Musik lauschte, die er von der letzten Geschäftsreise mitgebracht hatte. Und so einen verträumten Zug um den Mund bekam. »Stell bitte die Musik ab«, klagte sie und haßte sich selbst. »Ich bekomme Kopfschmerzen von dem Gedudel.« Sein Blick war tödlich. »Wenn du meinst«, sagt er ruhig und drehte den Knopf der Stereoanlage auf »aus«.

Heute abend, bei dem Geschäftsessen mit den beiden Herren aus Kolumbien, hatte die Musik sie nicht weiter gestört. Hubert war zu sehr mit dem Essen beschäftigt, um träumerisch zu schauen. Herr Mechias prostete ihr zu. »Auf die charmanteste Gastgeberin in den Niederlanden. Und auf eine hervorragende Köchin noch dazu.« »Wissen Sie eigentlich«, Herr Orlando beugte sich mit seinem Glas zu ihr, »daß Sie in Kolumbien ›die Botschafterin des guten Geschmacks‹ genannt werden?« Gaby hatte verlegen ihr Glas in den Händen gedreht und dankbar Huberts Arm um ihre Schultern gefühlt. »Ja, sie macht das ganz hervorragend, nicht wahr? Ich bin sehr stolz auf sie. Deswegen möchte ich auch, daß wir nächstes Jahr zusammen nach Kolumbien und Ecuador fahren. Ich will ihr endlich einmal die Länder zeigen, in denen ich so häufig bin.« Gaby sah ihn sprachlos an. Meinte Hubert das ernst? Oder war das nur ein Bonbon für ihr gutes Funktionieren?

Erst jetzt sah er sie direkt an. »Im Ernst, Kleines, ich möchte nächstes Jahr mit dir nach Südamerika. Drei Wochen lang will ich dir all das zeigen, was ohne dich nur halb so schön ist.« Die beiden Herren aus Südamerika lächelten verständnisvoll. »Er vermißt Sie immer so sehr, liebe Frau Gaby. Selbstverständlich sind Sie beide Gast in unserem Haus.« Herr Mechias nahm ihre Hand und küßte sie. »Es wird meiner Frau und mir eine Ehre sein.« Gaby schwirrte der Kopf. Er vermißt Sie immer so sehr, sagte der Mann. Ich will dir alles zeigen, was ohne dich nur halb so schön ist, sagte Hubert. War das wahr? Was war wahr? Eine solche Reise gemeinsam mit ihr!

»Eine Geschäftsreise«, fragte sie. »Ich meine, ich soll dich auf einer Geschäftsreise begleiten?« Hubert wehrte ab. »Nein, ein richtiger Urlaub. Nur wir zwei. Drei Wochen lang aller Luxus für dich und mich. Es wird wunderbar sein«, flüsterte er ihr ins Ohr. Benommen sah Gaby auf ihren grünen Smaragdring, den er ihr vor Jahren aus Kolumbien mitgebracht hatte. Alles hat seinen Preis. Wofür war dies der Preis?

Ihr letzter Urlaub hatte tiefe Spuren auf ihrer Seele hinterlassen. »Laß uns doch wieder nach La Gueglia fahren«, hatte Hubert vorgeschlagen. »Nicht in unser Zuckerbäcker-Hotel, sondern wir könnten am Strand eine Wohnung mieten. Wenn Natalie und Manfred mitfahren, erscheint mir das praktischer. Wir wären dann mehr für uns und müßten uns zum Teil selbst versorgen.« Gaby war hellauf begeistert gewesen. Herrlich, zusammen mit ihren vier Kindern und Hubert drei Wochen lang an der italienischen Riviera. Da gab es bestimmt Gelegenheit, viel Gemeinsames zu tun. Die beiden Großen meldeten ihre Forderungen an: »Wir wollen auch für uns alleine sein. Nicht immer mit euch zusammen herumziehen müssen.« Das kam Gaby nur entgegen. Sie sprachen ein paar Grundregeln ab. Jeder durfte schlafen, so lange er wollte. Das galt natürlich nicht für sie selbst, da sie sich um Alex kümmern mußte. Nur die beiden Kleinen mußten mit den Eltern frühstücken. Tagsüber konnten Natalie und Manfred tun und lassen, was sie wollten. Zum gemeinsamen Abendessen wurden sie im Appartement erwartet. Küchendienst, Abwaschen und die Küche wieder aufräumen taten die beiden Großen. Wenn im Restaurant gegessen wurde, durften einmal die Kinder das Restaurant wählen, einmal die Eltern. Das alles hatte gut geklappt. Die Sonne schien Tag für Tag, und das Meer glitzerte noch blauer, als im Prospekt versprochen.

Aber man kann nicht alles planen. Und Gaby wußte nicht, was Hubert geplant hatte. Am dritten Abend, als sie eng umschlungen mit Hubert durch die schmalen Gassen La Gueglias ging – die Kinder schliefen unter Manfreds Obhut –, kam ihnen Marie-Luise entgegen. Ihr

Haar war einen Ton roter geworden, die Haut war braun gepudert, das schwarze Kleid war tief ausgeschnitten.

»Nein, was für ein Zufall«, rief sie. »Seid ihr auch wieder hier?« Sie nahm Gaby in ihre Arme und küßte sie überschwenglich auf ihren Mund. Ihr üppiger Busen drückte gegen Gabys Hals, und Gaby glaubte zu ersticken. Das schwere Parfüm benebelte sie. Dies konnte doch nicht wahr sein! Sie träumte einen ihrer Alpträume. Gleich würde sie aufwachen, und keine Marie-Luise war mehr zu sehen. Aber die stand vor ihnen und redete und redete. Gaby und Hubert waren diesmal wegen der Kinder in den Sommerferien gefahren. Sie erinnerte sich, daß Marie-Luise im letzten Jahr gesagt hatte, daß sie grundsätzlich nie in der Hochsaison fahre. »Viel zu teuer und viel zuviel Betrieb.« – »Ich bin diesmal alleine hier«, gurrte sie da auch schon in Gabys Gedanken hinein. »Ich wollte mich einmal so richtig hineinstürzen ins Vergnügen. Ich lade euch ein. Wohin gehen wir etwas trinken?« Den Rest des Abends hatte Gaby schweigend zwischen ihrem Mann und dieser Frau gesessen. Glaubten die beiden wirklich, daß sie bescheuert war? Sie fühlte, daß sie sich besser kannten als je zuvor. Wie ein Blitzlicht schoß es durch ihren Kopf, daß Hubert bei den letzten Geschäftsreisen über die Schweiz geflogen war. Dort kein Anschlußflugzeug bekommen konnte. Herrgott noch mal, was bin ich für eine blöde Kuh. Sie stöhnte gequält auf. »Hast du etwas, Kleines?« Gaby fühlte Huberts Arm um ihre Schultern. »Du bist so abwesend.« Sie sprang auf. Ihre Beine zitterten so sehr, daß sie taumelte. Sie hielt sich an der Tischkante fest. »Faß mich nicht an.« Sie glaubte zu schreien, aber es kam nur ein heiseres Krächzen aus ihrer Kehle. »Faß mich um Gottes willen nicht an.« Sie drehte sich um und rannte hinaus ins Freie. Unsicher, wie auf hölzernen Stelzen, die jeden Moment unter ihr wegbrechen konnten. Für einen Augenblick wurde es still in dem Lokal. Man sah ihr nach. »Bestimmt zuviel getrunken«, hörte sie jemanden sagen. Weg, nur weg! Weg von diesen Ungeheuern, die mit ihr lachten und scherzten und ihr von hinten ein Messer ins Herz stachen.

»So warte doch«, Hubert hatte sie eingeholt. »Was ist denn nun schon wieder los?« Gaby blieb schwer atmend stehen, sah ihn an. Er war blaß unter der frischen Riviera-Bräune, aber er lächelte.

»Was tust du schwierig!«

»Du Scheusal!«

Sie hob ihre Hände, um das Lächeln von seinem Gesicht zu kratzen. Um endlich einmal zu sehen, was darunter war. Er hielt ihre Hände fest. »Nimm dich zusammen«, sagte er und lächelte nicht mehr. Sie brach zusammen, weinte, schluchzte. Er tröstete sie. »Ich wußte wirklich nicht, daß sie hierherkommen wollte. Ja, ein Zufall. Ich habe sie einmal angerufen, so aus Jux und Tollerei. Vielleicht, ich kann mich wirklich nicht mehr daran erinnern, habe ich gesagt, daß wir wieder nach La Gueglia fahren. Aber verabredet habe ich mich nicht. Wie könnte ich! Ich liebe doch nur dich, Gaby. Ich will dich nicht verlieren.«

Was sollte sie glauben? Er war rührend zu ihr. Während ihres folgenden Migräneanfalls versorgte er die Kinder, brachte er ihr Eistee, kühlte er mit Kompressen ihren schmerzenden Kopf. »So einen Mann möchte ich auch einmal haben«, sagte Natalie. »Zumindest, wenn ich überhaupt einmal einen will.«

Gab es so einen Zufall? Gaby zermarterte ihren schmerzenden Kopf. Und dieses unechte Theater bei der Begrüßung? Jedes Wort war Lüge und Betrug gewesen, hatte sie geglaubt zu fühlen. Hubert, der sich im Lokal andauernd die Nasenspitze rieb und mit den Augenlidern flatterte. Konnte sie denn keinem Gefühl mehr vertrauen? War sie hysterisch? Litt sie unter Verfolgungswahn? »Du mußt mir vertrauen«, sagte Hubert. »Du mußt mir glauben. Ich habe wirklich keine Lust, immer wieder gegen deine unberechtigte Eifersucht anzukämpfen.« Ganz ruhig sagte er das. Er war nicht böse oder verletzt. Ein Mann, der über allem stand. »Eifersucht ist ein erniedrigendes Gefühl. Davon mußt du dich freimachen.« Scherzend hatte er sie geküßt. »Du kennst doch den weisen Spruch: ›Eifersucht ist eine Sucht, die mit Eifer sucht, was Leiden schafft.‹«

Suchte sie mit Eifer etwas, das sie leiden ließ? Ja, sie litt. Litt wie ein Hund, der Angst hatte, wieder getreten zu werden. Aber er sagte, sie bildete sich das alles nur ein. Es lag alles nur an ihr. Sie mußte ihm vertrauen, sagte er. Sie wollte nicht leiden.

Jede Woche kaufte Hubert sich sein Porno-Heft. Gaby hatte ganz zu Anfang ihrer Ehe, als ihre Welt noch in Ordnung schien, einmal zufällig eins in seinem Aktenkoffer gesehen. Vielleicht auch nicht so zufällig, weil Hubert sie gebeten hatte, etwas für ihn aus dem Aktenkoffer zu holen. Sie hatte das Blatt in die Hand genommen, und die auf Hochglanz polierten Großaufnahmen des Beischlafs hatten sie erröten lassen. Und sie erregt. Als Natalie und Manfred im Bett waren, hatte sie ihn gefragt, ob er solche Hefte öfter lese. »Ja«, hatte er unumwunden zugegeben und sie auf seinen Schoß gezogen. »Findest du das schlimm?« Sie hatte sich an ihn geschmiegt und an ihre eigene, so plötzlich aufgeflammte Erregung gedacht. »Nein«, sie suchte zögernd nach Worten. »Es hat nur so gar nichts mit dem zu tun, was ich für dich empfinde. Ich meine, es ist nur purer Sex.« Er hatte sie zärtlich geküßt. »Natürlich ist das nur purer Sex. Aber es ist ganz aufregend, sich so etwas einmal anzusehen. Alle Männer tun das.« Solche Sätze konnte sie nicht widerlegen. Sie glaubte sich zu erinnern, daß Robbie auch hin und wieder irgendwelche Magazine las, die er bei ihrem Eintreten blitzschnell verschwinden ließ. Damals hatte sie auch nicht damit konfrontiert werden wollen. Bei Hubert war alles anders. Sie wollte ihn verstehen, begreifen, wie er sich fühlte. Als er dann vorschlug, sich zusammen mit ihm ein Heft anzusehen, war sie darauf eingegangen. Es hatte ihrem Beisammensein in der Nacht eine neue, leidenschaftliche Note gegeben.

Das war sieben Jahre her.

In der Zwischenzeit erregten Gaby die Hefte nicht mehr. Sie hatte zuviel über Prostitution und pornografische Filmemacher gehört und gelesen. Wie die jungen Mädchen drogenabhängig gemacht und ausgebeutet werden. Wie erniedrigt sich gerade die in den Heften abgebildeten Frauen fühlen. Wie sehr Frauen in diesen Zeitschriften als reine Sexobjekte dargestellt werden. Doch es war nicht nur deswegen, daß Gaby im Laufe der Zeit die Hefte verabscheute. Immer öfter hatte Hubert die Hefte als Vorlage für seine Wünsche und Träume gebraucht. »Das möchte ich mit dir erleben«, sagte er und zeigte ihr im Bett Abbildungen von Gruppensex. Und wie immer wußte sie nicht, ob es nur seine Phantasie war oder ob er seine Phantasien in die Wirklichkeit umsetzen wollte. Wenn sie ihn bei Nacht im Bett danach fragte, sagte er, daß er alles mit ihr erleben wolle, nur mit ihr und mit keiner anderen.

Wenn sie ihn bei Tag in einem ihrer Briefe beschwor, daß sie nur mit ihm schlafen wolle, brachte er ihr einen Strauß Blumen mit, küßte sie und sagte, sie solle sich keine Gedanken machen.

Reden, richtig reden, konnte sie mit ihm nicht darüber.

In letzter Zeit las er ihr im Bett auch Kontaktanzeigen aus den Heften vor. »Liberales Paar sucht Gleichgesinntes.« – »Sie, bisexuell, sucht tolerantes Ehepaar.« – »Temperamentvoller ER will gern der Dritte im Bunde sein.« – »Du siehst«, sagte er, »andere Menschen erfüllen sich auch ihre Träume.« – »Du meinst, das sind richtige Anzeigen?« Gaby hatte bisher immer geglaubt, daß die

Anzeigen, genau wie die sogenannten erotischen Geschichten, reine Phantasieprodukte waren. »Nein, die sind echt. Das sind Menschen wie du und ich. Menschen, die in einer festen Beziehung leben. Die sich aufeinander verlassen können. Menschen, die über kleinbürgerlicher Eifersucht stehen.« – »Du vielleicht«, sagte Gaby und drehte ihm den Rücken zu. »Ich stehe nicht darüber.«

Wenn das Bettgespräch diesen Punkt erreicht hatte, ließ er sie in Ruhe, oder er streichelte sie und sagte, wie sehr er sie liebe und daß er alles für sie tun würde und daß er alles nur mit ihr erleben wolle. In den letzten Monaten war ein bedrohlicher Satz hinzugekommen. »Ich will alles nur mit dir erleben – aber ich weiß nicht, ob ich dir immer treu sein kann. Ich meine, wenn du nicht zusammen mit mir . . .« Am liebsten hätte sie sich die Ohren mit beiden Händen fest zugehalten. Oder noch lieber hätte sie laut geschrien: »Nein, nein, nie, nie!« Aber sie hielt sich nicht die Ohren zu, und sie schrie nicht. Sie wurde ganz kalt, zitterte, und er nahm sie in seine Arme und wärmte sie. Ich werde ihn verlieren, dachte sie, eines Tages werde ich ihn verlieren. Weil ich nicht fähig bin, mich auf ihn zu verlassen, weil ich kein Vertrauen habe in eine feste Beziehung, weil ich meine kleinbürgerliche Eifersucht nicht zur Seite schieben kann.

Drei Wochen Südamerika standen vor der Tür. Sie packte die Koffer und dachte dankbar an Ursel und Dagmar, die ihr sofort angeboten hatten, Alex und Daniel zu betreuen. »Kein Problem«, hatte Dagmar gesagt. »Fahr du man mit deinem Hubert. Daniel ist bei uns von Herzen willkommen.« – »Ja«, sagte Ursel, »und ich freue mich auf Alex. Dann fühle ich mich nicht so allein.«

Da schwang etwas in ihrer Stimme mit, das Gaby nicht deuten konnte. Vielleicht auch nicht deuten wollte. Beschämt wagte sie sich selbst kaum einzugestehen, daß sie jetzt sogar schon auf ihre beste Freundin eifersüchtig war.

Wie tief war sie gesunken! Aber wenn Ursel und Hubert zusammen in einem Zimmer waren, stand da eine Spannung im Raum, die sich beklemmend auf ihre Brust legte, die sie den Atem anhalten ließ. Hin und wieder bildete sie sich ein, daß die beiden einen Blick wechselten, der so viel zu sagen schien. Einbildungen natürlich, alles Wahnvorstellungen. Ihre allerbeste Freundin, die sie mütterlich umsorgte, Alex' Patentante, nein, es war absolut lächerlich. Sie war wohl doch, wie das Schimpansenbaby in dem Film, beschädigt, hatte in ihrer Jugend zuwenig an Liebe empfangen. Sie war nicht fähig, eine tiefe, reine Freundschaft zu empfinden. Dabei fühlte sie sich gerade mit Ursel so eng verbunden. Diese anderen, unaussprechlichen Ängste mußte sie ganz tief hinunterschlucken. Und Ursel ein wenig extra verwöhnen. Öfter einmal einen Strauß Blumen mitbringen oder ein kleines Geschenk. Es war rührend, wie Ursel dann errötete und sich freute.

Drei Wochen Südamerika waren ideal. All die dummen Gedanken würden dann endlich zum Schweigen kommen. Es wird wunderbar werden, hatte Hubert ihr ins Ohr geflüstert. Nur wir beide.

Drei Wochen Südamerika waren auch in anderer Hinsicht ideal. In Südamerika gab es bestimmt keine Möglichkeit zu allen möglichen sexuellen Spielchen. Die Männer der Gesellschaft bewachten eifersüchtig ihre Frauen. Die Freiheiten, die sie sich selbst herausnahmen, spielten sich außer Hause ab. Krankheiten gab es da, Drogen und Unterwelt. Dieses Risiko würde Hubert nicht auf sich nehmen, glaubte Gaby zu wissen. Drei Wochen lang brauchte sie sich keine Gedanken zu machen, wann Hubert sie vor die Entscheidung stellen würde: »Entweder – oder!« Natürlich würde er ihr die Entscheidung überlassen, das hatte er ihr schon vor Jahren versprochen. Ich werde nie etwas tun ohne deine Zustimmung, hatte er gesagt. Ach, und vielleicht, wenn die Reise sie wieder dichter zusammenbringen würde, verschwanden all die Ideen und Phantasien. Er liebte sie doch. Er wollte ihr doch nicht weh tun?

»Das Schönste an so einer Reise«, sagte Gaby und nahm mit Tränen in den Augen Alex und Daniel in die Arme, »ist, wenn man sicher wieder zu Hause ist. Ich habe euch so vermißt.« Sie ließ sich von Alex abschmatzen und zog Daniel zu sich auf den Schoß. »Ihr habt mir gefehlt.« Auch Manfred murmelte etwas, das beinahe so klang wie: »Schön, dich wieder in Reichweite zu haben.«

Schön waren natürlich auch die Fotos, die sie stolz im Freundeskreis zeigen konnte. Prächtige Fotos von dem Luxus-Hotel in Medellin, von der Innenstadt, von verschiedenen Partys. Der gesellschaftliche Höhepunkt war ein großes Essen im »Mexicana« gewesen, bei dem ihr der Präsident der Gesellschaft eine goldene Brosche mit einem großen Smaragd ans Kleid steckte. »Für unsere Botschafterin des guten Geschmacks.« Auf seiner Finca, dem üblichen Wochenendhaus in Kolumbien, verbrachten Hubert und sie die einzigen Tage ohne gesellschaftlichen Trubel. Aber Gaby fühlte sich allein. Sie konnte die Mauer zu ihm nicht durchbrechen. Eines Nachts – sie saß allein vor dem Kamin und starrte in die bläulich lodernden Flammen und fragte sich, was es nur sei, von dem sie fühlte, daß es an ihr fraß wie das Feuer an dem Holz – da hörte sie draußen Musik, Gitarren und eine Ziehharmonika. Hubert kam aus dem Schlafzimmer zu ihr. »Wir bekommen eine Serenade.« Er schien aufgeregt. »Eine besondere Ehrung für besondere Gäste.« Verschiedene Geschäftsfreunde, die sie schon oft unter ihrem eigenen Dach empfangen und verwöhnt hatte, hatten sich zusammengefunden und brachten ihnen ein musikalisches Ständchen. Die Männer kamen herein, und die ganze Nacht hindurch wurde gesungen, gespielt, getrunken und gegessen. Gaby sah öfter zu Hubert, der vollkommen in seinem Element war. Er lachte, scherzte, trank. Er schien sie vollkommen vergessen zu haben. Sie existierte nicht für ihn. »Das ist alles für dich«, sagte Maria, Herrn Orlandos Frau, zu ihr. »Alle Männer schwärmen von dir und deiner Gastfreundschaft.« Für mich, dachte Gaby. Wieso für mich? Warum berührt es mich nicht? Warum fühle ich mich so schrecklich einsam?

Vielleicht wird es in der Boyaca besser! Hubert hatte für eine Woche einen Renault gemietet, und von einem Hotel in Sochagota aus wollten sie die dort besonders idyllische Landschaft erkunden und alte, spanische Kirchen und Kathedralen besichtigen. Duitema war ihre erste Station. In dem uralten Kirchenmuseum entdeckte Gaby stets neue Schätze. Für kurze Zeit konnte sie Hubert mit kindlicher Freude auf all das unfaßbare Schöne hinweisen, das vor mehr als dreihundertfünfzig Jahren soviel Unglück ins Land gebracht hatte. Die alten Madonnenstatuen umhüllten Mäntel mit dickem Blattgold. An den verwitterten Kruzifixen schimmerten Rubine und Smaragde. Im Innengarten des Museums verbreiteten Rosen und Orchideen einen betäubenden Duft. Dazwischen rankten seltene tropische Gewächse, und ein goldfarbener Springbrunnen sprühte kristallklares Wasser in auf- und abschwellenden Fontänen in die flimmernde Hitze. »Wie im Paradies.« Gaby wurde ruhig von soviel Schönheit. Hubert legte schweigend den Arm um sie. In Mongui besuchten sie eine Kathedrale. Neben dem üblichen Prachtbau war diesmal auch der Ort besonders sehenswert: uralte, weißgetünchte Steinhäuser umringten die sandsteinfarbige, zweitürmige Kirche wie die Lämmer ihren Hirten. Verstohlen betrachtete Gaby die Indios, die trotz der Hitze unter dunklen Ponchos auf den Treppenstufen im Schatten des Vordaches des Gotteshauses saßen. Sie trugen alte, spekkige Filzhüte tief ins Gesicht gezogen und dösten vor sich hin. Was ging in diesen Menschen vor? Kannten sie Ängste und Sorgen wie sie? Oder waren sie durch jahrhundertelange Not abgestumpft und gottergeben?

Hubert war mehr weltlichen Gedanken zugewandt. »Es wird Zeit, daß wir etwas Leckeres zu essen bekommen«, hatte er gesagt. »Auf zum Lago de Tota. Da soll es die besten Forellen in ganz Kolumbien geben.« Er ist und bleibt ein Genießer, dachte Gaby und nahm mit leisem Bedauern Abschied von diesem Ort der Ruhe und des Friedens.

Der Weg zum See war nicht gepflastert, und Gaby fühlte selbst zwischen den Zähnen noch feine Sandkörner. Als sie den See sah, hielt sie wieder den Atem an: Wie eine dunkelblaue Perle lag er zwischen den braunen Hügeln eingebettet. Der Renault holperte und stolperte über die Landstraße, die auch vor dreihundert Jahren nicht viel schlechter gewesen sein konnte. »Mist«, hatte Hubert auf einmal geschimpft, und das war für ihn eine besonders gefühlsbetonte Äußerung. Er hatte eine große Kuhle nicht rechtzeitig gesehen und war zu schnell hineingefahren. Es gab einen Ruck, der Wagen zuckelte langsam weiter, allerdings mit dem Fahrgeräusch eines mittleren Hubschraubers. Hubert stieg aus, um sich den Schaden anzusehen. Gaby rutschte tiefer auf ihren Sitz. Die Vorstellung, daß etwas Ernstes am Auto kaputtgegangen sei, war in dieser Einöde alles andere als erfreulich. »Auspuff am Motor abgebrochen«, stellte Hubert nach einer kurzen Untersuchung des Schadens fest und knallte die Motorhaube zu. »Schlimm?« Hubert startete und fuhr langsam weiter. »Na ja«, murmelte er vage und las laut das Dorfschild, das vor ihnen auftauchte. »Aquitania. Da haben wir ja noch einmal Glück gehabt.«

Bei einer Tankstelle erkundigte er sich, ob man den Schaden reparieren könne. Doch der junge Mann in zerrissenen Jeans schüttelte den Kopf und wies auf ein kleines

Steinhaus am Fuße des Hügels. »Armando, Armando«, wiederholte er. »Armando mecanico.« Die Werkstatt erwies sich als ein Hof mit viel altem Schrott, einigen Autowracks und drei gleichmütig schauenden Indios. Einer, mit einem zerlöcherten roten Pullover, öffnete die Motorhaube und besah sich den Schaden. »Schweißen«, stellte er fest und gab auf spanisch an die anderen Anweisungen. Die schleppten daraufhin ein Schweißgerät und einige elektrische Leitungen heran. Gaby fühlte sich auf ihrem Autositz äußerst unbehaglich. Die Männer schienen sie nicht zu beachten, nur hin und wieder traf sie ein verstohlener Blick unter buschigen Augenbrauen. Nachdem alle Vorbereitungen zur Reparatur getroffen waren, gab es auf einmal ein neues Problem: Stromausfall in Aquitania! Armando zuckte gleichmütig mit den Schultern: »Mañana, mañana!« Das hieß soviel wie: morgen wieder. Hubert protestierte, und nach vielem Hin und Her und einigen extra Scheinen, die den Besitzer wechselten, band Armando den Auspuff mit einem Draht fest. Hubert war zufrieden. »Not macht erfinderisch. Bis morgen wird das schon halten. In Paipa gibt es eine größere Werkstatt. Und jetzt mal sehen, wo das Restaurant ›Pozo Azul‹ ist. Die Forellen warten schon auf uns.« Gaby hatte gehofft, daß er nun auf dem direktesten Weg zurück mit ihr ins Hotel fahren würde, aber Hubert lachte: »Ich werde mir doch die besten Forellen Kolumbiens nicht entgehen lassen.« Sie schluckte das ungute Gefühl hinunter, das sie beschlich. Auch noch abergläubisch werden, verspottete sie sich selbst und sah einer mageren, schwarzen Katze hinterher, die zwischen den gelbbraunen Sträuchern verschwand. Das Lokal lag direkt am See. Man erreichte es über eine ausgetretene, steinerne Wendeltreppe, die in bizarren Krümmungen steil nach unten führte. Hubert mußte sie fest am Arm halten, damit sie überhaupt zum Restaurant hinuntersteigen konnte. Ein alter Mann, in einen Poncho gehüllt, saß am Anlegesteg und war neben seiner ausgeworfenen Angelrute eingeschlafen. »Frischer kann man Fisch nicht bekommen.« Hubert nahm erwartungsvoll Platz. Es schmeckte ihm dann auch ganz hervorragend, während Gaby versuchte, sich nichts anmerken zu lassen. Ihr war nicht gut. Sie wollte nichts anderes, als zurück zum Hotel. »Köstlich, die Mandeln zur Forelle.« Hubert wischte sich den Mund mit einer blütenweißen Serviette ab. »Können wir gehen?« fragte sie dann doch. »Stell dir vor, wenn der Auspuff nicht hält? Dann müssen wir im Auto übernachten!«

Hubert winkte gleichmütig ab. »Keine Bange. Der hält schon. Die Leute hier sind groß im Improvisieren.«

Was den Auspuff betraf, behielt er recht. Der hielt. Dafür leuchtete auf einmal vorne am Armaturenbrett eine Lampe auf. Ein pfeifendes Geräusch setzte ein. Nur mit Mühe unterdrückte Hubert ein weiteres Schimpfwort, als Gaby ihn fragend ansah. »Der Keilriemen ist zu lose.« Und nach einem Augenblick der Stille fügte er noch hinzu: »Der Motor erhält zu wenig Strom.« Gaby wollte nur eins wissen: »Können wir weiterfahren?« Draußen dämmerte es. Wie immer in Kolumbien brach dann die Nacht schnell herein. Um sechs Uhr abends war es stockdunkel. Hubert nickte, wollte schalten und hatte auf einmal den Schaltknüppel in der Hand. »Verdammt«, schimpfte er jetzt doch und fuhr den Wagen rechts an den Weg. Sie standen oben auf einem Berg und weit und breit war nichts zu sehen. Wegen der hereinbrechenden Nacht war das auch sowieso beinahe unmöglich. »Ich glaube, ich laufe zurück«, sagte Hubert nach einer Weile. »Vor ungefähr zehn Minuten bemerkte ich eine Hütte mit Licht. Ich will versuchen, Hilfe zu holen.« – »Und ich?« Gaby schauderte. »Am besten, du bleibst hier im Auto. Dann ist der Wagen auch nicht leer. Man weiß ja nie.« Gaby sah ihn starr an. »Verriegele die

Tür von innen. Dann kann nichts passieren.« Nach wenigen Schritten hatte die Dunkelheit Hubert verschluckt, wie ein Raubtier seine Beute. Gaby zog die Beine an und umklammerte sie fest mit ihren Händen. Ohne mit der Wimper zu zucken, hatte er sie allein gelassen. Nicht ein liebes Wort, bevor er sie in dieser Wildnis zurückließ. Hatte er denn kein Gefühl? Konnte er sich nicht vorstellen, wie *sie* sich fühlte? Oder war ihm das nur lästig? Ob er jemanden finden würde, der ihm helfen konnte? Und wie lange würde das dauern? Alle möglichen Schauergeschichten von überfallenen Touristen gingen ihr durch den Kopf. Die Indios waren arm. Jeder Tourist, auch wenn er sich in einem alten Renault fortbewegte, war in ihren Augen ein reicher Mann. Ihr war kalt. Das zu dünne Sommerkleid war für einen Tagesausflug gedacht. Die Nächte in den Bergen waren empfindlich kühl. Sie dachte an ihre Kinder. Vor ihrer Reise hatte sie darauf bestanden, ein Testament aufzusetzen. »Nicht wegen des Geldes. Ich weiß, daß wir keine Schätze hinterlassen, aber ich will Daniel und Alex in guten Händen wissen. Und auch für Manfred ist noch hin und wieder eine lenkende Hand angebracht.« Hubert war einverstanden gewesen. Auch mit ihrem Vorschlag, Ursel und Gerd als Vormund für die Kinder einzusetzen. »Ja, scheint mir eine ganz brauchbare Idee«, hatte er gesagt. Für sie selbst war das ein extra Vertrauensbeweis gegenüber Ursel gewesen. Sie vertraute ihr im Ernstfall das Allerliebste an: ihre Kinder.

»Das haben wir zumindest geregelt«, flüsterte Gaby und erschrak vor ihrer eigenen Stimme. Sie saß wieder gefangen in einem Käfig von Angst und Einsamkeit. Sie schloß die Augen und versuchte sich wegzuträumen, so, wie sie es früher in besonders Angst einjagenden Situationen immer getan hatte. Nach einigen vergeblichen Versuchen gelang es ihr. Sie lag auf einer grünen Wiese und fühlte die warme Sonne auf ihrem Gesicht. Neben ihr lag ein kleines Lamm, das sie im Nacken kraulte. Von weither hörte sie das Blöken der anderen Schafe. Ein fremdes Geräusch brachte sie wieder zurück in die Wirklichkeit. Hinter ihr tauchten Lichter auf. Im Lichtkegel des Scheinwerfers erkannte sie Hubert und neben ihm zwei dunkle Gestalten. Sie kurbelte die Scheibe hinunter. Fühlte Erleichterung, ihn wiederzusehen. Gesund. »Ich habe drei Indios aufgetrieben«, erklärte er ihr. »Einer behauptet, Mechaniker zu sein . . .« Er warf einen etwas skeptischen Blick auf die beiden Männer, die sich am Motor zu schaffen machten. »Ich kann sie nicht gut verstehen. Sie sind angetrunken. Am besten, du bleibst im Auto.« Als ob das im Falle eines Falles etwas helfen würde, dachte Gaby und verfluchte die Forellen am Lago de Tota. Die Männer sahen alles andere als zuverlässig aus. Ein fettiger, geflochtener Zopf schaute unter den dunklen Hüten hervor. Die Gesichter waren von der Sonne gegerbt und von vielen kleinen Wunden vernarbt. Ganz unerwartet richtete ein Indio seine Taschenlampe auf Gaby. »Su mujer?« fragte er. »Ihre Frau?« Hubert nickte. Gaby saß unbeweglich und starrte in den Strahlenkreis der Lampe. Sie war sich ihrer weißen Haut bewußt und des dünnen Stoffes ihres Sommerkleides. Es schien eine Ewigkeit zu dauern, dann schaltete der Mann die Lampe aus und herrschte die beiden Kumpane in einem unbekannten Dialekt an. Sie schienen jetzt genau zu wissen; was zu tun war. Bei der Kupplung hatte sich ein Ring gelöst. Mit viel Mühe stellten sie die Verbindung zwischen Steuerung und Kupplung wieder her. Nach einer Viertelstunde sagte einer: »Finito« und schlug die Motorhaube zu. Hubert zog aus der Hosentasche ein Bündel Scheine. Ohne sie anzusehen, nahm der Mann sie entgegen und stopfte sie irgendwo unter seinen Poncho. Schweigend ging er mit seinen Kameraden zurück zu seinem Wagen. »Nichts wie weg«, sagte Hubert und startete vorsichtig das Auto. Mit pfeifendem Keilriemen, schepperndem Auspuff und notdürftig reparierter Kupplung fuhren sie Richtung Hotel.

»Hattest du keine Angst?« fragte Gaby ihn, als sie am nächsten Morgen am Swimmingpool des Hotels lagen und auf einen Ersatzwagen warteten, der aus Bogotá gebracht werden sollte. »Ich meine, was hätte uns nicht alles passieren können?« Am hellichten Tag hatte das Geschehen etwas von seinem Schrecken verloren. Gleichmütig nahm Hubert einen Schluck von seinem Gin Tonic. »Ach, die Indios sind eigentlich ganz friedlich. Ich glaube nicht an die Gruselmärchen. Gut, wenn sie etwas getrunken haben, sieht das schon mal anders aus, aber ich bin nicht so ein Angsthase.« Und mit einem Blick auf ihr Gesicht: »Ich habe ja auch recht gehabt. Ist ja alles gut gegangen.« Er hat immer recht, dachte Gaby und ließ sich auf ihrem Liegestuhl zurücksinken. Ein Mann, der die Situation immer in der Hand hat. Mit ein paar Scheinen wird alles geregelt. Aber er hat nicht einmal nach meinen Gefühlen gefragt. Ich hatte Angst. Warum sagt er immer nur »ich, ich«. Warum nie »wir«?

»Gaby kann sich wirklich gratulieren.« Huberts Mutter strich kurz über die Hand ihres Sohnes. »So einen Mann. Wie er sie verwöhnt, was er ihr alles bietet! Wirklich, wie ein Gewinn im Lotto, mein Sohn.« Erna, ihre Freundin, nickte. »Ja, ein selten zuvorkommender Mann, der Hubert. Übrigens, die Prinzregententorte ist mal wieder ausgezeichnet. Schmeckt es dir auch, Gaby? Du bist so still?« Schnell holte Gaby das in der letzten halben Stunde verlorengegangene Lächeln zurück auf ihr Gesicht. Seitdem sie am Tisch saßen, ging es über nichts anderes als über Huberts Vorzüge, Huberts Qualitäten, Huberts Chancen bei den Frauen (er hätte ja wirklich auch andere haben können, nach seiner Scheidung). Und darüber, daß sie, Gaby, dem Herrgott dankbar sein mußte, so einen Mann bekommen zu haben. Eigentlich müßte ich jeden Tag dem lieben Gott auf den Knien danken, dachte sie und spülte die zu süße Torte mit einem Schluck Kaffee hinunter. Ich frage mich nur, warum tue ich es nicht? Ich sehe alle seine Vorzüge, seine Geduld mit den Kindern, seine stets gleichbleibende Freundlichkeit, seine Zuvorkommenheit. Ich sehe, daß er attraktiv und gepflegt ist, ich sehe ihn eine gehobene Position bekleiden, ich sehe, daß er *jemand* ist. Aber ich fühle nicht, *was* er ist, *wer* er ist. Ich fühle mich in seiner Gegenwart kalt und einsam, ich fühle stets mehr meine Beine und Hände zittern, ich fühle nachts den Angstschweiß auf meiner Stirn. Der Käfig von Angst und Einsamkeit wird stets kleiner und enger. Ich fühle, ich kann mich nicht mehr bewegen, ich . . .

»Warum antwortest du nicht, Gaby?« Sie schrak aus ihren Gedanken, sah sich verwirrt um. »Entschuldigung, ich habe nicht zugehört.«

»Mutter sagte, daß sie sich schon auf den Besuch bei uns freue. Zum Nikolaus, wie jedes Jahr.« Gaby verstärkte das Lächeln auf ihrem Gesicht. »Ja, sehr schön. Wir freuen uns auch.« Huberts Mutter kam jedes Jahr zum Nikolaus. In den Niederlanden wurde am Nikolaustag das Gabenfest für jung und alt gefeiert. Huberts Mutter fand es prächtig. Der persönlich anwesende Nikolaus (für fünfundzwanzig Gulden bei einer Nikolausvereinigung gemietet), die zwei schwarz angemalten Knechte, in Holland »Pieten« genannt, der große Sack mit Geschenken, natürlich ein besonderes Festessen, das alles war ganz und gar nach ihrem Geschmack. Einen besonderen Akzent gaben die Gedichte, die man über einander machte und in denen man kleine Schwächen humorvoll kritisieren durfte. Hubert hatte es sich zur Gewohnheit gemacht, ein Gedicht über das letzte Jahr zu verfassen, in dem er besondere Ereignisse noch einmal in Reimform aufs Papier brachte. Und immer, immer stand darin, wie sehr er sie liebte.

Sie sah zu Hubert, der die Lobhudeleien seiner Mutter ohne Kommentar über sich hatte ergehen lassen. Wahrscheinlich war er einfach nur zu gut erzogen, um seiner Mutter im Beisein ihrer Freundin zu widersprechen. Bestimmt war es ihm auch unangenehm, so in den Himmel gepriesen zu werden. Sein Harmoniedenken war nur so ausgeprägt, daß er jeder Diskussion aus dem Wege ging. Auch mit seiner Mutter. War das nicht eine gute Eigenschaft? Sie wollte selbst auch nichts anderes, als in Frieden zu leben. Aber ihr glückte es nicht. Aber bei ihr lag die Sache natürlich anders. In ihrem Innern war eine Schlangengrube. Da züngelten immer wieder aus der Vergangenheit giftige Zungen empor, die ihr Denken und Fühlen vergifteten. Mit Tabletten konnte man die Schlangen im Zaum halten, dann waren ihre Angriffe weniger heftig, sie bäumten sich auf, zischten, aber sanken zurück, bevor sie einen tödlichen Biß anbringen konnten. Alkohol half auch. Nicht zuviel, nur soviel, daß sie wie auf Watte ging, die spitzen Steine auf dem Weg-wer-weiß-wohin nicht bei jedem Schritt fühlte. Hubert hatte nichts zu verbergen. Er kam aus einem guten Elternhaus, aus einem guten Stall, wie es seine Mutter genannt hatte. Er war ein Mann, den alle liebten und schätzten. Einer, der immer für Freunde und Nachbarn bereitstand, um zu helfen. Einer, der seiner ersten Frau den Fehltritt vergeben und das Kind als seines akzeptiert hatte. Ein guter Mann. Sie sollte wirklich dem lieben Gott auf den Knien danken. Sie hatte so einen Mann nicht verdient. Manchmal glaubte sie ihm anzumerken, daß er ihre geheimsten Gedanken errate, daß er ihre Ängste spüre. Kein Wunder, daß er sich dann zurückzog. Ihm mußte doch hin und wieder schaudern vor ihr. Er, der so ehrlich und aufrichtig war. Der selbst das Risiko auf sich nahm, daß sie ihn verkehrt begreifen könne. Es war doch ein Vertrauensbeweis, daß er im Bett so offen mit ihr über seine Wünsche sprach? Daß er ehrlich zugab, daß er für seine Treue nicht mehr garantieren könne, wenn sie nicht zusammen mit ihm zu einem Sexklub gehen würde. Ja, das wollte er. Bei den Anzeigen wußte man doch nicht genau, wer dahinter steckte. Aber in einem Sexklub, da konnte man sich Partner à la carte bestellen. Er konnte seinen Hunger nach anderen Frauen auf diese Art und Weise befriedigen, und sie, ach sie würde es wahrscheinlich auch toll finden, sagte Hubert. Auf jeden Fall fand er es eine aufregende Idee, daß sie mit jemand anders schlafen würde. Daß sie das nicht begriff, das lag natürlich an ihrer kleinbürgerlichen Einstellung. Wenn man sich wirklich liebte, sagte Hubert, ging es um die geistige Basis. Und die war doch bei ihnen stabil und ausgewogen, sagte Hubert. Der körperliche Akt, das war nur ein Teil der Liebe. So wie mit ihr würde es natürlich mit anderen Frauen nie sein, sagte Hubert, denn sie liebe er ja, aber aufregend und toll, das würde es schon sein. Sagte Hubert.

»Es wird der größte Empfang des Jahres«, sagte Hubert, »der große Boß läßt bitten.« Gaby reichte ihm das Fleisch. »Ich habe dir Rouladen gemacht. Mit einer Karotte darin, wie du es von deiner Mutter gewöhnt bist.« Hubert schnitt sich ein kleines Stück von der Fleischroulade ab. Er nahm grundsätzlich nur kleine Bissen. Er kaute langsam. Gaby sah ihn abwartend an. »Ja, schmeckt ausgezeichnet.« Er prüfte noch einmal. »Hast du das Fleisch auch vor dem Braten mit Senf eingerieben?« – »Ja, habe ich. Warum, ist sie doch nicht gut?« – »Nein, wirklich, ganz gut. Ja, wirklich.« Er lächelte ihr beruhigend zu. – »Du kannst dir ein neues Kleid kaufen, für den Empfang, meine ich. Und ein Friseurbesuch ist auch drin. Setze ich ab über Werbungskosten.« Gaby sah auf ihre Roulade. Sie haßte es, Rouladen zu machen. Das rohe Fleisch in die Hand nehmen zu müssen, bestreichen, die Karotte, Zwiebel und Speckstückchen fest darin einrollen, den Bindfaden darum herumbinden, sie schüttelte sich. Ihre Hände waren hinterher beschmiert mit Blut und Senf. Aber das Ergebnis war wohlschmeckend. Und es kam doch nur auf das Ergebnis an. Sie würde sich hübsch machen. Ein neues Kleid, ein Friseurbesuch.

Bei dem letzten Geschäftsessen hatte die Frau von Huberts Chef ihr ein Kompliment gemacht. »Reizend, wie Sie aussehen. Wirklich, ganz reizend.« Und dann hatte sie sie etwas gefragt. Eine Frage, die Gaby ihr auch nicht hatte beantworten können. »Was tun Sie, liebe Gaby, wenn Sie eines Tages weniger attraktiv aussehen?« Am Tisch herrschte eine betretene Stille. Alle sahen zu Gaby. Sie war blutrot geworden. Sie fühlte die Herausforderung. Man dachte, sie sei nichts anderes als hübsch. Das reizende Anhängsel von Hubert. Sollte sie sagen, daß sie Angst davor hatte? Nicht wegen sich selbst, aber wegen Hubert? Sie durfte ja nicht einmal ihre Haare kürzer schneiden lassen. Würde er auch eine alternde Gaby lieben? »Ich hoffe«, sagte Gaby in die Stille hinein und war froh, daß ihre Stimme nichts von ihren Gedanken verriet, »daß bis dahin jeder erkannt hat, daß eine Frau mehr ist, als nur ein dekoratives Aushängeschild.« Frau Barsch aus Ecuador hatte geklatscht. »Ausgezeichnet gesagt, liebe Gaby, wirklich, ausgezeichnet. In gewissen Kreisen denkt man auch heute noch, daß ein Mann mit den Jahren reifer wird, eine Frau dagegen wird nur älter.« Das Gespräch hatte wieder eine allgemeine Wendung genommen.

»Ja, ich muß unbedingt mal wieder zum Friseur.« Sie strich ihre Haare aus dem Gesicht. »Ein paar Zentimeter müssen wirklich daran glauben.« – »Geh nur.« Hubert lächelte ihr abwesend zu. Er war mit seinen Gedanken weit weg. Wo war er? Wenn sie ihn fragte, erzählte er etwas von der Firma, von seinem letzten Besuchsbericht oder was Kollege X zu Kollege Y gesagt hatte. Waren Männer so anders? Dachten Männer nie über Gefühle nach? Hatten Männer keine Ängste?

Im letzten Jahr waren ihre Ängste immer größer geworden. Sie funktionierte in Streßsituationen nur noch mit Tabletten, zusammen mit einer gewissen Dosis Alkohol. Streß bedeutete alles, was sie außerhalb ihrer eigenen vier Wände tun mußte. Jeder Einkauf wurde zum Spießrutenlaufen, jede Besorgung eine Angstpartie. Aber am schlimmsten waren Empfänge. Geschäftsessen waren weniger gefährlich, weil man sich beim Aperitif an der Bar festhalten konnte, und zum Essen konnte man sich hinsetzen. Der kritische Punkt war, daß sie rechtzeitig im Lokal war, so daß sie nicht von einem zum anderen gehen mußte. Dann wurde sie von allen angesehen, dann zitterten ihre Beine, dann konnte sie ohne Huberts Arm nicht mehr gehen. Empfänge waren die Hölle. Man war gehalten, entspannt von einem zum anderen zu gehen, stehen zu bleiben, anmutig aus einem Glas etwas zu trinken und zwischendurch von einem gereichten Tablett ein Häppchen zu nehmen. Das bedeutete für Gaby, alleine stehen zu müssen. Sie konnte schon seit Jahren nicht mehr alleine stehen. Natürlich gab es Tricks. Die Gastgeber begrüßen und sich dann mehr oder weniger anmutig gegen eine Kommode lehnen. Dann hatte sie eine Stütze im Rücken, dann ebbte die Panik ab. »Du mußt eben mitkommen, jemanden begrüßen«, forderte Hubert hin und wieder. Dann klammerte sie sich an seinem Arm fest und begrüßte, lächelte und hoffte, daß niemand die Schweißtropfen bemerkte, die ihr im Nacken hinunterrannen. Kalter Angstschweiß! Irgendwann einmal breche ich zusammen. Zwischen all diesen lächelnden, wohlgekleideten Menschen breche ich zusammen, und dann liege ich vor ihren Füßen.

Gaby setzte ein Kreuz auf den vierundzwanzigsten Mai.

Am vierundzwanzigsten Mai war der Empfang beim großen Boß. *Der* Empfang des Jahres, sagte Hubert. Sie ließ die Kalenderblätter durch ihre Finger gleiten. In letzter Zeit hatte sie noch eine andere Marotte entwickelt. Immer, wenn sie eine Verabredung auf den Kalender schrieb, einen Arztbesuch, einen Elternabend, eine Kaffee-Einladung, immer fragte sie sich: Was wird dann sein? Ist »es« dann geschehen?

Sie wußte nicht, was »es« war. Sie wußte nur, und das wußte sie ganz genau, daß danach alles anders sein würde. Nie wieder würde es so sein, wie es heute war. »Es« war die Zeitbombe, die zu ticken begonnen hatte.

Als Gaby am Mittag des vierundzwanzigsten vom Friseur zurückkam, hatte Hubert einen Moment unwillig die Augenbrauen zusammengezogen, dann hatte er gelächelt. »Sieht ganz nett aus, ja. Und wachsen tun sie ja auch wieder!« Früher hatte er gesagt, daß er sie nicht mehr lieben würde, wenn sie sich die Haare kürzer schneiden lassen würde. Vielleicht trat das jetzt ein. Sie hatte von ihren Haaren etwas abschneiden lassen, mindestens fünf Zentimeter. Und doch war es ein Kompromiß: halblang. Mit halblangem Haar wirkte sie nicht wie ein ältlicher Teenager, es sah jugendlich aus, aber nicht lächerlich. »Ja, wirklich, ganz nett«, sagte Hubert. Kein Wort natürlich, daß er sie jetzt nicht mehr liebe. Ihre Haarlänge war ihm egal. Sie nahm eine weitere Beruhigungspille. Das neue Kleid stand ihr gut. Weinrot mit einem leichten Goldglanz. Während sie sich zurechtmachte, ein wenig grünen Lidschatten auf die Augenlider, die Wimpern tuschen, den Mund mit der gleichen Farbe ausmalen, die das Kleid hatte, glaubte Gaby, eine Puppe anzumalen. Ein hübsches Gesicht, dachte sie, eine Maske, die noch beinahe makellos die Schlangen im Zaum halten konnte. Sie nahm noch eine Tablette und spülte sie mit einem Martini hinunter. Hubert hatte einen neuen, weißen Anzug an. Hatte er sich in Kolumbien machen lassen. »Maßanzug«, sagte er und lächelte abwesend. Er sah wunderbar aus. Ein Herr vom Scheitel bis zur Sohle. An ihm war nichts auszusetzen.

Die Begrüßung beim »großen Boß« war angemessen. Freundlich die Hand schütteln. Bloß nicht zu lange stehenbleiben! Gaby sah sich gehetzt um. Wo war eine Kommode, ein Tisch, an den sie sich lehnen konnte? »Meine Frau, sie haben meine Frau noch nicht begrüßt!« Eine reizende Frau, bester Stall, das konnte man sehen. Moderne Kurzhaarfrisur, lebhafte Augen. Mehr als nur eine reizende Maske. »Darf ich Ihnen etwas zu trinken anbieten?« Ein echter Butler reichte ihr ein Tablett. Einen Whisky, dachte Gaby. Ein Whisky, das ist anderer Tobak. Mit einem Whisky konnte sie vielleicht später auch alleine stehen.

»Ach, Gaby, reizend, dich wiederzusehen.« Sie schüttelte ein paar Hände, fühlte an ihren Wangen vorbeigehauchte Küsse. »Wo ist denn der liebe Hubert?« Sie hörte ein melodisches Lachen. »Ja, ich sehe ihn schon. Dahinten bei den Damen. Natürlich, wie könnte es auch anders.« Wieder das melodische Lachen. Oder war es höhnisch? Gaby lehnte sich fester gegen die Kommode. »Darf ich der Dame noch etwas zu trinken reichen?« Der Butler stand mit wissendem Lächeln neben ihr. »Sie dürfen. Danke!« Der Whisky war goldbraun und schmeckte noch immer so scheußlich wie bei dem ersten Glas. »Meine Liebe, da sind Sie ja. Gerade fragte ich Ihren Mann, wo ist denn Ihre reizende kleine Frau?« Links und rechts ein paar Küsse. »Gut schauen Sie aus. Ein entzückendes Kleid. Auch in Den Haag gekauft? Ich finde, in Arnheim findet man nichts. Aber auch wirklich nichts.« – »In Deutschland«, sagte Gaby und wunderte sich, daß ihre Zunge Mühe mit dem »sch« hatte. »In Kleve.« Das klang besser. Kein »sch«, mit dem ihre Zunge Mühe zu haben schien. »Sch« wie schade, Schande, Scheiße. Was würde geschehen, wenn sie laut ›Scheiße‹ rufen würde? Scheiße, Scheiße, Scheiße! Lieber nicht. Hubert müßte sich ihrer schämen. Er könnte nicht mehr stolz sein auf seine kleine Frau. »Kann man da wirklich etwas kaufen? In Kleve? Interessant!« Gaby sah die Frau vor sich an. Nein, vielleicht konnte ›man‹ in Kleve doch nichts kaufen. Sie hatte keine Ahnung, ob das, was ihr Gegenüber trug, vielleicht von einem besonderen Modemacher stammte, ob es irgendein Designerkleid war. Sie konnte, aber ob ›man‹ konnte? »Man muß sich auskennen«, sagte sie und lachte ein wenig albern. Sie kannte sich aus. ›Man‹ wäre erstaunt, wie sehr sie sich auskannte. Die reizende kleine Frau! »Müssen Sie mir unbedingt einmal verraten.« Verraten, ja, eines Tages würde sie alles verraten. Dann konnte sie die Schlangen nicht mehr im Zaum halten. Dann würde die Maske zerbrechen und aus ihrem Gesicht würden die Schlangen kriechen. »Lieben Sie Schlangen?« fragte sie die Frau, die neben ihr im Aschenbecher eine Zigarette ausdrückte. »Als Handtasche, ja, hinreißend!« Gaby lachte. Ihre Brust tat ihr weh. Sie fühlte Huberts Griff am Arm. »Du solltest dich vielleicht besser setzen. Ich bringe dir etwas vom kalten Büfett.« Er führte sie zu dem vornehmen kleinen Biedermeier-Sofa. »Ich komme gleich zurück.« Für einen Moment schloß sie die Augen. Was für ein Wirrwarr von Stimmen. Auf- und abschwellend wie Wellen. Wellen, die die Steine auswaschen. In La Gueglia hatte sie nachts die Wellen gehört. Marie-Luise war in La Gueglia gewesen. Du mußt mir vertrauen, hatte Hubert gesagt. Ja, mußte sie. Vertrauen war die Basis, das Fundament. Ohne Fundament kein Haus. Ohne Fundament konnte man nicht stehen. »So einen Mann möchte ich auch haben.« Das war die Stimme von vorhin. »Wie Hubert Sie verwöhnt.« – »Ja, wirklich.« Gaby sah zu Hubert hoch, der ihr einen Teller voll mit kleinen Köstlichkeiten reichte. Wie groß er war. Er reichte beinahe bis in den Himmel. Pappi hatte auch bis in den Himmel gereicht. Wenn er über ihr gestanden hatte. Auf sie herabgesehen hatte.

»Aal«, sagte Hubert. »Ich habe dir auch von dem leckeren Aal etwas mitgebracht.« Aal war fett. Wie fette Schlangen. Aas fraßen sie. Davon wurden Aale so fett. Was fraßen ihre Schlangen? Sie fraßen sie bei lebendigem Leib. Sie stopfte sich den Aal in den Mund. Und ein Häppchen mit Krabben. Und eins mit Lachs. Und kaute. Schlukken mußte sie, alles hinunterschlucken. »Russischer Kaviar«, sagte Hubert. Auch gut, blauschwarze Fischeier. Kauen, schlucken. »Darf ich der Dame noch etwas zu trinken reichen?« Schon wieder der Butler. Er lächelte. »Nein«, sagte Hubert. »Ja«, sagte Gaby. Das war das letzte, was sie sagte. Kaviar, Lachs und Krabben kamen wieder hoch. Sie schluckte sie wieder hinunter. Sie zog sich an Huberts Arm hoch, taumelte. »Ich bringe dich hinaus«, flüsterte er nach einem Blick auf ihr Gesicht. All die vornehmen Leute schienen auf einmal schräg zu stehen. Komisch, daß sie nicht fallen, dachte Gaby. Aber die können das. Können ganz schräg stehen und fallen nicht. Ich falle auch nicht, ich habe ja Hubert. Sie fühlte seinen eisernen Griff um ihren Arm. Du tust mir weh, wollte sie sagen, aber da waren schon wieder Kaviar und Aal. Sie schluckte. Gott, was schmeckte das scheußlich. Frische Luft! Sie lehnte sich gegen den Türpfosten, versuchte tief durchzuatmen. »Komm zum Auto«, sagte Hubert. »Bevor uns jemand sieht.«

Natürlich, niemand durfte sie so sehen. Sie machte ihm Schande. Aber da war es schon zu spät. »Geht es Gaby nicht gut? Kann ich helfen?« Die reizende Frau vom großen Boß tauchte hinter Hubert auf. Ihre lebhaften Augen sahen sie besorgt an. Gaby lächelte und wollte sagen, daß alles ganz prima sei, ein reizender Abend. Sie öffnete den Mund, holte Luft, und dann war es zu spät. Krabben, Aal und Lachs und eine braune Brühe ergossen sich über ihr entzückendes Kleid, und als sie sich entsetzt vornüberbog, auch über die Füße ihrer Gastgeberin. Seidenschuhe, dachte Gaby, Seidenschuhe von Bally. Sie würgte und würgte und kotzte alles aus sich heraus. Aal und Krabben und Whisky! Die Schuhe waren verschwunden. Jemand kam mit einem Eimer Wasser. »Komm jetzt«, sagte Hubert, und ganz freundlich: »Geht es wieder?« Und zu jemand anders: »Sie ist krank. Ich werde den Arzt rufen.«

»Morgen rufe ich Dr. Rehbein«, hatte Pappi vor Jahren gesagt. »Sie ist krank. Laß sie in Ruhe.«

Ja, Ruhe wollte sie, aber die Schlangen waren nicht mehr im Zaum zu halten. Sie würgte und würgte. Hubert gab ihr im Auto eine Plastiktüte. Tränen liefen ihr übers Gesicht, Erbrochenes lief ihren Hals hinunter. Sie roch die Säure und würgte aufs neue. Irgendwie kam sie in ihr Bett. Hubert zog sie aus. Er stellte einen Eimer neben ihr Bett. Sie wimmerte. In ihrem Kopf zerplatzten Leuchtkugeln. Ich kann nichts mehr sehen, wollte sie sagen. Alles ist schwarz. Aber wenn sie den Mund aufmachte, mußte sie würgen, kotzen. Die Schlangen, dachte sie, die Schlangen wollen heraus. Sterben will ich, dachte sie, endlich sterben. Irgendwann kam der Arzt. Sie erkannte seine Stimme. »Alkoholvergiftung«, sagte er. »Tabletten und Alkohol. Fatal, äußerst fatal.« – »Ich kann Sie nicht sehen«, flüsterte Gaby zwischen zwei Wellen von sie überschwemmender Übelkeit. »Mein Kopf, er zerspringt.« – »Ruhe«, sagte der Arzt. »Drei Tage absolute Ruhe. Und dann reden wir über alles.«

Hubert sah auf sie herab. »Ich habe dir Tee gebrüht. Es ist vielleicht vernünftig, wenn du etwas trinkst.« Vernünftig! Sie fühlte sich hundsmiserabel, und er redete von vernünftig. Wahrscheinlich war er böse auf sie, schämte sich, daß seine Frau sich so benommen hatte. Schande hatte sie ihm gemacht, Schande ausgerechnet bei seinem höchsten

Chef. »Bist du mir böse?« Sie wagte nicht, ihn anzusehen. »Böse?« Er schnaubte, als wolle er vor seiner Nase ein lästiges Insekt wegblasen. »Du hast dich sinnlos betrunken, dich vor allen Leuten übergeben, warum sollte ich dir böse sein?« Sie zog die Bettdecke noch ein wenig höher. »Es tut mir leid«, flüsterte sie. »Ist ja jetzt auch nicht mehr zu ändern«, sagte er kühl. »Hauptsache, du bist bald wieder auf den Beinen. Morgen kommen die Kinder.« Sie sah auf die weiße Tür, die er leise hinter sich ins Schloß gezogen hatte. Drei Tage lag sie jetzt schon in ihrem Schlafzimmer und starrte die Decke an. Immer noch war ihr übel, und wenn sie ihren Kopf zu schnell bewegte, durchschoß ihn ein messerscharfer Schmerz. Aber sie konnte die Dinge um sich herum wieder erkennen, und sie konnte nachdenken. Sie hatte viel Zeit zum Nachdenken.

Daniel und Alex durften nur ganz kurz ins Schlafzimmer. »Mammi ist krank«, sagte Hubert und nahm sie bei der Hand. »Wir gehen nach unten etwas spielen.« Manfred wohnte seit kurzem in Utrecht. Nachdem er sein Abitur mit Hängen und Würgen bestanden hatte, wollte er in der Universitätsstadt Deutsch studieren. Anders als bei Natalie, fühlte sie, daß ihr Sohn noch nicht so weit war, um auf eigenen Beinen zu stehen. Aber sie konnte im Moment nichts für ihn tun. Sie konnte nicht einmal für sich selbst etwas tun.

Sie sollte Hubert dankbar sein, aber sie fühlte sich einsam und von allen verlassen. Nicht einmal hatte er sie in den letzten Tagen in die Arme genommen, sie getröstet. Natürlich, sie hatte sich unmöglich benommen. Aber das hatte doch einen Grund. Erst die Kopfschmerzen, dagegen hatte sie starke Zäpfchen genommen, dann die Panik, nicht stehen zu können, dagegen hatte sie Beruhigungspillen geschluckt. Na ja, und dann der Whisky bei dem Empfang. Natürlich hätte sie wissen müssen, daß sie das nicht vertragen konnte, aber wenn die Angst sie anfiel, war es, als könne sie überhaupt nicht mehr denken. Das einzige, was sie dann noch fühlen wollte, war die etwas träge Gleichgültigkeit, die alles Schmerzende um sie herum in Watte verpackte. Warum fragte er nie: »Warum?« Er sah ihren Tablettenmißbrauch, fühlte, wie sie zitterte, nahm es zur Kenntnis und fragte nie: »Warum?«

Mutti hatte auch nie gefragt. Nicht, wenn Gaby grün und blau geschlagen war, nicht, wenn sie tagelang kein Wort sagte, nicht, wenn sie Pappi freche Antworten gab. Warum, grübelte Gaby, warum? Weil man die Wahrheit nicht wissen will. Mutti hatte zu Dr. Rehbein gesagt, daß sie sich ja gleich aufhängen könne, wenn sie das glaube, was er sage. Sie konnte mit der Wahrheit nicht leben. Auf einmal fühlte Gaby, wie ihr der Schweiß ausbrach. Es schnürte ihr die Kehle zu. Sie war wie Mutti. Sie fragte auch nicht: »Warum?« Warum zitterte sie so? Warum konnte sie nicht alleine stehen? Warum ließen Angstträume sie Nacht für Nacht nicht zur Ruhe kommen? Warum mußte sie sich mit Tabletten vollstopfen, um einigermaßen funktionieren zu können? Konnte sie auch nicht mit der Wahrheit leben? Wurde sie verrückt? Litt sie unter Verfolgungswahn? Ich muß etwas tun, dachte sie und fühlte, wie die Panik sie überspülte. Ich muß wissen, was mit mir los ist. Ganz klar erkannte sie in diesem Moment, daß sie so nicht länger weiterleben konnte. Und es auch nicht mehr wollte. Aber ich will meine Kinder nicht im Stich lassen, ich will dabei sein, wenn sie langsam erwachsen werden. Ich will, daß sie stolz sind auf ihre Mutter. Sie sollen mich nie so ansehen, wie Hubert es gerade getan hatte. Ihm durfte sie es nicht übelnehmen. Sie hatte ihn enttäuscht. Sie wollte ihm zeigen, daß sie bereit war, sich zu ändern. Mühsam stand sie auf, bewegte ihren Kopf sowenig wie möglich. Sie duschte, zog sich vorsichtig an. »Mammi«, rief Alex, als sie ins Wohnzimmer kam. »Aua weg?« Daniel schmiegte sich an sie. »Bist du wieder gesund?« Sie suchte Huberts Blick, aber er hatte ihr nur kurz zugenickt. »Schön, daß du dich aufgerafft hast.« Ja, sie hatte sich aufgerafft. Mit aller Kraft. Sie wollte die Dinge, welche auch immer es waren, selbst in die Hand nehmen. Als die Kinder später im Bett waren, sagte sie es ihm. »Ich habe schon vor längerer Zeit daran gedacht, einen Psychotherapeuten aufzusuchen. Irgend etwas ist bei mir nicht in Ordnung. Dr. Jaap van Landen ist ein Anhänger der Hypnosetherapie. Vielleicht kann er herausfinden, was mit mir los ist.« Hubert sah sie aufmerksam an. »Bestimmt keine schlechte Idee«, sagte er und ließ die Zeitung sinken. »So geht es ja wirklich nicht mehr weiter.« Er dachte wahrscheinlich immer noch an ihren Eklat. Sie dachte an viel mehr. An ihre Angst, die keinen Namen hatte. An ihre schlimmsten Befürchtungen, denen sie keinen Namen geben konnte.

»Morgen«, sagte sie, »Morgen mache ich einen Termin mit ihm.« Und sie hatte das Gefühl, als beginne damit schon ein neues Leben. Sie hatte ihren Fuß über die Schwelle gesetzt. Sie wußte nicht, was sie dahinter erwartete, aber sie wußte, daß sie nicht mehr zurückwollte. Sie wollte leben.

Der Diwan stand mitten in dem großen Altbauzimmer, bedeckt mit einer bunten Patchwork-Decke. Gaby machte einige Schritte auf den Therapeuten zu, blieb vor dem Diwan stehen. »Wenn ich darauf liegen muß«, sagte sie, und es sollte wie ein Scherz klingen, »dann gehe ich lieber gleich wieder.« Jaap van Landen streckte ihr seine Hand entgegen. »Keine Angst, Sie können sich hinsetzen, wohin Sie wollen.« Er nahm ihr gegenüber Platz, nachdem sie sich nach einem schnellen Blick in die Runde für die schmale Lederbank entschlossen hatte. Sie schlug die Beine übereinander und musterte Dr. van Landen. Wie jung er ist, war ihr erster Eindruck gewesen, jung, mit schütterem Haar, lebhaften blauen Augen und einem rosigen Babyteint. »Rauchen Sie?« Sie nickte, nahm dankend mit zittrigen Fingern eine Zigarette aus seiner Packung und inhalierte ungeschickt den Rauch. Sie rauchte normalerweise höchstens mal nach einem üppigen Essen, aber jetzt erschien ihr die Zigarette wie ein Strohhalm, an dem sie sich festklammern konnte. »Erzählen Sie mir ein wenig von sich«, bat Dr. van Landen sie. »Und wenn es Ihnen nichts ausmacht, ich spreche meine Patienten lieber mit dem ›Du‹ an.« – »Macht mir nichts aus.« Eine sympathische Stimme. Eine Stimme, die sie streichelte, die ohne Worte sagte: Habe nicht solche Angst, sei ruhig, wir werden das Kind schon schaukeln. Und Gaby erzählte von sich. Sie begann bei ihrer ersten Hochzeit, den beiden Kindern, die sie aus der Ehe hatte, der Alkoholsucht Robbies und ihrer Scheidung. »Erst mit dem Umzug in die Niederlande begannen meine Beschwerden«, fuhr sie fort. »Ich bekam Angst. Obwohl ich doch gerade damals keinen Grund hatte, Angst zu haben. Ich bin mit einem wundervollen Mann verheiratet, habe noch einmal zwei Kinder bekommen und glaube langsam, daß ich verrückt werde.« In wenigen Sätzen erzählte sie von ihren Angstzuständen und dem letzten Tropfen, der das Faß zum Überlaufen gebracht hatte, der totale Zusammenbruch auf dem Empfang von Huberts Chef. »Glaubst du auch«, das ›Du‹ ging ihr noch schwer über die Lippen, »glaubst du auch, daß ich verrückt werde?« Dr. van Landen sah sie lächelnd an. Er ging nicht auf ihre Frage ein. »Deine Jugend«, fragte er statt dessen, »wie war denn deine Jugend?« Gaby hielt eine Sekunde die Luft an, bevor sie ihre Zigarette energisch in dem gläsernen Aschenbecher ausdrückte. Sie lächelte auch, beinahe ein wenig entschuldigend. »Meine Jugend«, sagte sie, »die war beschissen.« Es tat ihr gut, für ihre Jugend so einen Kraftausdruck zu gebrauchen. »Beschissen, ja. Aber meine

Jugend ist lange her. Die hat nichts mehr damit zu tun, wie ich mich heute fühle.«

Und davon war sie fest überzeugt. Als sie vor vielen Jahren von zu Hause weggegangen war, na ja, gegangen, beinahe gekrochen, hatte sie sich fest vorgenommen, daß dieses Kapitel ihres Lebens vorbei zu sein hatte. Jetzt war sie frei. Als Pappi sie dann doch noch nicht in Ruhe ließ, sie anrief, sie beschattete, hatte sie Robbie geheiratet. Erst war sie nur in ihn verliebt gewesen, später hatte sie ihn geliebt. Robbie wurde nach Aurich versetzt. Sie konnte weg aus Hamburg, einen räumlichen Abstand zwischen sich und ihren Stiefvater legen. Er konnte ihr nichts mehr tun. Als sie dann nach Natalies Geburt doch wieder Kontakt mit Mutti suchte, war sie bereit zu glauben, daß er sich ändern konnte. Erst als er sich auch ihrer kleinen Tochter näherte, der in die Hose griff, war sie fähig gewesen, den Kontakt ganz und gar mit ihm zu brechen. Aber da war Mutti schon tot. Sie brauchte Mutti nicht mehr zu schonen. Dann hatte sie beinahe jahrelang nicht mehr an früher gedacht. Erst seitdem sie in den Niederlanden wohnte, waren die Erinnerungen wie Spukgestalten aus dem Totenreich wieder auferstanden. Doch ihre Alpträume, ihre Ängste, die hatten nichts mit früher zu tun. Davon war sie fest überzeugt. »Bist du bereit, Gaby, dich von mir in Hypnose versetzen zu lassen?« Er sah sie fragend an. »Dabei mußt du wissen, daß mit dir nichts unter Hypnose geschieht, was du nicht willst. Du mußt dir vorstellen, daß du in einer Art Halbschlaf bist, in dem Ereignisse von früher wie in einem Film wieder vor deinen Augen ablaufen. Dein Gedächtnis hat diesen Film aufgezeichnet, und den rufen wir jetzt wieder ab. Und noch etwas«, er beugte sich vor und sah ihr mit seinen intensivblauen Augen ernst ins Gesicht, »du wirst dich hinterher an alles erinnern können. Es passiert nichts, an das du dich nicht mehr erinnern kannst.« Vielleicht waren es gerade die letzten Worte, die Gaby beruhigten. Sie wollte die Dinge in der Hand behalten. Das konnte sie nur, wenn sie wußte, was während der Hypnose geschah. »Ja«, sagte sie, »ich bin einverstanden. Ich würde sagen: Film ab!«

Er bat sie, in einem Lehnstuhl Platz zu nehmen, den Kopf entspannt nach hinten zu legen. »Hebe deine rechte Hand hoch«, sagte er, »und fixiere einen Punkt auf deiner Hand.« Gaby konzentrierte sich auf ihren Ring. Sie hatte ihn vor vielen Jahren von Robbie geschenkt bekommen. In der Mitte war ein kleiner Rubin, umgeben von sechzehn Brillantsplittern. Es war nicht so ein teurer Ring wie der Smaragdring von Hubert, aber damals war sie noch glücklich gewesen. Robbies Ring war kein Preis für irgend etwas.

Er hatte ihn ihr einfach so geschenkt, als er eine unerwartete Solderhöhung bekommen hatte, verbunden mit einer Nachzahlung.

»Während du auf den Ring schaust«, fuhr Jaap fort, »werden deine Augen schwerer und schwerer, bis du sie nicht mehr offenhalten kannst. Dann schließt du ganz langsam deine Augen. Du hörst mich, und du fühlst dich wohl.« Ja, Gaby fühlte sich wohl. Sie schlief nicht, sie konnte nur ihre Augen nicht mehr offenhalten. »Und jetzt denkst du an etwas Schönes, an einen Moment in deinem Leben, in dem du ganz und gar glücklich warst.« Gaby fühlte eine leichte Panik in sich aufsteigen. Wann war sie ganz und gar glücklich gewesen? Selbst im Bett war sie das nicht mehr. Immer war da *die Angst.* »Ruhig«, sagte die Stimme. »Ganz ruhig. Denke nach. Und wenn du so einen Moment gefunden hast, dann denke an die Farbe, die mit diesem Moment verbunden ist. Und dann laß die Farbe ganz und gar durch dich hindurchströmen. Vom Kopf angefangen bis hin zu deinen Zehen. Bis du ganz und gar durchdrungen bist von dem wunderbaren Gefühl und der Farbe.« Und da wußte Gaby es wieder. Damals, als Hubert ihr gesagt hatte, daß er noch ein zweites Kind von ihr wollte. Damals war sie ganz und gar glücklich gewesen. Vor ihnen im Sand hatte Daniel gespielt. Die Sonne hatte alles in ein sanftes Goldgelb getaucht. Goldgelb. Sie folgte der Stimme und ließ sich goldgelb durchströmen, den Kopf, den rechten Arm, jeden Finger einzeln, den linken Arm, die Finger, ihren Leib, das rechte Bein, die Zehen, das linke Bein, die Zehen. »Und jetzt«, hörte sie von weit her die Stimme, »jetzt gehen wir zusammen eine Treppe hinunter, zehn Stufen, und wenn wir unten sind, sind wir in deiner Kindheit angekommen. Und du fühlst dich wohl. Weil du weißt, daß du erwachsen bist. Daß du jederzeit weg kannst.« Er ließ ihr Zeit, langsam die Stufen hinunterzugehen. »Wie alt bist du?« Gaby suchte nach Worten. Und dann hörte sie ihre Stimme. Es war die klägliche Stimme eines Kindes. »Sechs«, sagte das Kind. »Ich bin sechs Jahre. Ich bin krank.« – »Was hast du?« – »Irgend etwas mit meiner Niere. Ich kann dran sterben, hat der Arzt gesagt.« – »Findest du das schlimm?« – »Nein, es tut nicht weh.« Das Kind stockte. Unruhig warf Gaby den Kopf hin und her. »Was tut dann wohl weh?« – »Nein, nein, ich will nicht. Ich will das nicht. Es tut weh.«

Sie fühlte, wie ihr die Tränen über das Gesicht liefen. »Aber er hört nicht auf.« – »Wer hört nicht auf?« – »Pappi«, sagte das Kind. »Pappi hört nicht auf.« Sie schluchzte. – »Und deine Mutti?« Sie konnte nicht sprechen. Sie fror, ihre Zähne schlugen aufeinander. Jemand legte ihr eine Decke über. Langsam beruhigte sie sich. »Und deine Mutti?« – »Ich darf Mutti nichts erzählen. Wenn sie es hört, hat sie mich nicht mehr lieb.« – »Hat sie es gehört?« Jetzt weinte das Kind wieder. »Ich habe nichts verraten. Aber sie hat mich doch nicht mehr lieb. Ich bin ein schlechtes Mädchen.«

»Du bist eine schlechte Mutter«, sagte Hubert, und seine

Stimme durchschnitt ihr Herz. »Eine gute Mutter denkt zuerst an ihre Kinder und dann an sich.« Gaby sah ihn an, ohnmächtig vor Wut und Schmerz. Sie fuhren nach Deutschland ins Theater, und eine kleine Diskussion zu Hause mit Daniel und Alex hatte ihn im Auto zu dieser vernichtenden Aussage getrieben. »Du bist eine schlechte Mutter!«

Seit einundzwanzig Jahren versuchte sie allen Kindern eine gute Mutter zu sein, erst ihren Kindern, später seinen Kinder und nun auch den gemeinsamen Kindern. Für ihre Sorgen und Probleme hatte sie ein offenes Ohr, sie nahm im tiefsten Innern Anteil an ihrem Wohl und Wehe, akzeptierte, wenn sie sich freimachen wollten, ohne den heranwachsenden Kindern das Gefühl zu geben, sie als Mutter hätte Rechte an ihnen. Aber sie hatte auch Rechte für sich selbst. Jedenfalls hatte Jaap van Landen ihr das gesagt. »Du kannst von den Kindern erwarten, daß sie begreifen, daß sie nicht immer und zu jeder Zeit ein Recht auf dich haben. Andersherum gilt das doch auch? Wenn du mit deinem Mann allein sein möchtest, dann kannst du das sagen.« Gaby hatte gedacht, daß er gut reden hatte. Die starre und unbeugsame Besuchsregelung mit den drei Kindern aus seiner Ehe mit Charlott war ein lebendiges Beispiel dafür, daß sie keine Rechte, nur Pflichten hatte. Dabei liebte sie seine Kinder, sie waren ihr im Laufe der letzten neun Jahren so ans Herz gewachsen, daß sie sie gerne mehr um sich herum gehabt hätte. Aber nicht mit der Knute: du mußt. Jede Spontaneität wurde totgeknüppelt, viel Herzlichkeit erstickte im festen Schema. Und doch gaben die gemeinsamen Essen Gaby andererseits das Gefühl, gebraucht zu werden. Wenn es allen gut schmeckte, die Kinder sich ihre Teller zum zweiten Male füllten und die kleine Xenia ihr einen unerwarteten Kuß gab, weil sie für das Mädchen eine extra große Portion Wackelpudding zubereitet hatte, dann breitete sich in Gaby eine satte, wohlige Zufriedenheit aus. Dies war gut, dies fühlte sich ehrlich und wahrhaftig an. Es war schön, für Kinder und einen Mann zu sorgen, wenn sie hin und wieder auch für sich selbst sorgen konnte. Das hatte sie zu Daniel und Alex gesagt. »Laßt mich doch eine Viertelstunde allein. Ich möchte mich in Ruhe fürs Theater zurechtmachen. Ich kann euer Geschnatter im Augenblick nicht mehr ertragen.« Alex war den ganzen Tag schon so unruhig gewesen, und Daniel maulte ein wenig, weil er den Babysitter nicht mochte, der abends auf sie aufpassen sollte. »Wir gehen gleich fort.« Hubert hatte sie mißbilligend angesehen. »Laß doch die Kinder, wenn sie bei dir sein wollen. Du kannst sie doch nicht einfach wegschicken.« Die Kinder hatten ihm aufmerksam zugehört. »Kann ich wohl«, hatte Gaby in plötzlich aufgeflammter Wut gesagt. »Natürlich kann ich meine Kinder einmal hinausschikken.« Daniel war sofort verschwunden, als sie ihre Stimme erhob, aber Alex begann lauthals zu schreien. Dicke Krokodilstränen rollten seine Wangen hinunter. Hubert hatte ihn auf den Arm genommen und ihn getröstet. Ihr hatte er nur einen vernichtenden Blick zugeworfen.

Am liebsten wäre Gaby jetzt aus dem Wagen gesprungen und weggelaufen. Aber sie wußte, daß Weglaufen nichts brachte. »Du mußt dich den Problemen mit deinem Mann stellen«, hatte Jaap in der letzten Sitzung gesagt. »Ihr könnt ja überhaupt nicht miteinander kommunizieren. Und das liegt meistens nicht an einem allein.« Ich habe es versucht, immer wieder, hatte Gaby protestiert, aber gleichzeitig auch gewußt, daß die Angst, ihn zu verletzen oder zu verlieren, sie daran gehindert hatte, ganz deutlich zu sein.

»Ich finde«, sagte sie nach einer Weile, als sie sich etwas beruhigt hatte und die deutsche Grenze schon in Reichweite war, »ich finde, daß ich meine Kinder hin und wieder hinausschicken kann. Ich finde, daß ich als Mutter auch das Recht habe, etwas für mich allein zu tun.« – »Für dich allein zu tun?« Hubert sah sie begriffsstutzig an. »Was willst du denn für dich allein tun? Wenn die Kinder im Bett sind, kannst du lesen oder handarbeiten, aber wenn sie wach sind, und sie brauchen dich, dann kannst du doch nicht einfach sagen, ich will jetzt für mich allein sein! Ganz besonders dann nicht, wenn du hinterher ins Theater gehst und die Kinder sowieso alleine bleiben müssen.« Er versucht, mir mit dem Theaterbesuch einen Schuldkomplex einzureden. Als wenn ich vergnügungssüchtig sei und meine Kinder zu oft sich selbst überlassen wären. Er greift mich an, um mich aus meiner Reserve zu locken. Wenn ich dann die Beherrschung verliere, bin ich wieder schuld. Während er doch so lieb ist, mit mir ins Theater zu gehen. Nicht darauf eingehen, beim Anfang, der Ursache, wieder beginnen. Ich wollte die Kinder hinausschicken. »Vielleicht war der Zeitpunkt nicht so günstig. Aber ich finde, auch die Kinder müssen Rücksicht lernen. Neben der Mutter und deiner Frau bin ich auch noch ich selbst.« Jetzt war der Spott in seiner Stimme nicht mehr zu überhören. »Die ersten Auswirkungen der Therapie, ist das so? Das kann ja heiter werden.«

Heiter war es ganz bestimmt nicht. »Eine Therapie«, hatte Jaap ihr in der zweiten Sitzung erklärt, »ist so etwas wie ein letzter Strohhalm, wie die Zigarette, an der du dich jetzt festhältst. Man merkt, daß man so nicht mehr weiterleben kann. Man treibt auf einen Strudel zu, der einen eines Tages in die Tiefe reißt. Jahrelang unterdrückte Ängste rufen auf die Dauer Panik und Phobien hervor. Den ersten Schritt, Gaby, hast du getan. Du beginnst, darüber zu reden.« – »Aber ich begreife meine Panik und meine Phobien nicht. Ich liebe meinen Mann, er liebt mich, ich müßte glücklich sein.« Jaap ging auf ihre Beweisführung nicht ein. »Du hast bei unserer ersten Sitzung in der Hypnose erfahren, daß du das Kind, das du selbst einmal warst, als schlechtes Mädchen bezeichnest. Wie denkst du heute darüber?« Gaby hatte unwillig mit den Schultern gezuckt und ungeschickt an der Zigarette gezogen, die sie zwischen ihren Fingern festklemmte. »Natürlich ist ein Kind mit sechs Jahren nicht unbedingt schlecht. Vielleicht konnte es auch nichts an der Situation tun. Aber das alles hat doch nichts mit dem zu tun, was ich heute fühle? Das ist alles so lange her.« – »Es ist lange her und auch wieder nicht. In deinem Kopf ist es bewahrt, als wenn es gestern geschehen ist. Doch ich möchte dich gerne unter Hypnose weiter befragen. Dann kommen wir wahrscheinlich der Sache näher.« Gaby drückte die halbgerauchte Zigarette aus und lehnte sich in dem Lehnstuhl zurück. Als sie bei der ersten Sitzung aus der Hypnose zurückgekehrt war, hatte Jaap ihr eine Tasse Kaffee eingeschenkt. Verwundert hatte sie festgestellt, daß sie tatsächlich eine Decke über den Beinen liegen hatte. »Dir war sehr kalt«, hatte Jaap ihr erklärt. »Nicht nur als Kind. Du frierst viel.« Unwillig hatte sie die Decke zur Seite geschoben und sich die Tränen abgewischt. »Kein Wunder, ich habe niedrigen Blutdruck.«

Das Hinabgleiten in den Hypnoseschlaf ging diesmal noch schneller. Das wohlige Goldgelb durchrieselte Gabys Körper, und schon bald folgte sie ihm auf den Stufen hinab in ihre Kindheit.

»Du bist jetzt sieben Jahre alt, Gaby. Schau dich um. Was tust du?« Gabys Stimme klang aufgeweckt. »Ich sitze am Tisch und zeichne. Mit einer Münze male ich Püppchen. Ein Kreis ist der Kopf. Ein zweiter Kreis ist der Bauch. Und dann male ich noch Arme und Beine dran. Und lachende Gesichter. Große Münder mit lachenden Gesichtern.« Sie verstummt und zieht einen weinerlichen Mund. »Was ist, Gaby? Gefallen dir deine Püppchen nicht?«

»Mutti gefallen sie nicht. Mutti sagt, das sind komische Püppchen.« – »Warum sagt Mutti, daß es komische Püppchen sind?« – »Sie haben keine Augen, sagt Mutti. Meine Püppchen haben keine Augen.« – »Und, stimmt das? Haben deine Püppchen keine Augen?« Gaby lacht ein wenig. »Natürlich haben sie Augen. Hab' ich Mutti auch gesagt. Aber man sieht sie nicht. Weil die Augen zu sind. Wenn man die Augen zu hat, sieht man sie doch nicht?« – »Warum haben deine Püppchen die Augen zu, Gaby?« Gaby wird unruhig, spitzt ihren Mund, als wolle sie etwas sagen, schweigt dann aber. »Du kannst es mir ruhig sagen, Gaby, ich werde nicht böse auf dich.« – »Ich will es nicht sehen.« – »Was willst du nicht sehen?« – »Das, was Pappi tut.« – »Er tut dir weh?« – »Ja.« – »Wo tut er dir weh?« – »An meiner Muschi.« – »Hast du ihm gesagt, daß er dir weh tut?« Sie schweigt. »Hast du gesagt, daß er aufhören soll?« Sie schweigt, denkt nach. Beinahe erleichtert erinnert sie sich. »Einmal, ja. Einmal habe ich es gesagt. Hör auf, hab' ich gesagt. Das ist eine doofe Geschichte. Aber er sagte: Ich will aber nicht aufhören. Und es klang wie damals, als er Achim verhaute.« – »Achim ist dein Bruder.« – »Ja.« – »Hast du Angst vor Pappi?« – »Ja.« – »Und Achim?« – »Auch. Achim verhaut er. Mich nicht.«

»Das ist genug für heute, Gaby. Du kommst langsam wieder zurück in dies Zimmer. Du gehst die Stufen hoch und zählst von zehn rückwärts bis eins. Und wenn du bei eins bist, machst du die Augen auf und sitzt mir gegenüber. Und du kannst dich an alles erinnern.«

Verwirrt, als blende das Licht sie, schlug Gaby die Augen auf. Sie brauchte einen Moment, um sich zu orientieren. »Möchtest du einen Kaffee?« Dankbar nahm Gaby den Becher Kaffee entgegen und wärmte ihre kalten Finger. »Geht es dir gut?« Jaap sah sie fragend an. Sie nickte. »Du kannst dich an alles erinnern, was du gesagt hast?«

Die Püppchen, ulkig. Sie hatte nie mehr daran gedacht.

Stundenlang hatte sie Reihen von Püppchen gemalt, ein Zehnpfennigstück für den Kopf, eins für den Bauch, Arme und Beine dran, fertig. »Komisch, daß ich keine Augen gemalt habe. Kann ich mich gar nicht mehr daran erinnern.« – »Du hast gesagt, du hast sie nicht gemalt, weil du es nicht sehen wolltest.« – »Ja, praktisch, nicht wahr? Was man nicht sieht, geschieht nicht.« Ihre Stimme klang spöttisch. »Einfach macht sich das so ein Kind.« – »Glaubst du, daß das Kind es sich einfach gemacht hat?« – »Ja. Hat es doch gesagt.« – »Warum sagst du ›es‹ und nicht ›ich‹?« Gaby begann zu weinen. »Ich weiß, daß ich das Kind war, wenn es das ist, was du hören willst. Und ich weiß, daß ich mich nicht gewehrt habe.« Sie weinte stärker. »Findest du, daß du dich hättest wehren müssen?« – »Ja, natürlich finde ich das. Verdammt noch mal, ich hätte mich eher totschlagen lassen müssen als stillzuhalten ...« Ihre Stimme brach ab. Sie schluchzte eine Weile, schneuzte sich dann lautstark in ein Papiertaschentuch, das Jaap ihr reichte. »Quatsch.« Sie zog noch einmal die Nase hoch. »Ich hatte ganz einfach Angst. Ich war wie gelähmt vor Angst. Ich betete. Dann ging es schneller vorbei. Ich konnte nichts tun.« Jaap bot ihr eine Zigarette an. »Das sagst du jetzt als Erwachsene, aber fühlst du es auch so? Fühlst du dich nicht schuldig?«

Die Einladung zum Klassentreffen kam vollkommen unerwartet. Seit fünfundzwanzig Jahren hatte sie nichts von ihren früheren Schulkameradinnen gehört, und jetzt lag eine Einladung zum fünfundzwanzigsten Klassentreffen vor Gaby auf dem Tisch. »Zum fünfundzwanzigsten Jubiläum unserer Mittleren Reife.« Wie das klang, eine Mittlere Reife. Gab es auch eine Hohe Reife? Gaby hatte nach der Abschlußprüfung alle Verbindungen mit ihren Schulkameradinnen abgebrochen. Ihr ganzes Bestreben damals war, zu überleben und so schnell wie möglich auf eigenen

Beinen stehen zu können. Da blieb neben der Lehrstelle zur Reedereikauffrau und der Berufsschule wenig Freizeit. Außerdem befürchtete sie, daß man hinter ihrem Rücken über sie tuscheln würde. Sie wollte nur nach vorne schauen. Alles, was hinter ihr lag, wollte sie vergessen. »PS«, stand unter der Einladung, »unsere Frau Moll kommt auch!« Vielleicht war es dieser Zusatz, der Gaby veranlaßte, die Einladung anzunehmen. »Natürlich«, sagte Hubert, großzügig wie immer, »fahr du nur nach Hamburg. Ich kann ein Wochenende mit den Kindern schon aushalten. Ursel hat bestimmt nichts dagegen, uns ein wenig unter ihre Fittiche zu nehmen.« Wie er das sagte! Gaby schluckte. Er betonte es gerade soviel, daß sie sich etwas dabei denken konnte, wenn sie wollte. Oder wollte er sie nur auf ihre eigene Schwäche aufmerksam machen? Letzten Sonntag waren sie wieder bei Ursel zum Kaffee eingeladen gewesen. Kuchen, Kaffee, das Übliche. Und doch war da die ganze Zeit etwas, das Gaby nicht mit Namen benennen konnte. Sie sah zu den beiden Menschen, die ihr soviel bedeuteten, ihrem Mann und ihrer Freundin, und fragte sich, was sie fühlte. Wieso glaubte sie, daß die Luft zwischen den beiden voll von Spannung, unausgesprochenen Wünschen und einem heißen Verlangen war? Sie taten doch nichts? Oder doch? Hin und wieder ein sekundenkurzer Blick, ein Finger, der beim Kaffee-Einschenken über die Hand des anderen ging, ein Lächeln, das einer Erinnerung zu gelten schien? Aber das war doch nicht möglich? Sie projizierte wahrscheinlich wieder ihre eigenen Ängste auf die Menschen, die ihr am meisten bedeuteten.

»Fühlst du dich nicht schuldig?« hatte Jaap sie gefragt. Doch, sie fühlte sich schuldig. Sie hatte sich immer schuldig gefühlt. Wie sie Mutti das hatte antun können. Wie sie sich so in den Schmutz hatte ziehen lassen können.

»Begreifst du nicht, daß du als Kind keine Chance hattest? Du konntest nicht weglaufen!«

Ja, das hatte sie spätestens nach ihrem mißglückten Ausreißversuch auf der Polizeiwache auch begriffen. Sie hatte nicht weglaufen können. Warum fühlte sie sich trotzdem schuldig?

»Weil Inzesttäter ihre Opfer zur Komplizin machen. Weil sie mit dem Täter ein Geheimnis haben. Weil sie sich mit Geschenken oder auch nur mit ein wenig Liebe und Zärtlichkeit haben bestechen lassen.« – Jaaps Erklärungen leuchteten ihr zwar ein, aber sie fühlte es anders. Außerdem, was hatte das alles mit ihrer heutigen Verfassung zu tun? Das alles war doch lange vorbei. Sie wollte überhaupt nicht mehr daran erinnert werden.

»Du mußt begreifen, Gaby, daß das alles mit dem zu tun hat, wie du dich heute fühlst. Man kann eine Vergangenheit wie die deine nicht einfach in eine Schublade tun, sie zumachen und sagen: das war's. Aus und vorbei. Eines Tages springt die Schublade wieder auf. Wenn der Druck zu groß wird. Bei dir ist der Druck nach deinem Umzug in die Niederlande stets größer geworden.« – »Warum gerade dann?« Gaby sah keinen Zusammenhang. »Vielleicht, weil du dich ausgeliefert fühltest. Ausgeliefert an einen Mann in einer nicht besonders freundlichen, neuen Umgebung.« Gaby hatte Jaap von ihren ersten negativen Erfahrungen in den Niederlanden erzählt. »Aber das ist doch vorbei. Ich meine . . .«, sie stockte. Gerade in letzter Zeit spielte die Diskriminierung Deutscher wieder eine Rolle in ihrem täglichen Leben. Diesmal betraf es Daniel, der auf der Schule einen schweren Stand hatte. Jetzt war er der *Mof*. Vor Jahren Manfred, jetzt ihr kleiner Daniel, der mit seinem sonnigen Wesen am liebsten die ganze Welt umarmen wollte. Er begriff überhaupt nicht, worin er sich von seinen Klassenkameraden unterschied. »Und an Hubert habe ich mich doch ganz und gar freiwillig ›ausgeliefert‹«, fuhr sie fort. »Wenn man das überhaupt so nennen kann.« – »Würdest du es nicht so nennen?« Sie überlegte. Doch, es war eine Auslieferung gewesen. Sie hatte in Deutschland ihre Freunde aufgegeben und war Hubert in das fremde Land gefolgt. Hals über Kopf, weil er das Haus so günstig und schnell hatte mieten können. Aber lieferte man sich in einer Beziehung nicht immer dem anderen aus? Sie hatte ihm voll vertraut, sonst wäre sie nie mit ihren Kindern nach Arnheim gezogen. »Ja«, bestätigte sie Jaap, »ich habe mich ihm ausgeliefert. Mit Haut und Haaren.«

»Bedauerst du es?« Allein Jaaps Frage erschien ihr schon eine Ungeheuerlichkeit. Er stellte damit ihre festgefügte Ordnung in Frage. »Natürlich nicht. Ich liebe ihn. Wir haben zwei Kinder. Er ist der Mann, von dem ich immer geträumt habe.« Sie schwieg. Auch Jaap sagte nichts. Sah sie nur an. »Vielleicht«, fuhr sie nach einer Weile, als ihr die Stille körperlich schmerzhaft bewußt wurde, zögernd fort, »vielleicht müßte ich besser mit ihm reden können. Ich glaube, er begreift mich oft nicht.« Sie dachte an ihre Briefe, die sie ihm geschrieben hatte. Damit er wußte, wie sie über Treue und Sex dachte. Daß das für sie etwas Ausschließliches war, tief verbunden mit Liebe und Zärtlichkeit.

»Du mußt es versuchen«, sagte Jaap. »Du mußt es immer wieder versuchen. Und das ist auch gleichzeitig deine Hausaufgabe. Bis zur nächsten Sitzung hast du ihm zumindest etwas aus deiner Jugend erzählt. Etwas mehr als den Satz: Ich bin mißhandelt und mißbraucht worden. Und vielleicht kannst du noch mit jemandem darüber reden. Jemandem, dem du auch voll vertraust. Es ist für dich sehr wichtig, Gaby, Menschen wieder zu vertrauen.«

Gaby winkte noch einmal aus dem Abteilfenster des Zuges. Sie sah Hubert kleiner und kleiner werden. Eine kleine graue Puppe mit erhobenem Arm am Ende eines Bahnsteiges. Der Zug fuhr um eine Biegung, und Hubert war verschwunden. Sie schob das Fenster mit beiden Händen hoch und war froh, daß sie allein in dem kleinen Abteil saß. So konnte sie ungestört ihren Gedanken nachhängen.

Nach der letzten Sitzung bei Jaap hatte sie versucht, mit Hubert über ihre Jugend zu reden. Nicht so sehr darüber, was damals alles geschehen war, sondern was es heute für sie bedeutete. Daß ihr Vertrauen, was Liebe und Geborgenheit betraf, durch ihren Stiefvater einen schweren Knacks bekommen hatte. Daß sie sich dadurch oft so minderwertig vorkam. Daß sie anscheinend wegen der Geschehnisse in ihrer Jugend selbst große Schuldgefühle hatte. Hubert hörte sich das alles an, strich mit seinem Zeigefinger die Falte zwischen seinen Augenbrauen glatt und fragte nichts. Nicht, was denn nun da eigentlich geschehen war, warum sie sich minderwertig vorkam und weswegen sie Schuldgefühle hatte. Vielleicht wußte er das alles? Ahnte er, was sich damals abgespielt hatte? »Du darfst nicht zuviel von deinem Mann erwarten«, hatte Jaap sie gewarnt. »Es wird für ihn ein Schock sein.« Falls es ein Schock war, so konnte Hubert es gut verbergen. Er zeigte keinerlei Gefühlsregungen. »Vielen Dank«, sagte er zum Schluß förmlich, »daß du mit mir darüber geredet hast. Jetzt weiß ich zumindest, warum du mir immer wieder mißtraust. Das ist ja kein Wunder, daß du wegen deiner frühen Erfahrungen kein Vertrauen haben kannst. Daß du dadurch jedem um dich herum mit Argwohn begegnest. Das ist vielleicht etwas, woran du arbeiten solltest.« Gaby hatte die Arme vor ihrem Bauch verschränkt. Sie fühlte diese Antwort wie einen Schlag unter die Gürtellinie. Sie suchte sein Verständnis, und er parierte mit einem Verweis. Aber vielleicht hatte er recht? Auch Jaap hatte gesagt, daß sie es wieder lernen mußte, Menschen um sie herum mehr zu vertrauen. Gut, sie wollte noch einen Schritt weiter in die gute Richtung tun. Sie wollte alles tun, um aus dieser Sackgasse ihrer Gefühle herauszukommen.

Am nächsten Tag war sie mit Ursel, Alex und Daniel zu der Kiesgrube zum Schwimmen gefahren. Während die Kinder im Wasser herumplanschten, setzte Gaby sich dicht neben Ursel. So dicht, daß sie sie nicht ansehen konnte, aber ihre Nähe fühlte. »Weißt du eigentlich, warum ich in Therapie bin?« fragte sie sie und sah zu Alex, der vergeblich versuchte, in sein Gummiboot zu klettern. Ursel wandte den Kopf blitzschnell zur Seite, und weil Gaby so dicht neben ihr sah, glaubte sie für eine Sekunde ein erschrockenes Licht in ihren Pupillen aufflammen zu sehen.

Sie wandte ihren Kopf ab. »Ich will Alex eben helfen.« Sie stand auf, setzte Alex in das Gummiboot und vergewisserte sich, ob das Tau, mit dem das Boot festgebunden war, gut verknotet war. Leicht seufzend ließ sie sich wieder neben Gaby ins Gras fallen. »Ich dachte, du bist in Therapie, weil es dir öfter nicht gut geht.« Gaby stieß die Luft durch die Nase aus. »Ja, so könnte man es nennen.« Sie schwiegen beide. Gaby dachte daran, wie Ursel sie während der Schwangerschaft mit Alex bemuttert hatte und wie sie sie mit ihrer Wärme und Sorgsamkeit umhüllt hatte. Wie sie bei ihr vor dem Kamin mit angezogenen Beinen gesessen und sich geborgen gefühlt hatte. Hatte sich etwas geändert? Ursel war doch noch immer ihre beste Freundin, der sie vertrauen konnte. Und mit der sie über ihre Jugend reden wollte. Zögernd begann sie, und ihre Worte schmerzten sie, als hätte sie Stacheldraht im Mund. Ihre Zunge stolperte über Spitzen und Enden, schien den Dienst bei gefährlichen Punkten zu verweigern, stieß immer wieder gegen Barrieren. Sie erzählte, daß sie schon als Kind von ihrem Stiefvater mißbraucht worden war. Sie erzählte von der Einsamkeit und der Isolation. Und von dem Teenager, der regelmäßig vergewaltigt wurde, mit Mißhandlungen im Krankenhaus gelegen hatte. Sie erzählte keine Einzelheiten, für vieles konnte sie keine Worte finden. Aber ein Anfang war gemacht. Sie hatte ihr Schweigen gebrochen und mit einem Menschen, der ihr viel bedeutete, darüber geredet. »Du bist die erste«, schloß sie ihren Bericht, »mit der ich überhaupt darüber rede. Ich meine, außer Hubert natürlich.«

»Hubert weiß davon?« Ursels Stimme klang, als weine sie. Gaby wagte nicht, sie anzusehen. »Ja, er weiß soviel, wie er wissen will.« In einer unerwartet plötzlichen Aufwallung schlug Ursel die Hände vor ihr Gesicht. »Wie furchtbar ist das. Wie furchtbar ist das alles.« Gaby schwieg. Ja, es war furchtbar gewesen. Eine Zeit, die sie lieber vergessen wollte. Und das war es, was sie noch immer nicht begreifen konnte. Sie hatte jetzt, nach so vielen Jahren, wegen dieser Zeit körperliche und seelische Schwierigkeiten. Sie war am Ende, weil ihre unverarbeiteten Jugenderinnerungen wie ein Krebsgeschwur aufgebrochen waren. Das sagte Jaap. Es dauerte eine Weile, bis Ursel sich beruhigt hatte. Und jetzt endlich legte sie den Arm um Gabys Schultern. »Es ist schrecklich«, sagte sie, »was Menschen einander antun. Ich wünschte, ich könnte es wieder gutmachen.«

»Blaß siehst du aus«, sagte Achim, als er sie vom Bahnhof abholte. Gaby fiel ihm um den Hals. »Ich bin so froh, daß ich ein paar Tage bei euch bleiben kann.« Sie umarmte seine Frau Gitte. »Es ist schon ewig her, daß ich allein bei euch war.«

Nach Muttis Tod war sie eine Woche bei Achim und Gitte geblieben. Am Abend nach ihrer Beerdigung war sie vollkommen zusammengebrochen. Schon während Muttis schwerer Krankheit hatte sie immer weniger essen können. Die Angst, Mutti zu verlieren und mit ihr nie mehr über alles reden zu können, war zu beklemmend gewesen. Als der Sarg von den Totenträgern an langen Seilen langsam in die Tiefe gelassen wurde, hätte sie am liebsten laut geschrien: »Nein, nein, es ist noch zu früh. Wir waren noch nicht fertig miteinander.« Aber sie hatte nur trocken aufgeschluchzt. Als sie dann die drei Schaufeln Sand auf den Sarg geworfen hatte, wurde ihr schwindelig. Achim hatte sie fest am Arm gegriffen und zu einer Bank geführt. »Du mußt unbedingt etwas zu Kräften kommen«, hatte Gitte gesagt. »Robbie und die Kinder müssen sich mal eine Woche ohne dich retten können.«

»Können Hubert und die Kinder überhaupt ohne dich auskommen?« fragte jetzt Gitte in ihre Gedanken hinein. »Ich glaube schon.« Gaby dachte daran, daß Ursel sie unter die Fittiche nehmen wollte und daß sie sich keine Sorgen machen sollte. Hatte Hubert gesagt.

Das Klassentreffen begann am Samstagmorgen um neun Uhr mit einem Frühstück im ›Eppendorfer Baum‹. »Früher war das ein Tanzcafé«, erinnerte sich Gitte. »Bist du da auch hingegangen?« »Nein«, sagte Gaby. »Ich durfte so etwas nicht.« Und sie überlegte, daß auch Gitte und Achim nichts von früher wußten. Auch zu ihrem Bruder hatte sie gesagt, daß sie keinen Kontakt mehr mit ihrem gemeinsamen Stiefvater hatte, weil er sie mißhandelt hatte. Und mißbraucht. »Mich hat er auch grün und blau geschlagen«, hatte Achim achselzuckend gesagt. »Aber sind wir es Mutti nicht schuldig, uns ein wenig um ihn zu kümmern?« Auf das Wort ›mißbraucht‹ ging er nicht ein. ›Mißbraucht‹ war ein Wort, das man besser nicht zur Kenntnis nehmen sollte. »Er ist doch wieder verheiratet«, sagte Gaby. »Mit einer Frau, die dreißig Jahre jünger ist.« – »Drum. Allzuviel Ansprache hat er bei der auch nicht.«

Soll ich vielleicht auch noch Mitleid mit ihm haben? dachte Gaby. Mutti hat er das Leben zur Hölle gemacht, und jetzt amüsiert er sich mit einer jungen Frau.

»Für mich ist er gestorben«, sagte sie und wünschte, es wäre die Wahrheit.

»Bitte zum ›Eppendorfer Baum‹«, sagte Gaby zu dem Taxifahrer und sackte in das weiche Polster. Sie hatte zwei Beruhigungstabletten genommen und hoffte, daß der Martini, den sie noch vor dem Weggehen im Stehen hinuntergekippt hatte, bald seine Wirkung tun würde. Sie hatte Angst vor dem Wiedersehen mit ihren ehemaligen Klassenkameradinnen. Andererseits wollte sie zeigen, daß sie es geschafft hatte. Sie wußte nicht, was hinter ihrem Rücken gemunkelt wurde, aber sie wollte das alles entkräften. Sie hatte einen gutaussehenden Mann in einer gehobenen Position und vier gesunde, hübsche Kinder. Von allen hatte sie ein Foto dabei. Sie konnte beweisen, daß sie ihren Weg gemacht hatte. Ihre Angst fiel zusammen wie ein aufgeblähter Frosch. Vor diesen Frauen Anfang Vierzig brauchte sie keine Angst zu haben. Da hatten sich wie bei ihr die ersten Sorgenfalten um die Mundwinkel eingegraben, und auch die ersten Krähenfüße um die Augen kamen nicht aus dem Nichts angeflogen. Anne erkannte sie gleich. Sie hatte noch immer das pausbäckige Gesicht mit den veilchenblauen Augen. Wie hatte sie aufgepaßt, daß Pappi ihr nie zu nahe kam. Ob sie jemals etwas gemerkt hatte? »Leben deine Eltern noch?« fragte Anne sie, nachdem sie sich lachend um den Hals gefallen waren. »Meine Mutter ist schon seit fünfzehn Jahren tot«, sagte Gaby, »und mein Stiefvater, ja, der lebt noch.« Sie holte Luft. »Mit ihm habe ich keinen Kontakt mehr.« – »War auch ein ulkiger Typ«, sagte Anne unbekümmert. »Meine Mutter hat letztes Jahr wieder geheiratet. Kannst du dir das vorstellen, mit fünfundsechzig?«

Frau Moll war der größte Erfolg. Sie ging von einem zum anderen, sah ihren ehemaligen Schülerinnen in die Augen, drei, vier Sekunden lang, und dann sagte sie den Namen. Sie nahm Gabys kalte Hand und sah sie an. »Gaby Mangold«, sagte sie sofort. »Du hast noch immer den gleichen Blick. Du hattest schon früher keine Kinderaugen.« Gaby fühlte, wie sie blutrot wurde. Das gleiche hatte die Bäuerin, bei der sie einmal zur Sommerfrische war, auch gesagt: »Habt ihr ihre Augen gesehen? Das sind doch keine Kinderaugen.« Meinte Frau Moll dasselbe? Hatte sie ihr Kainszeichen erkannt? Kain, der seinen Bruder Abel erschlagen hatte. Und von Gott mit einem Zeichen versehen wurde, daß ihn niemand erschlüge.

»Ich meine«, sagte Fräulein Moll langsam, »du warst schon damals viel weiter als deine Altersgenossinnen.« Sie setzte sich ihr gegenüber. »Wenn ich zum Beispiel an deine Aufsätze denke ... Die waren etwas Besonderes. Hast du das in deinem Beruf verwerten können?«

Gaby war ganz warm geworden bei den lobenden Worten ihrer ehemaligen Klassenlehrerin. Wie abhängig man von dem Lob derer bleibt, die in der Jugend für einen wichtig waren. Als wenn man wieder das Kind von damals ist. So fühlte sie sich auch beinahe schuldig, als sie von ihren vier Kindern erzählte und ihrem Mann, dem sie mit vielen Repräsentationsverpflichtungen zur Seite stehen mußte. »Und du, Gaby«, fragte Frau Moll eindringlich, »was tust du? Ich war immer überzeugt, daß du mit deinem Schreiben etwas machen würdest?«

Die Hypnose war tief und schwer. Gaby war das Kind von zehn Jahren. Sie hatte gerade ihre Freundin Elli verloren. Elli, die sie nicht vor Pappi hatte schützen können. Elli, die sie geliebt hatte. Elli, die sie bezaubert hatte durch ihr glucksendes Lachen, dunkle Kohlenaugen und goldige kleine Kräusellocken. Elli, die verächtlich zu ihr gesagt hatte: »Ich dachte, du wärest meine Freundin, so eine wie du.« Und die dann nie wieder mit ihr gesprochen hatte. Niemand hatte während des letzten Monats auf der Volksschule mit ihr gesprochen. Nachdem Ellis Mutter zur Rektorin gegangen war. Gaby wurde allein in eine Bank gesetzt, und die anderen Kinder mieden sie. Sie war anders, sie wußte Dinge, über die man nicht sprach.

»Sieh dich um«, sagte Jaap zu ihr. »Sieh dich um, und suche jemanden, mit dem du reden kannst.« Gaby sah sich um. Da war Mutti. Nein, unmöglich, Mutti weinte oft und stritt sich mit Pappi. Ob sie sich wegen ihr stritten? Da war Achim. Aber der hatte ja gleich gesagt, daß sie sich nicht so an Pappi ranmachen sollte. Sich nicht von ihm abschlecken lassen sollte. »Du hast selber schuld«, würde er bestimmt sagen. »*Ich* habe mich von ihm verprügeln lassen.« Da war eine Nachbarin. Die hatte ihr einmal übers Haar gestrichen. »Armes Kind«, hatte sie gesagt. Sonst war da niemand. Niemand, mit dem sie hätte reden können. »Da ist niemand«, sagte Gaby mit zittriger Stimme. »Ich bin ganz allein.« – »Siehst du als Erwachsene das Kind, das allein ist?« Jaaps Stimme war warm und ganz dicht bei ihr. »Erinnerst du dich, daß du gesagt hast, ein Kind mit sechs Jahren sei nicht *unbedingt* schlecht? *Vielleicht* hätte es auch nichts an der Situation tun können?« – »Ja«, sagte Gaby, und es war die erwachsene Frau, die antwortete.

»Sieh zu dem Kind. Das Kind Gaby. Es ist allein. Es ist krank. Niemand hilft dem Kind. Was hätte es tun sollen? Betrachte das Kind, und wenn du eine Antwort weißt, dann gib sie mir.« Gaby sah dem Kind beim Spielen zu. Wie es immer mit dem Rücken zur Wand spielte. Es hatte Angst, daß Pappi von hinten an sie herantreten würde. Ihr zwischen die Beine greifen würde. Wie es sich stundenlang schlaflos im Bett herumwälzte, mit angehaltenem Atem auf die Schritte in der Wohnung lauschte. Und erst wagte, einzuschlafen, wenn im Elternschlafzimmer alle Geräusche verstummt waren. Wie es in Panik geriet, wenn Pappi ihr die Tür öffnete. »Ist Mutti nicht da?« hörte sie das Kind fragen. »Nein, Zuckerpüppchen. Wir haben das Reich für uns allein. Ist das nicht schön, mein Engelchen?« Sie war allein. Niemand hatte ihr helfen können. Sie hatte nichts an der Situation ändern können.

»Nein«, sagte die Frau Gaby, »das Kind hatte nichts an der Situation tun können. Niemand hat dem Kind helfen können.«

»War das Kind schlecht?« fragte Jaap. »Warum hatte es sich an Pappi herangemacht?«

Gaby sah das kleine Mädchen von sechs Jahren bei Pappi auf dem Schoß sitzen. Er hatte so viele unbekannte Köstlichkeiten aus Ägypten mitgebracht. Kekse, Schokolade, bunte Oblaten. Pappi drückte es und küßte es. Sie fand das fein. Er sagte zu dem Kind, sie sei etwas Besonderes, beinahe eine kleine Prinzessin. Das versetzte es in die Märchen, die Achim ihm erzahlt hatte. Es wollte so gerne eine kleine Prinzessin sein. Dann hatte es nie Hunger, es war nie kalt, und es fielen keine Bomben. Es wollte so gerne in dem Arm genommen werden. Wenn Mutti es in den Arm nahm, fühlte es sich beschützt. Der Arm war wie ein Schutzwall zwischen ihr und all dem Unbegreiflichen, das im Krieg geschah. Und warm wurde ihm, wenn Mutti es in den Arm nahm. Manchmal so warm, daß es beinahe nach Luft schnappen mußte. So war es zu Anfang bei Pappi auch gewesen. Er roch nicht so gut wie Mutti, aber er hatte einen starken Arm. Er würde alle bösen Dinge von ihm entfernt halten. So war es gewesen bis zu dem Mittag, als es auf der Couch zu ihm gekrochen war. »Darf ich bei dir ruhen«, hatte es gebettelt. Und Pappi hatte ihm eine Geschichte erzählt. Nach der Geschichte war nichts mehr so gewesen wie vorher. »Hör auf«, hatte das Kind gesagt und die Augen zugekniffen. Aber er hatte nicht aufgehört. Nie mehr. Nein, *das* hatte sie nicht gewollt. Er hatte ihr Angst gemacht. Er hatte ihr weh getan. *Deswegen* hatte sie sich nicht an ihn herangemacht. Sie hatte nur geliebt werden wollen. Einfach nur so. »Nein«, sagte die Frau Gaby. »Das Kind war nicht schlecht.«

»Begreifst du jetzt, wie einsam das Kind war?« fragte Jaap sie. »Und daß es Zeit wird, daß es jemand in den Arm nimmt? Daß es endlich getröstet wird? Daß jemand Mitleid mit dem Kind hat?«

»Aber da ist doch niemand?« Gabys Stimme brach beinahe. »Da ist niemand, der das Kind trösten kann.«

»Du bist da«, sagte Jaap, und seine warme Stimme drang durch bis zu ihren Haarspitzen. »Du bist da. Die erwachsene Gaby. Habe endlich Mitleid mit dem Kind. Nimm es in die Arme. Sag dem Kind, daß du begreifst, daß es nicht schlecht war. Daß es nichts an der Situation hatte verändern können. Daß es unschuldig war.«

Es war, als bräche ein Damm. Das Kind war unschuldig. Es hatte nichts an der Situation ändern können. Nicht das Kind war schuldig, sondern der Mann. Es war nicht schlecht. Es hatte nicht weglaufen können. Mein Gott, was für ein bedauernswertes Kind. Ja, sie hatte Mitleid mit dem Kind. Sie weinte. »Nimm es in deine Arme«, sagte Jaap. »Nimm es endlich in deine Arme. Halte es fest. Tröste es. Sage dem Kind, daß es dir leid tut. Sage dem Kind, daß es nicht schlecht ist. Sage dem Kind, daß es Mutti nicht schützen kann. Weil es sich selbst nicht schützen kann.« Schluchzend und schlotternd nahm Gaby das Kind in die Arme. Küßte es auf die zusammengekniffenen Augen. Wärmte die kalten Hände. Streichelte über den verkrampften Rücken. Strich ihm die Haare aus dem Gesicht. »Du hast keine Schuld«, flüsterte sie. »Du hast keine

Schuld. Die anderen sind es. Sie tun es. Sie haben dir das alles angetan.« Sie fühlte die Wärme des Kindes in ihren Armen. Wie sie ineinander verschmolzen. Sie war das Kind und die Frau. »Oh mein Gott«, schrie sie. »Was hat man mir angetan?«

Natalie hatte ihr Jurastudium problemlos abgeschlossen. Alle Examen mit hervorragenden Noten bestanden. »Ich will ein Jahr auf Weltreise«, kündigte sie Gaby bei ihrem letzten Besuch an. »Ich fahre mit Klaas. Meine Aussteuerversicherung lasse ich mir dafür ausbezählen. Die brauche ich doch nicht. Eine Stellung suche ich mir, wenn ich zurückkomme.« Mit Klaas. Ein netter junger Mann. Ganz deutlich verliebt in ihre Tochter. Vielleicht kam doch noch alles ins rechte Fahrwasser. Glücklich war Natalie noch immer nicht. Auch nicht zufrieden mit sich und ihrem Körper. Andere Menschen, andere Kulturen kennenlernen, das war hoffentlich ein Schritt in diese Richtung. Zum erstenmal beneidete sie ihre Tochter. Sie hatte die Möglichkeit, sich selbst zu finden. Weniger schmerzhaft, als sie selbst es gerade tat.

»Du bist kein Kind mehr«, hatte Jaap ihr bei der letzten Sitzung deutlich gemacht. »Heute kannst du tun und lassen, was du willst. Niemand hat mehr Gewalt über dich. Du kannst dich wehren. Du bist nicht mehr hilflos.« Gaby hatte die Worte auf sich einwirken lassen. Sie konnte tun und lassen, was sie wollte. Sie wollte etwas für sich selbst tun. Was hatte Frau Moll gesagt: »Deine Aufsätze waren etwas Besonderes. Ich war immer überzeugt, daß du etwas mit deinem Schreiben tun würdest.« Ja, sie wollte etwas mit ihrem Talent, wie Frau Moll es genannt hatte, beginnen. Sie wußte nicht, ob man Schreiben lernen konnte. Aber sie wollte es versuchen. In einer Zeitschrift hatte sie eine Anzeige gelesen. »Lernen Sie schreiben in Ihren eigenen vier Wänden. Erfahrene Lehrer begleiten Sie bei Ihrem Studium der Journalistik und Belletristik.« Sie schnitt den Coupon aus und schickte ihn ein. Innerhalb einer Woche lag die Antwort mit einem Anmeldeformular in ihrem Briefkasten. Es war nicht billig. Ein monatlicher Beitrag von achtundneunzig Mark. Sie bekam Taschengeld von Hubert. Sie konnte selbst entscheiden, was sie damit tun wollte. Sie unterschrieb den dreijährigen Kursus, brachte die Anmeldung zur Post und fühlte, daß sie einen weiteren Schritt unternommen hatte. Erst danach erzählte sie es Hubert. Er sah sie skeptisch an. »Eine Nähmaschine hast du dir auch einmal gewünscht. Ich habe dich schon lange nicht mehr nähen sehen.«

»Aber das ist doch etwas anderes«, versuchte sie ihm zu erklären. »Ich will richtig schreiben lernen.« – »Ich werde dich nicht davon abhalten«, sagte er kühl. »Aber denke bitte daran, daß du auch Kinder hast, die dich brauchen.«

Manchmal konnte sie ihn hassen. War es denn für ihn nicht einmal möglich, ihre Begeisterung für ihre Pläne und Wünsche zu teilen? Sie war doch nicht nur Mutter und Hausfrau? Ihre Pflichten als Mutter würde sie nicht vernachlässigen. Und Huberts Socken würde sie immer noch mit der Hand waschen und das Essen pünktlich auf dem Tisch haben. Aber gerade jetzt bekam sie etwas mehr Zeit. Alex kam in die Vorschule. Das bedeutete, daß sie jeden Tag von halb neun bis mittags um zwölf Uhr und nachmittags noch einmal von halb zwei bis um halb vier Uhr kein Kind mehr zu beaufsichtigen hatte. Das hieß, sie hatte fünfeinhalb Stunden für sich selbst. Unvorstellbar viel Zeit! Natürlich mußte sie vormittags auch das Essen kochen, denn Hubert erwartete genau um ein Viertel vor ein Uhr seine warme Mahlzeit, aber das konnte sie schon schaffen. Zum ersten Mal seit über zehn Jahren konnte sie sich ihre Zeit wieder ein wenig selber einteilen. Und sie wollte etwas tun, das nur für sie selbst war. Wenn sie mit dem Fernstudium auf die Nase fiel, Pech gehabt! Aber dann hatte sie es zumindest versucht. Natürlich hatte sie ihre Zweifel. Im starken Maße sogar. Konnte man schreiben lernen, wie man kochen lernt: Man nehme eine Idee, eine gute Portion Phantasie, gebrauche einfache Worte, klare Sätze, das ganze auf kleiner Flamme ziehen lassen, mit etwas Humor abschmecken und eine Prise Ironie nicht vergessen? Ganz bewußt packte sie alle ihre Selbstzweifel in der ersten Phase des Schreibenlernens in eine Schublade und machte die energisch zu. Damit hatte sie ja Erfahrung . . . Doch anders ging es jetzt nicht. Sie würde es niemals lernen, wenn sie ihrem mangelnden Selbstbewußtsein nachgab. Wenn sie auf die Stimmen hörte, die ihr zuflüsterten: *Du* willst Bücher schreiben? Bildest du dir tatsächlich ein, daß jemals jemand etwas von dir druckt? Schau dich doch einmal in einer Bücherei um: Hunderte, Tausende von Büchern, und da kommst *du* und willst etwas schreiben, das noch von Interesse ist?

Die erste Lektion des Fernstudiums war verblüffend einfach. Stilübungen, Sätze zu einem guten Schluß bringen, eine kleine Geschichte zu einem Foto schreiben. Kinderleicht, fand Gaby, die vor Energie brannte, etwas zu tun. Es lenkte sie von ihren Ängsten ab. Von dem stets größer werdenden Problem mit Hubert und seinem Ultimatum: Entweder gehst du mit mir in einen Sexclub, oder ich kann dir meine Treue nicht mehr garantieren. Sie wollte nicht vierundzwanzig Stunden am Tag an die Konsequenzen seiner Forderung denken. Sie wollte etwas tun.

Eines Nachts stand sie auf und ging nach unten. Die Probleme mit Daniel in der Schule wurden größer. Der Sieg der deutschen Fußballmannschaft über die holländische spitzte im Moment die Angelegenheit unerquicklich zu. Er war der ›*Mof*‹. Mit seiner sanften Art ein besonders willkommener Sündenbock. Warum mußte er auf diese Art und Weise lernen, wie hart und verletzend Kinder sein können? Gaby hätte ihn so gerne beschützt. Sie ging in die Küche und machte sich ein Glas warme Milch und rührte etwas Honig hinein. Auf dem Tisch lag ein Notizblock mit Einkäufen, die am nächsten Tag erledigt werden mußten. Sie riß die oberste Seite ab und begann zu schreiben. Welche Gefühle hat ein Kind von neun Jahren, wenn es in eine Außenseiterrolle gedrängt wird? Wie hatte sich Manfred vor zehn Jahren gefühlt, als er plötzlich Freunde, Schule und die vertraute Umgebung verloren hatte und in ein fremdes Land gezogen war? Ein Land, in dem er nicht die Sprache sprach und deren Menschen nicht überwältigend deutschfreundlich sind? Nach zwei Stunden war der Block vollgeschrieben.

Müde nahm Gaby ihn mit, legte ihn unter ihr Kopfkissen und schlief das erstemal seit langem todmüde, aber zufrieden ein. Am nächsten Morgen wachte sie mit dem unbestimmten Gefühl auf, daß etwas anders war als sonst. Sie erinnerte sich blitzartig: Heute nacht hatte sie sich hingesetzt und geschrieben. Sie rieb sich die brennenden Augen, richtete sich auf und holte den Notizblock unter dem Kopfkissen hervor. Eigentlich war sie überzeugt, daß sie nach den ersten Zeilen alles in den Papierkorb werfen würde. Aber nein. Sie las und wunderte sich über den kleinen Jungen, der so mutig in die Zukunft schaute, gespannt, wie es in der neuen Heimat sein würde. Kein Zweifel, dieser Junge lebte. Es war nicht Manfred, nicht Daniel, aber dies war ein Kind von Fleisch und Blut. Den ganzen Morgen, beim Abwaschen, Putzen und Einkaufen, ging ihr der Junge im Kopf herum. Beim Einkaufen vergaß sie beinahe, daß sie Angst hatte, so sehr beschäftigte es sie, wie es weitergehen würde. Der Junge sagte Sätze, die sie amüsierten, die Mutter war zu streng, der holländische Lehrer glich Manfreds erstem Klassenlehrer. Beim Kochen, immer zwischendurch schrieb sie die Sätze auf, schüttelte ein wenig den Kopf über die strenge Mutter, lächelte mitfühlend bei den Bemühungen des Klassenlehrers. Sie schrieb. Dachte an Natalies und Manfreds Erfahrungen in den ersten Jahren in den Niederlanden und schrieb. Beide hatten sie damals in dem Alter, in dem Daniel jetzt war, die gleichen oder ähnliche Erfahrungen gemacht. Kinder können hart sein, oft grausam und plappern nach, was sie zu Hause hören.

In jeder freien Minute schrieb sie. War das Inspiration? Gaby konnte es nicht so nennen. Da kamen keine dichterischen Höhenflüge, keine zauberhaften Wortgebilde, sie schrieb, wie es ihr in den Sinn kam und so, wie ein Kind von neun Jahren es verstehen würde.

Nach einigen Wochen wurde Hubert hellhörig. »Du mußt ja anscheinend enorm viel für dein Studium tun? Hast du dich nicht doch übernommen, wenn du stundenlang dafür schreiben mußt?« Sie fand, es war an der Zeit, die Wahrheit zu sagen. Obwohl es ihr beinahe nicht über die Lippen ging. »Ich schreibe ein Buch«, sagte sie. Nicht mehr und nicht weniger. Hubert sah sie an. »*Was* tust du?« »Ich schreibe ein Buch.« Er sah sie an, wartete auf weitere Erklärungen. Zu absurd war das, was sie da von sich gab. So eine Erklärung konnte sie nicht allein im Raum stehen lassen, mager, zittrig. Sie fügte hinzu: »Wie es den deutschen Kindern hier geht, die Deutschfeindlichkeit, die vielen kleinen Ungerechtigkeiten.« – »Oh, ja«, sagte er und fügte dann noch erschreckend gleichgültig hinzu: »Wenn es dir Spaß macht!«

Wenn es dir Spaß macht! Machte es ihr Spaß? Nein, oder vielmehr doch, sie fühlte eine seltsame Befriedigung, wenn sie gebeugt am Tisch saß und schrieb, bis ihr die Hand weh tat. Nur daran merkte sie, wie die Zeit verflog.

»Willst du einmal etwas lesen?« fragte sie Hubert einen Monat später.

»Du mußt Kontakt zu deinem Mann herstellen«, hatte Jaap ihr geraten. »Du kannst nicht erwarten, daß er deine

Wünsche errät. Jahrelang hast du ihm nicht gesagt, was du möchtest. Er ist doch kein Hellseher. Frage ihn, wenn du etwas von ihm willst.« Es fiel ihr schwer, aber sie tat es. Sie wollte Kontakt mit Hubert. Richtigen, menschlichen Kontakt.

»Willst du etwas lesen?« – »Wovon etwas lesen?« Er sah sie über den Wirtschaftsteil seiner Zeitung hinweg fragend an.

»Von meinem Manuskript.« Wie das klang. Manuskript. Ein kostbares Wort. Durfte sie es für ihr Geschriebenes überhaupt gebrauchen? – Doch die ersten Beurteilungen ihres Studienleiters waren überwältigend gewesen. Er lobte sie, bezweifelte, daß sie nicht schon eher etwas geschrieben hatte. Also Mut! *Manuskript,* ja von ihrem *Manuskript.*

»Von meinem Manuskript.«

»Von deinem Manuskript.« Er sah sie an, als betrachte er ein ihm vollkommen fremdes Wesen. Vielleicht habe ich auf einmal grüne Haare, dachte sie und ein Auge auf der Stirn. Und abstehende Ohren oder sonst etwas Kurioses. Dann erschien sein verbindliches Lächeln. Ein Lächeln, das er anknipsen konnte wie eine Nachttischlampe. Ein Lächeln, das er zur Verfügung hatte für jedermann. »Natürlich, gerne«, sagte er bereitwillig. »Lege es schon einmal auf den Tisch.« Besprechung geschlossen. Sein Kopf verschwand wieder hinter der Zeitung. Sie legte die ersten zwanzig Seiten auf den angewiesenen Platz und flüchtete beinahe aus dem Zimmer. Sie fühlte sich so kindlich, wieder so verletzlich. Ein Gefühl, das sie fast nicht ertragen konnte. Wenn sie verletzlich war, hatte das für sie immer schlimme Folgen gehabt. Dies ist etwas anderes, sprach sie sich selbst beruhigend zu. Ich bin kein Kind mehr. Ich kann selbst entscheiden, was ich tue. Doch die Tatsache, daß sie wie ein kleines Kind auf Lob wartete, um Anerkennung bettelte, blieb bestehen. Das war es, was sie hören wollte: Lob und Anerkennung. Nicht um ihr Äußeres, nicht wie gut das Essen geschmeckt hatte und nicht, wie sauber die Socken waren. Sondern Lob und Anerkennung für etwas, das sie geschaffen hatte. Wie gut sie etwas formuliert, wie treffend sie eine Situation beschrieben hatte. Die Schublade voll mit Zweifeln und Unsicherheiten sprang schon wieder auf, und die Stimmen, die sie auslachten, waren nicht mehr zu überhören.

»Es ist interessant geschrieben«, sagte Hubert vor dem Schlafengehen, »aber« – er sah sie mitleidig an – »meinst du tatsächlich, daß das irgend jemand interessiert?«

Gaby wurde wütend. So richtig wütend von innen heraus. Was bildete er sich eigentlich ein? Sie brauchte sein Mitleid nicht! Sie war kein dummes Frauchen, das irgendwelchen Hirngespinsten nachhing. »Warum sollten sich nicht Kinder dafür interessieren? Vierzig Jahre nach dem Krieg werden in Holland deutsche Kinder immer noch diskriminiert. Und in Deutschland diskriminieren deutsche Kinder die Kinder der Gastarbeiter. Warum sollte man nicht darüber schreiben?«

»›Man‹ vielleicht – aber du?« Gaby holte tief Luft, doch bevor sie etwas darauf antworten konnte, fuhr er schon ganz freundlich fort: »Ich meine nur, es wird für dich sehr schwierig sein, einen Herausgeber zu finden. Dich kennt niemand.« Ja, er hatte natürlich recht. Ihre Wut fiel in sich zusammen. Das würde sehr schwierig sein. Aber das hatte sie jetzt nicht wissen wollen. Es ist interessant geschrieben, hatte er gesagt. Das war nicht viel an Lob, aber immerhin. »Das werde ich dann sehen, wenn ich soweit bin«, sagte Gaby kühl. »Ich kann nur ein Problem nach dem anderen lösen.«

Und jetzt galt es erst einmal ein anderes Problem zu lösen. Das Problem, das von Anfang an ihre Ehe überschattet hatte. Nein, nicht von Anfang an, sondern nach zwei

Monaten, zwanzig Tagen und zehn Stunden. Hubert konnte ihr nicht treu sein, sagte er. Er wollte es gerne, aber er konnte nicht. Nicht, wenn sie nicht bereit war, mit ihm zusammen die Dinge zu erleben, die in seinen Phantasien und Träumereien einen immer größeren Umfang angenommen hatten. Er wollte und mußte mit anderen Frauen schlafen. Natürlich wollte er sie zu nichts zwingen. »Es ist ganz allein deine Entscheidung«, sagte er.

»Es ist ganz alleine deine Entscheidung«, hatte Pappi gesagt, »du hast es in der Hand, wie es zwischen uns wird.«

Sie war kein Kind mehr. Niemand konnte sie zwingen, etwas zu tun, das sie nicht wollte. Sie hatte mit Jaap darüber gesprochen. »Du mußt selbst wissen, was du willst«, hatte ihr Therapeut gesagt. »Dein Mann hat insofern recht, wenn er sagt, daß du nicht weißt, ob es dir gefällt. Du bist selbst verantwortlich für deine Entscheidungen.«

Später dachte sie oft, daß Jaap zu diesem Zeitpunkt der Therapie hätte wissen müssen, daß sie noch nicht so weit war, um zu wissen, was sie wollte. Aber vielleicht war es seine Absicht, ihr die Augen zu öffnen? Ihr deutlich zu machen, wo ihre Grenzen lagen?

»Nächsten Sonnabend«, sagte sie zu Hubert, »nächsten Sonnabend bin ich bereit, mit dir in den Club ›Belle Jour‹ zu gehen.« ›Belle Jour‹ war ein exklusiver Sexclub. Nur für Paare. Deshalb mußte sie auch mitgehen. Als Mann allein hatte man da keinen Zutritt. Außerdem wollte er ›es‹ ja mit ihr erleben. Nur mit ihr. Dann würde er ihr auch immer treu bleiben.

»Wollen wir beiden Hübschen dann mal?« fragte der Dicke sie und legte seine Hand vertraulich auf Gabys nackten Oberschenkel.

Sie sah zu Hubert. Über die rosige Schulter einer Rothaarigen sah er zu ihr. Nickte ihr beruhigend zu. Keine Angst, wird schon nicht so schlimm sein. Sie stand auf, taumelte ein wenig. Die dreiviertel Flasche Martini tat ihre Wirkung. Nur Martini, nicht mit Eis und nicht mit einer Scheibe Zitrone. Sie hatte ihn im Auto getrunken, einfach so, aus der Flasche. Die Tränen waren ihr dabei über die Wangen gelaufen. Hubert hatte nicht zur Seite gesehen. Vielleicht überlegt er es sich, hatte sie gedacht. Er liebt mich doch! Er muß doch sehen, daß ich mich betrinke. Wie ich schlottere. Daß ich Angst habe.

»Du mußt ihm sagen, was du fühlst,« hatte Jaap zu ihr gesagt. »Wie soll dein Mann wissen, wie du dich fühlst?«

»Ich habe Angst, Hubert«, sagte Gaby. »Das ist normal«, sagte Hubert nach einem Augenblick des Nachdenkens und sah auf die Landstraße. »Du weißt einfach nicht, was dich erwartet. Aber keiner wird dich da fressen. Das sind alles distinguierte Leute. Ein renommierter Club.« Ein renominierter Club. Alles distinguierte Leute. Sie hatte noch einen Schluck genommen. Die Konturen um sie herum begannen zu zerfließen. Alles wurde in einen grauen Nebel gehüllt.

Auch früher mit Pappi hatte ihr der Alkohol geholfen. Ein, zwei Glas Wein, und es hatte viel weniger wehgetan. Auch heute würde ihr niemand wehtun.

»Ich werde dir nie ein Haar krümmen«, hatte Hubert ihr bei der Hochzeit versprochen. Es war allein ihre Entscheidung gewesen. Sie wollte ihn nicht verlieren. Nur so konnte er ihr treu bleiben.

Die Matratzen im Nebenzimmer waren mit rosa Laken bedeckt. Vielleicht waren es auch nur die roten Lampen, die alles rosa erscheinen ließen. Rosa kleine Ferkelchen, die sich auf den rosa Laken suhlten, grunzten, schmatzten. »Nun komm schon«, sagte der Mann und zog sie nach unten. Er wurde ungeduldig. Schließlich hatte er seine Frau auch zur Verfügung gestellt. Gleiches Recht für alle.

Gaby zitterte. »Mach sie breit, die Beine.« Als er mit voller Kraft in sie eindrang, schrie sie nicht. Sie kannte dies. Es würde schnell vorbei sein. Sie sah zu Hubert. Die Rothaarige lag unter ihm. Oh mein Gott, dachte sie und wandte den Kopf zur Seite. Oh mein Gott!!!

Sie sah in die verschleierten Augen einer jungen Frau neben ihr. Was tust du hier, wollte sie sie fragen. Du bist noch viel zu jung, um hier zu sein. Sie sagte nichts. Die Kleine lächelte sie voller Traurigkeit an, nahm ihre Hand und legte sie auf ihre Brust. Eine volle rosa Brust. Gaby streichelte sie und begann wieder zu weinen. Wie schön so eine Brust ist, dachte sie, warm und weich und rund.

»Na, gefällt es dir? Sag, daß du es schön findest!« Pappi? Nein, das Gesicht über Gaby war nicht Pappis. Komisch, die Stimme kannte sie. »Sag, daß du es schön findest!« Hubert. Es war Hubert, ihr lieber, guter Mann. Sie wollte ›ja‹ sagen, ›natürlich, Hubert, wie du meinst, Hubert‹. Aber so sehr sie sich auch bemühte, es klappte nicht. Ihre Zunge lag wie ein dicker Klumpen in ihrem Mund. Aber lächeln konnte sie noch. Einfach daliegen und lächeln und die Beine breit machen. Mehr wurde von ihr nicht erwartet. Sie konnte sich wegträumen. Zu ihren Lämmern, die über grüne Wiesen sprangen. Ganz fest daran denken, dann konnte ihr nichts mehr geschehen. Es war nur die Hülle, die sie benutzten, beschmutzten. Sie selbst hatte damit nichts zu tun. Nichts und niemand konnte sie wirklich berühren.

»Du bist kein Kind mehr«, sagte Jaap zu ihr. »Nichts und niemand kann dich heute zu etwas zwingen. Du selbst entscheidest, was du willst.«

Gaby hatte ihm von der Nacht in dem Sexclub erzählt. Daß es ihr wenig ausgemacht hatte, als es endlich soweit war. Die Fahrt dahin, ja, das war die Hölle gewesen. Deswegen auch der viele Martini. Einsam hätte sie sich gefühlt, einsam und verloren. Aber dann, dort auf den rosa Matratzen, da hatte nichts sie wirklich berühren können. Da war sie weit weg gewesen.

»Du flüchtest dich fort«, sagte Jaap. »Du kannst die Wirklichkeit nicht ertragen.«

Die Wirklichkeit. Was war die Wirklichkeit? Gab es nur die eine Wirklichkeit?

Die Wirklichkeit war, daß sie jetzt wußte, wie es in einem Sexclub zuging. Hubert wußte es auch. »Weniger aufregend, als ich mir es vorgestellt hatte«, gab er zu. »Aber das lag wohl daran, daß man doch ein wenig verkrampft an die ganze Sache herangegangen ist. Richtig genießen kann man es wahrscheinlich erst beim zweiten oder dritten Mal.« Gaby hatte ihn schweigend angesehen. »Du kannst doch nicht sagen, daß es furchtbar war? Ich meine, die Atmosphäre hatte doch Niveau: gepflegte Getränke, dezente Musik, modernes Mobiliar, Leute wie du und ich.«

Du vielleicht, dachte Gaby, aber wie ich bestimmt nicht. Oder doch, die junge Frau – diese Augen – ja, vielleicht hatte er wieder recht. Es waren wahrscheinlich Leute wie du und ich. »Ich meine ja auch nur, dies war doch erst ein zögernder Beginn. Ist doch klar, daß du noch nichts davon gehabt hast. Warte mal ab, wenn wir . . .«

»Bitte höre auf«, hatte Gaby gesagt. »Bitte höre jetzt auf. Oder ich schreie.«

Abends hatte sie einen großen Strauß roter Rosen bekommen. »Für meine einzige, wirkliche Geliebte.« Sie fühlte sich wieder etwas besser. Der große Druck, die Angst vor dem Unbekannten, hatte der Erleichterung Platz gemacht, daß es vorbei war. Für diesmal hatte sie es hinter sich gebracht. Für meine einzige Geliebte. Das war sie. Da stand es schwarz auf weiß. Jedes Opfer lohnte sich dafür.

»Du bist kein Opferlamm mehr«, sagte Jaap zu ihr. »Heute kannst du dich wehren.«

»Wie soll ich mich wehren?« fragte sie ihn. »Wie kann ich mich wehren, für all das, was er mir angetan hat?« – »Du meinst, was dein Stiefvater dir angetan hat?« – »Ja, natürlich. Wer sonst?!« – »Schon gut. Was würdest du am liebsten tun?« Gaby überlegte. »Über ihm stehen. Auf ihn herabsehen. Ihn fragen, wie man sich fühlt, wenn man Angst hat. Ihn fragen, ob er weiß, was er getan hat. Ihn fragen, fragen, fragen.«

»Du wirst nie eine Antwort auf deine Fragen bekommen«, sagte Jaap. »Er wird nie bereit sein, dir zu antworten.« – »Aber ich will, daß er es weiß. Ich will, daß er zumindest einmal hört, wie es war. Wie es ist. Er wird mir dafür bezahlen«, fügte sie leiser hinzu. »Seinetwegen habe ich meine Mutter verloren. Seinetwegen habe ich nie mit ihr reden können.« – »Rede heute mit ihr«, sagte Jaap. Sie sah ihn verständnislos an. »Du weißt doch, daß sie tot ist.« – »Sie ist tot, aber sie ist da.« Gaby mußte an ihren Traum denken. An den Traum noch vor Alex' Geburt. Meine beiden Jüngsten, hatte sie damals zu Mutti gesagt. Es war wahr geworden. Sie hatte noch einen Sohn bekommen. Auch in dem Traum hatte sie versucht, mit Mutti zu reden.

»Geh zurück in deine Kindheit«, sagte Jaap zu ihr. »Du kannst es jetzt allein. Wir haben es oft genug zusammen getan. Geh zurück und erinnere dich. Und dann rede mit ihr. Als die Erwachsene, die du jetzt bist. Sage ihr, wie du dich als Kind gefühlt hast. Was du für Angst gehabt hast. Wie einsam du warst.«

»Ihre Texte gefallen mir besonders gut«, stand in dem Brief des unbekannten Studienleiters, schwarz auf weiß. »Sie schreiben besonders klar und einfach. Vergessen Sie aber nie, Ihrem Text gegenüber besonders kritisch zu sein. Kürzen Sie, streichen Sie, straffen Sie.« Ein Lob von berufener Seite. Sie hatte es bitter nötig, um ihr Manuskript zu Ende zu bringen.

»Schreibst du noch immer an deinem Buch?« erkundigte Hubert sich, wenn sie abends nach der Tagesschau in ihr Arbeitszimmer ging. Das Wort ›Buch‹ klang, als handele es sich hier um eine unbekannte Krankheit, ein gefährliches Virus. »Ja«, sagte sie und wünschte, sie hätte ihm nichts gesagt. Inzwischen arbeitete sie ihre Lektionen mit einer verbissenen Gewissenhaftigkeit durch, als könne sie dadurch schneller hinter die Geheimnisse der Schreibkunst kommen. Sie verschlang Bücher und fragte sich: Wie beschreiben anerkannte Schriftsteller eine Stimmung, wie finden sie einen Übergang, wie einen Zeitwechsel? Sie wußte sowenig, folgte nur ihrem Gefühl. Doch sie ahnte, daß das auf die Dauer nicht ausreichen würde.

»Es wird sehr schwierig sein, einen Herausgeber zu finden«, hatte Hubert sie gewarnt.

Gaby erinnerte sich an Heike Remy, eine frühere Mitschülerin. Auf dem Klassentreffen hatte sie erzählt, daß sie als Lektorin für einen Musikverlag arbeite. Vielleicht kannte sie jemanden, der ihr weiterhelfen konnte. Sie rief sie an und erzählte ihr von ihrem Buch – das Wort fand sie dritten gegenüber viel zu protzig, aber irgendeinen Namen mußte das Kind ja haben – und ob sie wüßte, an wen sie sich wenden könne. »Ein Buch über Probleme, einfach geschrieben«, Heike überlegte und schlug ihr dann einen Kinderbuchverlag vor. Sie gab ihr die Anschrift durch und wünschte ihr viel Glück. Und bevor alle Zweifel die Oberhand gewinnen konnten, schrieb Gaby ein paar erklärende Zeilen zu ihrer Geschichte und schickte das ganze an den Verlag. Und sie schrieb weiter, schrieb und schrieb. Vieles, was sie sah, fühlte und erlebte, versuchte sie in Worte zu kleiden, aufs Papier zu bringen: Geschichten, kleine Erlebnisse, Vergangenes. Über den Sexclub schrieb sie nichts. Über Hubert auch nicht. Und die andere Tür zu ihrer Kindheit, die ließ sie auch zu. Sie fürchtete, daß sie eines Tages darüber schreiben mußte, aber sie hatte Angst davor. Unsagbare Angst. Sie fürchtete, damit endgültig ins Nichts zu stürzen. Sie hatte Jaap von ihrem Manuskript über deutsche Kinder in den Niederlanden erzählt. Und daß sie ein Fernstudium begonnen hatte. »Endlich«, sagte er, »endlich beginnst du etwas zu tun, das für dich ist.«

Und nach einer besonders angreifenden Hypnosesitzung – sie hatte die Angst gespürt, als stünde Pappi persönlich neben ihr – hatte Jaap gesagt: »Warum schreibst du nicht ein Buch über deine Jugend?« – »Nie«, hatte Gaby gerufen. »Nie!« Und leiser hinzugefügt. »Dazu habe ich die Kraft nicht.«

Schon nach zwei Monaten schickte der Lektor des Verlages ihren Erstling zurück. Sie hatte das berühmte Glück gehabt, die Nadel im Heuhaufen zu finden. Er schrieb, ihre Geschichte hätte ihm gut gefallen. Sie wäre zu veröffentlichen. Vielleicht zwanzig Seiten länger, die Sätze noch etwas einfacher, kürzer, da man eine neue Serie plane: »Leichter lesen, Lieber lesen.« Sie geriet in eine Art Rausch. Alle anderen Probleme um sie herum fielen für vierzehn Tage weg. Man war bereit, ihr Manuskript zu veröffentlichen! Was waren schon zwanzig Seiten! Innerhalb von zwei Wochen hatte sie ihr Buch um drei Kapitel erweitert und alles noch einmal durchgearbeitet, klare Sätze, alle Schnörkel glattgestrichen.

Hubert murrte. »Ich hatte dir zu Anfang gesagt, daß die Familie nicht darunter leiden darf.« – »Sie leidet nicht«, sagte Gaby. »Ich koche, backe, wasche. Abends, wenn alles getan ist, wenn du in deinem Zimmer sitzt, schreibe ich.« – »Wenn du meinst«, sagte er.

Als sie ihr erweitertes Manuskript zur Post brachte,

fragte Alex sie: »Wenn dein Buch jetzt fertig ist, Mammi, wird dann alles wieder so wie früher?« Wie früher? ›Wie früher‹ hieß, immer verfügbar zu sein. Und Hubert und die Kinder waren wichtiger als sie selbst gewesen. Sie waren es noch immer, aber sie wollte weiterschreiben. Sich nicht mehr nur wegträumen, sondern auch wegschreiben können. Vielleicht hätte sie doch das Handtuch geworfen, wenn ihr erstes Manuskript nicht drei Monate später angenommen worden wäre. Glühend vor Aufregung wartete sie mittags auf Hubert. Pünktlich um ein Viertel vor ein Uhr kam er nach Hause. »Tag, Kleines.« Er küßte sie auf die Wange. »Ich habe einen Brief«, Gaby zitterte, doch diesmal vor Glück. Sie legte ihm den Brief auf seinen Teller. Er sah sie an, setzte sich, las. »Wie schön für dich. Herzlichen Glückwunsch.« Er legte den Brief zur Seite. »Was gibt es denn heute zu essen?« Sie drehte sich um und machte sich an den Töpfen zu schaffen. Als ihre Augen nicht mehr brannten, servierte sie das Essen: Rinderbraten in Meerrettichsoße. Ein Rezept seiner Mutter. »Mmh, lecker«, freute er sich. »Ich habe richtigen Appetit. War ein harter Vormittag. Von hüh nach hott und dann auch noch die Stabbesprechung. Ich bin geschafft.«

Und dann komme ich mit meinem Brief, dachte Gaby. Kein Wunder, daß er nicht darauf eingehen kann. Vielleicht später, heute abend, wenn es ihm auskommt. – Sie brauchte Anerkennung. Aber dieser Brief war eine Anerkennung von kundiger Seite. Niemand würde das Manuskript einer Anfängerin drucken, wenn es nicht gewisse Qualitäten hätte, tröstete Gaby sich selbst. Sie hatte gerade ein Drehbuch für einen Wettbewerb im Fernsehen geschrieben. Heimlich, sie wollte nicht, daß Hubert seinen Kommentar dazu gab. Ein Fernsehspiel über ältere Leute. Wie herablassend sie behandelt würden, wie sie nicht mehr mitzählten. Nicht tierisch ernst hatte sie ihre Geschichte verfaßt, sondern mit einer gehörigen Portion Humor darin. Und sie bewarb sich als Korrespondentin einer Zeitung. Schickte einen Probeartikel ein. Schon zwei Tage später bekam sie einen Anruf. »Sie können bei uns anfangen. Als Freie, versteht sich.« Versteht sich, dachte Gaby und ballte ihre Faust. Ich werde es schaffen. Was genau, wußte sie noch nicht.

Gaby konzentrierte sich auf den Rubinring mit den kleinen Diamantsplittern darum herum, den sie vor vielen Jahren von Robbie bekommen hatte. Sie hielt die Hand hoch, und ihre Augen saugten sich an dem roten Stein fest, bis er flimmerte, zerfloß. Langsam wurden ihre Lider schwer, und sie lehnte sich zurück. Ganz behutsam ging sie die Stufen hinunter in ihre Jugend. Dann entspannte sie sich, ließ das wohlige Glücksgefühl von Sonnengelb durch ihren Körper rieseln. Jeden Tag versetzte sie sich jetzt auf Jaaps Geheiß in Selbsthypnose. »Du mußt lernen, dich zu entspannen. Du bist wie ein Bogen, dessen Sehne aufs äußerste gespannt ist. Wenn du so weitermachst – eines Tages reißt die Sehne.« Heute wollte sie mehr, als sich nur während der Hypnose zu entspannen. Sie wollte mit Mutti reden.

Sie ging zurück. Bei dem jungen Mädchen Gaby von noch nicht achtzehn Jahren blieb sie stehen. Sie war gerade aus dem Krankenhaus gekommen. Ein Auge war noch immer grünblau verfärbt, ihre Rippen schmerzten. Aber die Risse am Ohr waren verheilt, die Fäden über ihren Lippen gezogen. »Ich gehe jetzt«, hatte sie zu Mutti gesagt, den kleinen Koffer mit ihren nötigsten Sachen in der Hand. Mutti hatte den Kopf abgewandt, sie nicht angesehen. »Nie werde ich dir das verzeihen«, hatte sie geschluchzt. »Die Schande! Was sollen die Nachbarn denken! Tot bist du für mich. Tot, tot, tot!«

Damals war Gaby gegangen. Eiskalt hatte sie sich gefühlt, daß sie Mutti so weinend zurückgelassen hatte. Schuldig an ihrem Unglück. Sie war gegangen, weil die

Angst vor Pappi größer war. Und weil Dr. Rehbein Mutti die Volljahrigkeitserklärung abgezwungen hatte. Weil sich zum erstenmal jemand schützend vor sie gestellt hatte.

Die Frau Gaby fühlte wieder die gleiche Einsamkeit und vollkommene Hilflosigkeit, als sie Mutti so weinend am Tisch sitzen sah. Aber jetzt ging sie zu ihr. Sie stellte den Koffer ab und setzte sich zu ihr an den Tisch. »Sieh mich an«, sagte sie, und ihre Stimme war weich und fest zugleich. »Du mußt mich ansehen, Mutti.« Etwas in der Stimme ließ Mutti einhalten mit Schluchzen und ihr Kind ansehen. Sie sah ein mageres Mädchen mit umschatteten Augen und mit einem entschlossenen Zug um den Mund. »Weißt du, Mutti, was *er* mir angetan hat? Weißt du, daß ich seit meinem sechsten Lebensjahr keinen ruhigen Tag in diesem Haus hatte? Keine Nacht, in der die Angst mich ruhig schlafen ließ?« – »Ich will das nicht hören.« Mutti hielt sich die Ohren zu. »Ich will das nicht hören. Wenn ich das glauben würde, könnte ich mich ja gleich aufhängen.«

Da war er wieder, dieser Satz. Dann könnte ich mich ja gleich aufhängen. »Damit hast du mich zum Schweigen verurteilt.« Gaby wurde böse, packte Mutti am Arm. »Sieh mich an, sie mich um Himmels willen endlich an. Ich existiere, ich lebe hier neben dir. Wie sollte ich denn reden, wenn ich deinen Tod auf dem Gewissen haben sollte? *Du* hast mich zum Schweigen verurteilt. *Du* hast mir die Lippen versiegelt.« Mutti wandte sich ab, sah zur Seite. »Ja«, Gaby erhob ihre Stimme noch mehr. »Auch das hast du immer getan. Zur Seite gesehen. Es ist doch unmöglich, daß du das alles nicht gesehen hast. Nicht meine Angst, nicht meine Not, nicht meine Verzweiflung. Du *mußt* es gesehen haben. Warum, warum, Mutti, hast du mich so allein gelassen?« Gaby begann zu weinen, aber sie hörte nicht auf zu reden, sie mußte weiterreden. Mutti war noch nicht so alt wie in dem anderen Traum, als sie auch mit ihr hatte reden wollen. Sie war beinahe in ihrem eigenen Alter. Man konnte sie noch zwingen zuzuhören. Man sollte alle Mütter zwingen zuzuhören. »Ich habe dich geliebt. Ich wollte auch von dir geliebt werden. Alles habe ich dafür getan. Und du hast dich von mir gewandt. Du hast mich allein gelassen.« Sie fühlte die Tränen über ihre Wangen rinnen, aber sie wischte sie nicht fort. »Er hat mich zu so vielen Sachen gezwungen. Scheußlichen Sachen. Er hat mir so weh getan. Und ich war noch so klein.« Gaby fühlte wieder das Mitleid mit dem Kind. Es tat ihr so gut, Mitleid zu fühlen und keine Verachtung mehr. Sie konnte mitleiden. »Wie konntest du mich ihm überlassen, Mutti? Wie konntest du sagen: wenn er jemand liebt, dann doch sein Zuckerpüppchen? Wie konntest du mich ihm finanziell ausliefern? Weißt du, daß *Du* mich prostituiert hast? Daß ich mich für ein Paar Turnschuhe verkaufen mußte? Für eine Klassenreise? Wo, Mutti, wo war dein Gefühl? Warum hast du mich nicht schützend in die Arme genommen?«

Und jetzt sah Mutti sie an. Und Gaby sah sie an. Eine früh gealterte Frau: Stumpfe, graue Haare, müde Augen, blutleere Lippen. Fahlgelb war ihre Haut vom vielen Rauchen, und ihre Schultern zog sie hoch, als fröre sie. Sie sagte nichts. Aber ihre Augen bettelten um Verständnis.

Wie sollte ich dich schützen? Ich konnte mich auch nicht vor ihm schützen. Was wäre aus uns geworden, wenn ich nicht geschwiegen hätte? Man hätte mich mit Steinen beworfen. Man hätte gesagt, die Frau ist schuldig. Kein Mann tut so etwas, wenn es in der Ehe stimmt. Man hätte mit Fingern auf uns gewiesen. Ich konnte mit der Wahrheit nicht leben. Ich schuf mir meine eigene. Nur so konnte ich weiterleben. Und dann – an wen hätte ich mich wenden sollen? Ich war genau so allein wie du. Ich wollte die Familie beieinander halten. Ich hatte Angst. Und dann war da auch noch Mark . . . Ich konnte nichts tun.

Und obwohl Mutti kein Wort sagte, verstand Gaby sie.

Sie fühlte die Ohnmacht ihrer Mutter. Die Ohnmacht der Frauen. Die Macht der Männer. Und sie fühlte außer dem Mitleid für das Kind auch Mitleid für Mutti. Auch sie war ein Opfer. Und doch mußte sie ihr noch etwas sagen. Es war die Wahrheit.

»Was *er* mir auch angetan hat, Mutti, es ist nichts so schlimm und so schmerzhaft gewesen wie das, was du getan hast: nämlich nichts! Das war das schlimmste. Daß du *nichts* getan hast.«

Gaby stand gegen ihre eigene Biedermeier-Kommode gelehnt und plauderte angeregt mit Dagmar und ihrem Mann. Ja, die Feier war wieder ein voller Erfolg. Jeder amüsierte sich prächtig. Und die neuen Rezepte, die Dagmar ihr gegeben hatte, waren auch gut angekommen. Der Selleriesalat mit den grobgehackten Walnüssen hatte viele Komplimente gebracht. Und die Datteln, gefüllt mit einer feinen Käsecreme, wirklich köstlich. Doch etwas Schönes, so eine Geburtstagsfeier im Kreise der Freunde und Bekannten. Leider, als Geburtstagskind selbst hatte man nicht soviel davon. Aber sie sah ja strahlend aus. Und was für eine schöne Goldkette sie von Hubert bekommen hatte. Wirklich, zu beneiden! Gaby nickte, lächelte und ließ Ursel und Hubert nicht aus den Augen. War sie denn wirklich verrückt? Sah sie Dinge, die nicht bestanden? Diese Blicke zwischen den beiden, dieses Lächeln um Ursels Mund, dieses Flackern in Huberts Augen? War sie denn wirklich verrückt? Und jetzt tanzten sie. Und wie sie tanzten! *Ein* Körper. Tanzten zu ihrer und Huberts Melodie. »On the top of the world.« Seine Lippen streiften Ursels Stirn, ihre Wangen. Nein, jetzt war es genug. Das war auch ihr Haus. Sie mußte doch nicht alles dulden. Sie ging zu den beiden, tippte Ursel von hinten auf die Schulter. Erschrocken fuhren sie auseinander. Huberts Hand glitt von Ursels Nacken hinunter zu ihrer Taille. »Darf ich dir meinen Mann abspenstig machen?« sagte sie und hoffte, daß ihr Lächeln im Gesicht nicht gefror. Und leiser fügte sie hinzu: »Jetzt ist es genug.« Ursel senkte den Kopf, drehte sich um. »Ich wollte sowieso zur Toilette«, murmelte sie und ging hinaus. Hubert sah ihr nach, zögerte einen Augenblick. »Tanzen wir?« fragte Gaby. Ein paar Bekannte sahen zu ihnen. »Natürlich«, sagte Hubert und knipste sein Lächeln an.

Als alle Gäste fort waren, lächelte er nicht. »Du machst mich lächerlich. Deine Eifersucht ist absolut entwürdigend und kindisch. Ich werde doch noch einmal mit einer Freundin tanzen dürfen! Wie konntest du dazwischenkommen.« – »Ich konnte nicht anders. Es war, *wie* du getanzt hast.« Gaby sah ihn nicht an. Sie leerte die Abfälle in die Mülltonne, räumte die schmutzigen Teller in den Geschirrspüler. »Du siehst Gespenster.« Huberts Stimme war eiskalt. »Darüber solltest du einmal mit deinem Therapeuten reden. Wie du mir mit deiner unbegründeten Eifersucht das Leben zur Hölle machst. Wie du deine beste Freundin verdächtigst. Warum du kein Vertrauen haben kannst.«

Jeder Satz traf Gaby wie ein Peitschenhieb. Sie hatte es doch gesehen. Sie hatte doch gefühlt, daß da etwas war. Konnte sie denn ihrem Gefühl nie mehr vertrauen? Ihre Beine zitterten so stark, daß sie glaubte, jeden Moment umzufallen. Hubert nahm ihr den schmutzigen Teller aus der Hand. »Du bist ja wirklich in einer schlechten Verfassung. Na ja, da müssen wir irgendwie hindurch. Nur diese Verdächtigungen, ich kann das nicht ausstehen.« Er spülte den Teller ab. Der Schmutz verschwand glucksend im Abfluß. Dann stellte er den Teller in die Maschine. »Ich mach' das hier schon. Geh du mal ins Bett. Und denk darüber nach, wie du uns das zutrauen konntest.« Gebrochen ging Gaby die Treppen zu ihrem Schlafzimmer hoch. Sie hielt sich am Geländer fest. Stufe für Stufe. Ja, wie konnte sie nur. Sie mußte doch wissen, daß ihr Vertrauen beschädigt war. Ausgerechnet die beiden liebsten Menschen verdächtigte sie. Eines Tages würde Hubert genug davon haben. »Du mußt Vertrauen haben«, hatte auch Jaap ihr geraten.

Deshalb hatte sie mit Ursel über ihre Jugend gesprochen. Die hatte sie nicht fallengelassen. Sich nicht entsetzt von ihr abgewandt. Eine wirkliche Freundin. Gleich morgen mache ich es wieder gut, nahm sie sich vor dem Einschlafen vor. Ich lade sie zum Kaffee ein. Nur wir beide. Ich sage einfach, daß ich zuviel getrunken hatte. Oder noch besser, ich sage nichts. Sie wird es schon verstehen. Ursel verstand immer alles.

Blaß und noch von der Operation gezeichnet lag Jean in dem weißen Krankenhausbett. Das Bett neben ihr war frei, so daß sie ungestört reden konnten. Jeden Tag kam Gaby mittags, um Jean zu besuchen. Die Unterleibsoperation machte ihrer Freundin sehr zu schaffen, so daß sie es nötig fand, sie ein wenig aufzumöbeln. Weniger als bei Hubert spielte ihr eigenes Bedürfnis eine Rolle, für Jean unentbehrlich zu sein. Sie selbst hatte die mittäglichen Gespräche auch nötig.

Huberts Mutter war da. Mehr denn je hatte Gaby das Gefühl, daß ihre äußerste Belastbarkeit bald erreicht war. Achtzehn Stunden am Tag forderte und befahl ihre Schwiegermutter, wie die Dinge im Haus ihres Sohnes zu sein hatten. Beinahe nie ungeduldig, höchstens leicht entrüstet, wenn Gaby eine andere Meinung hatte. »Keinen frischen Salat zum Mittagessen? Das kannst du doch nicht machen!« Und trotz Gabys Protest ging sie noch schnell zu dem Gemüsehändler um die Ecke, um frische Vitamine einzukaufen und den Salat mit viel Aufwand in der Küche zu putzen; mit hochrotem Kopf war sie dann beschäftigt, wenn Hubert mittags von der Arbeit nach Hause kam.

»Essen fertig?« erkundigte er sich gutgelaunt und küßte erst sie und dann Gaby auf die Wange. Seine Mutter warf ihm einen entschuldigenden Blick zu. »Ich habe schnell noch einen Salat gekauft. Ißt du doch so gerne.« – »Ich habe frische Bohnen«, sagte Gaby und schnitt das Fleisch in Scheiben. »Hast du den Teller nicht vorgewärmt? Hubert hat sein Essen gerne extra warm.« – »Nein, habe ich nicht.« Sie schwenkte die Bohnen in Butter und verrieb noch etwas Muskatnuß darüber. »Kommt ihr bitte zu Tisch?« – »Hubert, kannst du mir bitte ein extra Handtuch geben? Ich lege morgens immer gerne ein Handtuch zu meinen Füßen, wenn ich geduscht habe.« Seine Mutter stand zögernd neben ihrem Stuhl, als wenn die Handtuchfrage sofort erledigt werden müßte. »Kann Gaby das nicht?« Er warf Gaby einen erstaunten Blick zu. Die wußte von nichts. »Ach, ich will deiner Frau nicht lästig fallen. Vielleicht wärst du so freundlich . . .« – »Natürlich, Mutter.« Nicht lästig fallen. Heute morgen um neun Uhr war sie schon mit seiner Mutter in die Stadt gefahren. Weil sie so gerne in dem kleinen Restaurant in der Einkaufspassage frühstücken wollte. Stundenlang hatte sie ihren Klagen über ihre Gesundheit – eines Morgens werdet ihr wach, und dann liege ich tot im Bett, ja, ja so wird das kommen – zugehört und andächtig zu ihren Beschwerden über ihre Schwiegerkinder genickt, mehr wurde von ihr nicht erwartet. »Cornelias Mann, na ja, von Adel ist er ja, aber seine geistige Entwicklung, da ist er doch etwas zurückgeblieben, und Laura, schaffen kann sie, aber sonst, ich weiß wirklich nicht, was Berthold an ihr findet. Und Dolf«, dann folgte ein abgrundtiefer Seufzer, »der ist nur so geworden, weil Iris ihn von mir entfremdet. Die Iris . . .« Die Beschuldigungen über ihre jüngste Schwiegertochter waren so absurd, daß Gaby nur mit Mühe einen Kommentar unterdrücken konnte. Kommentar dazu hatte nur Sinn, wenn er zustimmend war.

»Fang mit meiner Mutter bitte keine Diskussion an«, hatte Hubert sie gewarnt. »Sie will ein paar schöne Wochen bei uns verbringen. Sie ist viel allein. Sie will nur ein wenig reden. Das ist doch nicht zuviel verlangt.« Natürlich nicht. Aber sie hatte ihre fünf Sinne noch beieinander. Mußte sie dann solche Sachen sagen wie: »Sag mir nichts gegen den Arbeitsdienst. Das war etwas sehr Schönes. Und ihr könnt sagen, was ihr wollt, bei Hitler zählte eine Mutter noch.« Ja, um Kanonenfutter zu produzieren, dachte Gaby, und sie dachte auch an das Grab ihres Vaters, das es nicht gab.

»Ja, und dann das mit den Juden. Wer glaubt denn an fünf Millionen Tote? Und, alles was recht ist, ich seh' sofort, wenn einer Jude ist. Wußtest du«, sie wandte sich direkt an Gaby, »daß die Lilli Palmer auch Jüdin war?« Gaby zählte lautlos bis zehn. »Ja«, sagte sie dann, »eine tolle Schauspielerin. Meine Lieblingsschauspielerin.« Und sie sah wieder zum Fernsehen, das gerade eine Wiederholung ihrer Sendung zeigte. »Eine Frau bleibt eine Frau.« Was für eine besondere Frau stellte sie da dar: selbstbewußt und freundlich und so unglaublich souverän. Daß eine Frau so sein konnte, so unabhängig und doch so warmherzig.

»Na ja«, sagte Huberts Mutter, und dann sagte sie eine Weile nichts mehr.

»Kannst du mir sagen«, fragte sie jetzt im Krankenhaus ihre Freundin, »kannst du mir sagen, was ich machen soll? Wenn ich auch nur die kleinste Kleinigkeit zurücksage, ist sie tödlich beleidigt. Andererseits fühle ich deutlich, daß sie über mich redet, sowie ich zur Zimmertür hinausgehe. Warum sollte sie auch nicht: Keins ihrer Schwiegerkinder taugt in ihren Augen etwas. Und seitdem sie weiß, daß ich schreibe, beschaut sie mich sowieso wie ein Kuriosum.«

»Wenn Hubert und die Kinder man nicht zu kurz kommen«, hatte sie gestern abend noch rügend gesagt, als Gaby sich, nachdem die Küche aufgeräumt, die Kinder im Bett, die Wäsche gebügelt war, in ihr Arbeitszimmer zurückzog. »Er hat dich ja«, hatte Gaby geantwortet und war froh, daß eine weitere Partie Canasta an ihr vorüberging.

Eigentlich ein Kartenspiel, das sie gerne spielte. Aber mit Huberts Mutter dabei? Wenn Hubert schlechte Karten bekam, legte sie die Karten ab, die ihm noch fehlten. »Mutter, du gibst ihm seine Karten? Du bedienst ihn ja geradezu!« – »Oh«, tat Huberts Mutter erstaunt und sah auf das As, das Hubert zu einem echten Canasta, sieben von einer Sorte, verhalf. »Hab' ich gar nicht gesehen.« Und dann ganz schelmisch: »Aber wir lieben ihn ja beide. Wir gönnen ihm doch, daß er gewinnt?« So spiele ich nicht einmal mit meinem Alex Karten! Nicht einmal dem Fünfjährigen schustere ich beim Quartett die Karten derart ungeniert zu! Gaby sah über den Kartenfächer in ihrer Hand zu ihrem Mann. War ihm das nicht unangenehm? Er war doch kein kleines Kind mehr, das keinen Minuspunkt beim Kartenspielen verkraften konnte. Aber Hubert strahlte, schob den Kartenhaufen zu sich. »Na ja, ein Versehen kann ja mal geschehen.« Einmal, ja, hatte Gaby gedacht, aber grundsätzlich dem lieben Sohn die Karten zuspielen? Sie genierte sich für die beiden.

»Das ist doch keine normale Beziehung?« klagte sie der Freundin. »Vor ihm darf ich keinerlei Widerworte gegen sie haben. Von ihr muß ich alles schlucken, was sie sagt. Ich soll den ganzen Tag nur lächeln, zuhören, nicken, dazwischen natürlich die Kinder versorgen und ein leckeres Essen auf den Tisch stellen. Nach ihrem Geschmack, sonst schiebt sie es weg. ›Kenne ich nicht. Ein wirklich gutes Essen ist etwas Reelles. Dieses ausländische Zeug ... Iris gebraucht sogar Knoblauch!‹ Nichts taugt, außer ihrer eigenen Meinung. Und bei der sträuben sich mir oft die Haare.«

Und dann sagte Jean dasselbe wie auch Jaap. »Du müßtest es einfach einmal versuchen. Ganz freundlich mit ihr zu reden. Ihr sagen, wie sehr du dich von ihr untergebuttert fühlst. Daß sie das doch wahrscheinlich nicht will. Daß du die Dinge in deinem Haus nach deinem Gutdünken erledigen willst.« – »Ich kann es nicht«, sagte Gaby. »Ich möchte so gerne, daß sie mich akzeptiert. Ich tue doch alles für sie. Abends stelle ich mich noch in die Küche und backe. Weil sie frisch gebackenen Hefekuchen beim Kaffee so lecker findet. Wir sind noch nicht ganz aus der Stadt zurück, dann koche ich schon Kakao für sie und schlage Sahne dazu. Weil der nirgends so gut ist, wie selbstgemacht. Ich ziehe vor jedes Essen eine hausgemachte Bouillon, weil nur darin wirklich Kraft steckt. Ich tue wirklich, was ich kann.«

Jean richtete sich ein wenig in ihren Kissen auf. Schnell stopfte Gaby ihr noch ein zweites Kissen in den Rücken. »Ich sollte dich nicht mit meinen Problemen nerven«, murmelte sie. »Dir steht wahrscheinlich nicht der Kopf danach.« – »Ich bin froh, daß ich an etwas anderes denken kann als an die Gebärmutter, die ich nicht mehr habe«, sagte Jean. »Und was deine Schwiegermutter und deinen Mann angeht: Ich glaube, du tust einfach zuviel. Du versuchst unentwegt, es allen recht zu machen. Wo bleibst du denn bei dieser Bilanz?« – »Ich tue ja etwas für mich. Ich habe schon wieder ein Manuskript fertig. Und ich glaube, es ist gut geworden.« – »Herzlichen Glückwunsch. Darf ich es einmal lesen? Ich freue mich jetzt schon, wenn dein erstes Buch richtig gedruckt im Laden zu bekommen ist. Das müssen wir dann aber feiern.« Sie redete sich in Begeisterung: »Das ist doch etwas: ein Buch von meiner Freundin, in jedem Laden zu kaufen!« Sie sackte wieder auf ihr Kissen zurück. »Worüber willst du als nächstes schreiben?« Gaby sah sie unsicher an. »Ich weiß es nicht. Vielleicht über meine Jugend. Aber ich glaube, ich habe die Kraft dazu nicht.« Jean sah sie aufmerksam an, wartete.

Und Gaby erzählte einem weiteren Menschen von dieser Jugend, die keine war. Von der Angst und der Einsamkeit. »Eines Tages«, hörte sie sich selbst erstaunt sagen. »Eines Tages werde ich darüber schreiben. Wenn ich genug Kraft habe.«

Die Kraft brauchte sie erst einmal für etwas anderes. Hubert mußte operiert werden. Er hatte sich die letzten Monate nicht wohl gefühlt. »Als wenn ich weniger Luft bekomme«, klagte er und öffnete den obersten Knopf seines Oberhemdes. Seinem Arztbesuch folgten Röntgenaufnahmen, Herzuntersuchungen, Bluttests. Und dann stand es fest. Sie saßen bei der Herzspezialistin, Gaby neben ihm. »Sie müssen operiert werden, Herr Gerken. Ihre Herzklappe ist deutlich beschädigt. Daher ihre Beschwerden. Erst während der Operation können wir feststellen, ob die Klappe repariert werden kann oder ob wir eine neue Klappe einsetzen müssen.« – »Und wenn Sie nicht operieren?« Gaby kannte Huberts Angst vor einer Narkose. Das war etwas, was er nicht selbst in der Hand hatte. »Dann wird in kurzer Zeit der Herzmuskel durch die Überbelastung angegriffen werden, und Sie können stets weniger. Sie würden zum Frühinvaliden, Ihre Lebenserwartung deutlich eingeschränkt.«

»Ich denke darüber nach«, sagte Hubert und stand abrupt auf.

In den nächsten Wochen machte er sich mit der Idee vertraut, daß er keine andere Möglichkeit hatte als die Operation. Gefühle oder Ängste darüber äußerte er nicht. Vergeblich versuchte Gaby, zu ihm durchzudringen. Er blockte sich ihr gegenüber ab. Er wollte nicht hilflos sein. Er lieferte sich nicht aus, an nichts und niemanden. Um noch das Gefühl zu haben, die Dinge selbst in der Hand zu haben, entwickelte er eine fieberhafte Aktivität, in welchem Land diese Operation am besten ausgeführt werden könnte. Er telefonierte mit Amerika, sprach mit Spezialisten in der Schweiz, las internationale Fachblätter. Beinahe enttäuscht kam er zu dem Schluß, daß das Herzzentrum in Utrecht eine besondere Qualifikation aufwies. »Dann kann ich auch im eigenen Land bleiben«, sagte er und gab seiner Kardiologin grünes Licht.

»Die Wartezeit beträgt ungefähr drei Monate«, bekam er zu hören. »Walirscheinliche Operation diesen Sommer.«

»Dann haben wir ja noch Zeit, das Leben zu genießen«, sagte Hubert. Gaby fühlte den Boden unter ihren Füßen wegsacken. Alles, was sie im letzten Jahr in ihrer Therapie aufgebaut hatte, verschwand in einem großen, dunklen Loch. Wie unwichtig war ihre Schreiberei, dieser krampfhafte Versuch, sich von ihm abzunabeln. Von ihrem Hubert, der krank war, der vielleicht nicht mehr lange leben würde. Was war sie ohne ihn? Nichts, ein Nichts. Schreiben, das war doch nur eine Flucht, eine Droge. Die Wirklichkeit war Hubert. Sie wollte nichts anderes, als glücklich mit ihm sein. Sie zitterte stärker als je zuvor. »Du glaubst wieder, nicht alleine stehen zu können«, erklärte Jaap ihr. »Deine Angst, ihn zu verlieren, lähmt dich im wahrsten Sinne des Wortes.«

Wäre es doch so, dachte Gaby und erschrak vor ihren eigenen Gedanken. Wenn sie gelähmt in einem Rollstuhl sitzen müßte, würde Hubert sie nicht im Stich lassen. Und sie brauchte nie mehr zu laufen. Nie mehr alleine irgendwo zu stehen. Aber Hubert wollte sie doch gar nicht im Stich lassen! Er brauchte sie. Das sagte er. Nur fühlte sie es nicht. Doch erst einmal wollte er noch etwas vom Leben haben. Natürlich mit ihr.

»Ich habe wieder eine Absprache mit ›Belle Jour‹ gemacht.« Er kam von der Firma und überreichte ihr eine festliche Geschenkverpackung mit belgischen Pralinen. »Die ißt du doch so gerne«, sagte er und küßte sie voller

Leidenschaft. ›Belle Jour‹. Also gut. Sie konnte ihn ja verstehen. Die Zeit drängte. Er ging nach wie vor zur Arbeit. »Kein Grund, wegen so einer Operation zu Hause zu bleiben. Komme ich nur auf dumme Gedanken.« Was er mit dummen Gedanken meinte, war ihr nicht deutlich. ›Belle Jour‹ gehörte nicht dazu.

»Jeder Mensch hat das Recht, sein Leben so zu leben, wie er es will«, hatte Jaap in einer der letzten Sitzungen zu ihr gesagt. »Auch dein Mann. Aber vergiß dabei nicht dein eigenes Recht. Was willst *du*? Sind seine Wünsche auch deine Wünsche?« Natürlich nicht, hatte Gaby gedacht und zum erstenmal bedauert, daß sie keinen weiblichen Therapeuten hatte. Ein Mann konnte das nicht richtig begreifen. Die Wünsche eines Mannes waren doch immer anders als die einer Frau. Und wenn sie Hubert halten wollte, und das wollte sie ganz bestimmt, dann mußte sie auf seine Wünsche eingehen. Ob sie nun wollte oder nicht. Sie hatte keine andere Wahl.

Die Nacht im ›Belle Jour‹ glich der ersten aufs Haar. Gaby nahm zwei Beruhigungstabletten, trank, weinte, ließ alles über sich ergehen. Da muß ich durch, hielt sie sich vor. Was macht eine Nacht schon aus? Früher hatte sie Nacht für Nacht Angst gehabt. Und damals war sie ein Kind gewesen. Als Erwachsene durchsteht man das doch leichter. Nur ihr Körper dachte anders darüber. Als sie am nächsten Morgen gerädert und mit verschwollenen Augenlidern aufstehen wollte, durchschoß sie ein stechender Schmerz, und mit einem Aufschrei sank sie zurück auf ihr Bett. »Ischias«, konstatierte ihr Hausarzt. »Wahrscheinlich sehr gestreßt gewesen? Die bevorstehende Operation Ihres Mannes ist ja auch keine Kleinigkeit.« – »Das wird es sein«, murmelte Gaby und war froh, für kurze Zeit ausgeschaltet zu sein. Die schweren Tabletten nahmen den stärksten Schmerz weg, und sie hatte stundenlang Zeit, um über alles nachzudenken.

Nein, sie war nicht geschaffen, um einem Sexclub interessante Seiten abzugewinnen. Auch beim zweiten Mal hatte sie es nur wie einen Fleischmarkt empfinden können, in dem nichts anderes als primitivste Lust und Leidenschaft angeboten wurde. Es ekelte sie, derart benutzt zu werden, auch wenn es ›nur‹ um ihren Körper ging. Endlich wieder zu Hause, hatte sie eine Stunde lang im Bad gelegen und versucht, die Finderabdrücke von ihrer Haut zu waschen. Sie glaubte, daß jeder sehen müßte, daß sie sich hatte verkaufen lassen. Nicht für Geld, sondern um Liebe zu bekommen. Um von ihrem eigenen Mann Liebe und Treue zu bekommen.

»Ich will das nicht«, hörte sie sich laut sagen. »Ich will das nicht. Ich kann es nicht. Es bringt mich um.«

Die Tabletten halfen ihr in einen unruhigen Schlaf, in dem sie von nackten Männern verfolgt wurde, die alle die Hände nach ihr ausstreckten. »Du gehörst uns allen«, riefen sie. »Dein Mann sagt es. Du hast nichts zu sagen. Er hat das Recht.« Sie lief und lief. Ihre Seite tat ihr weh. Sie wollte sich nicht wieder fangen lassen. Sie mußte diesen Händen entkommen.

»Soll ich dir ein Glas warme Milch bringen?« Hubert stand an ihrem Bett. Rote Rosen brachte er ihr. »Ich liebe dich«, sagte er. »Du bist wunderbar.«

Die Nähe, die Gaby nur selten fühlte, wenn sie mit ihrer Tochter sprach – in den Briefen, die sie ihr schrieb, fühlte sie sie immer. Natalie war auf Weltreise. Schon als junges Mädchen hatte sie davon geträumt. »Wenn ich groß bin, will ich nach Indien, China, Rußland. Ich will barfuß im Ganges waten, meine Hand auf die Chinesische Mauer legen, die Glocken auf dem Roten Platz läuten hören.« Sie hatte ihr Jurastudium mit glänzendem Erfolg abgeschlossen. »Bevor ich mir einen Job suche, mache ich meinen Traum wahr«, hatte sie Hubert und Gaby nach dem letzten

Examen mitgeteilt. »Die feierliche Überreichung der Bulle und das ganze Brimborium kann mir gestohlen bleiben. Ich will leben.«

Gaby fragte sie nicht, warum sie glaubte, in den fremden Ländern intensiver leben zu können als zu Hause. Sie verstand ihr Fernweh und wäre am liebsten mit ihr mitgereist. Einfach alles hinter sich zu lassen. Jeder Tag eine neue Herausforderung. Vielleicht war das wirklich leben? Aber natürlich konnte sie nicht mit. Sie hatte tausendundeine Verpflichtung, und Hubert mußte am Herzen operiert werden. Das schrieb sie Natalie in ihrem Brief nach Katmandu. »Mach dir keine Sorgen, mein liebes Mädchen«, schrieb sie, »es wird schon alles gut werden. Ich werde nicht von seiner Seite weichen, ich werde nicht zulassen, daß er mich verläßt. Du hättest doch nichts tun können. Genieße diese einmalige Reise. Natürlich halte ich dich auf dem laufenden. Nach der Operation schicke ich dir ein Telegramm.« Und dann fügte sie noch ein Postscriptum hinzu: »Geht es gut mit dir und Klaas?« Klaas war Natalies Reisekamerad. Sie hatten ihn vor der Reise kennengelernt. »Ein Kamerad, mehr nicht«, beharrte Natalie. »Er hat Wirtschaftsrecht studiert und will sich demnächst selbständig machen. Auch er will frei und ungebunden bleiben.« Aber Gaby sah Klaas' Augen aufleuchten, wenn Natalie ins Zimmer kam, sah, wie er an ihren Lippen hing, wenn sie von ihrem letzten Urlaub in Griechenland berichtete. »Nichts ist vollkommener als allein einen Sonnenuntergang am Kap Sunion zu erleben, da stirbt man einen kleinen Tod.« War das ihre nüchterne Tochter, die so farbenprächtig erzählen konnte, deren Augen leuchteten und die weich und anschmiegsam ihre Krallen eingezogen hatte? Vielleicht wird doch noch alles gut, hatte Gaby gedacht. Wenn sie sich wirklich verliebt, wird vielleicht noch alles gut für sie. Hubert hatte das ja immer gesagt. »Da muß nur der richtige Mann kommen, und ihre anderen Flausen verschwinden wie Butter unter der Sonne.«

Waren das nur die Flausen einer Heranwachsenden gewesen? Gaby hatte ihre Tochter leiden gesehen, wenn ihre Freundin Birgit sie nicht anrief, sie hatte ihre Freßanfälle mitgemacht, weil dieselbe Birgit es sich im letzten Moment anders überlegt hatte und nicht mit ihr nach Arnheim gekommen war. »Ich brauche sie nicht, ich komme auch allein klar. Wenn sie lieber zu Rina geht. Bitte, ihre Sache.« Automatisch hatte sie ein Stück Käse nach dem anderen in den Mund gesteckt, mehr und mehr, ohne nachzudenken. »Wenn sie meint, ich bin auf sie angewiesen! Falsch. Ich bin auf niemanden angewiesen. Auf Birgit schon gar nicht.« Was sprach da aus Natalie? Nur gekränkte Eitelkeit, die enttäuschte Freundin oder war das eine zur Seite geschobene Geliebte? Und dann platzte sie ganz und gar undiplomatisch heraus: »Du hängst so sehr an Birgit, ich meine, sie bedeutet dir sehr viel? Bist du vielleicht lesbisch?« Das Wort war ausgesprochen. Jahrelang hatte sie es geglaubt, durch nichts bewiesen, nur eine Vermutung. Lesbisch. Natalie hatte den Rest Käse in ihren Mund gestopft. Jetzt weinte sie beinahe, sie würgte an dem Käse. »Sie ist eine Freundin. Mehr nicht. Ich weiß nicht, was du denkst. Man wird doch noch eine Freundin haben dürfen?« Und jetzt war sie mit Klaas auf dieser Reise. Sie würden viele Dinge zusammen erleben, einander helfen, sich viel besser kennenlernen. Vielleicht würde Natalie lernen, diesem sympathischen jungen Mann zu vertrauen. Sie spürte Natalies Ablehnung gegenüber Männern. Vielleicht waren es ihre frühen Erfahrungen mit ihrem leiblichen Vater? Aber sie hatte ihre Tochter doch beschützt? Sie hatte sich dazwischengeworfen, damit er das Kind nicht schlagen konnte. Und Hubert war immer gut zu Natalie gewesen. Sie hatte selbst gesagt, daß sie mit ihm besser reden konnte. Warum war sie so voller Aggressionen gegenüber Männern? Sie wußte nicht, wie Männer sein konnten. Oder doch? Übertrug sie als Mutter automatisch ihre Ängste auf ihre Tochter? Gaby hatte ihr nichts von ihrer eigenen Jugend erzählt. Auch hatte sie versucht, sie nicht zu ängstlich zu machen. Wenn Natalie per Anhalter von Arnheim nach Leiden fuhr, hielt sie ihr Herz fest, aber sie verbot es ihr nicht. Weil sie wußte, daß sie ihrer Tochter nichts verbieten konnte. »Aber schau dir die Typen an«, bat sie sie. »Versuche hinter das freundliche Lächeln zu sehen.« – »Siehst du jemals dahinter?« hatte Natalie seltsamerweise geantwortet und sie spontan und ungeschickt umarmt und gleich wieder von sich geschoben. »Keine Angst, ich paß schon auf mich auf.« Wenn sie zurückkommt, nach dieser Reise, nahm Gaby sich vor, werde ich mit ihr reden. Über meine Ängste, über Ursel und vielleicht auch über Pappi. Sie strich zärtlich über den Brief nach Katmandu. Jetzt waren andere Dinge zu erledigen.

Auch jetzt, kurz vor der Herzoperation, hielt Hubert alle Fäden fest in der Hand. Vielleicht sogar noch mehr als sonst. Gaby hatte das Gefühl, keinen Schritt mehr ohne seine Zustimmung gehen zu können. »Du willst während der Operation und die Tage danach bei mir im Krankenhaus sein? Gut. Dann ziehst du in ein Hotel beim Krankenhaus. Die Kinder können vielleicht zu meiner Mutter nach Heidelberg.« Gaby hätte ihre Kinder gerne zumindest abends um sich gehabt, aber sie sagte nichts. Vielleicht war es besser, wenn sie von der Operation und den Spannungen sowenig wie möglich mitbekamen. Doch seine Mutter wehrte mit feuchten Augen Huberts Bitte ab. »Ich werde in dieser für eine Mutter so schweren Zeit selbst Hilfe nötig haben. Ich denke daran, bei Cornelia zu bleiben. Vielleicht können die Kinder auch zu Cornelia?« Cornelia war mit ihrem Mann von Heidelberg nach Bayern umgezogen, hatte dort ein großes Haus, Personal. »Gerne«, sagte Cornelia. »Wir räumen den Hobbyraum auf, und eure Buben können dort schlafen.« – »Das ist ja dann geregelt«, sagte Hubert, und Gaby hätte es nicht gewundert, wenn er auf seinen Notizen hinter ›Kinder unterbringen‹ einen Haken gesetzt hätte. Kinder unterbringen war erledigt. »Jetzt zu dir«, sagte er zu Gaby. »Hast du daran gedacht, wer bei dir ist, wenn ich operiert werde?« Nein, Gaby hatte noch nicht daran gedacht. Allein der Gedanke, daß sie ihn vom Hals bis hinunter zu den Rippen aufschneiden, direkt an seinem Herzen herumfuhrwerken und seinen Körper nur mittels einer Herz-Lungen-Apparatur für Stunden am Leben erhalten würden, ließ ihr das Blut in ihren eigenen Adern erstarren. Wenn sie doch mit ihm darüber hätte reden können! Zusammen hatten sie den technischen Ausführungen des Chirurgen zugehört. Ja, sie hatten alles begriffen, keine weiteren Fragen. Aber es ging doch nicht nur um die Technik, warum sprach er nie über seine Ängste? Er mußte doch Ängste haben? Warum gestand er sich nicht selbst zu, schwach zu sein? Oder wollte er nur bei ihr nicht schwach sein? Verlor er dann sein Gesicht? Mußte er immer und in jeder Situation der große, starke, selbstsichere Hubert sein? Wie gerne hätte sie endlich einmal etwas von ihrer eigenen Kraft gezeigt! Wenn Gaby mit ihren Überlegungen soweit war, fragte sie sich selbst, wie sie dazu kam, an ihre Kraft zu glauben? Hatte sie die überhaupt noch? War da noch etwas von dem Kind Gaby, das gekämpft hatte, um zu überleben? War nicht in den letzten Jahren alle Kraft und jeder Widerstand ausgespuckt, weggezittert, mit Rotz und Wasser weggespült? Nein, sie fühlte, sie konnte stark sein, wenn man sie ließ. Wenn man sie forderte. Wenn nicht jedesmal, wenn sie sich gerade machen wollte, sie jemand duckte. »Du kannst nicht alleine sein«, sagte Hubert. »Wer von deinen Freundinnen kann dir zur Seite stehen?« Ja, vielleicht war das doch eine gute Idee. Nicht alleine die langen Stunden während der Operation warten zu müssen. Sie dachte sofort an Ursel. Ursel wollte sie neben sich haben. Vielleicht konnte sie dann auch noch über andere Dinge mit ihr reden.

Sie sieht schlecht aus, dachte Gaby vage, als sie Ursel am nächsten Tag umarmte. Ursel trank ihren Kaffee in vorsichtigen kleinen Schlucken und versuchte, ihr aufmunternd zuzulächeln. Das Lächeln sah aus, als ob es ihr Gesicht zerspringen lassen würde. »Du schaffst das schon. Du hast ja schließlich Hubert. Ich kann leider nicht mitkommen. Wir fahren gerade in der Zeit in Urlaub. Eine Gelegenheit, weißt du. Wir können mit Freunden zusammen eine Mittelmeerkreuzfahrt machen. Ich muß wirklich auch an meinen Mann denken.« – »Ja, ja, natürlich.« Gaby verbrannte sich die Zunge an dem heißen Kaffee. Sie hatte vergessen, Milch hineinzutun. Sie war verstört. Ursels Ton stimmte nicht. Natürlich ging ihr eigener Mann vor. Und wenn sie meinte, daß die Mittelmeerkreuzfahrt so wichtig war . . . Aber sie meinte etwas anderes. Meinte sie, daß sie endlich erwachsen werden müßte? Lehnte sie sich zu stark an Ursel? Fühlte sie sich zu sehr mit Gabys Problemen belastet? »Natürlich schaffe ich es«, wiederholte sie. »Ich dachte nur . . .« Sie verstummte, versuchte einen neuen Anlauf: »Ich meine, Hubert sagte, wenn eine Freundin während der Operation bei mir wäre, dann wäre das vielleicht besser.« – »Ja, wahrscheinlich hat er recht.« Sie sah sie nicht an. »Komm, iß ein Stück von meinem Butterkuchen. Mit Quark gemacht. Den Boden meine ich.« Gaby gab sich einen Ruck. Die Situation war zu absurd. »Hast du etwas? Bist du mir böse? Du bist so anders?« Ihre Augen füllten sich mit Tränen. Einen Augenblick schwiegen sie beide. Später dachte Gaby oft, daß sie in diesem Augenblick wieder an einer Wegbiegung gestanden hatten. Ursel wählte den Weg.

»Ich bin dir nicht böse. Natürlich nicht. Du hast nichts getan. Aber ich kann Gerd die Urlaubsreise nicht abschlagen. Ich habe nicht soviel Lust, weißt du. Ich fühle mich in letzter Zeit auch nicht so gut.« Sie schwieg, eine leichte Röte stieg ihr ins Gesicht. »Ich glaube, ich komme in die Wechseljahre.« Gaby sprang impulsiv auf und umarmte sie. »Du Arme! Hast du starke Beschwerden? Warum hast du nicht eher etwas gesagt?« Ursels Lächeln war jetzt weich. »So schlimm ist es auch wieder nicht. Aber die unregelmäßigen Blutungen, manchmal so schrecklich stark und dann die Hitzewallungen! Ich habe schon daran zu knabbern.« Erleichtert sank Gaby wieder auf ihren Lehnstuhl zurück. »Und ich dachte schon, da wäre etwas anderes. Oft denke ich, ich sehe Gespenster. Ich habe auch solche Angst um Hubert, weißt du. Die Vorstellung, daß sie ihn aufschneiden, all das Blut . . .« Sie brach ab. Blut bedeutete Angst, Gewalt, Tod.

»Ich glaube, es wäre wirklich gut, wenn jemand bei dir ist. Deine Phantasie geht hin und wieder mit dir durch. Da hat Hubert schon recht. Könnte Jean nicht mit dir mitgehen?«

»Jean kann keinen Urlaub bekommen. Sie hatte es versucht, aber als Erste Operationsschwester ist es für sie unmöglich, mal eben ein paar Tage frei zu bekommen. Noch dazu in der Haupturlaubszeit.« – »Und Dagmar?« – »Dagmar zieht um. Du weißt doch, im Frühjahr haben sie drei Straßen von uns entfernt das schöne Haus mit dem großen Garten gekauft. Im Juli ist der Umzug.« Sie nahm jetzt doch ein Stück von dem Butterkuchen. »Mach dir bloß keine Gedanken. Ich schaffe das schon. Genieße du man deinen Urlaub. Ihr seid ja auch nicht ewig weg. Und vielleicht weißt du eine Telefonnummer, unter der du an Bord zu erreichen bist? Oder in einem Hafen?« – »Ja, vielleicht ist das möglich«, sagte Ursel, und eine fleckige Röte begann ihr Gesicht zu bedecken. Die Arme, dachte Gaby und schämte sich ein wenig der Genugtuung, die sie trotz allem empfand. In den Wechseljahren! Daran hatte sie nun wirklich nicht gedacht. Aber natürlich, Ursel war Ende Vierzig, da kam man in die Wechseljahre. Kein Grund zur Beunruhigung. Ein natürlicher Vorgang. Nichts, worüber sie sich Gedanken machen mußte.

Kritisch sah Hubert sich in dem Hotelzimmer um, kontrollierte das Badezimmer, ging zum Fenster, warf einen prüfenden Blick auf die Geschäftsstraße. »Abends ist es hier doch ruhig? Ich meine, meine Frau wird hier doch ruhig schlafen können?« Die Besitzerin der ›Weegschaal‹ warf einen schnellen Blick zu Gaby, sah dann wieder zu Hubert. »Machen Sie sich bitte keine Gedanken. Es ist hier abends ganz ruhig. Wir haben viele ruhebedürftige Gäste bei uns.« Ruhebedürftig, dachte Gaby und lehnte sich mit dem Rücken gegen den Türpfosten. Ihre Beine zitterten. Sie war nicht ruhebedürftig. *Er* war der Patient. *Er* mußte sich in drei Tagen einer schweren Herzoperation unterziehen. Wenn man ihm zuhörte, könnte man glauben, daß *sie* kurz vor einem Zusammenbruch stand. Warum ließ er sie nichts selber regeln, warum mußte er immer und überall der starke, große Macher sein? Die Wirtin glaubte wahrscheinlich, ihren Blicken nach zu urteilen, daß sie, Gaby, sich von der einen oder anderen schweren Krankheit erholen mußte. Warum, fragte Gaby sich, warum fühle ich mich andauernd, als ob ich am Abgrund wandele, und wenn ich nur einen einzigen verkehrten Schritt mache, stürze ich ab? Zittern darum meine Beine, weil sie mich schützen wollen? Warum flattern meine Hände, als wären sie nicht imstande, fest zuzugreifen? Flattern sie, weil sie wissen, daß, wie fest ich auch zugreifen will, mir alles zwischen den Fingern entgleitet, nichts Bestand hat?

»Du bist kein Kind mehr«, versuchte Jaap ihr in den Hypnosesitzungen deutlich zu machen. Natürlich hatte er recht, aber sie fühlte sich wie ein Kind gefangen in einem

Käfig von Angst und Einsamkeit. Lag das alles an ihrer Jugend? Hatte sie keine Chance, jemals ohne Angst zu leben?

»Du kannst heute selbst entscheiden, was du willst und was du tust«, wiederholte Jaap wieder und wieder. Sie hatte bei der letzten Sitzung nur müde darüber lächeln können. »Ich will Hubert zur Seite stehen, ich will, daß er gesund wird, ich will mit ihm glücklich sein.«

»Und, kannst du irgend etwas dazu beitragen?« hatte Jaap sie gefragt. Sie hatte ihn, nicht begreifend, angesehen. »Ich tue alles für ihn. Ich werde in einem Hotel in Utrecht wohnen, von morgens bis abends werde ich an seinem Bett bleiben, ihm jeden Wunsch von den Augen ablesen, er wird fühlen, wie sehr ich ihn liebe.«

»Und was tust du für dich?«

Sie hatte nichts geantwortet. Sie konnte doch in einer Zeit wie dieser nicht an sich selbst denken. Oder tat sie es doch? Wenn sie sagte, sie wollte ihm beweisen, wie sehr sie ihn liebe, war das dann nicht auch für sie selbst?

Und sagte er nicht immer und immer wieder, er liebe sie auch, er könne nicht ohne sie leben? Was war es, was sie trotzdem fühlte? Was schwebte unausgesprochen zwischen ihnen, verdichtete sich mehr und mehr, durch welche Mauer konnte sie nicht zu ihm dringen?

»Phantasien«, sagte Hubert und machte eine abwehrende Handbewegung vor seinem Gesicht, als könne er damit alles wegwischen. Wie das Netz einer Spinne, das man mit einem Griff zerstören kann. »Du bildest dir die Dinge ein.« Und dann fügte er wieder den Satz hinzu, der ihr jedes weitere Gespräch unmöglich machte: »Kein Wunder, daß du kein Vertrauen haben kannst. Bei deiner Jugend, meine ich.«

Nein, es war wahrscheinlich kein Wunder. Sie war beschädigt. Wie das kleine Schimpansenbaby, das verstoßen worden war. Sie litt an Wahnvorstellungen, sie mißtraute den liebsten Menschen um sich herum. Sie konnte froh sein, daß ihr Mann soviel Verständnis dafür aufbrachte.

Am letzten Abend vor der Krankenhausaufnahme kam Hubert noch mit in ihr Hotelzimmer. Sie schliefen miteinander. Hubert war stolz, daß er noch immer konnte. Er war stark und leidenschaftlich wie immer. »Nicht jeder Mann kann das. Ich meine, bevor er zu einer Operation ins Krankenhaus muß.« Gaby wußte das zu schätzen. Ein Beweis seiner Liebe, sagte er. Selber hatte sie sich nicht entspannen können. Sie hatte ihm einen Orgasmus vorgespielt, um sich dann ein wenig in seinen Arm kuscheln zu können. Sie strich mit den Fingerkuppen über seine Brust, über die glatte Haut, die sie zerschneiden würden, legte ihre Hand auf sein Herz, das sie flicken wollten wie eine kaputte Pumpe und das jetzt so gleichmäßig klopfte. Sie unterdrückte ihre Tränen. Sie wollte tapfer sein. Er war selbst so stark. Sie durfte es ihm nicht schwermachen. »Komm«, sagte Hubert und richtete sich auf. »Ich habe noch eine gute Flasche Wein mitgebracht. Die mache ich jetzt für uns auf.« Er holte die Flasche aus seinem Aktenkoffer, nahm den mitgebrachten Flaschenöffner, dann besann er sich. Er lächelte sie an. Liebevoll. »Ich glaube, es ist gut, wenn du lernst, wie man eine Flasche öffnet. Ich meine, es wird Zeit, daß du einen Korken ziehen kannst.« Gaby sah ihn verständnislos an. »Na ja, man weiß ja nie ... Eine Herzoperation ... Ich meine ja auch nur, du solltest wissen, wie man einen Korken zieht.« Jetzt lächelte er scherzend. »Stell dir vor, wenn du für den Rest deines Lebens keinen Wein mehr trinken kannst? Nur weil du nicht imstande bist, eine Flasche zu öffnen?«

Gaby war froh, daß Ingrid ihr Gesellschaft leistete. Sie hatte es ihr spontan angeboten. »Ich bleibe gerne während der Operation bei dir. Stundenlang alleine im Krankenhaus herumzusitzen, das ist doch nichts.« Am Abend vor der Operation war sie mit dem Zug gekommen. Ihr unbefangenes Geplauder über ihre Kinder, die Probleme im Elternrat und die schlechte Gesundheit ihrer Mutter glitt zum Teil an Gaby vorbei, zum Teil lenkte es sie ab.

Gaby hatte nach Huberts mißglücktem Versuch, ihr zu zeigen, wie man einen Korken zieht, einen Weinkrampf bekommen. Die Fassade ihrer Gelassenheit war zusammengebrochen, wie ein mühsam aufgebautes Kartenhaus bei dem ersten Windhauch. Allein die Idee, ohne ihn weiterleben zu müssen, ließ sie in Panik erstarren. Sie *konnte* einfach nicht ohne ihn leben. Sie war weder körperlich noch psychisch dazu in der Lage. Das bewies doch ganz deutlich Huberts unschuldiger Vorschlag, endlich zu lernen, wie man eine Weinflasche öffnet. Er meinte es gut mit ihr, dachte auch in dieser Situation noch an sie! Sie begann wie eine Irre zu schluchzen. Sie war unfähig, unselbständig, labil, schwach. Zu was taugte sie eigentlich? Konnte sie Hubert eine Stütze sein? Vielleicht doch, denn als sie ihn fragte, ob sie morgens, vor der Operation, noch einmal kommen sollte, hatte er sie mit einem eigenartigen Blick angesehen. »Ja, Kleines, ich will dich noch einmal sehen.« Ihr Magen hatte sich zusammengekrampft, wie er das sagte. So, als rechne er damit, daß etwas passieren könne. Doch dann hatte er das Thema gewechselt. Ihr aufgetragen, daß sie nicht vergessen dürfe, sofort nach der gelungenen Operation seine Mutter anzurufen. »Ich möchte nicht, daß sie sich Sorgen macht. Ansonsten habe ich deine Nummer vom Hotel durchgegeben. Unsere Freunde und Bekannten werden bei dir anrufen.«

Ingrid kam morgens mit ins Krankenhaus. Sie durfte zwar nicht mit ins Zimmer, aber sie wartete im Gang auf Gaby. Hubert war für die Operation vorbereitet. Seine Haare waren verdeckt unter einer grünen Kappe, sein Schlafanzug ersetzt durch ein grünes Operationshemd. Sie nahm seine Hand. »Es wird alles gutgehen«, sagte sie und war in diesem Moment auch davon überzeugt. Er war viel zu stark, um den Eingriff nicht gut zu überstehen. »Natürlich«, sagte er und lächelte sie liebevoll an. »So schnell wirst du mich nicht los. Wir feiern noch zusammen unsere goldene Hochzeit. Küß mich«, sagte er und nahm sie fest in die Arme. »Es wird Zeit, Herr Gerken.« Eine Schwester trat ans Bett. Bis zum Fahrstuhl folgte Gaby der Schwester, die das Bett geübt vor sich her schob. Hubert hielt Gabys Hand. »Wenn ich die Augen aufmache, will ich dich an meinem Bett sehen«, sagte er und winkte ihr noch einmal zu, bevor sich die Fahrstuhltür schloß.

»Er hat Abschied genommen, als fahre er in die Firma«, erzählte sie Ingrid, als sie benommen das Krankenhaus verließen. Es hatte keinen Sinn, sechs Stunden im Wartezimmer auf das Resultat der Operation zu warten. Ingrid hatte vorgeschlagen, ein wenig über den Markt zu schlendern, der heute auf dem Platz vor der Kirche seine Zelte aufgeschlagen hatte, dann irgendwo eine Tasse Kaffee zu trinken und mittags ins Krankenhaus zurückzukehren. Gaby war alles recht, solange sie nicht daran denken mußte, was in diesem Moment mit Hubert geschah. »Ja, gewinkt hat er, gelächelt, als wäre es ein Tag wie jeder andere«, wiederholte sie nachdenklich. Gaby winkte ihm immer zu. Morgens stand sie am Fenster, den dünnen Morgenmantel an, die Haare gekämmt, schnell noch ein wenig Farbe auf die Lippen. Mittags stand sie in der Tür, winkte ihm zu, bis er mit dem Auto um die nächste Ecke gebogen war. Er lächelte strahlend, gab ihr sein Kopfnicken, das irgendwie beruhigend wirken sollte, und hob auch ein paarmal die Hand zum Gruß. Und immer, wenn sie ihn nicht mehr sah, wenn sie die Tür langsam schloß, fühlte sie, daß sie eines Tages so da stehen und wissen würde: Das war das letztemal. Jetzt kommt er nicht mehr zurück. Und dann schüttelte sie sich und versuchte den Gedanken zu verdrängen, zu den anderen zu schieben, die in der Kategorie Wahnvorstellungen untergebracht waren.

War das heute dieser Tag?

»Es wird schon gutgehen«, sagte Ingrid in ihre Gedanken hinein. »Ein so besonderer Mann, der läßt sich nicht unterkriegen. Du hast doch gehört, wie wichtig der Wille ist, um zu leben.«

Ja, zusammen mit Ingrid hatte sie den Ausführungen eines Doktors gelauscht. Das Herzzentrum Utrecht führte die schwersten Herzoperationen schon beinahe routinemäßig durch. In einer Informationsstunde für die Angehörigen wies dieser Arzt auf die andere Komponente der Operation hin. Was es bedeutete, sechs Stunden oder länger unter schwerer Narkose zu sein, angeschaltet an eine Herz-Lungen-Maschine, nach der Operation nicht imstande zu sein, allein zu atmen, Tage auf der Intensivstation. »Viele Patienten«, erklärte der Mediziner, »sind, wenn sie wachwerden, besonders aggressiv. Wundern Sie sich nicht, wenn Ihre Männer«, er wandte sich an den einzigen Ehemann aus der Gruppe, »oder Ihre Frau, plötzlich beginnen, Sie zu beschimpfen, mit Ihnen zu reden, wie Sie es sonst nicht gewöhnt sind. Das ist ganz einfach eine Reaktion auf die Narkose. Es scheint, als würde da eine Hemmschwelle abgebaut. Bitte, nehmen Sie es sich nicht zu Herzen. Wichtig ist vor allem, der Wunsch zu leben. Es zu schaffen. Dieser Wille muß beim Patienten vorhanden sein.«

»Den Willen hat er bestimmt«, hatte Ingrid ihr zugeflüstert. »Aber das andere kann ich mir von Hubert nicht vorstellen. Oder glaubst du, daß er dich anfahren würde? Dir gegenüber aggressiv wird?« Gaby dachte an Huberts gleichbleibende Freundlichkeit. Auch wenn er verärgert über sie war. Wie damals bei der Sache mit dem Besuch seiner Kinder. Oder wenn im Handstein noch ein angesetzter Topf zum Weichen stand. Oder wenn sie dann doch nicht das Gemüse im Angebot gekauft hatte. Oder das frische Brot angeschnitten hatte, während noch ein Knust von gestern da war. Alles Dinge, über die er sich schrecklich ärgern konnte, aber nie war Hubert aggressiv oder laut geworden. Er konnte sie ansehen, daß sie sich von innen ganz leer fühlte, so, als betrachte er ein Wesen, das doch wirklich von nichts eine Ahnung hatte. Aber, na ja, er, Hubert Gerken, war bereit, es auf seine Fehler und Schwächen hinzuweisen, freundlich, bestimmt, aber ganz sicher nie aggressiv. Wer schreit, hat immer unrecht, hatte er ihr ans Küchenbrett geheftet. Und er schrie nie . . .

»Vielleicht wäre es gar nicht so schlecht, wenn er mal richtig böse auf mich werden würde«, sagte Gaby. »Ich meine, das zeigt doch Gefühl. Nur Gleichgültigkeit ist tödlich.« – Mutti war auch nie böse auf sie geworden. Sie hatte nur die Hand von ihr weggezogen. Sie hatte sie alleingelassen, sich von ihr abgewandt.

»Aber Hubert betet dich doch an!« Ingrid war deutlich konsterniert. »Mein Gott, wenn mein Mann so aufmerksam und zuvorkommend wäre wie dein Mann. Weißt du, daß wir dich alle beneiden? Von so einem Mann kann man doch nur träumen!« Gaby nickte schuldbewußt. »Das weiß ich doch. Du mußt nicht alles auf die Goldwaage legen, was ich sage. Ich weiß, daß ich noch einmal Glück gehabt habe. Deswegen darf ich auch nicht daran denken, daß ihm etwas passiert. Ohne ihn kann ich nicht leben.« Ihre Stimme brach. Ingrid war zufriedengestellt. Diese anderen Töne paßten sogar nicht zu Gaby. Aber ja, die Nerven! »Das Schlimmste ist das Warten«, tröstete sie die Freundin. Gaby sah sie an und dann durch sie hindurch. Sah auf ein fernes, schwarzes Loch, das sie langsam anzog, unaufhaltsam. »Das Schlimmste«, sagte sie, »ist die Angst, was geschehen könnte. Nicht zu wissen, wovor man Angst hat. Die Angst frißt alles auf. Nichts, was wirklich geschieht, kann so schlimm sein, wie die Angst davor.«

Sie war auf den Anblick vorbereitet worden. Man hatte ihnen in der Informationsstunde die Apparatur auf der Intensivstation erklärt, die Schläuche und Kanülen, an denen der frisch operierte Patient angeschlossen und durch die er die ersten kritischen Tage am Leben erhalten wurde. Und doch schwappte eine Welle von Mitleid über Gaby zusammen, am liebsten hätte sie sich auf das Bett geworfen und sein fahles, graues Gesicht mit Küssen bedeckt, ihn immer wieder um Verzeihung gebeten, was auch immer sie verkehrt gemacht hatte, ihm alle lieben Dinge zugeflüstert, die ihr sonst oft im Halse steckenblieben. »Er wird gleich wach«, sagte die Schwester, und Gaby erschrak. Wie laut sie sprach! Sie zog einen Stuhl dichter ans Bett und fühlte, wie ihr die Tränen übers Gesicht rannen. Er sah so hilflos aus, so schwach. Der Schlauch des Sauerstoffgerätes im Mund, dünne Kanülen führten in die Nase, in jeder Hand eine Infusion, die Brust bis unter die Achseln bandagiert, die Füße mit Mullstreifen am Bett festgebunden. Ihr großer, lieber Mann, vollkommen ausgeliefert an andere Menschen. Jemand legte eine Hand auf ihre Schulter. Die Schwester. »Er merkt nichts davon. Er hat auch keine Schmerzen. In den Infusionen sind stark betäubende Mittel.«

Ingrid nickte ihr aufmunternd zu. Sie hielt sich im Hintergrund.

»Nehmen Sie seine Hand. Reden Sie mit ihm. Sagen Sie, er soll den Druck Ihrer Finger erwidern.« Sie nahm seine Hand und erschrak vor der Kühle seiner Finger. Sie erinnerte sich, daß der Chirurg ihnen erklärt hatte, daß die Körpertemperatur während der Operation sehr niedrig gehalten würde. Sie hatte vergessen, warum. Es war auch nicht mehr wichtig. Die Operation war vorbei. Vorsichtig rieb sie seine Finger, wie sie im Winter die Finger von Alex gerieben hatte. »Drücken Sie seine Hand«, wiederholte die Schwester. Vorsichtig umfaßte Gaby seine

Finger. Wie sehr sie seine Hände vom ersten Moment an geliebt hatte. So schmale, feine Finger, wohlgeformte Nägel, blasse Halbmonde. »Mein Liebling«, flüsterte sie. »Oh, mein Liebling.« Es war, als hätte sie die Worte geschrien. Mit einem Ruck schlug er die Augen auf, sah sie starr an. Die Schwester beugte sich vor. »Herr Gerken, Ihre Frau ist hier. Sie hält Ihre Hand. Drücken Sie sie, wenn Sie es können.« Sein Lächeln war unnachahmlich. Der Schlauch in seinem Mund gab ihm etwas Verwegenes. Wie eine dicke Zigarre, die er in die Mundecke geschoben hatte. Er drückte ihre Hand. Ganz langsam. Er war wieder da.

In dem anschließenden Gespräch mit dem Chirurgen hörte sie, daß die Herzklappe repariert worden war. Keine künstliche Herzklappe. »Das Gewebe sah so aus, daß wir es gewagt haben. Wir hoffen, daß es die richtige Entscheidung war. Ihrem Mann geht es den Umständen entsprechend gut. Ein kritischer Punkt ist die eigene Atmung. Wenn er wieder alleine atmen kann, haben wir die erste Hürde genommen.«

Gaby nickte, versuchte, sich auf seine Worte zu konzentrieren und dachte doch immer nur an Hubert. Wie hilflos er ausgesehen hatte und wie tapfer er gelächelt hatte. Wie ein Junge, der stolz auf seinen letzten Streich war. »Ich danke Ihnen«, sagte sie, als der Arzt endlich schwieg, und stand auf. Sie wollte zu Hubert. »Sie sollten sich ein wenig entspannen«, sagte der Doktor und nahm ihre Hand. »Ihr Mann schafft das schon.«

So sah es aus.

Abends, Gaby war jetzt schon zwölf Stunden im Krankenhaus, kam Jean. Sie umarmte sie, und Gaby fühlte wieder Tränen in sich aufsteigen. »Ich habe reichlich dicht am Wasser gebaut.« Verlegen wischte sie ihre Augen. »Ich bin so froh, Jean. Alles ist gut.« – »Na also. Gott sei Dank. Ich sagte doch, Unkraut vergeht nicht.« Sie streichelte Gaby über den Rücken. »Ich war noch bei dir zu Hause, habe die Pflanzen versorgt, den Briefkasten geleert. Da war noch etwas für dich.« Sie reichte Gaby ein kleines, braunes Päckchen. Gaby las halblaut den Absender; es war der Verlag, der ihr Buch veröffentlichen wollte. Sie schluckte. »Das ist vielleicht mein Buch. Ich meine, *mein* erstes Buch.« – »Soll ich?« Jean nahm ihr das Päckchen aus der Hand, der Klebestreifen ließ sich nur schwer ablösen. Das geöffnete Päckchen gab sie ihr zurück. Ingrid, die auch noch da war, beugte sich vor. Langsam glitten zwei Bücher in Gabys Schoß. Zögernd nahm sie eins in die Hand. Ein harter, fester Umschlag, Kinder, die lachend um eine Geburtstagstorte herum saßen. Ihr Buch. Rechts oben stand es. Ihr Name auf einem Buch. »Komm, zeig mal.« Ingrid konnte ihre Neugier nicht mehr bezwingen. »Wie schön, daß du es gerade heute bekommst. So etwas ist doch kein Zufall. Ich meine, Hubert hat die Operation gut überstanden, und du bekommst dein erstes Buch.« – »Ich gratuliere dir«, sagte Jean und küßte sie auf die Wange. »Dies ist wirklich ein besonderer Tag.«

In ihrem Hotel angekommen, erledigte sie die notwendigen Telefongespräche, schickte ein Telegramm an Natalie. Aber als erstes rief sie seine Mutter an. Es dauerte eine Weile, bis sie zu Worte kam, weil Huberts Mutter erst ihrer Seele Luft machte, wie lange es gedauert hatte und wie sie in Sorgen war und ob sie sich wohl vorstellen konnte, was es bedeutete, als Mutter so lange in Ungewißheit zu sein. – »Ich konnte nicht eher anrufen«, entschuldigte Gaby sich. »Ich komme gerade aus dem Krankenhaus. Und ich wollte doch noch mit dem Chirurgen reden, um zu wissen, wie alles gegangen ist. Sie haben die Herzklappe reparieren können.« Ja, das sei wunderbar, bestätigte sie seiner Mutter und fragte sich, warum sie davon nicht so überzeugt war, und es ginge Hubert den Umständen entsprechend, und er sei schon wieder bei Bewußtsein gewesen. Ja, er habe sie erkannt. »Wenn ich doch bei meinem Sohn sein könnte«, seufzte seine Mutter, und es klang dramatisch. Gaby hatte Mühe, nichts darauf zu antworten. Sie hatte es ihr selbst angeboten. »Du könntest bei mir im Hotel wohnen. Und nach der Operation bist du dann gleich bei Hubert.« – »Mit dir im Hotel? Während Hubert im Krankenhaus liegt?« Sie hatte ihren gut frisierten Kopf geschüttelt. »Nein, ich glaube nicht, daß ich das ertragen kann. Eine Mutter will bei ihrem Kind sein.« Gaby hatte ihre Hand auf die Hand von Huberts Mutter gelegt. »Das verstehe ich doch. Aber du bist dann die erste, die ihn danach wieder sehen kann.« – »Und wie sieht er dann aus? Alle möglichen schrecklichen Dinge um ihn herum, die ihm Schmerzen bereiten. Es würde mir das Herz brechen.« Sie zog ihre Hand fort. »Ich bin halt sehr sensibel, da berührt einen das alles mehr. Ich glaube nicht, daß du das verstehen kannst.« Gaby hatte zu Hubert gesehen, der während des Gespräches unberührt seine Zeitung weitergelesen hatte. »Ja«, hatte sie geantwortet, »du hast recht. Manche Dinge verstehe ich nicht ganz.« Sie hatte sich einen Ruck gegeben. »Aber du mußt das tun, was du für richtig hältst. Ich rufe dich auf jeden Fall sofort nach der Operation an.«

»Würdest du bitte die Kinder noch rufen«, bat sie jetzt, »ich möchte ihnen selbst sagen, daß es ihrem Vater gut geht.« Sie hörte die Jungens zum Telefon laufen und ein wenig außer Atem »Ja, Mammi, bist du da!« rufen. So fröhliche Stimmen. Mitten heraus aus ihrem Spiel. Sie war Cornelia in diesem Moment von Herzen dankbar, daß sie sie für die Zeit der Operation und des Krankenhausaufenthaltes aufgenommen hatte. Sie erzahlte Daniel, daß alles gut gegangen war und daß ihr Vater schon gelächelt hatte. »Sprechen kann er noch nicht«, schloß sie, »sonst hätte er euch bestimmt viele Küßchen geschickt.« – »Viele Küßchen von uns«, krähte Alex ins Telefon. »Auch für dich, Mammi«, sagte Daniel, und seine Stimme klang ganz dunkel. »Geht es dir gut, Mammi?«

»Ja«, sagte sie, »es geht mir gut.«

Sie war überrascht, daß es ihr so gut ging. Natürlich war sie in Sorge, wie die nächsten Tage verlaufen würden, wann Hubert vom Sauerstoffgerät kommen konnte; natürlich hoffte sie, daß keine Komplikationen auftreten würden. Aber zum erstenmal hatte sie das Gefühl, daß sie stärker war als er. Sie versuchte, den Gedanken zu verdrängen, aber er kam immer wieder zurück. Zusammen mit dem Mitleid und dem beinahe schmerzhaften Gefühl ihrer Liebe zu ihm, waren da an seinem Bett auch diese Gedanke gewesen. Wenn er schwach ist, kann ich stark sein. Wenn er hilflos ist, kann ich etwas tun. Wenn er ausgeliefert ist, bin ich frei. Sie schüttelte den Kopf über sich und fragte sich, wie sie in diesen Stunden so etwas denken konnte. Und ihr wurde bewußt, daß sie ihn in den elf Jahren ihrer Ehe noch nicht schwach gesehen hatte. Einmal, bei der Geburt Daniels, hatte er geweint. Tränen des Glücks. Eine Sternstunde. Was er auch sonst für Gefühle an Glück, Wut, Haß und Enttäuschung hatte, er ließ davon wenig merken. Nur im Bett zeigte er Leidenschaft. Sie fragte sich, wie es sich anfühlte, ein Mann zu sein? Immer stark, überlegen und autoritär zu sein? War das nicht auch ein Käfig? Vielleicht auch ein Käfig aus Angst und Einsamkeit? Warum traute sich ein Mann nicht, schwach zu sein? Warum traute Hubert sich nicht, schwach zu sein? Ihre Angst lag in ihrer Jugend begründet. Sie war mit der Angst und der Einsamkeit groß geworden. Womit war Hubert groß geworden? Sie dachte an seine Mutter, seine Geschwister. Seine Mutter liebte ihn, liebte ihre Kinder über alles. Als Cornelia heiratete, fühlte sie sich von ihr im Stich gelassen, hatte sie gesagt. Bei den anderen Kindern war es nicht anders gewesen. Sie sah ihre Kinder als ihren Besitz. Sie hatte sie in den Nachkriegsjahren und später, als ihr Mann sie verlassen hatte, mit vielen Sorgen großgezogen. Dafür erwartete sie lebenslange Dankbarkeit. Hubert zollte ihr diese Dankbarkeit. Jeden Tag rief er sie von der Firma aus an. »Eine kleine Mühe«, sagte er. Aber war es nur das? Brauchte er nicht auch das Gefühl, daß er das Wichtigste im Leben seiner Mutter war? Er hatte Gaby erzählt, daß er seine Mutter, nachdem sein Vater die Familie auf so dramatische Weise verlassen hatte, neun Monate lang versorgt hatte. Seine Mutter hatte sich ins Bett gelegt und war ein Dreivierteljahr lang nicht mehr aufgestanden. Drei jüngere Geschwister waren da zu versorgen gewesen, ein Haus und ein großer Garten. »Ich war gerade achtzehn«, hatte Hubert gesagt und: »Es war nicht einfach.« Gaby fragte sich, wieweit die Versorgung seiner Mutter gegangen war. Ein Junge von achtzehn, der seine Mutter waschen und pflegen mußte, ihr das Essen ans Bett brachte? Sie hatte ihren ältesten Sohn als Ersatzmann eingesetzt. Er war jetzt der Mann im Haus. Er mußte sich um alles kümmern. Sie konnte es nicht. Sie war schwach, hilflos, lag apathisch im Bett.

»Hattest du nicht manchmal eine Riesenwut?« hatte Gaby ihn gefragt. »Du warst doch noch viel zu jung für diese Verantwortung.« Hubert hatte sie, nicht begreifend, angesehen. »Ich war der Älteste. Ich habe ihr schon von klein auf zur Seite gestanden. Als mein Vater im Krieg war, als mein Großvater starb. Ich war dann der älteste Gerken. Es war an mir, die Verantwortung zu übernehmen. Als ich heiratete und aus dem Haus ging, hat mein Bruder Berthold meine Aufgabe übernommen.« Gaby fragte sich, warum seine Mutter nicht die Verantwortung übernehmen konnte. Waren halbwüchsige Jungen eher in der Lage, Verantwortung zu tragen, als eine erwachsene Frau? Das war ja wie im Orient, wo die Söhne die Macht übernahmen, wenn der Vater durch Tod oder Krankheit ausfiel. Aber Huberts Mutter hätte sich anders entscheiden können. Keine moslemische Ordnung, die sie in diese Abhängigkeit brachte. Wollte sie schwach sein, um ihre Kinder an sich zu binden? Und sie selbst, dachte Gaby mit Erschrecken, war sie schwach, weil sie glaubte, sie würde sonst Hubert verlieren? Nein, nein, das ist nicht wahr: Ich versuche, stark zu sein. Ich bin in Therapie, um meine Vergangenheit zu bewältigen. Ich lerne, ich habe mein erstes Buch in Händen, ich versuche, selbst Dinge zu tun. Hubert hat sich nur so daran gewöhnt, alles zu regeln und zu bestimmen, er kann schon beinahe nicht mehr anders. Ich muß mit ihm darüber reden. Ihn davon befreien, immer stark und mächtig zu sein. Was muß das für ein Druck für ihn sein! Er muß ja einen Haß auf Frauen bekommen, die ihn in dieses stählerne Korsett zwingen. Vielleicht glaubt er, ich würde ihn weniger lieben? Vielleicht fühlt er sich zu verletzlich?

Gaby kuschelte sich in ihr Bett wie in eine kleine, geschützte Höhle. Ich werde mit ihm reden. Wenn es ihm wieder besser geht, werde ich mit ihm reden. Vielleicht wird alles einfacher, wenn er diese Operation überstanden hat. »Für viele Menschen ist so eine Operation ein Wendepunkt in ihrem Leben«, hatte der Arzt in der Informationsstunde auch gesagt. »Sie erkennen, wie kurz das Leben sein kann. Sie versuchen noch einmal, ihrem Leben eine andere Richtung zu geben. Sehen Sie das als gemeinsame Chance.« Ja, sie wollte versuchen, ihrem Leben einen anderen Sinn zu geben. Sie wollte neben ihm stehen, nicht mehr unter ihm. Als Partner durch dick und dünn mit ihm gehen. Vielleicht würde das auch für Hubert eine Erleichterung bedeuten.

Nach fünf Tagen konnte Hubert von der Intensivstation in ein normales Zimmer verlegt werden. Eine Wundblutung und Probleme mit der Atmung hatten noch für einige Aufregung gesorgt. »Hallo, gut siehst du aus«, krächzte er, bei dem Versuch, galant wie immer zu sein, wenige Minuten nachdem er endlich von dem Sauerstoffschlauch befreit war. Von Aggressivität ihr gegenüber keine Spur. Wohl gegenüber dem Pflegepersonal. »Ich will, daß meine Frau mir die Brühe gibt.« Ungewohnt grob schob er die Schwester zur Seite. »Nur von meiner Frau will ich versorgt werden.« Die Schwester warf Gaby einen amüsierten Blick zu. Sie kannte diese Reaktionen und nahm sie nicht persönlich. »Natürlich, wenn Sie wollen, Herr Gerken, wird Ihre Frau Ihnen die Brühe geben.« Und das erste Mal fütterte sie Hubert, so wie sie unzählige Male ihre Kinder gefüttert hatte. Doch da war etwas in seinen Augen, das sie verunsicherte. Er öffnete den Mund, schluckte, leckte vorsichtig mit seiner Zunge über seine aufgesprungenen Lippen. Sie lächelte ihm liebevoll zu, strich mit dem Finger über seinen Handrücken, aus dem eine Kanüle entfernt worden war. »Ich bin so froh«, flüsterte sie, »jetzt geht es bergauf.« – »Suppe«, krächzte er, so, als solle sie den Mund halten und ihn nur füttern. Nicht mehr und nicht weniger, nur füttern. Das war keine Aggressivität, das war Macht. Unverblümter als sonst, der Schliff hatte Risse bekommen. Sie atmete tief durch, beim nächsten Löffel zitterte ihre Hand. Ein wenig Suppe lief aus seinem Mundwinkel. Er sah sie an. Lächelte ein wenig. Sie tupfte ihm vorsichtig das Kinn ab. »Alles wird gut«, sagte sie, »alles wird gut.« Er antwortete nicht.

Von morgens um acht Uhr bis abends um neun Uhr saß Gaby an seinem Bett. In der Mittagspause, wenn er ein wenig die Augen schloß, fuhr sie ins Einkaufszentrum, um ihm die Dinge zu holen, die er im Laufe des Vormittags genannt hatte. Hundert Gramm Walderdbeeren, ein Pistazieneis, eine kleine Pastete. Seine Wünsche waren ausgefallen, aber sie war froh, daß er Wünsche hatte. Und daß sie sie ihm erfüllen konnte. Alles wird gut. Manfred kam, ruppig, unzufrieden, blaß, brachte Hubert einen Strauß

Blumen, sagte beinahe nichts. »Was ist los mit dir?« fragte Gaby, als sie ihn zum Fahrstuhl begleitete. »Du bist nicht die einzige, die Probleme hat«, sagte er bissig. »Dein Studium?« Sie hatte geahnt, daß er es nicht packen würde. »Dein Studium?« Er äffte ihren Tonfall nach. »Nein, nicht mein Studium.« Er ging weg, ohne sich noch einmal umzudrehen.

Deprimiert ging sie zu Hubert zurück. Erst Monate später konnte Manfred richtig mit ihr darüber reden. Seine erste Liebe, die zarte kleine Marja, hatte ihn mit seinem Freund betrogen. »Ausgerechnet mit Udo«, hatte er verbittert gesagt. »Warum mußte es ausgerechnet Udo sein?« Sie hatte keine Antwort gewußt.

Hubert konnte jetzt auch wieder selbst telefonieren und Telefongespräche annehmen. Die ersten Tage hatte Gaby wieder und wieder Freunden, Bekannten und Kollegen Bericht erstattet: Es ginge ihm den Umständen entsprechend, dann ein wenig besser, plötzlich unerwartete Komplikationen, Gott sei Dank, langsam kam er über den Berg. Blumen wurden abgegeben, Glückwunschtelegramme zugestellt. Nur von Ursel und ihrem Mann hatten sie nichts gehört. Vergeblich hatte Gaby ein paarmal versucht, sie unter der angegebenen Telefonnummer zu erreichen.

Es war der neunte Tag. Sie verabschiedete sich von Hubert, schüttelte noch einmal sein Kissen auf, zog den Vorhang halb zu, so daß ihn das Licht von draußen nicht störte. »Ich werde gleich schlafen«, sagte er und schloß die Augen. »Morgen stehen einige anstrengende Untersuchungen auf dem Programm.« Sie winkte ihm noch einmal von der Tür zu, er reagierte matt. Erst beim Auto entdeckte sie, daß sie ihren Schlüssel auf der Fensterbank hatte liegenlassen. Sie fuhr mit dem Fahrstuhl wieder nach oben, ging leise den spärlich beleuchteten Gang entlang. Die Nachtschwester grüßte sie freundlich. »Noch etwas vergessen, Frau Gerken?« Inzwischen kannte sie jeder auf der Station. »Meinen Schlüssel.« Sie lachte verlegen. »Was man nicht im Kopf hat, muß man in den Beinen haben.« – »Ja, wem sagen sie das.« Die Schwester verschwand in der Küche. Vorsichtig öffnete sie die Tür. Vielleicht schlief Hubert schon. Er schlief nicht. Er hatte den Rücken zur Tür gedreht, ein Kissen unter den Arm geschoben, mit dem er den Telefonhörer festhielt. Seine Stimme klang verhalten. »Ja«, sagte er, »ich dich auch. Sehr.« Dann fühlte er wahrscheinlich einen Lufthauch durch die offene Tür und drehte sich mit einem Ruck um. Er stöhnte, die unerwartete Bewegung hatte ihm wehgetan. »Du«, sagte er, und seine Hand umklammerte den Hörer. »Was willst du hier?« Das klang, als hätte sie überhaupt kein Recht, einfach da zu stehen, in der Tür, durch die sie erst vor wenigen Minuten gegangen war. Sie sah auf den Hörer in seiner Hand, aus der eine leise Geisterstimme: »Hallo, hallo?« rief.

Hubert folgte ihrem Blick. »Mutter«, sagte er, »es ist meine Mutter.« Und in die Muschel hinein sagte er, wie ein Schauspieler, der sein Stichwort bekommen hatte: »Also bis morgen, Mutter.« Er legte den Hörer auf die Gabel, ohne noch auf eine Antwort zu warten. »Meine Wunde«, stöhnte er verhalten, griff sich ans Herz und sank langsam auf sein Kissen zurück. »Ich glaube, ich habe eine verkehrte Bewegung gemacht.« Gaby ging mit staksigen Beinen zur Fensterbank. »Ich habe meinen Autoschlüssel hier liegenlassen«, sagte sie mit einer Stimme, die endlich nicht mehr piepsig klang. »Hier auf der Fensterbank.« Sie blieb am Fenster stehen und sah hinaus. In dem gegenüberliegenden Flügel des Krankenhauses war die Krebsstation. Auch dort waren die meisten Gardinen zugezogen, bereiteten sich viele Patienten auf eine weitere, schlaflose

Nacht vor, auf Schmerzen, die oft nur noch mit stärksten Betäubungsmitteln unterdrückt werden konnten. Jahrelang hatte der Keim zu ihrer Krankheit in ihnen geschlummert, und dann war eines Tages das Geschwür aufgebrochen, eiternd, schwärend, oft war es zu spät. Doch nicht immer. Manchmal half es, den infizierten Körperteil wegzuschneiden, die Stellen darum herum mit Strahlen totzubrennen, damit die Krankheit nicht zurückkommen konnte. Eine schmerzhafte Prozedur, aber sie half. Man lebte weiter.

Bei Mutti hatte nichts mehr geholfen. Als ihr Krebsgeschwür aufgebrochen war, war es zu spät gewesen. Mutti war daran zugrunde gegangen.

»Würdest du mir bitte mein Kissen noch einmal aufschüttteln?« Gaby drehte sich langsam zu Hubert um. Er sah schlecht aus. Seine Augen lagen in tiefen Höhlen, sein Gesicht war fahl. »Soll ich den Arzt rufen? Geht es dir nicht gut?« – »Nein, es ist schon alles gut. Ich bin nur todmüde. Dieser unerwartete Anruf. Ich schlief schon beinahe. Mutter läßt dich natürlich grüßen.« – »Ja, natürlich. Vielen Dank. Sage das deiner Mutter. Vielen Dank für die Grüße.«

Hubert war ein schwieriger Patient. Wieder zu Hause, hielt er Gaby von morgens bis abends in Trab, schien überzeugt zu sein, daß nichts und niemand auf der Welt wichtiger war als er selbst. Und Gaby schickte sich darin, ließ ihn die Sonne sein, um die herum sich alles drehte, die es in ihrer Macht hatte, Wärme auszustrahlen. Oder Kühle, wenn sie sich hinter Unmutswolken verbarg. Um neun Uhr wünschte Hubert seine erste Tasse Tee ans Bett. »Bitte mit zwei Zwiebacken, dünn mit Butter und Orangenmarmelade bestrichen.« Das frühe Aufstehen war für Gaby eigentlich der schwerste Teil des Tages. Sie schlief noch immer schlecht, obwohl ihre Alpträume sich verändert hatten. »Eine Folge der Therapie«, bestätigte ihr Jaap. Jetzt wurde sie nicht mehr verfolgt, gemartert, in Stücke gehackt – jetzt war sie selbst gewalttätig. Schreiend war sie die letzte Nacht wach geworden, ihre Hände voll Blut. Sie hatte sich über ihr Opfer gebeugt, das am Boden lag. Es hatte kein Gesicht ... Zerschlagen stellte sie morgens den Wecker aus und ging wie eine Schlafwandlerin nach unten, um für die Kinder Frühstück zu machen. Glücklicherweise begriffen sie beide, daß morgens mit ihrer Mutter nicht viel anzufangen war. So aßen sie die bestrichenen Brote, tranken ihre heiße Schokolade oder den Tee und freuten sich, wieder zu Hause zu sein. »Tante Cornelia war so streng. Und wenn wir einmal ein Wort nicht richtig aussprachen, wegen unserem holländischen Akzent, mußten wir es immer wiederholen. Wie so blöde Papageien. Und sie nannten uns dauernd die Holländer. Und hier sind wir die Deutschen. Als ob wir nicht richtig dazu gehören. Dort nicht und hier nicht.« Gaby zog sie beide auf ihren Schoß, Alex auf das linke Bein, Daniel auf das rechte. »Ihr gehört zu uns. Das ist das wichtigste.« Sie schmiegten sich an sie. »Wird Vati wieder ganz gesund?« Sie strich ihrem Ältesten die dunklen Haare aus dem Gesicht. »Natürlich wird er wieder gesund. Er muß jetzt nur viel Ruhe haben. In zwei bis drei Monaten sieht alles anders aus.«

Davon war sie selbst auch überzeugt. Aber erst einmal mußte sie die zwei bis drei Monate gut überstehen. Sie fühlte, wie sie wieder mehr und mehr zitterte. Sie stand von morgens bis abends unter seinem Erwartungsdruck. Wenn er den Tee getrunken und die Zwiebacke gegessen hatte, brachte sie ihm die Post ins Schlafzimmer, die er dann durcharbeitete. Danach ging er unter die Dusche, rasierte sich und zog sich an. Wenn sie seine vorsichtigen Schritte auf der Treppe hörte, krampfte sich ihr eigenes Herz zusammen. Im Krankenhaus hatte er an ihrem Arm die ersten Schritte getan. Zitternd und unsicher wie ein Kind. Und noch immer setzte er seine Beine so vorsichtig auf, als wolle er jede Erschütterung seines Körpers vermeiden. »Meine Rippen schmerzen«, gab er auf ihre besorgte Frage kurz angebunden zur Antwort. »Aber das ist ja auch kein Wunder, wenn man weiß, wie sie meine Rippen auseinandergebogen haben.« Im Wohnzimmer hatte sie dann schon für ihn das zweite Frühstück bereitet. Tee, einen Toast mit Schinken oder Käse, eine Tomate, frische Kräuter, hin und wieder ein Ei, einen zweiten Toast mit Marmelade oder Honig. »Ich möchte, daß du mir dabei Gesellschaft leistest«, sagte er. Das tat sie. Meistens aß sie auch eine Schnitte Brot, trank eine Tasse Kaffee und wartete darauf, daß seine Frühstücksprozedur vorbei war. Nicht, weil sie ihm die langsame, ruhige Zeremonie nicht gönnte, sondern weil der Zeiger der Uhr unaufhaltsam tickte und sie noch soviel zu tun hatte. Zwischen halb elf und und elf Uhr konnten sie Besuch erwarten. Kollegen aus der Firma, Bekannte, Freunde. Sie kamen mit großen Blumensträußen, frischem Obst oder kleinen, lustigen Büchern. »Wie lebt es sich ohne Herz?«, »Das Leben nach dem Infarkt«, »Deinem Herzen zuliebe« oder »Reine Herzenssache« waren besonders originell. Dann machte Gaby Kaffee, schnitt ihren selbstgebackenen Apfel-, Streusel- oder sonst was für einen Kuchen an und setzte sich als stille Zuhörerin dazu. Das Gespräch, oder besser der Monolog Huberts war immer derselbe. Daß er vor der Operation überhaupt keine Angst gehabt hatte, ein Blick zu ihr, und sie nickte zustimmend. Daß er bis zuletzt im Vollbesitz seiner Kräfte war, diesmal war der Blick ein wenig schelmisch, und sie nickte wieder, daß er zwar ein paar kleine Komplikationen hatte, »so eine Nachblutung, aber nichts Ernstes, und anscheinend etwas mit der Atmung, aber na ja, nach zehn Tagen habe ich gesagt, das war es. Jetzt bin ich zu Hause genausogut aufgehoben. Nicht wahr, Gaby?« Dann sagte sie: »Das bist du ganz bestimmt, Schatz.« Sie war froh, daß er nicht seine Operationsnarbe zeigte. Aber vielleicht tat er das auch nur nicht, weil sie mit ihm darüber gesprochen hatte. »Dieses Sichzurschaustellen mancher Menschen finde ich widerlich. Weißt du noch, wie wir den Vorsitzenden vom Tennisverein im Krankenhaus besuchten und ich gar nicht so schnell wegsehen konnte, und er hatte mir schon die Narbe seiner Gallenoperation gezeigt? Was ist das doch, daß Menschen so ein Vergnügen darin finden, sich so exhibitionistisch zu betragen?« – »Ja, eigenartig«, bestätigte ihr Hubert und ließ seine Narbe unter dem zugeknöpften Oberhemd.

Gegen zwölf Uhr verabschiedeten sich die Besucher, und Alex kam von der Schule. Hubert legte sich eine Dreiviertelstunde hin, und Gaby beeilte sich, in dieser Zeit ein Mittagessen auf den Tisch zu bringen. Wenn sie einen Braten hatte, briet sie ihn am Abend vorher, weil Hubert keine Bratgerüche aus der Küche wünschte, während Besuch da war. Nach dem Mittagessen legte Hubert sich nochmals hin, Alex ging wieder zur Schule, und Gaby wärmte das Mittagessen für Daniel, der meistens gegen zwei Uhr von der Oberschule kam. Dann beeilte sie sich, Einkäufe zu erledigen, Wohnzimmer und Küche aufzuräumen, das Badezimmer durchzuputzen und brühte Tee. Zwischen drei und halb vier konnte sie wieder Besuch erwarten, diesmal mit Tee und Kuchen. Wenn der Besuch gegangen war, manchmal auch zwischendurch, wenn Hubert andere kleine amüsante Begebenheiten aus dem Krankenhaus zum besten gab, lüftete sie das Schlafzimmer, schüttelte die Betten auf, wischte dort Staub. Zwischen sechs und sieben Uhr abends machte sie Schnittchen. »Kein Grund, dich zu beeilen«, beruhigte Hubert sie, »ich trinke erst noch meinen Schnaps.« Einen genehmigte er sich, obwohl der Arzt ihm wegen der Medikamente, die er noch einnehmen mußte, davon abgeraten hatte. Dazu knabberte er ein paar Nüsse und las die Zeitung, die Gaby ihm gebracht hatte. »Setz dich doch zu mir«, sagte er, und sie setzte sich zu ihm, trank ihren Martini, ohne Zitrone und ohne Eis, und fragte sich, wann sie, um Himmels willen, den Artikel für die Zeitung schreiben sollte und wann sie wieder an ihrem Buch weiterarbeiten konnte. Denn sie hatte ihre Tätigkeiten langsam wieder aufgenommen. Sie mußte einfach noch etwas anderes tun. Und wenn der Tag zu kurz war, dann arbeitete sie eben in der Nacht. Aber sie mußte schreiben. Sie konnte es Hubert nicht erklären, der murrte, wenn er nachts das Tippen der Schreibmaschine hörte. »Ich habe soviel in mir«, versuchte sie ihm deutlich zu machen. »Das muß ganz einfach heraus. Ich habe so lange nichts anderes getan, als für euch alle da zu sein.« – »Das ist doch normal«, sagte Hubert. »Du wolltest die Kinder doch auch.« – »Ja«, sagte sie. »Ich klage ja auch nicht.« Aber vielleicht hätte sie doch klagen sollen: Du wolltest die Kinder. Viel mehr als ich. Für mich bedeutete dein Wunsch, nach Daniel noch ein weiteres Kind haben zu wollen, zwei Fehlgeburten und eine Schwangerschaft mit vielen Einschränkungen. *Du* wolltest partout noch ein Kind! Und du gehst doch auch deinem Beruf nach, brauchst dich nie zu entscheiden, die Kinder oder dein Beruf, und du hast auch nie Schuldgefühle, ob sie nicht vielleicht doch zu kurz kommen. Aber sie sagte nichts. Erstens durfte er sich nicht aufregen, und zweitens würde es reichlich überheblich klingen, ihre Schreiberei als Beruf zu bezeichnen, und das Studium – was stellte das schon vor!, und drittens hatte sie ein schlechtes Gewissen, weil sie sich bei einer Frauenzeitschrift als Kolumnistin beworben hatte und angenommen worden war. Das hieß noch wieder eine Verpflichtung mehr, und wer weiß, wie er darauf reagieren würde, und er brauchte doch seine Ruhe. Es hatte sie nicht überrascht, daß er wieder alle Fäden in der Hand hatte, vielleicht sogar noch mehr als früher, weil er jetzt zu Hause war und ihr bei allem auf die Finger sah. »Du hast schon wieder die Gläser verkehrt in den Geschirrspüler gestellt«, sagte er, faßte sich kurz an die Brust, seufzte, beugte sich vor und stellte die Gläser anders hin. »Du hast die Schüsseln nicht vorgewärmt«, sagte er, nahm sie ihr aus der Hand und ließ heißes Wasser hineinlaufen. »Du weißt doch, daß das Essen in nicht vorgewärmten Schüssein viel schneller kalt wird.« Ja, das wußte sie, aber sie hatte noch schnell ein paar Oberhemden gebügelt, die Waschmaschine aufs neue gefüllt und einfach nicht daran gedacht. Aber sie sagte nichts. Wenn sie auch nur sagte: »Nun laß mich doch machen«, dann faßte er sich an sein Herz und atmete tief durch. Nicht mehr, aber sie fühlte sich schuldig an seinen Schmerzen, denn er hatte ja recht, er hatte immer recht, er wies sie nur auf ihre Unzulänglichkeiten hin. Sie war nie eine perfekte Hausfrau gewesen, sie kochte, backte, putzte, es war gemütlich in ihrem Hause. Aber sie übersah beim Putzen ein paar Wasserflecken im Badezimmer, oder sie hatte schon wieder nicht daran gedacht, daß er Lauchgemüse haben wollte, und den Hefekuchen seiner Mutter hatte sie auch schon lange nicht mehr gebacken, und im Wohnzimmer räumte sie immer dann die Zeitungen weg, wenn er sie gerade lesen wollte. Ja, er hatte recht, sie machte vieles verkehrt, aber sie fühlte sich gehetzter und gehetzter, oft fielen ihr Dinge aus der Hand, und sie erhöhte ihre Dosis Beruhigungstabletten.

»Ich bitte dich, hast du heute noch Zeit? Ich habe das Gefühl, daß ich vollkommen durchdrehe.« Gaby stand in der Telefonzelle auf dem Marktplatz, ihr blauer Volkswagen stand mit laufendem Motor davor. »Ich würde mich am liebsten in meinen Wagen setzen und fahren, fahren, soweit ich kann.« Sie hörte Jaap am anderen Ende der Leitung mit Papier rascheln. »Ist gut«, sagte er dann. »Komm in einer halben Stunde. Ich verschiebe einen anderen Termin. Und fahr vorsichtig.«

Wieder im Auto legte sie für einen Moment ihren Kopf auf das Steuer. Gott sei Dank, daß er Zeit hatte. Sie fühlte sich, als wenn sie jeden Moment explodieren würde, der Druck in ihr war so groß, daß sie die Zähne aufeinanderbeißen mußte, um überhaupt noch normal atmen zu können. Wenn sie noch eine Minute länger zu Hause geblieben wäre und sie hätte den Mund geöffnet, wären all die unterdrückten Schreie herausgekommen, und sie hätte nur noch geschrien, schrill und kreischend, ohne je wieder aufhören zu können.

Huberts Mutter war seit einer Woche da. »Es geht mir jetzt schon so gut«, hatte Hubert gesagt, »daß sie sich nicht mehr erschrickt, wenn sie mich sieht.« Das stimmte. Sein Gesicht hatte wieder etwas Farbe bekommen, und die Augen lagen nicht mehr in tiefen Höhlen. Doch seine Mutter brach doch in ein großes Ach und Weh aus, als sie ihren Ältesten sah. »Mein Guter, mein Armer, wie schrecklich siehst du aus! Was bist du mager geworden, mein Gott, was haben sie mit dir gemacht, daß du so leiden mußt?« Und dann die Kardinalfrage: »Sorgt Gaby auch gut für dich?« – »Natürlich, Mutter«, sagte Hubert und tätschelte ihren Rücken, »natürlich sorgt Gaby gut für mich.« – »Na ja, jetzt bin ich ja auch da.« Das klang in Gabys Ohren wie eine Drohung, und die hatte sie in der letzten Woche auch wahr gemacht. Kein Mittagessen war mehr gut genug. Wieder mußte immer im letzten Moment noch ein Salat zubereitet, ein Stückchen Fleisch extra gebraten, der Bouillon noch ein Ei zugefügt, die Soße mit Sahne abgeschmeckt werden. Sie nahm Gaby die Dinge aus der Hand, schob sie zur Seite. »Ich mache das schon«, sagte sie, »ich weiß, was Hubert lecker findet.« – »Sie meint es nur gut«, sagte Hubert, als Gaby sich bei ihm beklagte. »Ich möchte nicht, daß du ihr Vorhaltungen machst.«

»Ich werde verrückt«, weinte sie bei Jaap. »Ich werde wirklich verrückt. Ich habe in meinem eigenen Haus nichts zu sagen. Sie kommandiert mich wie ein Dienstmädchen hin und her und sieht mich an, als wenn ich der letzte Dreck bin.« – »Ist das nicht deine eigene Interpretation«, fragte Jaap. »Warum sollte sie so eine schlechte Meinung von dir haben?«

Gaby zog hilflos die Schultern hoch. »Ich weiß es nicht. Sie fühlt wahrscheinlich, daß ich anders bin, anders als normale Frauen.« »Wie sind denn ›normale‹ Frauen?« Gaby wandte den Blick ab. »Auf jeden Fall Frauen, die nicht soviel zu verbergen haben. Die nicht dauernd Theater spielen.« – »Wieso spielst du Theater?« Sie verschränkte ihre Hände fester in ihrem Schoß, grub die Nägel in ihren Handrücken. »Ich weiß es nicht. Ich weiß nur, daß ich mir oft zusehe, als spiele ich eine Rolle: die Rolle der liebenden Mutter, die Rolle der verständnisvollen Ehefrau, die Rolle der guten Hausfrau. Irgendwie bin ich das alles und bin es doch wieder nicht.« Sie sah ihn groß an. »Ich rede Unsinn, nicht wahr?« Jaap lächelte leise. »Es ist kein Unsinn, aber laß uns kurz auf deine ›Rollen‹ eingehen: Du liebst deine Kinder?« – »Natürlich.« Darüber brauchte sie keine Sekunde nachzudenken. »Ich bin vielleicht nicht immer so geduldig wie eine Bilderbuchmutter, aber ich liebe sie, ich würde alles für sie tun, sie nie im Stich lassen . . .« – »Schon gut«, wehrte Jaap ab, »du sollst ja nicht zu Felde ziehen für deine Kinder. Wie steht es mit der Rolle Nummer zwei: die verständnisvolle Ehefrau?« Gaby lehnte sich zurück und schloß die Augen. Die letzten elfeinhalb Jahre ihrer Ehe zogen in Sekundenschnelle an ihr vorbei: das unglaubliche Glücksgefühl der ersten zwei Monate, dann Patty, dann wurde Daniel geboren, zwei Fehlgeburten, Alex, Huberts langes Fortbleiben, Fotos aus Kolumbien, seine Phantasien, sein Druck auf sie, der rosarote Club, sein stärker werdender Druck, ihre Einsamkeit, ihr Zittern, seine Operation, das Telefongespräch, seine Mutter ... Sie öffnete ihre Augen, und sie fühlte, wie ihr erneut Tränen über die Wangen liefen. »Ich glaube, ich kann diese Rolle nicht mehr spielen. Ich bin keine verständnisvolle Ehefrau. Auf jeden Fall nicht in dem Maße, wie Hubert sie braucht.« Sie wischte die Tränen ab. »Aber ich liebe ihn. Ich kann nicht ohne ihn sein.« – »Du mußt mit ihm reden.« Jaap zündete sich eine neue Zigarette an. »Du mußt mit ihm reden und vielleicht auch mit seiner Mutter. Du bist kein Kind mehr. Du kannst dich gegen Ungerechtigkeiten zur Wehr setzen.« Er sah sie nachdenklich an. »Die Rolle der guten Hausfrau – wie steht es damit?« Gaby beugte sich vor und nahm sich auch eine Zigarette. Ihre Hand zitterte stark, als Jaap ihr Feuer reichte, und sie schämte sich. Sogar jetzt zitterte sie wie ein altes Weib! Würde das denn nie besser werden? »Ich tue das alles ganz gerne, kochen, backen, es zu Hause gemütlich machen, Gäste bewirten, aber nicht immer, nicht jeden Tag. Ich möchte es auch einmal etwas einfacher haben, nur eine Suppe, eine Schnitte Brot aus der Hand. Damit ich mehr schreiben kann.«

»Diese Rolle haben wir überhaupt noch nicht besprochen«, hakte Jaap nach, »die Rolle der Schriftstellerin, der Journalistin.« Gaby stieß den Rauch ein wenig mißbilligend durch die Nase aus. »Schriftstellerin, ein großes Wort. Außerdem spiele ich dann keine Rolle. Wenn ich schreibe, dann bin ich das. Das kommt ganz und gar aus mir heraus. Wie die Liebe zu meinen Kindern, da steht nichts dazwischen. Schreiben, das bin ich selbst.« Jaap schwieg und sah sie lächelnd an. Unter seinem wissenden Blick wurde sie unsicher. »Ich meine, so fühle ich das. Ich will sagen, das ist keine Rolle, nichts, was man von mir verlangt, das ist wie ein Brunnen, der angebohrt ist und der jetzt sprudelt.« – »Laß es sprudeln«, riet Jaap ihr. »Wenn dich dein Mann und deine Schwiegermutter verrückt machen, wenn du jetzt noch nicht mit ihnen reden willst, ziehe dich zurück und sei du selbst. Schreibe. Du hast noch soviel, worüber du schreiben kannst.«

»Darüber kann ich nicht schreiben«, sagte Gaby schnell und dachte an alles, was sie zu verbergen hatte, an Pappi, und wie schwer es gewesen war, überhaupt mit Hubert und Ursel und Jean darüber zu reden. Und das waren drei Menschen, denen sie vollkommen vertraute. Die würden ihr nicht wehtun. Aber was würde geschehen, wenn jedermann es wußte? Und wie sollte sie davor die Zeit überstehen, wenn sie sich wieder ganz in ihre Kindheit zurückversetzen müßte? »Ich habe ein neues Manuskript«, lenkte sie ab. »Es handelt von einem Mädchen, daß all ihre Probleme wegfuttert. Ich glaube, das wird auch ganz brauchbar.« Mehr wagte sie nicht zu sagen. Schriftstellerin! Das klang übertrieben. Sie brauchte dringend einen Ansporn, um weiterzumachen.

Der Ansporn kam einige Tage später mit der Post.

»Herzlichen Glückwunsch! Sie haben gewonnen. Aus über dreitausend Einsendungen haben wir Ihre Geschichte ausgewählt. Im Frühjahr nächsten Jahres werden wir Ihren ›Wanderpokal‹ aussenden. Wir gratulieren!«

Gaby konnte es nicht fassen. Die Zeilen verschwammen vor ihren Augen. Ich bilde mir das ein, dachte sie, dies ist reines Wunschdenken. Sie ging ins Badezimmer, ließ kaltes Wasser über ihre Unterarme laufen, trocknete sie sorgfältig ab und setzte sich wieder an ihren Schreibtisch. Da lag der Brief vom Sender auf ihrer Schreibmaschine. Diesmal blieben die Zeilen kühl und unberührt stehen. »Herzlichen Glückwunsch.« Es war wahr. »Hubert«, rief sie, »Hubert, ich habe gewonnen.« Ohne anzuklopfen, platzte sie in sein Arbeitszimmer. Erschrocken schob er einen Bogen Papier unter einen Stapel Post. Sie blieb stehen, ihr Brief zitterte in ihrer Hand. »Ich wollte dich nicht stören.« Sie sah zu dem Stapel Post. Er stand auf. »Du störst doch nicht. Wie kommst du denn darauf? Ich bin nur dabei, ein paar schwierige Dinge von der Firma zu bearbeiten.« Natürlich, die Firma. Was sie schon wieder dachte. »Ich habe gewonnen«, sagte sie, und fragte sich, wie in wenigen Sekunden das überschäumende Glücksgefühl so verschwinden konnte. »Ich habe bei einem Wettbewerb mitgemacht – eine Geschichte über ältere Menschen. Meine wurde ausgewählt.« – »Wie schön für dich.« Hubert war sichtlich überrascht. »Über ältere Menschen? Nichts für Kinder? Du machst dich.« Er küßte sie. Ihr Blut begann wieder zu singen. Du machst dich, hatte er gesagt. Sie mauserte sich sozusagen. Vielleicht erkannte er doch, daß ihr Schreiben mehr als nur eine Flause war. Vielleicht erkannte er auch, daß sie noch mehr in ihrem Kopf hatte, als den Geschirrspüler, Essen, Kochen, Putzen. »Ich möchte euch zum Essen einladen«, sagte Gaby später zu Huberts Mutter und zu Hubert. »Zusammen mit den Kinder möchte ich euch ausführen.« – »Da sagen wir nicht nein«, lächelte Huberts Mutter gewinnend. »Du weißt ja, wir Gerkens wissen, was gut schmeckt. Ist dein Honorar denn hoch genug, um das zu bezahlen?«

Der Abend war ein voller Erfolg. Hubert ging es schon wieder so gut, daß er das Essen genießen konnte. Daniel und Alex waren durch die vornehme Ausstattung des französischen Feinschmeckerlokals derart beeindruckt, daß sie nur gedämpft ihre Wünsche äußerten. »Ich möchte ein saftiges Steak. Mit Kräuterbutter.« Daniel war zwar erst zehn Jahre, aber einen Appetit hatte er wie ein Großer. »Und ich Pfannekuchen.« Alex war noch immer ihr Leckermäulchen. »Die nennt man hier ›Crêpes‹«, belehrte ihn seine Großmutter. »Hauptsache, sie schmecken so gut wie die von Mammi.« – »Kinder«, lächelte Huberts Mutter. »Wie schön, daß für Kinder die eigene Mutter immer alles am besten macht.«

Gaby dachte an Mutti. Ja, Mutti hatte den leckersten Schinkenauflauf gemacht. Oder ihr Pflaumenkuchen, der hatte nie wieder irgendwo so geschmeckt wie bei ihr in der Küche am Küchentisch. Sie hatte später das gleiche Rezept ausprobiert, aber da fehlte etwas. Sie wußte nicht, was es war. Das war wie mit dem Rotwein vom Cap d'Agde. Der hatte im Urlaub auf der Terrasse des kleinen Restaurants herrlich geschmeckt. Daheim in Holland fehlte ihm die Glut.

»Du träumst, Gaby.« Hubert legte seine Hand auf ihren Arm. »Wo bist du nur mit deinen Gedanken? Bloß gut, daß ich nicht eifersüchtig bin.«

Nein, Hubert war nicht eifersüchtig. Seit sie nach der Operation wieder miteinander schliefen, begann auch der Druck wieder. Obwohl Gaby klipp und klar gesagt hatte: Ich gehe nie wieder in einen Sexclub. Sie fand, sie konnte jetzt beurteilen, was es hieß, in einen Sexclub zu gehen. Und sie wollte nicht noch mehr »Erfahrungen« dieser Art sammeln. »Trotzdem, es wäre nicht schlecht für dich, einmal andere Erfahrungen zu machen. Mit einem anderen Mann zu schlafen, den du magst.« Sie begriff ihn nicht. »Wärst du denn dann nicht eifersüchtig?«

»Eifersüchtig?« Er strich ihr über die Wange. »Ich weiß doch, daß du mich liebst. Ja, wenn du jemand anders lieben würdest, das wäre eine andere Geschichte, aber so?« – »Ich will aber nicht«, hatte Gaby gesagt und sich über sich selbst gewundert. Ihr Herz klopfte bis zum Halse. »Ich will niemand anders als dich. Und etwas zu lernen brauche ich doch wohl nicht?« – »Natürlich nicht!« Hubert hatte sie in die Arme genommen. »Du bist meine perfekte Geliebte. Alle Frauen in dir vereint. In deinen Armen kann ich an die Frauen denken, die ich nicht haben kann . . .« Als er anfing, ihr die Namen ihrer Freundinnen ins Ohr zu flüstern, träumte sie sich weg. Sie konnte es nicht mehr ertragen, nur eine Hülle zu sein, die er benutzte, während er an andere dachte. Lämmer, kleine unschuldige Lämmer sprangen über die Wiese. Sie war weit weg.

»Also bitte, Gaby.« Huberts Mutter hatte einen leicht verweisenden Tonfall. »Wir essen Lamm. Schließt du dich uns an?« – »Lamm? Um Gottes willen, nein, ich mag kein Lamm.« – »Gaby ißt nie Lamm«, bestätigte Hubert. »Ich esse Zunge«, sagte Gaby, »eine Zunge, in Butter gebakken.«

Während des Essens erzählte Huberts Mutter von verschiedenen Mietern in ihrem Hause, und sie mußten alle ein paarmal lachen. Sie konnte sehr amüsant erzählen. »Da war einer«, sie tupfte mit ihrer Serviette ihren Mund ab, »der zog nach ein paar Tagen wieder aus. ›Ich kann hier nicht schlafen, Frau Gerken.‹ Er schaute mich ganz verzweifelt an. ›Dies Haus hat zu viel Geister.‹ – ›Geister?‹ habe ich ihn gefragt. ›Sehen Sie bei uns Geister?‹ – ›Nicht nur sehen, Frau Gerken. Ich höre sie auch. Überall!‹ Ich kann dir sagen«, sie nahm die Hand ihres Sohnes, »der war mir richtig unheimlich. ›Ist dann auch wohl besser, wenn Sie ausziehen‹, habe ich ihm gesagt. Geister, Gespenster.« Sie schüttelte ihren Kopf und nippte an ihrem Wein.

»Gibt es Geister?« fragte Daniel. »Sehen die so aus wie in meinem Bilderbuch?« wollte Alex wissen. »Ich glaube schon, daß es welche gibt.« Gaby lächelte ihm zu. »Es gibt so viele Dinge, die wir nicht begreifen.« – »Ach, du mit deiner Spökenguckerei!« Hubert wandte sich zu seiner Mutter. »Gaby glaubt nämlich manchmal hellzusehen. So hat sie vor zwei Nächten geträumt, daß etwas mit Natalie sei. Dabei hat Natalie heute mittag dann aus Hongkong angerufen. ›Alles bestens‹, konnte ich zwar nur verstehen, weil die Verbindung schlecht war, aber immerhin. Gabys Phantasie treibt oft tolle Blüten.«

Damit meinte er wahrscheinlich auch ihre anderen Vorstellungen. Sie senkte beschämt den Kopf. Sie konnte froh sein, daß Hubert das alles so leicht nahm.

Gaby versuchte vor dem Spiegel ein zufriedenes Lächeln. Es war nicht einfach. Wenn man lächelte, sah man jünger aus. Wollte sie jünger aussehen? Wie alt würde er sie schätzen? Sogar Hubert machte ihr Komplimente über ihr Aussehen. »Wenn du morgens aus dem Bett kommst, siehst du aus wie ein kleines Mädchen.« Zärtlichkeit klang in seiner Stimme. Am liebsten hätte sie sich dann an ihn geschmiegt, seine Arme um sich herum gefühlt. »Beschütze mich«, wollte sie ihn bitten, »ach, bitte, beschütze mich.« Aber er sah schon wieder in seine Zeitung. »Bringst du mir bitte noch ein Glas Orangensaft?«

Wie alt schätzte der Fremde sie? Es hatte ganz spielerisch begonnen. Sie kam von ihrer Therapie zurück. »Du bist vollkommen auf deinen Mann fixiert«, hatte Jaap ihr vorgehalten. »Siehst du ihn eigentlich, wie er ist? Oder liebst du deine Vorstellung, wie er sein soll?« Sie wußte es nicht. Seit seine Mutter wieder weg war, ging es etwas besser. Er ließ sich zwar immer noch von vorne und hinten bedienen, war sozusagen zu schwach, um selbst ein Glas Saft zu holen, aber das Essen schmeckte ihm, er war stets länger aus dem Bett und interessierte sich wieder etwas mehr für die Geschehnisse um sich herum. Hin und wieder spielte er mit den Kindern eine Partie »Mensch ärgere dich nicht« oder »Lebensweg.« Gaby hatte oft die Kraft nicht mehr, um mitzuspielen. Wenn sie endlich im Hause fertig war, die Wäsche wieder gebügelt im Schrank, das letzte Interview für die Zeitung ausgearbeitet, lag sie immer häufiger erschlagen auf der Couch und ließ sich vom Fernseher berieseln.

Während sie vor der Ampel auf »Grün« wartete, dachte sie über Jaaps Worte nach. Vollkommen auf Hubert fixiert. Das klang wie ein Virus, von dem sie sich befreien mußte. »Andere Erfahrungen würden dir guttun«, hörte sie Hubert wieder sagen. Sie kurbelte das Autofenster etwas herunter und sah zur Seite. Und sah beinahe direkt in ein paar lachende Augen. Sie warf den Kopf nach hinten und startete. Grün. Bei der dritten Verkehrsampel stand der Wagen immer noch neben ihr. Der Mann mit den lachenden Augen grüßte, beugte sich ein wenig vor und tat, als lüfte er einen nicht anwesenden Hut. Sie lachte und fuhr sich mit den Händen durch die Haare.

Als sie ihn überholte, sah sie aus den Augenwinkeln, daß er mit der Hand eine Gebärde machte, als ob er ein Glas an den Mund setzte. Sie bog von ihrem Weg ab und fuhr in eine Seitenstraße. Er hielt hinter ihr und stieg aus. Groß, schlank, Anfang Vierzig, konstatierte sie und kurbelte ihr Fenster weiter nach unten. Er lachte gewinnend. Seine Hose saß ein wenig zu eng, sein Oberhemd stand einen Knopf zu weit auf. Er wirkte anziehend. »Hallo?« Er redete auf sie ein, charmant, gewandt, und sie fragte sich, ob Hubert auch so vorging. Vorgehen würde? Die Telefonnummer von seinem Büro steckte sie in ihre Tasche. Sie war überzeugt, daß sie nicht anrufen würde. Sie rief dann doch an. Gleich nach dem Abendessen. Die Kinder aßen bei Ursel. Gaby hatte ein paarmal vergeblich versucht, Hubert etwas von der Therapie zu erzählen. Immer wieder unterbrach er sie. »Würdest du mir bitte die Butter reichen? Vergiß nicht, was du sagen wolltest, aber hast du keinen frischen Schnittlauch mehr? Entschuldige, daß ich dich schon wieder unterbreche, hast du daran gedacht, meine Hose aus der Reinigung zu holen?«

Sie war explodiert. »Kannst du mir nicht einmal zuhören?« hatte sie geschrien. »Kann ich denn nie ausreden?« Und etwas ruhiger: »Du sagst immer, das kommt durch die Kinder. Jetzt sind wir beide allein, und doch ist es dasselbe.« Er sah sie kühl an. Er haßte es, wenn sie ihre Stimme erhob. »Glaubst du wirklich, daß du so wichtig bist? Du und deine Therapie?« Gaby hatte ihn erstarrt angesehen. Wie er das sagte! Es war, als schlüge sie jemand mit einem Vorschlaghammer in den Boden. »Nein«, sagte sie nach einer Weile. »Ich weiß, daß ich für dich nicht wichtig bin.« Er widersprach ihr nicht.

Als Hubert sich nach dem Essen hinlegte, hatte sie den Zettel aus ihrer Tasche gekramt und ihn angerufen. Adrian hieß er.

Sie spürte ein angenehmes Prickeln in ihrem Bauch, wie damals, als sie sich vor einer Ewigkeit mit Hubert verabredet hatte. Hubert, oh Gott, Hubert.

Zwei Tage später hatten sie ihre erste Verabredung. Er roch sympathisch nach einem teuren Rasierwasser. Moschus, mit ein paar Spritzer Lavendel. »Sollen wir ein wenig fahren?« Sie nickte, stieg zu ihm ins Auto. Er fuhr gut, vielleicht etwas zu schnell. Seine Hände lagen ruhig und kräftig auf dem Steuer.

Er erzählte von sich. Verheiratet, Kinder, viel Langeweile. Sie fragte sich, was Hubert in solchen Situationen erzählen würde, erzählte. »Du bist sehr anziehend«, sagte Adrian. »Strahlst etwas aus, mysteriös.« – »Oh.« War sie das: *mysteriös*? Eine Frau mit Vergangenheit. Er legte eine Hand auf ihr Bein. Ganz ruhig. Sie ließ sie liegen. Von der Hand ging Wärme aus. Der leichte Druck war angenehm. Andere Erfahrungen würden dir guttun! Sie ließ sich küssen. Angenehm, ja. Er war erregt.

Sie sah ihn öfter, wenn sie von der Therapie kam. Sie tranken zusammen ein Tasse Kaffee, ein Glas Wein, er erzählte, sie hörte zu. Versuchte zu begreifen, was einen Mann dazu brachte, seine Frau zu betrügen. Denn das war es, auch jetzt schon. Er traf sich mit einer Fremden, schüttete ihr sein Herz aus, suchte Nähe, die er seiner Frau verweigerte.

Oder nicht? Er sagte nicht: Meine Frau versteht mich nicht. Welcher Mann mit ein wenig Format bekam so etwas noch über die Lippen? Nein, da war die Rede davon, daß sie nicht mitgewachsen wäre. »Dauernd redet sie über die Kinder, interessiert sie denn nichts anderes mehr?« Oder er sagte: »Zu Hause sehe ich sie in den ältesten Klamotten. Muß sie sich denn so gehenlassen?« Gaby dachte an das Foto mit den vier kleinen Kindern, das er ihr gezeigt hatte, und wie müde man da abends ist und daß es einem nichts mehr ausmacht, wie man aussieht. Ich kann das nicht, dachte sie – und verabredete sich aufs neue mit ihm. Es war so schmeichelhaft, daß er sie anziehend fand, begehrenswert, daß er nicht mehr von ihr wußte als das, was sie ihm erzählte. Verheiratet, auch vier Kinder. Auf der Suche nach? Sie wußte es nicht, und er hatte ihre Fingerspitzen geküßt. »Es wird schön werden«, versprach er ihr. Als sie zwei Wochen später mit ihm in einem Hotelzimmer stand, fühlte sie Panik in sich aufsteigen. Auf dem Tisch stand ein Strauß roter Rosen. Hubert brachte ihr auch rote Rosen, noch immer. Sie las, was auf dem Kärtchen stand. »Endlich am Ziel meiner Wünsche.« Das war ehrlich. Daneben stand eine Flasche Sekt, zwei Gläser. »Ich mache mich ein wenig frisch«, sagte er und küßte sie auf die Stirn. »Warte auf mich.« Sie sah auf das große Bett, rosa Nachttischlampen, die ein dezentes Licht verbreiteten. Sie dachte an den rosaroten Club, den Fleischmarkt. Auch das war nicht ihre Entscheidung gewesen. Sie konnte selbst entscheiden. Sie wollte dies nicht. Leise zog sie die Tür hinter sich zu.

Sie war überrascht, daß Hubert so schnell auf ihren Vorschlag eingegangen war. Vielleicht, weil seine Mutter sowieso zu Cornelia fahren und nicht nach Holland kommen wollte. »Weihnachten im Sauerland, im Mittelgebirge, was hältst du davon? Wir haben dieses Jahr noch keinen Urlaub gehabt. Wie wäre es, wenn wir dem ganzen Trubel entfliehen und mit den Kindern in einem gemütlichen Hotel Weihnachten feiern würden?« – »Ja«, sagte er zu ihrer Verblüffung, und »das ist vielleicht keine schlechte Idee.« Sie begann sofort zu träumen. Einmal zu Weihnachten nicht den Druck zu fühlen, den er mit seinem starren Programm, wie Weihnachten zu verlaufen hatte, sonst auf sie ausübte. Statt erst am vierundzwanzigsten mittags den Baum zu schmücken, was immer mit Problemen verbunden war, weil Hubert ihn aus diesem oder jenem Grund nicht gerade in den Tannenbaumständer bekam, konnten sie in eine Kirche gehen und dort die Krippe und den Weihnachtsschmuck bewundern. Statt stundenlang den antiken Kaufmannsladen – den habe ich noch von meinem Großvater geerbt – mit Süßigkeiten zu füllen und zu versuchen, alle Leckereien in den kleinen Schubladen unterzubringen, konnten sie mit den Kindern einen Bummel durch die festlich beleuchteten Straßen Winterbergs machen. Statt mit hochrotem Gesicht die Gans zu begießen, Kastanien zu pellen, Kartoffeln zu rösten, Gemüse zu dünsten, Sahne zu schlagen, Torten zu verzieren, konnten sie nach einem gemütlichen Aperitif sich an einen festlich gedeckten Tisch setzen. Und sich bedienen lassen. Statt Silvester bei Ursel zu feiern, immer wieder mit der eigenartigen Stimmung zwischen den beiden konfrontiert zu werden – auch wenn die nur in ihrer Einbildung bestand – mit Hubert und den Kindern an einem fröhlichen Neujahrsball im Hotel teilzunehmen. Statt im verregneten Holland die Gemütlichkeit in den eigenen vier Wänden zu suchen, konnten sie in Winterberg zwischen schneebedeckten Hügeln mit dem Schlitten fahren, lange Spaziergänge machen, miteinander reden. Sich ganz dicht beieinander fühlen.

Beinahe übermütig packte sie die Koffer, die Festtagskleidung, den kitschigen kleinen Nepp-Tannenbaum, die schon eingepackten Geschenke. Natalie und Manfred kamen auch. Ohne ihre »Großen« hätte sie sich wahrscheinlich doch schuldig gefühlt. Eine Mutter, die Weihnachten nicht zu Hause zur Verfügung steht, das ginge dann doch zu weit.

Manfred hatte seinen Liebeskummer anscheinend überwunden, er sprach kaum noch darüber, aber seine Gesicht war blaß und schmal geworden. Auch über sein Studium sprach er kaum.

Natalie war seit zwei Monaten von ihrer halben Weltreise zurück, und Gaby hatte ihre Tochter überglücklich in die Arme geschlossen.

»Du glaubst nicht, was ich mir für Sorgen gemacht habe. Besonders, nachdem du geschrieben hast, daß du dich von Klaas getrennt hast. Ein Mädchen allein, was hätte dir nicht alles passieren können.« Da war er wieder, dieser Satz, und Gaby schluckte erschreckt, aber Natalie lachte, ließ sich ihre Umarmung gefallen, braun, abgemagert durch monatelange Durchfälle und doch zufrieden. Später kamen sie noch einmal auf die Gefahren zu sprechen. Hubert begann wieder Spott mit ihr zu treiben. »Deine Mutter ging so weit, daß sie nachts von dir träumte. Sie weckte mich und behauptete, dir sei etwas zugestoßen.« Natalie setzte ihr Glas Wein auf den Tisch. »War das vielleicht, kurz bevor ich euch aus Hongkong anrief?« – »Ja«, sagte Gaby, »genau zwei Nächte davor. Ich hatte das Gefühl, daß du mich riefst. Du strecktest die Hand nach mir aus und weintest und riefst mich. Ich hatte solche Angst um dich.« Natalie sah sie groß an, so als müßte sie das Gehörte gut in sich aufnehmen. Gaby wurde verlegen unter ihrem Blick. »Na ja, du weißt ja, ich habe eine blühende Phantasie. Ich habe wahrscheinlich am Abend vorher den einen oder anderen Gruselfilm gesehen.« Sie wußte, daß das nicht wahr war. »Nein«, sagte Natalie langsam, »ich glaube nicht, daß du so eine blühende Phantasie hast. Vielleicht mehr eine gute Intuition.« Und noch etwas erstaunt über ihre eigenen Worte und die Feststellung, fügte sie hinzu: »Und eine starke Bindung zu mir.« Langsam erzahlte sie die Geschichte. Sie hatte sich schon einen Monat vorher von Klaas getrennt. Allein zog sie durch China. Erschrak über die Aggressivität und Gleichgültigkeit, die ihr in dem Land begegnete. Nicht gegenüber der Fremden, aber untereinander. Da wurde rücksichtslos um einen Platz im Bus gekämpft, auf dem Markt riß man einander die besten Stücke Fleisch beinahe aus der Hand, im Straßenverkehr und überall schien zu gelten: Der Stärkere kommt zuerst. Sie hatte sich an eine junge Chinesin angeschlossen, und zusammen wollten sie den Geburtsort der neuen Weggenossin besuchen. Die Zugfahrt dahin sollte einige Stunden dauern. Und in dem Zug geschah es. Wochenlange Regenfälle hatten einen Berghang aufgeweicht, und als der Zug um die letzte Biegung kam, löste sich eine gewaltige Schlammlawine und begrub vier Waggons unter Matsch und Geröll. »Der Strom fiel aus, wir hörten ein dumpfes Dröhnen, unser Waggon wurde von den Schienen gedrückt. Da lag ich im Dunkeln, begraben unter Koffern, Taschen, in Todesnot gackernden Hühnern und schnatternden Gänsen. Jede Sekunde erwartete ich eine Explosion, einen Knall, etwas Schreckliches.« Natalie dachte an das Entsetzen, die Todesangst. »Ja, und da habe ich nach dir gerufen. Immer wieder, wie ein kleines Kind.«

Gaby war aufgesprungen und hatte ihre Arme um Natalie gelegt. »Was mußt du ausgestanden haben. Ist dir nichts passiert?« Sie sah sie an, als könne sie jetzt noch Narben von dem Unfall entdecken. Einen Moment schmiegte sich ihre Tochter an sie, dann machte sie sich wieder gerade. »Ein paar Kratzer, nichts Besonderes. Viel schlimmer war, daß irgend so ein Schurke das Durcheinander und die Panik benutzt hatte, um mein Geld zu stehlen. Glücklicherweise war Liang auch nichts geschehen, und sie half mir weiter.« Gedankenversunken erlebte sie die Ereignisse noch einmal, fühlte erst die Todesangst, und dann langsam die Erleichterung, als sie feststellte, daß sie Arme und Beine bewegen konnte, daß sie noch glimpflich davongekommen waren. »In den ersten Minuten, als ich dich rief, da fühlte ich mich ganz dicht bei dir«, sagte Natalie, »ich war überzeugt, daß du mich hören konntest. Deshalb habe ich dann auch zwei Tage später angerufen. Damit du dir keine Sorgen machen solltest.« Gaby sah zu Hubert, der die Geschichte mit einem ungläubigen Lächeln angehört hatte. Sie hatte zumindest einmal nicht gesponnen. Sie hatte in der Nacht den Ruf ihrer Tochter gehört. Dieses eine Mal hatte ihre Intuition gestimmt. »Ja«, sagte sie. »Ich war froh, daß du angerufen hast. Ich war schrecklich in Sorge um dich.«

Alles in Winterberg war so, wie Gaby es sich erträumt hatte. Und alles auch wieder nicht. Festliche Lichterketten gaben den schmalen Straßen weihnachtlichen Glanz, reich dekorierte Schaufenster zogen bewundernde Blicke an, die mit weißen Chrysanthemen und Lilien geschmückte Kirche duftete zur Mitternachtsmesse, die Geschenke unter dem kleinen Tannenbaum riefen bei den Kindern die üblichen Entzückungsschreie hervor. Der »Kleine Techniker«, ein Baukasten für Daniel, hatte genau ins Schwarze getroffen, Alex drückte selig seine Plüschfigur Pumuckl gegen sich, der dicke Kunstband »China, gestern und heute« schien Natalie wirklich zu freuen, und Manfred betrachtete wohlwollend seine soundsovielste Armbanduhr. »Garantiert wasserdicht«, las er. »Dann kann, was das betrifft, ja nicht viel schiefgehen.« Bei ihm gaben ansonsten solide Uhren aus allen möglichen Gründen den Geist auf: die Zeiger brachen, das Schräubchen ließ sich nicht mehr drehen, sie gingen trotz wiederholter Reparaturen vor oder nach, oder er verlor sie. »Dem Glücklichen schlägt keine Stunde«, sagte er, und sein Lachen klang wie Falschgeld. Gaby bekam eine Flasche Chanel Nr. 5 von Hubert. Sie hatten abgesprochen, sich nichts zu schenken, außer einer Kleinigkeit. Gaby hatte über Huberts Helden Perry Rhodan ein Buch gefunden und ihm einen Pullover gestrickt. Er haßte es, wenn sie strickte, das Klappern der Nadeln machte ihn nervös. Aber in den vielen Stunden, die sie an seinem Bett gewacht, während er sich unruhig hin und her geworfen hatte, beruhigte es sie, die Wolle durch ihre Finger gleiten zu lassen, etwas für ihn zu herzustellen, etwas Handfestes, etwas, das er später tragen würde. Wenn dies alles vorbei und er wieder gesund war. Ursel hatte ihr beim Aussuchen der Wolle geholfen, naturfarben und von feiner Merino-Qualität, und zusammen hatten sie ein Strickmuster ausgesucht. »Nicht zu kompliziert«, hatte Gaby gesagt, »sonst muß ich dauernd zählen, und das ist nichts für mich.« Der Pullover war sehr schön geworden, warm und kuschelig, zeigte er nichts von den Sorgen und Seufzern, die sie mit hineingestrickt hatte. Hubert war verblüfft, hielt ihn vor sich. »Paßt genau«, sagte er und: »Wann hast du denn den gemacht?« – »Wenn ich deinen Schlaf behütet habe«, sagte Gaby und hoffte, daß er mehr sehen würde als nur den Pullover.

Aber er sah nicht mehr, sah sie kaum an, lächelte liebenswürdig, bedankte sich, und Gaby fror unter seinem blauen Eisblick, der nur im Bett noch Glut zeigte, die aber auch dann nicht ihr galt, sondern seinen Traumfrauen, den unerreichbaren. Sie zogen Alex und Daniel durch den meterhohen Schnee, Gaby nahm seine Hand, er ließ sie ihr, erwiderte beruhigend den Druck ihrer Finger, sah auf sie herab und nickte ihr zu mit diesem Ausdruck: alles bestens, schön hier, gefällt es dir auch, und sie stapfte tapfer durch den Schnee, der Wind trieb ihr das Wasser in die Augen. Sie schmiegte sich in der Berghütte an ihn, fühlte den warmen Grog heiß durch ihre Kehle rinnen und fragte ihn: »Bist du glücklich mit mir? Ich meine, machen wir wirklich das Beste aus unserem Leben?« Und er küßte ihre Schläfe, auf ihre kleine, blaue, klopfende Ader. »Natürlich, Kleines, ich will nichts anderes.« Die Spaziergänge strengten ihn an, er war noch immer kurzatmig, und seine Wangen zeigten wieder die fahle Blässe wie nach der Operation. Es ist nicht gut mit ihm, dachte sie, und ihr Magen krampfte sich vor Angst zusammen, er erholt sich nicht. Was mache ich nur verkehrt? Sie bestand darauf, daß er sich mittags hinlegte, sich mehr schonte. Sie ging allein mit Alex Schlittenfahren, während Daniel seinen Anfängerkursus Skifahren absolvierte. Sie zog den Schlitten den Berg hinauf, fühlte Alex' Hand in ihrer. Oben angekommen, setzte sie sich breitbeinig auf den Schlitten, nahm das Kind dazwischen. Der Hang war nicht zu steil, und je öfter sie die Abfahrt hinunterglitt, um so mehr verschwand die Angst, bremste sie auch in den Kurven nicht mehr. Die Bäume glitten an ihnen vorbei, der leichte Fahrtwind streichelte ihr Gesicht. Alex jauchzte vor Vergnügen. »Mehr«, rief er. »Ich will mehr.« Und wieder und wieder stieg sie den Berg hinauf, um für einige Minuten dieses Glücksgefühl auszukosten, um frei und unbeschwert mit ihrem Kind zu lachen. Ihre Haut prickelte, und jede Pore öffnete sich der fahlen Wintersonne entgegen. Ich kann es, dachte Gaby, ich kann wirklich leben, fühlen, genießen. Auf dem Weg zurück ins Hotel verschwand die Sonne, und sie fühlte, wie sich wieder die dunkle Wolke von Trauer und Nicht-Begreifen über sie ausbreitete. Sie hatten Telefon im Zimmer, ein angenehmer Komfort. Warum hatte sie Hubert schon einige Male den Telefonhörer aus der Hand legen sehen, wenn sie in die Empfangshalle kam? »Ich mußte noch schnell in der Firma anrufen«, murmelte er, rieb sich seine Nasenspitze, und nach einem Blick auf die Uhr, es war schon sieben

Uhr abends, »privat, bei Mulders.« Um dann auch gleichzeitig den Kopf zu schütteln und hinzuzufügen: »Was du immer denkst.« Wenn sie bis dahin noch nichts gedacht hatte, so kamen die Gedanken dann unweigerlich. Warum verbreitete er, bewußt oder unbewußt, immer wieder den Schein des Verdachts um sich herum, säte er selbst das Mißtrauen? Sie rüttelte an der Mauer, fragte ihn, was sie verkehrt machte, und er antwortete, da sei nichts, sie bilde sich das nur ein, und sie solle doch, um Himmels willen, nicht immer so schwierig tun.

»So langsam muß deine Therapie doch Früchte tragen«, sagte er, »mußt du doch dein Mißtrauen abbauen.« Ihre Therapie hatte schon Früchte getragen, aber noch nicht genug. Ihre Migräneanfälle waren vorbei. Auf einmal, als Jaap sie danach gefragt hatte, stellte sie erstaunt fest, daß sie schon monatelang keine Migräne mehr gehabt hatte. »Ein Fortschritt«, sagte Jaap. »Dein Kopf wird langsam frei.« Aber das Zittern blieb. Kleine, übersehbare Situationen hatte sie besser im Griff. An der Kasse des Supermarktes zu stehen, das war zu ertragen, wenn sie sich auf andere Dinge konzentrierte, zum Beispiel auf die Frau vor ihr, wie gebückt die ging, warum sie wohl einen so grellen Lippenstift benutzte und ob das Kind ihr eigenes war, das schläfrig in dem Kinderwagen saß. Ein volles Restaurant, sich den Weg durch dicht beieinander stehende Tische bahnen zu müssen, war noch immer ein Spießrutenlaufen, rief riesengroße Panik hervor. Aber dann war Hubert da, stark und standfest. Ihre Träume blieben blutig, gewalttätig, doch sie war nie mehr das Opfer. Es war in Winterberg, als Hubert ihr das erste Mal einen seiner Alpträume erzählte. Oft träumte er von Krieg und Gewalt, »Quatsch«, wie er es nannte, »weil das ja alles schon lange vorbei ist.« Ein Traum war anders, er kam immer wieder und versetzte ihn sichtlich in Schrecken. »Ich fahre mit

Alex und Daniel in einem Boot. Das Wetter ist gut, doch ganz plötzlich, aus heiterem Himmel, bricht ein Sturm los. Wir kentern. Ich schwimme und sehe die Jungens nicht weit entfernt von mir. Ich will auf sie zu schwimmen, aber ich komme keinen Meter voran. Und dann«, seine Stimme war ganz monoton, »sehe ich, wie sie vor mir in den Fluten versinken. Und ich kann nichts tun. Sie sind fort, und dabei waren sie so dicht bei mir.« Gaby versuchte ihn zu beruhigen, Träume seien Schäume, das hätte er selbst immer gesagt, und beide Jungen könnten schwimmen, und wenn sie in Zukunft aufs Wasser gingen, würden sie die beiden in Schwimmwesten stecken. Er lächelte über ihre Bemühungen, ihn zu trösten. »Natürlich«, sagte er. »Wahrscheinlich habe ich etwas gelesen, das ich jetzt auf unsere Jungens beziehe. Kein Grund zur Sorge.« Aber der Traum ließ ihn nicht los.

Später, als seine Kinder ihm entglitten, fragte sie sich oft, ob er nie, nicht einmal für sich selbst, einen Zusammenhang gesehen hatte. Zwischen dem, was er tat, und seinen Träumen. Hatte er auch sich selbst belogen?

»Fahr du nur zu deinem Bruder. Meine Mutter wollte sowieso im Januar kommen. Sie sorgt gerne für mich.« Gaby versuchte, jedes bittere Gefühl zu unterdrücken. Sie mußte froh sein, daß Hubert sie wieder für einige Tage nach Hamburg fahren ließ. Es war in den letzten Jahren schon beinahe zur Tradition geworden, daß sie einmal im Jahr »Eheurlaub« bekam. Ein paar Tage ohne die Kinder und ohne Hubert. Natürlich rief Hubert jeden Abend an, versicherte ihr, wie sehr er sie vermißte, und Daniel und Alex erzählten von der Schule oder vom Kindergarten. Und wenn sie sagten: »Mammi, ich find' dich lieb« und: »Kommst du wirklich in zwei Tagen wieder zurück?«, dann wurde sie warm von innen. Aber sie unterdrückte beinahe erfolgreich ihr schlechtes Gewissen. Es tat ihr gut, für sich selbst zu sein. Sie frühstückte ausgiebig mit Gitte, Achims Frau. Tagsüber bummelte sie ein wenig durch Hamburgs Innenstadt, kaufte für die Kinder und Hubert Geschenke. Und sie redete stundenlang mit Gitte. Sie hatte sie immer wie eine große Schwester geliebt. Die große Schwester, die sie nicht gehabt hatte. Gott sei Dank, denn dann wäre es der auch nicht anders als ihr gegangen. Gaby traute sich auch, mit ihr über ihre Eifersucht zu sprechen und sogar über den schrecklichen Verdacht, den sie immer wieder hatte. »Ursel?« sagte ihre Schwägerin, die ihre Freundin von verschiedenen Besuchen her kannte. »Aber Gaby, doch nicht Ursel! Wie kannst du das nur denken. Jede andere Frau vielleicht, aber doch nicht die grundsolide Ursel. Schau sie dir doch einmal an!« – »Meinst du wirklich?« Gaby seufzte beinahe erleichtert auf. »Hubert weist das ja auch ganz entschieden von sich.« Und leiser fügte sie hinzu: »Ich schäme mich so, daß ich gerade von meiner besten Freundin so etwas denke.« Gitte beugte sich zu ihr. »So mußt du das nun auch wieder nicht sehen. Du hast schon einiges in deinem Leben mitgemacht. Und du hast einfach Angst, das Liebste in deinem Leben wieder zu verlieren. Das ist kein Grund, sich zu schämen.« Ach, Gitte! Sie meinte es so gut. »Wenn wir doch dichter beieinander wohnen würden. Ich fühle mich bei euch so wohl. Ich fühle mich wie ein Kind. Nicht wie das Kind, das ich einmal war, sondern wie ein Kind, das noch keine Verpflichtungen hat. Das einfach da sein darf. Das geliebt wird, ohne dafür etwas tun zu müssen. Einfach, weil es da ist.« – »Stimmt es bei euch in der Ehe?« Gitte sah sie nachdenklich an. »Ich meine, bist du glücklich, Gaby?« Wie besorgt ihre Frage klang, so ehrlich und warm. Gaby fühlte, wie ihre Augen sich mit Tränen füllten. Aber sie konnte doch nicht über die schrecklichen Dinge sprechen, die sich innerhalb ihres Schlafzimmers abspielten, die sie zermürbten und aushöhlten. Sie konnte doch auch nicht über ihre Wahnvorstellungen sprechen, abgebrochene Telefongespräche, fremde Gerüche, träumerische Blicke bei südamerikanischen Melodien. Das war doch alles zu kindisch. »Hubert hat eigenartige Vorstellungen über Treue«, sagte sie dann doch. »So hat er mir zum Beispiel vorgeschlagen, ich solle ruhig einmal fremdgehen. Das wäre gut für mich.« Gitte lachte ungläubig. »Das hat er doch nicht ernst gemeint. Kein Mann, der seine Frau liebt, will das. Vielleicht«, sie dachte wahrscheinlich an Huberts Operation, »hat er Angst, daß er impotent wird. Oder vielleicht hast du mit jemand geflirtet, und er wollte dir auf den Zahn fühlen.« Gaby schneuzte sich. Sie hätte beinahe gelacht. Hubert und impotent. Schön wäre es, dachte sie, aber wahrscheinlich würde sich dadurch nichts ändern. Sie hatte einmal gelesen, daß sogar Eunuchen, die erst nach der Pubertät kastriert worden waren, die gleichen Gelüste hatten wie zeugungsfähige Männer. Lust und Geschlechtsdrang, hatte da gestanden, ist etwas, das im Kopf stattfindet und nicht im Unterkörper. Und was das Flirten anging, natürlich flirtete sie hin und wieder, aber sie hatte schon im selben Moment einen Abscheu bei Huberts später folgenden Fragen: »Und, hat der dir nicht gefallen? Wäre das nicht jemand für dich? Der würde bestimmt nicht nein sagen, so geil wie der dich angesehen hat?« – »Das war nichts«, sagte sie dann. »Nichts, als ein wenig Schaumschlägerei.« – »Nein«, sagte sie zu Gitte, »Hubert kennt so ein niedriges Gefühl wie Eifersucht nicht.«

Abends saßen sie mit Achim zusammen, tranken einen süffigen Wein und redeten über Mutti, wie schwer ihr Leben gewesen war und warum sie sich nie von Anton getrennt hatte. Achim hatte noch Kontakt mit Pappi. Hin und wieder spielte er eine Partie Schach mit ihm, trank er bei ihm einen Cognac. »Findest du nicht«, sagte Gitte, die am liebsten um sich herum alles lieb und nett hatte, »findest du nicht, daß du den Zwist mit ihm beilegen solltest? Ich meine, er war doch der Mann deiner Mutter?« – »Und er hat für uns in den schweren Nachkriegsjahren gesorgt«, pflichtete Achim ihr bei. »Er hat auf dem schwarzen Markt Essen für uns getauscht. Man sollte auch vergessen können.« Gaby sah in ihr Weinglas, in dem ein Stückchen Korken schwamm. Vorsichtig versuchte sie es mit dem Zeigefinger herauszufischen. Zwei, dreimal rutschte ihr das Korkstückchen wieder in den Wein, dann bekam sie es zu fassen. »Nein«, sagte sie, und ihre Stimme klang jetzt ganz ruhig. »Ich kann nicht vergessen. Ich bin in meiner Jugend mißbraucht und mißhandelt worden. Ich wäre lieber verhungert, wenn ich die Wahl gehabt hätte zwischen Verhungern und seiner ›Sorge‹. Ich will ihn nie wieder sehen.«

Die beiden lieben Menschen schwiegen betreten. Was sollten sie auch darauf sagen? Vielleicht fragen, was sie meinte, mit »mißbraucht und mißhandelt«? Achim war auch von ihm mißhandelt worden. Und doch hatte er verziehen! Hatte er es wirklich? Eines Tages, dachte Gaby, eines Tages werden sie wissen, warum ich ihm nicht die Hand reichen kann. Sie wußte noch nicht, daß sie eines Tages freiwillig Pappi gegenüberstehen würde.

Es ging Hubert nicht gut. Seit zwei Monaten arbeitete er wieder, erst halbtags, dann den ganzen Tag, aber es ermüdete ihn so sehr, daß er abends teilnahmslos am Tisch saß, vor sich hin starrte, nicht einmal sein Schnaps schmeckte ihm mehr richtig. »Es braucht halt alles seine Zeit, auch so eine vollkommene Genesung«, sagte er und versuchte daran zu glauben. Aber es ging ihm schlechter als in den ersten Monaten nach der Operation. Er wurde wieder kurzatmig, und sein Herz klopfte unregelmäßig, überschlug sich. Die Kontrolle bei der Herzspezialistin bestätigte Gabys Vermutung. »Leider, Herr Gerken, Ihre

Herzklappe hat sich wieder gelöst. Die Operation war kein Erfolg.« Hubert war benommen. »Alles umsonst?« Die Ärztin nickte. »Es war ein Risiko, die Herzklappe zu reparieren. Der Chirurg hat das Risiko auf sich genommen, weil er glaubte, das Gewebe sei noch stark genug. Er hat sich geirrt. Ein Fehler? So eine Entscheidung muß innerhalb von Sekunden getroffen werden, da ist keine Zeit für Gewebeproben.« Sie schwieg, gab Hubert Gelegenheit, das Gehörte zu verarbeiten. Gaby versuchte seine Hand zu nehmen, doch er schüttelte sie ab. »Und nun?« fragte er. »Eine neue Herzoperation«, sagte die Ärztin. »Und diesmal wird es eine künstliche Herzklappe. Mit so einer Herzklappe können Sie hundert Jahre alt werden. Die Nachteile einer künstlichen Klappe sind die das Blut verdünnenden Medikamente, die Sie Ihr Leben lang nehmen müssen. Blutverdünnend deshalb, weil es sonst vielleicht zu Blutgerinnseln kommen könnte.« – »Ich weiß«, sagte Hubert, der sich wieder gefangen hatte, »das haben wir vor der ersten Operation schon alles gehört.« Er setzte sich gerade hin. »Wann glauben Sie, wird die Operation stattfinden?« – »Sie brauchen jetzt nicht mehr so lange zu warten. Sie sind sozusagen ein Garantiefall. Nach den Sommerferien, denke ich.« Hubert wandte sich zu Gaby, lächelte. »Ist doch prima, dann können wir ja vorher noch in Urlaub fahren.« – »Ich weiß nicht«, Gaby sah zu der Ärztin. »Vielleicht sollten wir lieber in den Niederlanden bleiben.« – »Akute Gefahr besteht nicht«, meinte die Herzspezialistin, »aber überanstrengen Sie sich nicht. Denken Sie auch an den psychischen Aspekt.«

Hubert weigerte sich zuzugeben, daß es einen psychischen Aspekt gab. Er tat, als würde es sich tatsächlich nur um einen kleinen Irrtum handeln. »Schade, daß sie in meiner Brust keinen Reißverschluß eingebaut haben«, sagte er zu Ursel und Gerd, »dann könnte man den jetzt wieder aufmachen. Reißverschluß auf, Herzklappe rein, Reißverschluß zu.«

»Ja, so einfach geht es ja wohl doch nicht«, sagte Gerd. Ursel sagte nicht viel, saß blaß und schweigsam auf der Couch. Sie nimmt es sich auch zu Herzen, dachte Gaby. Frauen haben doch mehr Phantasie, die können so eine Operation nicht einfach so zur Seite schieben.

Hubert konnte es auch nicht. Sein Körper weigerte sich, das Theater mitzuspielen. Er bekam schwere Ischiasbeschwerden und mußte wochenlang das Bett hüten. Bei der kleinsten Bewegung hatte er wahnsinnige Schmerzen. Er lag im ersten Stock im Schlafzimmer und stöhnte. Wenn er nach der Operation ein schwieriger Patient war, so spielte er jetzt den Tyrannen. Er scheuchte Gaby unzählige Male die Treppen hinauf und hinunter, hatte an allem etwas zu makeln, kein Essen war ihm gut genug, es fehlte grundsätzlich Salz oder Pfeffer, und wenn sie beides auf sein Tablett zum Nachwürzen stellte, fehlte Muskat oder Paprika, oder es war zu wenig Soße oder zuviel Butter dran, der Tee war zu kalt oder der Toast zu braun gebrannt. Er sagte es, seiner guten Erziehung gemäß, nie unfreundlich, nur mahnend, manchmal erstaunt, daß sie die einfachsten Dinge noch nicht begriffen hatte. Gaby zitterte oft so stark, daß sie Daniel bat, das Tablett ins Schlafzimmer zu bringen. Auch dann sah Hubert sie verweisend an, schwieg aber. Seinen Krankenbesuch ließ er ins Schlafzimmer kommen, obwohl Gaby protestierte. War Ruhe nicht wichtiger für ihn? Und ihr Schlafzimmer war so ein intimer Ort, aber er wischte ihre Bedenken unwillig zur Seite. Dann brachte sie auch für den Besuch Tee, Kaffee oder Erfrischungsgetränke nach oben, während Freunde, Bekannte oder auch beinahe Fremde auf ihrem Bett saßen, rauchten, lachten und Hubert bewunderten, wie gleichmütig er seine Schmerzen hinnahm und die neue Operation. Was für ein toller Kerl, da könnte man nur den

Hut abnehmen. Und Gaby nickte, schenkte nach, lächelte und zitterte. Die Bombe, dachte sie, die Zeitbombe tickt. War dies die Bombe? War »es« Huberts Operation? War es das, wovor sie Angst hatte? Würde danach nichts wieder so sein wie früher?

Was ist nur mit uns geschehen, dachte Gaby. Wo ist die innige Verbundenheit, der Gleichklang, das Lachen geblieben? Trübsinnig sah sie über das aufgewühlte Adriatische Meer an der Küste Jugoslawiens. Hatte das alles nur in ihrer Einbildung bestanden, hatte sie sich jahrelang etwas vorgemacht? Kamen jetzt, mit Huberts Gesundheitskrisis, auch die anderen Schwachstellen zum Vorschein? Oder war es nur seine Unfähigkeit, über seine Angst zu reden, die ihn unausstehlich machte? Der Urlaub am jugoslawischen Strand war eine Kette von trüben Tagen, beklemmender Stimmung und vielem Unausgesprochenen. Gleich nach dem Flug verschlechterte sich sein Ischias wieder. Für den einen Steinwurf entfernten Strand hatte er eine halbe Stunde nötig. Wenn Gaby geduldig neben ihm stehenblieb, ihn stützen wollte, schubste er sie ungeduldig zur Seite. »So weit ist es noch nicht. Geh bitte schon vor.« Ihr Herz krampfte sich zusammen, wenn sie sein von Schmerzen gezeichnetes Gesicht sah, aber noch mehr, weil er sie immer und immer wieder von sich wegstieß. Was mache ich nur verkehrt, fragte sie sich, ich will ihm zur Seite stehen, in guten und in schlechten Tagen, und er weist mich zurück. Ich bemuttere ihn doch nicht über Gebühr, ich behandele ihn doch nicht wie ein Kind. Ich will nur für ihn da sein. Sie fragte auch ihn, was sie verkehrt tue, ob sie ihn nerve, aber er wich ihrem Blick aus. »Ich weiß nicht, wovon du redest.« Jeden Tag ließ er ein Taxi kommen, um sich zur Massage fahren zu lassen. Ihre Begleitung lehnte er ab. »Nicht nötig, ich komme allein zurecht.« Bei dem für die Jahreszeit ungewöhnlich trüben Wetter wußte Gaby wenig mit den Kindern anzufangen, die unruhig waren und dauernd ihre Aufmerksamkeit forderten. Sie ging mit ihnen zum Minigolf, spielte mit ihnen die ganze Skala von »Mensch ärgere dich nicht« bis hin zu Mikado und Würfelspielen. Immer allein mit den Kindern, weil Hubert nach der Massage ruhte, trübe zur Decke sah. Dann, mit der langsamen Wetterbesserung, nahmen auch seine Schmerzen ab, er ging mit zum Strand, lächelte wieder – wie gehabt – liebenswürdig und unverbindlich. Bei Tisch schenkte er wieder zuvorkommend den Wein ein, ermunterte sie, mehr zu essen, weil sie ja so blaß und abgespannt aussähe. Ihre Blässe verschwand unter den bräunenden Sonnenstrahlen, sie konnte wieder mehr essen und trinken, aber innerlich trocknete sie aus, verlangte sie nach einem guten Wort, einer echten Zuwendung. Die bevorstehende Operation, dachte sie, wenn die erst einmal vorbei ist, dann wird alles wieder anders. Er kann nicht darüber reden, er versucht das alles so wegzustecken. Ein Mann wie er kann nicht schwach und krank sein. Es stimmt nicht mit dem Bild überein, das er von sich hat. Wenn man schwach und krank ist, ist man vielleicht anderen ausgeliefert. Hatte ihr starker Hubert davor auch eine panische Angst? Gaby konnte die Angst verstehen. Sie kannte sie von sich selbst. Aber warum hatte Hubert sie? Warum gestattete er sich selbst nicht, schwach zu sein? Warum lief er vor der Wahrheit davon?

Die erneute Herzoperation verlief beinahe nach Schema F. Alles wie gehabt, dachte Gaby, begrüßte die Wirtin in der »Weegschaal« mit Handschlag, stützte sich am Türpfosten und bezog wieder ihr Zimmer. Auf der Station, auf der Hubert zu liegen kam, brachten die Schwestern Kaffee und trösteten sie, daß es diesmal bestimmt gutgehe, und Gott sei Dank sei er ja noch jung, und wie schön, daß sie aneinander soviel Trost und Stütze fänden.

Wieder leistete Ingrid ihr Gesellschaft. »Ist doch selbstverständlich«, sagte sie, »fällt sozusagen auch noch unter Garantie.« – »Für mich ist ein Krankenhaus einfach nicht der richtige Ort«, hatte Ursel sich entschuldigt. »Ich bekomme da selbst die reinsten Zustände.« Gaby konnte sich darunter etwas vorstellen, vielleicht fing Ursel in der sterilen Umgebung auch an zu zittern, vielleicht hatte sie auch unverarbeitete Ängste, wer hatte die nicht, und sie nickte begreifend. »Ich bin schon froh, wenn ich dich anrufen kann, daß ihr diesmal nicht im Mittelmeer herumgondelt.« – »Und natürlich kannst du jederzeit kommen, ich meine, wenn du nicht mehr in Utrecht über Nacht bleibst.« Gaby wollte diesmal nur die ersten Nächte in dem Hotel bleiben, danach wollte sie lieber in den vertrauten vier Wänden ihres Hauses schlafen, auch wenn sie dann jeden Tag eineinhalb Stunden mit dem Auto hin und abends wieder zurückfahren mußte. Die Kinder waren wieder bei Cornelia, unter Protest der beiden, aber Gaby sah ein, daß man sie so am besten vor den unmittelbaren Spannungen einer schweren Operation bewahren konnte.

Die Operation verlief gut. Als Gaby ihn das erste Mal sehen durfte, war er schon bei vollem Bewußtsein. Seine Haut war rosig, und er nickte ihr zu. Beruhigend, siehst du wohl, ich habe es geschafft, aber auch irgendwie triumphierend. Mich bekommen sie nicht klein, ich denke nicht daran, mich unterkriegen zu lassen. Gaby bewunderte diese Mentalität, der Wille, es zu schaffen, war enorm wichtig, und sie fühlte, daß dies nicht die Zeitbombe war. Sie hatte sich verrückt gemacht, verrückt vor Sorge, aber natürlich, wie immer, ohne Grund. Oder vielleicht nicht ohne Grund, denn natürlich darf man sich Sorgen machen, wenn der Mann unters Messer muß, aber sie dachte immer an das Schlimmste, an etwas nicht wieder Gutzumachendes, an das unbekannte Schreckgespenst, das in irgendeiner Ecke hockte und darauf lauerte, zuzuschlagen. Wird Zeit, daß ich wieder schreibe, dachte sie, etwas Wirkliches, Wesentliches. Wenn es ihm jetzt besser geht, will ich wieder schreiben. Ihr zweites Buch war herausgekommen, eine andere Geschichte von ihr kam in einen holländischen Auswahlband. Sie hatte die ersten Stehversuche im Schreiben erfolgreich hinter sich gebracht. Jetzt mußte sie eigentlich nur noch laufen lernen.

Hubert erholte sich nach dieser Operation überraschend schnell. Die ersten Monate, genau wie nach der ersten Operation, standen ganz im Zeichen von Ruhe, Genesung und Erholung. Gaby tat alles, was sie konnte und meistens noch mehr. Abends fiel sie todmüde und vollkommen ausgelaugt ins Bett und klammerte sich an den Gedanken, daß dies vorübergehend sei. Die endlosen Krankenbesuche, das ständige Bereitstehen als Hausfrau, Krankenschwester und auch schon wieder als Geliebte. Er braucht mich, dachte sie, und ich will für ihn da sein. Es war ihre eigene Entscheidung, redete sie sich zu. Nicht nur er hat dieses große Bedürfnis nach Aufmerksamkeit und Zuwendung, sondern ich gebe es ihm gerne. Sie hätte ihm gerne mehr gegeben, anderes, wirkliche Nähe, Zärtlichkeit, doch dann wehrte er sie ab, machte er seinen Rücken gerade. »Hast du schon wieder Lust?« fragte er sie, wenn sie im Vorbeigehen seinen Nacken mit den Fingerspitzen liebkoste. Nein, dachte sie, ich verspüre keine Lust. Ich will dich nur anfassen, deine Wärme fühlen, wissen, daß du da bist. Sie lächelte ihm zu. »Nein«, sagte sie dann auch zu ihm, »nur so. Ich bin froh, daß du da bist.« Dann nickte er ihr zu, begütigend, wie man einem Kind zunickt, und auch herablassend, daß alle ihre Sorgen ein wenig kindisch seien, aber na ja, was könne man anderes von ihr erwarten.

Langsam begann sie wieder für die Zeitung zu schreiben und auch für die Frauenzeitschrift, bei der sie als Kolumnistin arbeitete, engagierte sie sich mehr und mehr. Und obwohl sie noch immer zitterte, ging sie zu wildfremden Menschen und interviewte sie. Sie hatte sich ein Gerüst von kleinen Hilfen aufgebaut, mit dem sie mehr oder weniger gut funktionierte. Und ihr Wille, sich, komme was wolle, nicht von ihrer Behinderung unterkriegen zu lassen, half ihr. Denn so sah sie ihr Zittern: eine wirkliche Behinderung, mit der sie leben mußte. Sie nahm meistens vor dem Interview eine Beruhigungstablette, dann wurde die größte Angst unterdrückt. Wenn sie irgendwo klingelte, in eine fremde Wohnung kam, sorgte sie dafür, daß sie sich so schnell wie möglich hinsetzen konnte. Das war der kritischste Punkt: nicht zu lange allein stehen zu müssen. Im Sitzen war alles einfacher. Ein Getränk lehnte sie meistens ab, da sie befürchtete, ihre Hände würden zu sehr zittern. Ein Glas mit Wasser war noch zu akzeptieren, das konnte man fest umfassen, eine zierliche Tasse mit Kaffee oder Tee war schwieriger. Aber sie wollte diese Interviews machen, sie wollte nicht wirklich abhängig werden und das Haus nicht mehr verlassen können. Und dann waren da Gespräche mit Menschen, bei denen sie betroffen die Tasse Kaffee an den Mund führte und vergaß, daß sie eigentlich immer zitterte. Da war der junge Mann, blind und fast taub, der voller Hoffnung einen Arbeitsplatz suchte. Fröhlich und ungebrochen erzahlte er ihr, wie er mit den kleinen Tücken des Alltags zurechtkam, ganz alleine wohnte. Oder zitterte sie nicht, weil er sie nicht sehen konnte? »Wie schön«, sagte er zum Abschied, »daß Sie sich ihr Gefühl als Journalistin bewahrt haben. Ich dachte immer, die sind alle abgebrüht.« Hatte er doch mehr gesehen als andere?

Da war die junge Frau, die auf dem Nachhauseweg vom Schwimmbad von drei Kollegen im Kleinbus vergewaltigt worden war und die noch immer Schuldgefühle hatte, weil sie in den Wagen eingestiegen war. »Ich hätte es wissen müssen«, klagte sie sich selbst an, »sie hatten etwas getrunken, es war meine Schuld.« Was ist es doch, dachte Gaby, daß wir Frauen uns immer selbst die Schuld geben?

Ist das Selbstzerfleischung, oder haben wir den einen oder anderen Defekt, daß wir die Geschehnisse nicht objektiv betrachten können? Da war das Gespräch mit der Frau des Bürgermeisters, die es als selbstverständlich ansah, daß sie in der Öffentlichkeit immer nur als »seine« Frau angesehen wurde, daß man sie nur und ausschließlich auf ihre Qualitäten als »Frau des Bürgermeisters« hin beurteilte. Die es sich beinahe nicht verzeihen konnte, daß sie wegen starker Rückenbeschwerden ihren Mann bei den letzten Repräsentationspflichten nicht zur Seite hatte stehen können. Warum, dachte Gaby, warum will sie nicht hören, was ihr Rücken ihr sagt?

Da war der alternde Schauspieler, der ewige Charmeur, der mit sich und der Welt haderte, weil sein Typ nicht mehr gefragt war, weil er privat vereinsamte. »Nicht einmal meine eigenen Kinder rufen mich an«, klagte er, »dabei bin ich doch ihr Vater!« Warum, dachte Gaby, warum sieht er nicht einmal in den Spiegel und fragt sich, was für ein Vater er war, als die Kinder ihn gebraucht hätten. Warum geben Männer so oft anderen oder bestenfalls den Umständen die Schuld, während Frauen sich auf die eigene Brust klopfen und unter Schuldgefühlen gebückt gehen? Sie schrieb ihre Artikel, war froh, Kontakt mit anderen Menschen zu haben und konnte sich selbst zur Seite schieben, ihre Sorgen und Probleme vorübergehend relativieren. Ihr Mann war auf dem Wege der Besserung, er konnte schon wieder halbtags arbeiten gehen, die Kinder wuchsen und gediehen, ihr Haus war gemütlich und warm, was machte da schon ihr Zittern aus, ihre dummen, durch nichts zu begründenden Ängste?

Neuerdings ging Hubert immer früh ins Bett. Die Arbeit strengte ihn mehr als früher an. Er war müde. Eine Tatsache, zu der er sich nur im Familienkreis bekannte. Wenn sie Besuch hatten, drehte er auf wie immer, war er der charmante, geistreiche, stets muntere Tausendsassa.

Wenn er mit Gaby schlafen wollte, sagte er: »Kommst du mit nach oben«, und Gaby sagte ja, ging mit ihm ins Bett, wusch sich hinterher, zog sich ihren Bademantel über und saß vor dem Fernseher, bis der letzte Film abgelaufen war. Ihr Manuskript war fertig, und der Druck, nun das schreiben zu müssen, was sie fürchtete, woran sie vielleicht zugrunde gehen würde, nahm zu. Sie schob den Gedanken daran zur Seite, versuchte den Deckel auf der Schlangengrube fest zuzudrücken, aber ihre Kraft war am Ende. Sie konnte es nicht mehr lange verhindern. Oder hatte sie genug Kraft, um sich kopfüber hineinzustürzen? War das das dunkle Loch, in das sie hineingezogen wurde? War das die Zeitbombe, die tickte? Würde danach nichts mehr so sein wie vorher? Gab es für sie noch ein »Danach«?

Natalie war zu Besuch. »Wann spielt sich eigentlich euer Sexleben ab?« fragte sie in ihrer unverblümten Art, als Hubert sich am zweiten Abend wieder um zehn Uhr mit einem »Gute Nacht, ihr beiden Hübschen« und einem Gutenachtkuß für Gaby verabschiedete. »Wann immer er Lust hat«, antwortete Gaby und fügte noch hinzu: »Das ist nun wirklich nichts, worüber du dir Gedanken machen solltest.« Sie hatte auch nicht das Gefühl, daß Hubert zu kurz kam. Da sie seinen beleidigten Gesichtsausdruck vermeiden wollte, verweigerte sie sich ihm fast nie. Wenn er sie nachts ungestüm weckte oder morgens nach ihr verlangte, es machte ihr nicht viel aus. Schließlich war er ihr Mann. Er tat ihr nie weh, war immer rücksichtsvoll. Es lag an ihr, daß sie sich nicht entspannen konnte und sie ihm immer häufiger Leidenschaft vorheuchelte. Seine deutlich zur Schau getragene Selbstzufriedenheit über ihren Orgasmus bewertete sie als Erfolg ihrer Schauspielkunst. Hauptsache, er war zufrieden, Hauptsache, er kam nicht zu kurz. Hin und wieder übernahm sie auch selbst die Initiative, weil sie wußte, daß er das aufregend fand. Sie wollte aufregend und sexy sein, sie wollte all das sein, was man von einer Frau erwarten konnte. Was er von einer Frau erwartete. Aber sie war natürlich nur eine Frau.

Als Hubert oben war, begann sie mit Natalie zu reden. Ihre zuvor gestellte Frage machte es ihr einfacher. »Wenn du dir schon Gedanken um unser Sexleben machst, darf ich dich als Mutter auch etwas fragen?« Natalie lag ihr gegenüber auf der Couch und schenkte sich ein Glas Bier ein. »Ich glaube nicht, daß du etwas fragen mußt. Ich wollte dir sowieso heute abend von Monique erzählen.« Die beiden Frauen sahen sich an.

»Monique?« fragte Gaby äußerlich ganz ruhig, während ihre Gedanken sich überstürzten. Es war also wahr. Natalie interessierte sich für Frauen. Lesbisch. Das Wort, das sie einmal so unbedacht ausgesprochen hatte. All die Jahre hatte sie es geahnt, und jetzt war es soweit, daß Natalie endlich darüber reden konnte. Und Natalie redete und redete. In welchem Konflikt sie sich seit ihrer Pubertät befunden hatte. Wie sehr es sie verwirrte, daß sie bei Jungens nichts fühlte, sich aber immer öfter von Mädchen angezogen gefühlt hatte. Wie sehr sie in Birgit verliebt war, wie unglücklich sie gewesen war und wie krampfhaft sie sich selbst hatte einreden wollen, daß das eine »normale« Freundschaft war. »Ich fühlte mich so schrecklich unzufrieden, ich war innerlich so zerrissen«, sagte Natalie, »daß ich einfach nicht anders konnte als essen. Essen, essen, essen. Es war wie ein Teufelskreis, weil ich mit meinem dicken Hintern auch nicht glücklich war. Ich fand mich so unattraktiv, so unweiblich.« Sie seufzte tief auf und trank ihr Glas Bier in einem Schluck leer. »Und jetzt habe ich Monique kennengelernt. Und jetzt weiß ich, daß ich verliebt bin.« Sie strahlte ihre Mutter an. »Wirklich, Mammi, bis über beide Ohren.« – »Und Klaas?« fragte Gaby. Natalie winkte ungeduldig ab. »Das war schon aus, als wir in Indien ankamen. Ich habe es wirklich versucht, aber ich kann mit Männern nichts anfangen. Dieser harte Sex«, sie schüttelte sich, »nein, das ist nichts für mich.« Gaby versuchte ihre Tochter zu begreifen und fragte sich gleichzeitig, warum sie selbst, nach ihren schrecklichen Erfahrungen in ihrer eigenen Jugend, nicht lesbisch geworden war. War so etwas angeboren, oder konnte man auch »so« werden, weil in der Erziehung etwas falsch gelaufen war? Natalie schien ihre Gedanken zu erraten. »Denke bloß nicht, daß das etwas mit uns zu tun hat. Ich habe mich zwar immer besonders gegen dich abgegrenzt, aber ich glaube, das war in erster Linie, weil ich nicht so werden wollte, wie du es bist.« – »Wie bin ich denn?« Natalie ging nicht auf ihre Frage ein. »Ich habe viel über die Liebe zum gleichen Geschlecht gelesen, mich wirklich ausführlich damit beschäftigt. Es scheint so, daß in jedem Menschen beide Anlagen vorhanden sind: die Liebe zum anderen Geschlecht und die zum eigenen. In der Pubertät entscheidet sich dann, welche Richtung man einschlägt. Vielleicht wird das durch Einflüsse von außen beeinflußt, vielleicht auch davon, welche Seite in einem selbst stärker ausgeprägt ist.« – »Vielleicht habe ich dich doch beeinflußt?« Gaby suchte die »Schuld« bei sich, obwohl sie nicht wußte, ob man hier überhaupt von Schuld reden konnte. »Oder dein Vater? Vielleicht hast du Angst vor Männern?« – »Ich finde sie einfach nicht anziehend«, lachte Natalie. »Ach Mammi, wenn du wüßtest, wie schön Monique ist. Und so klug. Und so warmherzig. Darf ich sie das nächstemal mitbringen?«

Das erstemal seit Jahren sah sie Natalie glücklich. Nach der Reise war sie zufrieden und erfüllt von den vielen Erlebnissen gewesen, aber jetzt leuchtete sie vor Glück. Wie sollte sie das ihrer Tochter mißgönnen? »Natürlich kannst du sie mitbringen, Natalie. Ich freue mich für dich. Ich hoffe, du bleibst so glücklich.«

Seit diesem Gespräch hatte sie eine andere Beziehung

zu Natalie. Ihre Tochter ließ sie dichter an sich heran. Sie hatte jemanden, mit dem sie über ihre geliebte Monique reden konnte. Und Gaby hatte jemand, mit dem sie über Ursel reden konnte. Natalie lachte sie schallend aus. »Doch nicht Ursel, Mammi. Das ist absurd. Sonst würde ich für Hubert meine Hand nicht ins Feuer legen, aber Ursel? Absurd.« Ursel war wohl doch ein Hirngespinst. Obwohl Gaby auch der Zusatz wehtat, daß sie für Hubert nicht die Hand ins Feuer legen wollte. Aber was Ursel betraf – Gitte hatte sie auch ausgelacht. Den Gedanken konnte sie endgültig begraben. Gott sei Dank!

Und dann erzählte sie Natalie von Pappi. Und Natalie hörte zu, unterbrach sie nicht, ließ sie ausreden. »So ein Schwein«, sagte sie, »mein Gott, was für ein Schwein.« Sie setzte sich neben Gaby und streichelte sie, aber Gaby konnte es nicht ertragen, weil sie befürchtete, in Tränen auszubrechen und nicht mehr aufzuhören. Ihre kleine Tochter streichelte sie, begriff sie. Ja, das sagte sie auch. Ihre kluge, große Tochter. »Jetzt wird mir so manches klar. Kein Wunder, daß du manchmal so frustriert bist.« Gaby wußte nicht genau, worauf sich der Frust bezog, aber das war auch nicht so wichtig. Sie hatte ihre Tochter wiedergefunden.

Charlott hatte endlich geredet. Nach über zwanzig Jahren hatte sie den Schleier von Xenias Vater gelüftet und ihrer Tochter bekannt: »Hubert ist nicht dein leiblicher Vater. Ich hatte eine Affäre mit dem Freund deines Vaters, und du bist sein Kind.« Noch am gleichen Abend erzählte sie es auch den beiden Söhnen: »Xenia ist eure Halbschwester, Hubert ist nicht ihr Vater.« Curd, der Älteste, war wie vom Donner gerührt. Unzählige Male hatte gerade er das Gespräch auf das dunklere Äußere seiner Schwester gebracht, und immer wieder war er mit irgendwelchen fadenscheinigen Erklärungen abgespeist worden. Auch Xenia selbst hatte immer und immer wieder vor dem Spiegel gestanden und sich nachdenklich betrachtet. »Wem, um Himmels willen, sehe ich ähnlich?«

Charlott hatte Hubert angerufen, um ihm mitzuteilen, daß sie es nun für richtig gefunden hätte, über Xenias wahre Herkunft zu reden. Bei dem folgenden Gespräch mit Xenia und den Jungen war Gaby dabei. Für einige Augenblicke hatte sie das Gefühl, daß das Eis brach. Hubert war sichtlich gerührt, als Xenia die Arme um seinen Hals schlang und ihn den einzigen, wahren Vater nannte. »Schließlich hast du mir deinen Namen gegeben. Du bist der, den ich all die Jahre Pappa genannt habe.« – »Das war doch selbstverständlich«, Hubert strich ihr über die dunklen, glänzenden Haare. »Ich habe dich immer als meine Tochter angesehen.« Gaby war überzeugt, daß er die Wahrheit sprach. Sie glaubte sogar, daß er die Tatsache, daß er *nicht* der leibliche Vater Xenias war, meistens erfolgreich verdrängt hatte. Curd saß blaß und wie versteinert in der Couchecke. »Bist du deswegen von unserer Mutter weggegangen? Warum hast du nie mit uns darüber geredet? Warum hast du den Mann nicht rausgeschmissen? Warum habt ihr uns jahrelang an der Nase herumgeführt?« – »Ich hatte deiner Mutter mein Wort gegeben. Sie selbst sollte den Zeitpunkt bestimmen, wann sie es Xenia sagen wollte.« – »Und du«, Curd sah ihn an, als sähe er einen Fremden, »was wolltest du? Fandest du es richtig, uns immer wieder Theater vorzuspielen?« – »Mir waren die Hände gebunden«, beharrte Hubert. »Charlott wollte es so.« Wie ernst er sein Wort nimmt, dachte Gaby wieder mit einer gewissen Rührung. Ein Mann mit Charakter. Ihr selbst war ein Stein vom Herzen gefallen. Endlich wußten es die Kinder. Nun galt sie vielleicht nicht mehr als die Frau, die ihnen den Vater weggenommen hatte. Sie hatte diese Lügerei verabscheut. Nicht so sehr aus nobler Gesinnung, sondern weil sie glaubte, daß man Kinder nicht so belügen sollte. »Und was wolltest du?« fragte Curd weiter. »Wir waren doch auch deine Kinder. Konntest du es verantworten, daß wir so belogen wurden?«

An Curd hatte Gaby nicht gedacht. Wenn ihr Huberts Erklärungen auf die Nerven gingen und auch sehr bedenklich erschienen, wem in seiner Familie Xenia nun ähnlich sah, hatte sie immer an das Mädchen gedacht. Wie verkraftet sie es, wenn sie eines Tages die Wahrheit hört. Aber Xenia trug es mit Fassung. »Du bist und bleibst mein Vater«, sagte sie. »Ist doch nicht so wichtig, wer mein Erzeuger war.« Vielleicht war diese Haltung für sie die einfachste. Aber Curd verstummte. Als ältester Sohn hatte er von der Scheidung der Eltern und den Problemen davor am meisten mitbekommen. »Das unerträgliche Schweigen«, klagte er viel später, als er schon in die Psychiatrie aufgenommen war. »Stundenlang saß mein Vater in seinem Arbeitszimmer, weit weg von uns. Er war für mich nicht erreichbar. Während meine Mutter im Wohnzimmer mit ihrem Geliebten saß. Da war es warm und gemütlich. Bei meinem Vater fror ich.« Hubert und Gaby wurden zur Familientherapie bestellt. In Familiengesprächen sollte geklärt werden, warum Hubert sich so und nicht anders verhalten hatte. Sie sollten einander besser begreifen lernen. Curd hatte darauf bestanden, daß Gaby auch dabei war. »Sie war in all den Jahren die einzige, mit der ich richtig reden konnte. Ich meine, noch über anderes, als nur das Essen und wie meine Zensuren auf der Schule waren. Mein Vater hatte eine Mauer um sich herum.« Es war für Gaby, als ginge eine Tür für sie auf. Sie fühlte das nicht allein so. Auch Curd fühlte diese Mauer. Es lag nicht nur an ihrer Kindheit, daß sie glaubte, sich die Finger blutig kratzen zu müssen, um zu ihm durchzudringen. Sie begrüßte die Therapie. Es war nicht ihre eigene Therapie, aber vielleicht wurde Hubert dadurch manches deutlicher.

Vielleicht begriff er, wie sehr es Menschen um ihn herum verletzte, wenn er sich so reserviert gab, so hinter einer Maske verbarg. Die Gespräche kamen nur mühsam in Gang. Hubert saß seinem Sohn gegenüber, der Therapeut zwischen den beiden, Gaby gegenüber dem Therapeuten. Sie mußte oft die Zähne aufeinanderbeißen, um ihrem Mann nicht zuzuschreien: »Zeige doch endlich einmal Leben, Gefühle, siehst du nicht, wie dein Sohn leidet?« Aber sie hielt sich zurück. Der Schrei mußte von anderer Seite kommen. Und eines Tages war Curd soweit: Er schrie und heulte, schluchzte und weinte sich den Schmerz und das Nichtbegreifen von seiner Seele. Wie sehr er sich von seinem Vater im Stich gelassen, wie sehr er sich betrogen fühlte. »Das Schlimmste war, ich habe jahrelang eigentlich nichts mehr gefühlt. Ich lebte wie unter einer Käseglocke. Weil ich die Gefühle nicht begriff, die ich hatte, habe ich lieber nichts mehr gefühlt.« Hubert war berührt, aber es bedurfte der Aufforderung des Therapeuten, um seinen Sohn in die Arme zu nehmen. Vielleicht, dachte Gaby, vielleicht hilft uns die Therapie seines Sohnes, die Mauer abzubrechen. Vielleicht begreift er, daß man so nicht leben kann. Oder vielleicht wohl »Mann«, aber nicht ich, seine Frau.

Nach den Therapiegesprächen war es Gaby immer für kurze Zeit, als rissen die Wolken auf und sie könnte etwas Licht sehen. Die schweren Angriffe seines ältesten Sohnes machten Hubert zu schaffen. »Ich habe dringend einen Schnaps nötig«, sagte er, und sie kehrten auf dem Weg nach Hause irgendwo ein. »Ich war überzeugt, es wäre richtig für die Kinder, nicht mehr zu wissen«, sagte er. »Ich konnte ihnen doch nicht sagen, daß ihre Mutter mich mit meinem Freund betrogen hat. Daß Xenia seine Tochter war.« – »Warum nicht? Ich meine, es kommt doch nur auf die Art an, wie man so etwas sagt. Du hättest Charlott ja nicht zu verdammen brauchen.« Nachdenklich fügte sie noch hinzu: »Vielleicht war sie sehr einsam.« – »Das entschuldigt doch nicht, daß sie mich betrogen hat«, entgegnete er ungewöhnlich scharf. »Vielleicht hattest du damals auch schon so ›großzügige‹ Ansichten über die eheliche Treue«, vermutete Gaby. »Vielleicht ist dabei nur ein Malheur passiert?« – »Sie hat ihn geliebt!« In dem Satz lag seine ganze Enttäuschung. Lieben durfte man nur ihn. »Es muß schlimm für dich gewesen sein.« Sie legte ihre Hand auf seine Hand. Einen Augenblick gestattete er diesen Trost, dann zog er seine Hand zurück. Sie wollte nicht aufgeben. Seit seiner zweiten Operation versuchte sie immer wieder, mit ihm zu reden. Er mußte nicht glauben, daß sie ihn weniger lieben würde, wenn er nicht immer stark war. Er durfte bei ihr schwach sein, ohne daß sie diese Schwäche mißbrauchen würde. Er hatte es nicht nötig, sich hinter einer Mauer zu verschanzen. »Was findest du in der Therapie am schwersten?« fragte sie ihn. Er dachte nach. »Daß Curd so unglücklich ist. Und daß ich ihm so wenig helfen kann.« – »Wir helfen ihm durch unsere Gespräche. Wir hören ihm zu, und wir geben ihm Antwort auf seine Fragen.« Sie sagte mit Absicht wir, um jeden Anschein eines Vorwurfs zu vermeiden. Denn es drehte sich darum, daß sein Vater ihm zuhörte, daß sein Vater ihm die vielen Fragen beantwortete, die er jahrelang nicht gestellt hatte.

»Es ist so wichtig, zu fragen«, fügte sie noch hinzu und sah ihn bittend an. Er verschanzte sich wieder hinter seiner Mauer, sein Visier fiel. Er wollte sie nichts fragen. Sie hatte bei dem letzten Therapiegespräch Hubert in Schutz genommen. Als Curd seinen Vater immer aggressiver angriff, warum er ihn nie gefragt habe, warum er so selten echtes Interesse an ihm gezeigt habe, warum er nicht gemerkt habe, wie unglücklich er sei, hatte sie eingegriffen und gesagt, daß das nun einmal seine Art sei. Er habe keine Antenne für die Menschen um sich herum. »Wenn ich ihn morgen verlassen würde«, hatte sie in plötzlich aufwallender Bitterkeit hinzugefügt, »er wüßte nicht, warum.« Der Therapeut, Curd und Hubert hatten sie einige Sekunden sprachlos angesehen. Der Therapeut sah zu Hubert, ob er darauf antworten wollte. Hubert wandte sich ab, sah zu Boden.

Vielleicht fragt er mich jetzt. Vielleicht sagt er jetzt, wieso sie um Himmels willen so etwas hatte sagen können, daß sie ihn verlassen würde. Oder genauer, daß er nicht wisse, warum sie ihn verlassen könnte. Hätte sie denn einen Grund? Denke sie an so etwas? Aber er fragte sie nichts. Er bestellte sich einen neuen Schnaps. »Und für meine Frau einen Martini. Mit Eis und Zitrone, bitte.« Er wandte sich wieder zu ihr. »Ich möchte mich noch bei dir bedanken«, sagte er. »Ich finde es sehr freundlich von dir, daß du mit mir zur Therapie meines Sohnes gehst.« Bloß nicht ausrasten, dachte Gaby, es hat keinen Sinn, ihm seine Förmlichkeit vorzuwerfen. Er kann wahrscheinlich nicht anders. Noch nicht. Erhält sich an seinen höflichen Redensarten fest wie an einer Krücke. Wenn er die nicht mehr hätte, würde er wahrscheinlich zusammensacken, könnte er wahrscheinlich keinen Schritt mehr machen. »Ich glaube, daß die Therapie auch für uns sehr wichtig ist«, sagte sie. »Irgendwie greift das doch alles ineinander.« – »Das hat doch nicht mit uns zu tun«, wehrte er sie endgültig ab. »Ich habe keine Probleme. Und mit deinen Problemen«, fügte er lächelnd hinzu, »hat das schon gar nichts zu tun. Die liegen ja wohl auf einer ganz anderen Ebene.« Sie trank ihren Martini und fragte sich zum soundsovielten Male, ob er recht hatte. Lagen ihre Probleme auf einer anderen Ebene? Hatten die nicht auch etwas mit ihm zu tun? War es nicht sehr einfach, alles nur auf ihre Kindheit zu schieben? Ihre Kindheit. Eine Kindheit, die keine war. Eine Kindheit, die an ihr nagte und fraß. Obwohl sie in Therapie war. Obwohl sie mit einigen wenigen Menschen jetzt schon darüber gesprochen hatte. Sie hatte jetzt andere Beschwerden. Darmblutungen. Die Untersuchungen hatten ergeben, daß ihr Darm übersät war mit vielen kleinen Nervenknoten, die anscheinend bei Aufregungen und Streßzuständen aufbrachen, bluteten. »Sie müssen ruhiger leben«, hatte der Internist gesagt. »Schaffen Sie sich den Streß vom Hals.«

»Rein organisch kann ich an Ihrem Herzen nichts finden«, hatte die Kardiologin sie beruhigt. »Wahrscheinlich sind die Beklemmungen und die Herzstiche bei Ihnen noch Nachwirkungen von der Operation Ihres Mannes. Versuchen Sie, sich zu entspannen. Machen Sie sich nicht so viele Sorgen.« – »Also psychisch«, hatte Hubert gesagt, als ob ihre Beschwerden dadurch weniger schmerzhaft seien, ihr Darm weniger bluten würde.

Ja, psychisch. Bei ihr schien alles psychisch zu sein. Vielleicht war sie doch hysterisch. Hatte Mutti ja früher auch oft gesagt.

Aber gut, sie hatte die Beschwerden wirklich. Vielleicht war es gar kein Wunder, daß sie solche Beschwerden hatte. Vielleicht würden die Menschen um sie herum nun besser begreifen, was es wirklich bedeutete, so eine Kindheit gehabt zu haben. Und nicht nur die Menschen um sie herum, sondern auch all die anderen, die Inzest und sexuelle Kindesmißhandlung mit einem Schulternzucken abtaten. »Gott, geschlagen worden sind wir ja auch. Das war halt früher so. Eine ordentliche Tracht Prügel hat noch niemandem geschadet. Und das andere? So schlimm wird ›das‹ schon nicht gewesen sein!«

Wenn ich früher mein Tagebuch weitergeführt hätte, dann könnten all diese Menschen lesen, was es heißt, gefangen zu sein in einem Käfig von Angst und Einsamkeit. Aber sie konnte es natürlich auch heute noch schreiben. Natürlich? Sie konnte so schreiben, wie sie es als Kind erlebt und erlitten hatte. Konnte sie? Wollte sie? Die Zeit war reif. Ihr schauderte.

Der letzte »Urlaub« nagte wieder an Gaby. Sie hatten drei Wochen in Huberts elterlichem Haus verbracht. Zusammen mit seiner Mutter. »Nachdem du deinen Willen durchgesetzt hast, unser eigenes Haus gründlich zu renovieren, müssen wir in den Sommerferien kürzertreten«, hatte Hubert gesagt. Gaby begriff das. Sie hatte tatsächlich dafür gesorgt, daß ihr eigenes Haus, in dem sie jetzt sechs Jahre wohnten, endlich nach ihrem eigenen Geschmack renoviert wurde. Das bedeutete, helle Tapeten und viel Holz an den Wänden. Sie wollte mit Hubert in einem gemütlichen, freundlichen Heim leben. Und wieder spielte da auch der andere Gedanke eine Rolle: Wenn ›es‹ geschehen ist, wenn das große schwarze Loch mich verschluckt hat, dann ist das Haus zumindest in einem guten Zustand. Sie fühlte sich wie der Bauer, der unbedingt noch sein Feld bestellen wollte. Ich spinne, dachte sie, warum bin ich mir in meinem Alter so sehr der Vergänglichkeit des Lebens bewußt? Warum diese panische Angst, daß jeden Tag alles vorbei sein kann, daß sie eines Tages in den Abgrund stürzen würde? Wie oft hatte sie schon in den Abgrund gesehen oder geglaubt zu sehen, und jedesmal hatte Hubert sie behutsam an die Hand genommen und wieder auf den rechten Weg geführt. Hubert. Er wollte den Urlaub bei seiner Mutter verbringen. »Schließlich steht uns da ein großes Haus zur Verfügung, und du brauchst dich auch nicht um den täglichen Kleinkram zu kümmern. Das tut dann schon meine Mutter.« Gaby hatte geschluckt und »ja, Hubert« gesagt. Sie hatte schließlich ihr Haus renovieren lassen. »Einzig und allein dein Wunsch. Ich fühlte mich wohl, so, wie es war«, hatte Hubert immer wieder betont. Jetzt mußte sie ihm auch entgegenkommen.

Schon am dritten Abend, als Huberts Mutter viele Gäste hatte und Gaby zwischen Küche und Garten hin- und hergescheucht wurde, um Getränke, belegte Brote und Gebäck zu bringen, fragte sie sich, was das für ein Urlaub sein sollte und wo ihre eigene Erholung blieb. Erschöpft ließ sie sich auf den Stuhl neben Herrn Stefans fallen. »Eine kleine Pause, Gaby«, er lächelte sie freundlich an. »Wird Zeit, daß Sie auch einmal ein Glas Wein trinken.« Sie nickte ihm zu. Er war ihr unter den Gästen noch mit der liebste. Sie hatte schon öfter mit dem pensionierten Lehrer gesprochen und mochte ihn gerne. Ein angeheirateter Onkel Huberts. Während er ihr ein Glas Müller-Thurgau einschenkte, begann er auch gleich, ihr von seinem letzten Klassentreffen zu erzählen. »Ist schon ein schönes Gefühl, wenn man nach so vielen Jahren noch immer dazugehört. Und dann zu sehen, was aus den ehemaligen Schülern geworden ist.« Er beschrieb den Klassenbesten so charakteristisch, daß Gaby laut lachen mußte. »Du scheinst dich ja gut zu amüsieren.« Huberts Mutter stand vor ihr. »Würdest du mich bitte auf dem Stuhl sitzen lassen. Ich möchte mich gerne mit Onkel Peter unterhalten.«

Gaby sah einen Moment verdutzt zu Huberts Mutter hoch. Wie stolz und unnahbar sie dastand. Eine geborene Dame. Sie stand auf, trat einen Schritt zur Seite. Huberts Mutter setzte sich. »In der Küche steht noch schmutziges Geschirr«, sagte sie. »Das mit dem Goldrand. Das darf nicht in den Geschirrspüler.« Sie wandte sich lächelnd zu Peter Stefans. »Und dir, mein Guter, wie geht es dir? Ich hoffe, du hast dich nicht zu sehr gelangweilt?«

Erst in der Küche begann Gaby zu heulen. Während sie das feine Geschirr mit dem Goldrand abwusch, liefen ihr die Tränen über ihr Gesicht. Jemand legte ihr einen Arm um die Schultern. »Nimm dir das doch nicht so zu Herzen. Sie denkt halt noch immer, daß wir alle nur da sind, um zu kuschen.« Iris. Gaby zog geräuschvoll die Nase hoch. »Es ist ja nicht nur wegen ihr. Hubert saß mir schräg gegenüber. Er hat das genau gehört. Und er sagt kein Wort.«

Das genau war der Punkt. Eine alte, herrschsüchtige Frau konnte sie verkraften. Aber daß ihr Mann ihr nie zur Seite stand, das machte es so schwierig. »Du mußt eben für dich selbst sorgen. Sage ihr doch, was du denkst. Du kannst doch gut reden.« Iris stellte das Goldgeschirr in die Vitrine. »Sie sollte merken, daß wir ihre Schwiegertöchter und nicht ihre Dienstboten sind.«

Vielleicht war das der letzte Anstoß, daß Gaby am nächsten Morgen beim gemeinschaftlichen Frühstück das erste Mal den Mund auftat. Huberts Mutter schwärmte von dem gelungenen Abend, und was für eine gute Stimmung geherrscht hatte. »Zu schade, daß Cornelia nicht kommen konnte. Aber die Arme hat ja so viel um die Ohren.« Und dann folgte eine Aufzählung von Cornelias zahlreichen Pflichten. »Den großen Haushalt zu versorgen und immer so viele Gäste, und in der Kirche engagiert sie sich auch, die Gute.« Gaby dachte an die Putzfrau, die dreimal wöchentlich zu Cornelia kam, und die Nähfrau, die die Kleider der Familie in Ordnung hielt. »Weißt du, Mutter«, sagte sie, »viel zu tun haben wir doch auch. Iris mit den Kindern, die sie noch extra betreut und wenn ich an mich denke . . .« Sie holte tief Atem und nutzte die Verblüffung von Huberts Mutter. »Haus, Mann und Kinder zu versorgen, regelmäßig Gäste von der Firma zu Besuch, ich schreibe für die Zeitung, arbeite für eine Frauenzeitschrift, bin seit kurzem in der Redaktion, und schreibe nebenbei noch Bücher.« Ihr Mut verließ sie zusehends. »Ich meine ja nur, zu tun haben wir doch alle.« Niemand sagte etwas. Hubert schenkte sich eine Tasse Tee ein, Iris und Dolf kauten andächtig auf ihrem Brötchen. Langsam stand Huberts Mutter auf. Sie sah auf Gaby herab. Ihre Stimme klirrte.

»Ich weiß wirklich nicht, wieso du dazu kommst, so mit

mir zu reden. Ich bin nicht bereit, mir das anzuhören. Und ich begreife schon gar nicht, wie du es wagen kannst, dich mit meiner Tochter zu vergleichen.« Sie rauschte zur Tür. »Aber Mutter!« Hubert war aufgesprungen. »So bleib doch.« – »Nein, danke. Bemühe dich nicht.« Sie zog die Tür hinter sich ins Schloß. Wütend sah Hubert Gaby an. »War das nun nötig? Mußtest du unbedingt deinen Mund aufreißen?« Gaby sah ihn entsetzt an. Sie hatte nur einmal ihre Meinung gesagt. Nur gesagt, daß sie auch arbeite, daß Iris und sie auch viel zu tun hatten. »Also wirklich, Hubert.« Iris kam ihr zu Hilfe. »Sie hat doch nichts Ungehöriges gesagt. Nur, daß wir auch viel um die Ohren haben.« – »Ihr wißt doch, wie Mutter ist.« Er lief seiner Mutter hinterher. Gaby versuchte vergeblich, die Tränen zurückzuhalten. Wie kannst du es wagen, dich mit meiner Tochter zu vergleichen, hatte sie gesagt. Warum durfte sie sich nicht mit ihrer Tochter vergleichen? Sie war nur ein paar Jahre jünger als sie, hatte auch drei Kinder, sie war doch nichts Besseres? Oder lag es daran, daß sie, Gaby, etwas Schlechteres war? Daß sie sich mit niemand vergleichen durfte? Schlecht, abgrundtief schlecht. Wurde sie denn ihre Jugend nie los?

Abends hatte Hubert sie aufgefordert, sich bei seiner Mutter zu entschuldigen. Sie hatte es abgelehnt. Und sie war dabei geblieben. »Ich habe nichts Schlimmes getan. Nichts Ungebührliches gesagt. Ich brauche mich nicht zu entschuldigen.« Hubert ließ nicht locker. »Du verdirbst unseren ganzen Urlaub. Sie hat schon wieder Atembeschwerden. Du weißt doch, daß sie sich nicht aufregen darf. Sage dann zumindest, daß es dir leid tut, daß sie sich so aufgeregt hat.« Das tat sie. Huberts Mutter lag auf der Couch, eine feine Mohairdecke über den Beinen. Großzügig nahm sie Gabys Entschuldigung an. »Wir sagen ja alle einmal Dinge, die wir nicht so meinen. Schön, daß du es einsiehst.« Und zu Hubert: »Schenkst du uns dreien ein

Glas Sekt ein?« Gaby prostete ihnen zu, trank den Sekt, aß von den kleinen noch übrig gebliebenen Pastetchen und lächelte und nickte und trank und aß. Und dann wurde ihr übel, und sie lief ins Studentenklo und kotzte alles wieder aus. Sekt und Pastetchen und ihre Entschuldigung. Ich werde schreiben, dachte sie, während sie die Toilettenschüssel umklammerte. Ich werde schreiben. Ich werde sagen, wie es war. Daß das Kind nicht schlecht war. Daß ich nicht schlecht war.

Und eines Nachts war es so weit. Gaby stand auf und ging nach unten. Und während sie sich wie in Trance ein Glas Milch wärmte, fragte sie sich, wo um Himmels willen sie anfangen sollte. Und sie setzte sich, nahm einen Bleistift und fing an zu schreiben. Sie begann damit, wie es begann. »Es klingelte. Die Kinder zählten: einmal, zweimal, dreimal. Es war kalt an diesem Februarmorgen 1947 . . .« Gaby erinnerte sich, wie kalt es gewesen war, als sie auf Socken zu der Tür lief. Sie schauderte. »Wer ist da?« hatte sie gefragt. Das hatte Mutti ihr eingeschärft. Du mußt immer fragen, wer da ist. *Er* hatte vor der Tür gestanden. »Ich bin ein Kriegskamerad deines Vaters«, hatte er durch die geschlossene Tür gerufen. Mutti hatte ihn hereingelassen. Und in ihr Leben gelassen. Braungebrannt und wohlgenährt zurück aus ägyptischer Kriegsgefangenschaft, in der Maske des Biedermanns, hinkend durch eine Kriegsverletzung, aber kein Pferdefuß, der ihn als Verkörperung des Bösen identifizierte. »Ich habe dem Ferdi versprochen, mich notfalls um seine Frau und die Kinder zu kümmern«, war ein Zauberwort. Es öffnete ihm die Tür, es machte ihm das Bett, und später gab Mutti ihm die Hand fürs Leben. Und der Leidensweg des kleinen Mädchens begann. Gaby schrieb, wie er das erste Mal Achim verhaute. Und wie sie sich weinend versteckt hatte. Und wie froh sie war, daß sie Pappis Zuckerpüppchen war und er zu ihr so lieb war. Bis zu dem Mittag, als sie sich zu ihm legte und er ihr eine Geschichte erzählte. Sie sah sich liegen, ein kleines, kränkelndes Kind, das mittags ruhen mußte. Und das sich voll Vertrauen an den Mann schmiegte, der jetzt ihr Pappi war. Und der ihr auf dem Küchensofa eine Geschichte erzählte und dabei in ihren Schlüpfer griff. »Hör auf«, hatte das Kind gesagt. »Das ist eine doofe Geschichte.« Und er hatte gesagt: »Ich will aber nicht aufhören.« Und seine Finger hatten ihr wehgetan. Und als er endlich aufhörte, hatte er ihr einen kleinen Klaps auf den Po gegeben und gesagt: »Daß du nichts der Mutti erzählst. Dann wird sie böse auf dich. Und sie mag dich nicht mehr. Das ist jetzt unser Geheimnis.« Damit hatte alles begonnen. Das Geheimnis. Ein schlimmes Geheimnis. Das Kind hatte nicht gewagt, deutlich etwas zu sagen. Einmal hatte sie es versucht. »Ich finde Pappi gar nicht mehr lieb«, hatte sie zu Mutti gesagt, aber Mutti hatte nur erstaunt eine Augenbraue hochgezogen und gemeint, daß das ja etwas ganz Neues sei und daß er sie doch anbete, sein Zuckerpüppchen.

Als Gaby in dieser ersten Nacht die Szene auf dem Küchensofa schrieb, wußte sie, daß sie nicht wieder aufhören konnte, bis sie zumindest den Versuch gemacht hatte, die zwölf Jahre ihrer Jugend zu beschreiben, die nun folgten. Und während sie die Szene auf dem Küchensofa beschrieb, fühlte sie die harten Finger, die dem Kind so wehgetan hatten.

Und sie war das Kind, das sich fürchtete und nicht begriff, was da geschah. Das Kind, das sich voll Vertrauen an den Mann geschmiegt hatte. Das Kind, das Zärtlichkeit und Liebe gesucht hatte und das zum ersten Mal der harten Sexualität eines Erwachsenen begegnete.

Und sie war die Frau von vierzig, die Mitleid mit dem Kind hatte. Die es in die Arme nahm und es tröstete. »Du konntest nichts dafür. Du wolltest das nicht. Du wolltest

Geborgenheit, und er hat dich entblößt. Du wolltest Zärtlichkeit, und er hat dich verletzt.« Und sie weinte um das Kind und um all die anderen Kinder, die heute noch Tag für Tag dasselbe erleben. Denn alle Kinder wollen Liebe und Zärtlichkeit, sie wollen schmusen und in den Arm genommen werden, aber sie wollen nicht mit der Sexualität der Erwachsenen konfrontiert werden. Das alles wußte sie als Frau von vierzig.

Als sie gegen Morgen die beschriebenen Blätter in ihrer Schreibtischschublade verbarg, fragte sie sich, wie sie es durchhalten sollte. Sie wußte, sie konnte nur schreiben, wenn sie sich wieder ganz zurückversetzte in die Zeit, beinahe wie unter Hypnose, die Szenen ihrer Kindheit wieder erlebte, wieder erlitt. Und wenn ihr der Anfang schon so schwer fiel, wie sollte es bei den anderen Szenen werden? Ich will es schaffen, dachte sie, und wenn es das letzte ist, was ich tue. Ich will endlich sagen, wie es ist. Wie so eine Kindheit ist. Und doch hatte sie noch immer das Gefühl, sich selbst an den Pranger zu stellen. Sich öffentlich zu all dem Schlimmen zu bekennen, das sie getan hatte. Denn auch wenn sie *wußte*, daß sie unschuldig war, sie *fühlte* sich schuldig, schmutzig, verdorben.

Mit rotgeränderten Augen lief sie am nächsten Tag durchs Haus. Hubert merkte nichts, fragte nichts. Sie begann ein Doppelleben. Tagsüber kam sie wie eine Schlafwandlerin ihren Pflichten als Mutter, Hausfrau und Journalistin nach, nachts hämmerte sie sich auf der Schreibmaschine die Nägel in ihr Fleisch. Da wurde Hubert aufmerksam. Eine Schreibmaschine macht Lärm. »Was tust du?« fragte er ungehalten. »Was schreibst du, Nacht für Nacht?« Gaby sah ihn an. »Etwas aus meiner Jugend«, sagte sie vage und hoffte, daß er weiterfragen würde. Er wußte doch von ihr, was da in ihrer Jugend gelaufen war. Zumindest im Groben wußte er es. Aber er fragte nichts. Und wenn sie schon am Abend schrieb, während er in seinem Arbeitszimmer beschäftigt war und sie hinterher weinend auf der Couch im Wohnzimmer saß, fragte er auch nichts. Er sah sie an, sah an ihr vorbei. »Ich gehe dann schon mal schlafen«, sagte er und ließ sie allein. Es interessiert ihn nicht, ich kann hier verrecken, und er fragt nicht einmal, warum ich so unglücklich bin. Warum mir die Tränen über mein Gesicht laufen, während ich mich klein und zusammengerollt in der Couchecke verkrieche und blicklos auf den Bildschirm starre.

Und sie fühlte sich einsamer als je zuvor in ihrem Leben.

Und ihr Haß auf den Mann, der an allem schuld war, wuchs. Sie wollte Rache, blutige Rache. Jede Pore ihres Körpers schrie nach Vergeltung. Sie wollte ihm nach all den Jahren die Maske des Biedermanns von seinem Gesicht reißen. Aber das war noch nicht genug. Sie wollte ihn am Boden liegen sehen, er sollte um Gnade winseln. Der Gedanke begann sie zu beherrschen. Ich werde mit Hubert darüber reden, dachte sie. Sie nahm zwei Beruhigungstabletten extra, trank einen doppelten Martini. Sie redete mit ihm. Sie erzählte ihm, daß sie ein Buch über ihre Jugend begonnen hatte. Und daß der Gedanke an Vergeltung übermächtig zu werden begann. »Ich bringe ihn um«, sagte sie. »Ich fahre zu ihm, und ich bringe ihn um.« Hubert hatte ihr schweigend zugehört. »Ich weiß nicht, warum du dich da so hineinsteigerst«, sagte er. »Glaubst du, daß es gut ist, daß du darüber schreibst?« Er hat mir nicht zugehört, dachte sie verzweifelt. Er spürt nichts von meiner Entschlossenheit, er sieht die Spirale nicht, die mich hinunterzieht. »Ich will ihn leiden sehen«, schrie sie. »So, wie ich gelitten habe!« Unangenehm berührt stand Hubert auf. »Du mußt das tun, was du für richtig hältst«, sagte er. »Du bist erwachsen. Ich kann dir da nicht raten.« An der Tür drehte er sich noch einmal um. »Du würdest wahrscheinlich mildernde Umstände bekommen.« Sprachlos sah Gaby ihm hinterher. Plötzlich ernüchtert. Bedeutete das, daß sie den Kerl umbringen sollte? Mildernde Umstände wegen verminderter Zurechnungsfähigkeit? Aber sie müßte doch ins Gefängnis. Sie wäre getrennt von ihren Kindern. Und die Kinder müßten auch darunter leiden. Man würde ihnen alles mögliche hinterherrufen. Und Hubert? Er würde sich wahrscheinlich eine andere nehmen. Vielleicht steckte das dahinter. Dann war sie ihm nicht mehr im Wege. Sie interessierte ihn nicht wirklich. Sonst würde er sie nicht so allein lassen. Er mußte doch sehen, wie schlecht es ihr ging. Mildernde Umstände gab er ihr. Sie war nicht mehr zurechnungsfähig. Wahrscheinlich wollte er sie im Gefängnis besuchen. Der treue Ehemann, der seine Frau auch hinter Gittern nicht im Stich läßt. Erst das Buch fertig schreiben, dachte sie. Erst aufschreiben, wie ausgeliefert sie gewesen war. In welchem Teufelskreis so ein Kind sich befindet. Das Zuhause als der sicherste Ort für ein Kind. Sie hatte weglaufen wollen, und man hatte sie eingefangen wie eine streunende Katze. »Begreifst du nicht, was dir alles hätte passieren können«, hatte der Polizist sie gefragt. »Allein, ohne den Schutz deiner Eltern?« Das war der Punkt. Man ging davon aus, daß die Familie der beste Schutz war. Die Familie war heilig. An diesem Gemäuer durfte man nicht rütteln, die Familie als Eckpfeiler der Gesellschaft. Eine Gesellschaft, die an diesem Eckpfeiler rüttelt, befürchtet, unter der Lawine begraben zu werden.

Sie wischte ihre Tränen ab und schrieb weiter. Es ging nicht nur um sie. Es ging nicht um das eine, mißbrauchte Geschöpf, es ging um all die anderen Kinder, die heute noch in der gleichen, scheinbar ausweglosen Situation lebten. Es ging um die Macht der Männer über die Frauen, es ging um Macht und Ohnmacht. Ich will deutlich machen, dachte sie, wie groß die Hemmschwelle der Betroffenen ist, um Hilfe zu rufen, wenn die Schuld immer wieder beim Opfer gesucht wird und der Tatort Familie mit dem Mantel des Schweigens zugedeckt wird. Die Opfer haben keine Schuld, keine Schuld, keine Schuld, hämmerte sie in die Tasten und fiel über ihre eigenen Worte. Wie, um Gottes willen, sollte sie die Szene beschreiben, als sie sich für ein Paar Turnschuhe verkaufen mußte? Dafür bist du aber lieb zu mir, hatte Pappi gesagt. Sie hatte sich dafür bezahlen lassen. Eine Hure von dreizehn Jahren? Warum hast du dich nicht totschlagen lassen, haderte sie mit dem Kind, warum warst du nicht stark genug? Und sie begriff, daß sie in der damaligen Situation keine andere Möglichkeit gehabt hatte. Ihre Mutter hatte die Hand von ihr gezogen. Sie drohte mit Selbstmord, wenn ihr Mann sie noch einmal betrügen würde. War das betrügen, was Pappi mit ihr tat, hatte das Kind sich gefragt? Wie sollte das Kind dann noch reden? Es konnte die Verantwortung für den labilen Zustand der Mutter nicht übernehmen.

»Du siehst schlecht aus«, sagten ihre Freundinnen. Sie nahm ab, hatte tiefe Ringe unter den Augen. Sie ging nicht mehr zur Therapie. Sie hatte begriffen, daß sie jetzt schreiben mußte. Sie konnte nicht mehr anders.

»Mutest du dir nicht zuviel zu?« fragte Jean sie, der sie sich anvertraut hatte. »Kannst du das durchhalten?« – »Ich weiß es nicht«, sagte sie, »aber ich habe keine Wahl mehr.« Und sie meinte, was sie sagte. »Für wen willst du deine Geschichte aufschreiben«, fragte Jean sie. »Hast du eine Zielgruppe?« Sie hatte noch nicht darüber nachgedacht. Alle sollten sie es lesen. Alle, die so leichtfertig sagten: »Das wird schon nicht so schlimm gewesen sein«, die zur Seite sahen, tatenlos *zusahen*, oder sogar behaupteten, kleine Mädchen seien oft so, hätten das ganz gerne. Der verdammte Lolita-Effekt. Aber in erster Linie wollte sie es für die Kinder schreiben, die dasselbe erlebten. Sie sollten eher um Hilfe rufen, als sie es getan hatte. Sie sollten immer wieder um Hilfe rufen, solange, bis man sie hörte. Dann hatten sie noch eine Chance. *Sie* hatte keine Chance mehr, glaubte sie. Sie würde an dem Buch zugrunde gehen. Aber das machte nichts mehr. Später würden ihre Kinder begreifen, daß sie nicht schlecht gewesen war. Daß sie nur beschädigt war, wie das kleine Schimpansenbaby, das keine Liebe gekannt hatte. Bei ihr war nicht mehr viel zu retten, glaubte sie. Sie hatte ihrem geliebten Mann das Leben schwer gemacht mit unberechtigten Verdächtigungen, hatte sogar ihre beste Freundin in Gedanken mit Schmutz beworfen. Beste Freundin? Ursel hielt sich in der letzten Zeit zurück. Sie fuhr viel zu ihren Eltern, die mit einem Wohnortwechsel beschäftigt waren, hatte immer öfter keine Zeit für Gaby. Aber Gaby hatte auch immer weniger Zeit für die gemütlichen Kaffeestunden. Seit Dagmar umgezogen war, machten sie auch nicht mehr ihre Einkäufe zusammen. Stets bröckelten mehr vertraute Rituale ab. Macht nichts, bald ist doch alles zu Ende, tröstete Gaby sich. Wer weiß, wie hinterher alles ist. Hinterher, wenn das Buch geschrieben ist. Aber ich will, daß Hubert mich begreift, dachte sie, er muß es lesen.

Eines Abends gab sie ihm das Manuskript. »Es ist beinahe fertig«, sagte sie, »ich bitte dich, es zu lesen.« Vielleicht war da etwas in ihrer Stimme, das ihn anrührte. »Ist gut«, sagte er. »Ich lese es.« Und während Gaby an dem Schluß arbeitete, die letzten demütigenden Ereignisse vor ihrem inneren Auge abrollten, las Hubert die Geschichte ihrer Jugend. Als er nach Mitternacht zurück ins Wohnzimmer kam, war er blaß. »Ist das alles wahr?« fragte er. »Ja«, sagte sie. »Es fehlt nur noch vieles, für das ich keine Worte fand.« – »Oh, mein Gott«, sagte er und noch einmal »oh, mein Gott.« Gaby fühlte einen Ring um ihr Herz zerspringen. Er war berührt, vielleicht sogar ergriffen, es tat ihm etwas. Er hatte Tränen in den Augen.

Gleich würde er sie in die Arme nehmen, ihr über die Haare streicheln, ihr liebe, tröstende Worte ins Ohr flüstern.

»Ich glaube, wir können einen Schnaps gebrauchen«, sagte er. Er nahm sie nicht in die Arme. Er konnte sie nicht trösten. Aber es hatte ihn auch nicht kalt gelassen.

Sie durfte nicht zuviel von ihm erwarten. Es war für ihn auch ein Schock. Sie mußte froh sein, daß er sie nicht verurteilte. Denn er verurteilte sie nicht. Er klagte sie nicht an.

»Ich suche einen Verleger für mein Buch«, sagte Gaby. »Hast du etwas dagegen, wenn ich es unter meinem Namen veröffentliche? Ich meine, sollte ich ein Pseudonym gebrauchen?«

»Warum solltest du«, fragte er, und sie war zutiefst von seiner Größe berührt. »Es ist deine Geschichte. Veröffentliche sie unter deinem Namen.«

Es würde schwierig sein, einen Verleger für das Buch zu finden, wußte sie. So ein Buch war ein Risiko! Und dann hatte sie eines Nachts eine Idee. Sie setzte sich hin und schrieb an eine große deutsche Zeitschrift, erklärte ihre Motive, warum sie das Buch veröffentlicht haben wollte, und legte das Manuskript bei. Und wieder geschah ein kleines Wunder: Sie erhielt fast postwendend Antwort. Ein interessantes Thema, das man schon im Auge habe, aber man schwanke noch zwischen ihrer Geschichte und der Geschichte eines Erfolgsautors.

Gaby fuhr nach Hamburg. Ihr jährlicher »Eheurlaub« war wieder fällig, und sie hatte ihr Manuskript im Koffer. Sie wollte es Achim zu lesen geben. Und sie hatte eine Verabredung mit der Redaktion der Zeitschrift. Sie nahm eine doppelte Portion Tabletten und fuhr zu dem Verlag.

Das große Verlagsgebäude schien auf sie herabzufallen. Gaby stand davor und sah zu den blicklosen Fenstern hoch. Sie zitterte. »Ich will, und ich muß«, murmelte sie und meldete sich entschlossen beim Empfang an. Ja, man erwarte sie schon. Im Aufzug stieg ein Mann im mittleren Alter zu. »Die Redaktion«, fragte sie ihn, »ist das richtig im dritten Stock?« – »Sie kommen bestimmt aus Holland«, fragte er sie, anstatt ihr eine Antwort zu geben. Verblüfft sah sie ihn an. Konnte man jetzt schon an einem Satz hören, daß sie einen holländischen Akzent hatte? Sie platzte damit heraus. »In Holland hört man, daß ich eine Deutsche bin, und hier, daß ich in Holland wohne. Das ist doch wirklich verrückt.« Der Mann lachte. »Nein, keine Angst. Ich erwarte Sie nur. Ich bin Herr Thieme.« Das Eis war gebrochen. Sie lachten beide. Herr Thieme erwartete sie nicht alleine: Da warteten noch sein großer Chef, eine Psychologin, eine weitere Redakteurin, ein Rechtsanwalt. Sie wurde auf Herz und Nieren geprüft, und sie überzeugte. Weil sie ihr Anliegen mit jeder Faser verteidigte? Weil ihre Geschichte ehrlich und »erschütternd« war? Sensation im Taschenbuchformat? Sie wußte es nicht, und es war ihr egal. Solange man ihr das Recht gab, daß nichts gedruckt wurde, das sie nicht gutheißen würde, keine billige Anmache. Und sie hatte unerwartete Bundesgenossen. Herrn Thieme lernte sie als äußerst integeren Journalisten kennen, seine junge Kollegin als einfühlsame Frau. Keiner wollte eine marktschreierische Sensationsstory. Aber sie sicherten sich ab. Natalie mußte schriftlich bestätigen, daß sie sich noch an den Annäherungsversuch ihres Großvaters erinnerte. Bei dem Gespräch mit ihrer Mutter, als Gaby das erste Mal mit ihr über Pappi sprach, hatte sie es ihr gesagt. Robbies Mutter konnte aussagen, daß Gaby ihr einmal als junges Mädchen »etwas« erzählt hatte. Nicht viel, aber es war deutlich, was da geschehen war. Sie hatte nie mehr mit Gaby darüber gesprochen, weil sie glaubte, es wäre ihr unangenehm. Und dann war da Achim. Er las ihr Manuskript. Und er war entsetzt. Er weinte. »Ich habe das nicht gewußt«, sagte er, »ich bringe den

Kerl um.« Und später: »Warum hast du mir nie etwas erzählt?« – »Ihr habt nie gefragt, was das heißt, mißbraucht und mißhandelt. Ich dachte, ihr wollt es nicht wissen«, verteidigte sich Gaby. »Außerdem glaube ich, daß ich dir als junges Mädchen geschrieben habe. Als ich aus dem Hause ging.« Gitte schlug die Hand vor den Mund. »Mein Gott, ich habe alle Briefe von früher bewahrt. Auch die, die Achim auf See bekommen hat.«

Zu dritt rutschten sie im Gästezimmer auf dem Fußboden herum und stöberten in den akkurat verschnürten Schuhkartons. Und fanden die beiden Briefe. Mit Gabys kindlicher Handschrift und mit dem Datum: 9.3. und 15.3.1959. Und da stand, wie er sie geschlagen und mißhandelt habe. Warum tut er das? stand da. Liebes Brüderchen, so unnatürlich das klingt, aber es ist die reinste Eifersucht. Ich bin für ihn keine Tochter, sondern seine Geliebte. Nicht freiwillig natürlich. Außerdem bin ich die größte Hure – sagt er zumindest.

Entsetzt sah Achim auf die Briefe. »Du hast es mir geschrieben, und ich habe nicht darauf reagiert«, sagte er. »Wie konnte ich nur?« – »Du hast es wahrscheinlich nicht geglaubt«, sagte Gaby. »Er hat mich damals so schlecht gemacht. Vielleicht hast du das geglaubt.« Achim schüttelte den Kopf. »Ich kann mich gar nicht mehr daran erinnern. Ich weiß nur, daß unsere Mutter todunglücklich war. Sie hat es bestimmt nicht gewußt.« Gaby schwieg. Sie wollte ihm die Illusion nicht nehmen. Zwei Monate später hörte er von Tante Inge, daß sie alles gewußt hatte. In dem Bemühen, die Familie vorzuwarnen, damit die Publikation sie nicht zu sehr erschrecke, hatte sie Tante Inge bei einem gemeinsamen Besuch mit Achim von der geplanten Veröffentlichung berichtet. »Damit du nicht zu sehr schockiert bist«, sagte Gaby. »Schockiert, wieso schockiert«, hatte Tante Inge geantwortet. »Ich weiß davon. Eure Mutter ist einmal bei mir zusammengebrochen. Sie weinte damals. ›Gaby ist Antons Geliebte‹, hat sie gesagt. ›Ich weiß nicht, was ich tun soll.‹« Sie hatte nichts getan. Geliebte, dachte Gaby, und sie glaubte, die Bitterkeit auf ihrer Zunge vergifte sie. Wie hatte ihre Mutter sie seine Geliebte nennen können? Und erst jetzt brach Achim endgültig zusammen. Ihre Mutter hatte davon gewußt! Für ihn ein unfaßbarer Gedanke.

Für Gaby war es nur eine Bestätigung. Sie hatte es immer geahnt. Jetzt wußte sie es.

Gaby liebte die Fahrt zurück nach Holland. Es war soviel in Hamburg geschehen, daß sie in den beinahe fünf Stunden noch ihre Gedanken ordnen konnte. Und während draußen vor dem Zugfenster Häuser, Bäume und Wiesen wie an einem Band gezogen vorbeiglitten, ließ sie die Ereignisse der letzten vier Tage noch einmal vor sich abrollen. Sie hatte die Zusage, daß man ihre Geschichte im Mai herausbringen wollte. Nur der Vertrag sollte noch unterschrieben werden. Dazu mußte sie wieder nach Hamburg. Vielleicht konnte Hubert dann mit ihr fahren? Es würde ihnen beiden wahrscheinlich guttun, wenn sie nach den emotional anstrengenden Monaten des Schreibens, nachdem er nun wußte, was da wirklich gelaufen war, ein paar Tage für sich allein hatten. Sie würden endlich wieder zueinander finden. Es hatte ihn doch nicht kalt gelassen. Er konnte sich nur nicht so äußern. Sie durfte nicht zuviel erwarten. Wenn sie nur endlich *fühlen* könnte, was er sagte. Er sagte, er liebe sie, er brauche sie, er wolle nur sie, aber sie fühlte es nicht. Es waren Worte, die an ihr abglitten wie Wassertropfen auf einer Ölhaut. An wem liegt das? fragte sie sich. Warum fühlte ich bei Herrn Thieme, daß jedes seiner Worte echt war? Ein fremder Mann, der sie ansah und sagte: »Ich bin tief beeindruckt von Ihrer Kraft.« Sie hatte unsicher abgewehrt, sie und kräftig, sie fühle sich schwach und verletzlich, aber sie spürte, seine Worte kamen von innen. Er meinte, was er sagte. Warum fühlte sie das fast nie bei ihrem eigenen Mann? Vielleicht lag es wirklich daran, daß sie gerade im allerengsten Kreis am mißtrauischsten war. »Daran mußt du etwas tun«, hatte auch Gitte ihr geraten. »Es ist doch toll, wie Hubert hinter dir steht. Daß er nichts dagegen hat, daß du diese Geschichte veröffentlichst.« Ja, da hatte sie vollkommen recht. Das zeigte seinen starken Charakter, dachte sie. Aber er steht hinter mir, nicht neben mir. Ich möchte seinen Arm um meine Schulter spüren und doch gleichberechtigt sein. Auch er soll sich bei mir anlehnen können.

Sie hatte in Hamburg wie immer bei Achim und Gitte geschlafen. Nur fünf Minuten entfernt von ihrem Stiefvater. Und sie hatte der Versuchung widerstanden, ihn aufzusuchen. Weil sie nicht wußte, ob sie nicht doch den erstbesten Gegenstand auf seinem Kopf zertrümmern würde. Oder ihn anspringen und ihre Hände um seinen Hals legen würde. Nein, sie war noch nicht imstande, ihm gegenüberzutreten. Jaap hatte einmal zu ihr gesagt, daß sie kein Kind mehr sei und daß sie sich als Frau wehren könne. »Die Spitze einer Feder ist die schärfste Waffe, die es gibt«, hatte er lächelnd zu ihr gesagt. Damals hatte sie geglaubt, nie darüber schreiben zu können. Nie, nie, nie, hatte sie gerufen. Und jetzt hatte sie es doch getan. Und das große, dunkle Loch hatte sie nicht verschluckt. Sie hatte das erste Mal das Gefühl, als hätte ihre Jugend einen Sinn gehabt. Sie konnte den Gedanken noch nicht ganz akzeptieren, aber er kam immer wieder: Wenn sie durch ihre Geschichte, dadurch, daß sie veröffentlicht wurde, etwas zuwege bringen konnte, wenn über ein Tabu dadurch vielleicht zu sprechen war, dann hatte das alles möglicherweise einen Sinn gehabt. Wenn sie auch nur einem Kind helfen konnte, aus dem Teufelskreis auszubrechen, dann hatte das alles einen Sinn gehabt. Wenn nur eine Mutter dadurch nicht mehr wegsah, sondern hinsah und ihrem Kind die Hand reichte, dann hatte das alles einen Sinn gehabt.

Ich habe es geschafft, dachte Gaby, ich habe es geschafft, meine Geschichte aufzuschreiben. Und jetzt wollte sie glücklich sein mit Hubert und ihren Kindern. Sie hatte sie so sehr in Hamburg vermißt. Diesmal war Huberts Mutter nicht nach Holland gekommen. »Es ist mir mit den Kindern zu anstrengend«, hatte sie zu Hubert gesagt. Sie hatte in letzter Zeit immer öfter Herzbeschwerden. »Sie nimmt ihre Tabletten nicht, und natürlich geht es ihr dann schlechter«, erzählte Iris ihr am Telefon.

»Ich schaff' das schon allein«, glaubte Hubert Gaby beruhigen zu müssen. »Selbst Alex ist ja jetzt schon ein großer Junge.« Ja, ihr kleiner Alex wurde im Sommer schon neun Jahre, ein zartes, anschmiegsames Kind mit einem unglaublich starken Willen und scharfer Beobachtungsgabe. »Wir waren gestern bei Tante Ursel zum Essen«, erzählte er ihr am Telefon. »Sie hatte ganz leckere Rouladen gemacht.« Er holte Luft. »Deine sind aber noch viel leckerer.« Gaby hatte gelacht und den kleinen Stich nicht beachtet. Natürlich ging Hubert mit den Kindern zu Ursel. Warum auch nicht? »Wir dürfen dich auch mit abholen«, sagte Daniel und: »Ich freue mich schon, Mammi.« Ihre Kinder. Was auch immer sie verkehrt gemacht hatte, wo auch immer sie beschädigt war, ihr Verhältnis zu ihren Kindern stimmte. Sie war keine schlechte Mutter. Sie liebte ihre Kinder, und ihre Kinder liebten sie.

Selbst aufgeregt wie ein kleines Kind, stand Gaby am Abteilfenster und sah auf den Bahnsteig, als der Zug einfuhr. Da, Hubert. Wie grau er seit seiner letzten Operation geworden war! Da liefen die Kinder am Zug entlang, sie hatten sie gesehen, winkten ihr strahlend, lachend zu. Ach, es war herrlich, nach Hause zu kommen! Die Kinder fielen ihr um den Hals, küßten sie. »Mmh, was duftest du gut, Mammi!« – »Hast du etwas mitgebracht, Mammi!« – »Natürlich«, sagte sie und gab Daniel ihre Tasche. »Sieh da mal hinein.«

Noch lachend richtete sie sich auf und sah zu Hubert. Er war auf drei Meter Abstand stehengeblieben und sah sie an. Sie fröstelte. Warum sah er sie so an? »Bekomme ich keinen Kuß?« fragte sie und lachte. Aber es klang unecht. »Als erstes wieder eine Klage«, sagte Hubert. »Du bist noch nicht ganz da, und du klagst schon wieder.« Die Kinder hörten auf, in der Handtasche zu suchen; sie sahen ihre Eltern an.

»Du sollst Mammi nur einen Kuß geben«, sagte Alex böse. »Nun gib ihr schon einen Kuß.« Hubert küßte sie auf die Wange. Seine Lippen waren kühl. »Darf ich deinen Koffer nehmen«, sagte er freundlich. »Die Parkuhr ist gleich abgelaufen.« Gaby fühlte, wie sie zitterte, ihr ganzer Körper begann zu zucken. Ich muß mich zusammennehmen, dachte sie, die Kinder dürfen nichts merken. Daniel suchte ihre Hand. »Halt dich schön fest, Mammi«, sagte er. Alex schmiegte sich an sie. Sie legte den Arm um seine Schultern. »Du hast uns gefehlt, Mammi.« Es war ja gut, alles war gut. Sie hatte ihnen gefehlt. Hubert hatte sie nur verkehrt verstanden. Nur ein klitzekleines Mißverständnis. Alles wird gut.

Ein paar Stunden später glaubte sie es nicht mehr.

Vor der Abreise hatte sie ein sauberes Nachthemd unter ihr Kopfkissen gelegt. Sie hob das Kopfkissen ein wenig an und zog das Nachthemd hervor. Mit dem Nachthemd zog sie eine kleine, hellblaue Packung hervor. Sie nahm die Pakkung in die Hand. »Duralex«, las sie halblaut, »die besten Kondome seit fünfzig Jahren.« Ganz langsam setzte sie sich auf die Bettkante. Sie hatte mit Hubert nur nach der Geburt Daniels Kondome gebraucht, ein paar Monate, danach nie wieder. Wieso lagen jetzt in ihrem Bett, unter ihrem frisch bezogenen Kopfkissen, Kondome? Hubert kam aus dem Badezimmer. Er summte ein Lied. Sie reichte ihm die angebrochene Packung. »Woher kommen die? Wieso liegen in unserem Bett Kondome?« Er erschrak, wurde verlegen, rieb sich die Nase. »Du denkst doch nicht, daß ich . . .? Ich meine hier, in unserem Bett . . .? Also, das ist ja wirklich ein starkes Stück!« Er sah sie entrüstet an. Ruhig bleiben, dachte sie, ganz ruhig bleiben. Alles in ihr krampfte sich zusammen. »Ich denke nichts, ich sage nichts, ich frage dich: Wieso liegen in meinem Bett Präservative?« – »Ist das ein Verhör? Wieso fragst du mich das in diesem Ton?« Sie sagte nichts, sah ihn nur an. Er knüpfte seine Schlafanzugjacke zu. »Also gut. Wenn du schon so indiskret bist: Ich wollte einfach mal so sehen, was man mit den Dingern alles anstellen kann. Qualitätskontrolle, sozusagen.« Sie schwieg. »Ich bin schließlich ein erwachsener Mann«, sagte er, lauter werdend, »man kann sich doch mal orientieren, wie die Dinger heutzutage beschaffen sind.«

Sie atmete tief durch. Gab es das? Spielte ein erwachsener Mann mit Präservativen herum wie ein kleiner Junge? Aber warum lagen sie dann unter ihrem Kopfkissen? Sie fragte es ihn. »Warum liegen sie unter meinem Kopfkissen?« Er lachte, zog sie an sich. »Da siehst du, daß das alles ganz harmlos ist. Wenn auch nur etwas davon stimmen würde, was du schon wieder denkst, dann hätte ich die Kondome doch bestimmt wieder gut verborgen?«

Ja, das sollte man meinen. Gaby schloß müde die Augen. Sie wußte nicht, was sie glauben sollte. Es klang so logisch, was er sagte, aber sie fühlte es nicht. Es war nicht logisch. Es war eine absurde Geschichte. »Komm, mein Schatz, sei endlich lieb zu mir. Ich liebe doch nur dich.« Und während sie ihm ihren Körper zur Verfügung stellte, hörte sie die Zeitbombe ticken. Das schwarze Loch war wieder da.

Die nächsten Wochen waren vollgepackt mit Einladungen und Festen. Viele Geschäftsbesuche und private Anlässe. Huberts Mutter wurde fünfundsiebzig, und sie fuhren mit den Kindern zu der großen Familienfeier. Gaby hatte Hubert gebeten, im Familienkreis die Serie über ihre Kindheit, die in der Zeitschrift veröffentlicht würde, anzukündigen. Sie wollte ihm den ersten Schritt überlassen, um dann darüber reden zu können. Das tat er. Man beglückwünschte ihn und Gaby. »Ein toller Erfolg. Wenn Gaby jetzt schon in einer so bekannten Zeitschrift gedruckt wird, dann kann sie ja doch wohl schreiben.« – »Ja«, sagte Gaby. Niemand fragte sie, worüber sie geschrieben habe. Doch, der pensionierte Onkel Huberts, Peter Stefans, der fragte sie. »Worüber hast du denn geschrieben, Gaby?« – »Ich habe über den sexuellen Mißbrauch eines Kindes geschrieben«, sagte Gaby laut und deutlich. Erschrocken sahen ein paar Gäste zu ihr, drehten schnell die Köpfe wieder weg. »Ein mutiges Thema, Gaby«, sagte Onkel Peter. »Ich wünsche dir viel Erfolg.«

Der schien kommen zu wollen. Man fragte Gaby, ob sie einverstanden sei, daß ihr Bild als Titelfoto erschiene. Ein Fotograf aus Paris wurde eingeflogen. Hubert war tatsächlich mit nach Hamburg gekommen. Er wollte den Vertrag auf seine Richtigkeit hin durchlesen und Gaby bei der anstrengenden Sitzung für das Cover beistehen. Sie war ihm dankbar. Er sagte dann vielleicht nicht viel, aber er war doch da, reichte ihr seinen Arm, wenn sie zitterte, schenkte ihr schnell noch einen weiteren Martini ein, wußte immer ihre Tabletten zu finden. War das nicht vielleicht viel wichtiger: einfach da zu sein? Sie konnte doch von ihm nicht erwarten, daß er ihren Wünschen gerecht reagierte? Jeder Mensch war doch anders. Er äußerte seine Liebe auf seine Art: jeden Freitag Blumen, kostbare Geschenke, schweigend, aber stark hinter ihr zu stehen. Sie konnte sich jederzeit an ihn anlehnen. Sie konnte sich auf ihn verlassen. Er würde sie nie im Stich lassen. Das sagte er. Das mußte sie glauben.

Ganz zu Anfang ihrer Ehe hatten Hubert und Gaby einige Gespräche mit dem katholischen Pastor geführt, ob trotz der Scheidung Huberts nicht eine Möglichkeit bestand, auch ihre Ehe kirchlich einzusegnen. »Ich hätte dann noch mehr das Gefühl, auch vor Gott mit dir verbunden zu sein«, hatte Hubert gesagt und sie zärtlich an sich gezogen. Gaby war gerührt gewesen. Ihre Ehe mit Robbie war nur standesamtlich besiegelt worden, so war ihre Scheidung auch kein kirchliches Hindernis. Sie hatten dann doch davon abgesehen, weil der Papierkram, die erste Ehe Huberts mit Charlott für ungültig erklären zu lassen, zu aufwendig erschien. »Außerdem«, hatte Hubert gesagt, »waren natürlich auch in dieser Ehe gute Momente.« Welch nobler Charakter, hatte Gaby damals gedacht. Schließlich hat seine Frau ihn betrogen. Das Warum und Wieso dieses Betruges war für sie zu diesem Zeitpunkt nicht in ihren Überlegungen aufgetaucht.

Auch während ihrer Ehe spielte die Kirche eine beträchtliche Rolle. Die Kinder wurden getauft, gingen zur ersten Kommunion, und Daniel wurde gefirmt. Und sonntags gingen sie mit den Kindern an der Hand zur Messe. Und wann immer Gaby glaubte, das große, dunkle Loch würde sie verschlingen, oder das Ticken der Zeitbombe zerreiße ihr Trommelfell, dann versuchte sie sich in den gemeinsamen Kirchgängen wieder aufzubauen. Es war doch unmöglich, daß dieser Mann, der neben ihr aus voller Brust von Treu und Glauben sang, der innig die Hände zum Gebet faltete, der mit demütig gesenktem Kopf zur Kommunion ging, nicht ein lieber, ehrlicher, treusorgender Familienväter war? Oft liefen ihr vor Scham über sich selbst die Tränen über die Wangen. Sie erinnerte sich, wie sie als Kind den Beichtstuhl verlassen hatte, weil der Kaplan sie ermahnt hatte: Bekenne und bereue! Sie hatte damals nicht bekennen können: Ich tue Unkeusches in Worten und Taten. Ihr Mund war versiegelt durch Angst und Scham.

Und auch jetzt, wenn sie zu der Marienstatue blickte, war diese unverändert rein und unschuldig. Als einziger Mensch ohne Erbsünde. Konnte ihr jemand helfen, der nicht wußte, was eine Sünde war? Das hatte das Kind gedacht. Die Frau hoffte auf ihre Güte: Heilige Maria, vergib mir. Ich weiß, ich bin schwach, krank. Wie kann ich diesen wunderbaren Mann neben mir immer wieder verdächtigen? Vergib mir. Gib mir Kraft, meine Schwäche zu überwinden, so wie ich auch die Kraft gefunden habe, meine Jugend zu überwinden. Du weißt, daß ich damals »un-schuldig« war. Als Kind habe ich das nicht gewußt, und noch immer fühle ich mich schuldig. Hilf mir, dieses Gefühl zu überwinden.

Oft nahm Hubert ihre Hand und drückte sie. Und wenn er sie ansah, mit diesem Blick, der ihr sagte: Alles ist in Ordnung, mach dir keine Gedanken, ich bin bei dir, ich schütze dich, auf mich kannst du dich verlassen – dann war auch Gaby imstande »Großer Gott, wir loben dich« zu singen.

Sie hatte, wenn überhaupt, ein kindliches Verhältnis zu Gott. War er der Vater, den sie seit ihrem sechsten Lebensjahr suchte? Auf jeden Fall schien es ihr hin und wieder eine tröstliche Idee, daß da oben vielleicht, eventuell, doch jemand die Fäden in der Hand hielt. In ihren dunkelsten Stunden war sie überzeugt, daß da niemand war, der ihr helfen konnte. All das Elend auf der Welt, welchen Sinn sollte es haben? All die Verzweiflung, die Not, die Angst, die sie erlitten hatte, warum? War sie eine von Geburt an Gezeichnete gewesen? Das Kainsmal auf ihrer Stirn, wer hatte es ihr gegeben?

Aber jetzt hatte sie die Kraft gefunden, ihre Kindheit aufzuschreiben. Diese Kindheit, die keine war. Sie hatte sich selbst freiwillig an den Pranger gestellt. Sie hatte die Maske abgenommen und die Schlangen herausquillen lassen. Sie bekannte sich mit Namen und Gesicht zu ihren Taten. Zu den Taten, die doch nicht ihre gewesen waren. Hier stehe ich, ich kann nicht anders. Und sie bat um die Kraft, alleine stehen zu können.

Noch einmal brach sie zusammen. Die Veröffentlichungen in der Zeitschrift lösten in Huberts Familie einen Wirbelsturm aus. Seine Mutter bekam einen Schwächeanfall und mußte sich »wegen der Schande« ins Bett legen. Laura sprach von einer »großen Geschmacklosigkeit«, und Cornelia brach den

Stab über sie. »Schlimm genug, daß du das alles getan hast, mußt du dann auch noch darüber sprechen, ja sogar darüber schreiben?«

Gaby hielt die letzte Veröffentlichung ihrer Serie in der Hand. »Krieg«, hatte sie zu Pappi gesagt und: »Ich hasse dich«. Und sie hatte nur ein Ziel vor Augen: Sie mußte überleben, noch Jahre, noch Monate, noch Tage durchhalten. Was hatte sie nicht ertragen, wie hatte sie gekämpft – und wofür? Die Angst hatte sie nicht verlassen. Sie wurde verurteilt von den Menschen, die sie doch besser kennen mußten. Nicht der Täter war schuld, *sie* war es. Sie war schuldig, weil sie darüber gesprochen hatte. Weil sie versuchte zu beschreiben, wie sie ist, so eine Jugend.

Als Hubert von der Firma nach Hause kam, lag sie laut schluchzend und heulend auf dem Bett. »Ich will nicht mehr, ich kann nicht mehr. Ich bin allein, ich bleibe mein ganzes Leben allein.« Sie schrie und klagte, schluchzte und zerriß die Zeitschrift. »Sinnlos, sinnlos, das alles, ich kann nicht mehr, ich will nicht mehr.« Unfähig sie zu trösten, saß er an ihrem Bett und versuchte sie zu beruhigen. »Du wußtest doch, daß da etwas auf dich zukommen würde. Niemand hat das so gemeint. Das legt sich alles wieder.« Sie raste weiter, vergrub ihr Gesicht in dem durchweichten Kissen, bis sie keine Kraft mehr hatte. »Ich brühe dir einen Kaffee«, bot er an. »Mach dich frisch, die Kinder kommen gleich vom Sport zurück. Sie sollen dich doch nicht so sehen.« Nein, natürlich nicht. Sie duschte, zog sich adrett an und trank den Kaffee, den er ihr einflößte. Sie war nicht imstande, die Tasse zu halten. »Nächste Woche fahren wir in Urlaub. Danach ist der ganze Spuk vorbei. Kein Hahn wird mehr nach deiner Veröffentlichung krähen.« Sie schwieg. War es das, was sie wollte? Hatte sie sich dafür Nacht für Nacht auf den Schreibmaschinentasten die Nägel in ihr Fleisch gehämmert? Daß nach vier Wochen alles vergessen war? »Nein«, sagte sie, »dann geht es erst richtig los.«

Immer wieder die hochgespannten Erwartungen: In diesem Urlaub wird alles anders. Diesmal werden wir zueinanderfinden. Diesmal werden wir die Worte finden, die so lange unausgesprochen zwischen uns stehen. Am Morgen des Abreisetages erwachte Gaby mit ziehenden Schmerzen im Unterleib, fühlte eine klebrige Nässe bis hinauf zu den Schultern. Sie schwamm im Blut. Entsetzt starrte sie auf die Lache unter sich, fühlte den Saft noch immer beängstigend aus sich herausrinnen.

»Es wäre ja auch zu schön, wenn es bei uns einmal nicht so dramatisch zugehen würde«, sagte Hubert und: »Rufe auf jeden Fall den Doktor an.«

»Kommen Sie bitte in meine Praxis«, sagte der Arzt, »am Telefon kann ich keine Diagnose stellen.« Er untersuchte sie kurz. »Kein Grund zur Aufregung«, sagte er dann. »Sie haben vor zwei Monaten ja schon einmal soviel Blut verloren. Damals haben wir eine Ausschabung gemacht. Es war alles in Ordnung.«

»Und wieso blute ich dann wie abgestochen?« fragte Gaby und wünschte, der Arzt wäre eine Frau. Nur eine Frau kann begreifen, wie man sich fühlt, wenn das Blut so aus einem herausläuft, unerklärlich, bedrohend, weil Blut doch Leben war, und jetzt bedeutete es wieder Angst und Schmutz und Tod. »Psychosomatisch, denke ich, rein psychosomatisch. Ich verschreibe Ihnen Tabletten. Davon nehmen sie den ersten Tag alle drei Stunden zwei Stück. Das wird die Blutung bestimmt aufhalten. Die Tabletten nehmen Sie aber noch die ganze Woche weiter.«

»Kann ich reisen?« fragte Gaby. »Unser Auto steht vollgepackt vor der Tür.« Der Arzt stand auf. »Natürlich! Fahren Sie schön in den Urlaub, und vergessen Sie alle Ihre Sorgen.«

»Natürlich kann ich fahren«, beruhigte Gaby die Kinder und Hubert, falls er daran gezweifelt hatte, und hätte sich am liebsten in ihr Bett gelegt, die Hände auf den Unterleib gepreßt, um diese Krämpfe in Schach zu halten. Statt dessen nahm sie eine doppelte Dosis Schmerztabletten und sicherte ihre Wäsche mit dreifachen Binden. »Fährst du zuerst«, fragte Hubert sie. »Ich bin vom Einladen schon geschafft.« – »Natürlich fahre ich«, sagte Gaby schuldbewußt, denn weil sie beim Arzt gewesen war, hatte sie ihm nicht helfen können. Die erste Übernachtung war in Österreich, und Gaby sackte wie eine Tote in das zu weiche Bett mit dem plusterigen Federbett. Den ganzen Tag im Auto zu sitzen, stundenlang angestrengt auf die Fahrbahn zu sehen, während sich in ihrem Leib ein Kampf zwischen Naturgewalt und chemischen Waffen abspielte, hatte sie ausgehöhlt. Bei jeder Rast hatte sie Schmerztabletten geschluckt, und Hubert sagte: »Na siehst du, es geht ja.« Und sie hatte genickt und gehofft, daß er nicht etwa dachte, sie würde sich nur anstellen! Die chemischen Waffen gewannen, und die Blutung nahm erst einen normalen Umfang an, gab sich dann geschlagen.

Am zweiten Tag kletterte das Thermometer auf über fünfunddreißig Grad, und die Kinder verkrochen sich auf den Rücksitzen hinter ihren Sonnenblenden. Gaby fuhr in der Mittagszeit, die Sonne knallte auf ihren Kopf, und sie fühlte, wie ihr der Schweiß aus allen Poren lief. Hubert war auf dem Sitz neben ihr in Schlaf gefallen, ein Handtuch, ins Seitenfenster geklemmt, schützte ihn vor zuviel Sonne. Eigentlich hätte er sie schon ablösen sollen, aber sie wollte, daß er ihr Durchhaltevermögen bewunderte, sie auch als ganzen Kerl betrachtete, und fuhr weiter. Fuhr im Schneckentempo im Stau über die »Todespiste« in Jugoslawien, die berüchtigt war, wegen der vielen Unfälle. Auch jetzt sah Gaby hin und wieder einen Autofahrer durchdrehen, er scherte aus, ohne ausreichende Sicht, einfach in dem Drang, raus aus der Kolonne, raus aus der Hitze, endlich wieder Fahrt zu gewinnen. Meistens ging es gut, manchmal quietschten Bremsen, schlitterten Autos in die Böschung. Dann hatten sie noch

Glück gehabt. Sie fuhr und fuhr, war nur noch ein Fahrroboter mit aufgerissenen Augen, Händen am Steuer und einem Fuß auf dem Gas oder der Kupplung und der Bremse. Sie fuhr, bis die Kinder jammerten, etwas Kühles zu trinken verlangten und Hubert aus seinem Schlaf aufschreckte. »Schon vier Uhr«, sagte er, und »wird Zeit, daß wir wieder eine Pause machen.« Als sie bei der nächsten Tankstelle hielten und Gaby aussteigen wollte, wurde alles schwarz vor ihren Augen, und sie sackte in sich zusammen. Viel kühles Wasser brachte sie wieder zu sich, und einen Moment konnte sie der Versuchung nicht widerstehen, ihre Augen geschlossen zu halten, um noch mehr Wasser zu bekommen, um so im Schatten liegen zu bleiben. »Warum sagst du nicht eher, daß es dir nicht gut geht?« Huberts Stimme klang vorwurfsvoll, und Gaby wußte, daß sie es wieder nicht richtig gemacht hatte.

Abends im Hotel hatte sie Schüttelfrost, und dunkelviolette Ringe tanzten vor ihren Augen, ihr war hundeelend. »Wahrscheinlich ein Sonnenstich«, meinte Hubert. »Wer ist auch so unvernünftig und fährt stundenlang, während die Sonne einem auf den Kopf knallt.« Alex streichelte ihre eiskalte Hand, und Daniel legte ihr einen kalten Waschlappen auf die Stirn. Sie sagte, daß es ihr morgen wieder besser gehen würde, und dann wären sie ja auch in Griechenland, dem Traumland, und dann würde alles wunderschön sein.

Griechenland *war* wunderschön. Sie hatten zwei Zimmer in einem Mittelklasse-Hotel gemietet, direkt am Meer, Palmen auf dem grobkörnigen Strand, ein wolkenlos blauer Himmel, der im Meer zu ertrinken schien. Gaby lehnte sich an die Brüstung ihres Balkons, wäre am liebsten hinaufgeflogen in dieses Blau, das so klar und rein war, das nichts verbarg, oder hineingetaucht in ihr Spiegelbild, in den Kern, dahin, wo sie sein mußte, wo sie war, wo alles begann. Hubert trat hinter sie, legte einen Arm um ihre Schulter. Sie atmete tief durch, schmiegte sich an ihn. Für einen Augenblick war es vollkommen. Nichts trennte sie, nichts war zwischen ihnen. Da waren nur er und sie und das Meer und die Unendlichkeit. Jetzt sterben, dachte sie, in diesem Moment, seinen Arm um mich, weggleiten in einen süßen, ewigen Traum. »Heh, nicht einschlafen«, er rüttelte sie sanft, zog seinen Arm fort. »Packst du schon einmal die Badesachen aus? Ich will mit den Kindern Getränke einkaufen. Der Kühlschrank muß gut gefüllt werden.« Der Kühlschrank wurde gut gefüllt, und die Sonne brannte drei Wochen ununterbrochen von dem wolkenlos blauen Himmel, und das Meer kräuselte sich friedlich.

Sie kletterten bei sengender Hitze auf den glattgetretenen Pfaden der Akropolis, suchten den Schatten unter den Olivenbäumen in Delphi, sie kühlten ihre verschwitzten Gesichter auf einer Kreuzfahrt zwischen den Inseln Egina, Poros und Idra. Sie fuhren durch den sechs Kilometer langen Kanal von Korinth, zündeten im Pantanassa-Kloster in Mistras eine Kerze an. Und wie immer, seit Anfang an, unverändert, sah Gaby zu der Marienstatue mit dem Kind und bat: »Hilf mir. Oh Gott, hilf mir.«

Denn wohin sie auch gingen, was sie auch taten, sie blieb allein. Wenn sie am Golf von Korinth die Sonne ins Meer tauchen sahen, blutrot, ein feuriger Krieger, der für diesen Tag seine Schlacht geschlagen hatte; oder ob sie in die steilen Abgründe der Meteora-Klöster bei Kalambaka blickten, dunkel und unerklärlich, Felsen, wie aus der Spielzeugkiste mitten auf eine Ebene gesetzt – für einen Moment legte er seinen Arm um sie, und wenn sie sich an seiner Nähe wärmen wollte, entzog er sich ihr, trat er einen Schritt zurück, schuf er Abstand, um sie bei der nächsten Gelegenheit wieder an sich zu ziehen, lächelnd, gleichmütig, abwesend. Sie fühlte sich wie ein Jo-Jo, an einem Band hin und her geworfen, mal dichter an ihm, dann wieder weit weg, nach Belieben und der Geschicklichkeit des

Spielers, die Schnur fest um ihren Hals, unfähig auszubrechen.

»Suchst du dir noch ein Andenken aus«, hatte er nach dem Abendessen gesagt. Ein Abendessen am Hafen von Erétria, Garnelen in Knoblauchbutter gebacken, eine Brise so sanft wie Rosenblätter und ein Wein so süß und schwer, daß Gaby – wie auf Wolken – sich an seinem Arm eine Brosche aussuchte, Handarbeit, zwei Tauben, die in ihren Schnäbeln ein Herz festhielten. »Griechische Silberschmiedekunst«, erklärte ihnen der niederländische Besitzer, lud sie ein zu einem weiteren Glas Wein, erzählte ihnen von den Menschen auf der Insel, dem Leben ohne Touristen, seinem Freund Mikos, mit dem er hier schon Jahre zusammenlebte. Alles ist gut, dachte Gaby, ich muß endlich vertrauen, er liebt mich, verwöhnt mich, und ich bin krank, bilde mir immer wieder Dinge ein. Am letzten Abend ging sie noch einmal zu den beiden Freunden. Hubert war in dem Kiosk nebenan. Sie wollte sich verabschieden, als Mikos zu ihr trat. »Gefällt dir das andere Schmuckstück?« fragte er. »Auch Handarbeit.« In diesem Augenblick trat Hubert hinter sie, Mikos sah über sie hinweg, in Huberts Augen. »Andere Schmuckstück?« fragte sie. »Oh, Irrtum«, stammelte er. »Andere Frau, anderer Mann.« Sie wunderte sich, daß er trotz seiner Bräune noch erröten konnte. Sein Freund trat zu ihm, sah zu Hubert, zu Gaby, zu Mikos. »Natürlich, du hast dich geirrt, Mikos. Das war nicht für unsere Freunde hier.« Gaby drehte sich um zu Hubert, der sich die Nasenspitze rieb und lächelte. »Natürlich«, sagte sie. »Man kann sich ja einmal irren.«

Im Hotel weinte sie, beschuldigte sie Hubert, warf sie sich aufs Bett. Nach stundenlangem Abstreiten gab er zu, noch etwas gekauft zu haben, für sie natürlich, eine Überraschung für sie, die sie verdorben hatte, und er beabsichtige nun auch nicht, es ihr zu geben. Immer würde sie alles verderben, und es wäre nur gut, daß er soviel Geduld hatte. Ob sie darüber wohl einmal nachdenken würde, was das für ihn bedeute, ihre unberechtigten Verdächtigungen, immer aus den Fingern gesogen, sogar vor anderen Leuten, wo er doch nur sie liebe.

Sie bat ihn um Verzeihung, hin und hergerissen an dem Jo-Jo-Band, doch er zog sie mit geübter Hand an sich, legte seine Hände schützend über sie. »Alles ist gut«, beruhigte er sie, »du mußt mir nur vertrauen.«

»Du mußt Dinge tun, die dir selbst Spaß machen, beschäftige dich mit den angenehmen Seiten des Lebens«, hatte Jaap ihr in der Therapie immer wieder geraten. »Du kannst nicht genug vom Leben genießen. Und um etwas zu erreichen, mußt du dir Mühe geben. Es ist so etwas wie eine Drei-Punkte-Methode: Der erste Punkt ist, daß du deine Vergangenheit akzeptieren mußt. Daran ist nichts mehr zu verändern. Du hattest diese Kindheit mit Angst und Gewalt, die ist nicht mehr auszuwischen. Du kannst sie nur noch annehmen und nicht mehr verdrängen. Und wenn du eine Veränderung in deinem heutigen Leben willst, dann mußt du selbst die nötigen Schritte unternehmen. Das kann sehr schwierig sein, aber niemand wird sie für dich tun, diese Schritte. Denn jede Veränderung bedeutet eine Bedrohung. Auch für deine Umgebung. Darum fällt es dir selbst auch so schwer, aus dem vertrauten Muster auszubrechen. Und dein vertrautes Muster ist: abhängig zu sein. Und Angst zu haben. Weil du beschützt werden willst.« Gaby wußte, daß es stimmte, was ihr Therapeut gesagt hatte. Was mußte es herrlich sein, jemandem vertrauen zu können. In der Lage zu sein, zu vertrauen. Vielleicht konnte sie daran nicht mehr viel ändern, an der Abhängigkeit konnte sie wohl selber arbeiten. Neben dem Schreiben, ein neues Buch war in Arbeit, hatte sie begonnen, Spanisch zu lernen. Nicht nur so ein halblauer Sprachkursus, in dem man lernt, wie man sich im Sommer ein Bier an der Costa Brava bestellen kann oder dem Zimmermädchen deutlich macht, daß man gerne ein zweites Handtuch hätte, sondern sie lernte Spanisch auf einer Schule für Erwachsene. »In drei Jahren bis zum Abitur!« Warum Spanisch? Weil Hubert viele spanische Geschäftsfreunde hatte, die sie regelmäßig bewirtete, mit denen sie ausgingen. Ihr Englisch war gut, aber immer wieder wurde sie mit Situationen konfrontiert, in denen sie etwas nicht verstand, weil die Männer auf einmal in ihre Muttersprache überwechselten, lachten, sie sich reichlich dumm daneben vorkam. Hubert übersetzte es ihr, wenn er Lust hatte oder auch nicht. »Das verstehst du doch nicht«, sagte er oft genug freundlich und redete weiter, auf spanisch natürlich.

Er hatte nichts dagegen, daß sie die Sprache lernen wollte. Anders als vor vierzehn Jahren, als sie in die Niederlande zogen, war er jetzt damit einverstanden, daß sie es gründlich anging. Wie gerne hätte sie damals von der Basis auf Niederländisch gelernt. Jetzt hoffte Gaby, auch gleichzeitig diese Sprache aufzupolieren, da sie die fremde Sprache ja über die niederländische lernen mußte. Zwei Fliegen mit einer Klappe, dachte sie. Und außer der Absicht, selbst etwas zu unternehmen, wußte sie, daß sie gerne lernte. Die einzig positive Erinnerung an ihre Jugend war die Schulzeit. Nicht nur, weil sie sich in der Schule sicher wußte, sondern weil die Erfolgserlebnisse guter Zensuren ihr das Selbstvertrauen gaben, daß sie in einer Sache nicht schlecht war. Sie konnte lernen. Auch jetzt stärkte jedes »Sehr gut« in Prüfungsarbeiten ihr Selbstbewußtsein. Sie war zumindest nicht blöde!

Woran sie sich wohl gewöhnen mußte, war, wieder auf der Schulbank zu sitzen und im guten alten Sinn richtig zu büffeln. »Ohne Vokabeln zu pauken, lernt man keine Sprache«, sagte Thijs, ihr Spanischlehrer. Und das Büffeln fiel ihr schwerer als früher. Sie machte zusätzlich einen Mini-Kursus: »Wie lerne ich effizient?« Sie hörte zum erstenmal etwas über ein Langzeitgedächtnis, in dem alle wichtigen Informationen aufgeschlagen liegen, oft eingeschliffen durch stete Wiederholung, und sie begriff, warum ihr Kurzzeitgedächtnis sie so schnell im Stich ließ. »Da dringt nichts ein, es bleibt auf der Oberfläche treiben, wie ein Blatt, das vom nächsten Windstoß wieder fortgetragen wird.« Sinn des Lernens war, Vokabeln, Regeln, Begriffe immer wieder und wieder zu wiederholen, dann sog sich das Blatt voll Wasser, sank langsam auf den Boden, in das Langzeitgedächtnis. »Was dort gespeichert ist, können Sie jederzeit wieder abrufen. Den richtigen Knopf gedrückt, und Sie haben Ihre gewünschte Information parat.«

Gaby verstand jetzt auch, warum sie sich an alles, was in ihrer Kindheit geschehen war, erinnern konnte, als wäre es erst gestern gewesen. Es war eingeschliffen worden, Tag für Tag, Nacht für Nacht, eingebrannt für immer. Zu Anfang war ihr die Erinnerung nur unter Hypnose möglich, doch später genügte es, wenn sie die Augen schloß, und die jeweilige Szene vor ihren Augen wieder abrollen ließ. Sie dachte daran, daß Jaap ihr einmal gesagt hatte, daß auch jede Verdrängung einen Sinn hatte. »Sonst wäre sie nicht in unserem Hirn eingebaut«, hatte er behauptet. »Solange wir nicht in der Lage sind, uns mit der Vergangenheit auseinanderzusetzen, hilft sich unser Körper und verdrängt sie einfach. Nein, nicht einfach, denn auf die Dauer gelingt es nicht. Dann kommen stets mehr Bilder, Erinnerungen hoch. Und spätestens dann sollte man etwas damit tun.«

Ein anderes Problem beim Spanischunterricht war, daß Gaby wieder mit ihrer sozialen Angst konfrontiert war. Sie mußte allein in die Klasse gehen, wurde wie jede andere Schülerin hin und wieder gefragt, etwas vorzulesen, eine Antwort zu formulieren, mußte Arbeiten schreiben. Ihre Nerven waren aufs äußerste gespannt, ihre Knie zitterten, aber sie schaffte es. Zu Anfang klang ihre Stimme belegt, ihre Handschrift war krickelig und beinahe unleserlich. Sie raffte ihren Mut zusammen und bat ihren Lehrer um Verständnis. »Ich habe panische Angst zu versagen«, bekannte sie. Und, oh Wunder, er begriff sofort, wovon sie sprach. »Soziale Angst, Versagungsängste, ich weiß, was du meinst. Nur Geduld, du schaffst es schon.« Ingrid hatte zusammen mit ihr mit dem Spanisch-Lehrgang begonnen, sie spornten sich gegenseitig an, sich nicht unterkriegen zu lassen. Mit den ersten guten Zensuren lernte Gaby, sich auch mehr zu entspannen. Sie begriff, daß sie auf ihr gelerntes Wissen vertrauen konnte und sie nicht bei jeder Frage in Panik geraten mußte. Sie hatte wieder einen Schritt in die richtige Richtung getan.

Hin und wieder fragte sie sich, warum Hubert jetzt nichts dagegen hatte, daß sie Spanisch lernte, während er es zu Anfang ihrer Ehe sogar für einen unnötigen Luxus hielt, Niederländisch zu lernen. Hatte er begriffen, daß sie sich weiterentwickeln wollte, daß ihr Bestreben dahin ging, ihm ebenbürtig zu sein, von ihm für voll angesehen zu werden? Oder viel wichtiger, sich selbst für vollwertig ansehen zu können? Sie fragte ihn.

»Unsinn«, sagte er, »ich habe dich nie zurückgehalten, etwas zu tun. Du konntest immer tun und lassen, was du wolltest.« Er sah sie lächelnd an, spöttisch, ein wenig herablassend, sich seiner Macht bewußt. »Wenn du lernst, kommst du zumindest nicht auf dumme Gedanken.« Als sie dann weiterfragte, was er damit meine, wehrte er ab, nichts Bestimmtes, halt die Flausen, die sie sich hin und wieder in den Kopf setzte, und vergrub sich hinter seiner Zeitung.

Ja, das Lernen vermittelte ihr eine Befriedigung und eine Bereicherung ihrer Sinne, die sie im Alltag nicht verspürte. Das war bei ihrem Journalistikstudium das gleiche gewesen wie jetzt beim Spanisch. Da waren in der spanischen Literatur Sätze, die sie wieder und wieder las, bis sie sie begriff, bis sie sie so fühlen konnte, daß sie ihr direkt ins Blut gingen. Darüber konnte sie nachdenken, die Augen schließen, und versuchen, den Geruch in den Straßen von Macondo einzusaugen oder eine Abenddämmerung mit den Augen von Márquez zu sehen.

Sie versuchte, mit Hubert über Bücher zu reden, aber außer Perry Rhodan interessierte ihn nichts. »Ich muß tagsüber schon genug Papierkram wälzen«, sagte er, »dann will ich mich abends entspannen.«

Natalie konnte wie sie seit ihrer Kindheit Bücher verschlingen, nur Manfred konnte dieser Leidenschaft nichts abgewinnen. Seine angeborene Legasthenie war für ihn, trotz zahlreicher Nachhilfestunden, ein großes Handikap. »Ich will nicht mehr studieren«, hatte er vor einigen Monaten bekannt. »Ich weiß im Moment überhaupt nicht, was ich will.« Seit seiner Trennung von Maja hatte er sich noch nicht wieder richtig gefangen. Gaby befürchtete das Schlimmste, Drogen, Abhängigkeit, sie sah ihren Sohn abgleiten. »Du liebst es, dir Sorgen zu machen«, Hubert schüttelte unwillig den Kopf über sie. »Laß ihn doch. Eines Tages wird er wissen, was er will.« Seine Gleichgültigkeit erschreckte sie. Nichts berührt ihn wirklich, dachte sie wieder, nichts geht ihm unter die Haut. Großzügig steckte er Manfred hin und wieder ein paar Scheine zu und glaubte, damit alles Nötige getan zu haben. Sie hätte sich vielleicht nicht so viele Gedanken gemacht, wenn Manfred sein Vagabundenleben genießen würde, aber er sah schlecht aus, blaß, hohlwangig und hatte, trotz wechselnder, lukrativer Jobs, stets Geldprobleme. Irgend etwas stimmt mit ihm nicht, ahnte sie, und wünschte, sie hätte ihre Sorgen mit ihrem Mann teilen können. Aber er blockte ab. »Deine Schwarzseherei, totaler Unsinn, man kann sich auch Gedanken über nichts machen.« Aber es ging um ihren Sohn.

Und wie bei Natalie spürte sie, daß er noch nicht bereit war, sich helfen zu lassen. Sie schrieb ihm Briefe, manche kamen zurück, weil er schon wieder seine Wohnung gewechselt hatte, aber sie schrieb immer wieder. »Wenn du mich brauchst, ich bin für dich da.« Nicht mehr, sie wußte, daß es genug war. Wenn er soweit war, würde er ihre Hand nehmen.

Als Kind hatte sie oft verzweifelt gedacht: Ich möchte eine Hand haben, eine einzige Hand, die mir hilft und mir den Weg zeigt. Jetzt, als Erwachsene, hatte sie Hubert. Er reichte ihr immer wieder seine Hand, seinen Arm. Wieso hatte sie gerade dann das Gefühl, stets tiefer wegzusinken in einen Morast von Undeutlichkeiten, Zweifeln, Ängsten? Und sie hatte natürlich ihre Freundinnen, mit denen sie stets mehr über wirkliche Gefühle reden konnte. Konnte sie es wirklich? Mit Jean: ja, seit sie mit ihr über ihre Jugend gesprochen hatte, hatte ihre Freundschaft eine andere Dimension erfahren. Jean erzählte von früher, wie häßlich und ungeliebt sie sich neben ihrer hübscheren, jüngeren Schwester vorgekommen war. Wie sie sich in Todesangst vor dem gewalttätigen Bruder einer Freundin unter dem Bett versteckt hatte; wie einsam man auch in einer großen Familie sein kann. Und Gaby begriff, daß nicht nur ihre eigenen Erfahrungen schmerzende Narben hinterlassen hatten.

Mit Ursel konnte sie nicht mehr so gut reden. Nachdenklich sah sie Gaby oft an, wenn diese kleine Begebenheiten mit Hubert erzählte. Zweifelte sie an ihren Worten? Wußte sie mehr, anderes? Noch immer gingen sie zusammen in die Stadt, tranken sie in ihrem kleinen Café »Im Himmelreich« ihren Kaffee mit geschlagener warmer Milch und aßen ein Stück frische Obsttorte dazu. Gaby hatte sich einen neuen Lippenstift gekauft, ein warmes Rot, und einen Eyeliner in weichem Grün. Und Ursel hatte sie überredet, das leuchtende Blau zu versuchen, das ihre blauen Augen betonen würde. Sie war so blaß in der letzten Zeit. »Hubert meint, morgens, noch verschlafen, sehe ich am süßesten aus«, erzählte sie auf einmal der Freundin, »so ganz ohne Make-up. Wie ein kleines Mädchen, sagte er gestern. Aber, na ja, was verstehen Männer schon davon, daß man Make-up in erster Linie für sich selbst trägt.«

Ursel antwortete nicht. Sie rührte in ihrem Kaffee. Gaby sah sie prüfend an. Sie war wirklich blaß. »Hast du etwas?« fragte sie eindringlich. »Kann ich dir helfen?« Ursel zuckte zusammen. »Nein, es ist nichts. Wirklich nicht. Gestern, sagtest du, gestern . . .« Sie schwieg einen Moment, holte Luft, als wollte sie etwas sagen, doch dann nahm sie nur einen Schluck Kaffee. »Der tut gut«, sagte sie, »ich bin ein wenig abgespannt, nichts Besonderes.«

Dagmar hatte die Veröffentlichung in der Zeitschrift sehr mutig gefunden. »Und toll geschrieben«, betonte sie, »es dreht sich ja nicht nur darum, worüber du schreibst, sondern auch darum, *wie* du das anpackst. Aber ich habe ja immer gesagt, du kannst schreiben.« Das stimmte. Gaby hatte ihr ganz zu Anfang ihres Studiums ihre kleinen Geschichten zur Beurteilung gegeben, und Dagmar war immer begeistert gewesen. Gaby hatte jede Anerkennung aufgesogen wie ein Schwamm, sie konnte nicht genug davon bekommen. Hubert äußerte sich beinahe nicht, ein »Ja, das ist ganz nett«, war aus seinem Mund eine Lobeshymne. Meistens machte er sie nur auf den einen oder anderen Flüchtigkeitsfehler aufmerksam.

»Nein«, hatte Ingrid gesagt, »ich verstehe nicht, daß du dich wieder so in deine Jugend zurückversetzen konntest. Da kommt doch alles wieder hoch? Am besten ist, man rührt an so etwas nicht. Ich finde es gut, versteh mich nicht verkehrt, aber du wühlst doch alles wieder auf.« Gaby hatte genickt. »Das stimmt, aber ich hatte keine andere Wahl mehr. Ich mußte es schreiben.«

Vor ihrem Urlaub hatte Hubert gesagt, daß in ein paar Wochen alles vergessen sein würde. Die Erregung über ihre Serie in der Zeitschrift ebbte tatsächlich ab, aber Gabys Bestreben war, einen guten Verlag für ihr Manuskript zu finden. »Ich möchte zur Buchmesse in Frankfurt«, sagte sie zu Hubert, »es wäre doch gelacht, wenn ich dort keinen Verleger finden würde.«

Und wie immer, wenn sie einen Wunsch äußerte oder einen Einfall hatte, nahm Hubert dann die Dinge in die Hand. »Ja, das ist keine schlechte Idee. Scheint ganz interessant zu sein, so eine Buchmesse. Wir können dann bei meiner Mutter schlafen. Meine Mutter wollte auch schon immer mal wieder nach Frankfurt. Die Messe wird ihr gefallen.« Gaby hatte so ihre Zweifel. Sie war schon früher auf der Messe gewesen: Es war viel Betrieb in den großen Hallen, die Luft war warm und stickig, und man mußte Kilometer laufen, bevor man vom einen Stand beim anderen angekommen war. Aber gut, wenn er meinte, daß es seiner Mutter gefallen würde ...

Doch es gefiel ihr, am Arm ihres Sohnes gemächlich von einem Stand zum anderen zu schlendern, zu schauen, bei einer Lesung kurz stehenzubleiben, dort ein Häppchen zu essen, hier ein Glas Wein in der gemütlichen Bodega zu trinken. Gaby hatte anderes im Sinn. Sie hatte ihr Manuskript und die fotokopierte Serie aus der Zeitschrift unterm Arm; außerdem hatte sie sich die Standnummern von einigen großen Verlagen herausgeschrieben. »Ich treffe euch in zwei Stunden wieder hier«, sagte sie zu Mutter und Mann. »Mal sehen, was ich in der Zwischenzeit erreiche.«

Sie vergaß keinen Augenblick, daß ihre Knie zitterten und sie sich im quasi ungezwungenen Gespräch mit den zuständigen Lektoren irgendwo festhalten mußte, aber es war ihr egal. Und wenn ich vor Aufregung und Angst der Länge nach auf die Nase falle, ich will und muß dieses Buch gedruckt bekommen. Und sie spürte, daß ihr Engagement, ihre eigene Überzeugung, daß dies ein wichtiges, gutes Buch war, ansteckend wirkte. Sie konnte Kontakt herstellen, und nach dem letzten Gespräch mit einer Lektorin wußte sie: Das wird es. Hier würde mein Buch gut untergebracht sein.

Sie rannte zurück zu dem vereinbarten Treffpunkt, eine Viertelstunde zu spät, aber glücklich. Huberts Mutter sah sie verweisend an, ein bezeichnender Blick auf die Uhr. »Ich habe schon zu Hubert gesagt, er sei nichts Besseres als ein billiger Packesel für dich.« Gaby hatte ihn zu Anfang der Messe gebeten, die überreichten Prospekte und zwei Bücher, die sie für Rezensionen erhalten hatte, bei sich zu behalten. In sich zusammensackend sank sie auf den Stuhl, den er für sie freigehalten hatte. Ihre Hand war beinahe nicht in der Lage, das Glas Orangensaft zum Munde zu führen. »Das ist doch auch zu anstrengend für dich«, sagte Hubert und sah bezeichnend auf ihre zitternde Hand.

Sie nahm die andere Hand zur Hilfe. Trank. »Nein«, sagte sie, »es ist nicht zu anstrengend für mich. Ich will, daß dies Buch gedruckt wird. Ich will es, und ich muß es tun.«

Abrupt stand Huberts Mutter auf. Gaby hatte vergessen, daß sie in ihrer Gegenwart nicht über »diese Schande« sprechen durfte. »Ich will nach Hause«, sagte seine Mutter. »Ich fühle mich nicht wohl. Du verstehst, mein Guter, mein Herz.«

Sie hielt den Brief aus Ecuador in der Hand: »Mein lieber Schatz, einen kurzen, aber lieben Gruß aus Quito. Viel Arbeit, aber sehr schön, mal wieder hier zu sein, und das Wetter ist herrlich. Schade, daß du nicht hier sein kannst. Ich küsse dich, ich liebe Dich! Dein Hubert.«

Und aus Kolumbien kam eine Karte im Umschlag: »Jeder Tag ohne dein Lächeln ist ein verlorener Tag.«

Gaby sah auf seine vertraute Handschrift, sah ihn im Hotel sitzen, alleine und an sie diese Worte schicken. Tränen der Scham und der Rührung sprangen in ihre Augen. Der Scham, weil sie bei seinem Weggehen wieder geglaubt hatte, daß er in Gedanken schon bei einer anderen Frau im Bett lag. Dieses abwesende Lächeln, seine Zerstreutheit, wenn sie ihn etwas fragte, seine nur mühsam versteckte Freude, auf Reisen gehen zu können. Tränen der Rührung wegen seiner lieben Worte. Gott, was war sie doch für eine Närrin! Wie konnte sie nur je an seiner Liebe und Treue zweifeln! So etwas schreibt ein Mann doch nicht, wenn er nicht wirklich liebt? Ein Mann, der nicht liebt, ruft doch nicht jeden Tag seine Frau aus Übersee an, nur um zu fragen, wie es ihr geht?

Ich will mich bessern, wirklich, ich will nicht wieder an ihm zweifeln.

Zum Nikolausfest bekam sie eine Sodalithkette. Auf dem beigefügten Gedicht, das sie laut vorlesen mußte, war ein Hinweis auf die griechische Herkunft. Und daß diese Kette beinahe eine griechische Tragödie verursacht hatte. »Mit Eifer sucht die Eifersucht«, las Gaby, und ihre Stimme bebte ein wenig, als sie: »bessere dich, dein Nikolaus« las. Eine schöne Kette. »Ich habe in Kolumbien noch ein Goldschloß anbringen lassen, weil du ja allergisch gegen Silber bist.« Wie lieb von ihm. Wirklich, eine schöne Kette. Griechische Handarbeit? Ich will mich bessern, dachte sie, ich will und darf nicht mehr an seinen Worten zweifeln.

Seine Mutter hatte nicht kommen können. »Ich fühle mich nicht so wohl«, hatte sie am Telefon gesagt. »Ihr wißt ja, mein Herz.«

Es ging ihr wirklich nicht gut. Sie nahm ihre Tabletten nicht regelmäßig. »Vielleicht können wir sie einmal für ein paar Tage mit in Urlaub nehmen«, schlug Gaby vor. »Ich meine, nicht im Hochsommer, da ist es ihr doch zu warm, und dann ist zuviel Betrieb in den südlichen Badeorten, aber zu Ostern vielleicht, wenn wir einen Kurzurlaub machen?« Hubert sah sie entgeistert an. »Zusammen mit meiner Mutter und euch? Das ist viel zu unruhig für sie.« Er schwieg und rieb sich nachdenklich die Nasenspitze. »Ich möchte gerne allein mit ihr in Urlaub fahren. Das wäre das Richtige für sie.«

Gabys gute Vorsätze schmolzen dahin wie Butter unter der Sonne. Er alleine mit seiner Mutter? Wem wollte er das wohl weismachen? Ein paar Tage ja, aber länger? »Nie könnte ich mit meiner Mutter zusammen in Urlaub fahren«, hatte er bei früheren Gelegenheiten erstaunlich ehrlich gesagt. »Ich begreife nicht, wie Berthold das aushält.« Berthold hatte schon des öfteren einige Spritztouren mit seiner Mutter unternommen. »Prima«, hatte Laura dazu gesagt, »solange ich nicht mit muß.« Aber Laura war auch nicht eifersüchtig. Laura wußte wahrscheinlich nichts von unüberwindlichen Wünschen, geflüsterten Träumen, die Wirklichkeit werden sollten, nichts von rosaroten Clubs, nichts von Vermutungen, Spannungen, Ängsten. Nichts von Beweisen, die sich aus Huberts Mund gegen sie kehrten.

»Nein«, sagte Gaby, »ich glaube nicht, daß du wirklich mit deiner Mutter allein in Urlaub fahren willst. Ein paar Tage, okay, aber mehr? Ich finde, der Urlaub gehört den Kindern und mir. Du bist oft genug im Jahr auf Geschäftsreisen. Du kannst dich oft genug von uns erholen.« – »Sei nicht kindisch«, sagte Hubert. »Wenn ich mit meiner Mutter in Urlaub fahren will, dann tue ich das. Ob es dir nun paßt oder nicht.«

Dieser Satz brannte sich in Gabys Kopf ein. Er tut, was er will. Er ist auch nicht bereit, mit mir darüber zu reden. Meine Eifersucht, meine Ängste sind für ihn nur eine kindische Angelegenheit. Und sie wußte, daß dies eine Kraftprobe werden würde. Und sie wußte noch nicht, daß danach nichts mehr so sein würde wie vorher.

»Ich bitte dich«, Gaby versuchte ihrer Stimme einen nicht zu flehentlichen Klang zu geben, »kannst du nicht einmal Alex zum Kinderchor bringen? Unsere Redaktionsbesprechung dauert länger als bis vier Uhr. Der Mann vom Gemeinderat kam später, aber ich kann wirklich noch nicht weg. Es dreht sich um die Subvention fürs nächste Jahr.« – »Tut mir leid.« Huberts Stimme klang freundlich wie immer. Sie glaubte, sein angeknipstes Lächeln zu sehen. »Du vergißt, glaube ich, daß ich mit meiner Arbeit unser Leben bestreite. Ein nicht sehr billiges Leben. Ich kann mich nicht vor sechs Uhr freimachen. Alex' Kinderchor ist deine Verpflichtung.« – »Hast du noch eine Besprechung?« Wenn er auch eine Besprechung hatte, konnte sie ihn verstehen. Sie wußte, daß er ansonsten ziemlich frei war, sich seine Zeit einzuteilen. Eine kleine Besorgung in der Stadt, ein Arztbesuch, das alles war bequem während der Geschäftsstunden einzuplanen. Darum arbeitete er ja dann auch oft abends bis sieben Uhr . . . »Nein«, sagte er kühl. »Ich bin nur nicht bereit, nach deiner Pfeife zu tanzen. Heute ist es eine Redaktionsbesprechung, die angeblich so wichtig ist, morgen ist es ein Kaffeekränzchen, von dem dein Seelenheil abhängt. Du bist während meiner Arbeitszeit für die Kinder verantwortlich, nicht ich. Abends bin ich bereit, meinen Teil dazu beizutragen.« Gaby begann zu zittern. Die Anwesenheit ihrer Kolleginnen hielt sie davon ab, weiter darauf einzugehen. Sie wollte Hubert nicht angreifen. Die Meinungen über ihn waren geteilt. Einige hielten ihn für den letzten, echten Gentleman, andere schüttelten den Kopf: »Nimm die Brille ab«, hatte Sue einmal zu ihr gesagt. »Das ist ein Potentat, wie er im Buche steht.« – »Also gut.« Gaby resignierte. »Dann bringe ich Alex zum Chor. Ich kann dann ja wieder zur Sitzung zurückkehren.« – »Na also«, sagte Hubert, »die werden auch ohne dich ihre Subvention bekommen.«

Abends bekamen sie noch Geschäftsbesuch. Nach dem Hin- und Hergejage – weg von der Besprechung, Alex zum Chor bringen, wieder zurück zur Besprechung, im Anschluß daran noch ein paar frische Krabben für den Toast geholt, ein

Pfund besonders abgelagerten Goudaer Käse zum Wein – war sie vollkommen kaputt. »Du siehst müde aus«, sagte Hubert, und es klang nur nach Kritik. »Ich begreife nicht, daß du ausgerechnet freitags die Redaktionsbesprechung haben mußt.« Gaby dachte für einen Augenblick daran, ob er immer in der Lage war, seine Besprechungen so zu legen, daß sie ihn nicht bei seinen häuslichen Pflichten störten, aber das war natürlich Unsinn. *Er* hatte keine häuslichen Pflichten. Er half ihr aus Großzügigkeit, wenn er zu Hause war, wenn er selbst Lust dazu hatte. Aber sie hatte neben ihrer Arbeit die *Pflicht,* dafür zu sorgen, daß zu Hause alles wie am Schnürchen lief.

Schon der Topf, der wegen eines leichten Bodensatzes zum Weichen in der Spüle stand, bedeutete: Du hast deine Pflicht nicht erfüllt. Hier steht ein Topf, der noch nicht abgewaschen ist. Schuldbewußt hatte Gaby immer den Kopf zwischen die Schultern gezogen und dann den Topf geschrubbt, noch nicht ausreichend aufgeweicht, aber natürlich war er auch so sauber zu bekommen. Ganz, wie Hubert wünschte. Und jetzt fiel ihr ein, was Dajan, Sues Freundin, einmal gesagt hatte, als sie darüber gesprochen hatten. Wie penibel ihr Mann sei und wie schnell er Kritik äußerte. Sie sah ihn an. Er duftete nach Paco Rabanne, er war in der Mittagspause noch beim Friseur gewesen, sein neues Oberhemd in cremefarbener Seide stand ihm gut. Es war schwer zu bügeln, aber das war ihr Problem. Ein echter Gentleman. »Weißt du was«, sagte sie, und ihre Stimme klang genauso freundlich wie seine, »wenn dich der Topf in der Spüle stört, hab' ich eine gute Idee.« Er sah sie verblüfft an. Diese Tonlage kannte er nicht. »Du schrubbst ihn, du wäschst ihn ab. Du hast doch auch zwei Hände?« Sprach's und drehte sich um, um unter die Dusche zu gehen, ihre Haare zu machen. Schließlich mußte sie heute abend eine strahlend aussehende Gastgeberin sein. Sie kannte ihre Pflichten. Meistens jedenfalls. Für einen Augenblick fühlte sie sich wie ein Schulkind, das dem Lehrer eins ausgewischt hatte. Sie lächelte.

Ostern auf der Insel Guernsey war ein Traum. Ein Traum von Blüten, rosa, weiß, violett, saftigen Wiesen, weißen Häusern, die die Hügel hinaufkletterten, roten Ziegeldächern, die sich aneinander drängten, leeren Puderzucker-Stränden und einem tiefblauen Himmel mit einer gleichmäßig warmen Sonne. Arm in Arm liefen sie über die Strände, umgeben von rotbraunen Felsen, zwei ausgelassen spielende Kinder vor ihnen, Eier und Speck in kleinen »Cottages«, heiße Schokoladenmilch, wenn der Wind die Haare zerzaust hatte und alle dummen Gedanken mit den feinen Federwolken auf und davon flatterten. Alex schmiegte sich an seine Eltern. »Küßt euch«, gebot er, wenn Hubert einmal nicht den Arm um sie legte, wenn Gaby in Gedanken versunken auf einen fernen, dunklen Punkt am Horizont sah. Wenn sie sich küßten, war seine kleine Welt in Ordnung.

»Dies wäre ein Ort, der deiner Mutter gefallen würde«, begann sie vorsichtig. »Hierher könnten wir doch einmal mit ihr fahren.« Sie wollte keine Kraftprobe. Hubert sah sie an, drückte lächelnd einen Kuß auf ihre Stirn, schwieg. Alles ist gut. Abends gingen sie in ein Tanzcafé. Sie tanzten fast jeden Tanz, und Gaby versank in seiner Umarmung. Sie zitterte in den letzten Monaten wieder stärker, aber was machte es schon: Hubert war da, groß und stark. Ihr Beschützer. Niemand konnte ihr etwas tun. Ich werde dir nie ein Haar krümmen, hatte er gesagt. Nie, bis in alle Ewigkeit. Die Kapelle spielte ihre Melodie: »On the top of the world«, und Hubert zog sie noch dichter an sich: »Ich liebe dich, ich liebe dich über alles.« Alles ist gut. Wenn er mittags seine Ruhe haben wollte, verzog Gaby sich mit den Kinder an ein stilles Plätzchen. Er sollte sich ausruhen, er sollte schlafen können, er sollte fühlen, daß sie Rücksicht auf ihn nahm. Sie paukte in der Zwischenzeit ihre spanischen Vokabeln, las, beaufsichtigte die Kinder, bastelte mit ihnen Ostergirlanden, malte mit Alex glückliche Familien, Mamma, Pappa, zwei Kinder, ein Haus mit großen Blumen und einer lachenden Sonne, umgeben von lustigen, kleinen Schäfchenwolken. Alex schenkte eins der Bilder seinem Vater. »Das sind wir, nicht wahr?« – »Natürlich«, sagte Hubert, »das sind wir.«

Im Mai fuhren sie zu Cornelia. Ihre beiden jüngsten Töchter feierten zusammen Konfirmation. Ein Familienfest, an dem auch Huberts Mutter wieder teilnehmen konnte. Nach ihrem letzten Krankenhausaufenthalt sah sie zart und zerbrechlich aus, und Gaby küßte sie vorsichtig auf die Wange. »Ich hoffe, es geht dir wieder besser, Mutter?«

Wie ein Stachel saß eine ihrer Bemerkungen in Gabys Fleisch; es fiel ihr wieder ein, als sie ihre Schwiegermutter küßte. Es war das einzige Mal gewesen, daß Gaby wirklich ihre Stimme gegenüber ihrer Schwiegermutter erhoben hatte, entrüstet und voll Zorn. Es begann harmlos. Gaby wollte von ihrem verdienten Geld einen antiken Wohnzimmerschrank kaufen. Andere bekamen Möbel oder eine Aussteuer von zu Hause. Sie hatte nie etwas bekommen. »Verwöhne dich selbst«, hatte Jaap ihr in der Therapie geraten. »Und wenn du etwas gerne haben möchtest, gönne es dir.« Mit ihrem selbstverdienten Geld konnte sie machen, was sie wollte. »Ich sorge für die Familie, wofür du dein Geld ausgibst, ist deine Sache«, hatte Hubert gesagt. Sie wollte einen antiken Schrank, am liebsten Biedermeier, passend zu der kleinen Kommode, die sie auf einer Auktion erstanden hatte. Sie sprach mit ihm darüber. »Also, das finde ich nun doch nicht nötig. In unserem elterlichen Haus stehen diese Schränke in jedem Untermieterzimmer herum. Dafür brauchst du denn doch keine Tausende von Mark auszugeben.« »Deine Mutter wird sich nicht von so einem Schrank trennen können«, vermutete Gaby. »Die gehören für sie zum Haus dazu.« »Unsinn«, sagte Hubert. »Ich werde sie fragen.« Das hatte er bei ihrem folgenden Besuch getan. Seine Mutter war blaß geworden. Sie hatte sich an Gaby gewandt. »Ich verstehe nicht, wie du so etwas fragen kannst. Hast du denn kein Gefühl? Das sind für mich nicht nur Möbel!« Gaby versuchte sich zu verteidigen. »*Ich* wollte dich nicht danach fragen, Hubert meinte nur . . .« Mußte sie sich hinter Hubert verstecken? Warum sagte er jetzt nichts mehr? »Ich wollte einen Schrank kaufen, wirklich, ich wollte dich nicht darum bitten. Hubert dachte nur . . .« Sie sah ihren Mann an. Nun sag doch endlich etwas! »Wir dachten, aus einem Untermieterzimmer, die Möbel werden da auch nicht besser, wie die jungen Leute damit umgehen . . .«, stotterte er, rieb sich seine Nasenspitze, schwieg. Wieder sah seine Mutter nur Gaby an. »Ihr meint, die Möbel werden immer schlechter? Ja? Wer weiß, was sie noch wert sind, bis ich tot bin?« Ihre Stimme war jetzt zwei Tonlagen höher. Sie wandte sich wieder direkt an Gaby. Nur ihr galt die Anklage. »Du mußt schon warten, bis ich tot bin. Wenn ich unter der Erde liege, dann erst bekommst du etwas. Erst dann kannst du deinen Schrank haben.« Ihre Stimme ging über in ein Schluchzen. »Dann brauche ich nichts mehr. Ich weiß, du wartest darauf, alle wartet ihr darauf. Wartet ihr darauf, daß ich tot bin.« Einen Augenblick hatte Gaby die Neigung, sie in den Arm zu nehmen und zu trösten, aber ihre Empörung gewann die Oberhand. »Wie kannst du«, rief sie, »wie kannst du mich bezichtigen, auf deinen Tod zu warten? Wie kannst du so etwas von deinen Kindern denken? Weißt du nicht, wie sehr sie dich lieben?« Und während sie das sagte, fragte etwas in ihr, ob ihre Kinder sie wirklich so liebten. War es nicht viel mehr eine erstickende Abhängigkeit? Hatte Hubert sich je von seiner Mutter freigemacht? Hatte er sie deshalb in diese unerquickliche Situation manövriert? »Wie kannst du nur«, rief Gaby, hin und her gerissen von ihren Gefühlen. Sie nahm das Glas vor sich und schmiß es auf den Fußboden. »Keinen Augenblick habe ich daran gedacht, nicht einen einzigen Augenblick.« Huberts Mutter hatte sich wieder gefangen. Das zersplitternde Glas war zuviel. Dies hier war eine Szene! Sie verabscheute Szenen aller Art. »Nur Pöbel streitet sich«, hatte sie einmal gesagt. Sie verließ das Zimmer mit erhobenen Haupte, Hubert folgte ihr. Später hatte Gaby sich wegen des Glases entschuldigt.

Einige Tage später kaufte sie bei einem Antiquitätenhändler einen wunderschönen Biedermeierschrank. Zärtlich rieb Gaby über das glänzende Mahagoniholz. Wie gut es roch, die feinen Holznarben! Der Schrank hatte eine Vergangenheit. Vielleicht hatte er früher in einer Kaufmannsfamilie die Aussteuer beherbergt, fein säuberlich mit Schleifen zusammengebunden, weiße Laken, weiße Spitzen, alles sauber und adrett. Es war nicht ihre Vergangenheit, aber es war schön, davon zu träumen.

»Es geht mir wirklich wieder etwas besser«, hörte sie Huberts Mutter in ihre Gedanken hinein sagen. »Wie schön dich wieder zu sehen, mein Guter.« Hubert küßte seine Mutter auf beide Wangen: »Gut siehst du aus, beinahe wie ein junges Mädchen.«

Die Feierlichkeiten verliefen pompös, mit vielen teuren Geschenken und einem Überfluß an Essen und Trinken. In Gesprächen eckte Gaby stets mehr an. Ihre emanzipatorische Einstellung wurde als männerfeindlich und gefährlich links eingeschätzt.

Beim Festessen saß sie ihrem Schwager schräg gegenüber, einem Herrn Baron. Sie hatte gehört, daß er Ärger in der Firma gehabt hatte, und gerade vor dem Essen eine unangenehme Diskussion mit seinem Vater. Er war sichtlich verschnupft. Eigentlich mochte sie ihn ganz gerne, von seiner superrechten Einstellung zur Politik einmal abgesehen. Schon deshalb, weil seine Schwiegermutter, ihre Schwiegermutter, ihn trotz seines Titels nicht akzeptierte. Das tröstete sie ein wenig. Vielleicht hatte die recht, daß er nicht viel außer den Abläufen im väterlichen Betrieb gelernt hatte, aber er konnte charmant und unterhaltend plaudern. Das war mehr, als wozu manch anderer der Gäste imstande war. Eine Kusine sprach sie auf ihre Arbeit und ihre Kolleginnen bei der Frauenzeitung an. »Sind das nicht furchtbare Emanzen, die alle Männer am liebsten zur Hölle schicken wollen?« – »Es dreht sich mehr darum, daß Frauen die gleichen Rechte und Pflichten haben sollten«, blieb Gaby bewußt ein wenig an der Oberfläche. Der Kalbsbraten war vorzüglich und die hausgemachten Spätzle eine Delikatesse. Sie wollte sich nicht engagieren. Doch Cornelias Mann sah sie scharf an. »Du und Emanzipation«, sagte er spöttisch. »Du bist doch überhaupt nicht in der Lage, ohne deinen Mann zu leben. Ohne ihn bist du doch ein Nichts.«

Einen Augenblick wurde es still um sie herum, jeder sah Gaby an, wartete auf eine Antwort. »Wenn du das meinst«, sagte sie ganz ruhig, während sie von innen beinahe zersprang, »so kann ich daran nichts ändern. Aber vielleicht überzeugst du dich eines Tages vom Gegenteil.« Sie sah zu Hubert. Er tat so, als hätte er nicht richtig zugehört. »Prost«, sagte er und hob sein Glas. »Kinder, streitet euch nicht.«

Nichts hatte diesen Tag als *den* Tag angekündet. Sie hatte das kirchturmuhrlaute Ticken der Bombe nicht gehört. Sie hatte das schwarze Loch nicht auf sich zurasen sehen. Er begann wie ein ganz normaler Tag. Sie hatte in der Tür gestanden und Hubert hinterhergewinkt. Sie hatte die Tür geschlossen und den Gedanken »Einmal wird es das letztemal sein« energisch zur Seite geschoben. Unsinn! Sie war bei Ursel zum Kaffee eingeladen. Sie saßen draußen im Garten und genossen die warme Sonne, die Blumenpracht in den Terrakottaschalen, und Alex' fröhliches Geplauder. Er erzählte vom letzten Urlaub in Spanien, wie toll das Schwimmbad gewesen war. »Morgens bin ich schon reingesprungen, Tante Ursel, und ich konnte durch das ganze Becken tauchen.« Für Ursel hatte sie eine handbemalte kleine Vase mitgebracht. Und Gaby zeigte stolz ihre neue Perlenkette, wunderschöne cremefarbige Mallorcaperlen, ihr diesjähriges Urlaubsgeschenk. Sie dachte einen Moment an die griechische Kette und vertrieb auch diesen Gedanken vor ihren Augen wie eine lästige Fliege. Der Jo-Jo-Effekt im Urlaub war stärker als in anderen Jahren gewesen, aber sie waren ja auch schon beinahe fünfzehn Jahre verheiratet. Sie konnte sich nicht beklagen, Hubert war aufmerksamer als alle Ehemänner ihrer Freundinnen zusammen, und das »Andere«, das bestand doch nur alles in ihrer Phantasie. Obwohl ... Sie hatte das Ticken der Bombe nicht gehört.

Aber als Hubert abends – die Kinder lagen im Bett, und Gaby sah sich irgendeine banale Sendung im Fernsehen an, die sie im gleichen Moment schon vergessen hatte – mit seinem Notizbuch ins Wohnzimmer trat, da hörte sie es. Sie sah ihn in der Tür stehen, ein wenig vorgebeugt, in der einen Hand den Kalender, während er mit den Fingern der anderen Hand seine Nasenspitze rieb. Und es war, als würde seine ganze Erscheinung plötzlich von einem hellen Blitz erleuchtet, als löse sie sich im nächsten Augenblick auf. Atomisiert, verschwunden, graue Asche. Die Bombe!!! Sie wurde eiskalt, ihr Magen verwandelte sich in einen Eisklumpen. Oh Gott, jetzt, jetzt geschieht es. Jetzt!

»Ich wollte mit dir über ein paar Absprachen reden.« Er setzte sich auf die Couch ihr gegenüber. Sie richtete sich aus ihrer immer noch lässigen Haltung auf, setzte ihre Füße akkurat nebeneinander auf den Boden, faltete die Hände im Schoß. »Ja?« Sie konnte noch sprechen.

»Ich will noch etwas Urlaub planen. Du weißt, daß ich mit meiner Mutter in Urlaub fahren will.«

Die Kraftprobe. Nein, es war mehr als das. Alles oder Nichts. Aber warum?

»Mit deiner Mutter?« Ihre Stimme klang nur ein ganz klein wenig spöttisch. Wenn er jetzt sagt, du mußt das verstehen, Gaby, sie ist alt und krank, und wer weiß, vielleicht lebt sie nicht mehr lange, dann ist alles gut. Aber das sagte er nicht.

Er fuhr auf, böse, stark irritiert. »Es hängt mir zum Halse heraus, daß du mir nicht glaubst. Du solltest doch wissen, daß das nur an dir liegt. Du mit deinem Unvermögen zu vertrauen. Hast du denn in deiner Therapie nichts gelernt? Immer diese Wahnvorstellungen, immer dieses unberechtigte Mißtrauen.«

Gaby verschränkte ihre Hände für einen Augenblick ganz fest ineinander. Oh Gott, warum, warum muß das geschehen. Hilf mir! Langsam löste sie ihre Hände auseinander. Sie waren ganz feucht. »Ja«, sagte sie mit flacher Stimme, »dann wollen wir doch einmal damit anfangen, worauf sich seit Jähren mein unberechtigtes Mißtrauen richtet, meine Wahnvorstellungen.« Sie nahm das Telefon auf ihren Schoß, sah ihn an. Wer war die Schlange, wer das Kaninchen? »Ich werde jetzt Ursel anrufen«, fuhr sie fort, wie unter einem Zwang, »und ich werde Ursel fragen. Ihr von meinen Wahnvorstellungen und meinem Mißtrauen erzählen.«

Alle Farbe wich aus seinem Gesicht. Sie sah es mit Entsetzen. »Wenn du dich lächerlich machen willst, bitte«, versuchte er zu retten, was noch zu retten war. Sie drehte die ach so vertraute Nummer. Ursel war sofort am Telefon. Ihre liebe Stimme. »Hallo, Gaby, hast du heute mittag etwas vergessen?«

»Nein«, sagte Gaby, während ihre Augen sich an Huberts Augen festsogen. »Ich höre nur gerade von Hubert, daß ihr seit Jahren ein Verhältnis habt. Kannst du mir das bestätigen?« Hubert öffnete seinen Mund, als wolle er protestieren, aber kein Laut kam heraus. Sie wußte nicht, warum sie versuchte zu bluffen. Ihr war es, als hätte Hubert schon bekannt. Sie hörte Ursel tief Luft holen: »Ja«, sagte sie, »das ist wahr.«

In der eintretenden Stille versuchte Gaby, die explodierenden Teile ihres Lebens zusammenzuraffen, festzuhalten, irgendwie weiterzuleben, zu atmen: einatmen, ausatmen, einatmen, ausatmen. Es war gar nicht so schwer.

»Es ist aber schon aus«, fügte Ursel hinzu. »Ich habe es beendet.«

»Wie lange hat es gedauert, ich meine euer Verhältnis?« Was für eine Frage. War das wichtig? War irgend etwas noch wichtig? Einatmen, ausatmen.

»Acht, neun Jahre.« Die Stimme ihrer Freundin klang gequält. »Soll ich kommen, Gaby?«

Kommen? Ursel? Jetzt?

»Nein.« Einatmen, ausatmen. »Und Hubert? Will Hubert nicht, daß ich komme?«

Diese einfache Frage brachte wieder etwas Blut in Gabys Hirn. Sie konnte etwas fühlen. Ein wenig Hohn. »Im Augenblick will Hubert einmal nichts. Ich werde dich anrufen, wenn ich mit dir reden will.« Sie legte den Hörer vorsichtig auf die Gabel zurück. Als könne noch irgend etwas geschehen.

Hubert saß wie sein eigenes Gespenst auf der Couch. Sein Notizblock war auf seinen Schoß gefallen. Er starrte sie an.

»Das war es dann ja wohl«, sagte Gaby. »Die Stunde Null. Die Stunde der Wahrheit.«

Nein, sie war es noch nicht. Hubert faßte sich. Schenkte sich selbst einen doppelten Genever ein, für Gaby ohne zu fragen einen Martini. Eis und Zitrone vergaß er.

Er machte reinen Tisch, wie er es nannte. Er erzählte ihr, daß er sie immer betrogen habe. »Na ja, vielleicht ganz zu Anfang nicht. Da war ich ja auch schrecklich verliebt. Aber später? Ja. Auf Reisen? Ja. Es bedeutete nichts weiter. Es ist für mich wie ein gutes Dessert nach einem Essen. Man sitzt zusammen, unterhält sich, und dann geht man zusammen ins Bett. Mehr nicht.« Und Gaby lauschte seinen Erklärungen. Ja, Marie-Luise auch. Aber er schlafe jetzt schon lange nicht mehr mit ihr. Das sei vorbei. Er fliege zwar noch hin und wieder über die Schweiz, habe noch Kontakt mit ihr, aber es sei vorbei. »Wie schön«, sagte Gaby und dachte an La Gueglia, ihre starke Migräne, ihre Schuldgefühle. »Noch jemand von meinen Freundinnen?« wollte sie wissen. Hubert hob entrüstet die Hände. »Natürlich nicht.« Mit Ursel sei das etwas anderes gewesen. Was, das sollte sie erst zwei Abende später hören, als sie Ursel und Gerd zu einem Gespräch zu sich nach Hause bat. Sie dachte, sie könne das alles im Griff behalten. Hatte Hubert nicht wieder und wieder gesagt: Wenn meine Mutter nicht darauf bestanden hätte – diese Frau oder ich –, dann wäre mein Vater nicht gegangen? Sie wollte nicht emotional reagieren. Sie hatte immer alles mit ihrem Verstand regeln können. Als Kind von dreizehn Jahren hatte sie mit Pappi diese Absprache getroffen: zweimal in der Woche, mehr nicht. Eine Überlebenstaktik, die hatte sie gerettet. Sie wollte auch jetzt kein Spielball werden und begriff nicht, daß Hubert schon wieder am Jo-Jo-Band zog . . .

Der Zusammenbruch kam am nächsten Morgen. Nichtsahnend rief Jean an. »Wie geht es? Ich wollte mich zum Kaffee einladen.« Gaby erzählte es ihr. Von Ursel, von all den anderen Frauen. »Dieser Scheißkerl.« Jean schnappte deutlich nach Luft. »Dabei hat er mir versprochen, es nicht wieder zu tun.« Ihre kurze Geschichte machte deutlich, warum sie Hubert solange mit Abneigung und kaum verhülltem Spott begegnet war. »Du warst schwanger, endlich, und da war da etwas im Club. Angéliques Mann bat mich, mit deinem Mann zu reden. Daß er endlich seine Frau in Ruhe lassen sollte. Er fürchtete um seine Ehe. Und du seist doch auch schwanger. Ich habe mit Hubert gesprochen. Er hat es sofort zugegeben. Sag um Gottes willen nichts zu Gaby, flehte er. Sie würde es sich zu sehr zu Herzen nehmen. Er schwor mir, es nie wieder zu tun. Er liebe doch nur dich, und das sei ein Ausrutscher gewesen, mehr nicht. Und ich glaubte ihm. Oder besser gesagt, ich wollte ihm glauben. Du warst schwanger. Ich wußte, wie sehr er dies Kind gewollt hatte, deshalb habe ich dir nichts gesagt.« – »Ja, mach dir keine Gedanken. Das war schon in Ordnung.«

Danach brach sie zusammen. Sie schrie und schrie, riß sich die Bluse vom Leib, zerkratzte sich die Haut, warf sich auf den Boden, jammerte, kotzte, schrie, schrie. Auch als sie schwanger war, auch damals, als sie sich jeden Tag eine Spritze geben mußte, um nicht wieder eine Fehlgeburt zu bekommen, als sie das Kind trug, das er wollte, das sie wollte, ein Beweis ihrer Liebe. Dieser Scheißkerl, dieses Ungeheuer, dieses Monstrum. All die Jahre hatte er sie belogen und betrogen. Er hatte sie immer wieder mit ihrer Jugend im Zaum gehalten. »Dein Mißtrauen, ein Beweis deiner Jugendschäden. Deine Gefühle, alle Unsinn, du mußt lernen, Vertrauen zu haben. Wie kannst du nur so etwas von mir und deiner besten Freundin denken!« Dieser Scheißkerl, dieses Ungeheuer, dieses Monstrum. Sie schrie und schrie. Irgendwann einmal flößte ihr jemand etwas ein. Jean? Jean!

»Er ist es nicht wert«, flüsterte sie ihr zu. »Trink das! Du darfst nicht durchdrehen. Denk an deine Kinder.« Die Kinder! Ach Gott, die Kinder! Ihr Schreien wurde leiser, ging über in ein Schluchzen und Greinen, war nicht mehr aufzuhalten. Viel später saß ihr Hausarzt an ihrem Bett, gab ihr eine Spritze. Als sie ruhiger wurde, hörte er ihren unzusammenhängenden Bericht, ihre gestammelten Verwünschungen, ihre Anklagen, gegen Hubert, gegen sich selbst.

Und dann war sie leer; eine dunkle Wolke kam und hüllte sie für einige Stunden in einen todesähnlichen Schlaf.

Am nächsten Tag stand sie auf. Sie wollte nicht liegenbleiben. Wenn sie jetzt liegenblieb, würde sie nie mehr aufstehen. Und da waren ihre Kinder. Blaß und zu Tode erschreckt huschten sie durch das Haus. Wo war Daniels unbekümmertes Lachen geblieben, wo Alex' munteres Geplapper? Er, dieser Teufel, er hatte das auf dem Gewissen. Ich hätte es wissen müssen, ich hätte es nach den ersten zwei Monaten, zwanzig Tagen und zehn Stunden wissen müssen. Damals, mit Patty. Aber er hatte vor ihr auf den Knien gelegen, sie beschworen, sie angefleht, nie wieder ... Ich Rindvieh, ich unglaublich blöde Ziege! Sie riß sich mit der Haarbürste ganze Büschel von Haaren aus, besah sich dies eigenartige Gesicht im Spiegel, dessen Züge zu einer Totenmaske erstarrt waren. Sie schluckte drei, vier Beruhigungstabletten. Sie wollte auf den Füßen bleiben. Sie redete mit den Kindern. »Ja, wir haben Streit. Jeder kann sich einmal streiten. Ja, ich bin sehr traurig, aber das wird schon wieder vorbeigehen.« Sie schämte sich ihrer Lüge.

Mittags rief sie Ursel an. »Ich will mit dir reden. Morgen abend paßt es uns. Gerd kommt auch? Ja, bis dann.« Dies konnte doch alles nicht wahr sein. Gleich würde sie wach werden, sich verwirrt im Schlafzimmer umsehen und erleichtert in ihr Bett zurücksinken. Dies mußte ein Alptraum sein!

Am nächsten Abend kamen Ursel und Gerd.

»Ich weiß es auch erst seit zwei Tagen«, sagte Gerd und stopfte sich seine Pfeife. »Eine schöne Schweinerei.« Er sah zu Hubert. »Mein Freund.«

Hubert schenkte Wein ein, einen Baron Rothschild von 1979. Das Jahr, in dem Alex geboren wurde. In dem Jahr war er hinter der Clubfreundin Angélique hergewesen. »Wußtest du das«, fragte Gaby zynisch, »du denkst doch nicht, daß du die einzige gewesen bist?« Ursel zog hilflos die Schultern hoch.

»Wann hat es angefangen«, wollte Gaby wissen, »wann?« Es schien so wichtig, zu wissen, wann es angefangen hatte. Dann konnte sie vielleicht noch ein Stückchen ihrer Erinnerung bewahren. »Alex war ungefähr ein Jahr alt, glaube ich.« Ursels Stimme flatterte wie ein erschreckter Vogel durch das Wohnzimmer.

»Also doch.« Gaby trank ihr Glas in einem Zug leer. »Also doch. Damals, vor unserer Reise nach Kolumbien. Ich habe es gefühlt. Ich habe es immer gefühlt.«

Sie sah ihre Freundin an, die liebe, sanfte Ursel. Bei der sie sich geborgen gefühlt hatte, die sie oft in mütterliche Fürsorge eingehüllt hatte, der sie vertraut hatte, immer wieder – gegen ihre Intuition, der sie geraten hatte, es doch bei ihrem Mann einmal mit sexy Unterwäsche zu versuchen ...

»Wie konntest du nur, mein Gott, Ursel, wie konntest du nur?«

»Wir liebten uns«, sagte Ursel, als wäre das eine Rechtfertigung. »Wirklich, es war Liebe.« Und mit einem Blick zu ihrem Mann: »Es war nicht so, wie du glaubst, es war mehr platonisch, wir wollten nie auf und davon gehen.«

Gaby lachte gequält auf. »Wem glaubst du, das weismachen zu können? Platonisch? Weißt du, meine liebe Ursel, daß Hubert mich zu Anfang fragte, ob wir nicht Partnertausch machen könnten? Er mit dir, ich mit Gerd? *So* fing es an! Platonisch, daß ich nicht lache! Er war scharf auf dich.«

Der Hieb saß. Ursel sah zu Hubert, der dabeisaß, als ginge ihn das alles nur indirekt etwas an. Er zog die Schultern hoch, schwieg. »*Ich* liebte ihn. Ich habe mehrmals versucht, es zu beenden, aber ich konnte es nicht. Er rief immer wieder an ...« Flehentlich sah sie ihre Freundin an. »Kannst du dir nicht vorstellen, so schwach zu sein?«

Schwach zu sein! »Du hättest ihn nicht sehen müssen«, sagte sie kalt. »Liebe, ja, das kann passieren. Aber was man damit tut, das ist die Frage. Ihr hattet beide eine Familie, Verantwortung . . .« Sie konnte nicht mehr weiterreden. Sie kippte ein weiteres Glas Wein hinunter. Schade um den Baron Rothschild! Wenn ich doch nicht mehr denken müßte, nicht an all die Jahre, in denen ich immer wieder versucht habe, mit ihm darüber zu reden. Und wie er mich immer abgeblockt hat. Und dann das andere, der rosarote Club. Ich kann dir nur treu bleiben, wenn du mit mir dorthin gehst. Auch damals hatte er Ursel. Er hatte sie so bewußt belogen, sie manipuliert, ihre Schwäche benutzt. Warum er wohl nicht mit Ursel dahin gegangen war? Aber Ursel war ja eine anständige Frau, jemand, mit dem man gut reden konnte . . . Sie dagegen, sie war ein Körper, den man benutzte, den man anderen zur Verfügung stellte. Er hatte sie mißbraucht, schlimmer mißbraucht, als Pappi es je getan hatte. Sie hatte Pappi nie geliebt. Pappi hatte sie schon im Alter von sechs Jahren nicht mehr vertraut. Aber Hubert, ihr geliebter Hubert, sie hatte ihm vertraut. Immer wieder hatte sie ihm beweisen müssen, wie sehr sie ihn liebte, damals mit Patty, seinem Geburtstagsgeschenk . . .

Oh Gott, wie sehr sie ihn verabscheute, sich verabscheute.

Gerd stopfte zum soundsovielten Male seine Pfeife, die immer wieder ausging. »Ich habe Ursel vernachlässigt, vielleicht ist es damit zu erklären.« Er zündete ein Streichholz an, seine Hand zitterte. »Zu erklären, nicht zu entschuldigen.«

»Nein«, begehrte Gaby auf. »Mußte sie mir dann den Mann nehmen? Mich betrügen? Wie konntest du mir in die Augen sehen?« fragte sie sie.

»Es war manchmal sehr schwer.« Ursel sah wieder zu Hubert. »Es war Liebe.«

Ich träume, dachte Gaby, Hubert, hilf mir, ich träume. Laß diesen schrecklichen Traum aufhören. Sie stand auf, ging zu der gläsernen Gartentür, sah hinaus in den dunklen

Garten. Wie oft hatte sie hier gestanden, verzweifelt wegen ihres »krankhaften« Mißtrauens, zerfressen von Angst, gebückt unter Schuldgefühlen. Sie legte ihre Stirn gegen das kühle Glas. Hubert trat hinter sie, wollte einen Arm um sie legen. Sie fuhr herum, als hätte der Leibhaftige sie berührt.

»Rühr mich nicht an, du Scheusal. Nie wieder. Ich lasse mich scheiden, ich will dich nie wieder sehen, ich will nur noch mit meinen Kindern leben . . .«

Er trat einen Schritt zurück, musterte sie kühl. »Mit deinen Kindern? Es sind auch meine Kinder. Wer sagt denn, daß du die Kinder bekommst? So labil wie du bist!«

Sie wollte ihn anfallen. »Du« schrie sie, »du . . .« Er hielt ihre Hände fest.

»Reiß dich zusammen, wir haben Besuch.« Besuch! Seine ehemalige Geliebte und ihr betrogener Ehemann. Wie kannst du dich so eifersüchtig betragen, hatte er sie damals angezischt, damals, als sie die beiden Unschuldsengel beim Tanzen auseinandergeholt hatte. Aber sie war schuld, immer war sie es gewesen. Sie wankte zum Tisch zurück. Noch ein Glas von dem Baron Rothschild. Sie taumelte. Gerd stand auf. »Ich glaube, es ist besser, wenn wir gehen.« Großmütig hob Gaby die Hand, schwankte ein wenig. »Ihr könnt bleiben. Ich gehe. Ich gehe nach oben.« Sie sah noch einmal zu ihrer Freundin. »Ich will dich nie wiedersehen, nie wieder, hörst du, nie wieder.« Ihre eigenen Worte zerrissen sie. »Ich gehe jetzt«, murmelte sie und öffnete vorsichtig die Tür. Sie wollte keinen dramatischen Abgang, kein Türenknallen, keinen Zusammenbruch.

Der kam dann im Badezimmer. Der Wein, sie hatte nichts gegessen, die Beruhigungstabletten. Als sie wieder zu sich kam, lag sie im Krankenhaus. »Sie müssen uns sagen, ob Sie Schlaftabletten genommen haben. Ihr Mann sagt, es kann ein Selbstmordversuch sein. Dann müssen wir Ihnen den Magen auspumpen.« Selbstmordversuch? Magen auspumpen? Sie sah sich vollkommen verstört um. »Sie liegen auf der Aufnahme. Ihr Mann hat Sie bewußtlos hierhergebracht. Sollen wir ihn holen? Er wartet draußen!«

Hubert, ihr geliebter Hubert. Hatte sie doch geträumt? Nein, ihr war schlecht, der Wein, Ursel, Gerd. Es war Liebe gewesen, sagten sie. »Ich will ihn nicht sehen.« – »Haben Sie Tabletten genommen?« Die Stimme war wieder ganz dicht vor ihren Augen. Die Stimme hatte Sommersprossen auf der Nase. Gaby lächelte, ulkige, kleine Sommersprossen. »Ich habe zuviel getrunken«, krächzte sie, »drei oder vier Glas Wein.« Sie dachte angestrengt nach. »Und heute abend noch zwei Beruhigungstabletten. Ich habe nicht versucht, mich umzubringen.« Das war wichtig. »Ich habe nicht versucht, mich umzubringen.« Sie war nicht labil. Er wollte ihr die Kinder nehmen. »Schreiben Sie das bitte auf. Ich habe nur erfahren, daß mein Mann mich betrügt. Mit meiner Freundin. Meiner besten Freundin.« Sie begann zu weinen. »Es ist ja gut.« Jemand streichelte über ihre Schulter. »Schlafen Sie jetzt. Wir glauben Ihnen ja. Wir werden Ihnen den Magen nicht auspumpen. Aber schlafen Sie jetzt.« Schlafen und nie wieder aufwachen. Wenn sie bereute, kam sie vielleicht doch in den Himmel.

»Im Paradies – da gibt es keinen Schmerz und keine Pein«, hatte Schwester Agnes vor einer Ewigkeit der kleinen Gaby erklärt. »Man reicht einander die Hände und ist ein Herz und eine Seele.« Mit Elli war sie ein Herz und eine Seele gewesen. Pappi hatte ihr die Schulfreundin genommen. Mit Ursel war sie ein Herz und eine Seele gewesen. Hubert hatte ihr die Freundin genommen. Wie lebte man ohne Schmerz und ohne Pein? Wie lebte man ohne Angst?

Sie mußte es den Kindern sagen.

Natalie reagierte entrüstet, wütend. »Und ich habe dir noch gesagt, daß das unmöglich wahr sein könnte. Damals, als du mal einen Verdacht gegen Ursel geäußert hast. Wie oft habe ich gedacht, daß du ihm das Leben schwer machst. Diese unterdrückte Wut in dir, dieses krampfhafte Bemühen von dir, heile Welt zu spielen . . .« – »Das ist nicht wahr«, begehrte Gaby weinend auf, »ich habe geglaubt, daß alles gut war. Ich habe ihm immer wieder geglaubt.«

Manfred war sprachlos. Erst nach einer ganzen Zeit konnte er seine Enttäuschung in Worte fassen. »Ich habe immer gedacht, so möchte ich auch sein, so kühl, so beherrscht. Alles nur Fassade. Was soll man eigentlich noch glauben? Ich dachte, er sei ein guter Vater.«

Viel schwieriger war es, Daniel und Alex die Wahrheit zu sagen. Ich kann sie nicht einmal schonen, ihnen nur die halbe Wahrheit erzählen, dachte Gaby, weil es Ursel ist. Zu Ursel fuhren die beiden Jungen manchmal mittags, um eine Tasse Tee mit ihr zu trinken, um ihren leckeren Apfelkuchen zu probieren, um stolz die guten Zensuren von der letzten Klassenarbeit zu zeigen. Ursel war ihre Lieblingstante, Alex' Patentante. »Ich möchte nicht mehr, daß ihr zu Tante Ursel geht«, versuchte Gaby ihnen zu erklären und wußte nicht, wie sie es erklären sollte. »Euer Vater und Tante Ursel hatten ein Verhältnis miteinander.« Sie suchte nach Worten. Wie fand man für zwei Jungen im Alter von zehn und vierzehn Jahren die richtigen Worte? Daß der Vater sie mit der Freundin der Mutter, mit ihrer geliebten Tante, betrogen hatte? »Ein Verhältnis, das bedeutet, daß sie miteinander umgingen, sich liebhatten, wie nur Mann und Frau sich liebhaben sollten.« Die beiden sahen sie groß an. »Bist du deswegen umgefallen? Hast du deswegen so viel geweint?« Nur mühsam konnte Gaby jetzt die Tränen zurückhalten. Bloß nicht zu dramatisch sein, nicht in diesem Moment, in dem die Kinder sie nötig hatten. »Ja«, sie nickte, »deswegen. Ich bin unendlich traurig.« Jetzt liefen die Tränen doch über ihre Wangen, und die Kinder schmiegten sich an sie, versuchten sie zu trösten. »Es wird schon wieder gut. Hast du doch selbst gesagt. Nicht wahr, es wird doch wieder gut?«

Abends sprach Hubert mit seinen Söhnen. »Ja«, sagte er, »ich hatte mich in Tante Ursel verliebt. Ihr wißt doch selbst, wie lieb sie ist!« Gaby krampfte sich zusammen wie ein geschlagener Hund, grub ihre Fingernägel tief in ihre Handballen, um nicht wieder aufzuschreien. Aber Daniel tat es, ein empörter, gequälter Schrei: »Und Mammi? Ist sie etwa nicht lieb? Mammi ist auch immer lieb. Immer und immer! Hast du denn Mammi nicht mehr lieb?« Erschrocken war Hubert zusammengefahren. Daniel, der liebe, ruhige Daniel. »Natürlich habe ich eure Mutter auch lieb. Natürlich. Das mußt du mir glauben.«

»Er hat dich noch lieb«, flüsterte Alex ihr zu, als Hubert sich nach oben in sein Arbeitszimmer zurückgezogen hatte. »Hast du es gehört, Mammi?« Ja, sie hatte es gehört. Aber es sagte ihr nichts mehr. Sie hatte in den letzten fünfzehn Jahren soviel gehört, so viele schöne Worte, gesprochen, geschrieben. Aber sie hatte den Inhalt dieser Worte nie gefühlt. Die Worte waren ihr wie Sand zwischen den Fingern zerronnen, und sie stand jetzt mit leeren Händen.

Die nächsten drei Wochen vergingen für sie zwischen stundenlangem Vorsichhinstarren, gefühllos, Bilder, die unerbittlich vor ihrem inneren Auge abrollten: Hubert mit Patty, Hubert mit Marie-Louise, Hubert von Reisen zurückkommend, das Glitzern in seinen Augen, und immer und immer wieder: Hubert mit Ursel. Wenn sie »Hubert« dachte, bäumte sie sich auf, wie im Todeskampf; wenn sie »Hubert« fühlte, war es, als glitte das letzte Fetzchen Leben aus ihr. Und dann waren da wieder Stunden, in denen sie mit ihm das Gespräch suchte, versuchte, Erklärungen für sein Verhalten zu bekommen. Und natürlich war es alles ihre Schuld.

»Du hast mich mit deinem unberechtigten Mißtrauen verfolgt, damals, nach Patty.« Wie konnte er es jetzt noch wagen, von einem unberechtigten Mißtrauen zu reden? Sie versuchte sich zu beherrschen. »So unberechtigt war es doch wohl nicht. Das weiß ich jetzt, und du wußtest es all die Jahre.« Er schüttelte irritiert seinen markanten Kopf. »Du hast mich viel öfter verdächtigt, als es geschehen ist. Ich meine«, er sah sie prüfend aus halbgeschlossenen Augenlidern an, »wenn es in den letzten fünfzehn Jahren zehn- oder zwanzigmal war, so heißt das doch nicht, daß du mich hundertmal verdächtigen mußt.« Zehn- bis zwanzigmal eine Geliebte, ihre Intimität mit einer anderen geteilt. Ruhig, dachte sie, Gaby, bleib ruhig.

»Begreifst du nicht, daß es nicht darauf ankommt, ob du mit zehn Frauen geschlafen hast oder mit hundert? Du hast mich mit meinem ›unberechtigten‹ Mißtrauen immer in Schach gehalten, ich fühlte jahrelang, daß da etwas war, und du hast es immer wieder abgestritten. Es liegt an dir, hast du gesagt. Ich bin daran kaputtgegangen«, fügte sie leise hinzu.

»Du übertreibst«, sagte er unbeeindruckt, »diese Frauen waren nie so wichtig für mich.«

»Aber für mich«, schrie sie auf, »für mich waren sie wichtig. Ich habe alles für dich getan, weil du sagtest, nur so kannst du mir treu sein. Während du herumgehurt hast.« Sie brach in ein hemmungsloses Schluchzen aus.

»Ich bitte dich, nimm dich doch zusammen.« Unbehaglich schlug er seine Beine übereinander, verschränkte die Arme vor seiner Brust.

»Ich sagte dir doch, es hatte für mich nicht viel Bedeutung!« »Warum, warum hast du es dann getan? Immer und immer wieder hast du gesagt, daß du es mit mir wunderschön findest, daß ich eine wunderbare Geliebte bin, warum dann die anderen?«

Er schwieg.

»Und warum Ursel? Warum meine beste Freundin?«

»Ich konnte mit dir nicht reden«, hörte sie ihn auf einmal sagen. »Ursel war bereit, mir immer zuzuhören. Sie hatte soviel mehr Verständnis als du.«

Gaby sah ihn erstarrt an. Jahrelang hatte sie versucht, mit ihm ins Gespräch zu kommen, immer wieder hatte er sie abgeblockt. Sie hatte nicht nur über *ihre* Probleme reden wollen, sondern genauso über *seine*, zum Beispiel warum er sich in mancher Hinsicht so unnachgiebig anstellte; was er fühlte; wie er über sich selbst dachte. Er hatte sie nicht an sich herangelassen. Und jetzt lag es an ihr! Vielleicht sollte sie doch auf den Vorschlag ihres Hausarztes eingehen und mit ihm eine Ehetherapie besuchen? Vielleicht hatte sie doch viel mehr falsch gemacht, als sie ahnte?

Sie fragte ihn, was er wolle, wie er sich die Zukunft vorstellte. Und dann kam die Antwort, die sie nie wieder vergessen würde. »Jetzt, wo alles herausgekommen ist, weiß ich eigentlich nicht, ob ich mit dir noch weiterleben kann. Ich habe zuviel unter deinen unausgesprochenen Vorwürfen in den letzten Jahren gelitten. Unsere häusliche Stimmung ist durch dich entscheidend schlechter geworden. Deine Liebe, ich habe sie oft nicht gefühlt.« Sie begriff Gott und die Welt nicht mehr. Hatte sie nicht alles, aber auch wirklich alles getan, um ihm ihre Liebe zu beweisen? Warum war sie immer im Beweiszwang?

Nach einem Gespräch mit Natascha, einer jugoslawischen Freundin, schrieb sie Hubert einen Brief. »Was willst du?« hatte Natascha sie gefragt und ihr eine zweite Packung Papiertaschentücher gebracht, »willst du deinen Mann behalten, oder willst du die Scheidung? Wenn du ihn behalten willst, mußt du aufhören, ihm von morgens bis abends Vorwürfe zu machen, dann müßt ihr einen Weg finden, wie es weitergehen soll. Wenn du die Scheidung willst, dann gehe zu einem Anwalt und ziehe sie durch. Wenn du so weitermachst, bist du bald vollkommen am Ende.«

Ja, was wollte sie? Ein Leben ohne Hubert? Undenkbar! Sie konnte nicht ohne ihn leben, er war ihr Leben. Ein Leben mit Angst und Schmerz, aber ein Leben. Und konnte nicht noch alles besser werden? Anscheinend hatte sie doch auch viel verkehrt gemacht. Sie hatte ihm ihre Liebe nicht genug bewiesen. Sie war mißtrauisch gewesen. Wenn sie sich nun ändern würde, vielleicht gab es dann doch noch eine Hoffnung? Sie schrieb:

»Ich weiß jetzt, daß Du mich vierzehn oder fünfzehn Jahre lang belogen und betrogen hast. Das ist eine Tatsache, mit der ich in den letzten drei Wochen sehr schmerzlich lernen mußte zu leben. Ich glaube, Du kannst mir nicht übelnehmen, daß meine ersten Reaktionen sehr scharf und voller Wut und Enttäuschung waren. Für mich habe ich folgendes beschlossen: Ich will nichts mehr von der Vergangenheit wissen. Was ich jetzt weiß, ist schlimm genug, und ich tue mir selbst mit den Einzelheiten nur noch mehr weh. Ich bin bereit, einen Schlußstrich zu ziehen und mit Dir neu anzufangen. Neu heißt aber für mich, daß wir eine andere Beziehung aufbauen müssen, die in erster Linie auf Liebe und Wahrhaftigkeit basiert. Ich will Dir voll vertrauen können und mich bei Dir geborgen fühlen. Ich bin bereit, Deinen Wünschen, was unsere häusliche Atmosphäre angeht, entgegenzukommen, wenn Du diese Wünsche deutlich artikulierst.

Ich will versuchen, unsere jetzige Situation zu entspannen und Dir Zeit zu geben, bis Du weißt, was Du willst.

Wenn Du mit mir weiterleben willst, so sollte das eine

klare Entscheidung für *mich* sein, für ein Leben mit mir, denn die Kinder gehen doch in ein paar Jahren aus dem Haus.

Ich liebe Dich, Hubert. Es tut mir leid, wenn ich Dir das nicht immer deutlich gezeigt habe – aber es lag auch an den ›Umständen‹. Du hast für mich viele Eigenschaften, die ein Weiterleben mit Dir wünschenswert machen, wie Deine Verläßlichkeit (in anderer Hinsicht natürlich), Deine übrige moralische Einstellung, Dein Fleiß, der Sex mit Dir und nicht zu vergessen, die Art und Weise, wie Du mit den Kindern umgehst. Das waren und sind für mich Deine positiven Eigenschaften; deswegen hoffe ich auf einen Neuanfang.

Es ist lange her, daß ich Dir einen Brief geschrieben habe, aber wir haben in den letzten drei Wochen soviel geredet, auch aneinander vorbeigeredet, daß ich es für gut halte, einmal die Dinge, die für mich dabei herausgekommen sind, aufzuschreiben.

Deine Gaby«

Lange sah Gaby auf ihren Brief. Irgendwie hatte sie das Gefühl, hier stimme schon wieder etwas nicht. Sie entschuldigte sich. Wofür eigentlich? Daß die häusliche Stimmung, wie er es ausgedrückt hatte, oft bedrückt war, daß sie oft mit einer Leidensmiene durchs Haus gelaufen war? Aber war das jetzt nicht zu begreifen? Sie hatte sich elendig gefühlt, verloren, gespalten, hatte geglaubt, verrückt zu werden, weil sie etwas fühlte, was nicht bestand. Das hatte zumindest Hubert immer und immer wieder gesagt. Sie bot ihm an, nicht mehr über die Vergangenheit zu reden. Es machte tatsächlich nicht viel aus, ob er sie mit zehn oder mit hundert Frauen betrogen hatte. *Daß* er es getan hatte, das war das Schlimme. Und das hatte sie nicht ertragen, das konnte sie nicht ertragen. Für sie gab es keinen Sex, losgelöst von Vertrauen, Geborgenheit, Liebe.

Sie zählte an den Fingern ab, warum sie mit ihm weiterleben wollte. Seine übrige moralische Einstellung. Gab es eine moralische Einstellung, die sich nur aufs Fremdgehen bezog, und ansonsten war man ein durch und durch moralischer Mensch? Seine Verläßlichkeit? Seine Art und Weise, wie er mit den Kindern umging? Konnte man einen Menschen so in Stücke zerlegen: dies gehört hierhin, das dorthin? War ein Mensch nicht ein Ganzes? Konnte man verantwortungsbewußt mit den Kindern umgehen, wenn man die Mutter betrog, sie krank machte, worunter dann auch die Kinder zu leiden hatten? Der Sex mit ihm. Er kannte ihren Körper, wie noch kein anderer Mann vor ihm. Aber wenn für sie Liebe und Geborgenheit und Vertrauen zum Sex gehörten, was blieb dann bei ihm noch übrig? Eine gute Technik, nicht mehr und nicht weniger.

Ich kann nicht mehr objektiv denken, verwies sie sich. Ich will ihn nicht verlieren. Ich will ihn nicht aus dem Haus treiben, wie seine Mutter es mit ihrem Mann getan hat. Ich will auch in dieser äußerst emotionalen Angelegenheit meinen Verstand bewahren. Nur mit ihrem Verstand hatte sie in ihrem Leben alle schlimmen Dinge überlebt. Aber jetzt war es anders. Die Bombe war explodiert. Wie lebte man *nach* der Bombe? Wohin sie sah, waren nur noch rußige Aschenhäufchen übrig, schwelende Gemäuer, was einmal ein festes Bauwerk gewesen war. Verbrannte Erde. Nichts war übriggeblieben von der großen Illusion von Liebe und Vertrauen. Aber man konnte doch neu aufbauen? Nach jeder Zerstörung waren die Menschen wieder ans Werk gegangen und hatten auf den Trümmern neue Häuser gebaut. Anders, aber doch auch wieder stabil genug, um gut darin zu leben. Man mußte nur wollen.

Er las den Brief, einmal, zweimal. »Ich glaube, es ist gut, daß du aufgeschrieben hast, was du willst.« Er sah sie durchdringend an. »Ich weiß nicht, was ich will. Wenn ich es weiß, werde ich es dich wissen lassen.«

Sie war vor Jahren einmal mit ihm auf einer Kirmes gewesen. Da gab es eine Attraktion, in der die Menschen in ein großes Faß gingen, das sich zu drehen begann, schneller und immer schneller. Die Menschen wurden wie die Fliegen an die Faßwand gedrückt, platt, oft in grotesken Haltungen. Und während sie da hingen, öffnete sich der Boden unter ihren Füßen, ein schwarzes Loch tat sich auf, nur die Geschwindigkeit hielt sie noch an der Wand. Gaby hatte nur zugeschaut und nicht begriffen, wie man sich solch einer Gefahr aussetzen konnte.

Jetzt hing sie selbst wie eine Fliege an der Wand. Der Boden unter ihren Füßen war verschwunden. Sie war schon abgestürzt, nur die Geschwindigkeit hielt sie noch fest an ihrem Platz.

Er hatte wieder die Fäden in der Hand. Der Jo-Jo-Effekt. Er zog sie heran, ließ sie wieder gehen. Wenn er genug vom Spiel hatte, würde das Band durchhängen und das Jo-Jo in irgendeine Ecke kullern. Er bestimmte, wann das Spiel aus war.

Er weckte sie mit fünfzehn roten Rosen. Er küßte sie. »Zu unserem Hochzeitstag!« Einen langen tröstlichen Augenblick glaubte Gaby, die letzten sechs Wochen nur geträumt zu haben, die Bombe, die unbarmherzige Wahrheit, das schwarze Loch unter ihr. Fünfzehn rote Rosen! »Zum Dank für viele schöne Stunden«, stand auf der beigefügten Karte. So einfach war das, man bedankte sich für schöne Stunden und ging wieder zur Tagesordnung über. Was stand heute auf dem Programm? Für Hubert hatte sich nichts geändert, er ging in die Firma, knipste sein Lächeln an, das er erst abends im Dunkeln wieder löschte. Vielleicht, daß er im Laufe des Tages hin und wieder darüber nachdachte, wie er in Zukunft leben wollte. Allein oder mit Gaby und den Kindern. »Natürlich werde ich dir die Kinder nicht nehmen«, hatte er sie vor ein paar Tagen beschwichtigt, »das war nur in der ersten Emotion gesagt.« In der zweiten war ihm wahrscheinlich bewußt geworden, daß zwei Kinder im Alter von zehn und vierzehn Jahren auch noch Pflege und Ordnung nötig hatten. Sie wären ihm bei seinen Abenteuern im Weg, dachte Gaby bitter, das hatte er sich gerade noch rechtzeitig klargemacht. Aber vielleicht entschied er sich ja auch für sie? Heute war ihr Hochzeitstag. Vielleicht würde er heute abend ihre Hand nehmen und zu ihr sagen: »Es tut mir so leid, was ich dir angetan habe. Ich kann es nicht wiedergutmachen, aber in Zukunft bin ich dir ein treuer Mann. Ich werde dich nicht mehr belügen.«

Er hatte sie zum Essen eingeladen. »Wir können doch diesen Tag nicht so vorbeigehen lassen.« Die Kinder sahen sie hoffnungsvoll an. »Nicht wahr, Mammi, alles wird wieder gut? Sieh mal, die schönen Rosen!« – »Ja, wirklich, sehr schöne Rosen.«

»Nein«, sagte Hubert, nachdem der Aal in einer feinen Sahnesoße serviert war, »ich weiß immer noch nicht, was ich will. Mir ist bewußt geworden, daß ich doch eigentlich einiges bei dir vermisse.« Er winkte dem Ober ab und schenkte ihr selbst ein Glas weißen Bordeaux ein. »Trotzdem, auf unser Wohl.« Sie trank. Sie nahm einen Bissen von dem Aal. Sie konnte Aal nicht mehr vertragen, zu fett. Sie nahm einen weiteren Bissen. »Was hast du vermißt?« Sie würde nie im Leben wieder Aal mit Sahnesoße essen. Darum hatte sie ihn heute bestellt. »Wenn ich darüber nachdenke: Du hast mir abends nie einen Schnaps eingeschenkt. Fünfzehn Jahre lang habe ich mir meinen Schnaps selber einschenken müssen.« Sie sah ihn verblüfft an. »Ich dachte, das tust du gerne. Du hast nie gesagt, daß du das von mir erwartest.«

»Das ist es ja gerade«, sagte Hubert, während er ihr mit der Vorlegegabel noch ein weiteres Stück Aal auf den Teller legte. »Wenn du eine aufmerksame Frau gewesen wärst, hättest du es angeboten.« Sie schwieg, sah auf ihren Teller. So ein Aal sah aus wie eine Schlange. All die Schlangen waren herausgebrochen aus der Grube, sie hatte sie nicht mehr zurückhalten können. Sie hatten ihr Leben vergiftet, sie ausgehöhlt und aufgefressen, um nun wieder gefressen zu werden.

»Und dann meine Krawatten.« – »Deine Krawatten?« Hubert hatte schöne Krawatten. Hin und wieder hatte Gaby ihm eine geschenkt, reine Seide, mit dezentem Muster. Aus Südamerika hatte er auch oft Krawatten mitgebracht, apart bedruckt. Wenn er abends von der Firma nach Hause kam, lockerte er noch im Gang den Knoten und hängte sie an die Garderobe. »Du hast nie meine Krawatten aufgeräumt. Du hast sie immer an der Garderobe hängen lassen.« Das stimmte. Sie hatte seine verschiedenen Sakkos über den Arm genommen, sie ausgebürstet, an die Luft gehängt, dann zurück in den Schrank. Aber an die Krawatten hatte sie nicht gedacht. »Ist das schlimm?« fragte sie. »Ich meine, ich habe sie gar nicht gesehen. Es hängt immer soviel da, die Kinderanoraks, Regenmäntel, Blazer, ich habe deine Krawatten nicht gesehen.« »Genau das sage ich ja.« Ein Stückchen Aal blieb in seiner Mundecke hängen und tropfte eine weiße Sahnespur auf sein Kinn. Dezent tupfte er die Tropfen mit der gestärkten rosa Serviette ab. »Schmeckt es dir?« – »Ausgezeichnet«, sagte sie und begann zu würgen. Sie stand gemessen auf und ging zur Toilette. Als sie sich übergeben hatte, den Mund ausgespült und das Augen-Make-up erneuert, blieb sie noch einen Moment vor dem Spiegel stehen. Man sah ihr nichts an. Warum sah man ihr nie etwas an? Sie kämpfte ums Überleben, und sie sah noch immer gut aus. Sie war in Todesangst, und er kam mit dem Schnaps, den sie nicht eingeschenkt hatte. Und der Krawatte, die sie nicht aufgeräumt hatte. Sie hatte nie von sich behauptet, daß sie vollkommen sei. Sie ließ schon mal einen Topf in der Spüle stehen oder übersah etwas, das hätte aufgeräumt werden müssen. Aber gibt man deswegen eine Ehe auf? Sie fragte ihn. Er hatte mit dem Boeuf Stroganoff gewartet, bis sie von der Toilette zurückkam, und legte ihr das Fleisch auf den Teller. »Nein«, sagte Hubert, »deswegen wohl nicht. Aber ich weiß eigentlich nicht, ob ich dich noch liebe.«

Sie hatte nichts mehr, wohin sie sich flüchten konnte. Seit der Bombe gab es keine grünen Wiesen mehr mit weidenden Lämmern. Verbrannte Erde! Ihre Alpträume waren Wirklichkeit geworden.

Sie hatte sich ein Paar Krücken gezimmert, auf denen sie von Tag zu Tag weiterhumpelte. Ein Paar Krücken bedeuteten die Kinder. Jeden Tag für die Kinder sorgen, daß sie saubere Kleidung anhatten und abends ein warmes Essen auf dem Tisch stand. Das erforderte viel Mühe. Unsagbar viel Mühe. Sie mußte die Waschmaschine füllen, weiße und bunte Wäsche trennen, das richtige Waschprogramm wählen. Essen kochen war noch schlimmer. Sie mußte Einkäufe machen. Seit der Bombe zitterte sie mehr als je zuvor. Und neuerdings fiel sie in Ohnmacht. Ohne weitere Ankündigung wurde ihr schwarz vor Augen, und sie sackte in sich zusammen. Wenn sie wieder zu sich kam, meistens schon nach wenigen Minuten, beugten sich unbekannte Köpfe über sie. »Sollen wir einen Krankenwagen bestellen?« – »Ein Glas Wasser vielleicht?« – »Gibt es jemanden, den wir benachrichtigen sollen?« Sie wehrte ab, stand mühsam auf, weil die Köpfe ihr Angst machten, so hoch oben über ihr, am Rande des Abgrunds. »Nein danke, nur eine kleine Schwäche. Der Kreislauf.« Zitternd und schwindelig hielt sie sich zu Hause in ihrer Küche an der Anrichte fest, während sie das Essen zubereitete. Jeden Tag eine warme Mahlzeit auf den Tisch bringen! Eine weitere Krücke war ihr Spanisch. Sie war im Examensjahr. Als sie angefangen hatte zu lernen, wollte sie Hubert zeigen, daß sie mehr im Kopf hatte als nur ein paar einfache Kinderbücher. Sie war nicht dumm. Jetzt war ihr Spanisch der letzte Halt vor der totalen Kapitulation. Sie wußte oft nicht, wie sie zur Schule gekommen war, aber jeden Montag früh um neun Uhr saß sie auf ihrem Platz, die Schularbeiten fein säuberlich gemacht, die Vokabeln gelernt. Ihr Verstand funktionierte noch. Jeden Tag eine halbe Stunde lernen, und das Gelernte sinkt ins Langzeitgedächtnis. Für eine halbe Stunde gab es nichts anderes als spanische Verben, spanische Idiome, spanische und südamerikanische Geschichte. Noch konnte sich ihr Verstand behaupten. Behaupten gegenüber ihrem Gefühl: Es ist alles aus, es hat alles keinen Sinn mehr, laß dich fallen. Wie lange noch?

Sie gingen zusammen zur Ehetherapie. »Denke deswegen bitte nicht, daß ich überhaupt weiter eine Ehe führen möchte«, hatte Hubert sie gewarnt. »Aber vielleicht hilft sie mir, klar zu werden, was ich will.«

»Ihr erster schriftlicher Test hat Gemeinsamkeiten ergeben, die hoffen lassen«, sagte Dr. Rolveld. Gaby saß in die eine Ecke der Behandlungscouch gedrückt, Hubert saß in der anderen. Die Entfernung zwischen ihnen war unendlich. Dr. Rolveld saß hinter seinem Schreibtisch, klein, schmächtig, mit schütterem Haar, beobachtete er seine Klienten mit der Anteilnahme eines erfrorenen Frosches.

»Ich kann nicht mehr«, weinte Gaby, »ich halte diesen Zustand nicht mehr lange aus. Seit Monaten hält er mich hin. Es kommt mir vor, als stünde alles auf dem Kopf. *Ich* muß beweisen, daß ich in Zukunft mehr Vertrauen habe. *Er* hat doch mein Vertrauen mißbraucht.« – »Vielleicht hat ihr Mann das nötig, so einen Vertrauensbeweis.« Er hatte immer Beweise nötig, dachte Gaby. Immer muß ich beweisen, beweisen, daß ich ihn liebe, beweisen, daß ich ihm vertraue. Warum *er* nie, warum muß *er* nie etwas beweisen? Sie fragte es Dr. Rolveld.

»Sie wissen, was Sie wollen. Sie wollen verheiratet bleiben. Ihr Mann weiß das nicht. Er weiß nicht, was er will.« Es war ein Vorteil, wenn man nicht weiß, was man will. Dann mußte der andere einen überzeugen.

»Können Sie meinem Mann nicht klarmachen, was es für mich bedeutet hat: etwas zu fühlen, das es nicht gab, weil nicht sein kann, was nicht sein darf? Daß ich dadurch beinahe verrückt geworden bin?«

»Ich glaube, ihr Mann weiß das genau. Daß er es nicht sagt, heißt nicht, daß er es nicht weiß.«

Hubert sagte nichts. Später sprach er über seine Beziehung zu Ursel. Wie schön und rein die gewesen war. Gaby stieß verächtlich die Luft aus.

»Wären Sie gefühlsmäßig weniger engagiert, wenn Ihr Mann nicht mit ihrer Freundin Geschlechtsverkehr gehabt hätte?« Gaby übersetzte sich den Satz. Ob es ihr weniger ausmachen würde, wenn die zwei tatsächlich nicht miteinander geschlafen hätten? Nein, eher im Gegenteil. Sie wußte, wie es begonnen hatte, wie scharf er auf Ursel war. Falls Ursel es tatsächlich nicht zum richtigen Beischlaf hatte kommen lassen, dann kannte Hubert verschiedene Variationen, um zum Orgasmus zu kommen und um auch sie erzittern zu lassen. Es machte nichts aus, mit welchem Körperteil er das tat. Noch schlimmer war die Vorstellung, daß er sich bei Ursel aufgegeilt hatte, es aus verschiedenen Gründen nicht zur Befriedigung gekommen ist und er mit Gaby ins Bett gegangen war. Wie oft hatte er Ursels Namen an Gabys Ohr geflüstert! Es war die Intimität, die er über Jahre hinaus mit Ursel geteilt hatte, die Intimität zweier Liebender, die ihr Verhältnis zum Betrug machte.

»Ihr Mann klagt, daß Sie ihm nie einen Schnaps eingeschenkt, seine Krawatten nicht weggehängt haben?« Gaby nickte. »Das stimmt. Aber geht daran eine Ehe kaputt?« – »Vielleicht vermißt er die sorgende Hand einer Mutter? Sind Sie sorgsam genug?« Wahrscheinlich nicht, überlegte Gaby. Ich habe vier Kinder gehabt, dauernd Gäste, mein Studium, da kann es schon mal geschehen, daß er sich von mir nicht bemuttert fühlte. Aber er hat doch seine Mutter? Die hat ihn doch wie ein kleines Kind behandelt. Ich hätte es lächerlich gefunden, so mit ihm umzugehen. Und dann – warum hat er es nie gesagt? »Kluge Frauen ahnen, was ihre Männer wollen«, sagte Dr. Rolveld. Ein toller Therapeut. Gaby sah ihn wütend an. Es ging doch nicht nur darum, was Hubert wollte. Wo blieb *sie* dann? Sie sagte es. »Wo bleibe ich in Ihrer Rechnung? *Er* hat mich betrogen. Das hat unsere Ehe kaputtgemacht.« – »Ich weiß das, aber weiß es Ihr Mann?« Hubert zog die Schultern hoch. »Wenn sie anders gewesen wäre, hätte ich es vielleicht nicht getan.« – »Du hast mich das erste Mal nach zwei Monaten betrogen. Du sagtest, du würdest es nie wieder tun. Du hast immer und immer gesagt, du liebtest mich.« Hubert setzte sich so, daß er ihr den Rücken zuwandte. »Da hören Sie es, Vorwürfe, nur Vorwürfe.« – »Sie finden sie nicht berechtigt?« – »Natürlich nicht. Die Abenteuer unterwegs bedeuteten mir nicht viel.« – »Und ihrer Frau?« – »Ich habe sie ja nicht damit belastet. Sie hat nichts davon gemerkt.« Gaby stöhnte auf. Nichts davon gemerkt. Er hatte ihr geschworen, daß ihre Vermutungen Wahnvorstellungen waren. »Deine Jugend . . .« Und seine Briefe. »Jeder Tag ohne dein Lächeln ist ein verlorener Tag.« Alles Lüge! »Sind Sie bereit, Frau Gerken, diese Ehe um jeden Preis fortzusetzen?« – »Um jeden Preis? Was meinen Sie?« – »Auch um den Preis der Untreue? Wenn Ihr Mann Ihnen nicht versprechen kann, Ihnen treu zu sein?« Gaby dachte an die qualvollen Stunden und Nächte, in denen sie auf ihn gewartet hatte, ihre Alpträume, ihre Ängste. Nein, sie konnte nicht mit der eingeplanten Angst leben. Für sie gehörte Treue zur Liebe wie die Traube zum Wein. »Nein«, sagte sie. »Ich will eine Ehe, die auf Wahrhaftigkeit begründet ist. Ich will ihm vertrauen können.« – »Und sind Sie dazu noch in der Lage?«

Sie wollte es ihm beweisen. Noch einmal wollte sie ihm beweisen, daß sie ihm vertraute, daß sie großmütig sein konnte, daß sie bereit war, zurückzustehen.

»Warum fährst du nicht mit deiner Mutter in den Urlaub?« fragte sie ihn. »Ich möchte zur Buchmesse. Anschließend fahre ich mit den Jungen wieder nach Hause. Du könntest dann mit deiner Mutter noch wegfahren.« Seine Augen leuchteten auf. »Es macht dir nichts aus? Ich meine, du müßtest dann mit dem Zug zurück?« Der Zug war nicht das Problem. Nein, sie wollte ihm beweisen, daß sie ihm vertraute.

Zur Buchmesse begleitete er sie. »Ihr« Buch war herausgekommen. Die Geschichte ihrer Jugend. Die ersten Rezensionen waren begeistert, sie lächelte wächsern in Kameras, wiederholte ihren Aufruf: Ruft um Hilfe, immer wieder, bis man euch hört. Hubert reichte ihr seinen Arm und führte sie von einem Essen zum anderen, von Interview zu Interview. Sein angeknipstes Lächeln war für jedermann.

Seine Mutter ging wie auf Wolken. Ihr Sohn würde endlich mit ihr allein in den Urlaub fahren. »Was wollt ihr denn machen?« fragte Gaby. »Wann fahrt ihr?« Sie stand in der Küche und reichte seiner Mutter die Hand. »Ach, wir lassen das alles auf uns zukommen. Verpasse deinen Zug nicht.« Alex blieb bei Iris, Hubert würde ihn auf der Rückfahrt abholen, Daniel fuhr mit Gaby nach Holland zurück.

Hubert brachte sie zum Bahnhof. Gaby winkte seiner Mutter noch einmal zu. Sie wußte auf einmal, daß dies der letzte Abschied in ihrem Haus sein würde. Falls sie jemals hierher zurückkommen sollte, würde alles anders sein. Wie eine Göttin stand seine Mutter auf der obersten Stufe der Küchentreppe und hob die Hand zum Gruß. Sie winkte nicht, sie hob nur die Hand. Stählerner Triumph blitzte aus ihren Augen: Du mußt gehen, zu mir kommt er zurück.

Abends rief Gaby Iris an. Sie wollte Alex gute Nacht wünschen. »Ist dein Vater da?« fragte sie. »Hole ihn mir dann auch kurz an den Apparat.« Iris kam. »Nein«, sagte sie, »die drei sind fort.« – »Die drei?« wiederholte Gaby.

»Ja, ich habe Ruth selbst hereingelassen. Ich bin mit Hubert und seiner Mutter zum Essen verabredet, sagte sie. Wir wollen gemütlich zu dritt zum Italiener gehen. Seine Frau ist doch fort? Das habe ich ihr bestätigt.« Ruth. Seine Mutter hatte Ruth zum Essen eingeladen, bevor sie selbst noch richtig aus dem Hause war. Ruth war eine seiner Geliebten gewesen, vor und auch noch während seiner Ehe mit ihr. Eine Schwiegertochter, die seine Mutter lieber gesehen hätte. Das hatte sie selbst einmal gesagt. Aber wie konnte sie ihr das antun? Sie kämpfte um Hubert, wollte ihm ihr Vertrauen beweisen, und seine Mutter tat sich hinter ihrem Rücken mit ihm zusammen? Zusammen mit seiner früheren Geliebten.

Sie brach wieder weinend zusammen, lag stundenlang schluchzend auf der Couch. Daniel wußte sich keinen Rat, versuchte sie zu trösten. »Sollen wir ins Kino gehen, Mammi?« Sie ging mit ihm ins Kino. »Meine Mutter ist eine Außerirdische.« Er lachte, freute sich, daß sie auch laut lachte. Sie lachte und lachte. Eine außerirdische Mutter war gut, Mütter waren zu ersetzen, niemand war unersetzlich. Dann gingen sie essen. Hamburger. Was liebte sie diesen Jungen, mit seinen großen fragenden Augen, den vollen Lippen, die er erst in den letzten Monaten so oft wütend aufeinanderpreßte. Er sollte nicht mit einer labilen Mutter groß werden. Er sollte sie lachend in Erinnerung behalten. »Bestell dir noch einen Milchshake«, ermunterte sie ihn. »Du nimmst doch so gerne den Erdbeermilchshake.«

Während Daniel in der Schule war, versuchte sie, Dr. Rolveld zu erreichen. »Ich kann nicht mehr«, klagte sie. »Ich kann nicht mehr weiter.« Sie erzählte ihm von Ruth, daß Hubert ihr Vertrauen schon wieder mißbraucht hatte, noch bevor sie richtig zur Tür hinaus war. »Es hat alles keinen Sinn mehr . . .« Sie brach ab, wartete auf ein tröstliches Wort.

»Versuchen Sie nicht, mich zu erpressen«, sagte ihr Therapeut. »Sie sehen die Dinge im Moment überspitzt.« Sie legte auf.

Nach einer Woche kam Hubert zurück. Sie hatte eine Woche nichts von ihm gehört, wußte nicht, wohin er mit wem und wann gefahren war. Iris wußte auch nichts. »Sie sind weg, das kann ich dir sagen. Mehr weiß ich nicht.«

Gaby hörte seinen Wagen. Sie ging zur Tür. Alex flog ihr entgegen. »Ich habe dich so vermißt, Mammi. Obwohl, Tante Iris ist ganz nett. Ich durfte auch immer mit den Fingern essen, und auch vorm Fernseher, und jeden Tag gab es etwas Leckeres, das ich mir wünschen durfte.« Andere können auch gut für meine Kinder sorgen. Kinder vergessen schnell. »Mein lieber kleiner Schatz!« Sie ging in die Knie, schloß ihn fest in ihre Arme.

»Und hier ist dein großer Schatz!« Sie sah von ein Paar handgeflochtenen braunen Schuhen hoch zu einer tadellos gebügelten Hose, zu einem lässigen Leinenoberhemd, einer aparten neuen Krawatte, einem leicht gebräunten Gesicht. Er lächelte strahlend. Langsam stand sie auf, sah ihn einen Moment an, drehte sich dann um und ging in die Küche. »Keinen Willkommenskuß?« Er stand hinter ihr. »Nein«, sagte sie, »keinen Willkommenskuß.« Sie wandte sich an die Kinder. »Kommt zu Tisch. Ich habe eine frische Gemüsesuppe gemacht. Mit Hackklößchen«, fügte sie für

Alex hinzu. Alex liebte selbstgemachte Hackklößchen in frischer Gemüsesuppe. »Fein«, sagte er und sah abwartend von Hubert zu ihr. Sie füllte die Teller, legte ihre Serviette ordentlich auf ihren Schoß. »Also dann, guten Appetit, ihr Lieben«, sagte Hubert. Niemand sagte etwas, niemand aß. »Gut«, sagte er und schlürfte die Suppe übertrieben laut, »wirklich gut.« Er wandte sich direkt an Gaby. Spott funkelte in seinen Augen. »Eins muß man dir lassen, kochen kannst du.« – »Ja«, sagte sie, »wahrscheinlich.« Sie rutschte ein wenig mit ihrem Stuhl nach hinten. »Du kannst meine Suppe auch noch haben«, sagte sie und schlug mit der flachen Hand so unter ihren Teller, daß er zu ihm flog. Suppe und Hackklößchen flogen mit, auf den Tisch, auf seine tadellos gebügelte Hose, gegen seine aparte Krawatte. Die Kinder saßen wie erstarrt. »Ich habe die Nase voll«, schrie Gaby. »Endgültig und gestrichen. Ich will, daß du gehst.«

»Ja, ich gehe«, sagte er am nächsten Morgen. »Ich suche mir ein Zimmer, dann gehe ich.« Sie hatte die ganze Nacht wieder nicht geschlafen. Ihre lodernde Wut war zusammengefallen zu einem Häufchen Asche. Als er weg war, räumte sie die Kinderzimmer auf. Die Wäsche hatte sie gewaschen, ordentlich zusammengefaltet in die Schränke gelegt. Sie wischte den Kühlschrank sauber, kontrollierte die Vorräte. Für die nächsten Tage war genug zu essen da. Bis dahin hatte er jemanden gefunden, der ihm den Haushalt führen konnte. Sie setzte sich auf Alex' Bett, drückte sein Kopfkissen vor ihr Gesicht. Ich muß es tun, dachte sie. Hubert hatte recht, sie war schwach, labil, hysterisch. Hysterisch, das hatte Mutti früher auch immer gesagt.

Hysterisch war schlecht für heranwachsende Kinder. Labil auch. Sie brauchten eine starke Mutter. Hubert würde dafür sorgen, daß sie alles bekamen. Das hatte er heute nacht auch gesagt. »Du glaubst doch nicht, daß du unentbehrlich bist? Du mit deinen Szenen, du bist Gift für die Kinder. Du vergiftest hier die Stimmung.« Er hatte recht. Jetzt wollte sie nicht mehr. Jetzt war der Punkt gekommen, an dem sie aufgab. Sie konnte nicht mehr kämpfen. Nicht mehr für ihre Kinder, nicht mehr um Hubert und nicht mehr für sich selbst. »Ich liebe euch«, schrieb sie den Kindern auf einen Zettel neben dem fertigen Essen. Keinen Abschiedsbrief, der erschreckte nur. Sie fuhr mit dem Auto zur Kantine, in der Hubert neuerdings mittags sein Essen einnahm. Vollkommen überraschend stand er plötzlich genau vor ihrem Auto. Sie sahen sich an. Er hatte vergessen, sein Lächeln anzuknipsen. Ich kapituliere, sagte sie ohne Worte, und er verstand sie. Sie setzte den Wagen zurück und drückte den Fuß aufs Gaspedal. Der Motor heulte auf. Bewegungslos sah er ihr hinterher.

Gaby fuhr und fuhr. Sie sah keine Richtungsschilder, keine Ortsangaben, sie fuhr automatisch, die Hände fest am Steuer, den Blick geradeaus. Sie wußte nicht wohin, nur weg von ihm, von diesem Todeslächeln, dieser Grabeskälte. Und die Kinder? Sie waren besser ohne sie dran. Das hatte sie in den letzten Monaten begriffen. »*Du* machst die Kinder kaputt«, hörte sie Hubert wieder sagen. »Du mit deinen Szenen, deinen Vorwürfen, deinen ewigen Tränen.« Er hatte recht. Seit Monaten konnte sie beinahe nichts anderes mehr als weinen. Es war, als sei ein Damm gebrochen, und sie war nicht mehr in der Lage, den Tränenstrom zurückzuhalten. Als sie Hubert den klugen, verständigen Brief geschrieben hatte, war sie fest davon überzeugt gewesen, die Sache in den Griff zu bekommen. Sie hatte ihm auch keine Vorwürfe mehr gemacht. Nur die Tränen, die konnte sie nicht mehr zurückhalten. Und gestern, als er strahlend von dem Urlaub mit seiner Mutter zurückgekommen war und gesagt hatte: »Und hier ist dein großer Schatz«, da hatte sie wieder eine Szene gemacht. »Widerlich«, hatte er verächtlich geschnaubt, als er die Hackklößchen von seiner Hose klaubte. Dabei hatte sie ihr Bestes versucht. Sie hatte nicht mehr über die Vergangenheit gesprochen. Nur bei Dr. Rolveld war das gestattet. Aber was gab ihr dieser Therapeut? »Sie wollen verheiratet bleiben, also müssen Sie auch Zugeständnisse machen«, hatte er ihr unverblümt gesagt. »Nur, wieweit sind Sie bereit zu gehen?« Weit, ganz weit, hätte sie am liebsten versprochen, wenn er nur bei mir bleibt. Aber sie wußte, sie könnte so nicht leben. Nicht mit dem Wissen, daß er jederzeit aus den Armen einer anderen zu ihr ins Bett kriechen könnte. Und jetzt wollte sie über all das Schmutzige und Widerliche nicht mehr nachdenken. Sie wollte nicht mehr denken und nichts mehr fühlen. Schlafen und nie wieder aufwachen. Als Kind hatte sie sich auf eine Wiese gelegt. Weiße Margeriten und roter Mohn hatten sie zugedeckt. Wie gern wäre sie damals so leicht und schlafend in das große Nichts hinübergegangen. Aber man hatte sie gefunden, sie erst in einen Zuber mit heißem Wasser gesteckt und anschließend, bis zur Nasenspitze zugedeckt, in das weiche Bett bei den Ehrenreichs. Man durfte sie nicht vorzeitig finden. Und ihre Kinder durften nichts davon mitbekommen. Nicht so wie sie und Achim. Damals, als Mutti sich die Pulsadern aufgeschnitten hatte. Die Feuerwehr war gekommen und hatte die Tür aufgebrochen. Und überall war Blut gewesen. Blut, Angst und Tod. Nie werde ich das meinen Kindern antun, hatte Gaby sich geschworen. Wie kann man so verantwortungslos sein und die eigenen Kinder mit »so etwas« konfrontieren. Mit dem eigenen Tod, herbeigeführt von eigener Hand.

Gaby weinte laut auf. »Ich kann nicht mehr, ich habe keine Kraft mehr! Ich kann nicht mehr kämpfen!« Sie fühlte heiße Tränen über ihr Gesicht laufen, und es war ein tröstliches, lebendiges Gefühl, wie warmes Blut, das aus ihr strömte. Irgendwann einmal würde sie leer sein, ausgeweint, leergeblutet, und dann blieb nichts mehr von ihr übrig. Sie würde ihre Kinder nicht mehr vergiften können, sie würden frei und unbeschwert mit ihm und einer anderen aufwachsen können. »Eure Mutter war krank«, würde er ihnen erklären. »Ihr dürft es ihr nicht übelnehmen. Sie hatte zuviel in ihrer Jugend mitgemacht.« Diese verdammte Jugend, hatte sie sie doch eingeholt, endlich, nach so vielen Jahren, hatte sie sie doch noch zur Strecke gebracht. Ein Wagen überholte sie mit lautem Hupen, jemand machte eine unmißverständliche Handbewegung zum Kopf. Ich darf keinen Unfall mit anderen verursachen, dachte sie vage, nicht jemand anders mitnehmen, jemand, der noch gebraucht wurde. Niemand brauchte sie, niemand würde ihr eine Träne hinterherweinen.

Das war nicht wahr. Ihre Kinder würden weinen. Natalie und Manfred und Daniel und Alex würden weinen. Die beiden Jungen würden sie vermissen. Ganz bestimmt zu Anfang. Bis die andere ihren Platz eingenommen hatte.

Sie nahm eine Abfahrt von der Autobahn und fuhr über eine Landstraße. Ihr Mund war trocken, ihre Augen brannten in den trockenen Höhlen. Wie sollte sie es tun? Mit voller Wucht gegen einen Baum? Manchmal konnte man so etwas doch noch überleben. Querschnittgelähmt oder gräßlich verstümmelt. Tabletten, sie hatte zwei Röhrchen mit Schlaftabletten und Beruhigungstabletten bei sich. Irgendein Hotelzimmer nehmen und alles schlucken. Es durfte sie nur keiner finden. Nicht zu früh. Dann würde man ihr den Magen auspumpen, und sie käme auf die Psychiatrie. »Du bist doch nicht mehr normal«, hatte Hubert letzte Nacht gesagt. »Sieh doch nur, wie du dich aufführst.« Nein, ihr Verhalten war nicht mehr normal. Sie war hysterisch, unbeherrscht, am Ende. Aber dann lieber richtig, nicht dahinvegetieren in irgendeiner Anstalt. Sie fuhr durch ein Dorf. Wie gemütlich die holländischen Dörfer aussehen. Warme Lampen vor den Fenstern, Menschen, die dicht beieinander saßen. Sie fühlte wieder Tränen über ihr Gesicht laufen, Selbstmitleid und eine unendliche Einsamkeit überschwemmten sie. »Hotel zum Adler«, las sie und fuhr auf den Parkplatz. Ihr Tank war beinahe leer. Es war dunkel. Sie mußte stundenlang gefahren sein. Hubert war jetzt zu Hause. Die Zeilen an die Kinder hatte er wahrscheinlich gelesen. Ob es ihm etwas ausmachte? Er hatte ihren Entschluß auf ihrem Gesicht gesehen.

Es würde ihm unangenehm sein gegenüber ihren gemeinsamen Freunden, Bekannten und vielleicht in der Firma. Aber dann würde er seufzen und sagen: »Ihr wißt ja, was sie durchgemacht hat. Diese Jugend . . .« Und man würde ihm auf die Schulter klopfen und murmeln, daß es so vielleicht besser sei, auch für die Kinder. Sie schluchzte gequält auf. Warum war es besser, wenn sie verschwand? Warum konnte sie ihre Kinder nicht versorgen, bemuttern, lieben, wie sie nie geliebt worden war? »Ich muß etwas trinken«, murmelte sie, »etwas Warmes trinken und dann ins Bett.« Mit all den tröstlichen, kleinen, gelben Gefährten, die in den Glasröhrchen in ihrer Handtasche nur darauf warteten, ihr die Hand zum letzten Weg zu reichen. Ich möchte eine Hand haben, nur eine einzige Hand, die mir hilft und mir den Weg zeigt. War dies der Weg? »Ich muß mich ein wenig zurechtmachen«, sagte sie laut, um es gut zu sich durchdringen zu lassen. »Zurechtmachen. So, wie ich jetzt aussehe, gibt mir keiner ein Hotelzimmer.« Im Licht des Autospiegels erneuerte sie den Lidschatten auf ihren verquollenen Augenlidern, bestäubte das fleckige Gesicht mit einem leichten Puder und zog ihre Lippen nach. In Amerika malen sie die Toten noch an, ging es ihr durch den Kopf. Wie sich das wohl anfühlte, wenn die Haut kalt und straff war, die Lippen blutleer. Und wie ich wohl aussehe, wenn ich tot bin, dachte sie und betrachtete sich in ihrem Handspiegel. Er würde es doch nicht gestatten, daß die Kinder sie noch einmal sahen? Die Kinder sollten sie so nicht in Erinnerung behalten. Wie dann wohl? Sie würden sich immer an die letzten Monate erinnern, eine weinende, zusammengekrümmte Gestalt in einer Sofaecke, die stundenlang auf den Bildschirm starrte. Wollte sie so in der Erinnerung ihrer Kinder bleiben? Oh mein Gott, wie kann ich sie nur so belasten? Warum kann ich nicht stark sein, warum nicht mit ihnen leben? »Vielleicht sollten wir wirklich versuchen, neu anzufangen«, hatte Mutti einmal im Krankenhaus gesagt, damals, als ihre Pulse dick verbunden waren. Sie hatte es nicht geschafft. Sie hatte keine Kraft gehabt. Gaby stieg aus dem Auto und lief mit hölzernen Beinen auf das kleine Hotel zu. Eine warme Welle von Gemütlichkeit schlug ihr entgegen, in der Ecke bei der Bar knisterte ein Kaminfeuer, auf jedem Tisch brannte eine Kerze. »Eine heiße Schokolade bitte«, sagte sie zu der Bedienung und wunderte sich, daß ihre Stimme fast normal klang. Aber das war ja ihre stärkste Seite, daß immer alles so normal an ihr wirkte. Den verrotteten Kern sah man nicht. »Kann ich bei Ihnen übernachten«, fragte sie die junge Frau, als sie ihr die dampfende Schokolade brachte. »Ich bin zu müde, um heute noch weiterzufahren.« – »Haben Sie es noch weit?« Da klang doch etwas wie Mißtrauen in der Stimme. »Deutschland, ich muß noch zu Verwandten nach Köln.« Wieso Köln? Sie kannte niemand in Köln. Sie war vor Jahren einmal mit Hubert im Kölner Dom gewesen. Eine Kerze hatten sie zusammen angezündet, und Gaby hatte wie immer gebetet: »Lieber Gott, heilige Mutter Gottes, hilf mir.« Sie hatten ihr nicht geholfen.

»Nach Köln? Da haben Sie aber noch ein Stückchen Weg vor sich. Sie kommen bestimmt vom Flughafen?« – »Vom Flughafen? Ja, vom Flughafen. Mein Gepäck ist im Auto. Habe ich heute nacht nicht nötig.« Sie legte ihr steifes Gesicht in kleine Lachfalten. »Ich habe nur noch ein warmes Bett nötig.« – »Ich bringe Ihnen gleich den Schlüssel«, versprach die Hotelangestellte und verschwand.

Wer sie wohl morgen früh finden würde? Ob es ein Schock war, so eine fremde Tote im Bett? Aber das war doch wie schlafen, nicht weiter entstellt, kein Blut, nur Blässe, Starre. Und sie war eine Fremde, keine, um die man sich weiter Gedanken machen mußte, um die man trauern mußte.

Sie nahm den Zimmerschlüssel und ging die schmale Treppe hoch zum ersten Stock. »Hallo?« Die Angestellte rief von unten an der Treppe. Erschrocken drehte Gaby sich auf dem Absatz um und hätte beinahe das Gleichgewicht verloren. »Neben Ihrem Zimmer ist das Badezimmer. Vielleicht wollen Sie noch ein warmes Bad nehmen?«

Was entscheidet über Leben und Tod, über Glück und Unglück? Die Stunde der Geburt, Ort, Nationalität, die Eltern, Krankheiten und all die kleinen Zufälligkeiten, die unser Leben bestimmen, die uns an Wegkreuzungen diesen und nicht jenen Weg nehmen lassen. »Wollen Sie vielleicht noch ein warmes Bad«, hatte die Frau gerufen. Ein warmes Bad. Wie sich das wohl anfühlte, wenn ihre steifen, schon fast erkalteten Glieder eintauchen würden in ein warmes Bad? Sie schloß mit ungeschickten Fingern ihre Zimmertür auf und sah sich in dem kleinen Zimmer um. Ein Eichenbett, ein Tisch mit einem kunstlederbezogenen Stuhl davor und ein Schrank. Sie stellte ihre Handtasche auf den Tisch und setzte sich auf das Bett. Es war hart. Ausziehen wollte sie sich nicht, man sollte sie nicht unbekleidet finden. Ein warmes Bad. Noch einmal die streichelnde Wärme von warmem Wasser fühlen. Ihr war so entsetzlich kalt, daran hatte auch das heiße Getränk nichts geändert. Sie stand schwankend auf. Ihr Magen war leer. Aber das machte nichts. Es würde doch nur alles verfaulen, in ihr, aus ihr, alles würde verfaulen. Sie stöhnte auf. Nicht daran denken. Sie öffnete ihre Zimmertür, sah auf das Messingschild an der Tür neben ihrem Zimmer. »Bad« stand mit verschnörkelten Buchstaben darauf. Zögernd öffnete sie die Tür, als wenn sie in ein verbotenes Reich schauen würde. Es war ein modernes Bad mit weißen Kacheln, einer großen weißen Badewanne und davor ein Ständer mit flauschig weißen Handtüchern. Sie nahm eines der Handtücher und vergrub ihr Gesicht darin. Auf dem Gang hörte sie Schritte. Erschrocken schloß sie die Tür ab und setzte sich auf den Wannenrand. Sie drehte an dem Knopf, und warmes Wasser ergoß sich in die Wanne. Sie öffnete zwei der Kissen mit Badeschaum, die in einem Körbchen in der Ecke der Wanne standen. »Für unsere Gäste«, stand darauf. Eine grüne geleeartige Masse tropfte über ihre Finger in das Wasser und verbreitete sofort einen intensiven Tannennadelduft. Langsam zog sie ihre Kleider aus, die schwarze Hose, das dazu passende schwarzweiße T-Shirt, ihre Unterwäsche. Sie ließ alles auf den Boden gleiten und stieg in die Wanne. Das Wasser schwappte ein wenig. Sie setzte sich, schloß die Augen und legte sich zurück. Gott, was für ein herrliches Gefühl. Das heiße Wasser nahm ihr beinahe den Atem, prickelte auf ihrer Haut. Was für ein Duft. Tannennadeln. Wie oft sie mit Hubert und den Kindern im Wald spazierengegangen waren. So glücklich hatte sie sich dann gefühlt. Sein Arm um ihre Schultern, die Kinder vor ihnen, sich hin und wieder hinter einem Baum versteckend, lachend, lebendig. Blaubeeren hatte er für sie gepflückt. »Mach den Mund auf«, hatte er scherzend kommandiert. »Mund auf und Augen zu.« Sie hatte ihm gehorcht, ihm vertraut.

Ich habe ihm immer und immer wieder vertraut, dachte sie gepeinigt und fühlte wieder Tränen unter ihren geschlossenen Augenlidern hervorquellen. Warum nur hat er mein Vertrauen so mißbraucht? Lag denn alles nur an ihrer Jugend, lag es nicht auch daran, daß sie in den letzten fünfzehn Jahren hin und her gerissen worden war zwischen Liebe und Vertrauen, Angst und Verzweiflung? Wie lange hält man das aus? Wie lange hält man es aus, wenn man eine andere Jugend gehabt hätte? Die Angst, die ständige Angst hatte sie verrückt gemacht, hatte sie in eine zitternde, gejagte Kreatur verwandelt. Aber Angst brauchte sie doch nicht mehr zu haben. Da war nichts mehr, wovor sie noch Angst haben mußte. Alles, was sie gefürchtet hatte, war eingetreten. Er hatte sie belogen und betrogen. Er würde sie verlassen. Das Wasser kühlte etwas ab, sie schauderte, öffnete den Kran, um heißes Wasser nachlaufen zu lassen. Sie würde allein sein. Allein mit den Kindern. Die Kinder liebten sie. Und sie liebte ihre Kinder. War das nicht genug, um zu versuchen weiterzuleben? Wenn ich doch nur die Kraft hätte, um weiterzuleben. Sie war so unendlich müde. Sie wollte nichts anderes mehr als schlafen.

Sonnenstrahlen weckten sie. Sie hatte vergessen, die Gardinen vor dem Fenster zuzuziehen. Wie eine Tote war sie irgendwann aus der Wanne in ihr Bett getaumelt. Morgen, hatte sie gedacht, morgen. Heute nicht mehr, sie hatte nicht einmal mehr die Kraft, die kleinen gelben Pillen zu schlucken. Sie war auch ohne sie todmüde. Jeder Schlaf war ein kleiner Tod. Wenn man einfach so einschlafen könnte, wie oft hatte sie sich das schon gewünscht. Aber war das wirklich der ernsthafte Wunsch, nicht mehr leben zu wollen? Ihre Kinder nie mehr zu sehen, sie nicht mehr anfassen zu können, ihr Lachen nicht mehr zu hören, ihre Wärme nicht mehr zu spüren? Ich muß sie anrufen, dachte sie, noch einmal ihre Stimmen hören, sie beruhigen, falls sie sich Sorgen machen. Ihre Kleider, suchend sah sie sich um. Ein ordentlicher Stapel auf dem Tisch. Jemand mußte sie dahin gelegt haben. Die junge Frau, die ihr ein warmes Bad angeraten hatte? Sie hatte sich Gedanken um sie gemacht. Um eine Fremde. Langsam richtete Gaby sich auf, stützte sich ab, setzte die Füße nebeneinander auf den Fußboden. Sie fühlte sich benommen, wie nach einem dunklen, schweren Traum. Ich muß die Kinder anrufen. Sie zog sich an, kramte in ihrer Handtasche nach Kleingeld. Die Röhrchen mit den Tabletten glitten durch ihre Finger, sie hielt sie eine Sekunde fest, ließ sie wieder los. Nein, sie wollte ihre Kinder hören. Unten im Treppenhaus war ein Münzfernsprecher. Ihr Mund war trocken, als sie die vertraute Nummer drehte. Beinahe unmittelbar nach der letzten Nummer wurde der Hörer aufgenommen. »Ja, hallo?« Daniel war am Telefon. Gott sei Dank, Daniel, nicht *er.* »Hallo???« Seine Stimme wurde ganz hell. »Mammi, bist du es?« – »Ja«, sagte sie und atmete tief durch. »Ja, mein Schatz, ich bin es.« – »Mammi, wo bist du?« Mein Gott, er hatte Angst, Angst um seine Mutter, ihr lieber, kleiner Daniel, der immer nur gelacht hatte, ihr immer vertrauensvoll die Arme entgegengestreckt hatte. Sie hörte im Hintergrund Gepolter, Huberts Stimme. »Gaby, um Himmels willen, wo bist du?« – »Ich weiß nicht«, sagte sie und sah sich suchend um. »In einem Hotel. Ich weiß nicht genau, wo.« Auf dem Münzfernsprecher stand ein Ortsname. »Assen«, murmelte sie. Sie hatte keine Ahnung, wo Assen lag. »Soll ich dich abholen?« Huberts Stimme klang drängend. »Wir haben uns Sorgen gemacht.« Er stockte einen Moment. »Die Kinder brauchen dich, Gaby.« Sie schluckte wieder. Die Kinder brauchen dich. Er sagte nicht: Wir brauchen dich. Sie schwieg, hatte auf einmal panische Angst, die Verbindung zu unterbrechen, ihn nicht mehr zu hören. »Gaby, hörst du mich. Komm nach Hause. Das ist keine Lösung, wegzulaufen.« Er schwieg, und dann sagte er es doch: »Ich brauche dich, Gaby.«

Aufschub einer Hinrichtung? Es soll in Amerika Todeskandidaten gegeben haben, die Minuten vor ihrer Hinrichtung zu hören bekamen: »Heute nicht. Aufgeschoben!« Ob diese armen Menschen in diesem Moment erleichtert waren? Noch einmal eine Hoffnung, eine Chance weiterzuleben? Solange man lebt, ist Hoffnung. Verdammt lang ist die Ewigkeit.

Gaby fuhr zurück. Ihre Kinder brauchten sie. Sie konnte sie nicht mit dieser Angst leben lassen. Sie wollte sie in die Arme nehmen und ihnen viele liebe kleine Worte ins Ohr flüstern. Sie sollten keine Angst haben. Sie hätte gerne Jean angerufen, um nicht allein den langen Weg zurückfahren zu müssen. Aber Jean war in Urlaub. Und Ursel? Ach Gott, Ursel ... Nein, Hubert sollte sie nicht abholen. Sie fuhr alleine zurück.

Sie hatte gefrühstückt. Heißen Kaffee, Orangensaft, ein weiches Ei. »Heute morgen sehen Sie schon wieder etwas besser aus«, sagte die Frau, die sie bediente. »Sehen Sie einmal, wie die Sonne lacht. Und das im November.« Konnte die Sonne lachen? Sagte man das, weil Wärme Lachen und Leben bedeutete? Ohne Wärme kein Leben. Ihr war so kalt gewesen. Ja, die Sonne lachte. Sie schloß die Augen und genoß für einen Augenblick die Wärme der Sonnenstrahlen auf ihrem Gesicht.

Die Kinder flogen ihr um den Hals, drückten sie, küßten sie. Alex sprang an ihr hoch wie ein Äffchen, legte beide Beine um ihre Hüften und ließ sie nicht mehr los. »Du darfst nie wieder fortgehen, Mammi«, flüsterte er an ihrem Ohr. »Nie, nie wieder.« – »Nein«, sagte sie. »Ich gehe nicht wieder fort. Nie wieder.«

Sie konnte nicht weglaufen. Sie war kein Kind mehr.

Und auch als Kind hatte sie begriffen, daß sie nicht weglaufen konnte. Man hatte sie eingefangen und wieder nach Hause gebracht.

Heute hatte sie selbst Kinder. Und was auch geschehen würde, sie würde nicht mehr weglaufen. Sie hatte nur keine Kraft mehr, um zu kämpfen. Hoffnung, ja, die hatte sie noch. Hubert war lieb, besorgt, küßte sie. »Wir haben uns schreckliche Sorgen gemacht. Dein Gesicht, bevor ich zur Kantine ging, erst später habe ich gedacht, daß du vielleicht . . .« Er brach ab. »Die Hauptsache ist, daß du wieder da bist.« Später, als sie in seinen Armen lag, und er sie heiß und voller Begierde liebte, sagte er: »Ich dachte, ich hätte dich verloren. Alles geht doch immer irgendwie weiter. Wir müssen nur Geduld haben. Hab Geduld mit mir.« Sie nickte und weinte an seiner Brust. Er streichelte sie.

Das Jo-Jo-Band hielt sie ganz straff und eng bei ihm.

Dr. Rolveld machte ihr Vorwürfe. »Mit solchen Eskapaden erreichen Sie nichts. Sie treiben die Dinge nur auf die Spitze.« – »Haben Sie eigentlich Gefühle?« brauste Gaby auf. »Können Sie sich vorstellen, was die letzten Monate für mich bedeuten? Erst bricht meine Welt in Stücke, und dann, als ich bereit bin, einen Schlußstrich unter die Vergangenheit zu ziehen, sagt mein Mann mir, daß er nicht weiß, ob er mich noch liebt.« – »Vielleicht ist das das einzig Wahrhaftige, das er seit Jahren zu Ihnen gesagt hat.« Der kleine Mann sah sie unberührt an. »Haben Sie darüber schon einmal nachgedacht?« Ja, natürlich hatte sie das. Aber sie konnte es nicht glauben. Eine Liebe wie die ihre, so himmelstürmend, so überwältigend, konnte doch nicht von einem Tag auf den anderen fort sein, wie ein Flugzeug, das am Horizont verschwindet. Es war nur aus der Sicht, es war doch noch da. Man mußte es nur wieder sehen.

Ich will alles tun, um Hubert zu überzeugen, daß ich Geduld habe, nahm sie sich zum x-ten Male vor. Ich werde jeden Tag seine Krawatte weghängen, ihm einen Schnaps einschenken, seine Lieblingsgerichte kochen. Und sie hielt sich daran. Da ihre Hände so zitterten, schenkte sie das Glas im Wohnzimmer vor seinen Augen ein, nicht in der Küche. Die Flasche mußte sie mit beiden Händen festhalten. Sie wußte nicht warum, aber ein tiefes Gefühl der Demütigung beschlich sie. Warum nahm er ihr die Flasche nicht aus der Hand und sagte: »Laß das, Gaby. Ich mach' das schon.« Sie fühlte sich, als wenn sie sich vor ihm im Staub wälzte. Sie saß auf der Couch, die Zehen krummgebogen vor Angst und Anspannung und wartete auf ein gutes Wort, einen lieben Blick. Aber er hatte sein Visier wieder zugemacht. Hin und wieder nickte er ihr zu, beruhigend, wie einem kleinen Kind, mit diesem Blick: »Keine Bange, es geht schon irgendwie weiter.« Aber wie, wie sollte es weitergehen? Sie fühlte, wie jeder Tag, jede Nacht ihre Haut dünner und dünner schabte, ihre Nervenenden lagen bloß, zuckten vor jedem Augenbrauenrunzeln von ihm zusammen, verkrampften sich, wenn er schweigend auf der Couch saß, sein Schnapsglas mit den feinen Fingern hin und her drehte und soviel negative Gefühle von ihm zu ihr strömten, daß es ihr den Atem nahm. Sie fiel immer noch in Ohnmacht. Einfach so. Es hörte nicht auf. Ganz plötzlich war da ein dunkles Tuch von Angst, das über sie fiel, und bevor sie noch versuchen konnte, es zur Seite zu streifen, ihren Mund freizuhalten, sackte sie schon weg in das dunkle Loch.

Am Tag nach Nikolaus wartete sie wieder mit einem gekühlten Schnaps auf ihn, frische Blumen auf dem Tisch, eine Kerze flackerte Gemütlichkeit. »Ich muß mit dir reden«, sagte sie, und ihre Stimme klang entschlossen. »Ich kann nicht mehr. Ich möchte, daß du mir sagst, was du willst. Du mußt dich entscheiden. Für oder gegen mich. Aber ich kann dieses Spiel nicht mehr spielen.« – »Es ist kein Spiel«, sagte er, »und ich lasse mich von dir nicht erpressen.« Erpressen? Es war doch keine Erpressung. Sie wollte nur, daß er sich entschied. Sie hatte über drei Monate auf seine Entscheidung gewartet. Jetzt konnte sie nicht mehr warten. »Wenn du es so willst«, sagte er.

»Dann gehe ich.« Sie versteinerte. »Das kannst du doch nicht meinen? Noch letzte Nacht hast du gesagt . . ., ich meine, du liebst mich doch, du kannst doch nicht einfach weggehen.« Was hatte sie erwartet, daß er endlich sagen würde: »Gaby, wir fangen neu an. Ich will dich nicht verlieren.« Daß er die zärtlichen Worte im Bett bei Tageslicht wiederholte? Daß er meinte, was er sagte?

»Doch«, sagte er. »Ich kann.«

Er rief die Kinder. Blaß und aneinandergedrückt standen sie in der Tür. »Ich gehe«, sagte Hubert. »Das hat nichts mit euch zu tun. Aber ich will für einige Zeit alleine wohnen.« Einige Zeit, er hatte einige Zeit gesagt. Nicht für immer, da war noch Hoffnung. Gaby hatte ihre Hände vors Gesicht geschlagen, sie preßte die Zähne aufeinander, um nicht laut aufzuschreien. Alex kam zu ihr gelaufen. »Mammi, Mammi, nicht weinen.« Er begann laut zu schluchzen. Und Daniel, ihr lieber, fröhlicher Daniel, rief laut und klagend: »Pappi, Pappi, tue es nicht, bitte, bitte, tue es nicht.« – »Doch«, sagte ihr Vater, »ich will frei sein.«

Wie kann er, dachte sie, fast ohnmächtig vor Schmerz, wie kann er das seinen Kindern antun? Wie kann er so mit ihnen reden?

»Wohin willst du?« fragte sie. »Es ist spätabends.« – »Ich gehe für ein paar Nächte ins Hotel. Dann suche ich mir ein Zimmer.«

Er kam noch einmal zurück. Für drei Wochen. Weihnachten stand vor der Tür, nicht die beste Zeit, um alleine in einem Untermietzimmer zu sitzen. (Ein Zimmer hatte er gleich am nächsten Tag gefunden. Seine guten Beziehungen halfen ihm.)

»Ich will«, sagte Dr. Rolveld, »daß Sie Ihrem Mann sagen, er soll zurückkommen. Laut und deutlich, in meinem Beisein. Sie haben ihn dazu getrieben. Wenn Sie nicht eine Entscheidung von ihm verlangt hätten, wäre er nicht gegangen.« – »Ich möchte, daß du zurückkommst«, sagte Gaby demütig, klein und zusammengekrümmt in der Couchecke bei ihrem Therapeuten sitzend. »Es tut mir leid, daß ich gesagt habe, daß ich nicht mehr kann. Komm zurück, und ich werde nie wieder ein lautes Wort sagen oder etwas tun, das dir mißfällt.«

Sie verabscheute sich. Sie war ein Nichts. Ohne ihn bestand sie nicht mehr, er konnte mit ihr machen, was er wollte.

Sie lebte nur noch aus zweiter Hand. Irgendwie schaffte sie es, ihre täglichen Pflichten zu erfüllen, Essen zu kochen, das Haus zu säubern, abends, bevor er kam, sich zurechtzumachen, die Haare zu kämmen, ein Lächeln auf ihr Gesicht zu zaubern. Zittrig und unterwürfig wartete sie, ob er geruhte, sie zu beachten, ihr Essen zu essen. »Ich habe heute keinen Appetit«, sagte er mit kühlem Blick auf die Fischplatte, die sie mit allerlei Köstlichkeiten beim Fischhändler Verhey bestellt hatte. Alex blitzte ihn wütend an. »Sonst ißt du doch immer gerne Fisch? Warum sagst du jetzt immer, ich will nicht? Mammi ist extra für dich zum Fischhändler gefahren.« Er gab dem Kind keine Antwort, vergrub sich hinter seiner Zeitung, stellte laute südamerikanische Musik an.

Sie kaufte mit den Kindern einen Tannenbaum, schmückte ihn mit ihnen zusammen. Sie briet zu Weihnachten die traditionelle Weihnachtsgans, gefüllt mit Kastanien, und dazu feinen Rotkohl mit Äpfeln. Krampfhaft versuchte sie, die Weihnachtsfeiertage für alle gemütlich und stimmungsvoll zu gestalten. Ihr Lächeln wurde zur schmerzenden Grimasse. Hubert ließ sie gnädig gewähren, sah sie oft nachdenklich spottend an, wenn sie ihn fragte, ob sie ihm einen Schnaps einschenken solle oder ob sie sonst etwas für ihn tun könne. Warum nur tue ich das, fragte sie sich verzweifelt, warum habe ich meinen Stolz verloren? Nicht *ich* habe ihn jahrelang betrogen, nicht *ich* habe etwas wiedergutzumachen. Aber ich will, daß er bleibt, ich kann ohne ihn nicht leben.

Sie besuchte Billy, eine ehemalige Kollegin vom Frauenjournal, zu der sie in den letzten Jahren eine immer freundschaftlichere Beziehung aufgebaut hatte. Billy war entsetzt. »Was ist von dir noch übrig«, fragte sie, »was kann der Mann noch mit dir machen?« Gaby schwieg. »Ich bin am Ende«, gestand sie leise, »ich kann nicht mehr kämpfen, ich will nicht mehr.« Sie erzählte stockend von ihren stets häufiger werdenden Ohnmachten. »Gestern abend bin ich in der Küche umgefallen. Mit dem Kopf gegen einen Schrank. Als ich wieder zu mir kam, saß Alex blaß und verschreckt neben mir. Er warf seinem Vater einen haßerfüllten Blick zu. Später erzählte er mir schluchzend, daß Hubert mich so habe liegen lassen. Als der Junge in die Küche kam, hätte er zu ihm gesagt: ›Paß auf, da liegt einer im Weg.‹«

Sie schwieg, unfähig, ihre Gefühle weiter zu beschreiben. Hubert hatte ihr Alex' Worte achselzuckend bestätigt. »Ich wollte das Kind nur beruhigen. Ist ja nicht gerade schön, wenn seine Mutter dauernd umfällt.«

»Ich kann nicht mehr.«

Billy nahm ihre Hand, versuchte ihr Mut zuzusprechen, aber alles glitt an Gaby ab. »Ich habe hier eine Adresse für dich«, sagte sie endlich. »Gehe zu diesem Mann. Er hat besondere Kräfte. Ein Magnetiseur mit heilenden Händen. Rufe ihn an, er wird dir helfen.« Ihre Worte klangen seltsam eindringlich. Warum nicht, dachte Gaby, vielleicht kann er mir helfen. Zumindest, was das Umfallen angeht. Wenn das besser werden würde. Hubert hat ja recht, wenn er sagt, daß das für die Kinder kein schöner Anblick sei. Einmal hatte Alex sie mit einer blutenden Kopfwunde gefunden, kalt vom stundenlangen Liegen auf den Fliesen. Für die Kinder wollte sie zu diesem Mann gehen. Nicht für sich selbst. Ihr konnte keiner helfen.

Jean fuhr sie zu dem Heiler. Gaby konnte nicht mehr Auto fahren. Ihre Hände und Beine zitterten so stark, sie konnte sie nicht mehr unter Kontrolle halten.

Herr Behn empfing sie in seinem kleinen Behandlungszimmer. Auf seinem Schreibtisch standen Bilder von Kindern, jungen und älteren Menschen. Davor standen Kerzen. Auf einem Sockel standen verschiedene Ikonen und eine Marienstatue, an der Wand hing ein Kreuz. Sie setzte sich auf den Stuhl mitten im Zimmer, er setzte sich vor sie auf einen Hocker. »Nichts sagen«, befahl er, »ich will erst wissen, was ich fühle.« Er schloß die Augen und bewegte die Hände vor ihrem Gesicht auf und ab, berührte sie nicht. Dann glitten seine Hände über ihren Körper, im Abstand von zehn bis zwanzig Zentimetern, als striche er über eine unsichtbare Hülle, die sie umgab.

Er nahm ein Blatt Papier und begann, Aufzeichnungen zu machen, dazwischen Kreise, Punkte, Striche. Gaby schloß die Augen und wurde ruhig. Langsam entspannte sie sich, das Zittern hörte auf. »Sie haben eine schlimme Kindheit gehabt«, begann Herr Behn, und es klang, als spräche er halb in Trance. »Ich sehe viel Gewalt, Gewalt an Körper und Seele. Aber Sie sind rein geblieben, sie haben gekämpft und überlebt. Dann sehe ich da einen Mann, zwei Kinder, und dann wieder Tränen, Gewalt.« Er nahm ihre Hand, ganz vorsichtig, »Sie haben wieder gekämpft.« Er betrachtete seine Aufzeichnungen. »Und dann dieser Mann, Ihr Mann.« Er schwieg einige Minuten, und Gaby fragte sich, wie er das alles wissen konnte. Sie hatte an nichts gedacht, an überhaupt nichts, als sie sich langsam auf dem Stuhl entspannte. Und sie erinnerte sich an Billys Worte, daß Herr Behn auch Hellseher sei und überhaupt ganz besondere Kräfte habe. »Was haben Sie mit sich machen lassen?« Herrn Behns Stimme schwoll an, er richtete sich auf seinem Hocker auf. »Dieser Mann, er hat Sie jahrelang mißbraucht für seine Begierde, seine Lust, Sie haben sich als Fußabtreter benutzen lassen.« Gaby schossen Tränen in die Augen. »Ich habe ihn geliebt, ich liebe ihn noch immer, und er sagte, er liebe mich.« Verächtlich wie ein wütender Stier blies Herr Behn die Luft durch die Nase aus. »Liebe? Dieser Mann weiß gar nicht, was Liebe ist. Er kennt nur fleischliche Liebe, nur Schein und Materie, er will besitzen, beherrschen. Er hat Sie leergesogen, ausgehöhlt, und Sie haben es geschehen lassen.« Das war ein Vorwurf. »Ich liebe ihn so sehr«, klagte Gaby schluchzend, »ich kann nicht ohne ihn leben, ohne ihn bin ich nichts.« Es tat gut, so zu weinen, wie ein Kind, das getröstet werden will. Herr Behn faßte sie das erste Mal an, er hob ihr Kinn in die Höhe, ganz sanft. »Was reden Sie da für dummes Zeug«, sagte er leise. »Sie haben eine wunderbare Aura, ganz hell orange. Aber jetzt sind da überall schwarze Flecken, weil Sie aufgegeben haben, weil Sie nicht mehr kämpfen wollen. Sie müssen wieder wollen, Sie haben die Kraft. Gott gibt Ihnen die Kraft.« – »Gott«, sagte Gaby, und es klang wie ein Schimpfwort. »Ja, Gott«, sagte Herr Behn, »und es ist mir egal, wie die Menschen sie nennen, die göttliche Kraft, die unser Leben regiert. Ich«, versprach er ihr und stand auf, »ich werde Ihnen dabei helfen. Aber auch ich bekomme meine Kraft nur durch *Ihn.*« Er trat hinter sie. »Ich fasse Sie jetzt an«, sagte er vorsichtig, als wisse er um ihre Angst, überraschend angefaßt zu werden, »entspannen Sie sich. Es wird Ihnen guttun.« Ganz langsam begann er mit kreisenden Bewegungen über ihren Kopf zu streichen, ihren Nacken zu massieren, die Schultern, ihren Rücken. Gaby hatte die Augen wieder geschlossen und gab sich diesen Händen hin, durch die stets mehr Strom zu fließen schien, der unter ihre Haut ging, ihr Blut schneller dahineilen ließ, sie mit einem vibrierenden Prickeln erfüllte.

Ihr wurde ganz leicht und schwebend zumute, und das erstemal seit langem paßte sie wieder in diesen Körper, der sie in den letzten Monaten mehr und mehr zu Boden ziehen wollte. Ganz langsam begann Herr Behn wieder zu sprechen. »Sie müssen sich selbst lieben lernen. Sich selbst und niemanden anders. Sie haben sich leertrinken lassen, durch all die Menschen um Sie herum. Sie haben Ihre ganze Energie an Ihre Kinder und an Ihren Mann gegeben. Nichts bleibt mehr von Ihnen übrig, sie geben und geben, und was haben Sie bekommen?« – »Meine Kinder lieben mich«, beharrte Gaby. Das zumindest stimmte doch? »Ja«, sagte er, »die Kinder lieben Sie. Vier wunderbare, empfindsame Kinder. Aber auch für Kinder gibt es Grenzen. Sie sollen nicht nur für die Kinder leben. Sie müssen für sich selbst leben wollen. Und dieser Mann«, er legte seine Hände fest auf ihren Nacken, und ein warmer Stromstoß ging von ihnen aus, »dieser Mann ist nichts für Sie.« – »Aber er kann sich doch ändern? Ich meine, er ist doch nicht schlecht?« Sie weigerte sich, an die volle Bedeutung der herabsetzenden Worte des Heilers zu glauben. Jeder Mensch konnte sich ändern, Hubert war nicht schlecht, nur schwach, triebhaft. Oh Gott, wie kam sie auf einmal auf schwach? Sie war doch die Schwache, er war der Starke, Unbeugsame in ihrer Verbindung. »Er ist schwach«, wiederholte Herr Behn ihre Gedanken. »Er lebt nur in fleischlicher Lust. Nicht, daß wir das als Menschen nicht dürfen, es gehört zu uns, ist ein Teil unseres Menschseins. Aber für ihn gibt es keine andere Liebe, nicht die universelle Liebe, die Liebe für Ihren Geist, für Ihre Seele. Und dadurch hat er sie beinahe vernichtet, er hat nur genommen und gefordert, und was hat er Ihnen gegeben?« Gaby dachte an die Geborgenheit, die keine war, an ihr gemeinsames Haus, das auf Treibsand gebaut war, an die vielen teuren Geschenke, die kleinen Aufmerksamkeiten, mit denen er sie so reichlich bedacht hatte. »Er hat versucht, Sie zu kaufen«, fuhr Herr Behn fort, »er ist nicht imstande, sich selbst zu geben. Er hat, um es einmal ganz deutlich zu sagen, eine ganz und gar negative Aura.« Aura, dachte Gaby, Aura hieß Ausstrahlung. Aber es ging doch nicht nur um die Ausstrahlung, die ein Mensch hat? Und Hubert, der war doch überall beliebt, gern gesehen? »Die Aura«, fuhr Herr Behn fort, und wieder war es, als würde er direkt auf ihre Gedanken hin eine Antwort geben, »das ist mehr als nur die Ausstrahlung, die jeden Menschen umgibt. In dieser Ausstrahlung strahlt sein Geist, seine Seele. Ihr Mann, der lebt auf eine ganz und gar materialistische Art und Weise, und er ist zufrieden damit. Er wagt nicht, tiefer in sich zu gehen. Natürlich kann jeder Mensch zu sich selbst, zu seinem echten Sein, finden, aber er muß es wollen. Ihr Mann will nur oberflächlichen Genuß, Lust.«

Er trat vor sie und strich mit der Hand vor ihrer Stirn entlang, schnippte mit den Fingern, als wolle er ungewünschtes Ungeziefer vertreiben. Dabei begann er wieder zu reden. »Sie werden viel Erfolg haben, Sie sind künstlerisch tätig?« Das letzte war leicht fragend gesagt. »Ich schreibe«, bestätigte Gaby. »Ich sehe noch in diesem Jahr eine große Ehrung auf Sie zukommen, viele Menschen, denen Sie etwas geben können. Sie werden stets stärker und stärker werden. Ihre Aura wird wieder hell und ungetrübt strahlen.« – »Und mein Mann?« Nichts anderes interessierte Gaby wirklich, nicht jetzt und zu diesem Zeitpunkt. »Wird es mit ihm nicht wieder gut? Können wir nicht wieder zueinander finden?« – »Sie müssen jetzt nicht weiter daran denken«, wich Herr Behn aus. »Denken Sie an mich, wenn es Ihnen schlecht geht. Zünden Sie sich eine Kerze an, und konzentrieren Sie sich auf mein Gesicht.« Er zögerte einen Moment. »Ich gebe Ihnen meine geheime Telefonnummer. Zögern Sie nicht, mich anzurufen, wenn Sie mich nötig haben. Lassen Sie sich von den negativen Kräften um Sie herum nicht zu Boden ziehen.« Wieder knipste er vor ihrer Stirn, laut und fordernd. »Sie haben viel Kraft in den nächsten Wochen nötig. Aber ich werde Ihnen helfen, die Kraft zu bekommen. Sie haben sie in sich. Es ist nur so, daß Ihre Energiezufuhr nicht mehr funktioniert. Wachsen verbraucht viel Energie. Und Sie sind dabei, zu wachsen, sich endlich selbst zu finden.« Benommen, aber mit erhobenem Kopf, verließ Gaby nach einer Stunde das Behandlungszimmer von Herrn Behn. Sie lief im Wartezimmer an Jean vorbei. »Hallo, darf ich auch noch mit?« Verblüfft lief Jean hinter ihr her. »Was ist mit dir los? Du strahlst förmlich? Dein Zittern, du bewegst dich ja wieder wie ein normaler Mensch. Entschuldige«, fügte sie gleich hinzu, »das ist mir nur so herausgerutscht.« – »Schon gut«, Gaby winkte ab, nahm ihrer Freundin automatisch den Autoschlüssel aus der Hand. »Du hast ja recht. Komm, wir fahren zurück.« Jean sah sie an wie eine Erscheinung. »Sag mal, was hat der Mann mit dir gemacht? Das ist ja, als wäre da eine Metamorphose geschehen. Ich kenne dich nicht mehr wieder. Vor einer Stunde schleppst du dich zitternd in seine Praxis, und jetzt stehst du da, aufrecht und voller Energie.« – »Er hat mich aufgeladen, aufgeladen wie eine Batterie«, lachte Gaby und stieg ins Auto. Unterwegs erzählte sie ihrer Freundin in groben Zügen, was Herr Behn ihr gesagt hatte. »Nur, ob es wieder gut wird zwischen Hubert und mir, das hat er nicht gesagt. Aber ich fühle mich auf einmal wieder stark. Na ja«, schwächte sie gleichzeitig ihre eigenen Worte ab, »es ist mehr so ein Gefühl, daß ich zwar zerbrechlich bin, aber daß ich nicht daran zerbrechen werde. Was auch immer geschieht.« Sie holte tief Luft, auch das hatte ihr Herr Behn gesagt: »Bis zum Bauch hin Luft holen, Sie brauchen mehr Sauerstoff«, dann fuhr sie fort: »Und anscheinend kommt noch einiges auf mich zu. Sonst hätte er mir bestimmt nicht seine geheime Telefonnummer gegeben. Ich kann ihn jederzeit anrufen, wenn es mir schlecht geht.«

Schon zwei Tage später sollte sie das erstemal von der

geheimen Telefonnummer Gebrauch machen. »Ich muß dir etwas sagen«, sagte Hubert und setzte sich mit verschränkten Armen auf die Couch. Gaby atmete tief durch. Was kam jetzt? Wollte er doch gehen? Trotz allem? Sie hatte in den letzten Wochen nicht einmal ihre Stimme erhoben, ihn von vorne bis hinten bedient, keinen Vorwurf über Vergangenes geäußert, keine Hoffnung für die Zukunft ausgesprochen. Heute abend hatten sie Xenia und ihren Freund zum Abendessen dagehabt, und es war ein gelungener Abend gewesen. Nicht, daß Hubert sie mit einem lieben Wort bedacht hätte, aber er war zuvorkommend und freundlich gewesen, hatte sie nicht spottend angesehen, und das war doch auch schon etwas. Er brauchte Zeit, und die wollte sie ihm geben. Egal, was Herr Behn sagte, sie glaubte, daß jeder sich ändern konnte, wenn er nur wollte. Das war der Punkt, das wußte sie auch, aber sie wollte nicht darüber nachdenken. Sie setzte sich Hubert gegenüber, angespannt von den gekrümmten Zehen bis hinauf zu den Haarwurzeln. »Manfred hat mich heute angerufen. Er braucht wieder einmal Geld, einen größeren Betrag. Er hat seine Miete nicht bezahlt. Und weil ich nicht bereit war, ihm schon wieder auszuhelfen, rückte er diesmal mit der Wahrheit heraus.« Er verschränkte seine Arme fester und fuhr fort: »Manfred spielt. Seit Jahren schon, gestand er mir, deswegen hat er aufgehört zu studieren, deswegen jobbt er nur, deswegen hat er nie Geld.« – »Was spielt er?« Im ersten Augenblick hatte Gaby schon erleichtert aufatmen wollen, als sie hörte, daß es sich nur um Geld handelte, nicht um etwas Lebensbedrohendes. Doch dies war anders, hier drehte es sich anscheinend nicht nur um ein einmaliges verbotenes Glücksspiel. »Was spielt er?« – »An den Spielautomaten, den einarmigen Banditen, die haben ihn im Griff.« Er schwieg. Gaby schloß die Augen und versuchte sich auf das Gesicht von Herrn Behn zu konzentrieren, die warmen braunen Augen, der Schopf dunklen Haares, die weiche Stimme. Es fiel ihr schwer. Warum nimmt mich mein Mann nicht in die Arme, klagte sie unhörbar. Er muß doch wissen, wie mich das trifft. Mein großer Sohn ein Spieler, abhängig von diesen flackernden Pseudo-Glücksbringern! Warum tröstet er mich nicht, daß wir das schon schaffen werden, und er natürlich auch, er in erster Linie, und wir werden ihm dabei helfen? Hubert sagte nichts. Er will sich nicht mehr engagieren, schoß es Gaby glashell durch den Kopf. Er will mir sagen, daß das mein Problem ist, Manfreds Problem, nicht seins. Ich habe es geahnt, dachte sie verzweifelt, auch das habe ich seit Jähren geahnt. Nicht, daß er spielte, aber daß er unglücklich war, unzufrieden und unausgefüllt. Seit ihn seine Freundin verlassen hat.

»Tja«, sagte Hubert gedehnt und reckte sich, »ich gehe dann mal ins Bett. Morgen abend wird es auch wieder spät. Da haben wir wieder Therapie.« Einen Augenblick sah es so aus, als wolle er noch etwas hinzufügen, aber er drehte sich nur um. »Gute Nacht.« Gute Nacht. Wie konnte er sie so hier sitzen lassen? Panik durchflutete sie. Ich darf nicht durchdrehen, die Telefonnummer, ich muß Behn anrufen, jetzt, sofort. Er war gleich am Apparat, hörte ihr ruhig zu. »Das kommt wieder in Ordnung«, tröstete er sie eindringlich. »Verzweifeln Sie nicht. Ihr Sohn kann sich aus den Klauen des Spielteufels befreien. Sagen Sie ihm, daß Sie immer für ihn da sind, aber geben Sie ihm kein Geld mehr. Er braucht kein Geld, er braucht Liebe, universelle Liebe. Gehen Sie schlafen, ich werde ganz stark an Sie denken.« Benommen legte Gaby den Hörer auf, seltsam beruhigt, wie in Trance. Sie ging ins Schlafzimmer und hörte Hubert schnarchen. Nichts berührt ihn, dachte sie einen Moment wütend, er geht ins Bett und schläft. Doch dann schob sich das Gesicht von Herrn Behn vor ihre Gedanken, und sie kleidete sich aus, wusch sich und schlüpfte unter die Decke. Manfred, dachte sie mit einem ziehenden Schmerz, mein lieber Manfred. Doch sie hörte die Stimme des Heilers durch ihre Gedanken hindurch: »Das wird wieder gut. Verzweifeln Sie nicht!« Und sie schlief ein.

»Ich will nicht mehr«, sagte Hubert bei der Therapie. Er sah grau aus. »Ich will nicht mehr, und ich kann nicht mehr. Ich will meine Freiheit. Ich will gehen.« Gaby erstarrte, sah Dr. Rolveld hilfesuchend an. Das kann er doch nicht tun, ich habe alles getan, aber auch wirklich alles, ich habe ihn gebeten, wieder zurückzukommen, ich habe mir die Lippen blutig gebissen, um nichts zu sagen, er kann doch nicht einfach sagen, ich will frei sein. »Es ist ein Fehler, Herr Gerken. Wir sind erst ganz am Anfang der Therapie. Ich sage nicht, daß Ihre Ehe unbedingt zu retten ist, aber wenn Sie jetzt gehen, machen Sie einen großen Fehler. Zu viele Dinge sind noch unausgesprochen, zuviel Groll zwischen Ihnen beiden ist nicht bereinigt. Gehen Sie nicht.« – »Ich will gehen«, wiederholte Hubert steinern. – »Die Kinder, Hubert, um Gottes willen, die Kinder. Du kannst sie doch nicht so Hals über Kopf verlassen! Daniel liegt mit vierzig Grad Fieber im Bett. Ich weiß, es ist nur eine Grippe, aber du kannst doch jetzt nicht gehen?« – »Ich kann«, sagte Hubert, »und ich gehe. Noch heute abend.« Er sah sie eiskalt an. »Mein Zimmer habe ich noch. Ich gehe noch heute abend.«

Dr. Rolveld klappte seine Akte zu. »Ich erwarte Sie beide nächste Woche zum weiteren Therapiegespräch. Nur wenn Sie absolut überzeugt sind, Herr Gerken, daß Sie nicht mehr weiterwollen, dann kommen Sie nicht. Aber noch einmal, Sie machen einen Fehler.« Hubert stand auf, zog die Schultern hoch, knipste sein Lächeln an: »Ich danke Ihnen auf jeden Fall für Ihre Mühe. Schicken Sie mir Ihre Rechnung.«

»Das kannst du doch nicht machen«, flehte Gaby ihn im

Auto an. »Denke doch an die Kinder. Wir können doch versuchen, die Kinder besser auf eine Trennung vorzubereiten, ihnen sagen, daß sich für sie nicht viel ändert, sie langsam an getrennt lebende Eltern gewöhnen.« – »Ich gehe, und zwar noch heute abend.« Ihre Worte zerplatzten an ihm wie Tropfen auf einem Felsen. Wieder rief er die Kinder nach unten. »Ich gehe«, sagte er, und diesmal sagte er nicht: für einige Zeit, sondern nur: »Ich gehe.« Die Kinder sahen ihn an, blaß, sprachlos, Daniel zitterte trotz seines Bademantels vor Schüttelfrost. Gaby stand auf, legte ihrem großen Sohn den Arm um die Schultern: »Komm, ich bringe dich wieder ins Bett. Wir reden morgen weiter.« – »Ich verabschiede mich gleich noch von dir«, rief Hubert ihm hinterher, als ginge er zu einem Picknick. »Es ändert sich für euch nicht viel«, versuchte er, Alex aus dessen Erstarrung zu locken. »Ich werde euch regelmäßig sehen, mit euch ausgehen, mit euch in Urlaub fahren. Wir werden viel dichter beieinanderstehen als jetzt.«

Er warf Gaby einen triumphierenden Blick zu. Ich sterbe, dachte sie, ich höre einfach auf zu atmen, und dann sterbe ich. »Nein«, sagte Alex, und seine Stimme klang messerscharf. »Nein, das will ich nicht. Nicht ohne Mammi.« – »Wir werden sehen«, sagte Hubert. »Ich packe jetzt meine Sachen. Das andere hole ich in den nächsten Tagen. Möbel, meinen Schreibtisch usw. erst dann, wenn ich eine Wohnung gefunden habe.« Er ging nach oben, um zu packen. Alex stürzte in Gabys Arme. »Mammi, er tut es wirklich, er geht, er packt seinen Koffer.« Sie drückte ihren jüngsten Sohn an sich. »Komm«, sagte sie, »wir gehen hoch zu Daniel. Der liegt da oben ganz allein.« Zu dritt saßen sie auf dem Bett, Daniel, fieberheiß, die Decke über seinen Schultern, die Arme um sich geschlungen, eine kleine, feste Burg. Sie hörten Hubert von einem Zimmer ins andere laufen, betriebsam Sachen einpacken, Zeitungspapier rascheln, Türen öffnen, zuschlagen. Es war, als hallte jede seiner Handlungen wie ein Echo durch das Haus. »Ich will schlafen«, sagte Daniel und löste sich aus ihrer Umarmung. »Ich habe so furchtbare Kopfschmerzen.« Er drehte sich zur Wand. Leise ging sie mit Alex wieder hinunter ins Wohnzimmer, setzte sich mit ihm auf die Couch, wartete. Alex rührte sich nicht, legte nur seinen Kopf gegen ihre Schultern, während er leise vor sich hinschluchzte. Wie kann er das den Kindern antun, fragte sie sich verzweifelt. Wie kann er? Wenn wir sie langsam darauf hätten vorbereiten können, beide auf diese Trennung zugewachsen wären, dann könnten sie es vielleicht begreifen, aber so? Er setzt ein Messer in ein lebendiges Gewebe, zerschneidet es. »Ich will nicht mehr, ich kann nicht mehr.« Er wollte die Kinder doch, er in erster Linie. Jetzt läßt er mich mit einem zehnjährigen und einem vierzehnjährigen Jungen allein, meint, durch Versprechungen für die Zukunft den Schmerz des Augenblicks wegnehmen zu können. Und daß er es kann, wunderte sie sich, daß er sich trennen kann von ihnen, die er gehegt und gepflegt hat, die er ein Leben lang beschützen wollte!

»Ich gehe dann«, sagte Hubert und stand blaß in der Tür. Er leidet, fuhr es Gaby durch den Kopf. Er leidet wie ein Hund. Er fühlt sich bedroht durch mich, durch eine Zukunft an meiner Seite, in der er sich nicht mehr fortstehlen könnte mit seichten Versprechungen, mit oberflächlichen Beteuerungen. Er läuft nicht vor mir davon, er läuft vor sich selbst davon. Und obwohl sie das blitzartig erkannte, sagte sie noch einmal: »Du machst einen Fehler, Hubert. Geh nicht. Nicht jetzt und in diesem Moment. Laß es uns ruhig zu Ende bringen.«

»Ich gehe«, sagte er unbeirrt, »ich kann nicht anders.« Und wahrscheinlich sprach er die Wahrheit. Er mußte gehen, um nicht mit sich selbst konfrontiert zu werden. Das Jo-Jo-Band zerriß. »Leb wohl«, sagte sie und drehte sich um. »Bekomme ich einen Kuß?« fragte er Alex. »Nein«, sagte der brüsk und drehte sich auch um. Hubert zog die Tür hinter sich ins Schloß. Alex lief zum Fenster, starrte zum Auto, in das Hubert jetzt seine Koffer lud. »Komm weg vom Fenster«, bat Gaby ihn, »mach es dir nicht noch schwerer.« »Ich will noch einmal meinen Vater sehen«, sagte Alex, und die Stimme des Zehnjährigen klang brüchig wie die eines alten Mannes. »Wenn er jetzt fährt, will ich ihn nie mehr zurück.«

»Bist du nicht doch ein wenig erleichtert?« fragte Natalie. »Ich meine, jetzt, wo eine Entscheidung gefallen ist? Die letzten fünf Monate waren doch wirklich die Hölle für dich.« – »Erleichtert? Nein, meine Welt ist kaputt, ich stehe auf einem Trümmerhaufen. Jeden Tag, jede Stunde, jede Minute denke ich nur an ihn, frage ich mich, wie er uns das antun konnte, wie ich weiterleben soll ohne ihn. Er ist mein Leben, wie soll ich essen, schlafen, trinken ohne ihn?« Sie erinnerte sich an ein anderes Gespräch mit Natalie, vor einigen Wochen. »Ich wollte nie so werden wie du«, hatte Natalie gesagt. »Du warst so zugeschnürt von Angst, du klammertest dich an ihn, ihr wart so erstickend aneinandergebunden. Mir graute vor so einer Beziehung.« Gaby sah an ihrer Tochter vorbei. Sie wußte, sie sollte dankbar sein, daß diese sofort am nächsten Tag nach Huberts Auszug gekommen war, bei ihr geschlafen hatte. So lieb zu ihr war. Aber sie fühlte nichts als eine abgrundtiefe Verzweiflung. Stundenlang saß sie vor einer brennenden Kerze und versuchte, sich auf die Flamme und auf das kraftvolle Gesicht des Heilers zu konzentrieren. Dann sackte etwas von der Verzweiflung weg, lockerte sich der eiserne Ring um ihre Brust.

Manfred kam, fiel ihr weinend in die Arme, brachte ihr einen Strauß roter Rosen: »Für die beste Mutter der

Welt!« Er sah schlecht aus. Trotz ihres eigenen Schmerzes sah sie die Ringe unter seinen Augen, den scharfen Zug um seinen Mund. »Ich gehe in eine Therapie«, sagte er. »Ich will davon loskommen. Ich bin froh, daß du es endlich weißt. Das Lügen war das Schlimmste.« – »Du schaffst es«, sagte sie und berichtete ihm, einer Eingebung folgend, was Behn über ihn gesagt hatte. »Keine Angst, er kann sich aus den Klauen des Spielteufels befreien.« Manfred lachte sie nicht aus. Er sah auf seine kurzgeschnittenen Fingernägel, flocht die Finger ineinander. »Hat er das wirklich gesagt? Ich meine, war das nicht nur ein Trost?« – »Der Mann würde nicht lügen«, sagte Gaby und erinnerte sich, wie er bei ihrer ersten Behandlung gesagt hatte: »Ich gebe nur die Kraft weiter, die ich erhalte. Ich sehe und fühle mehr als andere Menschen. Aber ich muß mit dieser Gabe sorgfältig umgehen, wahrhaftig sein. Lug und Betrug gehören zu den schwarzen Mächten, den negativen Kräften. Dagegen schirme ich mich ab, damit will ich nichts zu tun haben.« Gaby vertraute ihm. Zweimal in der Woche fuhr sie zu ihm, ließ sich ›bestrahlen‹, tankte von seiner Kraft und flehte ihn an, sie auch zu benutzen, Huberts Geist zu erleuchten. »Er kann doch nicht einfach gehen, die Kinder sind verzweifelt, morgens weiß ich nicht, wie ich den Tag überstehen soll.« – »Ruhig«, sagte er und strich über ihren Kopf, ihren Nacken, ihre Schultern. »Sie schaffen das. Sie haben viel Kraft. Der Weg zur Freude, zum Glück, geht vorbei an tiefer Verzweiflung. Aber Sie schaffen es.« Er ließ seine Energie mit seinen Händen in sie übergehen, schweigend, nahm dann Huberts Foto in die Hand, strich mit seinen Fingern über dessen lachendes Gesicht. Er schüttelte den Kopf. »Er ist auf der Flucht«, sagte er. »Er flieht vor sich selbst. Aber so schnell kann er nicht laufen, eines Tages holt ihn sein Schatten ein. Beten Sie für ihn.«

Gaby ging zur letzten Therapiestunde bei Dr. Rolveld. Sie ahnte, daß Hubert nicht kommen würde. Aber diesem sogenannten Eheberater wollte sie doch noch sagen, was sie auf dem Herzen hatte, wie sehr er sie gedemütigt hatte, als sie Hubert in seinem Beisein laut und deutlich bitten mußte zurückzukommen. Und warum? Damit er drei Wochen später doch ging? Aber diesmal aus eigener Überlegung? »Ganz genau das ist es«, bestätigte ihr der Arzt. »*Er* mußte die Entscheidung treffen. *Er* ganz allein. Sonst hätte er Ihnen für den Rest Ihres Lebens vorgeworfen, daß Sie ihn hinausgeworfen hätten. Er hätte sich wieder hinter Ihnen verstecken können. Einmal in seinem Leben mußte er wählen: seine Freiheit oder seine Verantwortung, seine Familie. Er hat ganz bewußt seine Freiheit gewählt.«

»Aber Sie sagten doch, wir hätten viel Gemeinsames, unsere Interessen, unsere Liebe, unsere Bindung an die Kinder . . .«

»Das alles zählte für Ihren Mann nicht mehr. Jetzt, wo ihm bewußt war, daß er sein Doppelleben nicht mehr weiterführen konnte, war ihm der Gedanke an ein gemeinsames Leben mit Ihnen unerträglich. Sie hatten seine Schwachstellen gesehen, etwas, das *er* Ihnen nie verzeihen würde.«

»Aber ich liebe ihn«, beharrte Gaby. »Ich hätte ihm alles vergeben, wenn er nur ehrlich mit mir zusammenleben würde. Ohne Lügen, ohne doppelten Boden. Ich wäre ihm eine liebevolle Frau gewesen. Die Angst wäre aus meinem Leben verschwunden. Was sucht er bei anderen Frauen, was habe ich nicht?«

Dr. Rolveld lächelte, und das gab ihm das erste Mal so etwas wie Wärme und Mitgefühl. »Meine liebe Frau Gerken, was Sie auch anstellen würden, Sie sind und bleiben nur *eine* Frau. Ihr Mann sucht viele Frauen. Wenn er mit einer Frau wie mit Ihrer Freundin verheiratet gewesen wäre, hätte er sich wahrscheinlich eine Freundin Ihres Kalibers gesucht. Bei einer Freundin kann er auch reden, sein Herz öffnen. Warum dort und nicht zu Hause? Bei Freundinnen geht er wieder weg, das ist lange nicht so bedrohend, wenn er sich dort öffnet. Zu Hause würde er das nicht tun. Da wacht er jeden Morgen wieder auf, da sieht er Tag für Tag in den Spiegel, da wird die emotionale Nähe zur Gefahr. Ihr Mann ist ein Flüchter, einer, der einerseits die Verantwortung sucht, die Liebe und Geborgenheit, und wenn er sie hat, dann engt sie ihn ein, dann nimmt sie ihm den Atem, dann flüchtet ein Teil von ihm. So wie er während Ihrer Ehe zu Ihrer Freundin, zu den anderen Frauen geflüchtet ist.« Verblüfft sah Gaby den Therapeuten an. Warum hatte er nie so geredet, als Hubert noch dabei war? Warum hatte er sie in die Rolle der fordernden, leidenden Ehefrau gedrängt? Warum hatte er nie die Spur eines Gefühls gezeigt?

»Nur so gab es überhaupt eine Möglichkeit, zusammen mit Ihrem Mann zu einem Ergebnis zu kommen. Ihr Mann ist der Schwächere, ich mußte ihn schützen.« – »Vor mir?« brauste Gaby auf. »Auch«, bestätigte er ihr. »Sie hatten ihn in die Enge getrieben. Sie waren bereit, ihm zu vergeben, weiterzumachen. Nur nicht so, wie früher, nein, ehrlich, als gleichwertige Partner. Damit hatte er nicht gerechnet. Und dazu war er nicht in der Lage. Ich hatte gehofft, er würde durchhalten, aber er hat Angst vor einer Therapie. Sie ist ihm zu konfrontierend.« – »Das klingt, als wenn Sie Mitleid mit ihm hätten. Aber Tatsache ist, daß meine Kinder und ich verzweifelt sind. Er ist gegangen. Er wählt die Freiheit. Wir hatten keine Stimme. Niemand hat uns gefragt, was *wir* wollen. Ihm geht es gut. Er hat seine Freiheit. Er genießt sie schon jetzt.« Bitter dachte sie an die Nachbarin, die ihr zwei Tage, nachdem er weg war, erzählt hatte, daß sie Hubert in der Stadt gesehen hatte. »Die junge Frau an seiner

Seite, ist das auch eine gemeinsame Freundin von Ihnen?«

»Er genießt es jetzt, auf seine Art. So, wie er das Leben immer genossen hat. Warten Sie einmal ab. Und ich sage das ohne Häme, warten Sie ab, *wer auf die Dauer* das Leben wieder genießen kann. Sie werden aus diesem Tal emporklettern, davon bin ich überzeugt. Aber Ihr Mann kann nicht ein Leben lang flüchten.«

Doch auch Gaby konnte nicht mehr flüchten, nicht mehr flüchten vor der Wahrheit: Ihr Mann hatte sie verlassen. Monatelang klammerte sie sich im tiefsten Schmerz an die Hoffnung: Er kommt zurück. Er braucht mich doch auch, ich bin doch seine Traumfrau, seine Geliebte, seine wunderbare, einzige Frau, die ihn so glücklich machen kann. Alles seine Worte. Bei allem was sie tat, fühlte, dachte, wurde ihr Tun und Lassen nur von einem Gedanken beherrscht: Er kommt zurück. Sie telefonierte mit seiner Mutter, bat sie um ihre Fürsprache. »Für dich«, sagte seine Mutter, »nie! Du hast Schande über unsere Familie gebracht. Du hast dieses Buch geschrieben.« Sie legte auf.

»Ich habe einen Schlußstrich gezogen«, sagte er eiskalt am Telefon. »Mit dem Buch hat das nichts zu tun. Nur mit dir.«

Die Hoffnung sank in sich zusammen.

Dann stand er eines Morgens überraschend vor der Tür, sie war noch im Bademantel. »Ich will etwas für die Kinder abgeben.« Er lächelte sie strahlend an, hauchte ihr einen seiner Küsse zu, sie fühlte, sie hätte nur die Hand ausstrecken müssen, und er wäre geblieben. Aber sie tat es nicht. Er sollte die Hand ausstrecken. Das konnte er nicht.

Alex mußte in eine Spieltherapie. Sein Lehrer machte sich Sorgen um ihn, bestätigte ihre eigenen Ängste. »Der Junge spielt nicht mehr, sitzt nur da und starrt vor sich hin.« Zu Hause hatte er alle Spielsachen in Kartons und Schachteln geräumt. »Ich will nie wieder spielen. Spielen ist nur etwas für Kinder.« Wollte er kein Kind mehr sein? Weil Kinder den Erwachsenen und ihrer Willkür ausgeliefert sind?

»Er hat Angst, daß er zu seinem Vater muß«, erklärte ihr Alex' Therapeutin. »Er ist böse auf ihn. Er will ihn nicht sehen. Und er muß lernen, daß er das Recht hat, böse zu sein, sich seinem Vater zu verweigern. Er denkt, er zählt nicht, er müsse tun, was die Großen wollen. Bestärken Sie ihn darin, daß er allein entscheiden darf, was er will.« Mein Baby, mein kleiner Sohn, dachte Gaby. Wie gerne hätte ich dir diesen Kampf erspart. Wie gerne hätte ich dich glücklich und beschützt aufwachsen sehen, mit Vater und Mutter. Verzeih mir, daß ich dir das angetan habe.

Ich will alles dafür tun, daß du stärker aus dieser Krisis hervorkommst, ich will dir helfen, soweit ich kann.

Mit Daniel führte sie lange Gespräche über den Sinn des Lebens, über Liebe und über Verantwortung. Sie versuchte, Hubert nicht zu verurteilen. »Er konnte wahrscheinlich nicht anders«, erklärte sie Daniel, »weil er selbst in seiner Jugend zuviel Verantwortung hat tragen müssen. Und unter Liebe versteht jeder etwas anderes. Ganz bestimmt liebt euch euer Vater«, sagte sie.

»Kann ja sein«, sagte Daniel und schaute sie mit seinen ernst gewordenen Rehaugen an. »Aber wo ist dann in den letzten Jahren seine Verantwortung geblieben? Er mußte doch wissen, daß er mit dem Feuer spielte? Und er mußte doch auch daran gedacht haben, was das für uns, seine Kinder, bedeuten würde?«

»Ich glaube nicht, daß er diesen Gedanken je zu Ende gedacht hat.« Und Gaby erinnerte sich an den immer wieder zurückkehrenden Traum Huberts, in dem er seine Kinder vor seinen Augen ertrinken sieht und er sie nicht mehr erreichen kann. »Höchstens sein Unterbewußtsein, das hat ihn hin und wieder daran erinnert«, fügte sie noch hinzu. Daniel setzte sich zu ihr, lehnte seinen Kopf an ihre Schulter. »Wir werden es schon schaffen, Mammi. Wir sind doch zu dritt. Man kann doch auch zu dritt noch ein schönes Leben haben?« Da klang soviel Verzweiflung aus seiner Stimme, daß sie an sich halten mußte, um nicht laut aufzuweinen. Warum tat Hubert ihnen das an? »Ja«, tröstete sie ihren Sohn, »wir werden es schon schaffen.« Und sie wußte, daß sie es schaffen würde. Sie mußte einfach durch diese Zeit durch, so schmerzhaft sie auch war. Sie mußte warten, daß der Schmerz weniger werden würde. Alle sagen, daß er weniger würde. Die Zeit ist der beste Heilmeister.

Hubert kam, um die Kinder einmal zu sehen. Sie weigerten sich, ihn zu besuchen. »Was erwartest du vom Leben?« fragte ihn Gaby, als die Kinder nach einigen artigen Redensarten das Wohnzimmer fluchtartig wieder verlassen hatten. Er lächelte sie an. Strahlend. »Ich hoffe, eines Tages eine Frau zu finden, die mich wirklich liebt.«

»Sie dürfen keine Rache und keinen Haß züchten«, sagte ihr Heiler. »Die helfen nicht, verhindern nur die Heilung.«

Nein, sie fühlte keine Rache und keinen Haß für Hubert. Sie hoffte nur, daß ihre Liebe für ihn nicht ewig dauerte. Verdammt lang ist die Ewigkeit.

»Er ist es nicht wert«, sagte Jean.

Was heißt wert sein in der Liebe? Die Liebe kann nicht erklärt werden, dachte Gaby, darin ist sie dem Leiden gleich.

Was hatte sie gelitten? Und warum? Aus Angst, Angst war der rote Faden ihres Lebens. Nur die Angst ließ sie die Wahrheit nicht sehen. Die Wahrheit und das Wissen taten weh. Aber selig und zufrieden sind nur die Einfältigen. Vielleicht war es ein Reichtum, so leiden zu können. Ihr Heiler behauptete es. »Nur wer leiden kann, kann lieben«, sagte er. »Und Sie müssen vor allem lernen, sich selbst zu lieben.« Sich selbst lieben? Ein eigenartiger Gedanke. Alles das, was sie für den geliebten Menschen empfunden hatte, auf sich selbst richten? Ohne Egoismus, ohne Hochmut sich selbst akzeptieren, so wie sie war, sich selbst für liebenswert halten? Ich kann nicht aufgeben, dachte Gaby, ich wüßte eigentlich gar nicht wie. Sie konnte doch ihre Kinder und sich selbst nicht wieder im Stich lassen?

Die Hoffnung auf Liebe trug sie wie ein Sakrament mit sich. Und sie wußte jetzt, daß es zu dem Glauben, den sie verloren hatte, immer eine Alternative gab.

Der Gedanke an Pappi hatte sie nie richtig losgelassen. Beim Schreiben der Geschichte ihrer Kindheit war sie wieder vollkommen zurückgefallen in Wut und Angst und Verzweiflung. Doch langsam sackten diese Gefühle in sich zusammen, verglühten. Nur ein Gedanke blieb: Wie würde es sein, ihm als Erwachsene gegenüberzustehen, nicht mehr das schwache Kind von damals zu sein? Sie grübelte, was würde *er* sagen, was würde *sie* fühlen? Und sie wußte, sie würde ihn aufsuchen, eines Tages.

Sie bereitete sich darauf vor. Sie war im Vorteil. Sie wußte, daß sie ihn sehen wollte. Für ihn würde die Konfrontation vollkommen unerwartet kommen, ein Blitz ohne Donner. Was erwartete sie? Nichts. Sie wußte, er würde nicht ein Wort des Bedauerns aussprechen. Er würde nicht, durch die Jahre geläutert, begreifen, was er ihr angetan hatte. Es ging nicht um ihn. Es ging nur darum, was *sie* fühlte. Nur darum wollte sie ihn sehen. Und vielleicht mit ihm reden. »Wenn er anfängt, mich zu beschimpfen, gehen wir«, hatte sie mit ihrem Freund abgesprochen, der sie begleiten wollte. »Dann ist auch ein Gespräch unmöglich.« Einen Freund dabei zu haben, erschien ihr wichtig.

Nicht aus Schwäche, aber um mit ihm über die Begegnung reden zu können, mit jemandem, der ihn auch gesehen hatte.

Und eines Tages war sie in Hamburg; sie war zu einer Hochzeit eingeladen. Am Tag nach dem Fest fuhr sie zu ihm. Die Straße war dieselbe geblieben. Dieselben Bäume, blühender Rotdorn, Tausende von kleinen Blutstropfen. Daß man so etwas nie vergißt, dachte sie und suchte die Hand ihres Freundes. Dieselben Geschäfte, dieselben Namen. Stand die Zeit in dieser Straße still?

Auch das Haus war dasselbe geblieben, ein breiter Eingang, ein geräumiges Treppenhaus. Andere Farbe war an den Wänden, hellblau waren sie jetzt, früher waren sie grün gewesen, hellgrün, mintgrün, mittelgrün, aber immer grün. Auf der ersten Etage blieben sie stehen. Das Blut klopfte in ihren Schläfen, ihr Brustkorb schien zu klein für das Hämmern ihres Herzens. Sie sahen in die Hinterhofgärten. In einem stand ein Riesengartenzwerg. Witzig, dachte sie und ging die letzten Stufen hoch. Die Türglocke war beinahe nicht zu hören. Schlurfende Fußstapfen näherten sich der Tür. Die Tür öffnete sich einen Spaltbreit, die Kette blieb noch davor.

»Hallo«, sagt Gaby zu dem alten Kopf. Die Kette wird losgelöst, die Tür geht auf.

»Ja?« fragt er und schaut sie unsicher an, Erinnerung blitzt in seinen Augen.

»Ich bin Gaby«, sagt sie und saugt sich fest an der gelben Haut mit den großen Leberflecken, den aufgequollenen Tränensäcken unter seinen wasserblauen Augen, den eigenartig gespitzten Lippen mit einer Zigarette im Mundwinkel. Sie muß auf ihn hinunterschauen. Er ist klein geworden . . .

»Gaby«, sagt er, »welche Gaby?« Sie schweigt, schaut nur, schaut.

»Die Gaby aus Holland? Die Gaby, die diesen ›schönen‹ Roman geschrieben hat?«

»Ja«, sagt sie, »diese Gaby.«

Aus der Küche kommt ein erschrockener Ausruf: »Nein, nein, um Himmels willen, nein!«

Seine Frau, vermutet Gaby. Er ist schon Jahre wiederverheiratet, verheiratet mit einer Frau, jünger als sie selbst.

»Und?« fragt er. »Ich begreife dies nicht. Wer ist das?« Er weist auf Gabys Freund. »Ist das dein Mann?« – »Nein, ein Freund. Ich wollte noch einmal mit dir reden«, sagt sie.

»Geht das?« fragt er. »Glaubst du wirklich, daß das noch geht?«

»Ich weiß es nicht«, sagt sie.

Er ist neugierig, er begreift dies nicht. Er hat sie zwanzig Jahre nicht gesehen, er ist überrumpelt.

»Gut«, sagt er und macht eine übertrieben höfliche Handbewegung, als bitte er einen hohen Gast hinein, »komm dann mal herein.«

»Das geschieht nicht!« Seine Frau kommt dazwischen, schiebt ihn brüsk von der Tür weg und versperrt den Weg. Zu Gaby sagt sie:

»Sie haben meinen Mann durch den Dreck gezogen, Lügen über ihn erzählt. Sie kommen hier nicht herein. Nie!«

Panik ist in ihrer Stimme. Sie macht die Tür zu. Gaby bleibt einen Moment stehen. Horcht. Stille.

»Das war es denn«, sagt sie zu ihrem Freund. »Laß uns gehen.« Er nimmt wieder ihre Hand.

Später kann sie mit ihm darüber reden. Das Erstaunen, daß sie tatsächlich Pappi gegenübergestanden hatte. Und zu begreifen, daß es vorbei war. Die Vergewaltigungen, die Erniedrigungen, der Schmerz – vorbei. Sie war nicht mehr das hilflose Kind – und er war nicht mehr der Henker. Er war ein alter Mann.

Das Böse hatte ihn gezeichnet. »Für mich sieht er aus wie ein typischer Kriegsverbrecher«, sagte ihr holländischer Freund. »Im Alter bekommt jeder das Gesicht, das er verdient.«

Sie nickte, aber es berührte sie nicht. Sie fühlte keinen Haß mehr, nur Erstaunen: Es war dieser Mann gewesen, klein, häßlich, von Fleisch und Blut. Hunderte Male hatte sie ihm den Tod gewünscht, alle höllischen Qualen, die es gab. Und jetzt? Nichts mehr. Nur Mitleid mit dem Kind, das das alles erlebt hatte.

Aber die Frau ist frei von Haß.